真情挚爱

当全世界都在阻止我们相爱，
我们该如何把心好好收藏？

张树德 著

时代文艺出版社

图书在版编目（CIP）数据

真情挚爱 / 张树德著 . —长春：时代文艺出版社，2016.8

ISBN 978-7-5387-5261-8

I. ①真… Ⅱ. ①张… Ⅲ. ①长篇小说－中国－当代 Ⅳ. ①I247.5

中国版本图书馆CIP数据核字（2016）第137460号

出 品 人　陈　琛
产品总监　郭力家
责任编辑　李天卿
　　　　　刘　兮
装帧设计　孙　利
排版制作　隋淑凤

真情挚爱

张树德 著

出版发行 / 时代文艺出版社
地址 / 长春市泰来街1825号　时代文艺出版社　邮编 / 130011
总编办 / 0431-86012927　发行部 / 0431-86012957　北京开发部 / 010-63108163
官方微博 / weibo.com / tlapress　天猫旗舰店 / sdwycbsgf.tmall.com
印刷 / 三河市万龙印装有限公司
开本 / 710mm×1000mm　1 / 16　字数 / 339千字　印张 / 21.5
版次 / 2016年8月第1版　印次 / 2016年8月第1次印刷　定价 / 32.00元

图书如有印装错误　请寄回印厂调换

目　录

自　序

　　几年来，我在创作抗战小说之余，总想写一部现代题材的、朋友们都喜读的长篇小说。可由于自己的传统理念和偏见，加之没有故事可写，便暂时打消了这个念头。

　　这年冬的一天，我在翻阅手稿时，偶然发现了从前写的、已经被我遗忘了的短篇小说《姐姐》，我不经意地看了几页，突然觉得灵感来了：这不正是我长篇小说的第一章吗？我何不把这个短篇故事扩展成长篇呢？此时我仿佛看见那故事中尚未出现的、形形色色的人物如同长出了翅膀，争先恐后地嬉闹着向我飞来，加之我这还算有点儿小聪明的头脑，故事框架很快形成，这部现代言情小说，终于在自己尚且怀疑的情况下缓缓拉开了序幕……

　　在我们生活的空间里，总是被各种各样的诱惑和欲望所包围，每呼一口气，都会感到其中掺杂着贪婪与不安，一个不小心，就容易让本来纯洁得如透明晶体般的灵魂染上斑斑锈迹，让贪婪和欲望把本该属于自己的宝贵东西夺走。

　　人间自有真情与真爱，我们要让真爱永存。

　　爱情——这是个永恒的话题，爱情——是个特定的文化韵律，希望得到真爱，就必须付出真爱才行。

　　这一年来，我除了踏着晨光习练武术之外，几乎把全部精力都投入到这部长篇中来，原计划限制在二十五万字左右，可是一写起来就刹不住车，写到三十五万字时还没结尾，无奈之下，只好把几个人物彻底灭掉，个别段落也相继被删去，尽管有点儿不太情愿。

　　我捧着这沓厚厚的手稿自感沉甸甸的，长出一口气之后，心中亦感欣慰不已。

我是一个很传统的女人，也自认为是个合格的母亲，更为那些成为单亲而无人管教甚至还被推来推去的孩子们感到愤愤。直到现在，我依然不相信有哪个孩子愿意让自己的父母分道扬镳的。奇怪的是，电视里却常出现孩子支持父母分手的。即使真有这样的孩子，他们也是万不得已呀，孩子心中的悲苦，那些执意要另寻新欢的父母能给予半点理解吗？眼看着父亲或母亲去另组家庭，他们的心中只有哀痛，还有流进心中的苦泪……

在这里，我要向天下的父母们说：孩子是自己的心头肉，他们不仅需要供养，更需要亲情。否则，即便是给他一座金山，他们会感到幸福吗？想一想恋爱时的甜蜜，孩子出生时的欢乐，眼看着孩子逐渐成长时心中的希望，还有什么比这更美好和重要的吗？朋友们，孩子需要你的关怀和教育，千万不要离开他们，千万……

假设一下，如果你和你的儿子处在一个非常危险的境地而必须用一个人的生命换取另一个人的安全的话，你会选择生还是死？此时此刻，我耳边有谁在喊："当然让我的孩子活！"我点头说："对，天下的父母都会这样。"

任何人对活着都有着强烈的欲望，生命也只有一次。因此我断定，此时的父母亲都会毫不犹豫地把生的希望留给孩子而自己心甘情愿地选择死亡。

既然如此，你能为追求新幸福而抛弃自己的骨肉，让他们走向歧途或死亡（可以说是精神上的）吗？

我能够走上文学创作道路要深深感谢我的父母，他们没有受旧社会男尊女卑思想的影响，父亲（张凤仪），在新中国成立后积极参加扫盲运动，曾多次被评为吉林省特级扫盲模范教师，还和当时的省长栗又文一起拍过照呢。父亲说："我的孩子没有男女之分，只要有机会读书，砸锅卖铁也要供的。"父亲是一位通今博古的人物，母亲也是个文化人，他们的故事多得如同晚上搓苞米时大笸箩里的苞米粒那样多。在这里，我更想说说我的母亲（王桂英），这就必须提到我的姥爷。他的重男轻女思想非常奇特，那么富裕的家庭不让女儿读书，却能把未婚的儿媳妇接到家中供其读书，用他的话说："媳妇学了文化带进来，姑娘有了文化却要带出去，我凭什么供别人家的媳妇读书？"真是可气可笑又难于辩驳。母亲是作为舅母的陪读才读了几个月书的。令人敬佩的是，母亲在照顾众多子女还要侍弄田园的情况下，竟能每天晚上带着铅笔本子到父亲的课堂里学习识字。我的爷爷也有文化，叔叔姑姑都读书，所以我是出生在书香门第。是这些文化底蕴的支撑，加之我本身就对文学创作有着特殊的情感和强烈的创作欲望，还有勤奋，才终于圆了我少年时代的作家梦。

我的小说没有东北方言，目的也是为推广普通话尽一点儿微薄之力。

我感谢父母，感谢胞姐（张淑贤）与弟弟妹妹的大力支持。在此，我要向父母、姐姐和支持我的弟妹及读者朋友们致意。

作者

2016年1月30日

第一章　母亲遗书

柳丹阳提着保温饭盒，满面焦虑地匆匆赶往医院。在观察室门外，她停住了脚步，稍微镇定一下自己的情绪之后，这才轻轻推开房门：糟糕！看来妈妈的病情又严重了，几个医生护士围在母亲的床前，点滴架上高挂着大号输液瓶，那透明的液体正一滴一滴地通过细长的输液管流进母亲手背的静脉中。

柳丹阳扑向床前，见母亲双眼微闭、呼吸急促，一个医生正在用听诊器听她的心脏。小护士向她"嘘"了一声，丹阳不得不把正要喊出来的一声"妈妈"咽了回去。

母亲平常总是咳嗽，心脏也不好，这回可是两病齐发呀。柳丹阳忍不住流下两行悲痛的泪水……她真怕妈妈有个好歹。为了供养姐弟俩读书，这几年母亲活活累垮了身体，她刚刚四十出头，两鬓却已出现丝丝白发，背已微弓且带着满面的憔悴。她除了到工厂上班外，还兼做着一家饭店晚上和休息日的洗碗工作。这还不够，又替附近一家南方人办的公司中几个负责人洗衣服，还经常取来服装厂的手针活来做，心灵手巧的柳丹阳也学会了钉扣襻的活。

前几年，丹阳常向妈妈问起父亲，回答只说在她很小的时候遇车祸而亡，别的什么话也没有。让柳丹阳奇怪的是，邻居都称他们为老李家，而妈妈却让姐弟俩都随了她的柳姓。此事对丹阳来说是迷雾一团，她料定其中必有缘故。

随着这姐弟俩渐渐长大，母亲的身体状况也一天不如一天了。眼见得妈妈整日劳累，柳丹阳无法再问起父亲的情况了。去年母亲就连续两次住院，而这次住进医院，病情比前两次都严重得多。

连续输了两大瓶液体之后，傍晚，妈妈终于清醒了。她一眼看见女儿守护在床前，随即又闭上了眼睛。那挡不住的两行泪珠凄然而下，"孩子……""妈妈别难过，医生说你会好起来的。"柳丹阳安慰着母亲，心中却难过至极。"丹阳，"母亲微微喘息着，"妈妈知道自己的病，我自己怎样都不要紧，只是丢下你姐弟两个，让妈实在放心不下，我的任务恐怕完不成了。只恨自己无能，什么也没给你们留下……"一阵急促的咳嗽过后，母亲已是泣不成声。丹阳拿过毛巾为母亲拭泪，"妈，你这样辛苦劳累供我们读书，这就是最宝贵的财富，请妈放心，我不考大学了，我会找工作挣钱给你治病，供弟弟读书，一定让他念完大学。""丹阳……"母亲拉过女儿的手，母女俩相拥而哭。"孩子，"还是母亲先止住哭声，"别哭了。咱们家的好多事情也该告诉你了。明天，让弟弟也来……"母亲说着又咳嗽起来。

　　第二天上午，母亲撒手人寰，把那些要说却没来得及说的话都带走了。姐弟俩哭得昏天黑地，要不是妈妈单位出人帮助料理后事，他们真不知该怎么办。

　　失去这唯一的靠山，姐弟俩的今后将意味着什么？艰难，只有艰难在等待着她们。姐弟俩的生活重担，无疑要落到柳丹阳的身上，眼见自己的学是上不成了，还有个上高中的弟弟在等着她供养啊。妈妈这一走，大学梦难圆，而这生活的重担又将是多么沉重，自己担得起来吗？

　　送妈妈走的这天晚上，丹阳和彤阳姐弟俩一直哭个不停，彤阳的两个同学来把他拉走了，只有丹阳一个人在家，她可以放声大哭，这样她倒觉得痛快些。

　　陶凯明是柳丹阳最要好的同学，他陪同丹阳从殡仪馆回来，把她姐弟俩送到家，陪了一阵子眼泪，回去后又觉得不放心，晚上又来到丹阳的家。

　　窗上不见灯光。陶凯明没进屋就听到了丹阳的哭声。他慌忙走进屋开了灯，"丹阳，求求你不要再这样傻哭了，要能哭活柳阿姨，我也帮你哭，听见没有？"已经含着泪水的陶凯明想伸手拉起趴在床上痛哭的柳丹阳，手却又停住了。他不敢用自己这只男性的手随便去碰面前这位纯洁的姑娘。

　　陶凯明的到来使丹阳由大哭变成低泣。"丹阳，起来洗洗脸，我陪你出去散步，今天的月色可好呢。"凯明说着，到外间厨房舀了半盆水端进来放在木凳上，"你不起来可别怪我去拉你。"听了这话，丹阳停止了哭泣慢慢爬起来，很顺从地去洗了脸，又接过凯明递过来的毛巾胡乱擦了擦。"走吧，出去走走会好些的。"丹阳不语，她望了望镜中自己那桃子似的双眼，整理了一下蓬乱的头发，无奈地说："我这个样子怎么出去？""你不出去散散心中的郁结，总憋在屋里怎么行？晚上没人看清你的脸，走吧。"柳丹阳接过凯明递过来的外衣穿上，然后闭灯锁门。"彤阳呢？""被同学拉走了。""他能进屋吗？""带着钥匙呢。"两人出了小院向街上走去，半天，谁也不说话。

　　深秋的夜晚，月冷星稀，两人漫步在这条沙石路上。月辉如清霜般洒在地上，给人一种天地朦胧合一的感觉。陶凯明知道丹阳这一天都没吃什么东西，便来到路边的小杂货店里买了几个松软的鸡蛋饼，强逼着丹阳吃了几口，她的情绪好多了。"凯明，以后不要来陪我了，还有一年就要高考了，你不要耽误了学习。""嗯，我问你有什么打算？"丹阳深深地叹了一口气，"面对这种厄运还提什么打算，母亲的去世就意味着我的辍学，只能退学找工作了。""这怎么行？"凯明有些急了。"不行也得行，这是我目前唯一的出路。我必须想办法挣钱供彤阳继续读书，让他完成大学学业，这样才对得起死去的妈妈。"丹阳说着，眼泪又流下来。她抹着眼睛接着说："本来，我想去念医科大学，将来治好母亲的病，也想让天下的母亲都健康起来。可谁知妈这么早就……"丹阳说着，又哭出声来。"看你又哭，从现在开始，不管我在不在你都不能再哭了，答应我，身体要紧。"丹阳点头，陶凯明掏出手绢给她擦泪，丹阳躲开脸，接过手绢自己抹了两下，又把手绢还给凯明。

　　"你还认识它吗？"凯明托着手绢问。"哼，人家用过的你也要，用新的换还不干。""我就是要你用过的，这上面有你呼吸的味道，嘻嘻。"凯明的话让丹阳的脸微微发红，"凯明，你还有不到一年时间就高考了，千万要加把劲儿。""丹阳，你离开学校我会……"凯明把"想你"两个字咽了回去，他知道说这话的时间还很远。

　　两人不知不觉地走到这条小街的另一端，又转身回来。其实，柳丹阳知道凯明下面要说什么，心中倒也觉得热乎乎的。

　　两人并肩走着，谁也不说话。快到家的时候，凯明快步走进一家小杂货店买了一包饼干抱在怀里。他们走得很慢，却又很快回到丹阳家的小院。"你看，彤阳回来了。"凯明指着屋里的灯光说。柳丹阳点点头，两人进了屋，见彤阳正趴在桌上抽泣，凯明放下饼干拉他："起来吧，倒两杯水来，跟你姐一块儿吃点饼干，千万不要饿坏了身子。听话，不能再哭了，身体要紧。时间不早，我该回去了。""走吧，晚了你妈该惦记了，功课忙，别再往这儿跑了。"凯明不语。

姐弟两人送凯明出了小院，回到屋里坐在桌前谁也不说话。姐弟俩望着母亲那张空荡荡的单人床，心中想的却是同一个问题：今后的生活怎么办？柳丹阳想得更多，前面的路虽然困难重重，可自己总得挺住，也总得活下去呀。她接过弟弟递来的一杯水，把饼干推到他面前，"彤阳，吃点吧，母亲走了还有姐姐在，你尽可放心，只要你努力学习，姐姐会一直供你念完大学，你的前程就靠自己努力了。"彤阳抹着泪水说："姐你放心，我会努力的。只是姐姐要辍学让我心里很难过……""彤阳，现实情况摆在咱姐弟面前，我必须离开学校找工作，这样才能解决我们的生活和你的上学问题。好了彤阳，你吃面吗？我去给你煮一碗。"彤阳摇摇头："姐姐累了一天，该休息了，我也吃不下。我们都睡吧。"彤阳说着走进他的小屋去了。柳丹阳一个人和着眼泪喝了半杯水，她坐在桌前望着母亲的空床，那痛苦的泪水又在不断地滚落，滚落……

由于一时找不到合适的工作，柳丹阳只好把母亲洗碗的差事接过来，还要抽时间取些钉扣襻的活来做，连那家私人公司洗衣的事也没辞掉。

生活是严酷的，可柳丹阳天性就是个坚强的女孩儿。在学校师生百般挽留的情况下，她不得不流着泪水，在一片叹气和惋惜声中离开那带着强烈吸引力的学校，她只感到那间教室如同一根绳子般牵动着自己的心……

在柳丹阳的心里，最替自己痛惜的是这最后一年高中，按她的成绩，考进一所名牌大学是没问题的。可谁叫自己这样命苦，从小死了父亲，现在又死了母亲，姐弟俩从此无依无靠。退学找工作是她唯一的出路，冥冥之中，上苍就这样安排你，只有靠自己与这悲惨的命运抗争了。

柳丹阳决定一边工作一边学习，暗下决心参加明年的高考一试身手。这期间，陶凯明经常来帮她复习功课。就在弟弟彤阳念完高中二年级并被分入高三重点班的同时，柳丹阳也带着一颗不服输的心走进了高考考场。她在每张试卷的一角都写到：我不能上大学，只想验证一下自己的成绩而已。

柳丹阳压下了自己心中的千般痛苦、万般哀怨，继续做着临时工，她的好友陶凯明一直为她辍学而痛心。他们从小学六年级到初中、高中这七年时间始终在一个班，两人相处极好。由于丹阳的家庭条件很差，每当陶凯明买什么学习用具，他总要给丹阳带一份，偷偷说一声，然后悄悄塞在丹阳的书桌里，丹阳不少学习用品本该跟母亲要钱去买而省下了，这事一直让丹阳心存感激，铭记在心。学习上，两个人一直是竞争对手，他们常在暗中较劲，争抢班里的第一名。

柳丹阳家住的是平房，睡的是火炕，烧的自然是煤和柴了。以前每到休息日，陶凯明就常来帮助丹阳干些劈柴挑水的重活。在丹阳家的后院有一小块菜地，一到春天，母亲总会弄点各样菜籽回来种上，两个孩子放学回来薅草间苗，倒也省下买菜钱了。

刚上高中那年夏天的一个星期日，母亲去加班，彤阳去同学家做作业，陶凯明拿了一道几何题来找正在园子里的柳丹阳，说他解不出来。丹阳接过题目看了看，然后笑着说："想想勾股定理，用它的原理来证试试，这题我还没做呢。"凯明琢磨了半天，恍然大悟地叫起来："哎呀！我怎么没想到，看来你是比我聪明。"丹阳笑着说："胡说，快帮我干活。"凯明笑着薅起草来。"你总到我家来干活，你妈妈知道吗？"丹阳停住手问。"知道与不知道有什么关系吗？"凯明奇怪地问。"当然有关系，如果你说去一个女同学家里帮助干活，而且是我这样的家庭，你母亲肯定不让你出来。"凯明眨眨眼睛又点点头，"也许吧，所以我出来的时候总向相反的方向绕一圈再转过来。""你为什么要这样？"凯明微笑着摇摇头，"这问题我找不出答案，只觉得能帮助你做点什么是我最大的快乐。""哪有那么严重？就没有比这更快乐的事了吗？""品品这两年的感觉真是这样，我也不知道是怎么回事。"凯明说着，有点儿羞涩地低下头薅草。

柳丹阳的脸上微微泛起红晕，"那我问你，最痛苦的事是什么？""见不到你。"凯明回答得很干脆。"胡说八道。"丹阳将头微摇，"凯明，请你还是现实一些吧，一是时间过早，更重要的是咱俩门第悬殊，就不要想那些不着边际的事了吧。我问你，在自己家里什么事让你最快乐和最痛苦？"凯明的脸上掠过一丝令人难以察觉的阴影，"这件事我没仔细想过，现在，有父母的疼爱就是快乐。至于痛苦嘛，就像咱班刘钰那样父母离异把他推来推去，那不是最痛苦的事吗？想象一下，当年他母亲生下他这个漂亮的大儿子，全家人多高兴，两辈子人都拿他当眼珠一样，父母争爱，爷爷奶奶抢着疼，刘铭真像生活在蜜窝里。而从初中毕业到现在，他却成了父母再组家庭的累赘。我真搞不懂，刘钰的父母都在想什么，为什么让自己的亲生骨肉在学生时代就受此煎熬？而他们自己却去享受那再婚的快乐。我说他们没有资格为人父母，总觉得这样的父母很可耻，你说呢。"柳丹阳点头，"我也有同感。其实那刘钰也算是不幸中的幸运儿了。他要是没有爷爷抚养他，说不定会落到哪一步。所以我经常羡慕你的家，条件好，三口人和和睦睦真是幸福极了。"听了柳丹阳的话，陶凯明的脸上再次蒙上一层阴云，只不过一闪即逝，只顾薅草的柳丹阳没有发现。陶凯明努力让自己快乐起来，"所以我们这些刚刚懂事的孩子，最需要的就是父母的关爱。像你，父母都不在了，这可是没有办法的事。既然父母都好好地活着，凭什么要抛开自己的骨肉不管呢？那天刘钰和我唠起来，大小伙子也掉下泪来，我差点儿也陪他哭了。有机会我非当面质问他父母几句，这么好的儿子为什么不要？难道他们的两颗心都是铁打的吗？"陶凯明有些激动起来。柳丹阳用奇怪的目光看着他，"你怎么了？我们坐一会儿吧。""我是替那些因父母离异而没人管的孩子鸣不平啊！"两人坐在那块被太阳晒得暖暖的石头上，凯明接着说："丹阳，我有一个怪想法，要在《婚姻法》中加上一条：凡自由恋爱非他人包办婚姻并受法律保护之后，无极特殊情况严禁离婚，如有外遇，严惩不贷。你看这社会，让这些不尊重自己人格和感情的人搞得乌七八糟，把那些本来不错的孩子推上了邪路，有的甚至走上了绝路，乱了家庭也乱了社会。其实，有些人是一时冲动，离了婚又追悔莫及却无法回头。有的要回头却又被对方拒之门外。岂不知，男女的结合是多么神圣的事，怎能当作儿戏？看着自己的孩子受那流离之苦，有人竟无动于衷，我真怀疑这些人的心是不是肉长的。他们只顾享受再婚的欢乐，置自己的亲生骨肉于痛苦之中而不顾，他们简直不够人字的两笔。天哪，我今天怎么了？"陶凯明演讲般说了这许多，愤愤然住了口。"我也觉得你今天有点儿怪怪的。将来你去考法律，专管《婚姻法》的修改，我保证离婚率会控制在百分之零。凯明，你平常从未谈论过家庭、社会、人生与责任的问题，今天倒是长篇大论起来。这些话真该让刘钰的父母听听。"陶凯明苦笑了一下，"时间不早，我该回家了。"两人回屋洗了手，丹阳送凯明到小院外，一直望着他走进不远处的楼群，凯明还回了两次头。

　　按柳丹阳原来的心愿，自己高中毕业一定要考医大，也让自身的状况得到改善，与凯明家的距离也好拉近些。想想过去，看看现在，这距离反倒越来越远。

丹阳的辍学让凯明心痛，想帮她却又力不从心。无奈之下只好常来安慰她。他们的年龄相同，而丹阳比凯明大一个月，所以丹阳常以姐姐自居。

高考前的学习虽然紧张，凯明却常抽时间给丹阳补课。不幸的是，他自己却名落孙山。按父母的意见，要他复读明年再考，而陶凯明却另有一番心思……因为丹阳已收到某重点大学的录取通知书。虽然她自己表现得对此漠不关心，但凯明深知她做梦都想上大学的。

这天晚上，陶凯明向父母说明自己不想复读而被父亲骂了一顿之后，他满怀忧虑地来到柳丹阳的家，一句话不说地闷坐在那里。柳丹阳也正为陶凯明的落榜深感惋惜，她恨自己影响了他的学习，已是后悔莫及。然而，她又怎知陶凯明的心呢？"凯明，是我耽误了你的学习。"一直等待他说话的柳丹阳终于忍不住先开了口。"丹阳，别这样说，我想让你去读书……""凯明，我不允许你胡思乱想，快安下心来，再奋斗一年，不知哪一所大学的门正在为你敞开着，明年这时候，你会高高兴兴地迈进去的。""丹阳，我，我想工作，让你上大学，行吗？"说这话的时候，凯明有点儿胆怯。"简直是异想天开，你怎么会有这种不着边际的想法？这又怎么可能？"丹阳沉静地望着凯明继续说："凯明，现实生活中有很多事情与我们的想象差距太远。你有父母供养读书，而我却必须挣钱供弟弟念完大学，这就是眼前无法解决的问题。现实的状况迫使我非这样做不可，否则，怎能对得起我那死去的妈妈？"柳丹阳说着，不觉伤感起来，泪水已含在眼圈里。"是啊，还有彤阳。"凯明低声回应着。

只见柳丹阳忽地站起来，声音也高了许多："陶凯明，如果我们还是好朋友的话，如果你还想让我安心的话，那就即刻打消这个鬼念头，全身心地去复习，一年时间很快就会过去的。凯明，你落了榜，我本来是后悔又着急，求你别再让我雪上加霜了好不好？我的话说到这份儿上你要不听，那我们的友情就该一刀两断了。"柳丹阳说完，气呼呼地把脸转向了窗户，望着远方。陶凯明听得有些发呆，尤其最后这句话是他最不愿意听到的。"不不，丹阳，我是想得太幼稚，还是专心复习吧。只是，你考进那么好的大学不能去念，实在让我倍感痛心，只恨自己无力帮你……""凯明，你这份情我领了，也会永远记在心里。回去吧，我明天有早班。"柳丹阳的逐客令使陶凯明很不情愿地站起来，柳丹阳送他到门外，凯明如孩子般带着委屈走了。

柳丹阳接替了母亲在饭店的工作以后，可以每日上白班，夜间有活她都力争去做。

丹阳刚来时，正赶上这迎宾酒楼刚刚装修完毕，那几日顾客盈门，收入可观。店老板为了进一步扩大营业额，在众多服务生中挑选了数名美女，要她们设法吸引有钱的客人们，并宣称增加工资，小费归己。"这回呀，"崔老板笑嘻嘻地说，"姑娘们有什么本事就使出来吧，钱嘛，可是不挣白不挣，挣多少也不咬手。听说皇家酒楼的那位周小姐了吧，她每晚都拿上千元，几位大款爷都拜倒在她的短裙下，那才叫棒。姑娘们，回去把自己打扮得漂漂亮亮的，拿出点情调来，哄得老板们高兴，让他们多掏小费才算本事。好了，各自准备去吧。"姑娘们喊喊喳喳地走了，柳丹阳却没有动。"老板，我……"她欲言又止，把头也低下来。

这个对柳丹阳早已垂涎三尺的崔老板，平时总是找机会与丹阳搭话，那表情让丹阳不敢正视，也只能借故躲开，她心里又怎能不知老板的企图呢？

此时，崔老板心中有点儿发热，平常这位自视清高的姑娘总是让人难以接近，今天怎么主动留下来和他说话？"老板，我还做原来洗碗端盘子的工作行吗？"听了这话，崔老板满面堆笑地说："丹阳小姐，我知道你很需要钱，这可是个好机会。来，坐下我们好好谈谈。"他说着起身，殷勤地从墙边搬来一把椅子放在自己办公桌的一头，并来到丹阳跟前拍了一下她的肩膀，"坐呀。"柳丹阳像触了电似的倒退了一步，躲过了老板伸过来拉她的手，"老板，求你还让我端盘子洗碗吧。"眼见得老板的脸冷了下来，他转身坐在那把精美的转椅上，不紧不慢地点上一支烟，悠闲地吐出一个大烟圈，又接二连三地吐出一串小烟圈，刚好这些小烟圈排队冲进了大烟圈，然后慢慢散去，这烟圈真让他吐绝了。

他绷着脸望着柳丹阳，半晌才说："你真怪，别人要干我不用，你却推三阻四不肯去多赚钱，去吧去吧，端你的盘子洗你的碗去！""多谢老板。"柳丹阳暗中松了口气，急忙退出了经理室。

崔老板继续吐着他的烟圈，心中却愤愤然："哼！好你个柳丹阳，敬酒不吃吃罚酒……"

柳丹阳回到前厅收拾桌子去了。那几位美丽的姑娘更加漂亮起来，丹阳心中明白，那些款爷得不到实惠，能够轻易拿出小费来吗？自己可不能上那个当。

发工资这一天，柳丹阳手中的钱比上月少了一百元。她望着手中这几张少得可怜的钞票，两股酸痛的泪水由眼底直入心房，像是把整个心脏都漂进了喉咙里……

夜，星空无际。柳丹阳歪在床上，一边流泪一边望着窗外的星空，心中想着往事……她知道自己姓李，邻居们都叫他们老李家，父亲因车祸而亡。可母亲为什么让姐弟俩都随了她的柳姓呢？是父母的感情不好，还是其他什么原因呢？妈妈临终前有很多话没说出来，一定是有关家里什么重要事情，可到底是哪方面的事呢？柳丹阳只是影影绰绰地记得，小时经常挨母亲的打骂，而家长管教自己的孩子是应该的，妈妈有时也会骂弟弟。邻家的二婶儿还常打她的儿子呢。

丹阳长大些以后，见母亲日夜操劳，想尽办法供养自己姐弟俩上学读书，有什么好吃的都是给姐弟俩二一添作五，母亲一口也不舍得吃，以致她的身体极度缺乏营养而丧失了对疾病的抵御能力……

父母都走了，弟弟的前程就攥在自己手中。彤阳如果不读书，让他闲散在社会上，很难说会滑到哪里去。柳丹阳抹着泪水，长长地叹了一口气，自言自语地说："唉，就可着我一个人苦吧，一定把弟弟供出个样儿来。"可怜的姑娘就这样哭着想着，想着哭着，在酒店众人面前流进心中的苦水，这会儿完全化作了涓涓细流，从它该流的地方，一串串地流淌出来……

柳丹阳趴在床上哭得太久，一只胳臂也压麻了。她努力地坐起来活动了一下手臂，心中想着：自己这样傻哭有用吗？可恨那该死的崔老板，凭什么这样对待我？

她把一对哭红的眼睛向这简陋的小屋扫了一圈，两道目光停在了这张陪了她多年的地桌上。地桌左边的抽屉一直是妈妈自己专用的，以前从不上锁。就在这一两年间，不知为什么妈妈把抽屉上了锁。为了保持妈妈在世时的样子，尽管母亲临终前把钥匙给了她，丹阳一直也舍不得打开它。现在她突然意识到，妈妈把要说的话带走了，那锁着的抽屉里说不定留有她的什么重要东西。柳丹阳揉揉眼睛，迅速地找到钥匙，急不可待地来到桌前，拿着钥匙的手却不听使唤地哆嗦起来，好不容易打开了，她却不敢一下子拉开，而是慢慢地、一点儿一点儿地向外拽，两只眼睛死盯着抽屉里。然而，却又令她失望了，抽屉里没有什么异常：一副母亲戴过的银镯环套在一起放在中间，一边放着两个发夹，另一边放着母亲平常用的针头线脑儿等小物件。柳丹阳几乎完全失望了，抽屉已拉到了极限。信！就在她想推上抽屉时，竟发现最里边横放着一封信！这正是她梦寐以求的东西。柳丹阳颤抖着双手捧出了信，虽然没有封口，她那不停哆嗦的双手却半天才抽出信纸来。几页信被打开来，丹阳一眼就认出这是母亲的笔迹，也仿佛听到了母亲的声音："丹阳，我的孩子，你是我的亲生女儿，妈妈真舍不得离开你呀……"这第一句话就让丹阳吓了一跳，"妈，你本来就是我的生身之母，干吗要说这亲生后养的话呢？"柳丹阳自语着，满眼的泪水早已挡住了她的视线，她用袖子抹了一下，急不可待地看下去："丹阳，事到如今，妈不该再瞒你了，你并不是我的亲生女儿。孩子，妈料定你此时定如五雷轰顶，百般不信对吗？"正如母亲所说，丹阳被这突如其来的炸雷轰得几乎昏了过去。她猛地站起来，又一下子跌趴在桌子上……

慢慢地，丹阳努力使自己振作起来，"不！这怎么可能？"丹阳稳定一下情绪继续看下去："孩子，不要紧，赶快镇静下来，一切都已成为过去，要不是真怕这次住院回不了家的话，我是不会写这封信的。但愿我还能回家来，立刻就把它烧掉。可怜的孩子，你三岁那年生母就病逝了。不久我与你父亲相识，经过一段时间的了解之后，我便带着一岁的男孩儿来到这个家。这回你明白了吧，你和彤阳是毫无血缘关系的异父异母所生。我刚来时，什么都向着自己的儿子，待你就像小奴隶一般，动不动就打骂你一顿，那真是没错找错啊。可怜哪！我的孩子，我是曾经虐待过你的后娘，比书里那狠毒的继母也好不了多少。你父亲经常出门在外，他一回来我就做做样子，给你穿件新衣服，在你爸面前装模作样地摸摸你的头，俨然一副慈母的样子。你爸认为我真的喜欢你，背地里常夸我善良贤惠，是个好继母，其实我哪配呢？"

"两年以后，你爸又在外面结识了一个年轻貌美的姑娘，买了金屋藏了娇，以后就很少回家了。说到这里，紧接着就是，又一个爆炸性消息在你面前炸开了——你的父亲还好端端地活在世上，而且，他就和我们住在这同一座城市里。写到这里，妈真的想歇斯底里地大喊一声：李少乾！我恨死你，恨死你！你爸的名字叫李少乾。妈知道，这个不如没有的好消息，也足以令你晕倒了。孩子，千万要挺住，即便是天塌下来，活着的人也还是要好好活着的……"

柳丹阳如木雕泥塑般惊呆在那里，一时动弹不得，惊得她的泪水也倒流了回去，她觉得，自己的心脏又漂到喉咙里，气也难透一口。那封信在她手中不停地抖动着……她努力地克制着自己的神经，此时此刻，她不能有一点点慌乱，如果自身的控制力垮掉了，自己就会疯狂地跑向大街——她真的要疯了。

此时的柳丹阳仿佛成了一躯空壳，她没有悲伤，更没有父亲活着感觉真好的快乐。她费了好大的劲儿动了一动身子，脑子里乱糟糟的不知身置何方。她闭上双眼，清理了一下自己的脑子，信——还是要看下去的。

她变换了一下身体的姿势，又把信捧到面前，"……丹阳，我的孩子，妈妈是在女儿面前揭自己的丑啊。你父亲不回家，你就更倒霉了，我经常把对你父亲的愤恨撒在你身上，为一点儿小事就打骂你一顿，这就是为了寻求对你父亲的报复。后来，我对你父亲也发了狠！他一回来，我就拼命赶他走，永远不让他再回这个家，并扬言不要他的钱。不久，我在他托人带来的离婚书上签了字，带着你和弟弟连夜搬了家。这回可算是正中了他的下怀，他找不到你，就有理由不管你这个女儿了。"

"我虽然逞一时之能，泄一时之愤，可是，随着岁月的推移，问题越来越严重了。一个人的低工资养活一家三口并不是件容易的事，生活的艰难是原本没有料到的。所以，妈妈只有拼命挣钱养家糊口，也变本加厉地把你当成了报复你爸爸的对象。可想而知，你的命运就更惨了。我的孩子啊，妈妈不配为人之母……"

"丹阳，我的女儿，你有两件小事感动了我，使妈妈对你格外地疼爱起来。就在你五岁、彤阳三岁那年的一天，我做饭急需要酱油，让你拿了钱和瓶子去买，彤阳也跟着跑了去。怎知等了半天却不见你俩回来，好不容易盼回来却是两手空空。当时你吓得哭了，并说自己不小心打了瓶子洒了酱油。气得我不由分说就狠狠打了你一顿，你哭着向我告饶说下次不敢了……还有一次，我给有病的王奶奶买了一包蛋糕放在橱柜里没来得及送去，仅一天时间就被彤阳偷吃了一大半，不用说，挨打的还是你。因为我问你时你竟然含着眼泪点了头。孩子，你为什么要这样？为什么？妈妈写到这里，痛恨的泪水已是流个不止……因为有一天，邻家的王娘告诉我说，她明明看到彤阳抢着拿酱油瓶不小心掉在地上摔碎了，丹阳却告诉他回去就说是姐姐打的，她是怕弟弟挨打呀。听了这话，我心中一阵战栗，暗中怪自己冤枉了你。后来，当我又在彤阳的衣兜里发现了蛋糕的碎渣时，就更感到无地自容，明明是弟弟偷吃了蛋糕，你为什么要承认？丹阳，你能理解妈妈当时那痛苦的心情吗？写到这里，妈妈心里的滋味用语言是无法形容的，我真恨不得把打在你身上的那些巴掌都抽在自己的脸上……"

"当时，我放下要洗的衣服，把你紧紧地抱在怀里，悔恨与自责的泪水想止也止不住……你看我哭了，吓得直喊妈妈，我抹了一把泪水，大声问你：'蛋糕不是你吃的，为什么要承认？''妈妈，我怕弟弟挨打。'丹阳，我的孩子，你的话真让妈妈揪心，那悔恨的泪水也似乎淹到了喉咙里。当时我把抱你的两只手臂紧了又紧，禁不住哭出声来。你用那稚嫩的小手擦着我的眼泪，'妈妈不要哭，丹阳听话。'我的孩子，是你那颗幼小却无比善良的心唤回了我的良知，也深深地打动了我的心。此后，妈妈决定把你当亲生女儿来抚养，并且对你加倍地疼爱起来。"

"那一年中，我们又连续搬了两次家，并且对任何熟人都封锁着我们家的住址，目的就是不让你爸来接你。要知道，你和弟弟已成为妈妈的两块心头肉，要有一块被摘走，那我还能活下去吗？丹阳，我的孩子，请原谅妈妈曾经虐待过你，行吗？"

"如今，你这已经去了另一个世界的继母，只能对我的女儿说声'对不起'了。虽然妈妈已经不在人世，可是，我也为自己终于做了一个有良知的女人而稍感慰藉，谢谢你，我的孩子。"

"丹阳，彤阳被我宠坏了，你不必管他。你的成绩那么好，去找你爸爸吧。他叫李少乾，现有数套房子，如今又是两家大酒店的老板，还有一家大型建材商店，生意红火得很。他那些年找不到你，早已死了心。也可能他的新家有什么特殊情况，乐得女儿有人养着。听说他们又有了一个女儿，详情不明。孩子，去找他吧，那可是你的亲生父亲哪。妈妈之所以从前不跟你说这些事，就是怕你离开我，因为我实在不想失去你这个女儿。孩子，如果不是妈妈身体如此糟糕，这么快就走了，我一定会供你姐弟都去读大学的。唉！事到如今，再说这些没影的话已经毫无意义了，就这样丢下你姐弟俩，妈妈真是死不瞑目啊。好了，妈妈把该说的话都说了。那抽屉里的纸包中，有你三口之家的照片，看你小时候的样子多可爱。好了，妈很累，真想长眠不起才好，也预感到这一天不远了……祝愿我的女儿一生平安。妈妈于重病中写了这封信，可能就是绝笔，也无法说再见了我的孩子。×年×月×日"

"妈……我的亲妈，你为什么要丢下我们……"丹阳在痛苦的哭泣中自语着，又生怕惊醒弟弟，只好把脸埋在被子里。

另外还有一页信是写给彤阳的。信中也说明了他与姐姐的关系，要他自食其力，早些自谋生活。柳丹阳无心看下去，她急忙找到那张照片，上面的三个人都在笑。父母像是得了宝贝一般把一个梳着羊角辫的小姑娘拥在中间。这三口之家好开心。难道中间的小女孩儿就是自己吗？丹阳简直无法相信眼前的事实。对于父亲，她只扫了一眼，便仔细地端详起母亲来：一张美丽的面庞，一副和气可亲的样子。"妈妈，你就是我的亲妈？为什么这么早就丢下我不管？为什么？事到如今，你让女儿如何面对眼前的一切？妈呀！我的妈妈……"她忍不住又失声痛哭起来。

柳丹阳哭了好久，也想了好久，去找爸爸念大学还来得及，弟弟的前程不能毁，他没什么亲人了。如果丢下彤阳不管，说不定他将来走到哪一步。自己的学业，弟弟的前程，这两条路选择起来好难，好难……

"当当"两声，老挂钟告诉她，时间已到深夜两点，丹阳一手拿着信，一手捏着照片歪在床上：在这张不大的照片上看，生母只不过是一个小小的身影而已。继母的影像却总在她眼前晃动，那两道可怜巴巴的眼神中带着企盼与渴望……"妈妈放心，我会供弟弟念完大学的。"

丹阳决定继续供养彤阳读书，并要把这消息严密地封锁起来，对弟弟及凯明都一瞒到底。丹阳装好信和照片放进抽屉重新锁好，天已经快亮了。

柳丹阳整夜都没有合眼，她歪在行李上闭了一会儿红肿的眼睛，自感浑身酸痛无比，却还是爬起来给彤阳准备了早午两餐，打发弟弟上学后，自己也上班去了。

第二章　姐弟情深

柳彤阳上高中三年级了。随着年龄的增长，他也开始注意打扮起自己来。平时，柳丹阳除了完全满足弟弟的学习用品之外，其他一切吃的穿的用的，丹阳无不可着弟弟。然而，这个涉事太浅、还是一脸孩子气的柳彤阳，并不懂得生活的艰难和苦涩，而且，他开始对女孩子产生兴趣了。

你看他，站在镜子前面，着意地梳拢着自己的那一头黑发，脸上露出了笑容。可是当他低下头看着自己那一身已经旧了的学生装时，不由得眉头紧皱，脸色也变得暗淡下来。是呀，自己长成一个英俊的大小伙子了，衣着却还是这么寒酸，真是有损自己的形象。再说，今天可是约了女同学来的呀。彤阳一脸不高兴地扯了一下自己的衣襟，又去摸了摸姐姐昨晚下班才给自己洗过的、尚且湿乎乎的半旧制服，随即筋着鼻子摇了摇头……

已经十七岁的柳彤阳，对身边的女同学在不知不觉中产生了一种令人莫名其妙的亲近之感。尤其对陈羽飞这个女同学，更有一种朦胧不解的爱恋之意，时而有脸上发烧身上发热的感觉。

今天是星期天，好不容易盼到了下午，彤阳便把备好的糖果装进茶盘摆在桌上，喜滋滋地等待着女同学的到来，还不时地对着镜子抚弄着自己的头发。他站起来又坐下，翻开书又合上。约定时间早过，陈羽飞迟迟不来，柳彤阳着急起来。他坐在桌边，微微闭起双眼，面前出现了羽飞那张美丽的脸："柳彤阳，明天下午三点，我去你家做习题，行吗？""行行，当然行，我十二分地欢迎你。""那好，你可在家等我。""好，一定一定。"陈羽飞面上掠过一丝笑意，快步拐过路口去了。柳彤阳兴奋地望着她的背影，直到看不见。

现在约定时间早过，他左等右等不见羽飞到来，只好坐在那里望着桌上的糖果发呆。

在下班的路上，柳丹阳遇到了以前见过的弟弟的同学陈羽飞。只见她白衫蓝裙，步履轻盈，美丽的脸上带着笑意："丹阳姐，真巧，正好我要上你家。""去我家？找彤阳做习题吗？"柳丹阳的态度有点儿冷淡，陈羽飞似乎有所察觉，"也是也不是，我的作业早做完了。""这么说你还有别的事？""哦……"陈羽飞犹豫地咬着下嘴唇，又似乎下了决心，"丹阳姐，我把要和彤阳说的话，就跟你说了吧，你可要答应我不许告诉他，更不能责怪他呀。""他在班里闯了祸？"柳丹阳担心地问。"不是不是，是关于……哎呀，我还真不知道怎么说好呢。"羽飞的脸红起来。"怎么，你们在恋爱？未免太早了吧？"陈羽飞爽朗地笑起来，"我的丹阳姐姐，你总算是说对了我要说的一半意思，不过可不是我，而是你的弟弟柳彤阳。这一阵子他总是找我，学习这么紧张，我哪有时间应付他呀。直接拒绝他又不太好，所以我昨天放学时告诉他，今天我到你家跟他谈谈这件事，让他打消这个念头，把精力用在学习上。一年的时间很快就会过去，过早地考虑那些不着边际的事，耽误了学习可是一辈子的事。丹阳姐，我说的对吗？"见陈羽飞用期待的目光望着自己，柳丹阳真为弟弟感到脸红，"羽飞，你说的太对了，是我错怪了你。我一定劝弟弟赶快收心，集中一切精力完成这一年的学业，攻克高考这一关。羽飞，你真是个好姑娘，就不要说我们谈了这件事，给他留个面子吧。日后你慢慢疏远他就是，也不要说给别人，你看好吗？""丹阳姐，我也这样想。其实他并没有错，只是太早了些。""好羽飞，我真感激你。"柳丹阳拉着姑娘的手，有些不好意思地说。"丹阳姐，就这样吧，我回去了，再见。""再见。"陈羽飞走了几步，又回头摆了摆手。柳丹阳深深地叹了口气，转身快步向家里走去。

正在桌旁呆坐的柳彤阳，忽听外间有开门的响动，他三步并作两步地冲出来，却差点儿与快步进来的姐姐撞个满怀。"彤阳，干吗这样慌张？""我，约了同学来，还以为……""同学来也不至于急成这个样子，是那个陈羽飞吧？""你怎么知道？""我刚才在街上碰到她，她让我转告你说有事不来了。"柳彤阳不好意思地点点头回屋去了。丹阳想着刚才在街上与陈羽飞的谈话，不觉眉头紧锁，想张口说什么又找不到合适的话语，只好咬咬牙闭住了嘴巴，轻轻地叹息了一声。

丹阳来到屋里看见桌上的糖果,不由怒从心头起!她奔向那个放钱的抽屉,猛地拉开——本来就少得可怜的生活费所剩无几。柳丹阳用拳头使劲地捶了一下桌面,"你……柳彤阳!不想吃饭了是不是?这可是咱俩的生活费呀,你显什么大方?""这点儿钱也算大方?还不够人家一个月零花用的。"柳彤阳满不在乎地说。"你……你怎么能这样比?我们什么条件你不知道吗?""姐,一点儿小事也动起肝火来,这钱我以后挣了还你就是。"柳彤阳的话越说越离谱,更让柳丹阳怒不可遏,"你……你把这话再给我说一遍,说!"丹阳已经是杏眼圆睁、怒发冲冠了。彤阳见姐姐指着自己的鼻子,接着双眼慢慢合拢,两行痛苦的泪水扑簌簌地滚落下来,心中方觉不安,他退了两步,有些胆怯地望着姐姐。

　　此时的柳丹阳真想把刚才陈羽飞的话说给他,更想把妈妈的信拿出来摔给他。可是不行,一旦彤阳恼羞成怒,再知道他和自己的关系,后果将不堪设想。最大的可能就是他会逃离这个家,再也不回来了,这个结果是她不愿看到的。妈妈那满是泪水的脸又飘过来:"彤阳被我宠坏了,放弃他去找你爸爸念大学吧……"不!不能,我不能丢下弟弟。想到这里,柳丹阳努力地压下心中的火气,慢慢地放下自己的手,摇晃着身子坐在椅子上,那有苦难言的痛泪还在不断地流,流……

　　看到姐姐如此模样,彤阳虽然心中还有些不服气,可是,自从妈妈走后,姐姐一直无微不至地关怀和照顾自己,他不敢再说什么了,"姐,是我不好,惹你生气了,以后我不再乱花钱了就是。"见弟弟深低着头,说出这略带委屈的话,丹阳的心也软了下来。她站起身抹抹自己的眼睛,来到弟弟身旁,将一只手搭在弟弟的肩上,"好弟弟,是姐姐无能,挣钱太少,姐对不起你……可你又怎知,在私营老板的手下挣点儿钱有多么难?姐姐也有委屈呀……"丹阳说着,双眼又含满泪水。柳彤阳抬起头,满怀歉意地拉住了丹阳的手,"姐姐,对不起,我以后一定听你的话。"柳丹阳有些激动,她紧握弟弟的手说:"彤阳,你年龄还小,眼下的任务只有学习,这一年可是决定你一生命运的时候,一旦荒废了学业,你这一辈子就完了。你知道,姐姐现在多么想回到课堂里继续读书……可是,我们的生活怎么办?姐姐又怎忍心让你辍学回家呢?所以,你千万不可过早地想那些不该想的事情。努力把握这最关键的一年时间,就一定会有个好前程，你说对吗？"柳彤阳听着姐姐的话，不住地点头，"姐，请放心，我会努力的。"

柳丹阳带着满腹的委屈与怨恨，默默地承受着家里外头的双重重负，依旧细心地照顾着弟弟。有一点倒令她稍感慰籍，弟弟变懂事了，学习上也有了新的进步。

这天下班后，柳丹阳绕到市场买菜，先给弟弟买了两叶猪肝和两根火腿肠，又捎上几个馒头。因为彤阳经常学习到深夜，丹阳经常给弟弟弄点儿小灶让他保养身体。自从妈妈去世后她一直都是这样照顾彤阳的。

回到家，丹阳把猪肝泡在水里，一边点炉子一边想着心事。下月的工资不知怎么发，那该死的老板分明是用钱挟制她，这不是正如妈妈说过的"人在矮檐下，不得不低头"的话吗？

柳丹阳一面做饭一面想着心事，她不由得又思念起妈妈来，现在应该说是继母了。要是这位母亲还在，她决不会让自己离开学校去受这份窝囊气的。丹阳思念着母亲，不禁又落下泪来。

不太好烧的炉子冒起烟来，呛得她不住地咳嗽着，眼中的泪水加倍地流出来，分不清哪一滴是呛出来的眼泪，哪一滴是伤心的泪水。

水开了，丹阳把洗净的猪肝放进锅里煮起来。一会儿，热气从锅沿滋滋地冒出来，一股香气扑面而来，丹阳不由自主地抽动几下鼻子，她本能地咽了一口唾沫。

猪肝煮熟了，她捞出来晾一晾，再切成薄片，忍不住拣了一小片放在嘴里慢慢地嚼着，又把另一块猪肝放进饭盒里盖好，放到柜橱上面通风的地方。然后热上猪肝和馒头。

弟弟还没回来，她压好炉火，自己拿出一个馒头端了一碟咸菜，进屋放在桌上，又取过一本书，一边吃一边看起来。

天已经黑下来，丹阳知道弟弟上晚自习要晚些回来，所以并不着急。她吃完饭，又把火腿肠切了一根放进盘中摆在桌上。一切准备完毕，丹阳又备了一小碟蒜酱，连同筷子放在桌上。

墙上的老挂钟已经指向九点一刻，彤阳终于回来了，带着一脸的倦意，"姐，我饿坏了。"彤阳还没放下书包就喊起来。

"别急，洗洗手马上开饭。"丹阳到厨房打开锅盖，热气扑面而来，她吹着气端出馒头和猪肝，还有稀饭一起放在木盘里，端进来摆在桌上。彤阳一边擦手一边弯下腰来闻着猪肝，"好香的猪肝，还有肠。姐，别光给我弄好吃的，我们一起吃吧。""彤阳，姐吃过了，你多吃点儿肝养眼睛。再说，我在饭店常吃的。"其实，饭店的那一顿午餐，除了白菜就是土豆，哪会有什么猪肝。"姐，不行，我要看着你吃几片。"彤阳说着拿起筷子夹起两片先送到丹阳的嘴边。"姐。快张嘴嘛。"丹阳拗不过，只好用两个手指接过猪肝分出一小片放进自己的嘴里，又把另一片强行塞在弟弟口中，"吃，咱俩一起吃。"姐弟俩嚼着猪肝都笑了。

崔老板对柳丹阳早存占有之心，所以他想出了降工资这个损招儿以此挟制柳丹阳。

钱——对于柳丹阳来说，似乎比什么都重要。

平心而论，柳丹阳对生母的印象只有那张十五六年前照片上的影像，而对继母，从她完全记事后就一直当作生母。何况，继母疼她并不亚于彤阳呢。

继母走了，她又怎能丢下这个虽然与自己毫无血缘关系却又无法割断姐弟情义的弟弟呢？然而，丹阳却没料到挣钱维持生活竟如此艰难。她想起了从前听邻居们说"男人有钱就学坏，女人学坏就有钱"的话，丹阳相信世道总会越变越好。可是，找份合适的工作真难啊！

这几天，柳丹阳跑了数家公司，也包括一些酒楼饭店，她想换个方式或换个地方工作。可是，那些动文笔的地方都问她有什么文凭，英语几级，这些条件她可还差得远呢。酒店呢，也只有唱歌陪酒的份儿。

弟弟快要考大学了，按现在的成绩是没问题的。为了钱，为了多赚钱，柳丹阳犹豫着想去找崔老板。

这两天是暑假后开学的日子，这一晚陶凯明来了。他像汇报似的讲起了父亲给他找了市里最好的高中去复习。还说校长看了他的成绩单，笑着说明年保证送他进入一所重点大学。陶凯明说得高兴，却没注意到丹阳的脸色暗下来。很明显，她挂在脸上的一层笑意是伪装的，一向善解人意的陶凯明见到这张强作的笑脸，才意识到自己忽视了两人之间最重要的问题——读书与失学的反差。他怎能不顾及丹阳因失学而越发沉重的心情呢？

陶凯明收敛起自己的笑容，"丹阳，你放心，不管以后我读书到什么程度，绝对不会忘记你，让我们永远好下去，好这一辈子，行吗？"柳丹阳不置可否地点头又摇头，随即苦笑着说："陶凯明，你不要胡思乱想了，你可知我们之间已形成一堵无形的墙壁，它将会日益增厚，如大山一样不可逾越。眼前的状况明摆着，我是服务员，而你却是未来的大学生，我们之间的距离会越拉越远。我只希望你把我们这几年的纯真友情珍藏在心底就够了。你的前途无限，自去努力争取吧，千万别去想这些不着边际的事。我们论过大小，从今以后，就当我是你的姐姐吧。开了学就少到这儿来，我班上忙，也没时间陪你。好了，时候不早，回去晚了你父母会惦记的。"柳丹阳说着，站起来准备送客。陶凯明虽然没有要走的意思，却也不得不站起来走向门口，柳丹阳送到门外，陶凯明转过身来："丹阳，你我之间会有些障碍，正如你说的大山一样。可我会变成一只穿山甲，无论这座山有多厚，我都会穿透它。我们都二十岁了，还会像小孩子一样无的放矢乱说话吗？就让我们相约在明天吧。我们把对方都藏在自己的心中，这样，你和我会成为彼此学习工作的动力，直到我们永远在一起的时候。丹阳，你说行吗？"听着这些话，两股苦涩的泪水从柳丹阳的心底涌上来，从那两只清泉般的杏眼中，流淌到这张悲苦的脸上，被天上那半圆的明月照得亮晶晶的格外显眼。人总是在变的，谁知几年后他会是什么样子……柳丹阳这样想着，自己往前走了几步，并在暗中拭去泪水。

　　她见陶凯明也跟上来，便强作笑脸说："凯明，我们不要再提这大山与穿山甲的事了，现在似乎还不大可能，时间还很遥远，岁月总是在改着人的初衷，就像我，母亲的离去彻底断了我的大学路，这是任何人都不愿见到的事，可谁又能有这回天之力？也只好由我自己与这不幸的人生来抗争了。仔细想来，怎么活也是一辈子，对于上大学的事，我早已心灰意冷不去想它了。只要看到你和弟弟同时考入大学，那将是我此生一大快事。"柳丹阳说着停住脚步，她想把母亲留信的事告诉凯明，却怕他传给弟弟，遂又改变了主意，"好了，不远送了，祝你学业有成，再见。"柳丹阳想转身回去，却见陶凯明向她伸出手来，"丹阳，就让我们握手告别吧。"柳丹阳犹豫了一下，还是伸出手去，这是他们几年来的第一次握手，陶凯明握住柳丹阳的手不肯撒开。柳丹阳红着脸抽了两次都没抽出来，"凯明，你该走了。""丹阳，让我们拥抱一次吧。"陶凯明不管丹阳是否同意就顺势一拉，把丹阳拥在了自己的怀中……柳丹阳不知所措地想推开陶凯明，却被他抱得更紧，此刻两个人的心中又何尝不想让世界上的一切就此静止……

良久，还是柳丹阳理智得多，她的思绪一下子又回到现实中，她推开凯明，有些忸怩地低声说："凯明，你快走吧，我该给弟弟弄夜宵去了。"她说着转身快步回屋去了。陶凯明望着丹阳的背影，心里想着：多好的姐姐……柳丹阳，我要定你了。

尽管有了那一次幸福甚至令丹阳激动的拥抱，可她还是以一颗警惕的心，迅速地认识了自我，她决定抛开陶凯明，努力赚钱，供弟弟念完大学，完成这个"伟大的使命"之后，再去考虑自己的事。

想多赚钱，说来容易做起来难，如今，全社会的人都在想着赚钱的事，对于一个无依无靠的弱女子来说，她无法去和那些疯狂的人们竞争，唯一的办法，就是尽量发挥自身的潜在能力……她又想起"女人学坏就有钱"这句话，能不能让女人不学坏也有钱呢？可是，当她一想起那个问她有何文凭、外语几级的人的那种鄙夷的目光时，便不由得心中发狠！在她的心中，又毅然地做出一个新的决定——她捧起了高中的英文课本，又买了一台小电视，每天可以听到英语讲座。

柳丹阳终于主动地坐在了崔老板的面前，看着他那副殷勤相儿，丹阳倒觉心中好笑，"崔大哥，我这样称呼你怕是高攀了吧？""不不，这样我爱听，爱听，有事请说吧。"老崔客气地倒过一杯茶来，那目光中难免有些贪婪。"大哥，我的情况你都知道，看来，想多赚点儿钱只好听你的话了。""我说嘛，这本来是个轻松的来钱之道。其实呀，也没你想的那么严重。有些赖皮缠的顾客，只要你随机应变就是，他们是不敢怎么样的，只要保住自己不吃大亏，又挣钱，这才是高手。正好今晚有几桌客人，那几个丫头片子恐怕应付不过来呢。"老板的眼睛有些发红，他站起身来到丹阳身边，轻轻地拍了一下她的肩头，"把自己收拾一下，给那些大款们斟斟酒，再陪上三杯两盏，钱就来了，我就不信，大庭广众之下他们会吃了人，就这么简单。"柳丹阳急忙起身点头，"多谢老板，我去了。"然后逃也似的走开了。老崔想说句什么话多留她一会儿，却没找到适当的语言，他张张嘴又闭上，扬扬手又放下，然后眯起双眼微微一笑，望着丹阳的背影，不怀好意地点了点头。

　　说起来这些款爷也真怪，在姑娘们身上花钱，他们出手也真大方，只要那漂亮的小姐向他送上两缕秋波，有人就会神魂颠倒而找不到东南西北了。有的姑娘被迫做了陪酒小姐却也能处处小心，只带着那深沉的一笑，继而变成了冷面佳人，让你舍不去又近不得，她们连一个媚眼都不肯送过来。这样的姑娘对你是不即不离却有着极大的诱惑力。这些花钱找乐的款爷们，也不敢轻举妄动。

　　现在，柳丹阳坐在一个西装革履、四十多岁的款爷身边，一张轻描淡抹、美丽大方、笑意微露的脸，显得格外可爱。她点上一个头，敬上一杯酒，那一对不知道隐藏着多少神秘的酒窝稍微一深，会让人久久难忘，更足以使这位款爷着迷了。但是，这位款爷可不是傻子，多年的经验告诉他，这种性格的姑娘往往是可望不可即，更需要耐着性子，多用钱换取她的芳心，令她在感激之余主动投怀送抱，这样才能达到自己的最终目的。这个平时连一条裙子都不肯给老婆买的大款爷，望着面前这位少见的美人，决心要在她身上下一番功夫。他心里在暗中盘算着：老婆早已徐娘半老，实在太没劲。就算自己长年包养的那个长发姑娘，相比之下也是逊色三分。看起来这美人也真是天外有天呢。只见他伸手入怀，一下子就抠出了一沓大票，他右手攥着钞票，并往左手掌上轻轻地拍打着，亮出一副挑逗的架势。倘若她抵御不了这些钱的诱惑，也许，姑娘在一阵惊喜之后，会扑上来搂住他的脖子，用她那狂热的亲吻换取这沓票子。可是，他错了，姑娘竟然纹丝未动，只是那对迷人的酒窝很不明显地深了一深。

　　柳丹阳可不是个拜金的姑娘。只见她收起笑靥，对客人手中的钱视而不见，却捧上一杯酒敬过来。客人显得有点儿慌乱地左手接杯，受宠若惊般一饮而尽。他清楚地看到，眼前的这位姑娘绝不同于那些嬉皮笑脸、见钱眼开的小姐，可她身上渗透出的那股强烈的吸引力却是令人无法抗拒。客人努力镇定了一下自己的情绪，他觉得自己应该尽快离开，否则，他怕自己的身体会不受控制地扑上去。掏出来的钱是太多了些，可是为了面子，却又无法分一些揣回去。只见他右手的拇指向上一捻，食指在扇面般的大票背面中间一隔，稍一犹豫，又迅速地把钱合成一沓，罢罢，为放长线钓上这条美人鱼，今天就咬咬牙大方一把。他使劲地咽了一口唾沫，努力命令自己平静下来，掩饰地用左手轻轻地捋了两下头发，然后强作从容地把这一沓钱放在柳丹阳面前，随即又掏出一张名片放在钱上，"柳小姐，我有事该走了，谢谢你的作陪，我还会来的，再见。"柳丹阳扫了一眼名片，起身相送，"多谢沈经理，多谢。"她微鞠一躬，回到座位上，望着那沓钱发呆。

柳丹阳对这个华茂公司早有耳闻，名声可不小。她没想到第一天陪酒就碰上这么个主儿。她怎么也不能理解，斟上两杯酒，点上一支烟，作陪半个小时，竟然会得到这么多钱。她简直无法承认这个现实，也更没有胆量把这么多钱一下子揣进自己的腰包。

那边桌上的莉莉姑娘也送走了客人来到丹阳面前，"丹阳，你不把钱揣起来，还发什么愣？嫌多了是不是？"她说着拿起名片低声念道："华茂公司总经理沈纪元。哈哈，天哪！丹阳，你可攀上高枝了，这可是个大款爷，果然出手大方。告诉你丹阳，靠上这样的人，千万别撒手，今后哇，你就什么也不愁了。"莉莉拿起钱用大拇指向外一捻便知多少，"我们的柳小姐可是走红运了，第一天就来个开门红。揣着，不用你领情道谢。"莉莉说着，强行把钱揣进了丹阳的衣兜。

柳丹阳陷入了迷茫困惑之中……

此后，沈纪元又接连不断来到这里，点着名要柳丹阳来作陪。这回他可不那么傻了，每次小费只在二三百元，这对柳丹阳来说已经是掉进钱袋里了，她对此依旧彷徨不解。

柳丹阳以犀利的目光审视着自己，审视着周围的一切。此时她看着这富丽堂皇的大厅，为那些大款感到悲哀，也为自己感到难过，那痛苦的泪水又是流个不住……

一晃半年过去了，这期间，那崔老板也找过柳丹阳几次，并以解聘来要挟她。为了自己酒楼的兴隆，崔老板怎能辞掉已备受欢迎的柳丹阳？只不过是吓她一吓罢了。

以后的日子里，沈纪元的耐性也到了极限，他直言不讳地要柳丹阳住进他新买的越层套房里，并且承诺供她姐弟俩都去念大学。柳丹阳当然是婉言谢绝，这令沈纪元有些恼怒起来。可是，柳丹阳的言语温和严肃，行为大方谨慎，使沈纪元在她面前就是亲近不得。无奈之下，沈纪元不想再花这冤枉钱了。时间一久，沈纪元的身影也就很少光顾这里了。

这一天沈纪元把车停在路边，隔着玻璃望着右前方不远处的迎宾酒楼，想着柳丹阳小姐曾经给了他多少美妙的遐想，多少次令他心向神往，想入非非而夜不能寐……此时的沈纪元眯起双眼，梦幻般笑了一笑，又恋意绵绵地看了看迎宾酒楼那金光闪闪的大横匾，然后狠狠地皱起眉头，无奈地摇了摇自己已见秃顶的脑袋，咬咬牙把车开走了。

李少乾出场了。让我们把时间拉回到数年前……

李少乾开着一辆黑色高级轿车不紧不慢地行驶在马路上，不时地向右侧的一片平房张望着，那里正在动迁。人行道上成了卖破烂的市场，不少人都在折卖自己的废旧物件。李少乾放慢车速，后面的几辆车都超他而去。他把车停在路边，见原来邻家的二嫂正在卖破烂，便急忙下车走过去，"二嫂你好，好久不见了。""哎哟！这不是李大款爷吗？这几年你上哪儿去了，怎么连个影子也不见了？""二嫂，我工作很忙的。""我的妈呀，什么伟大的工作，忙得老婆孩子都不要了。"李少乾听了这话，脸一下子红到耳根，"我回来过两次，只是……""只是不想要她娘几个了是不是？""嫂子，我是来接丹阳的。""领你的女儿？那娘儿俩怎么办？你不管了？"二嫂瞪着两只大眼盯住李少乾的脸。"我和她感情不和，没办法，已办了离婚手续。""感情不和？就你这样的骚男人，和什么样的女人也和不了。这回可好，自己的女儿由别人养着，你可以心安理得做一只野蜂子，随便到外边采花折柳，去尽情风流快活，还要什么女儿？""二嫂，他们究竟搬到哪儿去了？"李少乾带着一脸尴尬说。"他们早搬走了，告诉你，你想要丹阳，可那孩子自己都说她爸爸早被车轧死了，他们是为了躲避你搬走的。这回呀，你可少了个累赘是不是？""不是不是，二嫂，请你告诉我他们住在哪里？"二嫂这一顿西北风掺沙子——连讽刺带打击，说得李少乾的脸红一阵白一阵的。其实，李少乾并非不惦记女儿，只是自己出了一家又成个家，对女儿的事一拖再拖，一晃几年过去了，这回可好，连女儿的影子也难见到了。

这二嫂对丹阳母女三人充满同情，对这个弃旧迎新的李少乾呢，当然也就恨得牙根直咬了。她早就发过誓，要见到李少乾非狠狠骂他一顿，替丹阳母亲出出这口恶气。

二嫂想起了丹阳他们搬家那天晚上……邻居帮柳明军把箱柜、行李、衣物装上车，刚上学的丹阳背着书包，抱着两个小木凳，另一只手牵着弟弟彤阳从屋里出来，"妈，快给你。"母亲接过小凳放进车里，"丹阳，你别搬了，看碰坏了手脚，看着弟弟就行。"她说着伸手轻轻地拍了拍女儿的头。"哎。"丹阳答应一声，"来，弟弟站到这里。"她领着彤阳站到了墙边。"姐，我们不要这个家了？"小彤阳觉得这个家住得挺习惯，不知为什么要搬走。丹阳扯着弟弟的手说："小弟，我们又有一个新家了。""那里有小朋友玩吗？""有，有好多小朋友。""我不认识他们能玩吗？""不要紧，慢慢就会认识的。"两个孩子被抱上车，二嫂和几个邻居送到胡同口。"我们相处这几年挺投缘的，你们这一走我真有点儿舍不得……"二嫂说着，眼圈有点儿发红。柳明军把二嫂拉到一边，"二嫂，其实我并不想走，是怕那老东西来找麻烦，怕孩子到那边受气呀，我们再见了。"她含泪上车……

一晃就是数年过去。

现在，李少乾就站在二嫂的面前，已被她骂得不知如何是好了。可是二嫂觉得还没骂够，她心里想着过去的事情，心中恨口中狠："他们住在哪儿跟你有什么关系吗？我知道也不会告诉你。你说为什么？哼！我是怕孩子跟你学坏了。女孩子要是走了你那个歪歪道儿可全完了。有朝一日丹阳大了，我非把你那些丢脸事都告诉她不可，让她知道自己的父亲有多么'伟大'，看你这张老脸往哪儿搁？"二嫂这顿狗血喷头地骂，加之这些买旧物的人大都认识李少乾，大家十几双眼睛一齐射向了他，令他有些恼羞成怒了，"你这人也真怪，我花不花与你有什么相干？当今社会兴这个，你懂什么？这叫本事，本事！""曜！你吃不住了是不是？那你就花去呀，还找女儿干什么？又有谁叫你来找挨骂的，还费了我这么多时间，没有眼力见儿。"二嫂说完，狠狠地瞪了李少乾一眼，只顾铺摆她的旧衣服去了。李少乾的脸沉了下来，他张张嘴又闭上，转身奔向自己的轿车，只听马达一响，轿车拐弯不见了。

其实，李少乾一直惦记自己的女儿，他早想把丹阳接到自己的身边，奈何那尚且年轻的妻子百般不答应，何况，李少乾和她结婚时并没有说自己还有个女儿，这不是活活让人家抓住把柄了吗，妻子说他骗了她，为此两人闹翻了。

家庭战争令他无法顾及女儿的事，况且，他们又有了个女儿。

今天在这里挨了二嫂的一顿臭骂，让李少乾王八掉灰堆——憋气带窝火。他知道和这种女人无法论出什么道理来，她那张利嘴也实在让他受不了。现在，他余气未消地咬着下嘴唇，两手熟练地转着方向盘，心中想着女儿……多年不见，算来孩子有十四岁了，她长得什么样？如今就是面对面也不认识了，说来实在令人惭愧。丹阳要是知道自己的身世，知道她亲生父亲的情况，不知会怎样恨他呢。

一晃又是三四年过去。其实，李少乾的日子也不好过。在与妻子打打闹闹的数年中，他的另一个女儿也过十岁了。他觉得自己已经对不起丹阳，再不能对不住这个女儿了。他要加倍地照顾好这个女儿，以此从心灵上得到一点儿补偿。所以，李少乾特意雇了一个保姆，以便更好地照顾女儿的饮食起居。当然，每月的生活费是少不了要给妻子的。并且，他还准备给女儿请个英语家教，可找了几个都不太合适，这事就放下了。

李少乾与妻子闹翻后，他经常夜不归宿，时不时到酒楼饭店麻将场混个通宵，白天还要出去应酬。慢慢地，李少乾成了"自由神"。

这一天，李少乾忙完工作，自己坐在办公室里感到无聊，他驾着车来到迎宾酒楼想消遣一下。由于这里的崔老板是他的朋友，他反倒很少光顾。今天到这里是因为听说迎宾酒楼出了一个绝代美人的缘故。他虽然结识过不少女人，但是被称作绝代美人的实在少之又少，让他不能不前来领教一下。

李少乾把车停在酒楼前的停车场，下车后抬手正了正领带，不紧不慢地走进前厅，两个美丽的、面带温情又笑容可掬的姑娘迎上来，把他引到二楼靠里的一间宽敞明亮的包房里让了座。一杯浓香的热茶随即捧到他的面前。

此刻，崔老板上得楼来，他想看看今天的客人有多少。刚走到里间门口，一眼看见这位日久未见的老朋友。"哎哟！是少乾大哥，难得贵客光临，欢迎欢迎。"崔老板说着，急忙进来与李少乾热烈握手。"崔老弟，你这里真是今非昔比鸟枪换炮喽，装饰得如此堂皇，可是抓住聚宝盆了。""什么聚宝盆，凑合着闹就是了。李兄今日大驾光临，咱哥儿俩可要好好饮几杯。莉莉，去把柳小姐叫来，陪陪这位李先生。""老板，柳小姐那里有客人，我在这里吧。"显然，这个叫莉莉的姑娘很不想走，因为她断定这位李先生又是一个沈纪元式的人物，要陪好他小费一定不少。"叫你去就去，啰唆什么？还有你，你两个去把柳姑娘换过来，去吧。"崔老板又指了指门口的另一个姑娘说。两个姑娘勉强点点头，很不情愿地走了。

她们来到靠正厅的一个单间门外，"柳小姐，老板在九号叫你。"听见莉莉的声音，柳丹阳急忙推开房门，"我这有客人，什么事？""不知道，反正不是坏事吧。"显然，莉莉带着几分妒意。屋里的客人嚷道："喂，这位小姐是我叫的，未经允许怎么随便走人，还要不要小费？""先生对不起，有这二位姑娘陪你，可比我好得多呢，再见。"柳丹阳说完又对两个姑娘说了声："谢谢你们，我去看看。"然后点点头快步走了。只见莉莉两个姑娘一边一个地重新拉了客人坐下，"先生，看来你是嫌弃我们俩对不对？快坐下吧，我们陪你好好喝几杯，会让你高兴的。"客人被两个姑娘各抱着一只胳臂，心中觉得舒服，他看得出，这两个女孩儿与刚才那个不一样，他接过她俩敬过来的两杯酒，一口一个地干了。

柳丹阳来到九号包房，见崔老板正陪着一位客人在聊天，桌上已摆上几碟菜肴，还有一瓶汾酒。她无意中向客人撩了一眼，似感面熟，心中不觉一愣，满怀狐疑却又慢条斯理地走进来，对客人微微点头，"先生你好。"只见崔老板急忙站起来介绍："柳小姐，这位是我的好友，大名鼎鼎的李少乾先生。少乾大哥，这是柳丹阳小姐，她可是我这酒楼里的花王。怎么样？文静高雅，一副古典美人的风格。有她陪我们喝酒，准保你千杯不醉，哈哈……"崔老板说着，两只贪婪的眼睛盯着柳丹阳，他虽然还没得到这位冷美人，心中却也为自己的酒楼里有这样的美女而得意忘形。然而，他却没有发现被介绍的两个人已是变颜变色：一个惊异万状，随即呆若木鸡；另一个是柳眉倒竖、杏眼圆睁！天下竟有这等奇巧之事！柳丹阳咬牙切齿地晃着身子把自己摔到了椅子上。

正在这个节骨眼上，门外有人低声喊道："崔老板，杨经理请你，说有急事。"此时的崔老板完全没有注意到面前两个人表情上的剧烈变化，他有点儿过意不去地对李少乾说："本想和李兄畅饮几杯，真不巧。柳小姐，你可要陪好李先生啊。"崔老板说完快步出去，随手轻轻地带上了房门。

但只见柳丹阳怒气冲冲地奔到门前推开房门，又转身回来坐下，两道目光如两柄利剑般刺到客人的脸上，"李少乾！你就是李少乾？老天哪！你为什么这样作弄我？为什么……"柳丹阳说着，用力咬着下嘴唇，两眼合拢，两行痛泪倏然而下，继而低声哭泣起来……

本来，柳丹阳对这个"李"字就很敏感，后边再加上少乾这两个字，就更使她如同挨了炸雷！看年龄相貌，面前的人不正是妈妈遗书中说的那个李少乾吗？怪不得自己第一眼看见这个人就觉得面熟，原来他正是自己三口之家合影中身边那位"伟大"的父亲。要不是有个弟弟需要她供养读书，她一定会去找爸爸供她上大学的。十几年不见的亲人哟，怎会在这种特殊得不能再特殊的场合下相遇，难道不是老天欺人太甚吗？想到这里，柳丹阳悲愤交加地伏在桌上放声哭起来，好在前厅响起了音乐，不然外间的客人准能听到。

再看李少乾，在柳小姐刚进来时，他心中就大吃一惊！这个姑娘怎么长得和自己已逝去的结发妻子年轻时一模一样？他一下子就想起自己的女儿来，丹阳，丹阳，莫非她就是我多年寻找思念的小丹阳吗？这个名字可是自己和妻子在字典中千挑万选定下来的，它意味着女儿就是他们心中的小太阳。妻子病逝后，再婚妻了柳明军带来的小男孩儿也就随丹阳叫了彤阳。令人不解的是，丹阳怎会随了继母的柳姓？这十多年来，由于家庭的再次变故，使他无法见到自己的女儿，可是作为亲生父亲，他又怎能不想念和惦记自己的亲骨肉呢？此时此地，此情此景，父亲对女儿的真爱，一下子从他那积郁已久的内心深处迸发出来……只见他站起颤巍巍的身子来到姑娘面前，"丹阳，你是我的小丹阳吗？"随之，一只手也抚在了低声哭泣的柳丹阳肩上。"拿开你的手，别碰我！"柳丹阳如同被蝎子蜇了一般，噌地跳起来，吓得李少乾倒退两步，"丹阳，你应该叫李丹阳，为什么随了你继母的柳姓？"只见柳丹阳离开桌前，抹了两下眼泪冷笑一声，"怎么，我姓什么与你有关系吗？""有的有的，你是我的女儿，应该姓李，怎说没关系？""开什么玩笑？我的父亲早在十几年就死在了车轮之下，这神圣的父女关系也是你随便认的吗？岂有此理！"柳丹阳起身要走，被李少乾抢先挡在前面，"丹阳，你不要走，我知道自己对不住你，可我一直在找你呀，你们的住址几经变换，连派出所都替你们保密，让我怎么办？就算你不喜欢这个李姓，也该随你生母的姓，去姓什么柳？"柳丹阳镇定了一下自己的情绪，盯着李少乾的脸，"李先生，对不起，你认错人了。我的任务是陪好你的酒，来吧。"她满面怒气地回到桌前倒了两杯酒，并将一杯使劲蹾在李少乾面前，"先生请，我先干为敬。"丹阳先端起自己的酒杯一饮而尽，她随后又倒满酒杯，又一口干了，"喝呀。"丹阳就像跟自己赌气一样，连干数杯。

此时的李少乾心如刀绞，面对已经认准了的女儿，在父亲面前如此糟蹋自己，他说不出半句安慰的话语，心中自是伤痛至极……只见他两腿一软，扑通一声竟跪在了女儿面前，"丹阳，我的孩子……"还在倒酒的柳丹阳，见李少乾抬着一张酸楚的脸，可怜巴巴地望着她，这一举动不能不让柳丹阳大吃一惊！平生几乎是第一次见到的父亲，竟会是这副模样，他毕竟是自己的亲生父亲哪。她急忙丢下酒杯，两步跨到墙角，面对墙壁嚷道："快起来，谁叫你这样！"李少乾悲苦地望着女儿的后背，慢慢地站起来，"丹阳，如果你不想让爸爸一头撞死在这里的话，就请你转过身来，听我说几句话，行吗？"柳丹阳听了，不由她不转过身来，"李先生，我再次告诉你，你真的认错人了。如果不需我陪你，那我走了。""不不，丹阳，求求你别走，难道你就不能听我说几句话吗？"见李少乾那副哀求的苦相，柳丹阳有些不忍，"李先生，你觉得在我面前还有说些什么的必要吗？我看你还是免了吧。""不，丹阳，求你快回到我身边来好继续读书，将来也有个出头的日子，行吗？"李少乾怕女儿不容他多说话，所以开门见山，也恰巧说到了丹阳心中最渴望的事。只见她慢慢低下头，半天无语。李少乾又接着说："丹阳，尽管我过去有千件万件对不起你的事，可你总得给我补偿的机会。那柳明军怎么了，她为什么让你到这种地方来？要是她的亲生女儿再也……""住口！"柳丹阳愤怒了，"不许你说我母亲的坏话。在我的心目中，她就是我的亲生母亲。要没有这位妈妈，我又怎会念到高中？她可是刷碗洗衣供我们上学的。何况，何况她早已经……"丹阳不忍说出母亲去世的消息，同时也忍不住失声痛哭起来，她打从心里想念这位母亲。"啊？"李少乾吃了一惊，"这么说你继母她……""她就是为供我们姐弟俩读书活活累垮了身体，已经去世快两年了。""你知道与弟弟的关系吗？""知道，我什么都知道。可是，继母待我如生母，我也从没把她当作继母看待。我退学挣钱供弟弟读书，就是为报答母亲的情。你要我继续读书，弟弟怎么办？难道让他中途辍学不成？""你既然知道了与弟弟的关系，为什么要付出这么大的代价供他？""这我不管，无论如何我也要供他念完大学。只有这样，才对得起地下的母亲。""你知道她不是你的母亲。""在我看来，她胜过我的亲生母亲……"柳丹阳眼里又浸满了泪水。听了这话，李少乾低头无语。只听柳丹阳又说："我是想读书，可你要带弟弟一起读书才行，否则，我也不用你管，更不会认你这个父亲的。""丹阳，那柳彤阳与我毫无关系，我干吗要供他？""毫无关系？"柳丹阳瞪大了眼睛，"亏得你说得出口，他的母亲也做了你几年的妻子，你们结婚时，妈妈就带着这个弟弟，当时你也是完全认可的。再说，母亲养了我这么多年，你就不该给她一点儿回报吗？要论实际情况，是你间接害死了她，难道你就不该跟自己算算这笔良心账吗？""你，你怎能这么说？""那你说我应该怎么说？彤阳可是叫了你几年爸爸的，他那边无依无靠，怎么说我也不会丢下他的。""丹阳——"李少乾拉着长声，心中计算着供一个大学生所需的费用，他不想养个与自己不相干的人，"好女儿，你不要一意孤行好不好？那柳彤阳真的与我们没什么关系了。""不行。"柳丹阳坚定地说，"你就是说出花来，我也不会改变主意的，就连我的生命都是和彤阳连在一起的，你明白吗？""我说服不了你，和你妈一样的倔脾气，再这么倔我就……""不管了是不是？"柳丹阳抢着李少乾没说完的话，"你以为谁稀罕！这些年没有你管我也长这么大。再说，我根本就没想认你这个'伟大'的父亲。"柳丹阳用鼻子恨恨地"哼"了一声，愤然奔向了门外。门啪的一声关上了。"丹阳……"望着女儿的背影，李少乾痛苦地叫了一声，然后瘫坐在椅子上。

在李少乾的印象中，这个女儿还是个几岁的孩子，怎么一下子就成了大姑娘了。这些年自己是怎么过来的呢？为什么不早些把这个女儿找回来？现在想来，自己虽然找了几次，可是，为了现在的这个家，他曾一度认为女儿找不回来，未尝不是一件好事。带着这种想法，他当然不会全力去找，否则，撒下人马找遍全城又怎会找不到？想来是自己的潜在意识在作怪……

他不知怎样走出了迎宾酒楼，心中却在暗暗发誓：一定要让女儿回到自己的身边。

当天晚上，李少乾又去了迎宾酒楼，值班的姑娘说柳丹阳病了，请了两天假，没人知道她的具体住址。

这几天，李少乾放下一切事情，不断地去找柳丹阳，但不是被挖苦一顿撵出来，就是躲着不见，连一分钟的谈话机会也不给他。为了女儿，李少乾只好退了一大步：只要丹阳认他这个父亲，他愿意供她姐弟俩共同念完大学，然而为时已晚……

这几天，柳丹阳心烦意乱、坐立不安，她不想让崔老板知道她与李少乾的关系，更不愿让人错误地认为她又傍上了大款。要让大家知道真相，她还有脸活着吗？

李少乾又来了。柳丹阳却早已做出了新的决定……

她坐在李少乾面前，怒目横眉地望着他。她想把事情说透，让李少乾死了这个认女儿的心："叫你不要来，你却偏来找麻烦，你知道大家说什么吗？人家说我又傍上了一位新款爷，这回你高兴了吧。我告诉你，从现在起，我永远也不想再见到你，请赶快给我出去！"柳丹阳说着，气冲冲地把脖子扭向一旁。"丹阳，我是来告诉你，我愿意供你姐弟俩一起上大学，可不能在这鬼地方混下去了。""鬼地方？哼哼，既然是鬼地方，你们这种高贵的人怎么也会跑到这里来？我真庆幸你那天没有答应我的条件，不然我会后悔一辈子。请你看看，到这里来的都是些什么人？偏偏就是你们这些所谓高贵的人，瞒着单位，骗着老婆，把脑袋削个尖儿，偷偷摸摸地专门往这最肮脏的鬼地方钻！为什么？不就是因为你们这些人有点儿臭钱吗？""这……"李少乾被问得张口结舌，不知说什么好。柳丹阳又接着说："你们这些自认为是高贵的人，把自己的女儿管得很严，却偏偏自己跑到这里，恣意玩弄比自己女儿年龄还小的姑娘。你说，你们这些人还知道有廉耻二字吗？这些没了人性的父亲们，到时总会有人一个个收拾你们，我真想早早看到这一天。"柳丹阳泄愤般地说了一大堆，李少乾连头也抬不起来了。只听他低声说："你说的对，只要你离开这里，我不会再到这里来。怎么样，考虑一下上学的问题吧。""你想供彤阳读书？用不着了，弟弟要知道真相，他宁可失学，也不会要你的钱。我看你呀，还是留着钱买你的金屋藏你的娇去吧。哈哈……"柳丹阳说完大笑几声，像中了魔似的冲出了包房。

这些天来，柳丹阳努力地稳着自己的心神，尽量不去想那个她根本不想认的父亲。她想尽快离开这个鬼地方，今生今世，他再也不想见到那个人了。

第三章　陪酒服务

高考发榜了，陶凯明和柳彤阳都以优异的成绩考进了省医科大学。凯明激动之余，与丹阳屡屡相约，他对她说："等着我，四年后就是解除我们相思苦的时候。"而她却对他说："四年，这遥远又漫长的日子，谁能保证那时大家的心境都和现在一样？所以，我们说话要留有余地，因为我必须做好这样的思想准备。"陶凯明举手发誓："苍天在上，我陶凯明对柳丹阳若有三心二意，天打雷劈！"柳丹阳想阻止已来不及，只好由他。

柳丹阳想把父亲的事告诉凯明，可是，她不想让他知道自己是有钱人的女儿，况且，自己根本就没有认父亲的意思，又何必让凯明跟着烦心呢。

这期间，李少乾又来过几次，柳丹阳只好以公开他们的父女关系来吓唬李少乾。

李少乾也是个死要面子的人，他也怕大家知道女儿在这种地方遇到亲生父亲，这本来就是一件丢人的事情。所以，他虽然心急如焚，却也不得不定下神来另想办法。他知道，这个女儿要想认回来可没那么容易。

送凯明和弟弟上学走后，柳丹阳的心情始终难以平静，她觉得应该为自己做一番打算了。

柳丹阳想离开酒店，可是，自己该到什么地方去谋生呢？不久，柳丹阳收到陶凯明的第一封信，信中言语绵绵，爱意深深，他再次表示了对丹阳的立场与决心。还以羞涩的笔调，重温了那次热烈而美妙的拥抱，他说他盼望着假期的到来，并要再次拥抱她。

彤阳也写信向她汇报了学校的情况，他坚决地表示一定不辜负姐姐的期望，要姐姐不必惦记他。

为了缩短与凯明的距离，柳丹阳到处寻找新的工作，她想给自己找个做家教的地方。

时间真是快得惊人，有些急待解决的问题，稍一疏忽，还没考虑好怎么办，这半年时间就过去了。在寒假期间，陶凯明为丹阳找到了一处做家教的地方。

今天是柳丹阳在迎宾酒楼值最后一个夜班，刚刚放假没几天的柳彤阳有事来找她。彤阳见姐姐正在陪一个老客喝酒，不由得气冲斗牛，他拉起丹阳狠狠地搡了两下："好哇！没想到你，你在干这个，走！"彤阳使劲地拽着丹阳的手就往外走。那老客赶出来："小姐！小费！"彤阳回手接过两张票子一甩手扔在客人的脸上。那老客倒也不吃亏，他忙不迭地拣起地上的钱，嬉笑着溜之大吉。

彤阳把丹阳一直拉到街前的广场上，"姐，我怎么也没想到你会干这个，怪不得上班时打扮得那么漂亮，说呀，到底怎么回事？"此时的柳丹阳气得一句话也说不出来。只听彤阳又大声嚷道："我不想花你这样挣来的钱！"他说完一屁股就坐在广场冰冷的石凳上。

此时的柳丹阳心如刀绞，她什么也不想解释，那挡不住的泪水却流个不停。"你委屈了是不是？这可是我亲眼所见，我宁可退学，不念了。""不念就不念！难道我非供你不可吗？"柳丹阳浑身都在发抖，她终于吼出了这一句。她想不到弟弟会这样看待自己，就算是做了陪酒小姐，这也是为了他呀。不然，自己早上大学了。柳丹阳越想越气，再加伤心和委屈，使她不由哭出声来。

柳彤阳坐在一旁，见姐姐哭得声高，他心中也不是滋味。想到自母亲去世至今，自己的一切全靠姐姐，姐姐对他照顾得无微不至，甚至比母亲在世时更加周到。就算她做错了什么，自己也不该如此对待姐姐呀。想到此处，彤阳后悔自己刚才的行为太鲁莽。见姐姐还在流泪，遂脱下自己的羽绒服披在姐姐身上，掏出手绢凑到她身边，为丹阳拭起泪来。"姐，是我不对，别生气了，我知道你都是为我……"柳丹阳推掉羽绒服，又甩开弟弟的手，"行了，亏你还知道我的心，你今天要这，明天要那，就以为这钱挣得容易是吧？你要退学，好，去退呀，要不是为了母亲，我凭什么……"柳丹阳说到气头上，她真想把母亲留下遗书及自己与弟弟的真正关系统统说出来，然后由他自去。

可是，她心中连连画了几个问号：这样做合适吗？自己不是要报母亲的恩吗？弟弟要真的走了，自己不是悔死了吗？多年生活在一起的姐弟深情，能这样毁于一旦吗？现在正是决定他前途命运的关键时刻，怎么能丢下他不管呢？弟弟刚上大学半年，把这样大的思想负担压在他身上又怎么得了？这样岂不毁了他的前程？柳丹阳想到这里，最后还是决定把过去的事一瞒到底，等他大学毕业再说。

事情决定了，丹阳的心情也平静了许多。她狠狠地瞪了彤阳一眼，心中想着：你再这么不懂事，惹我真丢下你不管，看你怎么办！她这样想着又站起身，气呼呼地朝家里走去。

彤阳见姐姐不理他，只好默默跟在后边，恨自己太莽撞，有什么话回家再说不好吗？只见他紧赶几步，把一只手搭在丹阳的肩上，"姐，我错了，不该对你发火。"丹阳把弟弟的手拨下去，"你做得好，做得对，我没本事，只有这样才能挣钱，凭什么……"丹阳气得不想再说下去了。"姐，是我不懂事，有负姐姐的一片心，求姐原谅小弟吧。"柳彤阳快步迎在丹阳的前面，向后退着步子，双手合掌向丹阳作起揖来。此时的丹阳气已半消，"哼，刚才要吃了我似的，怎么……""好姐姐，你就别生气了，其实这事你早该告诉我，我宁可——""不念书是不是？告诉你，我向母亲发过誓，一定供你念完大学。你正是用脑筋的时候，让你头脑轻松些去努力学习，这有什么不好吗？""姐，我不好，不懂事，小弟再不敢了。""哼！"柳丹阳不再说什么，快步朝前走去。

第四章　改做家教

这天晚上天气很冷，陶凯明带着丹阳踏着咯吱咯吱的雪声，来到一个看似很阔气的人家，年轻美丽又爽快的女主人接待了他们。"王嫂，快沏茶。"女主人说完，又热情地请客人坐下。

原来，这位白雪梅是陶凯明邻居的亲戚，曾托凯明给找一个英语家教，学生是一个十二岁的小女孩儿。

经凯明介绍，女主人不断地打量着柳丹阳，并高兴地问这问那。最后，双方商定试用一星期，每日补习英语及作文，时间至少两小时。休息日每天四小时，每月工资五百元。如果学生的成绩有明显提高，还可以加薪。女主人对丹阳那文静美丽的体态和标准的普通话感到非常满意。只见她向站在里屋门口的女儿说："白兰，快过来见你的柳老师。"一个比妈妈更美丽的小姑娘，过来恭敬地向丹阳行了个礼，"柳老师你好，以后多费心。""懂事的孩子。"丹阳喜爱地摸了一下白兰的头，"我们会成为好朋友的，白兰，你说是吗？"小姑娘笑着点点头略带请求地说："柳老师，我们现在就是好朋友了。今天就上课行吗？"丹阳笑着说："行是行，只是我毫无准备。""不要紧，我有课本，照上面的单词教我就行。"柳丹阳有点儿激动地说："白兰，难得你有这么强烈的求知欲望，我一定尽全力教好你。"陶凯明也笑着说："我看小白兰真的喜欢你，正好你也该看看她的英语课本和作文。总要定个教学规划的。"柳丹阳点点头，见白兰拿来了课本，她接过翻开来，考了白兰几个单词，觉得她的英语成绩很差，遂说道："白兰放心，只要你肯努力，我们会赶上的。"白兰满怀希望地点了点头。

柳丹阳顺利做起家教，高小初中的英语教学她是不费力的，作文更是她的强项，在学校时，她的文章就常被老师当作范文读给大家。现在柳丹阳看着白兰的作文本，又指出几个写好作文的关键问题，小弟子的脸上露出了笑容，白雪梅也满意地点点头。

白雪梅正式聘用柳丹阳做了家庭教师。

白兰是个非常可爱的小姑娘，柳丹阳打从心眼儿里喜欢她。可是，在白家任教的这段时间里，丹阳从来没见过白兰的父亲，她心中未免奇怪。

一个星期天，柳丹阳来到白家，正在收拾房间的王嫂热情地接待了她："柳姑娘来了，快请进，白兰有点儿发烧，跟她妈上医院了。""发烧了，很重吗？""一点儿小热，不碍事的。你先歇一会儿，她们快回来了。"柳丹阳放心地点点头，摘下挎包，坐在客厅里，"王嫂，你也坐下歇一会儿吧。"见王嫂端过茶来，丹阳急忙接杯在手，"来，坐一会儿吧。"王嫂点点头，"柳老师，这母女俩都夸你好呢。说你人好，课也教得好，是个才女。""她们真这样说的？"柳丹阳笑着问。王嫂也笑着："真的，白兰姑娘还说，你要是早来给她当老师就好了。""王嫂，有件事我一直想问你，只是没有机会，这白兰的爸爸怎么总不见回来？""你问这个……"王嫂苦着脸摇摇头，"还是不问的好。我刚来时，就冒冒失失地问了一嘴，白兰妈妈的一句话差点儿把我噎死。你猜她说什么？"柳丹阳奇怪地摇着脑袋。"她说：'不该问的就别问，家中没男人怕少你工钱不成？'当时我只觉着心里很不舒服，可也不好说什么。但我知道，这一家的生活费都是白兰的爸爸按月供应，看样子钱还不少，只是不见他人回家，白兰的妈妈也像挺恨她丈夫似的。这么长时间你也知道，就连白兰也从不提起她爸爸。所以，你先问我就对了，免得人家不乐意。""哦，原来是这样，看样子这个家出了问题。"丹阳猜测着。"所以呀，人家不愿意让外人知道情况。""王嫂，她们雇了你我两个人，这开销可不小哇。""这你不必担心，工钱每月照发不误，白兰的爸爸总是打发人送钱来的。看她们花钱手脚可大着呢，我擦地板了。"王嫂起身去干活，柳丹阳若有所思地点点头。

她从背包里拿一本书还没翻上几页，门铃响起来，丹阳急忙起身开门。只听门外的白雪梅说："妈这儿带着钥匙呢，按什么门铃？""不嘛，柳老师早来了，我就是要让她给我开门。"柳丹阳打开房门笑着说："白兰，我开门和钥匙开不一样吗？""那可不一样，这样老师就成了我们家的人了。"白兰说着，进屋就抱住了老师的胳臂。白雪梅带着歉意说："对不起，让你久等了，我急着呢。""我也刚到不久，白兰的病怎么样？""只是一点儿感冒，几片药就好。你先坐着，我给她吃完药就上课。"丹阳笑着说："让我来吧。"白雪梅从包里拿出药瓶递过来，丹阳接过看看说明，倒出两片，又接过王嫂递过来的水杯，"来吧，我的小姐，把药吃了，歇歇再上课。"白兰接过药放进嘴里，一口水吞下去，然后放下水杯，"老师，上课吧。"丹阳伸手摸摸她的头，"你还有点儿热，行吗？"白兰脑袋一歪，"这点儿小病算什么，耽误了功课是大事。英语快期中考试了，这回我非追到前几名不可。""好样的，白兰，我保证你在期末考试拿前三名，怎么样，有信心吗？""有，这太好了。老师快上课把。星期一还要交一份作文呢。"见女儿信心十足，母亲脸上堆起了少有的笑容。

白兰高兴地拉起老师的手来到自己的房间，两人开始了简单的英语对话。

李少乾坐在宽敞明亮的办公室里，一把高级转椅让他前后左右活动自如，特大号的写字台上有两部电话，高级皮革制成的座椅沙发，都显得华贵无比。

李少乾起身在发着青光的大理石地面上看似闲庭信步，脸上却是忧郁中又写满焦虑。

这段时间，他虽然满心惦记着丹阳，却真的无法再去看她了。他想象着女儿这些年跟继母过的清苦日子，而另一个女儿的家中却使唤着保姆，连妻子也过着阔太太的生活，一想到这些，他就越发觉得对不住丹阳，心中那苦涩的滋味不时地涌上喉咙……

女儿那些犀利的话语，如同一把把尖刀插在他的胸膛，丹阳的话着实让他有点儿无地自容，自己真的没有"廉耻"吗？那愤怒的声音现在依然如同炸雷般在他的脑海里又一次炸裂开来，震得他的脑袋嗡嗡作响。他使劲地摇着头，又重重地拍了几下，想回避这事不去想它，就是挥之不去。女儿那张充满敌意的脸，不时在他眼前浮现，那双和母亲一样美丽的大眼睛，如同射出千万根钢针，狠狠地刺着他的心房。他伸手摘下外衣想走，却不知去干什么，只好又把衣服挂回原处。要不是外间有两个员工，他真想歇斯底里地大叫几声，以泄尽胸中郁闷，他要反省一下自己了。

李少乾在焦虑不安中又度过了几个星期。他几次开车路过迎宾酒楼都故意放慢了速度，盼望着丹阳能出现在酒楼门口。

几次打电话给崔老板，接电话的人都说他出国旅游，过段时间才能回来。找不到崔老板，李少乾更加着急了，因为他决定把遇到女儿的事告知这位多年的好友，请他出出主意，最起码，眼下也能给照顾一下。

今天，他又拨通了迎宾酒店总经理办公室的电话，"喂，崔老弟吗？天哪！你小子可算回来了。""哎，是大哥，你好，我今天才从东南亚飞回来。怎么样，我们的柳小姐对你还好吗？""快别说了，你知道她是谁吗？""哎，管她是谁，只要她能让你快乐就行。不过她呀，可是个难缠的主儿，不会让你轻易上手……""胡说，她是我的……""我知道她是你的，你有本事，早到手了吧？"崔老板总是抢话，而且语言戏谑，并带着醋意。这真使李少乾发怒了："你住口！她是我的女儿！"崔老板大笑起来："这有什么奇怪？如今就时兴这个，秘书、干女儿，暗中兼小妾，这叫一举三得，哈哈……""放你的狗屁！那柳丹阳是我的亲生女儿！"李少乾在电话里咆哮着骂起了脏话。

这话崔老板听得一清二楚，惊得他半晌无语，"大……大哥你，是发神经还是中了邪，那柳丹阳怎么会是你的女儿？""发什么神经！我已经认准了她，她自己也承认了。那柳姓是和我分手的妻子的姓，天知道丹阳怎么也姓起柳来？真是气杀我也！""这有什么奇怪。孩子随母亲姓多的是，何况是你抛弃了人家的。""你不知道，那姓柳的不是我女儿的生母。""鬼知道你的事竟然这么复杂。"崔老板暗中庆幸刚才没说出自己看上柳丹阳的话，否则，好友之女，多没面子。"看来——"他拉着长声说，"你要拔走我这棵摇钱树是吧？到现在我还是不相信这事是真的。""唉！我也不愿意这是真的，可这已经是千真万确的了。老弟，你说我应该怎么办？""大哥，我刚刚回来，什么都不清楚，不知这事顺风跑了没有？最好全面封锁消息，尽快把丹阳接出去。让人知道可不合适。""老弟呀，我都快急死了，跟丹阳谈了两次，她根本就不理我这个茬儿，这我不怪她。求你替我劝劝她自动辞职，我要让她尽快回到我身边来。老弟，拜托拜托，你放下电话就去找她，让她尽快离开酒店，不行就辞了她。总之是越快越好，我等你的消息。多谢多谢。""好吧。"

崔老板放下电话，摇着脑袋笑起来："哈哈，这世界真是太小了。"他走到门口向外喊了一声："莉莉，你过来。"正在站班的莉莉姑娘听老板叫她，有点儿受宠若惊地跑过来，"老板，你叫我？""你去把柳小姐请到我这儿来。""老板刚回来还不知道吧？那柳丹阳早在两个月前就离开了酒店，连我们都不知道她的去向。""啊！这是怎么说？""老板，柳小姐走了，还有我们大家嘛，有什么事尽管吩咐就是。"莉莉感到有了得宠的机会，她一双媚眼、两缕秋波立刻送到主子的脸上。对于崔老板来说，一双双都差不多的、热辣辣的眼神，他早已是司空见惯，看得有些发腻了。虽然有两个他觉得不错的女孩儿，几次体验亦感平平。一个绝好的柳丹阳这回算是彻底告吹。他望了一眼还站在那里暗闪秋波的莉莉姑娘，有点儿不耐烦地说："没事了，该干什么干什么去。"莉莉把嘴一撇，有点儿不高兴地走了。

柳小姐早离开这里，不用说，对李大哥来说是个好消息，总得给大哥回个信儿才行。他拿起电话拨通号码说明了情况，李少乾惊讶地嚷起来："什么什么？她走了？去哪儿了没人知道？两个多月了？天哪！这叫我怎么办？"崔老板安慰道："大哥别急，丹阳提前离开对你很有利。我们多方打听总会找到的。

好了，就这样吧，我很累，再见。"

李少乾放下电话，有些颓废地靠在椅背上。女儿离开那地方倒是件好事，千万不要换汤不换药地又去了别的酒店，一定要尽快找到她。

以后的日子，李少乾总是不厌其烦地到各家酒店去寻找丹阳，就是不见女儿的影子。

上一次与女儿失去联系，一晃就是十几年不见，这一回又不知要费多少工夫。他忽又想起二嫂的话，是呀，自己这张不怎么光彩的脸又如何面对两个女儿呢？唉，一个女儿过早地失去父爱，受尽了苦，另一个女儿虽然生活条件优越，但也是日久没见到父亲了。自己想念女儿，女儿又怎能不想念爸爸呢？想来想去，这都是自己的错，李少乾决定回家了。

既然要回家，就得给久未见面的妻子和女儿买点儿什么礼物才行。妻胃口大，至少要一枚像样的戒指才行。女儿呢，更不是个好应付的主儿，挑剔着呢。最好带她去商店自己选，总得哄她们高兴才行。连同王嫂，他都想送点儿东西。

李少乾歪在床上渐渐进入梦乡，白兰的两只小手向他扑来，一下子又变成了柳丹阳，他看到的是女儿那两道犀利的目光……

今天是星期日，开够了汽车的他步行来到一家首饰店，选来选去，最后还是营业员帮他挑了一枚小巧玲珑、镶着一颗蓝色宝石的戒指，价格虽贵，可他要的是妻子喜欢。那调皮漂亮的女营业员问得好："先生，你是送妻子呢，还是情人？""怎么，这有什么不一样吗？"李少乾笑着问。"当然。给妻子买的就不宜太贵，只要好看就行，花钱太多她会埋怨你的。给情人买就不同了，她既喜欢好看的，又要那高档次的，否则，她不是给你脸子看，就是跟你找别扭。你笑什么？我说的不对吗？"见这位顾客笑了，营业员也笑着问。李少乾点点头，"我是送给妻子兼情人的，也怕她耍脸子。你对女人倒是了解得挺透。""大哥你说，中国这个古老文明的社会弄的哪门子情人节？这不是唯恐天下不乱吗？岂有此理。""这也是见怪不怪的事。谢谢你帮我选戒指，再见。"

在儿童商品柜台前，他给女儿买了一个会走路唱歌的娃娃，权作给女儿的见面礼，这点儿东西打发不下来，日后再补。最后，他也没忘记给王嫂捎了一件花格衬衣。

李少乾出了商场，走向自己熟悉的街道。轿车开够了也坐够了，他想借此机会散散步，却也带着惴惴不安的一颗心向家里走去。突然！一个寻觅已久的、陌生而又熟悉的身影飘进他的眼帘。他闭起双眼，又使劲地摇摇头，再睁开眼睛仔细辨认，没错，是她！但见那阿娜飘逸的身影穿过解放路，迅速地拐进一条待修的砂石路。"丹……"李少乾差一点儿喊出声来，随即下意识地捂住了自己的嘴巴。这真是：踏破铁鞋无觅处，得来全不费工夫。李少乾带着突突的心跳，隐蔽着自己的身子一路跟踪下来。见那身影飘进了一个小胡同。这是一片较偏僻的平房区，他见丹阳走到最后一趟平房中间的一个小院前，拉开那扇小木门，又打开房门锁进了屋。此时的李少乾隐在离女儿家不远一户人家的铁门里面，死死地盯着丹阳家的房门……我的天，女儿就住在这种地方，这不纯属贫民窟吗！此时，他不敢进去，又不想离开，更不能在这里傻站着。无奈之下，他只好走出铁门，再拐出胡同口向前遛上二三十米，再转身往回折……这样走了两个来回，又生怕引起别人的怀疑，正当他决定忍痛走开的时候，忽见女儿在锁房门，他急忙躲进一家小仓房的后面窥视着……

原来，丹阳听说好友张霄雨的母亲病了，她买了些水果去探望。因为时间很晚没有回来，只好今早往家里赶，她必须回去取教案准时去给白兰上课。

丹阳换了一件米色上衣，肩上又多了一个条格背包，她步履匆匆地走出胡同口，快步向大路走去。

她干什么去呢？此刻，女儿就如同一块有着强烈吸引力的磁铁，紧紧地吸引着这位父亲。到处寻找不见的女儿，此时就在离他不到三米的地方走过，亲生父女却如同陌路，连像普通人那样打个招呼都办不到，这太可悲了。见丹阳急步奔向大路，李少乾又情不自禁地远远跟在后面……

今天休息，人们睡足了早觉，吃罢了早午中间的一顿饭，一家人出来逛街购物，或去公园，人群川流不息。前几年，他也常和妻子带着女儿出去逛商店，去游乐场，一天下来，他那宝贝女儿不花上几百元不会罢休。那么，他的另一个女儿，有谁带她出来玩过吗？可怜的小丹阳，是爸爸对不住你呀。李少乾心中默默呼喊着，一双眼睛却始终没有离开前面那时隐时现、纤尘不染的倩影。

慢慢地，李少乾发现丹阳走的正是自己回家的路。令他越发吃惊的是，女儿走进了自家所在的小区……忽然，他愣住了！那一直被自己盯着的倩影竟然飘进了自家的单元门！难道，她是来找爸爸的吗？李少乾的心猛然跳到了嗓子眼儿！他三步并作两步地跨到楼门口，也为自己的幼稚想法感到好笑。因为他知道，丹阳完全可以到这个单元的任何一家。突然，二楼自家王嫂那熟悉的声音传进了他的耳朵："柳老师来了，快进屋。"这句话如同一颗无形的炸弹，在他心里爆炸开来，使他那尚未被炸残的两条腿本能地掉头就逃！我的老天爷，这到底是怎么回事？不管怎么说，此时此刻，他不能进这个家门了，起码，现在不能。这突如其来的怪事，迫使他必须冷静下来仔细思考一下，彻底了解清楚其中原委后再确定是否回家与何时回家的问题。否则，这样贸然回家准会把事情搞得一团糟。

李少乾这样决定之后，他快步走出了小区，向刚下去两个姑娘的出租车摆了摆手……

回到自己的公司，李少乾一头扎在床上，一个巨大的谜团罩在了他的头顶。他惊异，他困惑，他迷茫，这其中又带有那痛苦中的一点点喜悦。是呀，久寻不见的女儿竟然自己走进被她视为冰火不同炉的父亲的家门，岂不怪哉！

现在，李少乾那可怜的一点点喜悦之情，早被浑身的每个毛孔都灌满了的苦涩之水淹没了。一顿冥思苦想之后，他知道问题可没那么简单。他了解女儿的性格，要知道这里是她连面都不想见的父亲的家，即使有一万条理由，她也不会踏进来的。想到这里，李少乾又极度伤感起来……忽然，他想起妻子很早就说过要给女儿请个英语家教老师，自己当时也是双手赞成的，后来因闹了矛盾而离开了家，也就再没过问此事。莫非……王嫂不是叫她老师吗？天下哪有这么巧的事？可是仔细想来，好像不会再有其他理由了。如果丹阳知道这里是父亲的家，教的学生又成了自己的亲妹妹，她是决不会做这个家教的。这样看来，如果当时自己突然出现在家门，丹阳会怎么样？这简直令他无法想象……

自己为什么要成为大款？有了那么多钱之后，为什么还要拼命地赚，赚，赚？当初又为什么要离开女儿，离开了那个也曾经给了他多少温馨快意的家？千想万想，他认定了，如果自己不离开家，那柳明军就不会死。女儿说的对，是自己间接地害死了她，看来，真的是该算算自己这笔良心账了。可是，自己千后悔万自恨，女儿却一点儿机会也不给他。他要把妻子找出来问个清楚。

他正在冥思苦想，一个电话打来："喂，李老板，我是老杨。""杨老弟你好。""我的那批货怎么样了？用户急等加工，而且还加了量。""加多少？""二十吨，这可不是小数目。""太好了，杨老弟，你最好让用户把款直接汇到我的账户上来，走你的财务要加税的。他们要得急，可我总得见到钱才能发货。要不，先汇一部分定金吧。什么？付给你了？我说，你拿老李当傻瓜是不是？你收钱，我付货，这天下的便宜事怎么都让你占去了？你不知道，鞍山钢铁厂一把手已经下了死令，谁要赊出一吨钢材，立马开除厂籍。我也需要钱到提货的。这现场是存了点儿货，可人家是付了款的，而且，人家的保管员已经验了货。什么？借回来？岂有此理。你要着急，就赶快张罗钱吧，误了人家的工期可是大事。"那边传来老杨的哀求之声："李大哥，你得救救我，这两天款一到，我马上就给你汇去。大哥我给你跪下了。""真拿你没办法，我试试看吧。"李少乾口中答应，心里却另有打算：不见兔子不能撒鹰。

李少乾走出办公室，开上自己的车，向与家相反的方向驰去，他早把女儿的事抛到九霄云外了。

白兰那宽敞明亮的房间里，柳丹阳正在给她讲解作文："一篇文章的好坏，首先取决于作者对周围事物的观察能力，人和故事情节要贯通协调合情合理，更重要的是要突出中心思想，精练的语言必不可少……"白兰的母亲站在客厅里，面带笑容望着这一师一生，也听得津津有味。她想到自己这些年只图享受，把大好的青春年华都浪费掉了。要是自己也能学着写点儿什么，那该多好。她想着想着，轻步来到厨房对正准备做饭的王嫂说："王嫂，把鸡翅做了，再做点儿青菜，我要请柳老师吃饭。"

课间休息时，柳丹阳对白兰说："我给你带来一本书，你猜是哪方面的内容？""一定是小说，福尔摩斯。"见老师摇头，白兰迫不及待地说："猜不着了，快给我。"柳丹阳笑着拿一本唐诗选集，"白兰，我看过不少书，这一类书的内容是我最喜欢的。它让你了解诗的背景、出处，了解当时的政治、经济、文化等各方面情况，每一首诗的产生，都渗透着作者的真实情感和当时的社会状况，其中有着浓厚的故事情趣。抽时间看看，可不许耽误学习。""是，老师。"白兰接过书，调皮地行了一个举手礼，又做了个逗人的小鬼脸，柳丹阳笑起来，连刚进来的白雪梅也忍不住地笑了："多大了，还没个正形儿。""妈，你还那么年轻，我正是小孩儿呢。"白兰撒娇地说。"白兰说得对，多大年纪在母亲跟前也是个孩子。"柳丹阳说着，脸上飘过一层阴影。

自从聘了柳丹阳做家教，白雪梅打心眼儿里喜欢她。出自于关心的角度，白雪梅总想打听一下丹阳的家庭情况，可柳丹阳总是来去匆匆，几次上完课想留她多坐一会儿，丹阳总是说有事，但白雪梅看她却不像有什么重要的事情，只是搪塞而已。

此时，白雪梅望着女儿与老师那股亲热劲儿，真是笑在脸上喜在心里。她要了解柳老师，想认她做妹妹。她来到厨房打开冰箱，把里面的肘子和香肠拿出来，放在菜板上，"王嫂，把这个都切了。"

王嫂可是个麻利手，不多一会儿，几盘青菜炒好，熟食也切好一起摆在桌子上。白雪梅看看这个，闻闻那个，脸上露出了满意的笑容。

在白兰的房间里，柳丹阳看了看腕上的表，已是十一点三刻。她急忙收拾好教案书本，迅速装进自己的挎包里，"白兰，今天老师不留作业了，你也好好轻松一下，明晚我早些过来。"还没等丹阳走出房门，白雪梅就拦在了门口，"柳老师，已经中午了，我备好一桌饭菜，无论如何你也要吃了饭再走。""这……这怎么行？"白兰在一边拍起手来，"太好了，太好了，老师在我家吃饭喽！"她说着强行去摘老师的挎包。丹阳拉着不放，急得白兰叫起来："妈，快来帮忙。"白雪梅诚恳地说："柳老师，我是诚心诚意地留你吃顿饭，连这点儿面子也不给吗？"她说着帮助女儿摘下了丹阳的挎包，母女俩又拉又推地把客人让到餐厅，"你看，这是特意为你准备的，总不该辜负我这点儿心意吧？"面对主人的盛情，柳丹阳无法拒绝了，"我……是受聘而来，你们如此待我，实在不好意思。""别说了，我女儿的英语和作文成绩不断提高，难道就不让我表示一点儿感激之情吗？兰儿，快请老师洗手吃饭。""盛情难却，我遵命就是。"柳丹阳笑着洗了手，白兰拉着她："老师快坐下。"白雪梅递上筷子，"王嫂，你也坐下一块吃。"王嫂擦着手来到桌前，"做得不好，柳老师凑合着吃。""好好，闻到香味就流口水了。"柳丹阳闻着她最爱吃的鸡翅，觉得香极了。白雪梅夹了一个最大的翅中放到丹阳面前的吃碟里，白兰也夹了一个放过来，不一会儿，把丹阳面前的小吃碟装得满满的。白雪梅又斟上酒，"光想着让你多吃些肉，倒把这酒给忘了。来，柳老师，请干了这一杯，这可是上等红葡萄酒。"柳丹阳接过喝了一口，味道真好。

丹阳心中充满感激之情。小弟子又斟过酒来，"老师，这酒不醉人，我还能喝两杯呢。"柳丹阳三杯酒下肚，脸上泛起微微红晕，白雪梅看着她，"柳老师，你真漂亮。"柳丹阳不好意思地摇摇头。白兰爱看动画片，吃完就去看《米老鼠与唐老鸭》了。

柳丹阳今天的这顿饭吃得太香了，太饱了。记忆中她多久都没吃过这么好的一顿饭了。在迎宾酒楼的后段时间，那些有钱的老板吃够了鱼肉，要的也都是些精致小菜。白兰母亲又夹过一个鸡翅膀放到她的碗中，"来，再吃一个。"丹阳真的有些吃不下了，"不行了，我都吃到这儿了。"她用手指着自己的脖子。这句话说得王嫂笑得差点儿呛了饭。

"好吧，我们到客厅坐吧。"白雪梅拉着柳丹阳来到厅里坐下，王嫂随即送上两杯茶来。"柳老师，我们唠点儿家常嗑，好吗？""我不会唠嗑，随你说什么都行。只是别总叫我老师老师的，孩子叫我也就罢了，你这样叫我觉得承担不起。""那我叫你丹阳好吗？这样倒显得亲近呢。""就这样叫吧，也更随便些。""好，丹阳，来这么长时间，总想对你有个了解，不，是想让我们互相了解，你的家庭情况能说说吗？""当然。"柳丹阳笑了笑，心中想到，这回倒好，你们的情况我自然就清楚了。她接着说："其实我的家庭很简单，只有我和弟弟两个人，弟弟在读医大，就这些，您还想知道什么？"白雪梅愣了一愣，"是呀，真简单，那你们的父母呢？"一片阴云飘上了柳丹阳的脸，她不知如何回答才好。"对不起，我不该问的。"见丹阳有为难表情，白雪梅不好意思地说。"没什么，你还不是出自对我的关心嘛！我的父亲前些年离开了我们，母亲又在前两年病逝。所以，我只好离开学校，想办法赚钱供弟弟读书……"柳丹阳想着自己的辍学，也想念起继母，她含着泪水低下了头。见此，白雪梅气愤又充满同情地说："你为什么不去找你父亲，他有义务供你们姐弟读书的。""他又成了家，我不想给他造成麻烦。""这样说来，你知道父亲的情况。那么他呢，他知道你姐弟俩的处境吗？""……也许吧，可是我不愿意接受他的帮助。""丹阳，那你就宁可自己失学，去替父亲尽这份义务吗？""事情逼到这份儿上，没办法的。""那你……哎，他可真是的。"白雪梅的话中带着气愤与不平。"天不早了，我该走了。"柳丹阳努力控制着自己的泪水没有掉下来。她再也没有心思了解白兰家的情况了，她更怕这位女主人再问些她实在不愿回答的问题。柳丹阳提了自己的挎包，向白家母女告了别，快步出门而去。

送走柳丹阳以后，白雪梅有些后悔。她知道自己勾起了丹阳的伤心事，早知如此，不问倒好。

"妈妈你看，老师的小本子忘带走了。"女儿的话打断了她的沉思。见白兰拿着一个黄塑料皮笔记本举到她面前，白雪梅说："唔，老师的东西你放好，明天还给她就是。""哎。"女儿答应一声，又看她的电视去了。

白雪梅猛然想起了什么，她呼地站起身，来到女儿的房间，见白兰跟着电视打着节拍唱着歌，她想问什么，又摇摇头闭住了嘴，只望了一眼那放在书架旁的黄色笔记本，便离开了女儿的房间。

白雪梅越是喜欢柳丹阳，就越是想彻底了解她，况且自己还想与她做个姐妹呢。想象得出，她一定有更多的难言之隐，就从她那突然变冷了的脸色就看得出。是呀，父亲母亲走的走，死的死，一个贫困的家就靠她这毫无生活经验的姑娘支撑着，自己失了学，还要拼命挣钱供弟弟读书，也真是难为她了，她一定装着满肚子的苦水没处倒啊。

白雪梅望着墙壁，想到丈夫也有个女儿留在了前妻那里，还瞒了自己那么久，为此，她不止一次与丈夫争吵，他也为这事好久没回家了，想来心中倒也愤愤然。要是柳姑娘遇到这样的父母，自己会站在哪一边呢？也许，她要替丹阳打抱不平的。可是有谁会不自私呢？白雪梅想到这里，很不自然地一笑，又叹了口气，她又想起了丹阳忘记带走的那个笔记本……

晚上，白雪梅安排女儿睡下后，便悄悄拿了那个笔记本回到自己的房间关上了门：对不起，丹阳姑娘，我知道偷看别人的秘密是不道德的，可是我，太想了解你了，说不定能在这本子里看到一点儿什么。白雪梅想着，拿着笔记本从后往前翻，有一页写了这样一段："在白家做家教很久了，这母女俩待我不错，我更要尽心尽力教好白兰，这也正是自己复习英语的好机会。"

再往前翻，写的都是有关如何教好白兰的方法和计划，又记录了白兰最近的英语和作文的分数，成绩倒是一次好过一次。还有几页写白兰太娇气，自理能力太差……白雪梅把本子翻到最前边，她有些失望地想合上本子，却见最前边的几页用一个小小的曲别针别在一起，她轻轻拿下别针翻开来，"啊！"白

044

雪梅的眼睛几乎定了仁儿，天哪！莫不是自己看花眼了？她闭上双眼揉了两下再睁开仔细看，没错，上面是写着："李少乾，我恨你！我没有你这样的父亲，想认我，除非日出西山！李少乾，你再缠着我想认女儿，除非我的继母活过来……"白雪梅看得有些发晕，她急忙坐到床上靠着被子继续看下去："离开酒店做了家教，这太好了，让他再也找不到我……"

此时的白雪梅只觉得脑袋大大的且嗡嗡作响，她慢慢地合上本子又紧闭双眼，胸腔里不知被什么东西塞得满满的，时刻都有窒息的可能。她努力拔两口长气，不时地按着前胸揉搓几下，随即倒在被子上再也不想动一动了。

看来，这一切都是上帝有意安排的，不然怎会这么巧？可笑的是，自己还要认人家做妹妹呢，转眼之间，这姐姐没做成，自己反倒成了令人家憎恶的继母了，这抱不平也打到自己的头上来了。这真是天下最最糟糕的事！如果那柳丹阳知道这里就是父亲的家，必定会愤然离去，再不回头。眼见得自己的女儿成绩日见长进，丹阳要拂袖而去，白兰怎么办？说不定哪天白兰的爸爸回来撞见丹阳岂不更糟。这老东西的心也真够狠的，扔下一个家又一个家，他明明说那边只有一个女儿，这会儿又冒出个儿子来，将来这家产又多出一个接班的来，轮到自己母女还能剩多少？我的天哪！白雪梅又急忙把笔记本打开："……要我承认你，除非我的继母活过来。"上面写的可是明明白白，这就意味着，丹阳还有生母，也说明这该死的李少乾至少成了三次家了。真是可恶至极！悔不该当初听信了他的花言巧语，到头来竟成了人家的第三房了。这倒也罢了，他开始瞒着有女儿，如今又蹦出个儿子，现在又离家不归，说不定他在外面又……我的天！这段日子自己为什么就没往这方面去想呢？弄不好女儿也会像丹阳一样，自己的下场也难预料，白雪梅越想越觉得走投无路，遂趴在被子上失声痛哭起来。

白雪梅哭了好久，也想了好久，想的更多的是财产的分割问题，这可怎么办好？说来也怪，这件事情真的巧到不能再巧的地步，怎么办呢？最好是找个理由辞了柳丹阳，老头子找不到她，这财产的问题就好解决了。不行，老头子早晚还要找到这个女儿的。

苦思苦想了大半夜，白雪梅没闭灯没合眼，也没想出个好主意来。

天快亮了，她爬起来，费了好大劲才找到那个小小的曲别针，把本子按原样别好，又悄悄来到女儿的房间把它放回原处。她怕女儿醒来，不见了本子会吵起来。

白雪梅回到自己房间，忽又想到最好让丹阳再教白兰一段时间，反正老头子暂时不会回来。只是不要让柳丹阳知道这里是她爸爸的家就好了。柳丹阳啊！你这个傻丫头，回避着亲爹不肯认，躲来躲去却躲到人家的家里来了。你自己还蒙在鼓里毫无察觉，真是可悲又可怜……白雪梅这样想着，又对丈夫增加了几分怨恨。为了自己的女儿，要想办法不让丹阳见到她的父亲，自己也不想做这个好继母。本来嫁了这个老头子就够委屈的，当初不就是图他有钱吗？现在这姑娘儿子冒出一个又一个，这该如何是好？

如果把实际情况告诉丹阳，她一气之下，必定愤然离去，还是把一切隐瞒下来，自己装作一无所知就是了。以后找个理由辞了她，这样他们父女都不知道所发生的巧事，时间长了，也就把这事忘了，当然也就不用担心她姐弟俩来分家产了。白雪梅打定主意，这才稍微松了一口气。

早上白兰起来上学了，白雪梅还有些心神不定，她想给丈夫打个电话，告诉他他的女儿在给他的女儿做家教，叫他不要贸然回家，想一想这倒是件很可笑的事。又觉得自己憋着一肚子气，为什么要先给他打电话？想来想去还是不打比较好，她不能太主动。昨夜通宵未眠，她觉得有些困倦，王嫂叫她吃饭，她只是摇了摇头又睡了。

李少乾来到货场，保管员小赵很热情地和他打招呼："李老板你好，你的钢材正好到货，今天能提走吗？""明天，我让买家自己来提。辛苦你了。"小赵钦佩地看着李少乾："刚到货就出手，你真行。"他接过李老板递过来的一支中华烟，又急忙殷勤地给点上。

李少乾一想到这百十吨盘圆又能赚上不小的一笔，心中就喜滋滋的。他习惯地又把车开回公司，这才想起回家的事。眼见得天色已晚，他又感到有些疲劳，还是明天再说吧。不知是自己过惯了独身生活，还是怕见到丹阳这个女儿，反正一想到回家，他这心里就胆儿突。不知不觉中，他产生了拖一时算一时的想法，那就等到明天再说，李少乾懒洋洋地把自己扔在了床上。

这一晚，李少乾睡得挺香，他梦见了丹阳女儿满面笑容地站在床头叫爸爸……

早上起床，李少乾觉得腹中空空，他让更夫去买了两根油条一碗豆浆，三下五除二地吞了下去。肚子有了底儿，很多事情又都一股脑儿挤进他的脑壳里，还是问一下丹阳的事吧。

　　好久没和家里通电话了。他摸起电话又放下，与妻子的关系和女儿的事相比，早已不算什么了。他想了一想又抓起话筒……

　　白雪梅睡得正香，电话铃声叫醒了她，"雪梅，家里怎么样？""你打错了吧？"明明听见是丈夫的声音，白雪梅故意这样说。"雪梅，是我，你真的听不出我的声音了？""李少乾，这么久不往家里通个话，今天听到你的声音，我该摆桌酒席庆贺一番吧？""雪梅，我这阵子很忙，真的，我向你道歉行不行？"听着妻子话语中带着极度的讽刺意味，可李少乾为了彻底了解丹阳的事，只好服软了。"把家扔了这么久，一句道歉就完了吗？""你说，要我怎么样都行。"听丈夫这样说，白雪梅的气倒消了三分，"我要你的头颅，你总得给送回来吧？"言外之意，她想让丈夫回家。"雪梅，其实我也正想……"李少乾的"回家"两个字还没说出口，就让白雪梅给截住了："好好，你找不着那个女儿，这个女儿也不想要了是不是？""你别胡说，我两个女儿都要。只是，只是……"李少乾想说女儿找到了，又想说女儿的家教就是他的女儿，结果让话给卡住了，白雪梅却接上他的话茬儿："只是你的女儿把你臭起来了对不对？""你，你怎么知道？""你呀，什么都别想瞒我，我不但见到了你的女儿，还知道你有个儿子，为什么不一起告诉我？""什么？我有个儿子？天哪，那可不是我的……""住口！你还想骗我到什么时候？柳丹阳的弟弟还会是别人的儿子吗？""算你说对了，那小子真的不是我儿子，是我的再婚妻子带来的，而且，我们已经正式办了离婚手续……"李少乾想继续解释，白雪梅又抢了话头："好哇，你原来就有前妻后妾的，那我算什么？你说，你说呀！呜……"白雪梅在电话里就哭了起来。"我说雪梅，这些往事就别再纠缠下去了，单就这眼前的事已够我闹心的了。你把我的女儿聘了家教，不是成心让我难堪吗？""你胡说，谁知道她是你的女儿？""那你现在怎么知道了？"白雪梅停住了哭声，又抽泣着说："是我偷看了她的秘密。告诉你，我也想打电话和你商量这件事。那男孩儿不是你的儿子丹阳知道吗？""她什么都知道。我要她回到我的身边读书，她说什么也不肯，却非要自己赚钱去供那个不相干的弟弟。我想说服她，可是……唉！"白雪梅听了丈夫这无奈的话遂说道："事到如今，说什么都没用了，现在白兰已经离不开她，你看这事怎么办吧。""其实我昨天就看见丹阳了，吓得我没敢回家。也猜到她做了白兰的家教。""什么？你见到她了？瞧你混这德性，亲生女儿竟然如此恨你，还觍着脸说呢。告诉你吧，那柳丹阳要知道这里是你的家，一分钟也不会再待下去，看你的白兰怎么办？""事到如今，说什么都没用了，我到处寻找女儿不见，怎知她来到自己家里。"李少乾把昨天跟踪丹阳没敢进屋的事说给妻子。"看来你是要回家了？没进屋算你有头脑，现在真的不能见她。""我们的想法是一致的。我也正在为此事犯难，所以找你商量看怎么办。""怎么办？为了兰儿，你现在不能回家。""好，雪梅，我早就想回家了，可是又怕你吵个没完，当初不就是为了丹阳吗。""行了行了，别跟我强词夺理了。"李少乾从妻子的话语中找到了潜在的原谅之音，"只要你好好待丹阳，以后都听你的。只是，我现在想你的事怎么解决？""美得你，不是早把我给忘了吗？""哪忘得了啊，今晚天黑我接你到公司住吧，我想你都想疯了。"李少乾咽了一口唾沫说。"胡说，打惯了野食的人还会说这样的话？""被老婆逐出家门的人，哪敢有那非分之想。""你自己不回家，我几时赶你了？我就不信，这好几个月你就那么老实？""我的亲亲，来客人了，晚上接你。"

白雪梅放下电话，长长地出了一口气。和丈夫通了这次长话，以往的怨恨差不多一笔勾销了。想来只是丹阳的事有些棘手。以前，也可能自己有些过分，可是，又有哪个人不自私？如今，也只能如此，她决不愿让女儿走上丹阳的路，那样太可怜了。

白兰放学回来刚吃了晚饭，柳丹阳就来了，白兰殷勤地递过小本子，"老师，给你。""唔，我忘在这里了，谢谢。"柳丹阳接过本子，看那曲别针还好好地别在上面，一双眼睛却仔细地观察着小弟子的表情，生怕她看了这本子里写的东西，尤其最前边的那几页。

柳丹阳上完课回到家里，胡乱吃了几口饭，便躺在床上想心事。

这段时间以来，连续发生了许多事，除了凯明与弟弟考上大学以外，再没有一件令人开心的。好在找到一个不错的人家做家教，既有了一定收入，又可以复习自己的功课，这使她心中平添几分宽慰。她明明白白地知道，自己念大学的"贼心"不死呀。人这一辈子，不走进高等学府去拼一拼，那将是一生最大的憾事。弟弟遇到了好姐姐，姐姐却没有摊上好父亲，怪谁呢？想来想去，她又恨起父亲来……说来也怪，每当此时，父亲那跪在地下苦苦哀求的可怜相总会即刻浮现在眼前，随之她的心也会酸楚起来……

老人们说过的：姑舅亲，辈辈亲，打折骨头连着筋。何况这骨肉至亲，就更是砍不开割不断的，这话真的不无道理。按说，她恨父亲是咬牙切齿的，可事情过去，她却常常静下心来反省自己……不知哪本书里有这样一句话："儿不查母奸。"那么父亲呢？父亲的私生活自己有权干涉甚至训斥吗？想来是有点儿过分。

她躺在床上望着那早该收拾的破天棚，心中一阵难过，如今家家都搞起装潢而自己却依然住在这破房漏屋之中，寒暑冷暖，有谁来关照一声？她不想再骗自己了：她多么想有个父亲来疼爱这个久离亲人、几乎是孤苦伶仃又吃尽苦头的姑娘啊！母亲和继母都过早离去，那是没有办法的事。而如今父亲却是好端端地活着，他在久寻女儿不见的情况下，虽然见面的场合很特殊，也很不光彩，可怎么说也是父女见面了。自己的恨怨升级，父亲更是苦不堪言。如今想来自己占理的成分并不多。虽然自己出了气，可论起这人伦之道，就难免有些悖逆天理了。她又想起"男人有钱就学坏、女人学坏就有钱"的话，如今这种男人不少，这种女人也不能说是不多。她实在想不通，从前，个别人出现了这方面问题，会让大家的目光给扎死，唾沫给淹死。现在恰恰相反，不少的人以有"二奶"、甚至"多奶"为荣，以挎着比自己女儿还小的小秘兼小妾为炫耀，岂不怪哉！在酒楼饭店及公共场合，这些人不挎上一两个漂亮的小秘就等于没带公文包一样。每逢集会于那些高级的酒楼娱乐场所，这些款爷们还讲究个攀比，看谁的小秘最美，哪怕小秘的年龄完全可以做他的孙女也不以为耻，反而为此捻着花白的胡须炫耀一番。这不正应了"不以为耻，反以为荣"的话吗？实在令人费解。

柳丹阳想来想去，自感对父亲的态度有点儿过分，她知道爸爸是真心实意疼爱她的。那么自己呢，她真想慢慢地转过弯来，去认亲生父亲。那时她也许会在没人的地方高喊一声："我有爸爸了！"可是，一想起父亲扔下继母又寻新欢，她的两排牙齿就情不自禁地紧紧咬合在一起……柳丹阳知道自己这弯子恐怕一时还转不过来，这是她自己也无可奈何的事。

李少乾刚离家时并不觉得怎么样，时间一长，他却着实有些打熬不住。说来也怪，那种女人咋就那么多，到处都有，随你何时何地，只要需要，总会有一双双柔情蜜意的媚眼瞟着你甚至缠上你，那娇滴滴的柔声细语，会让你骨软筋麻，就在你尚且犹豫不决的时候，那一具软绵绵的肉体已经倒在你的怀中，让你无法拒绝……所以，李少乾随时随地都可以找到消遣的对象。什么酒楼饭店按摩所，包括小吃铺，都要设立一两个小单间，门口还堂而皇之地挂上个"雅间"的牌子。只要款爷们的腰包不空，给哪个俊俏小姐一个眼神，她就会嬉笑着扑上来，奇怪的是，在吃饭的雅间中竟然还设置有沙发床……只要有钱，小姐们也不管你或丑或俊、是老是少呢。

但说这个"雅"字吧，无论就其外形和它的内容实质都是那么美丽儒雅。从造字至今，就那位孔老夫子也绝不会料到如今却有人把这个伟大的"雅"字安放在这天下最不雅的地方，真是处处见"雅"而处处不雅。

李少乾经常来往于那些高级的酒楼旅馆，有些地方又是"全方位"服务，时间久了，他的身体明显感觉到不适。他害怕了，怕染上那种病，那种不可声张又丢人现眼的病。无奈之下，他只好到一个陌生的医院化名做了检查，果然不出所料——他傻眼了，只好不惜高价购买好药加紧治疗。所幸的是，由于治疗及时，病症逐渐消失了。由于这次的经验教训，他也学会小心谨慎，以后再漂亮的小姐他也不敢轻易上手了。

在迎宾酒楼与女儿的遭遇，对李少乾来说简直是当头一棒！是呀，这样的事摊在谁的身上也够喝一壶的——做陪酒小姐的女儿遇到了来寻欢作乐的亲生父亲，这真让他死的心都有。话虽如此说，没活够的李少乾还得将就让自己活着，却再也不愿想那风流快活的事了。

白雪梅为给女儿暂时留住丹阳这个好家教，她对丈夫让了一大步，没办法，她就这么一个女儿呀。

白雪梅也是个正儿八经的高中毕业生。当时与一个叫方兴童的贫困男生很要好，同学把他们哄成了才子佳人。有人还写了一首歪诗："穷酸才子佳人俏，于无人处两相抱，有朝一日各西东，阳关道与独木桥。"其实是影射他们不会长久，这件事在全校闹得沸沸扬扬。这也难怪，同学们都知道，白雪梅的父亲是市委机关干部，有钱有势。这样的家庭怎肯把自己的独生女儿嫁给一个住在穷山沟里的苦学生呢？

方兴童的父母多病，是姨母经常接济他才得以进城读高中的。那年高考后方兴童接到了省医科大学的录取通知书，而白雪梅虽然名落孙山，却积极支持方兴童去学医，开始还经常接济他，后来受父母所阻他们就很难见面了。

四年以后，方兴童以优异成绩完成了学业，他被分配到市中心医院做了一名外科医生。为了给二老治病，方兴童卖掉了家乡那仅有的三间破草房，将父母接到城里，租了一间最廉价的平房权且栖身，每日里煎汤熬药、劈柴担水、操持家务等杂活，都落到方兴童身上。这期间，他多么想有人帮他一把啊！他曾多方打听白雪梅的情况，得知她一直闲待在家。可是，为给父母治病的方兴童已经背负了满身的债务，带着这沉重的负担又如何去见心爱的姑娘、一吐自己那积压已久的爱言恋语呢？就这样，日子一天天过去，方兴童终于忍不住走进了白雪梅的家。然而，雪梅母亲的话令他如怀抱冷冰："你想要娶我的女儿吗？攒了几万元了？我看你还是别做梦了吧。"本来就没抱几分希望的方兴童，虽然已经料到会是这样的结果，却还是气得说不出话来。他想着躲在屋里不出来的白雪梅，再看看雪梅的母亲，只好难过又愤愤然地拂袖而去。

然而，方兴童并没有完全死心，他觉得应该找白雪梅长谈一次，告诉她要把眼光放远些，困难是暂时的，他要她坚定自己的立场，即使说服不了父母，也要把爱情进行到底。方兴童没有想到自己错了，白雪梅的一念之差，毁掉了她一生的幸福，后悔的当然是她自己。

那一次，白雪梅对他说的一番话也不无道理："兴童，我父母的意思你很清楚，我会珍惜咱们学生时代那段感情的。你这种条件，我们的结合只能使双方都痛苦。我是说，艰苦的生活条件很难有幸福可言的。将来找不到合适的，我只有傍大款去当阔太太了，谁叫我又馋又懒什么也不想做呢。其实，我这也是为你好，看我妈的态度，她是决不允许我们在一起的。""你妈你妈，你心里只有你妈，难道就没有你自己？也不能给我留块地方吗？""有，我也想嫁给你，可你养得起吗？要过苦日子我适应不了的。"见男友一言不发，白雪梅自我解嘲地说："如今的社会呀，这爱情也建立在银行的存折上了，这种观点你同意吧？"方兴童还是不吱声地瞪了女友一眼，气愤地咬起了下嘴唇。他没有想到白雪梅会变得如此庸俗不堪。可仔细想来，此话也不无道理，是呀，如果自己真的有几万元的存折，她的父母还能说什么吗？"喂，你发什么呆？我的话你听到没有？""听到了，我举双手赞成，再见。"就这一句话说完，方兴童迈开大步走了，头也没回一下。而在他的心中，却深深地藏起了对白雪梅的爱恋之情。话已说到这份儿上，他又要留住自己的尊严，不大踏步走开又能如何？此时也正是男子汉咬牙跺脚当机立断的时候，他岂能与把爱情建立在金钱基础上的姑娘拖泥带水地话别呢？

　　白雪梅完全没有料到方兴童就这么干干脆脆地离去了。她盼望着他能给自己留下一些缠绵的话，或者给她一个难舍的拥抱、一个吻别，哪怕是一两秒钟的握手也好。可是，这一切都没有，连一个留恋的眼神也没留下，她开始可怜起自己来……

　　本来，白雪梅早把方兴童当作自己心中的白马王子，然而，随着时光的流逝，社会的变革，人们的思想意识也随着时代的发展产生了巨大的变化。昔日的白马王子，虽然已经成了一名堂堂的外科医生，却也正因为念了医科大学才负债累累，再加之他多病的父母，现在看来要比一个普通的穷光蛋还要贫困几分。

　　白雪梅听信了父母之言，选择了在她看来也是痛苦的路，奈何初恋时那纯真的情感倒也是难割难舍的。她这个享受型的女人让贫困给吓倒了，真是"一步走错全盘皆输"，给自己留下终生的痛苦。此时此刻，她望着方兴童那毅然离去的背影，真盼望他能猛地转身回来，疯狂地抱住她……

　　岁月不饶人。随着时光的飞逝，白雪梅始终忘不了她的白马王子。也憎恨父母让她做了这个错误的决定，而在心里却不得不承认，如今的社会金钱还是非常重要的。

　　一晃就是几年时间过去，将成为老姑娘的白雪梅，感到自己的婚姻大事无法再拖下去了。可是，有初恋情人在前打了样，什么样的男人她能看得上眼呢？有多少次与那浓眉大眼高个头、男子汉气十足的方兴童在梦中相会，醒来后就是一顿好哭……她知道，自己再也找不到那样风流倜傥的男子汉了。

　　白雪梅经常把自己关在家里不愿见人，已过而立之年的她，也就成了母亲的话柄："年纪这么大了，赶快找个差不多的嫁了算了，能吃上穿上就行呗，看你还挑到什么时候？""我的事你还没管够吗？当初要不是你们，何苦会有今天？"白雪梅的话顶得母亲作声不得，半晌才说："一提起这事，你总是一味地埋怨我们，当初你自己不也同意和那姓方的分手吗？如果那时你执意坚持自己的立场，我们又能怎么样？"母亲的话倒也让白雪梅无话可说。是呀，当时是因为方家贫困自己怕受罪才决定离开他的。如果自己坚持下去，父母又能奈我何？悔恨，已无济于事。母亲见女儿默不作声，两行泪珠已无声地滚落下来，又觉心疼地说："我看上回那个姓赵的就不错，可你偏要挑三拣四地说出人家许多毛病来，这不好，那不行的。""不好不好，就是不如……""你呀，就是忘不了那个姓方的。"母亲摇头又叹气地出去了，白雪梅一头扎在床上哭起来。

　　白雪梅回忆着往事，想着自己从前曾经笑话过那些长得丑的姑娘：模样那么难看，哪个男人敢娶回去做老婆？吓也吓死了。如今可好，那些被自己笑话的姑娘一个个都嫁出去了，而她这个被多少男人欣赏了多少年的漂亮姑娘，却剩在家里没人要了。这才叫笑话人不如人，追着屁股撵过人呢。常言道"人过三十天过午"，她看着镜子中的自己，不禁暗中吃惊，这张从前让多少人青睐的漂亮脸蛋儿，不知什么时候，那许许多多细细的皱纹已偷偷地爬上了眼角、嘴角……完了，自己分明已经老了，这居高不下的条件真该降一大格了。直到现在，她才彻底明白了《天仙配》中"寒窑虽破能避风雨，夫妻恩爱苦也甜"的深切含义。

　　一个偶然的机会，她认识了李少乾——一个风度翩翩、不乏男子汉气度却已是四十六岁的大款爷。也正是他们的相识，让李少乾拼命与柳明军闹离婚的。李大款爷向白雪梅这位尚且漂亮的老姑娘千般承诺又万般许愿，终于把这个"娇"藏进了"金屋"。

　　十年的夫妻生活，使白雪梅对丈夫产生了巨大的依赖性，李少乾对她更是百依百顺，她真的过起了阔太太的生活。可是，当她听说丈夫还有个先房女儿，而且他又在拼命寻找的时候，她受不了，并且吵着闹着说他欺骗了她。丈夫离家去寻找女儿，去寻找自由，她又毫无办法。好在，经济上的供应还是源源不断的，这就使她母女俩的生活还有着可靠的保障。

　　对李少乾来说，久寻不见的女儿忽然出现在自己家里，真是令他大喜过望。虽然与女儿那么近却不能相认，他倒也平添了几分慰藉、几分踏实，其中也夹杂着很大程度的悲哀。是呀，父女的关系处到这地步，他又如何高兴得起来呢？

"新婚不如远别"这话说得好。几个月的分居与远别也没什么差别。一连数日李少乾都在天黑以后把妻子接到公司，对王嫂和兰儿，白雪梅只说是出去搓麻将。

这对久别的夫妻如同旱苗得雨、花洒甘露，每夜都折腾个没完没了。对白雪梅来说，白天尽可以睡上一整天，而李少乾则不然，他要应酬很多事情，要坐车到处跑，有时派司机刘长顺办事，自己还要亲自开车，每日再喝上一两顿大酒，所以，他的精力明显不够用了。

这天半夜，李少乾赴过朋友的宴会回来，借着酒劲把车开到一百三十迈，虽然这宽敞的马路已几乎是行人断绝，可那两边的铁栏杆，却一如既往地如卫士般站在那里纹丝不动。李少乾手中的舵把左打右拐，一会儿靠近这边栏杆，猛然一打，又突然冲到另一边的马路牙子上，就这样摇来摆去地画起龙来，终于，他失去控制能力，车子一头撞到两个巨大的广告牌下的立柱上，他什么也不知道了……

方兴童一直在暗中关注着白雪梅的情况，并希望有朝一日她能来找他。后来得知白雪梅真的嫁给了一个大款爷，也总算让他死了心。说是死了心，其实他不过是把那初恋之情深埋心底罢了。

以后的日子，方兴童的父母相继去世，他带着巨大的悲痛料理了父母的丧事，又慢慢地还清了债务，这才缓过一口气来。工资逐渐提高，悲伤渐渐远去，方兴童终于开始考虑个人的婚姻大事。已深爱他几年的护士聂小芳，终于扑进了他那刚刚敞开的怀抱，他们结婚了。妻子的温柔体贴，使方兴童为自己还在暗中经常想着雪梅而感到惭愧。

如今，他们已经有了一个四岁的儿子，一家三口倒也其乐融融。方兴童在市中心医院已做了十几年外科医生，现在已经是堂堂的外科主任了。他对医术精益求精，力求上进，领导很器重他。

这一天是他值夜班，快零点时，两个巡警送来一个外伤病人，他和警察一起看了伤者的证件及电话号码，方兴童急忙拨通了李家的电话："喂，是李少乾家吗？"接电话的正是白雪梅："是的，我是他的妻子，你是谁？有什么事吗？""我是中心医院的大夫，李少乾酒后驾车出了事故……""啊！很严重吗？""不轻，快来吧。""好，我马上……"当年的一对情人，在电话里听来竟是那样陌生。

正在家里胡乱猜疑的白雪梅正不知丈夫今晚为什么没来接她，往公司打电话又没人接。在这个时候接到这样的电话，不能不让她大惊失色。女儿早已睡熟，她急忙叫起王嫂交代了几句，就匆匆赶往医院。

方兴童刚刚给李少乾的外伤处理完毕，白雪梅就风风火火地赶到医院。满脸疲倦的方兴童刚走出手术室，一眼就认出了在走廊那边的白雪梅，吓得他急忙把刚摘下一半的口罩又挂上了耳朵，并且对护士小赵说："来的人是我多年前的熟人，我不想见她。"他说着快步走进了休息室。小赵微笑地望着方医生的背影，心中揣摩着其中的原因，并且迎着白雪梅走去，"请问，你是接到电话来的吗？""是的，我是李少乾的妻子，他在哪儿？伤很重吗？""跟我来吧。"见到这位年轻漂亮又着急的李太太，小赵心中奇怪：老夫少妻，她对丈夫倒是蛮不错的。

小赵把白雪梅带到观察室，见她直接扑到床前。丈夫的头上缠着纱布，手臂上也有几处贴着纱布，鼻孔上插着氧气管，面色苍白呼吸微弱。见此，白雪梅忍不住哭起来，"护士，医生在哪儿？我要见他。""请问您怎么称呼？""我姓白，白雪梅。""白女士，医生说你丈夫头部伤得不轻，你要有思想准备才行。""胡说，我丈夫好好的，要什么准备？""白女士，你别急，医生说你丈夫身体素质好，应该很快就会醒过来的。""啊？"白雪梅吃了一惊，"你是说，我丈夫有醒不过来的可能？""不排除这种可能性，所以你要……""我不听，医生在哪儿？""别着急，你丈夫醒过来也得两天以后。现在已是深夜，大夫也休息了，他为你丈夫做手术已累得筋疲力尽，你还忍心去打扰他吗？"听了这话，白雪梅不作声了。小赵向她点点头，"有事叫我一声，明早八点去办理住院手续。"护士走了，白雪梅无可奈何地坐在了床前的椅子上。

第二天一早，白雪梅办理了住院手续，又将丈夫移到了特护病房。整整两天两夜，白雪梅寸步不离地守护在丈夫的身边。

因头部受伤在医院已经昏迷了两天两夜的李少乾，经多方抢救终于清醒过来。只见他缓缓睁开眼，第一个映入眼帘的便是自己的妻子白雪梅。"天哪，你可醒了，感觉怎么样？"雪梅，谢谢你来照顾我。我觉得要不行了。"李少乾说着，又无力地闭上了眼睛。"别胡说了，医生说只要你醒过来，就是脱离了危险。""我昏迷了多久？""前天夜里到现在。""你一直在这里守着我吗？"白雪梅点点头，"你伤得不轻，现在没事了。""谢谢，但愿我能好起来。只是我觉得五脏像是被掏空了，身上的各部器官都不知在哪里。雪梅，你可要有精神准备呀。"李少乾说着把刚刚睁开的眼睛闭上又睁开。"别胡说，你没事了，很快就会好起来。"李少乾又微微闭上了眼睛，他感到浑身乏力又酸痛无比，就连下身曾经染过那种病的地方，亦有不适之感。

李少乾脱离了危险，开始进食了，可是他只吃了小半碗稀粥就推开妻子的手，"好了，我实在吃不下，只觉得浑身都不舒服。"在李少乾的心里，突然产生一种可怕的想法：那种病又复发了，他不能把这件事告诉妻子。他自感痛苦地动了一下身子，心中极度不安起来，并产生了那种再也起不来的感觉。也许，这是一种不祥之兆吧。他宁可死去，也不愿把那种病公之于众，更要在妻子面前绝对保密。"雪梅，你收拾了碗筷，坐到跟前来，我有话跟你说。"白雪梅刷了碗，有点儿无奈地坐在床边，她很疲倦，只想回家睡觉。李少乾看着妻子的脸，"求求你，明天让兰儿来看看我吧。""马上要期末考试了，不能叫她分心。""你是说，不让女儿来看我？那我要是不行了呢？""看你，净说些不吉利的话，现在不是见好了吗？""我想兰儿，也想丹阳，你就不能想想办法吗？"白雪梅沉思了一下，"兰儿可以来，丹阳我是没办法的。要不，就把真实情况告诉她，也许她能来看你。"李少乾摇摇头，"不知道，我只想见她们。丹阳要知道这里是我的家，还能继续给兰儿做家教就好了。""你想得倒美，要丹阳的想法与你完全相反，要丢开了兰儿也不来看你，那不是很糟糕的事吗？""雪梅，把一切都告诉她，说我要死了，连看看女儿都不行吗？她总该通情达理的。"白雪梅瞥了丈夫一眼，"好吧，我尽量劝她，这口总是难张的。""谢谢，但愿丹阳能理解我。别忘了让刘长顺来替你。"

晚上，李少乾的司机刘长顺替了白雪梅，她回到家里，柳丹阳已上完课回去了，兰儿正在背英语单词。

以往母亲打麻将经常是打通宵，所以母亲不回家兰儿也不以为怪。面对女儿那张天真烂漫、带着快乐的脸，白雪梅真不忍心把爸爸受伤的消息告诉她。

这段时间以来，年仅十二岁的小白兰，早对爸爸由爱生恨了。父亲的离家使兰儿逐渐生疏了父女感情，有时母亲偶然提起爸爸，兰儿就会生气地说："妈，咱不提他。"慢慢地，娘儿俩谁也不再提及这个只为家庭做贡献而不被家庭成员所尊重的人了。

早上，白兰见母亲沉着脸，问道："妈，你玩麻将改白天了？""我，不是去玩……""妈，那你干吗去？"白雪梅正想把丈夫受伤的消息告诉女儿："兰儿，妈问你，你爸爸不回家你已经习惯了是吧？你心中就一点儿也不惦记和想念他吗？"兰儿皱起眉头歪着脑袋问："妈，你怎么忽然问起这事？""别问怎么，正面回答我。""嗯……妈，我常想爸爸，只是他不回来，想也没用。""兰儿，他要是回来你高兴吗？""当然高兴，爸爸说要回来？"母亲点头，"可是，他出了事，不小的事。""什么？你说爸爸出了事，什么事？"兰儿很吃惊。"他酒后驾车撞上广告牌，伤得不轻……""妈，我爸在哪家医院？有危险吗？这么大的事你怎么不早告诉我？"白兰吐出了一串问号，脸色也有些变了。"兰儿别急，你爸昏迷了两天，昨天已经清醒过来，身体很弱，他说想念你。""妈你真是，我们现在就去，快走。"兰儿拉着母亲就走。白雪梅叫来王嫂交代，做好中午饭送到医院，丹阳要来上课，叫她等着兰儿，然后母女俩便匆匆赶往医院。一路上，白雪梅考虑着如何把丹阳是白兰姐姐的事告诉她，还没想好怎么开口，便已来到了医院的大门外……

那方兴童完全回避了白雪梅，倒不是因为他不想见她，就从多年的同学情感来说，她丈夫身受重伤，自己也应该去安慰几句，表示一下关心也是人之常情。更何况，他们还有一段不寻常的又令人难以忘怀的恋情呢。但也正是他们有过那么一段刻骨铭心的恋情，方兴童才不敢、也不能见她，他是怕勾起旧情。

爱美的女孩儿，嫁个一贫如洗的丈夫总会暗淡几分，仔细想来，当时他虽说愤然离去，可是他心里也赞同白家父母不愿把女儿嫁给他的理由。志气告诉他不能与她拖泥带水，多年思念的姑娘几乎是近在咫尺却是一别十几年不见，这对方兴童来说，不能不说是一个遗憾。

过了这许多年与影子朝夕相伴的日子，还有那经常在梦中相见的、初恋情人的影像也时常和他的生活纠缠在一起。所以，妻子小芳那双多情的大眼睛向他闪了几年秋波，总算是被他接纳了。婚后的生活很美满，他爱妻子，却也有时会莫名其妙地把小芳当成另一个多年不见的姑娘。现在，她出现了。虽已四十出头依旧是风韵犹存。那天他只看了那么一眼就看得很清楚，他那心底压抑已久的初恋之情有些萌动……

方兴童苦苦地思恋着往事，想着那初恋的甜蜜，一阵电话铃声打断了他的思路，他站起来拿起了听筒："是院长，您好，我马上就到。"方兴童放下电话，走出了主任室。本来，院长办公室可以从一楼侧门上楼梯，不知为什么，他却神差鬼使地穿过通往住院处的走廊，这回可好，迎面遇见了白雪梅……

此时的白雪梅正拉着女儿奔向住院处，迎面一个穿白大褂的人令她心中一抖！眼前的人分明就是当年那位让她朝思暮想的白马王子，十几年不见，他还是那么潇洒。回首当年，他是那么深爱着自己，自己心里也同样恋着他，连做梦都想做方兴童的妻子……真是一步错一生悲呀！此时此刻再看这两个人，两双眼睛都定了仁儿，两个人的身体也都僵在那里了。就在这静止的一刹那，两个人又都立刻醒悟过来。白雪梅这才想起以前听同学说过，方兴童就是这家中心医院的外科医生。丈夫受伤的事太急，她竟忘了此事。"你好。""你好。"两只右手同时紧紧地握在一起又马上分开来。每人说出这两个字，似乎再也无话可说了。小白兰以一双好奇的目光在两个人的脸上扫来扫去，忍不住地问话打破了这尴尬的局面："妈，这是谁呀？""哦，是方叔叔。"机灵的小姑娘随即问好："方叔叔你好。""好好，好一个聪明可爱的小姑娘。"方兴童看着这母女俩的长相，早就断定这女孩儿一定是白雪梅的女儿，从这张稚嫩美丽的脸上，他又看到女友当年的影子。"方叔叔，是你给我爸爸治的伤吗？"方兴童点点头："哦，刚来的那天是我，后来转到住院处去了，那里有比我更好的医生。"听了女儿的问话及方兴童的回答，白雪梅忽然想起那天打电话通知她丈夫受伤的人："这样说来，那天的电话是你打的？""是的，你接电话就来了？"白雪梅点点头，两人都不作声，似乎都在努力回味那天电话里的声音与现在的话语有何不同，又与当年有什么两样。白雪梅耳边响起方兴童当年临分手时留下的最后一句话："你的高论我举双手赞成！再见。"他走了，走得愤然，走得干脆，走得有骨气，走得可敬又可爱，连头也没回一下。当年渴盼着能跑回来拥抱她的人就在面前。虽然十几年过去，可是他那大方潇洒的气度依然不减当年。那时要不是听了父母的话，怕跟了他受苦遭罪的话，如今的日子将是何等美满幸福。唉，谁叫自己的目光短浅，轻易丢掉了自己深爱的人呢。"妈妈，快去看爸爸吧。"白兰见两人无话可谈，便催促道。"对对，我们该走了，再见。""方叔叔再见。"女儿见母亲有些慌乱失措，面色也有些发红，心中有些奇怪，她被母亲拉着快步向前走去。

要不是有女儿在眼前，要不是丈夫重病在床，假如只有她与旧情人单独会面的话，那要说的话可是几车几船也装不下的。首先，她要彻底推翻当年那种把爱情建立在金钱上的错误观点，要诉说长别后的思念之苦，她将痛哭流涕地说出那肠子都悔青了话，总之，那情意绵绵的话是说不完道不尽的……她也会不顾一切地扑进他的怀中，请求他的宽恕，并要与他重温旧梦……然而，这一切都不能，不能。

方兴童愣愣地站在那里，那母女俩与他告别，自己竟忘了答应。这副呆头愣脑的样子，不是在孩子面前丢了人吗？那鬼灵精般的小姑娘，准会认为方叔叔这个人缺点儿什么，或许，这个小精灵善于察言观色，准会从妈妈和这位方叔叔的脸上，看出他们过去的关系非同寻常……方兴童这样胡思乱想着，不知不觉又走回了自己的办公室，竟忘记了刚才院长叫他去的事。好一会儿忽地想起，只好又急忙出门而去。

"你是放下电话就来的吗？"看样子，院长专门在等他。"是的，放下电话就……来了。""不对吧，这用不上一分钟的路，你竟用了十几分钟？肯定有事耽误了吧？"方兴童说第一句话时就想起了刚才见到旧情人的事，他不想对院长隐瞒什么，遂单刀直入地说："我，刚才遇到旧女友，所以……""哈哈，怪不得面色有些慌乱的样子。"方兴童知道院长的眼睛能洞察一切，"院长，说实话，我是有些旧情难忘，可这毕竟都成为过去了。""难怪啊，初恋的情感既火热，又销魂，还能让你刻骨铭心。可是，要让死灰复燃可不是什么好事，它将毁掉双方家庭，也毁掉两家孩子的幸福，你千万要把持住啊。"方兴童红着脸，深深地点点头。院长接着说："我们谈点儿正事吧，有个去上海学习的好机会，专门深造外科手术的，你想去吗？""太想了，院长能让我去吗？""我们医院是全市最大的一家医院，设备也是一流的，但论起外科手术，水平还很差，遇到急病患者，确诊难，动起大手术来也有困难，你是真正搞外科的，想来想去，只有你去最合适。回去收拾一下，明天就走，家里没什么问题吧？""没有没有，感谢院长给我这么好的机会。""并非我偏向你什么，想想看，你们几个搞外科的，有谁是刻苦钻研的人，让他们去了白瞎，现在尾巴都翘上了天，要学点儿什么回来，我们这院里还放得下吗？话说到这里就打住，你可要给我争口气。时间大约半年，中途没假，讲课的都是国外专家博士，堪称世界一流水平，你去后要安下心来，多总结临床经验，每晚都记录下当天收获。这可是一次绝好的机会。""老院长，你放心，我决不辜负您的栽培，会用全部精力去学习的。""这就好，去财务把补助领出来，开好介绍信，再到卫生局盖个章，给你，这是报到地址，没事了，准备去吧。""多谢院长，多谢，我走了。"方兴童接过去上海的地址，兴奋地向院长鞠了一躬，转身出去了。

走出院长室，方兴童满面笑容。也难怪呀，这回学习半年，一定会大有进步的。想到这里，他脸上那不甚明显的纹路深了一深。

白雪梅拉着女儿的手，匆匆地向丈夫的病房走去，一颗难以平静下来的心，继续泛着那本来就没忘记的旧情的浪花。不知怎么搞的，她只感到那浪花已在逐步升级，变成了波浪，波浪之间相互撞击着，使她的身体有些摇晃。对了，他也早该成家了，刚才怎么没问一句，恨只恨，如今还问这有什么用。自己和女儿的一切都靠老头子供养着，若惹恼了他，自己今后将是衣食无着了。

白雪梅这样想着，带着女儿拐过 T 形走廊，径直朝前走去，待发现快走到尽头，才知丈夫的病房已被丢在身后。"哎哟，走过了。"又拉着女儿往回走，心中感到很不好意思。"妈，你今天怎么了。像丢了魂似的。""什么丢魂，还不是为你爸爸的伤着急。"女儿瞥了一眼母亲那微微发红的脸，闭紧双唇摇了摇头。

当天下午，方兴童办好了一切手续，买好了车票，回家整理行装。晚上妻子下班回来后才知道他去学习的事，"这么大的事怎么不早告诉我一声，也好准备为你饯行。""把家里给你一扔半年，还高兴成这样。"见妻子乐得不行，方兴童笑着说。"去学本行业务，这可是大好事，把我们扔多久都行。只是，那上海可是花花世界，别在外面沾回点儿什么毛病就行。"见妻子的表情由高兴转为忧郁地检查着他的提包，方兴童笑着说："看你，想哪儿去了，我是那种人吗？""我了解你的为人，也恨那些拈花惹草的人，他们中有一部分是本性恶劣，而有些人本来是清心无染的，可那乌七八糟的外界环境却让他们产生了要一试身手或换换口味的想法，所以，让这部分本来是正派的人也变成了家庭的败类、社会的渣滓、抛妻舍子的罪人，最后悔之晚矣。你走这么长时间，我只是担心你无人照顾，难免这心中有些不安，别忘了，在松江还有我们这娘儿俩永远惦记着你。"哎呀小芳，你想得太多了。放心吧，我是不会受什么环境影响的。"小芳笑了一笑："如今的大气候变了味道，很多好人都受到影响。他们原本没想走歪道，一步走错沾了腥味，无法回头，或遇俏女再难舍弃，轻易抛弃发妻幼子而去接受新爱，这个家庭也就完了，让他那曾经如掌上明珠的儿子或女儿成了自己的累赘，这种人虽然心疼亲生骨肉却也无可奈何。他们宁可让孩子遭受那不该遭受的苦难，也不肯回到儿女身边。再看那些糟了吧唧的老头子，孙子都成家了，自己还觍着老脸到外面去金屋藏娇，回家想方设法逼着糟糠之妻下堂。唉，如今的世道也不知怎么会变成这样，真没办法。"方兴童点点头，"我明白了，你是在给我打预防针对不对？"他的话把妻子逗笑了，"你说是就是，其实我不该这么想，请别介意。走，我们去饭店给你饯行。"方兴童回味着妻子刚才的一席话，又望着她那半喜半忧的脸，忽地那张十几年来一直渴望见到的脸不知从何处飘来，令他心中一动。"你想什么呢？"妻子问。方兴童急忙摇头，"我……在想还少什么。""该带的都带了，快走吧，早点儿回来休息，明天还要远行。"方兴童抱起在一边玩的儿子，同妻子下楼去了。

李少乾那瘫软的肢体像只大龙虾一样弯曲在床上，今早查房几个医生围在他床前，一个权威模样的老大夫听听他的心脏说："他脑CT没问题，心脏也正常，但从他的情况看，似乎还有其他隐疾，今天给他彻底检查。"其他两个医生频频点头，而李少乾听了却暗吃一惊！自己最怕的就是这一手，一旦查出那种现眼的病怎么办？在人们的印象中，这种病十有八九都是性传播。一向自诩为正人君子的他忽然被宣布染上了这种病，这面子实在丢不起。见几个大夫转身要走，"医生。"他轻轻喊了一声，"我没什么病，这外伤要没问题，就让我出院吧。"那老医生回过头笑着说："你急什么，我们要对患者负责的。"说着，他带人到其他病房去了。李少乾张张嘴还想说什么，那些白大褂已飘出了房门。

"爸爸。"女儿那甜甜的叫声响在了李少乾的耳边，话到人到，兰儿已扑到床前，“爸爸，你怎么样，伤得很重吗？”兰儿见父亲头上裹着纱布，着急地问。李少乾早已拉住女儿的手，“兰儿，我的孩子，伤不要紧，就是太想你了，几个月没见，个子高了不少，怎么样，想爸爸了吗？”“你不回家，想也没用，要不是你受了伤，大概还见不到你吧？”“我的女儿，是爸爸不好，对不起……”李少乾点着头，把女儿的另一只手也拉过来合在一起，紧紧地捧着。“爸爸，你能回家就好，只怕你伤好后又要丢开我们。”女儿噘起嘴巴，她有些不信任父亲了。“好孩子，爸爸要真能痊愈的话，就再不离开家了，以前是爸爸对不住你们。”李少乾说着，偷偷瞟了一眼闷在一边的妻子，这也表明着是在向她道歉。

爸爸又问：“今天家教老师有课吗？”“有，等我回去就上。爸，那老师可好呢，自从她来教课，我的英语和作文都提高很多呢。”“兰儿，你知道这个家教老师是谁吗？”“老师就是老师嘛，还能是谁？”白雪梅听丈夫提起这话，狠狠地瞪了他一眼，“告诉你，我可还什么都没说，你胡说个啥？”“雪梅，事到如今，还瞒着孩子干什么？兰儿，那老师是你的姐姐，是亲姐姐。”白兰听了，眼睛瞪得大大的，随即从床边站了起来，“爸爸，是姐姐可以，是亲姐姐就不对了，妈妈只生了我一个嘛。”李少乾又拉住了女儿的一只手，“孩子，听爸爸说给你听。”“行了你，用你在女儿面前欠嘴，难道我不会告诉她？兰儿走，跟妈回家。”白雪梅拉起女儿的手就要走，而她的另一只手还被父亲紧紧地攥着，气得她两只手使劲往回一拽，“哎呀，你们这是干什么？妈，爸爸既然说出来，你还有啥瞒我的？快告诉我这是怎么回事！”白雪梅坐在椅子上瞪了丈夫一眼，“让他说！”然后赌气地扭过身去。

“说就说！来，兰儿，坐到爸爸这儿来。”白兰犹豫着坐在床边。李少乾将身子向里动了动，“兰儿，你的家庭教师是我的前妻所生。她母亲病逝后，一直由别人照顾，和我失去了联系，我就找不到她了。我与你母亲结婚后，才提起这件事。她说我欺骗了她，因此大吵大闹。后来我找到了女儿，你母亲就更不容我，使我在家无法安身，这就是我离开家住进公司的真正原因。”“好哇！你倒浑身是理了。你怎么不告诉兰儿，她还有个哥哥呢，又是谁把丹阳养这么大？把这一切都说出来，说呀！”李少乾瞪了妻子一眼，“说了有什么了不起。兰儿，丹阳的母亲病逝后，我和一个带着一岁男孩儿的女人结了婚。后来我们分开了，就这么简单。兰儿你说那个男孩儿与我有什么关系？可你妈非说是我的亲生儿子。神经病！""爸爸，那丹阳姐多大失去母亲的？""三岁，将近三岁。""你与那带着男孩儿的女人又为什么分开了？丹阳从三岁就一直跟继母生活的吗？""不是，两年后也就是丹阳五岁那年……"不知是心中难过，还是他羞于对女儿提起此事，李少乾闭住了嘴巴。"那以后，丹阳姐就是由继母抚养的吧？""是的，其实我不想这样，可那女人带着我的女儿连连搬家，我跑了很多地方就是找不到，后来就只好作罢。我了解丹阳的继母，她心地善良，对你姐也很好。她既然喜欢丹阳，留给她我也放心。""爸爸，那女人既然那么好，你为什么要抛弃他们跟我妈结婚呢？""这……过去的事就别再问了，原因很复杂，我如今也很难说清楚。兰儿，我想念我的另一个女儿，你能帮我吗？""爸爸，你既然知道我的家教老师是你的女儿，为什么不早回去看她？总不会是在受伤后才知道的吧。""不，不是，是前两个月找到她的。我没有胆量见她，你姐姐死活也不肯认我。""为什么？也许她不知道你是她的父亲。""知道知道，唉！这其中……""这其中原因很复杂对不对？"听丈夫的话接不下去，白雪梅又挖苦了一句。"雪梅，你不想让我快些痊愈吗？干吗这样说？如果我说是你的原因才离开他们，你能接受吗？""什么？你再说一遍！"白雪梅跳起来。"听清了就别再问了，我只是说了实话，当时真的是因为认识了你，我才离开那个家的，因为你什么也不了解，只知道我是一个离了婚的大款，仅此而已。兰儿，我说的太多了，不该说的也毫无保留。你可能会替丹阳姐不平是吧，这也难怪，是我欠她太多。兰儿，我如今重伤在身，难说会怎么样，所以把什么都说了，我知道你会像姐姐一样，说我不是一个好父亲，这我认了。而今想来，要弥补从前的过错已不太可能。尽管丹阳非常恨我，可我并不怪她，只要她能认我这个父亲就别无他求了。兰儿，你有办法吗？"兰儿轻轻摇摇头，又回头看看妈妈，然后紧闭双唇，静坐无语。

李少乾感到很累，他费力地翻转着身子，并拒绝了女儿的帮助，"我自己来，兰儿，该回去上课了吧？你那老师也该来了。""行了，你的话说得太多了。兰儿，让你爸休息，我们回去，你那姐姐该着急了。"白雪梅显出不耐烦的样子。"你也回去？"李少乾希望妻子陪伴他。"一会儿王嫂来送饭，让她照顾你吧。这几天我要熬死了。"李少乾看看妻子那张有点儿发冷的脸，无奈地点点头。

在回家的路上，白兰一直在暗中观察着母亲的脸。见她默不作声，便忍不住问："妈，你认识方叔叔很久了吗？""是的，通过朋友认识的。"见母亲那副急忙掩饰的神态，兰儿知道问不出真话，只好转了话题："妈，姐姐的事怎么办呢？""我也在发愁，老东西扔了女儿这么多年，现在又想让人家认他，我要是丹阳也拐不过弯来。恨还恨不过来呢，还能认他？可是，你爸的伤很重，想念女儿也在情理之中。兰儿，你看这事该怎么办？"兰儿皱皱眉头，"妈，我看还是直说了吧，我们央求她去看爸爸，她也许会答应的。这事让我跟她说，她要是不教我，我就假装使劲哭，她会心软的。妈你也是，人家养自己的女儿你干吗不让？""多一个分家产的，咱娘儿俩不是吃亏了吗？""妈，我爸有多少钱你都不知道，管他干什么。说来也怪，我这姐姐怎会给我来做家教？""巧合嘛。""妈，待会儿我跟姐姐说这件事，你可要帮腔啊。""行，你可不要惹怒了她。""那我可不敢，到家了。"

第五章　同父姐妹

每逢休息日，柳丹阳总是早早来到白家，上午上完课，下午就可以安静地在家学习备课。

柳丹阳一想起父亲那张渴望与女儿相认的脸，她就觉得心中一阵酸痛。女儿和父亲，父亲与女儿，本来就是至亲骨肉的关系，可是相认起来怎么这样难？

父亲——这是个多么伟大而神圣的称呼！而自己，就是转不过弯来。一想到要叫那个人爸爸，她的心就震颤起来，继母那凄凉又愤怒的声音就在耳边响起："李少乾，我恨你……"每当此时她就完全站在母亲一边了。

她那小弟子的成绩日见长进，这对丹阳倒是一个安慰。今天上午有课，她背起小挎包，出门向白兰家走去。

　　休息日上午，白家只有王嫂一个人。"柳老师，她娘儿俩去医院了。""白兰又生病了？""不是，是她爸爸受了伤。""她爸爸？什么伤？""我听说是出了车祸，伤得不轻，两天才醒过来。"柳丹阳慢慢点头，"这样说来，他们是和好了？"王嫂点点头说："再不好也是夫妻，出了这么大的事，怎么说她娘儿俩也得去。这不，我正在准备送医院的午饭，她们也快回来了。"王嫂说着，进厨房忙她的去了。柳丹阳站在厨房门口，"这回好了，他们以后自然就会和好。"王嫂笑着，"是呀，我也这么想，一切都为孩子嘛。"两人正说着话，门外传来了脚步声。门开处，白兰先走进来，她暂时丢掉了医院的烦恼，"我就猜老师准来了嘛。"丹阳摸了一下白兰的头，并向走在后面的白雪梅问道："白兰爸爸怎么样？""挺重，昏迷了两天才苏醒过来。他的头部受了刺激，还不知以后会怎么样呢。"白雪梅紧盯着柳丹阳的脸，想努力在这张脸的深处寻找些一会儿谈完话的结果。

　　见白兰径自进了里屋，柳丹阳也跟了进来。见她郁闷地坐在椅子上，书和本子都没有准备。"白兰，为你爸的伤着急了？他已脱离危险期，你放心吧，咱们上课。"白兰点点头，慢腾腾地拿出英语课本。

　　讲课时，丹阳发现白兰心不在焉，并且一直在死盯着自己的脸。终于，白兰缓缓开口："老师，我……"柳丹阳奇怪地看着她："什么事，说吧。""老师，我现在什么也听不进去，停下来我们说说话好吗？"柳丹阳的态度严肃起来，"白兰，你怎么回事？你妈妈花钱聘我是来陪你说话的吗？这样你的成绩会很快下降，我会很不安的。"白兰眼巴巴地看着柳丹阳："老师，你讲了半天，我什么也没听进去，结果还不是一样。"

　　柳丹阳听她说得有理，便无奈地坐下来，"白兰你说吧，什么事？"只见白兰搬过椅子紧挨着她坐下来，丹阳心里更觉奇怪，"你干吗这样神神秘秘的？"只见白兰捂着半边嘴巴凑到丹阳的耳边，"老师，你是我的姐姐。"

　　柳丹阳听了笑起来，"哎呀，我以为什么了不得的事，愿意叫姐姐就随你叫好了，你母亲同意就行。""不，我是说亲姐姐。"这句话柳丹阳听得很清楚，无须再问。只见她慢慢站起来，两只已经睁大的眼睛眨了两眨，继而又双眉紧皱，口中自言自语："亲姐姐……这意味着什么？啊！我的天！白兰，你什么也别再说，让我想一想，想一想……难道？"她突然明白过来："白兰，你姓李？"她突然这样问道，白兰点点头。"你既然姓李，为什么叫白兰？""你呢，又为什么叫柳丹阳？"一句话问得丹阳无言以对。她心中暗想：按继母说的，他们又有个女儿，莫非就是小白兰？这样看来，这里就是李少乾的家了？"李少乾！"柳丹阳狠狠地从牙缝里蹦出这三个字来。该死的陶凯明，你怎么会让我到这里来做家教？白兰又是怎么知道这一切的？既然白兰知道，她的母亲也当然知道。那么，李少乾呢？他也一定知道自己的一个女儿在给另一个女儿做家教的事了？如此说来，这三口之家早就对自己了如指掌，只有她一个人被蒙在鼓里……

　　一刹那间，愤怒、羞辱、憎恶、悲哀加恨怨之情如万顷波涛，汹涌澎湃地向她迎头袭来！真真令人恨杀、气杀、羞杀、痛杀也！一切已成为事实。

　　可是，她还想做最后的证实："白兰，你的父亲叫李少乾？""是的，所以，我应该叫你亲姐姐。这还有什么怀疑的吗？"柳丹阳无语地转过身去，白兰又伤感地说："爸爸的伤很重，说不定有什么意外，他很想念你，你能去看看他吗？"这时，白雪梅坐在厅里听着里间两人的对话，心里想的是如何阻止柳丹阳来分丈夫的资产，盼望丈夫快拿出让她继承财产的遗嘱。

　　白雪梅抱着膀子走进女儿的房间，拉着脸说："对你而言我不是个好继母，对李少乾来说我也不是个好妻子，这两年为你的事没少吵架，可是，他毕竟是我们母女俩生活的依靠。现在他受了重伤，生死难料，他很想见你，你作为女儿该去看看他。尽管他在你身上有千般不是，万般过错，也毕竟是你的父亲，他这点儿要求不过分吧？"白兰接着说："是呀，姐姐，你去看看爸爸，他好可怜哪。"她说着去拉丹阳坐下。

　　柳丹阳推开她的手，将身子靠在窗台上，双眉拧在一起，看着面前的母女俩，犹见陌生人。只见她又将身子转过去，两颗痛恨的泪珠滚落下来。随即，她又死盯着窗外的远方，往日那远近的山峦楼阁仿佛一下子都消失了，她什么也没看见，也自感透不过气来，满腹的苦水在暴涨，在外溢。白雪梅看着她的泪眼，态度变得和蔼了："丹阳，去吧，去看看你爸爸，他说只要能听到你叫他一声爸爸，死也瞑目了。即使不叫爸爸，能去看他一眼也好，你听他说得多可怜，就忍心让他失望吗？"

柳丹阳心中的苦水还在不停地翻滚着，她觉得这事太过离奇。陶凯明这家伙，要说他事先不知，只有鬼才相信。莫非真的是他有意安排的？柳丹阳心中想着，却又将头轻摇：他肯定什么都不知道，否则他不会……

丹阳慢慢转过身来，目光暗淡无神，那双半闭的眼睛又流下了酸楚的泪水。

在白家母女的眼里，此时的柳丹阳像一尊雕像，半天不动一动。白兰吓得喊起来："姐姐，你怎么了？"她上前抱住丹阳哭了。

柳丹阳慢慢抬起手抚摸着白兰的肩膀，"好妹妹，别哭了，谢谢你们这样爱护我。可我，这满肚子的苦水往哪儿倒哇？"柳丹阳又是泪如泉涌，白雪梅见丹阳没事，遂放心地说："丹阳，积郁多年的怨恨是多少泪水也洗不净的。你想一下是不是去看看你爸爸。当然，你的弯子一时转不过来我能理解。你爸爸在有病期间急于见自己的女儿，这也是人之常情。"柳丹阳抹了两下泪水摇了摇头，"请原谅，这个问题我难以答复。带着这样的压力，我无法做白兰的家教了，你们能理解我吗？"柳丹阳把自己的挎包收拾好挎在肩上，白兰又大哭起来："不行不行！我不让你走！"柳丹阳把脸转向白雪梅，"白女士，你另请高明吧，别耽误了白兰的学习，我走了。"白兰的哭声更高了，"妈，别让姐姐走，别让姐姐走。"白雪梅看着柳丹阳，"我不想勉强你。不管怎么说，白兰是你的亲妹妹，做不做家教也只能由你了。"

此时，白兰的哭声更高，预料的事果然发生，白兰无须装样子了。

见白兰哭得这样伤心，柳丹阳有些六神无主，"白兰，不要哭，我走了。""不，我偏哭，你不去看爸爸，又不教我了，我怎么能不哭？姐姐，我真的离不开你呀。"白雪梅见女儿哭得如此伤心，她有些受不了，"你不做白兰的家教也没啥，我凭着钱哪儿都聘得到。可是，你爸爸想见你，你没有理由不去看看他吧？他如今可是身带重伤，要真有个三长两短，你会后悔的，随你吧。"

柳丹阳现在只有一个字——恨。恨自己为什么会有这样的爸爸！又为什么来自投罗网！恨这些人对此事了解得一清二楚而自己为什么一无所知！恨老天为什么这样一而再，再而三地作弄人！为什么？为什么？这一切到哪里去问个明白？

此时白雪梅又毫无表情地接着说："其实去不去看父亲是你的自由，谁也强追不了你。"柳丹阳擦去泪水，躲开母女俩那四道目光，"这件事来得太突然，我一点儿准备也没有，我陷入了大家的掌握之中，自己竟一无所知，我感到被愚弄了，尽管你们不是有意的，也让我难以接受。我必须回去静一静，然后再决定怎么做。白兰的家教到此为止，我走了。"

柳丹阳不能不承认，她已经陷入思绪混乱的深渊中不能自拔。

白雪梅沉着脸，"你爸爸一扫往日的威风而变成了十足的可怜虫。有句话说：'人之将死，其言也善；鸟之将亡，其鸣也哀。'去看他一眼也算是慰藉你生母的在天之灵了。我知道你是个有主见的姑娘，自己想怎么做，别人很难改变，自己掂量着办吧。至于白兰，我可以花高价聘请教授来教她。"白兰嚷起来："不行，除了姐姐，谁教也不学。"白雪梅拉着脸说："你不学算了，没人逼你。"她说完就到客厅去了。柳丹阳见此，只说了句："白兰，比我强的人很多，再见。"她说着提了一下挎包带，穿过客厅出门而去。

柳丹阳走了，白雪梅一句送客的话也没说。白兰又哭起来："妈，你为什么这样对姐姐说话？"白雪梅生气地说："那我该怎么说？好话已说尽，她就是不答应去看你爸，还让我拿她当孩子哄着吗？"白兰也生气地说："她也应该算是你的孩子，哄一哄有什么不可以？""你懂什么？说不定她是故意到这里来分家产的，咱们能给她吗？""妈，就算你说对了，那也是应该的，她也是爸的亲生女儿！"白兰跑出去了。

柳丹阳逃也似的跑出来，她冲上大街，真想歇斯底里地高声喊叫，以泄胸中的愤恨。至于喊什么，她不知道。现在，她努力使自己平静下来，却把牙关咬了又咬，那苦涩的泪水已经顺着喉道流进了心里。

白兰跑出来追赶姐姐，那喊声传到了丹阳的耳朵里："姐姐！姐姐！"柳丹阳不想回头，她抢在一辆汽车的前面匆匆过了马路。那白兰也跟着跑过来，刚到马路中央，汽车司机一脚踩死了刹车，在离白兰一米远的地方停下了。"小死丫头，你不要命了！"司机骂了一句。

柳丹阳吃了一惊，她急忙跑过来把白兰拉回马路对面，"好妹妹，请你理解一下姐姐吧，你的家我不会再来了。转告你母亲，我不会来分家产的，去吧。以后要努力学习，自己拼出个好前程来，我走了。""姐姐，你这一走，什么时候还能见到你？""回去吧，以后会见面的。"

柳丹阳差不多是小跑着回家，她哆嗦着手打开了门锁，刚踏进屋门就把挎包摘下来扔到长椅上，然后一头扎到床上，把脑袋埋在被子里放声大哭起来……

　　就在柳丹阳的心情处在极度矛盾、思绪也一团糟的时候，外面突然传来了敲门声。柳丹阳急忙坐起来，她猜不出会是什么人来到这个小破屋。弟弟和凯明都进了医科大学，不是特殊的好朋友，很少有人到过她的家，原因只有一个：自己的家太不像个样子，无法招待客人哪。那么，此时又是什么人来呢？

　　现在的柳丹阳多么需要一个知近的人来分散一下她那烦乱的心绪呀，可是，还有这样的人吗？

　　敲门声，柔和而急切。柳丹阳擦了擦眼睛，慢慢走去开门。"凯明！"陶凯明走进来。柳丹阳的两只眼睛禁不住又含满泪水……"啊！你怎么了？"陶凯明扑过来就抱住了柳丹阳的双肩，"快告诉我，告诉我呀。"柳丹阳一边流泪一边推开了陶凯明。"正要找你问个明白，你倒来了，我问你为什么要这样做？"凯明愣住了，"你说什么？我做了什么事？"柳丹阳瞪了他一眼，满腹的委屈都化作两串珠泪滚落下来，口中只吐出了三个字："装糊涂。"她说完径自走进屋里一头扎在床上哭起来。

　　柳丹阳这样一说一哭，陶凯明反倒放下心来。他原以为有人欺负了丹阳，或者……现在看来，事情既然与自己有关，就不是什么大事了。但到底是什么事，他可是丈二和尚摸不着头脑。"丹阳，你快说，发生了什么事？我做了什么把你气成这样？"他轻轻地扳过丹阳的肩膀，又递过毛巾，"你别让我着急好不好？"柳丹阳没好气地掠过毛巾擦了几下脸，又把毛巾扔给了凯明，"你凭什么介绍我到继母家去做家教？""继母？你说谁的继母？"

　　雪梅姐经人介绍嫁给一个叫李少乾的大款，怎么会是丹阳的继母？凯明自以为对丹阳是了解的，他也知道她的父亲早年出了车祸已离开人世，这会儿怎么又冒出了父亲还娶了继母？真是莫名其妙。那李大款又怎么会是丹阳的父亲？陶凯明的问号一个接着一个，全都乱了套。他望着丹阳愣了半天，才低声问道："你说的可都是真的？"看着面前这双惊异又茫然不解的大眼睛，柳丹阳完全相信了——他什么都不知道。是呀，凯明连她父亲活着的事都不知道，又怎知父亲娶了谁做继室呢？看来，自己是冤枉了凯明。

陶凯明想：丹阳的父亲既然还活着，又那么有钱，为什么不管他们母女三人？甚至丹阳的母亲去世也没见到他的影子。这一切到底是为什么？他不想问丹阳什么，也不知道该怎么问，那两道满怀狐疑的目光，温柔地落在丹阳的脸上。此时的丹阳那双悲苦的眼睛也向凯明表示着歉意——自己不该这样冒失地质问他。

陶凯明早就知道柳丹阳没有父亲，家里只有母亲和弟弟，而她那多病的妈妈总是挺着柔弱的身躯支撑着这个家，还要供她姐弟俩读书。而自己生在富裕的家庭，不但笔和本子要多少有多少，就是零花钱也是很随便的。每到新学期，陶凯明都会准备两份学习用品，他觉得帮助这个女同学使自己很快乐，仅此而已。

陶凯明收回自己的思路，他看着柳丹阳好半天，两人谁也不说话。丹阳无话可说，陶凯明也觉得没法问。丹阳决定向凯明讲明事情的来龙去脉："凯明，对不起，连我自己也不知道父亲还活着，你又怎么能知道？是我错怪了你。是上帝在故意愚弄我。那是一个偶然的机会，那个李大款，也就是我的父亲认出了我，我却无法原谅他。本想离开酒楼做个家教，既能躲开他要认女儿的纠缠，自己又能有机会看书学习，这真是一件好事。天知道，怎么又落到他家里？谁能想到，白雪梅嫁的那个大款，竟然是我的生身之父？你说，不是老天有意在欺负我吗？"柳丹阳说到这里，抹了一把泪脸继续说："从前，我确实认为父亲死了，而从母亲的遗书中才知道父亲还活着。原来是母亲对父亲的怨恨太深才这样说的。"柳丹阳含泪停住话语，心中想着母亲的遗书，她决定不告诉凯明有关彤阳的身世，一旦传到弟弟的耳中，后果会很糟糕。

陶凯明听了这些话愣了半天，"丹阳，你说的这些话可都是真的？我的天，这真是令人难以置信，天下真有这般巧事？彤阳知道吗？"丹阳摇摇头，"他什么都不知道，凯明，你不要告诉他，有我供他上学就够了，千万千万，拜托了，听见吗？"凯明说："丹阳，你父亲既然要认你们，你不正好就此机会上大学吗？"丹阳将头轻摇，"事情到了这个地步，我已经下定决心不要他一分钱，我要活出自己的志气来，白兰的家教不去了。拜托你千万要对彤阳一瞒到底好吗？"见凯明点头，丹阳接着说："对了，光顾说我的事，还没来得及问你，学习正紧张，你回来干什么？"在陶凯明的双眸中，忽然闪出两缕幽怨之光，细心的柳丹阳察觉到，陶家一定发生了什么令人不愉快的事情，看他的神色，事情还不会小，不然他不会回来。

原来，陶凯明接到母亲的一封加急信，他才十万火急地赶回来。母亲哭着告诉他，爸爸向法院递了离婚诉状。凯明一听就像掉进了万丈深渊！他安慰了母亲之后，便气冲冲地跑出去找父亲，几处寻找不见，他便来到丹阳的家。本来知道她在白家做家教，但这里是顺路，找不到丹阳再去白家，反正要找到丹阳，把家里的一切都告诉她，他们也好相互间分担对方的痛苦。

凯明的父母多年来一直有矛盾。父亲陶启程出身于教师家庭，他刚念高中一年就赶上了那场轰轰烈烈的变革……眼见着大学梦圆不成，陶启程只好待在家里。此时父亲也被挨了斗，他理所当然地就成了资产阶级狗崽子。工人家庭出身的母亲林惠珠是陶启程的中学同学，因家庭条件不好没念高中，因林惠珠对陶启程有好感并且经常照顾他，陶启程就把她当作了救命稻草。后来，陶启程的父亲虽被平反身体却留下残疾，不久后便离开了人世。母亲体弱多病又承受不住这无情的打击，不久也撒手人寰。为此，陶启程一场大病住进医院，多亏林惠珠细心照顾，几个月后才得痊愈。就这样，他们结婚了。

陶启程用父亲平反补发的钱开了一个机械场，规模不大却也收入可观。按说，他们的感情基础是比较好的，两人婚后的生活倒也甜蜜了一阵子。就在凯明三岁那年，陶启程闹过一次离婚，理由很简单：感情不和。有人对林惠珠告了密，说她丈夫外面有人。林惠珠巧妙地跟踪了几次，终于抓住了把柄，并扬言要到法院去告他。好在那时的人都很传统，也都有一张知道羞耻的脸皮，有外遇的事一旦张扬出去，对当事人是很丢人的事。陶启程受不了这个，只好在妻子面前乖乖低头。

眼见得聪明可爱的儿子在一天天长大，陶启程也渐渐收了心。然而，林惠珠却在心里恼恨丈夫不该背叛她，心中的积怨也时时流露出来，时间一长，夫妻间的隔阂逐渐加深，感情也就越来越淡。当时，年纪尚小的陶凯明是不明白的。

随着岁月的流逝，凯明小学毕业了，陶启程夫妻俩的矛盾也在加剧，有时在儿子面前公开吵闹起来，懂事的儿子只好和稀泥，这边劝，那边说，有时也起到一定的作用。

不久，舞潮开始了，陶启程很自然地卷了进去。每次去舞厅，那些舞伴多得让他应接不暇。尚且风流倜傥的陶启程，自然愿意接触那些年轻漂亮甚至轻浮的女人。与她们搂肩抱腰，耳鬓厮磨，这对他来说是一种享受。

　　陶家是三室一厅的楼房，客厅不大倒也明亮整齐。陶启程已经在中间屋单人床上睡很久了。为了不让父母分居，陶凯明想了个绝招：他把中间的屋里的一张旧式木床拆个稀巴烂，又把自己屋里的书柜书桌椅子等一切学习用品都搬到这间屋里，并用毛笔在红纸上写了"凯明书斋"四个大字贴在门上，母亲看了哭笑不得。

　　这一天父亲回来很晚，看他那副疲劳的样子，凯明料定他准是刚从舞厅回来。陶凯明站在书房门口，两眼紧盯着父亲的脸，不无讽刺地说："我的爸爸工作太忙太累，到这时候才回来，儿子给你煮碗面吃吧。"听了凯明这讽刺的话语，陶启程有点儿脸红，因为他确实刚从舞厅回来，而且真的饿着肚子呢。儿子后面那句话他倒是爱听，见凯明真的到厨房去煮面，他也跟了进来。凯明打开锅盖，里面有饭又有菜，灶台上还有两碟小咸菜。凯明笑着对爸爸说："我要想孝敬你老人家一回，妈妈都不给机会，这不都准备在这里了，还温着，快吃吧。"陶启程笑了一笑，"好儿子，你去睡吧，明天还要上学。""不，爸爸还没休息，我忙什么，还早着呢。"陶启程看看腕上的手表，"早什么早，都十一点半了，再有四个小时就亮天了，快去睡吧。"陶凯明皱着眉头说："你也觉得很晚了吗？你以后下班不回家，我天天到厂里去接你，这样才显得我们父子情深。"这半天，陶启程才明白儿子说话的弦外之音，他感到自己的脸有点儿热起来，无奈之下只好说道："去睡吧，以后爸爸早些回来就是。"凯明笑了，"这才是我的好爸爸。爸，书房的事，妈妈拦不住我，看在儿子的分儿上，就回到你们的屋去吧。"凯明说完，向爸爸点点头，回自己房间去了。

　　陶启程吃完饭，习惯地走进中间的屋。这里全都变了样：那张他往日栖身的木板床不见了踪影，倒是多了儿子那些书桌书柜，这才想起刚才凯明的话。他无奈地走出书房，在客厅里转了一圈，这才看到"凯明书斋"四个字，真让他好气又好笑，也完全明白了儿子的良苦用心。他摸摸自己的肚子，里面装着已到半夜了妻子还给温着的饭菜，也觉得愧对妻子。此时，他又想起那两个长期舞伴，她们的身体轻盈、舞姿优美，那纤纤玉手抚摸着他的肩膀的那种温馨醉人的感觉，真是美妙极了。忽又想起儿子的话，心里不知是什么感觉。

陶启程有些为难，夜已深了，这尊躯体可在哪儿放倒呢？无奈之下，他只好关了小客厅的灯，小心地推开本是他们夫妻所住房间的门……

林惠珠本是睡在双人床中间的。儿子与丈夫的对话她都听见了，并暗中称赞儿子替她出了口气。明知是丈夫进来，她故作呓语地说了句："凯明睡去吧，别等你爸了。"然后将身翻到了床的一边，假作睡去。陶启程相信妻子在说梦话，也知道儿子经常等他。就着那薄薄的纱窗帘所透过的蒙蒙亮光，他慢慢地来到床边，轻手轻脚地脱去鞋袜、外衣，上床轻轻躺下……这一夜，他倒觉得睡得很踏实。

就这样，陶凯明父母的关系时好时坏，时而吵闹不休，这些情况陶凯明没有对丹阳说过。

而在丹阳看来，他的家庭是再好不过的，凯明也是个最幸福的孩子，她怎知原来凯明也是有苦难言呢。

陶凯明上大学走了，这回陶启程夫妇可以毫无顾忌地开战了，"大战"由开始的几天一场，逐渐变成了"持久战"，林惠珠也不想再打下去了，可她为了儿子，不愿让这个家散伙。不久，陶启程正式起诉离婚，无奈的林惠珠接到诉状，只好把儿子追了回来。

听了凯明的倾诉，丹阳半晌无语，从前她常常羡慕凯明有个很幸福的家，看来绝非如此，难怪经常见他眉头紧锁，问他却摇头说没事。"其实，"凯明苦着脸说，"我早就想把家里的事情告诉你，可你的生活压力太大，我实在不忍让你为我分心。""凯明，我理解你，你的情况确实让我感到惊讶。现在打算怎么办？"凯明吁出了一口长气，"我也不知道。刚从家里出来时，一猛劲儿就想去找父亲理论一番。现在想想，找到他说什么呢，能管用吗？父母的婚姻事，作为儿子真的无法插手啊。"柳丹阳也一时想不出什么好主意来。半晌，她才眨着眼睛问："凯明，你还记得前年我们在小菜园里薅草时你说的那些话吗？其实你当时也是在给自己出气对吧？"凯明不语，只是点点头。丹阳接着说："我看这样，去找你爸爸，把你自己的立场明确地亮给他。摆在他面前只有两条路，一是离婚再婚，那就等于没有了你这个儿子，以后见面父子如同陌路，你决不再认他这个爸爸。二是为了儿子先委屈自己，就这样不即不离地同母亲维持下去，作为儿子日后一定会好好孝敬他。否则，自己要替母亲打官司，分他一半财产。你要问我，就是这个主意。也许，这样要挟他一下，我就不信他会舍弃亲生儿子非去另寻新欢不可。"凯明看着丹阳的眼睛，"这也难说，如果那个第三者的吸引力远远超过我怎么办？就真的退学了吗？"柳丹阳听了这话也皱起眉头，"你母亲有退休金吗？""有，四百多元。"柳丹阳接着说："有个好办法，我这两年积攒点儿钱，你和彤阳再去打点儿零工，三年多时间咬咬牙就坚持下来了，我就不信非辍学不可。"陶凯明感激地看着她说："丹阳，你的心真好，主意也不错，只是，我怎么能用你的钱呢？""我们是朋友，就不要计较这些了，你也曾说过要找工作供我读书的，日后你挣了钱还我就是。"陶凯明高兴地说："丹阳，有你的支持，我心里有底了，我这就去找他。对了，你还没告诉我是怎么认定那个白雪梅就是你的继母呢。"柳丹阳叹了口气，"那白兰的父亲叫李少乾，是个大款，他如今出了车祸躺在医院里，并求白雪梅母女劝我去医院看他。我妈就是他害死的，你说，我会去看他吗？就为这，我又气又恨又想起母亲，什么办法也没有，只有哭的份儿了。"凯明点着头，"原来如此，行了，怨我也怨了，哭也哭够了，这也不是什么大事，随你自己做主好了。""我不会去看妈妈的仇人，要不是他，我妈就不会死。""随你吧，你母亲的死，李少乾在法律上是没有责任的，这只能由个人算一笔良心账了。可是当今社会，还有多少人能悟透'良心'这两个字的真正含义呢？"柳丹阳气愤地接着说："现在有好多人的良心都让狗吃了，有什么办法？时候不早，该找你爸谈判去了。"陶凯明点点头，丹阳送到院外，"明天一定要回校，早上我送你。"凯明点点头，又走回几步拉起丹阳的手，"丹阳，咱俩的命运都不怎么样，就让我们携手闯难关吧，没有过不去的火焰山。我说，人这一辈子要没有些沟沟坎坎的路，还觉得没什么意思呢，你说是不是？"丹阳笑了："如果人人都能把痛苦变成快乐，把坎坷当成财富就好了。走吧，明早六点火车站见。"陶凯明点点头，带着依恋走了。

陶启程坐在旋转的皮椅上，手握话筒正在与人通话，忽见儿子凯明推门进来，脸色很难看。他对着电话说："好吧，就这样，我这儿来人了。"

陶凯明坐下来，两眼直盯着父亲不说话。"凯明，我知道你为什么回来，你不是小孩子了，也知道我和你妈已分居数年，难道这样的家庭还有必要维持下去吗？所以，这件事你就别管了，没用的。你要是为这件事不念书我都没办法，前程是你自己的，我又没说不供你。其实，你妈的情况也糟不到哪去，她有劳保，我还会给她一笔钱，房子也给她还不够吗？""不够！"凯明回答得高声又干脆。看着父亲瞪大了眼睛，凯明有些气愤地说："房子才值几万元，你这个厂子的全部设备，至少也值一千万吧？你要把这些设备折合成现金，并与全部存款和我妈二一添作五，这才合理，也是合法的，单凭你的恩赐怎么行？"听了这话，陶启程愣住了：儿子的眼力不错，这些设备少说也值一千万，而存款也有几百万，但大部分都在外面或材料上压着。如果按全部财产平分，他只有卖机器了，这怎么行？看来，儿子对他真是下了狠心，这样，他的下一步棋可就难走了，必须从长计议⋯⋯

陶启程的思路被儿子打断："怎么不吱声？舍不得了？你非要逼着我妈跟你离婚，这是唯一的出路，否则，你的目的很难达到。我豁出去退学，也要帮助母亲把这场官司打赢。"

陶启程暗吃一惊，"你要上法庭？"儿子斜了父亲一眼，"你要同意我的意见，当然用不着。"陶启程皱着眉说："我要是不同意呢？""那就回家，咱们三口之家守着这份家业过日，否则就只有法庭上见。你看怎么好？"凯明这一招是陶启程没有料到的，他真的左右为难起来。

此时，来了机械加工的客户，那个与他同居已久、名义上是他的小秘实则是情人的刘智瑶敲门进来："厂长，有位⋯⋯""出去！谁叫你进来！"这是刘智瑶的习惯动作，敲门后不待应声就进来。这个厂长兼情夫的大声吼叫是她没料到的，可真让她有点儿为难了。

陶启程的儿子她是不止一次见过的。听说已经上了大学，怎知此时他会坐在这里，让自己尴尬无比，她有点儿恼羞成怒了，"你那宝贝儿子惹了你，拿我撒什么气？我可不是来给你当出气筒的。客户来了，爱见不见！"她说完想走。但见陶凯明"啪"的一声拍案而起，倒把刘智瑶吓了一跳！

凯明以前就听母亲说过，厂里有个刘秘书，年纪轻轻却紧追着爸爸不放，所以他才不回家的。凯明每次来到厂里都能见到她，也知道她就是父母中间的第三者。虽然他恨得直咬牙，却又想给父亲留个面子。现在却见刘智瑶对父亲这个态度，他忍不住愤怒地推开椅子来到门口，"请进。"刘智瑶以为陶凯明要走，正好与厂长的话还没说完，她向里进了一步，谁知陶凯明顺手就把门关上了，"姓刘的，你什么资格，竟敢跟我爸掉脸子？你这么年轻漂亮，还愁找不到好丈夫吗？为什么死皮赖脸地缠着我爸不放手？难道你非要搞散我们的家庭不可吗？你不就是因为我家有钱吗？你把自己和我爸比一比，他可以做你的父亲还绰绰有余，你不觉得太亏了吗？你这样把自己的幸福建立在我们母子的痛苦之上，你一点儿也不觉得可耻吗？你把自己这年轻的身体廉价出售也太亏了吧？"

自感受到莫大耻辱的刘智瑶早已放声地哭了起来："厂长，你的儿子胡说八道，你就不管。"她捂着脸跑到办公室的里间去了。

这办公室的里间往常总是上锁的，今天却半掩着。看来刘智瑶是经常进去的。

此时陶启程噌地一下站起来，怒目横眉却压低声音吼道："陶凯明！你知道自己在做什么吗？"凯明有些得意地说："当然知道。她想挤进我们家做我的小妈，我不同意！"陶启程也怒道："混账的东西，同意不同意由得你说了算吗？"凯明歪着脑袋直视着父亲，"我是混账，我爷爷要还活着的话，不但骂你，还会打扁了你。告诉你，老子在前走，小子后边跟，请放心，你已经给我做了榜样，我是学了你才变成混账的。""你……唉！"陶启程慢慢坐下来，口气也缓和多了，"凯明，别这样好不好？父母的事作为儿女是无法插手的，你还是别管了，好吗？"

这种针锋相对的局面是陶启程完全没有料到的。他想打个圆场，缓和一下气氛，也给刘智瑶一个台阶下，所以他的一张脸变得温和了，"凯明，你毕竟是个孩子家，大人的好多事情你是难以理解的。就算给爸爸一个面子吧，进去和她说声对不起，行吗？""好哇！"凯明仰着脖子说，"不过你得先告诉我错在哪里。这个女人到底是谁？除了工作外，她到底和你什么关系？我凭什么向她认错？小心我告你！"凯明把最后的三个字一字一顿地说完，遂转身向里间走去。陶启程急忙站起来，"你要干什么？"陶凯明想的是：刘智瑶受了委屈到里间去哭，可爸爸说过那里是装破烂的仓库，正好看看里面装的什么。他用脚轻轻弹开门向里望去，啊！凯明这一惊非同小可！这是一间无比豪华的卧室：室内宽敞明亮，四壁用黄色丝绸做了软包，棚顶金色吊灯高垂，一台大彩电放在墙角的小地桌上，厚厚的红色地毯上放着一张大号双人床，床上锦缎纱帐，一个长长的双人枕……凯明见此，更是气不打一处来，他回身瞪了父亲一眼，"这间屋子里不是装破烂的吗？"他又回头看了一眼依旧在里屋床上哭泣的刘智瑶，走到桌前坐下说："你还没回答我的话呢，两条路，你到底想走哪一条？让我再重复一遍离婚的条件：一，全部财产家当与母亲平分；二，立即辞了这个姓刘的，回家向母亲赔礼，就算你有点儿勉强，也总比让厂子黄了铺好得多吧？二者选一，这有什么难吗？"见父亲皱眉无语，陶凯明又接着说："爸爸，我知道你在想什么，你想吞掉全部财产，又想逼走我妈另娶娇娃，天下的美事能都让你占去吗？你也不想想，当年要不是我妈救了你，照顾你，你会有今天吗？说不定活不活得到现在呢。爸爸，人可不能忘恩负义呀。告诉你，母亲让我回来就是商量这件事，我的话也是转达了她的意思，她说她不愿意和你正面接触。我作为她的儿子，不能眼看着母亲受尽委屈而无处申诉，我要出面替她说话，请你原谅我。爸爸，和母亲相比，如果你是弱者，我也会毫不犹豫地站在你的一边说话，况且，我们的要求并不过分，所以，我虽然无奈也必须这样做。爸爸，妈妈还在家里等待回音呢。怎么样，给个准话吧。"

儿子的步步紧逼真难住了陶启程，这两条路哪条也走不通，他能折卖厂里的设备去偿还老婆的离婚债吗？这显然不行。辞掉刘智瑶回家守糟糠？分居了很久的夫妻，这冷透了的被窝也再难热起来。再说，快五十岁的林惠珠怎能和年轻漂亮的刘智瑶相比……陶启程思来想去，觉得这两条路无一可行。陶凯明看着爸爸，见他半天不说话，早已不耐烦了，"爸，这事就那么难以选择吗？你也该为我妈想一想，把自己的事抛开就不难了。"陶启程明白，儿子分明是让他选择第二条路：立即辞掉刘智瑶。然而，这刘智瑶也不是那么好辞的。他曾经向她发过愿：先给她一百万、一套高级住房，日后，这厂里的财经大权都要交给她掌管。这么重要的人物怎么能随便辞掉呢？再说，自己也根本舍不得这个温柔漂亮又能干的女秘书呀。

陶启程见儿子的两道目光一直逼视着自己，只好无奈地说："凯明，给我点儿时间，让我考虑一下吧。"只见陶凯明冷笑一声："哼，没钱人办事难，怎么你这有钱人办起事来也这么犯难？要是我，一定走第一条路，卖那些破设备有什么心疼？打发我们母子满意，你也就安心了。守着这位温柔漂亮的小娘子，日后再给你生个一男半女的，你也就有养老送终的了。怎么样？我看这条路不错。"陶启程躲开儿子的目光，脑际中思绪纷乱，不知说什么好。只听儿子接着说："还有一件重要的事，我要去公证处找人来给这个厂子做一下评估，办好公证手续，然后不经法院，去街道办个离婚，财产各半，这一分多好。没钱先欠着，但必须限期偿还，拖久了可不行，到那时，你的儿子连你的陶姓也不稀罕了。我要姓林，永远和母亲住在一起，至于你，我只能当路人了。"听了儿子的话，陶启程有些愣住了，卖几套设备算不了什么，儿子变成路人？这怎么可以！自己这一辈子就这么一个孩子呀。也许，儿子是以此来要挟他。亲生父子嘛，怎么能变成路人？可是，他看儿子现在的表情，心里也实在没底，他知道自己的行为真的触怒了儿子。

刘智瑶在这里干了几年，从他们建立那种关系到现在也有两年了。且不说他对人家已经许了愿——将来让她掌握财经大权，就算她白天黑夜地陪伴自己，也不能说辞就辞呀。陶启程偷看了一下儿子那咄咄逼人的目光，四道目光一接，吓得他急忙躲开。面对这种情况，一向深有城府的陶启程也六神无主了。

陶凯明想的是，眼下也不能对爸爸逼得太紧，总得给他一点儿时间，让他经过深思熟虑之后，再做出自己心甘情愿的决定。自己明早还要上学，下周再回来，反正省城也不远。他这样想着，两道犀利的目光柔和下来，口气也缓和了许多："爸，我知道你是两头为难，可是你和我妈无论在法律上和在你们儿子心目中都是平等的呀，你要是我该怎么办？就目前情况看，你总得舍去一头让我妈也找点儿心理平衡吧，况且，只是全部财产的一半嘛。其实还是你合算，拿了一半财产，又让年轻美貌的小情人变成自己的合法妻子，这不是美事吗？我妈可就惨了，我上学不在家，只有她孤零零一个人生活。说实话，我真有退学回来陪伴母亲的想法，可这样做她也不会同意的。还有句话我妈让捎给你，她说不让你再回家了，也就是说，我妈坚决要走平分财产这条路，恐怕我也很难说服她。爸，就这样吧，我走了，我妈还在家等消息呢。没拿到她满意的结果，我不知怎么向她交代呢。"

凯明起身走到门口又回身看了父亲一眼，"爸，你再好好想一想，过几天我还要回来帮我妈处理这件事。这样拖泥带水没个结果，谁也别想安生，爸，你说呢？"见父亲不置可否，凯明走了，再也没回头。

其实陶启程心里也不是个滋味，这两条路可怎么走呢？难哪，实在是难。

自己回家是不可能的了。如今哪还有半点儿回家去与老妻和好的心呢？可是这一半的资产怎么拿？难道真让厂子黄铺不成？

陶启程从椅子上站起来，虽然心乱如麻，却也没忘记里间的小情人。他进了刚才被儿子蹬开的门，见刘智瑶还躺在床上抽泣，他深感不安地说："智瑶，别哭了，我替儿子向你道歉，对不起，行了吧。"刘智瑶气冲冲地坐起来，"道歉，道歉有什么用？你儿子给你两条路，你到底走哪一条？说呀！"刘智瑶的话让他无法回答。陶启程只好转了话题："刚才你说是哪家客户来了？""不知道，自己看去。""那好，智瑶，晚上请你吃饭。"无奈的陶启程只好下楼去了。

林惠珠听儿子讲了情况，心里也不好受。二十多年的夫妻，一旦要彻底分手，心中却也存留着丝丝依恋之情。可是，那深深的怨恨早已把这可怜的一丝留恋之情赶得无影无踪了。就算现在丈夫立即勒马回头，她也不想要他了。她知道他在那女秘书之前还有不止一个，她嫌弃他那脏透了的身子。一想到丈夫与别的女人在床上翻云覆雨，林惠珠就觉得心中作呕，这样的货色早就应该让他滚得远远的，一辈子也不想再见到他。

早上，林惠珠送儿子出门，"凯明，别惦记我，回校安心学习。"凯明点头拦住母亲，"妈，你也别惦记我，好好保重自己，我会照顾自己的，回去吧。""凯明，学习重要，就把这事拖一拖吧，反正快放假了。""妈，快把这事处理完，咱们就安心了。放假咱娘儿俩出去走走，你想去哪儿都行。"林惠珠望着儿子那像丈夫一样的体貌，不禁悲从中来，她把脚步停在楼头拐角处，见儿子挥挥手走了，她这才急忙抹了一把眼睛……

柳丹阳早已来到火车站等待陶凯明，见他匆匆走过来，便急忙迎上去，"你怎么才来，火车快开了。"凯明看看手表，"对不起丹阳，昨晚和妈妈唠得太晚，我娘儿俩都睡过了头。"陶凯明接过丹阳递过来的车票，顺势抓住了她的手，面色难过地说："父母两人势在必分，我爸也很为难呢。"他把与父亲的谈话简单地说了，并告诉丹阳下周还要回来。

望着走进检票口还在频频回头的陶凯明，柳丹阳将手挥了又挥，目送他下了地道。

今天是星期天。受了外伤的李少乾躺在医院里，那骨折之处并不觉得怎么疼痛。令他最担心、最害怕的事真的要发生了——他感到自己的下身奇痒难耐，用手使劲去搔，有的地方已被挠破，出现了溃疡状斑点……医生几次要他留下尿样化验，都被他拒绝了，并且还急着要出院，医生护士都不解其意，只有李少乾自己明白，那难以启齿的病又复发了。也是自己活该！谁叫自己图那一时的快活了。李少乾后悔不迭地想着。

他忽然想起了妻子，最近两人住在一起，天哪，可不要给她传染上！必须尽快告诉她，也好及早检查治疗。妻子要知道他得了这种病会怎么样呢？自己的命还有救吗？如果是治不治都一样的话，那就等死吧，最好是快点儿。可是，一旦能治好呢？

活下去的欲望在李少乾的脑海里占据了主要位置。妻子和女儿下午来，她们会不会把丹阳也带来呢？

午休时，只有王嫂来送饭，并说那柳老师没上课，白兰总是哭个不停……真的出现了丹阳不来、白兰也不教了的结果，这太糟糕了。这样看来，莫如不向丹阳挑明这件事，她能天天到家里来，就算看不到，她能和自己的另一个女儿在一起，这对自己也是一个不小的安慰。现在可好，两个孩子一个走一个哭，怎么办？

柳丹阳走了，白雪梅见女儿也跟着跑出去，只好也出去追女儿："白兰！你给我回来。"她站在楼头的拐弯处，正好见丹阳把女儿送回马路这边。见丹阳走了，她才上前拉住女儿："还追她干什么？看她那架势不会上医院的。这件事要是我，不在你李家大闹一场才怪。这回也好，她再也不会到我们家里来了。要是你遇到这种事，你还能坦然地在这里教书吗？本来为躲避父亲，躲来躲去躲到父亲的家里来，这事对她太残酷了。走，回家吧。"

其实，白雪梅现在所关心的不是柳丹阳去不去医院和她教不教白兰的问题，她想的更多也更复杂：丈夫的资产到底有多少她不清楚，自己没有掌握住家里的财经大权，这是一个天大的错误，平日里花用的钱只是靠丈夫给多少是多少。当然，每次所给的数量也足够家里的开销了，包括保姆教师的工资也绰绰有余。现在他躺在医院里，自己要尽快了解家产情况是不可能的。老东西急着找柳丹阳一定是分家产的事，那怎么行？可这不是自己说了算的事。该死的柳丹阳，到哪儿做家教不好，偏偏……说不定她是成心来分家产的，哼，装得倒像。自己要不想办法，可要吃大亏了，可这办法在哪儿？

仅仅这两天时间，白雪梅的心理就发生了很大变化。

自见了方兴童，她那埋藏已久的、学生时代的初恋之情就不由自主地从心灵深处迅速升腾起来——她要去找当年的白马王子，她要与他重修旧好，她要圆自己年轻时的梦，甚至，她要不惜一切代价把方兴童抱在怀中，那可是初恋的、甜美的梦啊！这种想法愈加强烈起来，她那颗火热的心还在继续升温，升温……当年的错误决定扼杀了她一生的幸福。而今天上帝再次给了她这个机会，她再也不会错过。同时她也看得出，兴童对自己也是旧情难忘。从他的眼神、表情上，她知道他对她的爱恋依旧。

首先，要尽快了解方兴童的家庭状况，再进一步了解他的内心世界，她断定方兴童早已成家，因他已年过不惑，四十出头的人哪有不成家的道理。就算他妻儿俱全，也要……

白雪梅的思路越走越远，一想到能与方兴童破镜重圆，她的心就怦怦直跳，一张还很漂亮的脸也泛起红来。

走在一边抹泪的白兰忽见母亲的脸色有点儿羞涩，不知其故，遂没好气地问："妈，你想什么呢？怎么脸都红了？"白雪梅自觉尴尬，急忙掩饰："我在想柳丹阳走了好。""怎么？没人教我你还高兴？""那当然。"白雪梅高兴地说，"你想啊，柳丹阳这一走，你父亲的家产她有可能不要了，这不是好事吗？"白兰瞪了母亲一眼，"家产家产，你就知道家产。我的老师怎么办？""白兰，你看全班里只有你一个人聘用家庭教师，你比别人笨吗？这回考验你一下，不请家教了，看你的英语成绩会怎么样？"白兰无语。

母女俩回到家里，白兰进了她自己的小屋关上了门。白雪梅开始冥思苦想起来，她要尽一切办法阻止柳丹阳和她父亲见面。

白兰把自己关进房间，泪水含在眼里。由老师变成的姐姐走了，她心里难过无比。本来，母亲对柳老师挺好，一知道她是爸爸的女儿就变了脸。还有，她的神情为什么从医院回来就变了样？这其中必然有原因。什么原因，她猜不出，反正她的神态有点儿怪。

自白兰懂事开始，不止一次想过这样的问题——父亲老，母亲年轻，他们为什么要结婚？为此她常为母亲不平。记得她上二年级时，一次爸爸偶然来接她，一个孩子羡慕地说："你爷爷真有钱，开着那么漂亮的车。"当时爸爸满面尴尬，什么也没说，拉着她就上了车。

随着时光的流逝，爸爸越来越老，而妈妈由于保养得好，却显得更加年轻，两人的年龄差异也显得更大了。

白兰知道，自己和母亲是高消费，班里的同学无人能比。但是，白兰宁愿少享受一点儿，也不愿意要这个老爸。所以自那次以后，她再也不让爸爸接她了。

白兰坐在桌前用笔戳着自己的腮帮想着心事：老师走了，爸爸躺在医院，她实在没心思学习，也不免可怜起老爸来……

对于母亲来说，他们的婚姻是不公平的，年轻漂亮的母亲竟做了父亲的第三房妻子，这未免说不过去。因为爸爸有钱才把妈妈吸引到身边的，哼，当年妈妈就不该图钱嫁了这么个老头子，而这老丈夫也是有家不归，真奇怪。

对于姐姐的情况，白兰了解得太少。此时她只想让姐姐快点儿去医院看看父亲并叫他一声爸爸，仅此而已。

晚上王嫂送饭时，白兰急忙换上鞋，要跟她去看爸爸，却被母亲拦住："别去了，这么晚不安全。"看着妈妈的脸色，白兰只好又换回拖鞋。母女俩少了以往的欢笑，多了一层忧郁。

第六章　父亲的病

李少乾一个人躺在病床上，他思前想后忧心忡忡，他盼望着妻子女儿陪在床前，说说话也好。医生两次让他留尿样，都被他支吾过去。他考虑很久，决定尽快向妻子摊牌，重要的是让雪梅及时检查并在暗中祈祷她不要被染上那种病，一旦她也有个好歹，兰儿谁来照顾？

又是王嫂送了饭来，李少乾只吃了几口就放下了。不一会儿长顺也回来了，他向老板汇报了提货送货的情况，李少乾夸着他："干得不错，还没吃饭吧？正好这有现成的饭菜，你就吃了吧。"长顺一看是米饭排骨汤，遂高兴地说："我正饿着，不客气了。"随即狼吞虎咽起来，很快便一扫精光。王嫂看看长顺，"你回去歇歇，待会儿来换我。"长顺摇摇头，"我肚子一饱，什么能耐都来了，你回去吧，明天给我带顿饭来。"王嫂点头，"辛苦你了，明早那娘儿俩就来了。"王嫂收拾饭盒走了。

晚上，两把椅子一个床角倒让长顺早早进入了梦乡。李少乾却久久不能入睡。他想起当年自己给人家打工的几年，那是一段多么艰难的日子。而今，虽然置得家产业就，自己的身体却出了这么大的问题，真是自作自受，也就是因为有钱，自己才会落得这样的悲惨下场。钱，是钱害了我啊！唉……

早上，王嫂又送饭来了，李少乾还是吃得很少。他不时向窗外望着，长顺问道："王嫂，我那雪梅嫂子怎么还不来？"王嫂面带忧虑地说："这两天她也吃不下饭，白兰也没了精神，不过她们说一会儿就来。"

李少乾惦记着外面的几笔生意，又把长顺打发走了。

他一个人躺在床上，自觉下身痛痒难挨，病情似乎越来越严重了。

李少乾最惦记的是自己的妻子，一旦她受了传染，兰儿怎么办？还有这偌大的家业呢？李少乾越想越难过，加之身体的病变部位又攻心般奇痒，真让他死的心都有……这就是他——一个风流过了头的大款爷的下场。此时的李少乾心中只有恨，恨社会上的乌烟浊气，恨自己的随波逐流，恨得真想张口咬下自己的几块肉来。

又是王嫂送饭来，不一会儿那长顺也回来了，只是不见自己的妻子女儿，最好雪梅一个人来，他怕孩子知道自己的病。

终于，妻子带着女儿来了。白兰扑到床前："爸爸，你怎么样？好些了没有？"孩子的关怀给父亲带来了快乐，使李少乾暂时忘记了痛楚，"爸爸好多了。你那老师……"白兰噘着嘴，"老师走了，不再来了。看样子暂时也不能来医院，也许，以后会来的。"李少乾摇摇头，"我预料到了，这是没办法的，是爸爸对不起她，不来就算了。"白兰点点头，"爸，我没完成任务，你想开就好。""算了，由她吧。"李少乾对女儿又像对自己说。

这半天，白雪梅一句话也没说。她人坐在这里，一颗心早已飞到另一个男人的身边。那天，要不是有兰儿在身边，她从丈夫的房间里出来，一定会直奔方兴童那里。她想把多年的思念向他一吐为快。现在，她面前飘来那张医生的脸——英俊潇洒，再看眼前丈夫的脸——满是皱纹又老气横秋。

从整体上看，白雪梅就是个大美人。有谁会相信床上那又老又胖的男人会是她的丈夫呢，真是一朵鲜花插在牛粪上了。

李少乾把目光从女儿的脸上慢慢移到妻子的脸上，那一双尚且美丽的杏核眼里，似乎隐藏着什么奇怪的东西，令他感到莫名其妙，他连连打着问号，心中的痛楚又加厚了一层，"雪梅，你明天能来吗？"白雪梅白了丈夫一眼，"有王嫂和长顺照顾你还不够，干吗非要折腾我？""来吧，我有事。""有事现在就说呗，干吗非得明天？"见妻子有些带搭不理的样子，李少乾也来了气，就对妻子嗔目而视，"你怎么回事？我要死了，明天来拿遗嘱，不来就算了。"

见丈夫真的动了气，白雪梅把脸上的阴云揭去了一层，"你真是的，把自己弄成这样，拿我撒什么气？你以为我不上火吗？"她说着一张脸又慢慢阴下来。李少乾也缓和了一下口气说："雪梅，我心里烦得要命，你就多来陪陪我吧。明天我真的有要紧的事和你说。"白雪梅嗔着脸说："有事我就来嘛，急什么眼？"

这半天，小白兰的两道目光在父母两张有明显差异的脸上来回移动着，心中有对母亲这张漂亮的脸的不平，也有对父亲的脸的一点儿厌恶，其中也夹杂着对这张满是皱纹又倍显憔悴的脸的可怜与心疼。不怪同学说，就叫他爷爷也毫不过分。

白兰最怕的是父母吵架，何况现在是在医院里。忽见这紧张的气氛又缓和下来，她急忙拉着父亲的手摇晃着，"爸，有什么事非要瞒着我不可呢？你现在要跟我妈说，那我就到外面去。"白兰说得有点儿委屈。

李少乾看着妻子女儿，正不知如何回答白兰的话，只见白雪梅把挂在椅子靠背上的小提兜摘下来抱在怀中，坐着的身子也动了一动，显然，她要走了。李少乾看看手表，她来了还不到十五分钟。

白雪梅用手指点点自己的太阳穴，慢慢站起身来，"兰儿，妈妈有点儿不舒服，咱们回去吧，你的作业还没完成呢。"白兰看了母亲一眼，"妈，你刚来一会儿就要走，再说，我的作业早写完了，就再多陪爸爸一会儿嘛。"李少乾高兴了，"还是我的女儿好，懂得爸爸的心。"白雪梅斜了丈夫一眼，心里说：李少乾，你这辈子也甭想懂得我的心！见她真的挎上了背包，李少乾无奈地说："兰儿，跟你妈回去吧，没有了家教老师，自己要加倍努力才行。"李少乾见留不住妻子，只好顺水推舟，又转对妻子说："既然不舒服，就顺便在这医院看一看，给我看病的那位方医生就不错，就去门诊检查一下吧。"白兰看着父亲，"爸，你说的那位方医生，妈妈认识的。""是吗？那更好了，兰儿，跟妈妈到前面门诊看看病，有什么毛病也好及早治疗。"一直没说话的白雪梅，撩了一眼多嘴的女儿，"方医生看外科，我又没什么伤，干吗去找他？走。"白兰无奈地说："爸爸，你好好养伤，我走了。"看着被妻子拉走的女儿的背影，李少乾感到心酸起来。只听兰儿在走廊里说："刘叔叔，你可要照顾好我爸。""兰儿放心。嫂子回去了？"白雪梅阴着脸点点头。

原来长顺见老板娘带着女儿来，为让他们说话方便就到外面蹓了一圈，回来在走廊遇到了这母女俩。长顺心中奇怪：嫂子这么快就走了？他回到病房，见李少乾嗔着一张脸，也不敢问什么，"大哥，外面的天气很好，到窗前晒晒太阳吧。"李少乾点点头，长顺帮着他移到了窗前，那一双眼睛凝视着天空沉思起来。

送走陶凯明以后，柳丹阳慢慢往回走。她想着陶凯明的家，自己从小到大都一直羡慕他的家庭是那么和睦幸福，也常替陶凯明感到骄傲与满足，他家有自己的工厂，经济充裕，父母和谐共同爱着这唯一的孩子。然而，真相却被这些虚假的现实所掩盖着，凯明是为了不让自己替他担心才隐瞒了这一切。陶凯明，你为什么只想为我分忧而让我去分享你那所谓的快乐与幸福，这太不公平了。

柳丹阳又想到自己，苦难的日子过去了，往后的生活会越过越好。要是母亲还活着，自己一定要帮她出这口恶气。可是，母亲走了，这一切她也不会知道。这些下三滥的父亲们，个个该死，该死……

柳丹阳回到家里，又一头扎在床上，她不想流泪了，眼前的事也算不了什么。不就是扔了她十几年的父亲受伤住院了吗？想见我，我可不情愿。话是这么说，从伦理上讲也应该去看看那位自己不想让他做父亲的父亲……心中的思绪真是剪不断、理还乱。她开始讥笑自己：柳丹阳，这点儿小事就被难住了吗？去趟医院有什么了不起，待会儿就买兜水果去医院。

事情决定了，她感到轻松起来。昨晚没睡好，今早又送凯明，自觉得有些困倦，她让自己躺得舒服些，开始蒙眬起来。

白雪梅带着女儿回到家里，心中像一团乱麻，很难理出个头绪来。那天与方兴童重逢，她再也平静不下来。夜里，那个年轻时的白马王子，总是不期而至，温情地微笑着站在她面前，她几次想扑向那个令人陶醉的怀抱，可她知道，这纯属是自己的幻觉。只因这些年她一直忘不了他啊。那天，要不是有女儿在旁……可是不行，懂事的兰儿已经学会察言观色，此事必须对她一瞒到底。

现在，小小的兰儿也犯起愁来：爸爸住院，妈妈又对他冷冰冰的。家教老师突然变成了姐姐愤然离去。这一切都让她感到困惑加难过又毫无办法。对姐姐的同情，对父亲的埋怨，对母亲的不理解，这些乱糟糟的事堵在她那尚且幼小的胸腔里。可怜这刚满十二岁的孩子，怎样来承受这些解不开又理不清的事情呢？

早在半年前，白兰就知道自己的家庭闹危机，家庭裂变的征兆使她心神不宁，现在又从天上掉下个姐姐来，使这个家更加复杂化。父亲要和母亲谈什么呢？不知道也好，还是背英语单词吧。

星期一早上女儿上学后，王嫂也去医院了。白雪梅不安地坐在那里，丈夫的话又在耳边响起来："我要死了，明天来拿遗嘱，不想来就算了。"他说的是气话，好模好样的，留什么遗嘱？自己真的不愿意在医院陪那个老头子啊，他到底想说什么呢？今天去找方兴童，她要对他吐一吐多年来的苦水，力求与他重叙旧情。其实，他俩原本就没什么，许多年过去都还没有忘记对方，是该死的贫困拆散了他们。她要圆梦，圆年轻时的梦，又恐怕很难遂人心愿。

白雪梅着意地打扮了一番，便匆匆赶往去中心医院的路上。真是心急恨路远，这本来并不远的路，她觉得走了很久。好不容易到了医院大门外，她把脚步停了下来，想安定一下自己的情绪，并且下意识地用双手拢了拢那临走前不知梳了多少次的披肩卷发，整整纱巾，这才走进医院门口。今天的患者不多。白雪梅穿过走廊，想了一想，又去门口挂了号，然后直奔外科门诊。此时的她，早把丈夫受伤住院的事抛在脑后。

自那天见了白雪梅，方兴童的心在暗中卷起了不小的波澜。早不见晚不见，明天要去上海，今天却见到了，想要约她两次都办不到，哪怕一次也好。可巧，老院长又来了电话，说上海通知有一位国外专家因事没到，学习时间延后了十天。方兴童听了暗自高兴，这不是天赐良机吗？他仔细想着那天见面的情景，从表情上看，她还在恋着他，而自己又何尝不是？他盼望着她来找他。

今天的患者不多，刚十一点最后一个病人已经走了。他要趁午休时间去把车票签延期，下午还会有患者。

方兴童收了听诊器，脱了白大褂，换上自己的咖啡色西服，他正要出门，忽听有人敲门，"进来。"白雪梅推门进来，"你好。""是你？"方兴童的惊喜一下子表现在脸上，而白雪梅的脸上也立刻飘上两朵红云。只见她关了门，又把挂号票和病志放在桌上。见此，方兴童只好脱下西服又换上大褂，"身体不舒服？""有点儿。"此时，这一对男女那两对漂亮眼睛早已温柔地搭在一起，结成了一缕情的丝、一片爱的网，谁也不知如何打破这无言的尴尬，这才叫此时无声胜有声……

还是白雪梅机灵，她虽然想扑上去，却在内心忖度着，生怕对方拒绝她，所以她想出了一个绝招。只见她不动声色地坐在方兴童旁边专门给患者坐的圆凳上，用手摸着前胸，"你的听诊器呢，我这儿好像有点儿毛病，给我听一听好吗？"白雪梅说着，两道目光加了温，拿出一副娇柔的样子，并且慢慢掀起前面的衣襟等待着。方兴童只觉得眼前白光一闪，原来是"患者"那雪白细腻的肚皮半露半掩地呈现在他面前，使他的眼睛为之一亮，心中也为之一震！他有些慌乱地坐下来，"我学过中医，还是给你把把脉吧。"白雪梅摇摇头，"我不太相信中医，兴童，我想你……你还是听听这心脏吧，说不定起了大变化。"方兴童只好挂上听诊器，将底端拿在右手中却似举棋不定。他又何尝听不出面前的初恋情人说话的弦外之音呢？他也看得出，白雪梅分明是在挑逗他。这听诊器一上去，手指很容易会触及到病人的前胸，而这位特殊的患者的前胸，对他也产生了更大的诱惑力。只见白雪梅笑嘻嘻地说："哎，你发什么呆？今天这颗心就交给你了，你好好听听这里面有多少痛楚……"白雪梅说着，脸色变得凄凉起来。她松开双手，把圆凳向前挪了一下，又把衣襟掀得更高。白雪梅的语言和动作让方兴童一点儿思想准备也没有，他自感有些措手不及，只好把举着听诊器的手放下来，"雪梅，我深深感谢你送我这份火热的真情。其实，我们原本就该在一起的，当年贫困让你离我而去，我并不怪你，这些年我也一直没有忘记你。可是，我已经有了妻室儿子，而你，也有了丈夫和女儿，我们……不能毁掉两个家啊！"方兴童目光暗淡地摘下听诊器，白雪梅也低下头来，心中也自感有些过分。她把两手放下来抻了抻衣襟，红着脸说："兴童，对不起，这些年我爱你的心没有变，几乎天天夜夜都在想你，这个'悔'字实在是用语言难以形容的。对我来说，这代价实在太沉重了啊……"

白雪梅说着，双眼已浸满泪水。方兴童也很难过，却不知说什么好。白雪梅又接着说："兴童，多年后的今天我们再次重逢，让我实在难以自制，请不要笑我，不要笑我。"白雪梅说着，泪珠已涌出眼窝。

方兴童也伤心地说："其实，我的心也和你一样，又怎会笑你。只是……雪梅，我们出去走走吧。出大门右拐，陪我去趟火车站。本来要去上海学习，忽又通知延期十天，这不，我们就有了见面的机会。你先走一步，我随后就来。"白雪梅点点头，神色也凝重起来，她整理一下衣裙，提起挎包走向门口，又回过头来深情地望了方兴童一眼，这才出去轻轻带上了房门。

方兴童在屋里愣怔半天，心绪烦乱中也有些激动。他脱掉白大褂换上外衣，又在门旁的小型壁镜前照了一照，正正领带便急忙出门而去。

柳丹阳这一顿好睡，两天来她第一次睡得这么香。现在她醒了，眼睛还没睁开就抻起懒腰。看看墙上的老挂钟，快十一点了，决定去医院的事不能改变。她匆匆收拾好自己，穿起外衣背起挎包，又额外拿了个花布兜，然后出门上锁，她必须快到医院去，怕的是自己改变主意。在水果摊旁，她买好苹果桃子装了满满一兜，急忙向中心医院走去。

快到医院时，她突然看到了一个熟悉的身影，那不是白兰的母亲吗？她急忙侧身走进一家小卖店，站在窗前向外望去。

那白雪梅的身边有个靠得很近的男人，像情人？似夫妻？忽见白雪梅挎起那男人的手臂，身子也靠在他身上。看面色，两人都有伤心之意。要不是柳丹阳躲得快，刚好迎面碰个正着。那男人是谁呢？怎么像在哪里见过？他们到底是什么关系呢？

丹阳突然想起来，母亲住院时，这个男人身穿白大褂，还与另外两名医生给母亲会过诊呢，听人叫他方主任，对，就是他。可是，他们怎么能勾搭在一起呢？那李少乾躺在医院里，作为妻子还有心在外面和别人亲热，真奇怪。看样子，他们倒像是一对老情人了。既然是老情人见面，又为什么各自带着忧郁之色呢？

李少乾，活你的该，这是报应！此时的柳丹阳已经忘记了自己来干什么，心中又增加了对父亲的一层怨恨，或者说也有点儿幸灾乐祸之感。她忽然觉得手中沉甸甸的，这才想起是来医院看受伤的李少乾的。中心医院就在前面不远的地方，父亲就躺在那里的某一张病床上，她又有点儿望而却步了。还是不要改变主意吧，她这样命令着自己，脚步沉沉地往前走去。

李少乾让长顺借了轮椅推他出来，妻子要来的话，也好在外面唠那些不愿意让别人听到的话。他盼望着妻子的到来，也好把自己的心病告诉她，让她及早检查，以免耽误病情。他也想知道自己的病到底能拖多久，这就只有经医生判断才行。

对于妻子的表情变化，他感到气恼又莫名其妙，前些天她连续住在公司，那做妻子的义务可是尽到了，床上的事配合得淋漓尽致，使他亢奋不已。为什么这两天她突然变了样呢？没有了温情与笑意，有的只是冷淡与无情。十几年的夫妻，他知道她不会有什么外遇，那为什么仅仅两天就变了样呢？

唉，反正这夫妻情分也算到头了，自己……恐怕连家也回不了了。想到这里，李少乾伤心起来：多年的辛苦，偌大的家业，后事无人可托。好在这财经大权还掌握在自己手中。他抬头看看刘长顺，这是个好人，有些事情可以委托他去办。

丹阳的翅膀硬了，她早有了自己生活的能力，可这家产是该有她一份的。担心的是兰儿，她掌管不了自己的财产，要放在那白雪梅的手里，等孩子用时还不让她给挥霍没了？这个女人的心真是让人捉摸不透，好模好样就变了脸，这些家业怎么能交给她呢？一个妻子两个女儿，把财产三一三十一分开倒是合理的。他又想帮长顺安个家，正好那家建筑公司所欠的钢材款，足够买一套像样的楼房了。他知道长顺早就有了女朋友，这几年他也没少给自己卖力，给他安个家也是应该的。那辆车就卖了吧，该给那个彤阳留一笔钱，也算给柳明军的一点儿补偿吧。

李少乾在思索中被长顺推着来到那片绿草地旁边，这里距大门很近，妻子一来到就能看到。

初秋的太阳还是那么热。李少乾坐在车上，觉得身上暖暖的很舒服。他想把自己的病告诉长顺，这样想着却又说到房子上："我走前要给你解决房子问题，包你满意。看你成了家，我也就放心了。"在长顺看，李少乾是要出远门，"房子再说吧，只是大哥走哪里我都要跟着的，你一个人走我不放心。"李少乾摇摇头，"这次要走恐怕谁也带不了。好兄弟，能看到你成了家对我也是个安慰。一定要找个疼你爱你的好女人，哪怕年龄大一点儿也没关系，岁数小的老婆不知道疼男人。"刘长顺听得出，大哥是嫌嫂子不会疼人。

李少乾的两眼不停地看着大门那边，到底盼来了家人——王嫂送午饭来了，还是带来了两个人的饭菜。刘长顺只好把大哥推回病房，王嫂把饭菜摆在床头柜上，李少乾忍不住问道："白兰她妈怎么回事？在家干什么呢？"王嫂摇摇头，"她没在家，走时说出去有事，办完事就上医院来。还没来吗？"李少乾无语，勉强喝了两口鸡汤就放下了。刘长顺把汤勺强塞进他的手中，"大哥，你身上有伤，不加些营养怎么行？眼见你都瘦下来了，再喝点儿。"李少乾被逼着又喝了两口。

刘长顺又是菜足饭饱，心中却为他的大哥担起心来。王嫂收拾了饭盒，说了声"长顺，我买菜去了"，又向李少乾点点头走了。她刚走到院里，迎面碰到柳丹阳，"柳老师，是你？"丹阳点点头，"王嫂，病人怎么样？""你说的是李先生啊，我听得一知半解，原来你真是……这太好了，快去看看你爸爸，他可惦记着你呢。"王嫂说着接过了水果兜，"走吧，我带你去。"此时的柳丹阳一下子又犹豫起来，"王嫂，我忽然想起一件事，烦你把水果送进去，我一会儿就回来。"她决定让水果兜代替自己去看望病人。"哎呀柳老师，有事也不差这一会儿，走吧。"丹阳摇摇头，"王嫂，我真的有事，请你帮我转达这一点儿意思吧，不然我也要交给护士的，再见。"眼见柳丹阳快步走出大门，王嫂皱起了眉头，自己是不是多事了？她无奈地返回李少乾的病房，"李先生，这是你女儿送来的水果。"李少乾一愣，"女儿？哪个女儿？""给白兰做家教的柳老师呀。"李少乾一骨碌爬起来，"她人呢？"王嫂觉得自己做错了事，放下水果垂手站立着，"我在院里遇见她看这兜子挺沉，就接了过来，谁知她……她说要放在护士那里的。"李少乾嚷着："长顺，快点儿给我追回来。"刘长顺诚恳地说："大哥，我求你冷静下来好不好？你父女之间的来龙去脉我不清楚，也不想知道。可你那女儿总是有苦衷的。不然已经到了医院又怎能不进来？他既然送了东西来，就说明她还没有忘记你。如果她压根就不在乎你，又怎会送东西来？大哥，就算她没来看你，这心思也到了，你就知足吧。"

听了长顺的话，李少乾的脸色平和地点点头，"没事了王嫂，你走吧。"王嫂点头出门去了。

那白雪梅陪方兴童去火车站签了车票，两人亲亲热热地来到胡同里的一家小饭馆，找了一个清雅的小间，他们要了两人都爱吃的番茄肉片、脆绿黄瓜和一瓶红酒，菜上齐了。专门会察言观色的男服务生说了一句"请慢用"，便出去带上了房门。

白雪梅把两个杯子都斟满了酒，一张还没喝酒就飘上两片红云的脸娇态百出，两只多情的丹凤眼竭尽全力地面对老情人秋波慢闪，更多的是撩拨之意，全身的快乐细胞也都集中到这张尚且美丽的脸上，这使方兴童的脸上也温热了起来。

在方兴童的眼里，白雪梅的娇态柔媚不亚于当年，他隐约感到，眼前的女人要比当年更加成熟也更有魅力。

白雪梅端起一杯酒，双手捧着送到男友面前，"兴童，为了我们的重逢，碰了这杯。"方兴童点头，只听得轻轻一声杯响，两人各自饮尽。方兴童也抢过酒瓶，"第二杯让我来斟，为我们的初恋之情干了这杯。"两人一碰又是各自见底。

两杯红酒进了肚，这对男女的感情细胞都加了温。一个说："这些年想得我好苦……"另一个说："本来我们就该在一起的，谁叫你……""都怪我的一念之差，毁掉了我们两个人的幸福，悔死了。明知你分到医院来，想念你却不敢来找你，怕你不理我。无情的岁月飞快地把我变成了老姑娘，只好在夜间偷偷地流着那痛悔的泪水，我想你，真的好想你。"方兴童静静地听着，目不转睛地看着面前这位曾经使他心碎的女人。白雪梅接着说："我想过去死，可是面对只有我一个女儿的父母，却又拿不出这个勇气来。万般无奈之下，嫁了现在的款爷。有了女儿使我对生活又燃起了一点儿希望之火，为了他那先房的女儿我们又闹起矛盾来。唉，这一辈子，苦死了。"含了半天泪水的白雪梅，眼泪终于扑簌簌地滚落下来……"雪梅，别难过了，我们做不了夫妻，还可以做好朋友。其实我也是听说你嫁了人之后才死了心的。那聂小芳追了我七八年，最后娶了她。""可怜的兴童，原来你一直在苦苦地等我，我却丝毫不知，不然怎会不来找你。可怜我这些年总是在苦苦的煎熬中打发着日子，转眼已是徐娘半老，青春远去，有时对着镜子傻照着自己，年轻时的模样再难寻觅，到了这个年纪，连一天舒心的日子也没过上，屈死了……"白雪梅说着禁不住抽泣起来。方兴童也难过地抚摸着她的手，"雪梅，别哭了，我们虽然回不到初恋的日子，可是我们各自的心中都装着对方也就够了。""不够不够，远远不够。"白雪梅抓住方兴童的手放在自己的脸上，泪水打湿了这只男性的手，她呜咽着起身坐到方兴童的一边来，将那柔软又带着微微香气的身子轻轻地靠在了方兴童的身上，那成串的泪珠又不断地滚落下来。

　　本来，方兴童只想叙叙旧，并没有想把两个人的关系恢复起来。可现在他有些想入非非了。他把被白雪梅压住的右手臂抽出来搭在白雪梅的肩上，白雪梅也带着委屈一头扎了方兴童的怀中，两只手也紧紧抱住了他的腰。方兴童抚摸着她的卷发，随即又用双手捧起她的脸，"雪梅，不要哭了，我们久别重逢，应该高兴才是。从前我们那么相爱，却从没有像今天这样拥抱在一起，雪梅，你想过吗？"白雪梅抬起头来，刚刚流过泪的眼睛闪出一个媚笑，"你说，你想过吗？""想过，只是不敢，你呢？""我也想过，而且……很强烈。多少次在梦中拥抱你，醒来怀中却是个枕头。"白雪梅说着，双手搂住了方兴童的脖子不肯撒开。"雪梅，还是理智些吧，我们各自都有家庭，就不要……""不，我不想再离开你。"白雪梅把方兴童的脖子搂得更紧。"你呀，就不要破坏这两个家庭了。让我们都把各自的爱深埋心底，不要让我们的孩子遭受家庭破裂、父母离异的痛苦吧。"白雪梅抬起泪眼，"兴童，我并没有想破坏你的家庭，只是，以后我们要经常见面总可以吧？"方兴童点点头，"我们是好朋友，当然要经常见面的。起来吃饭吧，我下午还要上班。"白雪梅把自己的嘴唇吻到了方兴童的脸上，见他没有躲闪，便放开胆子把双唇吻到了方兴童的双唇上。其实，这一切都是方兴童多年以前就渴盼的，而今天却被老情人在自己很被动的情况下完成了。

手表上的时针已指到十二点半，方兴童激动地用热吻回报着白雪梅，又用双手托起她的脸理智地说："亲爱的，吃饭吧，我还要上班。"白雪梅无奈地坐直身子拢拢头发说："对不起，我太激动了。感谢你还没有忘记我，也给了我亲近你的机会，谢谢你。"白雪梅回到自己的位子上，两人又端起了酒杯。"雪梅，本来我今天下午该上火车的，谁知又延期了十天，这不是老天照顾我们吗？"白雪梅笑着点头，给了他两汪笑泪。方兴童的心里突然画了一个问号：这么好的女人，凭什么嫁给那个老头子？年龄差异太大了。他想起李少乾被人送进医院的那天，自己和巡警共同看他的证件时，上面的年龄是五十八岁。

见方兴童沉思不语，白雪梅嚼着菜问道："你在想什么？""想你丈夫的病，看他的外伤没什么问题。马主任怀疑他有什么别的病，比如泌尿系统疾病等，那天要他留尿样化验却被你丈夫拒绝了，不知他在想什么。"方兴童说着将头轻轻摇了摇。

白雪梅听到这里，不由得打了一个激灵：她忽然想到前几天在公司与丈夫同住的事，莫非他得了那种病？那么自己呢？这可是一种主要的传播渠道啊！天哪，这该死的老东西……"兴童，你们怀疑李少乾的泌尿系统有问题，难道他是得了那种病？"看到白雪梅有些变颜变色，方兴童只好把话拉回来："其实，院方也属于例行公事，凡住医院的患者都要全面检查一下，你也不必太担心。总之，必须仔细化验一下血和尿，这样也可以放心的。雪梅，不是我吓唬你，李先生要有了问题，你也该做全面检查的。""不，我不会，这个该死的李少乾。"白雪梅吓得连连摇头，心中也极度紧张起来。因为她心里实在没底，后悔前几天不该住在老头子那里，眼前最重要的是让丈夫做检查才能知道结果。见白雪梅变颜变色，方兴童只好安慰道："没见结果，你紧张什么？""兴童，我要是被传染上，就一天也不想活了，可是，我的兰儿怎么办？"她说着竟掉下泪来。方兴童只好安慰道："李先生的病要尽快检查，等有了结果再说吧。关键是要尽快全面检查他的泌尿系统，我猜测他不留尿样也可能是他对自己的病情有所了解而不愿意公开吧。""啊?"白雪梅一惊,"照这样说来,他是有意隐瞒自己的病情?""我只是推测而已。"白雪梅忽地站起来又坐下,"兴童,怎么办?我该怎么办?"她说着把满杯红酒一下倒进嘴里。方兴童安慰着:"你别急,一会儿就去医院跟他谈谈,夫妻间有什么不能说的。"

眼见一瓶红酒见了底,两人各带三分醉意。方兴童起身结了账,二人一同出门。方兴童说:"我们还是分开走吧,免得遇见熟人说闲话。"白雪梅很不情愿地点点头,"好吧。"她目送方兴童快步远去,自己才满腹惆怅地向医院走去。

表针指着午后一点三刻。心中愤愤又口不能言的李少乾慢慢坐起来,"长顺,扶我到窗前坐坐吧。实在躺不住了。"刘长顺只好扶他下床,心中也未免愤然:大哥躺在病床上,嫂子什么事能比病人更重要?真是的!他心里想着,小心地把李少乾搀架到门外,来到窗前的排椅上坐下了。他看到大哥两眼直望着大门,心里真不是个滋味。

白雪梅终于出现在大门口。本就想发一通火的李少乾,见妻子带着一张红扑扑的脸走过来,分明是喝了酒,这更让他气不打一处来:"你怎么回事?不愿来就别来!"白雪梅瞪了他一眼,"有两个大活人伺候着你还不行,你以为我愿意来?走,去化验血样和尿样。""你什么意思?"白雪梅用鼻子"哼"了一声:"问你自己吧。"本来想把病情主动告诉妻子的李少乾,此时有点儿傻了。他见妻子已经明显地把怒气摆在脸上,知道自己晚了一步,看情况她什么都知道了。在一边的长顺有点儿莫名其妙:怎么回事?嫂子喝了酒,又来这么晚,还发脾气,大哥反倒没底气了,这是为什么?是大哥听了让他化验才……想到这里,刘长顺点点头说:"嫂子,大哥盼你什么似的,他说有事和你说,你们谈,我去走走。""长顺,我都气糊涂了,明早空腹抽血留尿样去化验,说不定你大哥长了什么邪病呢。"刘长顺点点头走了。

李少乾叹了口气,"雪梅,你是不是从医生那里听到什么了?其实,我着急让你来就是想跟你唠唠我的病情。凭感觉,我好像得了什么不好的病,医生也说让我注重检查泌尿系统。我真害怕,怕有什么病传染给你,所以你要尽快检查……"他说着低下了头。

白雪梅有点儿绝望:老东西在外面打野食招回病来,肯定已经传染给自己，天哪！万一是艾滋病，完了，全完了。面如冰霜的白雪梅愤怒地指着丈夫的鼻子骂道："老东西，你的这种病可不是现在才知道的吧？为什么不早说？你安心让我做你的殉葬品是不是？你不行了，我也完蛋了，孩子怎么办？难道你愿意让兰儿成孤儿吗？你个老混账，要真的把病传给我，看我不整死你。"李少乾苦着脸摇摇头，"要死的人了，随你怎么样，我要回屋去。"他说着单腿点地站起来，巴望着妻子来扶他一把，他看得出，这已经成为奢望了。

不远处的刘长顺急忙过来，从表情上看，他知道两人话不投机，为什么呢？长顺架着李少乾往屋里走，白雪梅只说了一句"长顺不要忘了明早化验的事"，就转身走了。

刘长顺点头无语，看这形势对大哥不利，嫂子为什么指着大哥的鼻子吵呢？虽然没听到说什么，但从态度上看，反而是嫂子在发火。仔细想想他的话"这次走谁也带不了"，又回忆着那天医生的话"重点检查泌尿科"，又加之嫂子的无端发火，几件事放在一起，刘长顺恍然大悟：天哪，糟了！难道大哥他……长顺紧盯着李少乾的脸，心中害怕起来。他对那种病虽不甚了解，却也知道很丢人，而且治不好的。还听说在外面乱搞男女关系的人爱得这种病。原来，嫂子发火是有道理的。之所以有很多人谈"滋"色变，就因为这是一种要命的病。

近半年来大哥不回家，情绪也很不好，原来是跟嫂子闹了别扭。前几天忽见他快乐起来，一问才知道是夫人到公司陪他来了。难怪嫂子发脾气，说不定大哥把病传给她。大哥昨天的话分明是在考虑后事了！我的天，自己怎么能想得到呢？刘长顺有些心惊肉跳，大哥待自己不薄，一旦……这靠山也就倒了，怎么办？

第二天一早，白雪梅来到医院，见刘长顺带着李少乾正在走廊里边的窗口采血。白雪梅向丈夫撩了一眼，看着那一股暗红色的血流进了护士的针管里，她心中恨恨：你要真的查出那种病来，看我……我可怎么办呢？这一辈子就这样完了吗？

此时的李少乾好像一只羔羊一样任人摆布，对妻子的态度不气不恼，反倒在暗中为她祈祷，千万不要染上那种病。他可是为了自己的女儿呀。一个丹阳够可怜的，再不能让兰儿受苦受罪。

那采血的护士说了句："回病房等结果吧，两小时后出来。"刘长顺扶起李少乾向病房走去，白雪梅不紧不慢地跟在后边，带着一脸阴沉，她是在暗中替自己流泪呀。

看着刘长顺把丈夫扶上床，白雪梅不想伸一手。她坐在对床上，没好气地说："李少乾，这能怨我吗？你自己出去胡闹，扯出病来又要把我搭上，还指望我平静地面对你吗？"李少乾点点头，"雪梅，我不怪你，要不是怕你也传染上，我死也不会公开体检的。我们住在公司那几天……""行了行了，少说没用的，告诉你，你要真把病传给了我，我做鬼也饶不了你。还是考虑一下你的后事吧。"白雪梅最关心的当然是丈夫的财产。后面的一句她压得很低，却让李少乾的心紧紧地抽在了一起。是呀，如果确诊了那种病，也就等于被判了死刑，谁知道自己还能坚持多久？此时，李少乾心中盼望着时间慢一些，再慢一些，这样似乎还可以抱着一线希望——或许不是。

坐在一边的白雪梅已经看了几次手表，她急于想知道结果，心里盼望着化验单上的否定结论，这样自己就没事了。一直靠窗台站着的刘长顺冷着一张脸不吭声。大哥不常外出，在本市的行踪自己也基本了解，那么，他的病到底是从哪儿得来的呢？嫂子让大哥考虑后事的话，令他的心抖动不停，无奈之下，只有心痛而已。

三个人都苦着脸，谁也不说话，仿佛是大难临头无法逃避、只有在这里等死一般。

走廊里不时传来挂钟的嚓嚓声，屋里的肃静让钟声显得格外脆响。这回白雪梅并不着急走，她一定要等到结果的。

时间一秒一分地过去，三个人终于在不同心情、不同渴盼和煎熬中度过了两小时。刘长顺第一个冲了出去，白雪梅紧跟其后，只有李少乾没有动。除腿上的不方便之外，他似乎想在床上等死了。

在走廊化验室的窗口，一只白皙的手送出四张化验单，并由窗口喊出名字："李少乾。"刘长顺还没把单子接到手，早被后面的白雪梅一把掠去，然而，那些符号却让她看不明白。"怎么样？"刘长顺着急地问。白雪梅摇摇头："看不懂。"两人小跑着冲进主任办公室，"马主任，单子出来了，快给看看。"马主任接过化验单看着，眉头紧皱起来，并且将头轻轻地摇了一摇。看他的神色，二人已知结果。"看样子他这病已经很久了，很严重，明早给他做临床检查。""马主任，他……真的得了那种病吗？"白雪梅的话已有点儿口吃。马主任点点头，"是的，不过也不必太着急，有得这种病的也能坚持很长时间呢。明早检查后才能知道严重到什么程度。"马主任说完把单子递给了长顺。

此时的白雪梅心里不知是什么滋味，愤怒与悔恨早已充斥着她的全身，"马主任，你说我，是不是也……"马主任点点头，"你想得对，应该尽快检查。"他说着很快地开出了两张单子递过来，白雪梅接过来机械地站着不动。长顺说了一句："走吧嫂子。"她这才脚步沉重地走出来。她不想再回病房去见那老头子，"长顺，我想回家了，再见到老东西，我都有杀他的心，他可坑苦了我……"面对可怜的嫂子，长顺能说什么呢？他只好点点头，望着嫂子那无力晃动着的身影，几个小时前的那种替大哥愤愤不平的心情早已荡然无存：大哥，守着这么年轻漂亮的妻子，你怎么能这样？

刘长顺拿着单子慢慢往回走，想着大哥知道结果后的表情，心中好生难过，他实在不想看他那张绝望的脸。

李少乾躺在病床上闭着眼睛如死人般一动不动，那心潮却在不停地翻滚着：咳！人哪，为什么要由穷变富？现在的生活，从感觉上倒不如以前那种今天晚上睡下、明天的早餐还不知在哪里的日子。自己费尽心机绞尽脑汁地赚钱、赚钱，事到如今，不正是这该死的钱要了自己的命吗？他深知对不起那年轻漂亮的妻子。忽又想起那几天晚上在公司的床上……这样快乐的事今生今世再也不会有了。鬼知道，就那么几天晚上自己怎么就再次翻了车呢？那化验的结果不会好，这一点他心里有数。只要是不传给妻子，他宁可早点儿死也没关系。唉，事到如今自己又能怎么样呢？

刘长顺一步一停地回到病房，见李少乾躺着不动。出自对大哥的安慰，刘长顺笑着说："大哥，有点儿问题不大，很快就会好的。"李少乾听得清楚，更了解长顺说话的用意，他知道自己绝不会是那么轻松的。从长顺脸上他可以明显看出，他是在给自己留面子，因为最了解自己的就是自己，自身的病情并非如长顺所言。所以，他起身慢慢接过单子，默默地看了几眼，又把化验单递给长顺，"走，扶我下地。"长顺只好扶他下床，搀着他走到门外，"大哥，你要去哪儿？""性病科。"刘长顺听了无奈地说："大哥，我和嫂子已经让马主任看过了，他说……"长顺，我知道自己的情况不好，可还是想亲耳听听医生的说法，走吧。"刘长顺无奈，只好搀着他慢慢来到那本来就没有几个患者的诊室。"看病吗？"一个男医生问。李少乾点点头，"大夫，请你不要耻笑我，劳驾看看这单子，给交个底儿，看我还能活多久。"此时他倒显得很平静。

医生接过单子看了一眼，遗憾地摇摇头，说："确切时间谁也说不好，最好多吃些营养食物，增强抵抗力，这样一两年还是可以的。"长顺哭丧着脸说："大夫，他什么也不吃怎么办哪？""要想多活几天，就得把饭当成药来吃。明早是会诊的日子，有专家参加，让他们看看吧。"

刘长顺搀着李少乾回到病房，在李少乾的心里，似乎盼望着自己早些走向另一个世界——一个没有烦恼、没有忧虑、没有痛苦的悠闲世界。可是身后的事还有一大堆没处理，两个女儿也让他放心不下，丹阳到现在还没有来看他。李少乾越想越难过，他的心也像外面的天气一样，堆起了厚厚的乌云……

第七章　凯明之父

白雪梅在漫漫长夜中几乎不曾合眼，她盼着天亮却又怕天亮。明早要去化验，结果一定不会好，她断定自己完了，却又不甘心。在思绪纷乱中，她想起前些天在公司那张不太宽的床上……她知道这不是爱，是天性的需求。

要不是老东西受了伤，他的病不知道还要瞒她多久。当初嫁给他只是为了过阔太太的生活，却远离了真正的幸福。

忽见一个身影飘过来，那是方兴童。她疯狂地扑上去，二人共赴巫山云雨。几度狂潮过去，白雪梅自觉浑身津津细汗，原来是南柯一梦。

天亮了，白兰上学后，白雪梅便急急赶往医院。在化验室的窗口，她第一个递上了单子，坐在那里面色呆板地撸起袖子等待着，心里感到一丝卑微与悲哀。采完血样的白雪梅又急忙奔向了卫生间。送完尿样以后，她如大难临头一般，痛苦无助地坐在这个阴暗的角落里挨着时间。

李少乾听长顺说妻子今早就能化验出结果，也更加坐卧不安。他在床上暗中向上帝祈祷，保佑妻子不要染上那种病，他们还有女儿呀。

他早就估量好自己的两个酒店和供应公司的总价格，除了现有存款外，几户的欠款也有二十多万。长顺轻车熟路，开车出去讨债也方便。大哥说这笔钱要回来就归他了。

前一阵子，有一家小型建筑公司从他这里进了十万元的钢材，已经拖了几个月不给钱。躺在病床上的李少乾打发长顺去催款，并且告诉他不要透露自己有病的事。那位经理为了以后还能赊这里的钢材，把账面上仅有的十一万元开出了十万元的支票给了长顺。

长顺回到病房，李少乾只是接过支票看了一眼又递回来，"留下吧，再加上华茂公司还有一笔，要回来也归你，凑到一起买套房子，结婚也用不了，余下的做点儿什么吧。以后我不能再帮你，成个家好好过日子吧，千万不要像我……"李少乾的话说得刘长顺抽泣不止，"大哥，我……只恨自己替不了你呀。"李少乾摇着头，"我自作自受，这是上天对我的惩罚，谁也替不了的。行了，我的好多事情还要靠你去做。酒楼的新主已经找好，你代表我去和他们谈判，这可是一手钱一手货的事，记住，一分钱也不要赊，这可是个要账难的世道啊。你没看那些欠钱的人都成了大爷，债主还要低三下四地请他们吃饭呢。有关我的遗嘱和财产分割，还有公证的事，就全权交给你了。我不想让别人包括你嫂子知道。我要给两个女儿各自留一份资产，让她们将来能过上好日子。你嫂子早晚要改嫁，女儿的钱不能放在她的手里。长顺，我的大女儿要不来看我的话，这两个女儿的两份资产，大哥就拜托你了。""大哥，别忙着考虑这事，你的病会好的。"李少乾苦笑了一下，"没希望了，大哥现在走也不算夭亡，年近花甲，可以了。只是这种走法……唉，不说了不说了。抓紧先把酒店的事办完，便宜几万元也要一把就利索。那华茂公司在江南成立分公司，我已经把汽车卖给他们了，你可以随车到那里去上班。"长顺含泪说："大哥，你该休息了。"他说着倒了半杯水来让李少乾喝了两口，扶他躺下，然后奔向化验窗口。

白雪梅终于挨过了最难熬的两个钟头，她站起身子觉得两腿发麻，又不得不坐了下来。她活动了几下腰腿，这才站起来走向那个令人胆怯的窗口。

小护士刚喊出白雪梅，她便冲上去夺过单子，上面的符号与李少乾的不一样，可她还是奔向了马主任的办公室。长顺也尾随而来，一双眼睛也紧盯在医生的脸上。

马主任看着单子笑了，"你的一切情况都正常，这回该放心了吧？"白雪梅点点头，"真的？太好了。可是，我也希望用最好的药让李少乾多活几年，花多少钱都行。"马主任将头轻摇，"有些病不是你多花钱就能治好的，你还是有个思想准备才好。当然，我们会尽力的，也必须把你丈夫转到其他科。"白雪梅无奈地点点头，说声"谢谢"，与长顺向病房走去。

两人一进屋，李少乾的目光立即落到妻子的脸上，虽然白雪梅的表情并不明显，但他也看得出妻子那略见严肃的表情下隐藏着一种轻松。他心中想道：你没病就好，为了孩子，你好好活着吧。

刘长顺的嘴快："大哥，嫂子没问题，你放心吧。"李少乾灰着脸点点头，看了妻子一眼，见她的态度温和了许多，心下稍安。

此时的白雪梅也可怜起自己的老丈夫来，她心中想着那份遗嘱，也要就此笼络一下他的心："你别着急，医生说你的病不要紧，好好养着，还没什么事。你想吃什么？我去买。"

在李少乾的心里，明明白白地知道妻子的心中隐藏着虚伪，他也就来个顺水推舟："雪梅，我知道自己挺不了多久了，等我把账目清理一下就交代给你。"明知丈夫是在试探自己，白雪梅当然不会上当，"着什么急，你会好起来的，安心养病要紧。"她虽然口是心非，但却让丈夫感到心中受用。当然，白雪梅恨不得一下子把全部财产都拿到自己手中，她怕，怕李少乾给那柳丹阳的太多。

"雪梅，我想回家住几天行吗？"听了丈夫这意外的话，白雪梅半晌无语，她不想让他回家，她怕他在家一旦有个好歹的，那屋子以后没法住。白雪梅想着，口中说道："病还没好，还是在医院治疗方便，我会带着孩子常来看你的。从明天开始要打点滴，你就安心住着吧。"李少乾紧皱眉头地说："那我什么时候能回家呢？""治好病自然就回家了。"李少乾轻轻摇头，"要是治不好了呢？"白雪梅听了这话，一时不知怎么回答。她考虑着：他要求回家并不过分，不如趁他的病情还没那么严重，就让他回家一趟，恐怕这也是最后一次了。哄着他尽快把遗嘱写下来才是正事。想到这里，白雪梅略显温和地说："你别把事情想得那么坏，有很多这种病人坚持很久呢。你要回去，等会完诊就走，知道该打什么针也好把药带回两瓶。不过可先说好，两天以后一定要回来。"李少乾脸上露出了少有的一点儿笑容，"行行，听你的。"

那天，柳丹阳从医院一口气跑回家，又一头扎在床上，她仿佛从另一个世界走来，拼命挣扎着才回到现实当中。她耻笑自己：下了那么大的决心去了医院，却又咫尺而返。为什么这点儿小事要费这么大的周折？没用，真的没用。她躺在床上稳稳神，想着白雪梅挽着情人亲亲热热的那一幕，却毫无怨恨之意，尽管李少乾是自己的父亲。

本来嘛，年龄差异那么大就不该做夫妻，那李少乾也是自作自受，活他的该。

怎么说，这医院还是要去的。柳丹阳想着，又笑了。她忽然想起凯明的家庭，儿子干涉父母的婚姻可以吗？问一声天下的父亲们，你们觉得抛妻弃子的日子很好过吗？就这样洞房入了一次又一次很好玩是吧？真是上嘴唇挨着天，下嘴唇挨着地，只顾偷鸡摸狗寻快活，这张脸却不知在哪里了。父亲们，把女人换一个又一个，恣意放纵，和那些披毛的东西又有什么区别？知道还有伦理道德的存在吗？

柳丹阳算着日子，再过两天凯明该回来了，父母的关系到这地步，儿子夹在中间真够难的，结果到底会怎么样呢？她祈祷着凯明的父母尽快分开……

柳丹阳要供弟弟读完大学，自己也要拿个大学文凭。自己虽然上不了名牌院校，但知识总要多学一些的。

两天后的上午，柳丹阳又来到医院，到护士那里问房间，结果又很意外："李少乾回家了，过两天回来，不过病卡已转到性病科去了。""他不是外伤么？"小护士瞪了她一眼，无声地向走廊那边去了。

柳丹阳愣愣地站在那里，心中不是个滋味。这就是说，李少乾有那么年轻漂亮的妻子却还在外面胡扯，招回了那种病……柳丹阳思绪纷乱地走出医院，顺路向教育学院走去。她要上学，要到成人大学实现自己的愿望。

那天儿子走后，陶启程的情绪一落千丈。他想回家去见妻子，求她看在多年夫妻的分儿上不要把分家产的事逼得太紧，自己也是没有办法的呀。转念一想又不妥，照儿子的话说，她是决不会让步的，回去也是闹个满脸灰。唉，怎么办呢？他从那把皮转椅上用力地站起来，到窗前打开一扇窗子，对面的厂房里传来阵阵机器的轰鸣声。一大批产品正在加工，自己的工厂前景可观。可是，为什么要被这些乱事搞得一团糟呢？

　　卖机器？笑话，那臭儿子怎么就一点儿也不体谅他这老子呢？那天凯明曾说过他要站在父母二人相对软弱的一方。你林惠珠软弱还这样，要是强的一方还不把我生吞了？

　　小情人刘智瑶被自己的儿子气得要死要活，凯明扬长而去后，他匆匆会了客人，回来对刘智瑶一哄再哄，又许愿又发誓，却还是听到从那两片被泪水冲净了口红的双唇间，吐出了一句令他震惊的话："陶启程，你了不起，生出这样的儿子来。好吧，我辞我的职，你回你的家，就等着法院的传票吧，小心我告你个强奸罪！"这话一出口，陶启程只觉得脑袋里嗡地膨胀起来，他颓然地坐在椅子上，眼见得小情人拂袖而去，他的嘴唇只是动了几动没说出话来。是呀，自己说什么呢？明明是她眉眼传情、投怀送抱地勾引，才让他把持不住自己的，如今怎么倒反咬一口说出这样的话来？女人哪！这就是女人。

　　仔细想来，陶启程又自恨自怨，是呀，有谁能证明是这个女人勾引他呢？

　　儿子说了，这周休息还要回来，看样子他大有不获全胜决不收兵之势。这样的儿子不是分明要挤对死他老子吗？这一切都怎么办呢？

　　这天晚上，陶启程一个人孤零零地躺在这间豪华的卧室里，想着每天晚上与刘智瑶在床上嬉闹翻滚的快乐，猜测着刘智瑶一定是回到他新买的那套房子去了。那是他给他们两个人准备的新房，原打算和林惠珠离婚之后，立马就和刘智瑶办理结婚登记。他们要合法住在一起，还要办一个大型的婚宴，日后的生活自然甜蜜无比。怎料想事情竟然乱得一团糟，搞得他毫无章法。

　　星期六的晚上，陶凯明从学校直接来到柳丹阳的家。"丹阳！"他一进院就喊了起来。正在用英语写短文的柳丹阳，急忙放下笔迎了出来，"这么早就回来了，快进屋。"凯明笑着说："嫌早了？我倒觉得这一星期好难熬。"丹阳摇头，"我觉得上星期六像昨天。"凯明笑道："我是因为想你才觉得时间过得慢，真的好想你。"凯明说着拉住了丹阳的手。柳丹阳不好意思地把手抽了出去，"快进屋吧，你一定饿了。"两人进了屋，丹阳先倒过一杯水来，凯明接杯在手，一饮而尽，"真痛快。"

"看样子你没到家是吗？这样你父母会生气的。""我不管，他们做事都不想想我的感受，我哪管那么多。""还去找你父亲？"凯明很坚决："我要替我妈出口气，不能便宜了他。"柳丹阳叹了口气："唉，父子关系闹到这份儿上，以后可怎么相处呢？"凯明点点头，"这事我也想过，处理完他们的事，我再也不想见他了。"丹阳摇头，"话别说得太早，那可是你的父亲，他现在是焦头烂额地等着你呢。"凯明带着苦笑，"反正让他好受不了。我饿了，快做吃的呀。""光说话，倒把这事给忘了。挂面荷包蛋，马上就好。"柳丹阳到厨下煮面去了。陶凯明随手拿起桌上的英语练习本看着，心中自是敬佩不已：她供养着弟弟，又要自学，一个无依无靠的姑娘家，真是难为她了。

不一会儿，柳丹阳端进一大碗面条，上面两个荷包蛋，"快吃吧，吃完快走。""你不吃？"丹阳摇头，"我不喜欢面条，这是给彤阳准备的。等你走时给他捎几个煮鸡蛋。"陶凯明嚼着面条，"有你这样的姐姐真好。"丹阳笑着说："那我也做你的姐姐吧。"凯明笑着摇头，"不干，再好的姐姐也不如……""不如什么？""不如媳妇好。"丹阳红着脸举起巴掌，"胡说八道，找打是不是？"凯明左手挡着脑袋，"姐姐饶命。"右手还挑着面条往嘴里送。两人在嬉闹中，凯明的一大碗面也吃下去了。凯明起身拍拍肚子，"没办法，还得去会我那老子。"柳丹阳收敛了笑容，"早些处理完这件事，你妈也好静心，去吧。"她站起来准备送客。陶凯明来到丹阳面前，双手搭在她的两个肩膀上，"我不想离开你。""瞎说，走吧。"她轻轻拨开他的两只手，送他出门，两人出了小院，丹阳停住脚步，望着频频回头的陶凯明，柳丹阳心中涌起一阵甜蜜……

陶启程在办公室里胡乱地踱着步子，他知道儿子今天下午准来。想出去躲开他，又觉得总躲着也不是事，快些处理完，自己也好安心，否则就像一块石头压在心上一样难受。他必须求儿子别逼得太紧，把林惠珠所要的钱再拖一拖，不然自己的资金实在周转不过来。只要这批产品出了厂，就能周转回一大笔资金来，到那时一切都好办了。可是，看儿子的架势就是不容空。陶凯明，你这臭小子，事到如今，叫你老子怎么办？也真是怪，自己怎么怕起儿子来？到底怕他什么？

门，被一阵风吹开，陶启程吓了一跳！他走过去关门，却见儿子真的从那边走来。

陶凯明上了二楼，进屋来坐在父亲的对面，"爸，怎么样？我可是快到期末考试了，实在没时间回来，这回总该给个答复了吧？"陶启程苦着脸摇摇头，"孩子，爸求你不要这样步步紧逼好不好？""我没有啊，你和我妈分手了，总得给个交代才是，我只是替我妈传个话给你，快些处理完这件事，大家都静心，不然我妈怎么在离婚书上签字？这是逼你吗？"

陶启程把自己堆坐在转椅中，一副萎靡不振的样子，"凯明，我们是父子，你就宽限爸爸几个月，等这笔钱转回来……""不行！"陶凯明噌地一下站起来，"我妈不会答应的，我说的那两条路，如今你只有一条可以走了，我妈已经封了口，不许你再回去。别说我妈对这件事等不及，就是我也不耐烦了。爸，你就别拖了行不行？你们这样不经法院就把事情办完了，在街道把离婚证一领多好，到那时你就是上天领几个仙女下来，也不会有人管你。告诉你吧，你千万不要惹恼了我妈，她要亲自出马，不闹个天翻地覆不会罢休，她可对你下狠茬子呢，到时候一经法院，你的钱照样不少拿，还得丢人现眼，你觉得这样合适吗？"听了这些话，陶启程闭上了眼睛，脸上的肌肉轻轻抽动了几下。

儿子的话像是暂时告一段落，他又睁开双眼，动了动有些发胖的身子，"凯明，我的好儿子，你就不会好好劝劝你妈，也为爸爸想一想啊！"他的话有些悲哀，却没有唤起儿子的半点儿同情心，"你在外面找情人，连我的同学都有议论，你只图自己寻欢作乐，挥金如土，为什么就不能为我想一想呢？老子在外面做什么，子女似乎无权干涉，可是你的对立面是我妈，我又怎能不管？你们闹到这一步，又有谁能理解你们儿子心中的苦痛？"

话说到这里，陶凯明的泪水已含在眼圈里，见父亲无语，他强忍着泪水接着说："父母打官司，受夹板气的只有儿女，我的心里除了难过悲痛和泪水还会有别的吗？爸，你知道我心里多恨你吗？如果不是努力地控制着自己，这副大脑恐怕早已是错乱无序了。要真的面对一个满街乱跑、啥也不懂的儿子，到那时你还会有心在外面找女人寻欢作乐吗？所以说我也是个想得开的人，你也休想指望我去劝我妈。明天我就去公证处，那里的周末不休息。要我说你拿五百万就行，要是公证处来人估价可就不是这个数了。你和我妈两相情愿的事，会省去好多麻烦，只要他们给公证一下就行了。这五百万一下子拿出来是有困难，所以才要找他们给做公证，这样你可以分期付款。有公证处担保，我妈也能放心。这个厂子到底值多少钱，你心里比我更有数。怎么样？你要同意的话，我也好给我妈回个话。"陶启程把自己的身躯又动了一动，将身子使劲向后靠着，微闭着双眼，面部肌肉又抽动了几下，心中盘算着这些固定资产的价值，也不得不佩服儿子的估算能力。可是，就这五百万又怎么拿得出？外面的欠款，材料的积压，两套房子的闲置，还有那个小女人的搜刮，这些人和物眼下都成了障碍，就算要脑袋也拿不出这些款子来。

　　此时的陶启程突然产生了一个想法：要是不离婚，这些麻烦事不就迎刃而解了吗？反正，我不离婚她林惠珠是没有办法的。对，暂时与刘智瑶分开，隔三岔五地回去住上两天，我就不信她林惠珠会把我打出来。就算她铁心和我离婚，我不签字她也没辙。想到这里，陶启程脸上露出一个苦笑：怎么回事？不是自己要拼命离婚的吗？怎么反倒怕人家蹬了自己？不就是为了不拿钱吗？谁还有心在她身上？他心里这样想着，脱口说出了三个字："不离婚。"他忽地站起来，"凯明，我不离婚了。"陶凯明被父亲这异常的举动吓了一跳，"你再说一遍！"在他心中陡然冒出一个想法：父亲在耍赖，在拖时间。这令儿子不由得怒从心头起，"你在糊弄三岁的小孩子玩是吧？我已经看透你骨子里的东西，你半点儿心思也没在我妈身上，又何必玩这种卑鄙的手段？我妈心灵上的创伤已够痛的，你还忍心在她的伤口上再插一把刀？真够狠的。离婚的事是你挑起的，说不离婚的还是你，一个男子大丈夫，怎么能出尔反尔地玩弄自己的感情？你就不觉得……咳，让我说你什么好？告诉你吧，我妈是铁了心和你分手的，你也再休想回那个家了。你想，我妈不是绵羊，她也是有个性的人，由不得你随便左右。她之所以不愿意和你正面接触，是怕到时口不择言，还想给你和她的儿子留个面子。你想抛弃糟糠之妻又不出钱，才要出这个手段，你是真心是假意，自己心里不是很清楚吗？我妈又怎会上你的当？你用这种下流的办法来达到自己的罪恶目的，那是妄想，你不感到很可耻吗？我妈早已想开了，要真惹恼了她，大不了上法庭，到那时钱不少拿，还会丢人现眼，这件事你可要仔细掂量一下轻重，到时不要后悔。"

听了这些话，陶启程又颓然地把自己摔回到转椅中，他话锋一转，又变换了新的、认为儿子一定爱听的话题："凯明啊，你是我的儿子，也是财产的唯一继承人，你为何总是帮着你妈对你老爸苦苦相逼？啊？""打住！"陶凯明愤然地站起来，"我是继承人？而且是唯一的？这话的可信程度有几分？你那小情人，论年龄和我差不多，你们以后的孩子才是真正的继承人，你还有多少心思能放在我身上？告诉你，痛快地把该给我妈的那一份拿过来，以后哇，我会离你远远的，谁稀罕做你的继承人！"

见父亲低头不语，陶凯明慢慢坐下，又缓和了一下自己的口气："爸，如果你认为儿子这样做是在逼你的话，那我倒觉得你是在逼我妈，你不是在逼她离婚又不想给钱吗？其实你的手段更狠。我妈要不是个宽心的人，说不定被你逼死。你一次次地打骂她，那可是我妈呀，对你又那么好，你于心何忍？反过来，你现在又要回家，横竖都是你说了算，想离婚就走，不想离了就回家，这可是男女平等的时代，难道就不能给我妈一点儿选择的权利吗？这不公平啊！我妈说了，她不想见你，你要见她，只有在法庭上了。""凯明，爸爸无路可走啊，一个要上法庭，一个要告我强……"陶启程在儿子面前，实在无法说出"强奸罪"三个字。凯明完全明白父亲后面的话是什么，自感脸上有点儿发热，"你不觉得自己太过分了吗？这边没离婚，那边就同居，要让我妈看见你们那豪华的洞房，她不一把火给你烧了才怪。你现在又想回家，要是你站在我妈的立场上，还会让这样的丈夫回家吗？行了，我这个中间人也难做，你们闹去吧，我可不管了，你就等法院的传票吧。"陶启程的脸呈现苦相，"孩子，别不管哪，千万不要让你妈上法院，我想办法，想办法就是。"凯明点头，"那我可要看看你的具体表现了。"

陶启程无奈地说："现在账面上只有几十万，距离你说的那个数相差太远。"凯明笑了一笑，"没人让你一下子拿出那么多，先拿一部分安慰一下我妈的心，她就不会上法院。不过你也不能长期拖下去。她可是想快刀斩乱麻，不愿意牵扯精力了。"凯明站起来看着父亲。"好吧。"陶启程慢腾腾地站起来，毫不情愿地走向门口，他真怕林惠珠去告他呀。

两人来到会计室，凯明停在了门口。陶启程阴沉着脸来到会计桌前，"唐会计，账面上还有多少钱？""四十五万八千。""开现金支票四十万。""买什么要这么多钱？"他盯着老板，手却没动。"别问了，开吧。"唐会计一双眼睛紧盯着老板，一手慢腾腾地拉开抽屉，拿出现金支票，却又停住了手。他在盼望着厂长说出否定的话。因为开支的日子就要到了，那也要七八万元呢。此时的陶启程又看了儿子一眼，希望他能说少拿些。然而，儿子却瞪了他一眼，随即扭过头去。陶启程失望地看着唐会计，"开吧开吧。"唐会计也撩了一眼厂长的儿子：他们父子俩这是干什么？看这两张严肃的脸就很不协调，父亲又为什么一下子给儿子这么多钱？唉，人家的事，自己无权过问，那就开吧。唐会计无奈地拿起碳素笔，在支票上端端正正地写下了数额，然后盖好章子，轻轻扯下来吹了几下，这才把支票递给了厂长。

陶凯明早已来到桌前，见父亲那只拿支票的手有点儿颤抖，心中亦有些不忍，他接过支票，说了声："谢谢爸爸。"然后头也不回地走了。

唐会计把目光从厂长儿子的背影收回到厂长的脸上，希望他能说点儿什么理由。这位老板却说："明天去甲方要材料款，告诉他们，这么大一批活，材料费垫不起，马上就要停工待料了。"唐会计点点头，见厂长转身而去，心中道：看样子，他们父子之间好像出了问题，而且是大问题……

一张四十万元的现金支票在林惠珠的两只手中被倒来倒去，四十万，太沉重了，她有生以来也没想到自己会有这么多钱，这要是把它取回来，就算全是大票，也有一堆呢。儿子说："妈，明天一定去存上，最好要分两个存折，这样以后取用时也方便，千万别丢了。我爸已经尽力了，缓一阵子再说吧，短时间内别指望他再拿出钱来。"林惠珠点点头，放好支票到厨房去了，她要做好吃的慰劳儿子。

第二天，陶凯明早早来到柳丹阳的家，向她讲了昨天的情况。"看样子，你爸是尽了力了。五百万，太多了，你就少要些吧。"凯明笑道："你呀，真是好心人，多要些钱，我们将来也宽裕。"丹阳摇头："别胡说，我可没想那么远，这可是你妈的养老钱。"陶凯明笑着说："好了，我们不说这事。你爸的情况怎么样？去看他了吗？""去是去了，两次都没见到。""怎么回事？"第一次送了东西就逃了，第二次又去，那要看的人却回家了。""出院了？"丹阳摇头："没有，护士说他的外伤没问题了，需要转病房……""就是说还有别的病，严重吗？""不知道，还没确诊。"柳丹阳的脸色暗下来，她不想把真实情况告诉凯明。

上午，陶凯明和柳丹阳出去逛街，偏偏迎面就遇见了陶启程，凯明尴尬之余，只好上前介绍："爸，这么巧，这是我的同学柳丹阳，这是我爸。"柳丹阳心慌之余，只好上前点头为礼，"陶叔叔你好。"陶启程打量着面前的女孩儿，似觉面熟，又一时想不起在哪里见过，他也只好点头道："好，你叫柳丹阳？"丹阳犹豫了一下，凯明替她做了回答："她是柳丹阳，我的同学，我请她帮我选双鞋。爸，我们走了。"凯明临时编造了一个和柳丹阳在一起的理由，希望快点儿离开父亲。

陶启程昨晚一夜都在恨儿子：账面没钱怨他，自己单宿独眠怨他……正在气头上，却见正在读书的儿子也泡起了妞儿，真是气不打一处来。当着儿子女同学的面又不好发作，只好阴着脸说："去吧。"他面带怒气地向前走去，边走边回忆着到底在哪里见过这个女孩子，就连这名字也觉得耳熟。奇怪，在哪儿见过呢？

右前方正是他几次光顾的迎宾酒楼，他忽然"哎呀"了一声，想起来了，这个柳丹阳就曾经是这座酒楼的小姐，受很多阔佬的青睐呢。她虽然没有陪过自己，此时却认定是她无疑，听说价码要高一筹呢。不行！我要问个清楚，他毫不犹豫地转身快步追了上去。

刚刚松口气的丹阳两人，忽然听见后面有人喊："凯明！等一等！"说着话到人到，两人各自吃了一惊！

"陶凯明，好你个浑小子，一见我就抹下脸来训个没完，原来你自己也没干好事，这姑娘分明是迎宾酒楼的陪酒小姐，你为什么要跟她勾搭在一起？"陶启程把怒气一股脑儿发作出来。

面对父亲的阴森面孔，陶凯明心中有些慌乱，柳丹阳更是不知所措，那止不住的泪水早已无声地滚落下来。只听陶凯明也强硬地说："她做过什么与你有关系吗？再说，她早就离开那里了。""这么说是真的了？你还嘴硬。我命令你离这种人远点儿，否则，别说我不客气。"站在一边流泪的柳丹阳有些支持不住了，她摇晃着身子向自家的方向跑去……

如果凯明父亲对两个年轻人的感情横加干涉的话，任凭男友的穿山甲有多么坚硬，恐怕也难穿透它。柳丹阳知道自己把问题想得太简单了，眼前的场面使她无地自容，只好尽快逃走。

见丹阳哭着跑开，凯明也急着要走，父亲却拦住他："你不把问题说清楚休想离开。"见此，凯明只好压低声音说："爸，我不是小孩子了，知道什么事情该怎么做，你就别管了行吗？""不行！"陶启程的手已经拉住了儿子，"谁叫你是我的儿子？走，回家跟你妈说去。"陶凯明使劲地挣脱了他的手，"爸，这样在大街上拉拉扯扯成什么样子，我自己会跟我妈说的。"他说着就跑去搀丹阳了。

陶启程岂肯罢休，也随着儿子的后面追去。见此，陶凯明只好停住脚步，他知道父亲还会有很多难听的话说给丹阳，只能拦住他。

其时，柳丹阳因为在哭并没走多远，陶启程把一口气都撒在了她的身上，几句刺耳的话早已从后面传来："柳丹阳，你该掂量一下自己是什么出身，工作有的是，你偏去找那么下贱的事去做，可见你是天生的贱骨头。你要是再缠着我的儿子，我要你好瞧！凯明，跟我回家。"陶凯明摔开老子的手，"先管好你自己，然后再来管我。"陶启程只好说了一句："柳丹阳！看我怎么收拾你！陶凯明，我这就去告诉你妈。"他说着扬长而去。

见父亲向另一个方向走远，凯明这才快步赶上丹阳，"实在对不起，怎么会碰上他？"丹阳抹着泪水，"说对不起的该是我，连累你挨骂了。其实，你父亲的话没有错，我们还是早些分手吧。有这样的公公日后也会揭我的短，到那时你也会后悔的。""别胡说，他的话代表不了我，我对你可是铁了心的，难道你还不知道？"丹阳摇头，"人的心情、也包括感情都是随着各种环境的变化而变化。几年之后谁知道会是什么样子的。你回去吧，我想自己走走。"她说着径自向前走去。

陶凯明只好无声地跟在后面，两人就这样一前一后地默默走了一段路，柳丹阳明知凯明一直跟在后面却不回头，此时，两个人的心里都很难过，也都不知说什么好。柳丹阳放慢脚步，待凯明赶上来，她才回身说道："我没心思陪你逛街了，你也回家吧。说不定你爸对你妈说些什么呢。"凯明有点儿胆怯地点点头，"好吧，丹阳你千万不要多想，我心如磐石，永远不变，你可要一百个放心。"丹阳摇头，"你爸对我这个态度，你让我怎么放心？时间还很遥远，我们都把心收一收，尽量少些来往吧。""不行！"凯明果断地说，"我回去看看，待会儿就回来，我先走了。"

这陶启程虽然自己的行为不端，对儿子的要求倒是蛮严格的。他要与林惠珠联合起来，共同阻止、斩断儿子的恋情。儿子想和陪酒小姐搞对象，坚决不行。这事也必须和凯明的母亲联手才能奏效。

陶启程一路想着，匆匆奔向家门。那林惠珠分明见儿子回来，仔细一看却是自己的丈夫。她激愤地嚷起来："出去出去！我不想见你。""为了你的儿子，不想见也得见。"陶启程说着已抢进屋来，并且满面怒气地坐在椅子上，"你的好儿子，在外面泡上了陪酒小姐，昨天拿回的钱给你了没有？"林惠珠瞪了丈夫一眼，"给了，凯明不会，你肯定弄错了。"陶启程也瞪起了眼睛，"错什么错，他自己都承认了，看你怎么办？"林惠珠听了瞪起眼，"我怎么办？'有其父必有其子'，你不知道'养不教父之过'这句话吗？你在前边打了样，能怪孩子跟你学吗？倒来找我，这算什么道理？"在丈夫面前，林惠珠毫不让步。可是，她心里对儿子是一百个信任的：他决不会现在就在外面找女孩子的。

林惠珠的话让陶启程哑口无言，半天才说："你就惯着他吧，我是来告诉你趁早管住他，不然大学都念不好。"林惠珠冷笑一声："听你这话，凯明的事与你毫无关系是吧？那你还来告什么状？儿大不由娘，我就随他去了。你赶紧给我出去！"无奈的陶启程只好站起来，他望了一眼面前这位对自己曾经有过恩爱与柔情的妻子，此时一张涨红的脸绷紧之下又带着阴沉。陶启程知道，这个家将无自己立足之地。他慢慢站起来不服气地说："干吗撵我？这是我的家。"言语中却显得底气不足。

林惠珠那阴沉的脸早已变成了愤怒。"呸，你自己还把这里当作家吗？赶紧给我滚！"陶启程自知理亏，倒也无话可说。在妻子那两道利箭般目光的直刺下出门而去。

陶凯明满腹心事地回到家里，无声地歪倒在沙发上。母亲来到跟前关切地问："凯明，你今天和谁在一起？你爸说那是个小姐，是吗？""他到底来告状了，分明是想在你俩离婚的问题上多添些乱，他好拖着不拿钱，还有别的目的吗？那女孩儿是我多年同学，她只是在酒店里做过服务员。妈，请你放心，儿子不是小孩子了，什么事该怎么做我会掂量的。"母亲点点头："明儿，有你这话，妈就放心了，千万不要过早地去注意女孩子。""妈，实话告诉你，她可是个绝好的姑娘，念中学时我们就很要好的。""啊？"母亲瞪大了眼睛，"你们中学时就知道谈恋爱，这还了得吗？""妈，看你说的。"凯明有些不好意思起来。他把母亲拉到身边坐下来，一只手搂着她的肩头，"我的妈呀，你说儿子是早恋？这怎么可能？请你老人家一百个放心，我正在念大学，个人的问题还远着呢。总之儿子不会干坏事。妈，我饿了，有吃的吗？"母亲的脸上露出了笑容，"我知道你不会让妈妈多操心的，我给你弄吃的去。"

吃完午饭，凯明的眼前一直晃动着丹阳那张泪脸，她受了委屈，一定连午饭也不能吃，他要给她送点儿吃的东西。想到这里，凯明坐不住了。他起身对母亲说："妈，快期末了，我要抓紧学习，下周就不回来了，也想早点儿回学校去，你看行吗？"母亲点点头，"走吧，学习为主，不用惦记我，妈什么事都想开了。"林惠珠擦擦手，从自己的小皮包里拿出一沓钱递过来，"学习累，在食堂挑好的吃，别让妈惦记你。"母亲的眼圈有点儿发热。凯明抚着母亲的肩头，"妈，我爸那边的事就缓一缓吧。你可要照顾好自己，也别让我惦记你。妈，等我毕业后，就在本市工作，不再离开你了。""好儿子……"母亲有些激动，她抱住了儿子，"走吧，努力学习。"凯明也抱紧了母亲，"我一定努力。"母亲推开儿子，凯明挎起了小背包，把送他的母亲挡在了门内，"母亲大人多多保重，我走了，再见。"然后笑着来个九十度大礼，把母亲也逗笑了。

其实，凯明是想提前一点儿时间去看丹阳，再给她捎点儿吃的东西。

本来，他和丹阳两人想去街上找个清净的地方吃点儿、喝点儿什么，这样一边聊着倒很惬意。没想到在毫无思想准备的情况下遇到了凯明的父亲，看他的态度，两个人的事连门儿都没有。

想着在街上的景况，丹阳的泪水又止不住地流下来。尽管凯明态度坚决，尽管他是最坚硬的穿山甲，也有穿不动的时候。只要凯明的心里稍微一动摇，那就什么都完了。所以，自己必须退一步，以免将来受到更大的伤害。问题是，这一步怎么退。不理他？或者干脆断绝来往？不用说凯明伤心难过不答应，就是自己也难以接受这个现实的。

柳丹阳一路上胡思乱想着回到家里，又想起成人高考的事，这是给那些一心想上大学，又由于各种原因没能遂愿的人的一次弥补的机会。自己必须抛开一切烦恼，力争以好成绩考进成人大学。算一下只有两个月，时间已不容许她再有一点儿散漫。她想到这里，思绪烦乱地捧起了英语课本。

一个熟悉的身影从窗玻璃外面闪进了柳丹阳的余光。是凯明？她放下课本坐着没有动，心想正好就此机会和他谈一谈。

陶凯明进了屋，丹阳没有起身迎接他。凯明心想：父亲口不择言，劈头盖脸地对她来了那么一通，薄面皮的丹阳如何受得了？

陶凯明来到丹阳旁边，有点儿可怜巴巴地望着她，找不出一句适当的话语。丹阳起身搬过椅子，"坐吧，我有话对你说。""丹阳，什么话都不要说，我买了几个你爱吃的糖酥饼，吃完了再说行吗？"陶凯明把塑料袋打开，双手捧到丹阳面前，两道期盼的目光看着她。

柳丹阳看得出，在这对熟悉的眼睛中，饱含着真诚与信任，那对瞳孔中透射出那爱的光芒直逼自己的心肺。什么是真爱？这不就明明摆在自己的面前吗？从凯明眼神里流露出的那种关爱之情，如春日的暖风，吹得丹阳心里热乎乎的，让她无法说不。只见她微微苦笑了一下，双手接过塑料袋，"凯明，我们一起吃吧。"陶凯明笑了。丹阳拿出一个酥饼递过来，凯明接住，两人一起吃起来。

柳丹阳倒过两杯水来，两人边吃边喝，一时，两人又沉默起来，都不知说什么好。

还是丹阳先开了口："凯明，你不要当那穿山甲了，我们以后不会有好结果的。就算你自己是铁了心的，可我无法面对你的父母，我们还是……""不行！"凯明重重地吐出这两个字，然后紧盯着丹阳的双眼，"你还是不相信我对不对？为了你，我可以抛弃一切，甚至与父亲绝情。我的婚姻大事，必须由自己做主，只要我俩心坚意诚，别人说什么都没用，你听见没有？"丹阳皱着眉头，"那可是你的父亲，不是别人。""他对母亲不好，我恨透了他。好丹阳，你不要失去信心好不好？本来，我想明早赶回学校，可是，发生了这样令人不愉快的事情，我必须向你表明态度，也想多陪陪你，所以才决定今晚九点火车回校。我的大一快结束，再有三年就毕业了。到时候我就在本市医院工作，彤阳也能和我在一起。那时我俩都成为医生该多好。前两天我和彤阳在一起聊了半天，他比以前胖了一点儿，成绩也不错，对他的姐姐可是赞不绝口的，有你这样的姐姐真好。丹阳，不要再说和我分手的话好不好？这样我心里很难过，你的心里也不会好受。丹阳，记住我的话，冲破艰难，踏平荆棘，前面就是坦途，还有阳光和真爱。"陶凯明说了这许多话，神情开始兴奋起来。他抹了抹自己的嘴巴，又喝了剩下的半杯水，起身坐在靠丹阳的床边上，两人的情绪开始热烈起来……

柳丹阳顺利地通过了成人高考这一关，走进这所专为成年人准备的大学。当然，她考的是英语系，成绩在全体考生中名列前茅。此后，丹阳那压抑的心情也逐渐开朗起来。

以后的日子里，柳丹阳学习之余又应聘了两所课外辅导班的英语教师，收入也不错。

第八章　少乾之死

李少乾在家住了三天，回到医院后，病卡已转到性病科。他的病也日渐严重起来，下地已经有些困难了。医生劝他回家去养病，李少乾却低声吼起来："怎么？怕我不给钱吗？我就愿意在这儿住着，不行就把我给扔出去！"医生无奈，只好退去。

白雪梅为自己没有被传染上那种病而暗中庆幸。丈夫的模样变得可怕起来，短时间瘦了好多，她吓得很少来医院看他了。

现在，让白雪梅惦记得睡不着觉的一件事，就是李少乾早该立下的却迟迟见不到的那份遗嘱。

那李少乾对自己的病也想开了，他知道自身的生命已经在逐渐枯竭，而且，也不会维持多久了，自己的这份资产到了该分配的时候了。就这样，一份难产的遗嘱终于在李少乾那只微微发颤的手下，艰难地诞生了。一千多万的资产被他分成三大部分，当然是妻子和两个女儿三一三十一了。

李少乾把写完的遗嘱又从头到尾看了一遍，让长顺把正本送到公证处公证后封存。另写三份给妻子和两个女儿财产的数量。给女儿白兰的那一份，他折了几折，小心地放进了自己皮包的里格内。因为，他觉得这个女儿还小，他不放心交给妻子保管，他怕不等女儿正用的时候，让她给挥霍光了。到底让谁来保管这份遗嘱，人选有两个：一个是女儿丹阳，另一个就是长顺。

现在，李少乾最盼望的是，自己在走之前能见到丹阳一面，并且能听到她叫自己几声爸爸，就是死也能闭上眼睛了。

这个星期天，白雪梅又带着女儿来到了医院。见父亲的病越发严重起来，白兰只有痛哭流泪。想到爸爸跟前摸摸他的脸都不敢，因为妈妈告诉她说这种病容易传染，而且是治不好的。

白雪梅的神情很严肃，见丈夫手中拿着一张写着什么的白纸，上面还有一张支票。她料定这是自己盼望已久的遗嘱。想伸手接过来看看又有点儿胆怯。这阵子丈夫总是向她发脾气，一见面不是骂就是吵，她真的有些怕他了。

李少乾知道自己时日不多，他不想再找气生了。见依然是那么年轻美貌的妻子不敢靠前，遂把这份遗嘱递给了长顺，"给她吧，这东西让她盼得太久了。"刘长顺接过遗嘱，双手捧着送到白雪梅面前，"嫂子，拿着吧，已经做了公证。"白雪梅接在手中，迅速地扫了一眼支票，她心中一惊：这么多！兰儿呢，还有那柳丹阳，给她们多少？只听丈夫说道："雪梅，你跟我过了十多年，留给你这些钱足够后半生正常开销用的了。我还给兰儿留了一些，这钱等到女儿满二十二岁以后亲自去取，这是我的愿望。因为那是孩子该成家的年龄，给她的钱由她自己支配，不要干涉她。"白雪梅听着忍不住问道："那柳丹阳呢？"李少乾瞪了妻子一眼："你管得太多了吧？丹阳已经是大人了。我要把给她的那一份亲自交到她的手里，给她的跟兰儿一样多，她们都是我的女儿，我不会偏向的，你就少操心吧。"白雪梅拉下脸，心中不满却口中难辩，只好低头不语。"雪梅，看样子你是有意见对吧？好歹给你的也不少，你就知足吧。以后好好照顾兰儿，有合适的再找一个，只要对女儿好就行，你还年轻啊。兰儿，你要努力学习，给自己争出个好前程来，听见了吗？"白兰流着泪看着父亲，"爸爸，你放心，我会努力的。""好孩子……"李少乾眼中含着泪水，不知说什么

114

好，"去吧，跟你妈回去吧。"白兰点头，"爸爸再见。"然后低泣着跟母亲出门去了。

这阵子，丹阳又买了两次水果送到医院，都是由护士转交的。

星期六晚上，陶凯明下了火车直奔丹阳的家。

正在学习的柳丹阳忽然又想起父亲，她觉得再不去看看他也对不起自己的生母了。想到父亲已经不久于世，也未免难过起来……

轻轻的敲门声从外间传来，她急忙起身来到门前，又看见了那个熟悉的身影。门开处，陶凯明一步跨进来，伸开两臂抱住了她。丹阳轻轻拨下凯明的两只手臂，沉闷不语。凯明担心地问："看你的神色，好像又有什么事，能说说吗？"丹阳叹了口气："还不是我父亲的事，听护士说，他大概活不了多久了。""你一直没有去看他？"丹阳无语，只是点点头。"丹阳，你是个有主见的人，这么一点儿小事怎么竟让你为难了这么久。不管他从前对你怎么样，他毕竟是你的父亲，去看看他算什么事？况且，他现在一定正盼望着你去，你应该理解做父亲的心哪，父女的血缘关系是永远也割不断的，你就原谅了他吧。我们没做过父母，很难理解父母对儿女那种真诚的爱。但是我从母亲那眼神里，总是看到那种令人猜不透的谜。人长大了，这才理解了母亲眼中流露的尽是对子女的那种用千言万语也难表达的、真诚无私的、伟大的母爱。其实父亲也有，不过我不愿意仔细去看，又不想去理解罢了。这件事由我做主，现在就陪你去医院，行吗？"丹阳听了这些话，不好意思地点点头："好吧，谢谢你。"陶凯明忽然想起彤阳，遂问道："丹阳，不告诉彤阳吗？你父亲可就这一个儿子。"丹阳肯定地摇摇头："没必要告诉他，我都不想认父亲，何况……""丹阳，"凯明恳切地说，"你爸的病挺重，说不定哪一天……他们是父子，不该见面吗？""好了好了，我说不该就不该，真啰唆。"陶凯明心中奇怪：一向通情达理的丹阳，这是怎么了？想到这里，凯明只好转了话题："有吃的吗？我饿了。""你来看。"丹阳拉着凯明来到外间，她揭开锅盖，里面有两大盘菜：一盘排骨炖豆角，另一盘青椒炒肉。"这是给我准备的？""那还有谁？端吧。其实上周六也是这样。"丹阳低下头说。"你一定盼了我很久，对吗？"丹阳红着脸点点头。"真对不起，谢谢你，你对我真好。"两人端了饭菜进屋摆在桌上，一起吃起来。

饭后，凯明和丹阳一同到街上买了一些最好的水果点心，走进了医院。

李少乾躺在病床上，心里想的只有丹阳。该做的事都做了，一切后事交代完毕，再没有什么值得牵挂的事了。唯有这个女儿还是不肯认自己，他真怕走前见不到她啊！唉，丹阳，你怎么就不能来瞅我一眼呢？

此时的李少乾翻了个身，把脸转向门口，想象着门口能出现他要见的人。

突然，他的眼睛一亮！平常连翻身的力气都没有，此时却麻利地坐了起来。"是你？丹阳！"他使劲地眨了几下眼睛，生怕自己看错了，"真的是你，我的孩子，终于把你盼来了。"心中大吃一惊的柳丹阳慢慢来到床前。"爸——爸。"她终于艰难地吐出了这两个字，"你怎么……"她把"变成这样"四个字努力咽了回去。她知道问也无用，爸爸是无法说出口的。

李少乾的两道目光，一直落在女儿的脸上不肯离开，"丹阳，我的病很重，不会维持多久了，这是我自作自受。孩子，我一切后事已经安排完毕，只有你，一直让爸爸心里挂记着……"李少乾有点儿说不下去了，眼泪也含在眼圈里。"爸爸，我……"丹阳早已流下两行悔恨的泪水，她在心里问自己：为什么不早来看看父亲？

李少乾也控制不住自己，终于流下了痛泪，"孩子，你来看望我，并且能听到你叫我几声爸爸，我死也瞑目了。好孩子，谢谢你。""爸爸，对不起，是女儿不孝，我早该来看你的。""不晚不晚，孩子，真的不晚，我知足了，知足了。"

见丹阳已经低泣有声，一直站在门口的陶凯明近前几步放下了果品，"李大爷，我是丹阳的同学加朋友，现在省医大读书，也陪丹阳来看看你。""谢谢你，谢谢。在走之前能看到我的女儿，而且和你这样的好朋友在一起，我放心了。希望你以后能照应我的女儿，好吗？"凯明点点头，"大爷你放心，我会的。"他说完偷看了丹阳一眼。

柳丹阳抹着眼泪说："爸，我已经是大人了，艰难的日子已经过去，现在就更不用惦记了。""孩子，看见你，真的让我放心了。"李少乾点着头，脸上出现了多日来少有的笑容。

此时，长顺从门外进来，"你回来得正好，看谁来了，认识吗？"见老板这样高兴，刘长顺也笑着说："看你的样子也猜得出，一定是你的女儿，对吧？"李少乾有点儿得意地笑着，"是的是的，是我的女儿，她看我来了。快，把我的皮包递过来。"李少乾从包里拿出一个信封，里边是一份遗嘱加一个存折，"孩子，把这个拿着。爸爸这些年积攒了不少资产，材料公司和饭店都兑出去了。我把这些现金给你和白兰母女做了平均分配。这些钱拿回去，随你怎么用，绝不会有人干涉。来，快拿着吧。"

柳丹阳从来没想过要分父亲的财产，看着举在自己面前的信封，就知道轻不了，可是她不想要，"爸爸，我现在的收入不少，自己也应该独立生活，这钱就留着妹妹以后上学用吧，我不能要。"李少乾那只拿信封的手在微微颤抖着，"孩子，这笔钱你一定要拿着，已经做了公证，谁也拿不走的。"柳丹阳想着父亲病了这么久，自己才来看他，便满怀内疚地说："爸爸，女儿无法接受你的钱，还是……""不行！"显然，李少乾有点儿生气了，"你不要就是对不起爸爸，这是一个父亲给自己女儿表示的第一次、也是最后一次心意了，你无权拒绝。我的孩子，你就不能让爸爸在这有限的日子里安心活几天吗？你不要就等于还是没有原谅爸爸呀。"见父亲表现出一脸悲苦的样子，柳丹阳吓得扑通一下子跪在了床前，并且拉住了父亲的手痛哭起来，"爸爸，不是，不是的，是因为我一天也没有孝敬过你，女儿是觉得自己没有资格接受父亲的馈赠啊，爸爸……"女儿的举动让李少乾也陪着流下了两行老泪，"孩子，不要哭，今天可是我几年来最高兴的日子，快把钱收好，不要破坏爸爸的兴致，好吗？拿着，快起来吧。"父亲把信封塞在女儿的手里，又拉丹阳起来。"爸爸，我听你的，收下就是，谢谢，多谢爸爸。"

现在的李少乾觉得浑身轻松，他见丹阳并没有嫌弃自己，心中更是感动不已："孩子，爸爸从前对不住你母亲，我说的是彤阳的母亲。你弟弟虽然不是我的儿子，可是他的母亲毕竟做过我的妻子。我早该把你姐弟俩都送进大学，如今已是追悔莫及。你还在供他读书吧？"听父亲说到这里，柳丹阳看了一眼陶凯明，心中说："你可什么都不知道。"

凯明惊诧之下，也盯着柳丹阳。只听父亲接着说："孩子，你做得对。彤阳一定不知道你姐弟俩的真正关系吧？你的钱比妹妹多了二十万元，是卖车的钱，给彤阳的。等他大学毕业，你拿出这笔钱来帮他成个家，再把真实情况告诉他，也替爸爸说声'对不起'吧。只是，没让我的女儿走进正牌大学的校门，这是我一生的憾事。丹阳，如果你还有此意，那就再去试一把行吗？"丹阳苦笑着摇摇头："爸爸，我的好机会已经错过，好在已经通过成人高考进了英语系，两年就毕业，这学历也是国家承认的，你放心吧。"李少乾点点头，看着女儿的脸，忽然想到丹阳原是那柳明军养大，要不是自己走了这条不该走的路，一家四口，有儿有女，安分守己地过日子是何等快活，又何必把自己弄成现在这副狼狈相？想来悔之晚矣！他知道，女儿几次来医院送水果都借口走了，为什么？这不能怨她啊。今天能来，肯定有面前这个男孩儿的一份功劳。想到这里，他感激地望了凯明一眼：女儿和他倒是天生的一对。

凯明想：怎么回事？丹阳姐弟俩竟然是异父异母所生？丹阳从来也没说过。听着这父女俩的谈话，陶凯明心中暗吃一惊！

护士送夜餐来了，一个方盘上摆着几碟小菜，长顺接过来放在床头柜上。凯明看了丹阳一眼，"你爸吃饭，我们先走吧，改日再来。"丹阳点头，"爸，我们先走了，您多保重。"李少乾着急地向床边移动了一下，"丹阳，你们还能来看我吗？"看着父亲那期待的目光，柳丹阳开始可怜起父亲来，"爸，你放心，我会常来的，今天还有点儿事。"凯明接着说："大爷，我们明天还来。""真的？"李少乾一阵惊喜，一对无神的眼睛突然放出了光彩，这种光彩让丹阳感到，正是做父亲对女儿的那种伟大而神圣的爱，从这对将要久闭不张的眼睛中，依旧体现得如此充分。

"太好了，今天有事就走吧，爸爸明天等着你们。"李少乾见了女儿这一次已经是大喜过望，然而，却还盼望着下一次。

柳丹阳的眼圈湿润了，"爸，你多保重，我走了。""大爷，明天见。"两个年轻人告了别，有些不舍地走向门口。"长顺，快，快替我送……送送他们。"李少乾高兴得语无伦次了。

两人走到门口，丹阳又回头看着父亲：为什么不早来看爸爸？她心中再次悔恨着。

陶凯明与丹阳出了医院大门，各自无语，凯明满带疑惑地看着柳丹阳，把她给看乐了。"我明白你在想什么，你现在知道的已经是全部，我再没有什么可告诉你的了。只求你不要把这情况告诉彤阳，他可什么都不知道。"凯明点头，"放心，我不会说的。只是你瞒得我好苦。在我的心中，你的形象又高了

118

一大截，真是让我佩服得五体投地。"见丹阳的脸色有暗下来，凯明知道她是为了父亲的病而难过，他想让她高兴起来，"对了，该看看你父亲给了你多少钱吧？"只见她皱起眉头，"还能有多少？我现在不想看它。"凯明笑了，"你呀，真是个不爱钱的人。我们从这里分手，我回去看母亲。明天还要陪你上医院。"丹阳点头，两人告辞分路而行。

陶凯明回到家里，母亲高兴地做这做那。几个星期没见儿子了，想念是自然的。

第二天下午，凯明又说提前回校，吃过午饭后便告别了母亲，他当然是去了丹阳家。

柳丹阳回到家里，好奇心驱使她不能不打开那个信封：一张分配财产的遗嘱，一本新开户的存折。这个数字是柳丹阳没有想到的。

柳丹阳心中想的是：这些年来父亲千辛万苦，才有了这许多积蓄，这一步走错，以后却再难享受自己的劳动成果了。丹阳想来又是一阵心酸……

柳丹阳不在陶凯明面前打开信封是有原因的，因为她明知这信封的分量不小，所以不想让凯明知道自己拥有这么多钱。

第二天陶凯明来了，两人又去了医院。父亲高兴之余，郑重其事地把白兰的那份财产拿在手中，"丹阳，爸爸托你最后一件事，你一定要替我办好。""爸，有事尽管吩咐，我一定替你办好。"丹阳看着父亲，心中一阵难过。她并不知道父亲拿的是什么。李少乾双手托着这个信封，"丹阳，这是给白兰的那份财产，和你的一般多。那白雪梅虽然是白兰的监护人，但是，这份财产我是不放心交给她的。因为这些年她是享受惯了的，这么多钱放在她手里怕的是挥霍一空啊！所以，我要找一个最可靠的人来保管它。孩子，你能替爸爸担起这个重任吗？""爸，这样做不好吧？白兰的母亲会恨死我，就是白兰也不会同意的。"李少乾点点头，"这些我都考虑过了，白兰支配这份财产的权利是在二十二岁以后，还有近十年时间，不是需要有一个最亲近、最可靠的人来为她保存吗？她母亲让人信不过，那就只有你了。丹阳，你不愿意替爸爸来完成这个遗愿吗？她们有意见，也要遵照我的遗嘱去做啊。况且，我这上面都写得明白，是我不让白雪梅保管女儿财产的。难道你……"柳丹阳想了半天，这才勉强答应下来："爸爸放心，我答应你就是，一定替你做好这件事。可是，你最好把存折替她放进银行的保险箱里，由我保管着钥匙更好些。这也要征得妹妹的同意才好。"李少乾缓缓地点点头："对呀，我倒忘了保险箱的事，是该征求兰儿的意见，我想她会同意的。那学校离此不远，我让长顺去接她。一会儿你俩先回避一下，让我单独问她。"丹阳两个点头出去了。

李少乾打发刘长顺开车把白兰接到了医院。小姑娘没进门就流下了眼泪。进屋后又不敢靠到床前，只是一劲儿地掉泪，"爸，你怎么样？""别哭我的孩子，你想念丹阳姐姐吗？""想，可怎么能见到她呢？""一会儿就能见到。"白兰显得惊喜非常："真的？爸爸，她认你了？"李少乾兴奋中又有些自豪，"认了，彻底认了。还说对不起我呢。""爸，这太好了，太好了！"带着泪花的小白兰开心地笑了，父亲也跟着笑了，"兰儿，爸爸找你来，是有事和你商量，关于你的那份财产，我不放心让你妈保管。你知道，她可是爱赌又爱花的。所以，我想把它钱存进银行，想让姐姐替你先保管着钥匙，等你长大了，自然由你自己去取。怎么样？你相信丹阳姐姐吗？"白兰笑了，"当然相信。爸爸，我以为和妈妈的在一起呢，原来……"李少乾笑了，"兰儿，你是爸爸的心肝宝贝，你妈的手脚太大，我怕到你真正用钱的时候，被她挥霍得所剩无几，所以想当面跟你说清楚。我已把这些钱存了十年定期，到时由你自己去取。记住，十年内先不要动它，你说行吗？"白兰听了父亲的话，止不住地又流下两行泪水，"爸爸，你想得真周到，我一定听你的话，你就放心吧。"李少乾笑了，"好孩子，你能这样，爸真的放心了。这件事不要跟你妈妈说才好。一会儿你姐姐回来，你们一起去那家银行，把这笔款的折子存进保险箱。以后有什么事，可以找你姐姐和长顺叔商量。

这半天，刘长顺一直站在窗前也不停地抹眼泪，但在心里是替大哥高兴的：他的大女儿主动来认了父亲，这是大哥多年来最快乐的事情，他可以安心了。

只听李少乾对女儿说："兰儿，这回爸爸再没有放不下的事了。"白兰抹去泪水，"爸，姐姐什么时候回来？""马上就能回来。"

父女俩正说着话，丹阳和凯明已经进来。"白兰，我的小妹……""姐姐，丹阳姐姐，我好想你，好想你呀！"姐妹两个扑到一起，紧紧地抱住了彼此，久久不想分开，四行热泪一起流下来。

李少乾也流泪了，这是兴奋的泪，也是幸福的泪。两个女儿如此亲近，他可以放心地走了。

　　姐妹俩相拥相抱着来到床前看着父亲，六行热泪一起流。一边的陶凯明过来说："李大爷，父女见面可是大好事，都高兴些吧。"白兰歪着脑袋问："你是谁？干吗管我们的事？"丹阳说："对不起，忘了给你介绍了。白兰，这是我的同学陶凯明，我妹妹白兰。"白兰眨眨眼睛，"啊，是你呀，给我介绍家教的。你们仅仅是同学吗？姐姐，他要做你的男朋友，你愿意吗？"一句话说得大家都笑了。陶凯明也想趁机活跃一下气氛："小白兰聪明又漂亮，一张嘴也这么厉害。我可以公开告诉你，我是你姐姐的男朋友，问题是得先过你这一关对吧？"白兰调皮地"哼"了一声："算你说对了，我这关先让你过去，你以后要是对姐姐不好，我可不饶你。"白兰的话让大家都高兴起来。

　　长顺看看表过来说："大哥，两个女儿都在床前，这可是你平生最快乐的事情。""对对！"李少乾高兴地说，"好了孩子们，长顺说的对，今天可是爸爸多少年来最快乐的日子，都笑笑，让爸爸好好看看你们的笑脸，笑哇。"两个姑娘都抹着眼泪笑了。

　　刘长顺提醒说："银行下班了，明天去吧。"李少乾看看表，"孩子们，就明天去吧。凯明，让我不过意的是，大爷无法留你吃顿饭。希望你以后多照顾丹阳吧……"他说着又是泪水盈眶。陶凯明笔直地站在这位未来的岳父面前，"大爷，请您老放心，我会一辈子照顾她的。"样子像宣誓。

　　这回李少乾满足了。他开始思前想后，觉得不该再拖累人了，还是无声无息走了吧，可惜自己不能往远处去了。不管怎么说，早一天离开，让大家早安心一天。决心下定，身体也似乎有了些力气。半夜里长顺睡熟了，他自己扶着墙悄悄地出了房门，来到医院对面的一家通宵药店，买了一瓶安眠药片，回来后统统服了下去，然后匆匆留下一张纸条，便安然地躺在床上。这回他可是长眠不起了……

　　早上四点钟，刘长顺起来方便，见老板安详地躺在那里，心中想道：大哥见了丹阳真是乐坏了，连睡觉也那么安然。直到六点半以后，长顺见早该醒来的老板还是没有动静，这才感到大事不好！他急忙上前推了两把，又听听呼吸，"大哥，大哥！快来人哪！快来人哪！天哪！快来人……"长顺抱起李少乾的脖颈摇晃着，并感觉大哥的身体已经发凉，随即放下他的遗体大哭山号地向值班室跑去。

医生护士都来了，首先摸了脉，没了，又看看眼球，定了仁儿，随即宣告死亡。一个护士眼尖，她从床下捡到一个空药瓶，大家又看到了茶杯旁边压着一张不显眼的纸条：

　　一切安排就绪，我不想遭这洋罪了，就算再好的药又能坚持几天？我走了，走得安心，走得快乐，长顺辛苦，他没有一点儿责任。包里有一张存折，足够安排我的后事了。记住，一切从简，不要告诉丹阳。

一床大号白布单子头脚不露地罩住了李少乾。刘长顺傻了，他绝没料到大哥会走这条路。见大哥让单子罩住，这才发疯般扑了上去，"大哥！我的大哥呀……你为什么要这样？为什么……"一个医生上前劝道："别哭了，你照顾他这么久，也算对得起他了，快通知家属吧。"

白雪梅接到电话也有些呆住了，虽然她对丈夫早有些厌恶，可这夫妻毕竟做了十多年，更没有想到他会带着自知之明，这么痛快就走了，看在夫妻的分儿上，自己总要到医院去大哭一场的。她心里这样想着，也不禁流下了两行泪水。她换了一件素衣，与王嫂一起匆匆赶往医院。

在医院里，有专门人员把李少乾的遗体抬上了卧车要推走，刘长顺哀求着："请两位哥哥等等吧，我嫂子一会儿就来，我不想让她在太平间里见丈夫。"他说着递上香烟。

死了丈夫的白雪梅，由王嫂陪同着哭天号地进了病房，哭声引来了冯医生，只见他沉着脸向外面喊道："老王！你两个怎么回事？"老王两人慌忙跑进来，不由分说地推走李少乾的遗体。冯医生对白雪梅说："请你节哀，各房间都有病人，这样会影响大家休息的。"白雪梅的哭声由高变低，眼见丈夫的遗体被推走，她跟了几步只好停下来，伏在王嫂的肩上低声哭泣着。刘长顺把嫂子拉进病房，给她看了那张字条，两人又打开李少乾的皮包找到那张支票——李少乾只给自己留下一万元。

作为千万富翁的李少乾，他的葬礼却办得如此简单，也是遵照了死者的遗嘱。

一个带着罪孽感却有所醒悟的灵魂走了。他——毕竟醒悟得太晚了。

林惠珠一股急火又住进医院了。

上星期六的下午，陶启程回来了。他一进屋就坐在沙发上，显得很悲伤的样子："惠珠，这些天我想了很久，觉得自己很对不起你，不看别的，就看我们的儿子也不该这样做呀。所以我考虑再三，还是想回到你身边来。就算为我们的孩子，我也应该这样做，你说呢？"见林惠珠皱眉无语，陶启程又接着说："这一阵子，我总在想从前的事，越想越觉得对不起你们母子俩。你对我有恩，又和我一起生活了二十多年，我这样做不是丧了良心吗？惠珠，是我对不住你呀。"林惠珠坐在桌边的椅子上，听丈夫这么一说，那张原本阴沉的脸，逐渐悲伤起来……

这几年，丈夫对她总是冷冰冰的，不讲半点儿夫妻情分，她知道他的心不在她这里，既然管不住他，只能由他去了。在这种情况下，自己背后不知流过多少辛酸的泪水，她不惜承受着丈夫的无端打骂，也不想与他彻底分手，还不是为了这唯一的孩子啊！丈夫离家不归，她倒觉得自己轻松了不少，但也免不了要承受这孤独寂寞，内心中又含着无限的委屈。

前些天凯明拿回那张四十万元的现金支票，她觉得太沉重了，也真怕把丈夫逼出个好歹来。

现在面对眼前的丈夫，带着满脸的悔恨又言语诚恳，林惠珠先是低头不语，然后是热泪盈眶，再往下就是低声悲泣，最后竟然放声哭起来……

脆弱的女人哪，连几句好话也架不住，为什么不辨明真伪呢？上当受骗气得住了医院不是活你的该吗？

林惠珠跑到里间扑在床上，仿佛要把以往的全部委屈都通过泪水流淌出来。

陶启程沉着脸点上一支烟，吸了两口便狠狠地掐死在烟灰缸里。

此时，陶启程起身来到这间他们夫妻曾经有过多少甜蜜、也是他久违了的卧室，毫不犹豫地从妻子的背后扳起她的双肩，自己也坐在床边，把她揽在怀中。"惠珠，你别哭了，我过去对不起你，以后再不会了。只是，那边还有些事情需要处理，我辞了那女人，她的条件是要两万元，我答应了她，再加之有些材料急需购买，账面上只剩下不到一万元了。我想既然我回家了，难道我们还分彼此吗？惠珠，我是想把家里的钱拿去先用着，等这一大笔钱转回来，我一总都交给你。以后你也别在家待着，出去帮我管管账，你可是做过几年出纳员的，对账目也不是外行。怎么样？"这一席话说得林惠珠那满心的委屈顿时烟消云散，她坐起来仔细端详着丈夫，仿佛面对一个陌生人，忽然又似明白过来，激动地一头扎进丈夫的怀里。陶启程显出了满脸的嫌弃与讨厌，却又违心地抚摩着妻子的肩头，"惠珠，我在问你话呢！"林惠珠抬起头来，看到的又是丈夫满脸的笑容。她整理一下头发，面泛红晕地说："这有什么不行，做了这许多年夫妻，什么事情还不都是你说了算。凯明让我把钱分两下存了，他保管了一个存折，所以你只能先拿去二十万了。"只见陶启程瞬间地一皱眉头，立即又变成笑脸，"行行，自家的事，随用随取吧。有这些就能缓一阵子了，等这批活完工，我就能松口气了，这可是一大笔收入啊。"林惠珠兴奋地点点头，"太好了，等我给你找存折。"陶启程起身回到客厅，慢条斯理地又抽起烟来。

林惠珠找到钥匙，打开了衣柜里的铁箱，从自己的皮包内拿出了存折，来到客厅递给了丈夫。陶启程接过去打开瞅了一眼，又故作漫不经心地放在茶几上。他看看腕上的手表，已经是三点一刻，自己必须尽快把钱取出来，他实在搪不起那小情人的胡搅蛮缠。

只见他慢慢站起身来，"我必须回厂里一趟，有件重要的事还没交代。""晚上回来吗？"林惠珠在做梦。"不一定，今晚有夜战，我走了。"

陶启程漫不经心地揣起存折走向门口。"明天回来吗？"她的梦还在继续。"忙过这两天就回来，不过也说不准。你放心，我会回来的……"

丈夫拿着二十万走了，那门"砰"的一声响，似乎惊醒了林惠珠，她木然地坐在了沙发上：他说的话是真的吗？他会转变得这么快吗？我为什么就轻易地听信他的话？我刚才为什么不给自己多打几个问号？我这是怎么了？这几年对他就恨得咬牙切齿，为什么听了他几句好话就找不着南北了？糟了，自己一定是上了他的当了……天哪！这可怎么办？儿子费了好大劲才要出这些钱来，自己这一疏忽就被骗走了一半。幸亏那一半让凯明拿去保管，不然……看来孩子真是有先见之明。这，这可怎么向凯明交代呀？

她哭了，哭得很伤心。伤心中又心存一丝丝希望：或许，他不是骗我，要真的骗人，怎么让我看不出一点儿蛛丝马迹呢？

这一晚，她做了好梦也做了噩梦：丈夫真的回来了，和她一同进入了温柔乡……忽地！丈夫变成了凶神恶煞向她扑来："好你个贱女人，只是长了一颗石头心，让人卖了还要帮着数钱的主儿。我怎么还能跟你这样的人生活在一起？""你……你你，还我的钱来！""你的钱？那都是我的血汗钱，哪有一分一毛是你挣的？"林惠珠上前去抓丈夫的脸，被陶启程双手一搡，随后又是一记耳光！林惠珠被打翻在地，她两眼紧闭，双手捂脸，只觉天昏地暗、房屋旋转。她愤怒至极，一个翻身折到了床下！原是噩梦一场。这一惊、一怒、一摔、一吓，她连起来的力气也没有了。

良久，她缓缓地坐起来，觉得自己要不行了，只好爬到墙边抓起小桌上的电话……

邻家的王婶接到电话，和丈夫一起把她送进了医院。

林惠珠住了五天院之后，精神上才彻底恢复过来。要不是邻家夫妻俩的细心照顾和开导，她真的要疯了。

这期间，王婶的丈夫王双林去找了陶启程，他表现得漠不关心："她病了，与我没什么关系，因为我们已经口头协议离婚，只差办手续了。""那你为什么还回去骗她的钱？"王婶的丈夫忍不住高声质问。"嘿嘿。"陶启程冷笑一声，"你去问问她，这钱哪有一毛一分是她挣来的？都是我辛辛苦苦赚来的。我急等钱用，拿回来解决一下燃眉之急有何不可？""那你也不该哄骗她呀！""你真是个傻男人，像她这样死心眼儿、遇事又一辈到底的傻冒儿女人，你不采取一点儿手段，她宁可拼命也不会给你的，我这叫略施小计，你懂吗？改天再唠。"这逐客令下得不软不硬。眼看着陶启程转身走了，王双林愣怔了半天，只好回医院去了。

星期六下午林惠珠出院回家，这才拨通了儿子寝室的电话。

自那日与凯明连续去看了父亲之后，柳丹阳着实有些后悔，她怨自己不早些去看爸爸，明天一定要去。

晚上，她做了一个梦：父亲微笑着站在他面前，"丹阳，爸爸要走了，去很远的地方，以后我们父女很难见面了。你要把握好自己的终身大事，爸爸就没什么惦记的了。""爸，女儿还没有孝敬你，干吗去那么远？"父亲摇摇头，

"没办法，我必须走了，现在是来向你告别的，已经无法说再见了。"柳丹阳见父亲忽地不见，自己也被吓醒了，原是一梦，她料定大事不好，怕是自己的心灵感应得到验证，莫非父亲他……

在丹阳焦急的等待中，天，终于亮了。柳丹阳简单地收拾了一下自己，连饭也不吃就向医院赶去。

在病房里的那张床上，躺着的是另一个人。柳丹阳急忙跑向医生值班室。一个中年女医生的话让她呆住了："李少乾吗？他夜里服了大量安眠药，已经不在了。昨天上午就火化了，你不是他的女儿吗？为什么没通知你？"柳丹阳呆了好久，这才流下了两行痛泪……她哭着跑着，一口气跑到了白兰的家。

正在流泪的白兰开了门，她一下子就扑到了姐姐的怀中，姐妹俩抱头痛哭起来。

原来，母亲死活不让白兰去送葬，她只好头扎白布，守着父亲的照片哭个没完。从昨天到现在，她只喝了一杯水，连书包也没打开。

姐妹俩的哭声惊动了昏睡着的白雪梅。

昨天简单地送走了丈夫，那一万元还剩了一多半。而她这一双眼睛哭肿了倒是真的。她以为丈夫给那柳丹阳的钱一定还要多得多，给女儿的那一份又不见影，说不定也在柳丹阳那里，这不能不让她气满胸怀。她是为自己的委屈而哭，女儿的钱不能由她这做母亲的保管，是何道理？她可是女儿的唯一监护人哪！在她心中愤愤不平的情况下，只有借着死丈夫的机会大哭几场。

姐妹俩正在抱头痛哭，白雪梅揉着红肿的眼睛走出卧室。她一见柳丹阳就怒发冲冠了："好你个柳丹阳！霸够了家产还到这里猫哭耗子——假慈悲。你凭什么把白兰的那份财产也霸在手中？你说！"柳丹阳从没经过这样的阵势。她看看白兰，擦擦眼泪平静地说："父亲刚去世，你就为钱吵翻了天。妹妹的资产由银行和公证处保管着。你既然有意见，为什么父亲活着的时候不跟他说清楚？现在，跟我这晚辈说这些有用吗？本来我和白兰就是亲姐妹，你这样对我，我们姐妹以后的关系还怎么相处下去？难道你愿意让自己的女儿将来没个亲人吗？白兰，我走了。"柳丹阳说完冲出门去，白兰随后赶来，"姐姐！等等我……"丹阳只好停住脚步转过身来，"兰妹，你知道父亲骨灰存放的位置吗？"白兰摇头，"不知道，你要去祭奠他？我也去。""不知道位置，怎么去？对了，我们可以到登记簿上去查呀。""是呀，给长顺叔打电话一问就知道，我知道号码。""走，我们打电话去。"

那刘长顺接到电话，约好在火葬场见了面。三个人一同买些香烛纸马到了西楼的骨灰存放处，那李少乾"住"在三楼的向阳暖室。父亲那高大的身躯竟然收缩到了这小小的骨灰盒里，姐妹二人立即跪下失声痛哭起来……刘长顺见此，也忍不住痛哭流涕……

三人哭了很久，长顺首先劝住了两个姑娘，他们又到外面烧化了纸钱，免不了又是一顿痛哭。直到快晌午，三人才乘车回城。

丹阳想着白雪梅的话："不去看看你的父亲，以后会后悔的。"当时自己并不以为然，现在想来不能不让她默默点头。多亏还是去看了父亲两次，不然，自己更不知道要悔到何种地步。人间的亲情，尤其是父母对子女的深情关爱，是任何语言和文字都难以形容的。

为了联系方便，柳丹阳到电话局办了手续安装了电话。第一个电话打给了张霄雨，第二个电话打给了刘长顺，告诉了对方电话号码，她没有与凯明通电话。

白雪梅现在不哭了，丈夫的去世让她没有任何负担了。虽然在钱的问题上让她很憋气，可是自己没有任何办法来改变这个事实。

她曾经想把王嫂辞掉，但这些年享受惯了，她再也不想回到灶台前做饭、炒菜，受那烟熏火燎之苦了。

她想念着方兴童，要尽快见到他。这天上午，她把自己稍微地打扮了一下，和王嫂打了一声招呼，就奔医院去了。

记得方兴童告诉她，去上海学习延期十天，算来他该走了。

她匆匆赶往医院，在旁边一家小店的橱窗前，她对着镜子整理一下自己的头发，进门挂号，把病历本放在方兴童诊室门旁的小桌上，然后坐在长椅上等候着。

多日来，方兴童心里一直在惦记着白雪梅，也随时打听着她丈夫的病况。这天早上，一个护士告诉他：李少乾昨天半夜里服安眠药自杀了。方兴童心中一惊，想不到她丈夫这么快就走了。他本想以老同学和老情人的身份去看看她。犹豫了半天，认为还是不去的好，他断定她会来找他的。

这天上午，方兴童的最后一个患者是白雪梅，她走进来，轻轻关上房门，他只好道："没想到李先生走得这么快，节哀顺变吧。"白雪梅点点头，"我觉得面前倒了一堵墙，彻底获得自由了。什么时候去上海？""还有两天时间。""我也去。""你去哪儿？""跟你去。""啊？不行，我们是集体行动的，你去怎么安排？"白雪梅笑了，"看把你吓的，即使去了也不会给你添麻烦的，我不会另找地方住吗？这样我们见面也方便，况且，我还没去过上海呢。"方兴童出了一口长气，郑重地说："这次学习对我来说很重要，院长尽力举荐了我，我可要尽全力完成这次学习任务，你就不要……""添乱对不对？"方兴童摇摇头，"不是不是，我是说学习一定会很紧张，恐怕没有时间出来。雪梅，几个月的时间很快就会过去，等回来我们见面的机会有的是，行吗？""这么长时间不见面，我会想你的，怎么办？"两人正说着话，赵小芳捧着饭盒一步跨进来，"请问这位患者，你会想谁呀？"很显然，她带着满面的怒气。原来她在门外已经站了一会儿，什么都听到了。

　　赵小芳很疼爱自己的丈夫，因为丈夫就要到上海学习，她想趁着他没走之前多给他做点儿好吃的。而且，今早已经告诉他不要去食堂吃饭。然而，见到白雪梅，方兴童却把这件事忘到脑后去了。

　　赵小芳的突然出现，让屋里的两个人都尴尬无比，看这架势，白雪梅就知道来人是谁了。方兴童急忙站起来。"小芳，对不起，我忘了你说送饭的事了……小芳，我来介绍一下，这是我的同学白雪梅。"他说完又转对白雪梅说，"这是我的爱人赵小芳。"此时的白雪梅早已手足无措地站在一边，见方兴童这一介绍，她急忙笑着起来伸手，"你好，很高兴认识你。"此时的赵小芳捧着的饭盒还没放下，面对和自己夺爱的人，她只能冷眼相对。

　　赵小芳历经八年时间的苦苦追求，始终深深怀念白雪梅的方兴童，终于被她的真情所打动，并且也以真诚的爱接纳了她。他们婚后很幸福，方兴童把自己的恋爱史毫无保留地告诉了妻子，也赢得了她的真爱与信任。

　　当赵小芳在门外听到屋里那个女人说要跟丈夫去上海的话时，她就忍不住了要冲进来，就在伸手推门的刹那间，她忽然又冷静下来：他们是老情人相见，旧情难忘是可以理解的。是她首先抛弃了兴童，让方兴童对自己的主动出击不理不睬，后来得知她嫁了大款以后才慢慢地接纳了自己，这段苦恋差点儿扒了自己一层皮，这幸福实在是来之不易。

现在，真正让赵小芳生气的不是白雪梅，而是自己的丈夫方兴童：你怎么这样没有志气！当年人家嫌你贫穷抛弃了你，如今看你发达了又来找你重叙旧情，你已经有了妻儿，为什么还要和她靠这样近？

为了维护自己的家庭，自己的幸福，面对丈夫和他的老情人，她必须冷静下来，考虑相应的对策。

她虽然想抽她两个嘴巴，但是在这一闪念间，她改变主意了：不能鲁莽行事，要以柔克刚，稳住丈夫，对面前的情敌不能轻视，也不能有过激行动。

赵小芳这样想着，竟然能把脸上厚厚的阴云揭去了两层，并且闪过了一缕春风。只见她放下饭盒，反倒向已经放下手的白雪梅伸过手去。就在白雪梅遭到冷遇、自感无比尴尬、装作两手相搓的时候，意外地见对方又向她伸过手来，这让白雪梅有点儿受宠若惊，她笑着紧紧抓住赵小芳的手，"认识你真高兴，谢谢。"显然，白雪梅的"谢"字来自于赵小芳的"阴转多云"。

在室内的空气明显缓和之后，方兴童暗中松了一口气，他敬佩妻子的胸怀，刚才他那一度紧张的面孔现在也随着妻子的表情变化换上了笑容，"小芳，谢谢你，谢谢你给我送饭来，我正好饿了。"显然，他的话语中还暗藏着逐客令。

白雪梅是个精明人，她知道，现在的情况只能是尽快走人为妙，一秒钟也不能耽搁。她无奈地向赵小芳笑了一笑，"你们快吃饭吧，不打扰了。"就这样，她带着一颗苦涩的心向门口走去。

聪明的赵小芳急忙相送："白姐，我们第一次见面，倒觉得挺投缘的。这样吧，改天我请你吃饭。"她说着，竟满面笑容地把白雪梅送出了门外。

赵小芳回身进屋时，即刻又换了一副多云转阴的面孔。"你倒可以呀，为什么就这样没骨气。她当年无情地抛弃了你，如今你怎么……"她停住话语，长吁了一口气，"叫我说你什么好！"

方兴童坐在椅子上动了动身子，"她和我说的话你听到了，让你不高兴了吧？"赵小方沉着脸，"我问你，最近你们见了几次面？叙了几次旧情？不然她怎么会如此放胆说出想你的话来，还说要跟你去上海，就算她再放荡，也不会随便和什么人都说这样的话吧？即使是久未见面的情人，多年后再次重逢，也不会刚一见面就这样放肆吧？""这……随你怎么说。"方兴童有些语塞，并且低下了头。"兴童，"赵小芳恳切地说，"你要去上海学习，我们千万不要闹得很不愉快，这样，你走后我们在两地都会很痛苦的。"方兴童点点头，"小芳，其实我也没别的意思，只是对过去的好友应酬一下。至于她怎么想，我只有权利回避，却没有权利干涉和制止。"赵小芳用鼻子"哼"了一声，"既然如此，看她来了你为什么不回避？""照你说的，见她来了我就应该起身出去对吗？小芳，莫说是老相识，就算是素不相识的人，也该打个招呼问一声。况且，她可是挂了号，以一个患者的身份坐在我面前，我能不理不睬吗？"赵小芳接过丈夫递过来的病历本看了一眼，"可是你并没有给她看病呀。""小芳，我要是给她听诊把脉，说不定你会更不高兴的，要是你站在我的立场上又该怎么办？"赵小芳听了皱皱眉头，"行了，什么时候都是你有理，我不跟你说了。反正，反正我不许你做出对不起我们母子俩的事来，听见没有？""放心吧，我饿了，还不让吃饭吗？"方兴童笑着说。"吃吧，我的好老公。"赵小芳也笑着把饭盒推到丈夫的面前，心中却升起一股无可名状的酸楚之感，她决定和白雪梅谈判一次。

第九章　对立父子

王嫂的母亲生病了，她请了三天假回去探视，这样，白雪梅母女俩只好自己做饭了。

数年不下厨房的白雪梅，只好打发女儿出去买现成的回来吃。晚饭后，她又让女儿去烧水。白兰在往暖瓶灌水的时候，不小心浇到了脚背上，疼得她哇哇大哭。缺乏生活常识的母女俩并不知道烫伤该用凉水冲浇伤处，这样既可以减少疼痛，又可以使受伤的程度大大减轻而使伤处尽快痊愈。母亲白雪梅口中还在不住地埋怨："你真没用，干这么点儿活就闯祸，真是的……"她们在情急之下，只好去了医院。

　　这一段时间，白兰的情绪很低落：父亲走了，还算年轻的母亲能这样一个人生活吗？一旦她给自己找了继父，那么这个人会是什么样子呢？自己能和他处得来吗？白兰的思绪整天被这件事纠缠着……

　　现在，白兰躺在了医院的病床上，整个左脚背上起了一个个蛋黄般大的水泡，疼得她龇牙咧嘴，低声呻吟。母亲坐在床边的椅子上满脸的不高兴，"行了行了，忍着点儿吧，可惜了今天是个赢钱的日子。"本来是半躺着的白兰，听了母亲的话忽地坐起来，"妈，在你的心里，玩麻将比我还重要，那就玩去吧，不要管我。"母亲瞪了女儿一眼，"我也只是说说嘛，你还当真了。"白兰带着满脸痛苦，慢慢地躺下了。她想起了爸爸的话：有事找丹阳姐和长顺叔商量。可是，母亲容不下丹阳怎么办？想到这里，白兰看着母亲说："妈，我想丹阳姐了怎么办？"白雪梅抹搭了女儿一眼，"那你去找她啊，指望我去请吗？""妈，你是个没有兄弟姐妹的独生女，轮到我可不愿意这样。那柳丹阳是我的亲姐姐，除了母亲您，她就是我唯一的亲人了。你就不能改变一下对她的看法吗？""其实我对她也没啥，只是觉得她不该得那么多钱。""妈，你知道爸爸给丹阳姐多少钱吗？"白雪梅摇头。"既然不知道数目，你怎么就嫌多呢？再说，爸爸的钱你做不了主，给谁多少就别去想了。丹阳姐受了那么多苦，我爸爸应该给她些补偿的。我现在受了伤，想让丹阳姐来看看我，你就不要管了好吗？"看着女儿那渴求的目光，白雪梅只好勉强说道："要找就找，我不管。"

　　白兰请护士给长顺打了电话，晚上长顺又和丹阳通了话。

　　柳丹阳得知妹妹烫伤，连晚饭也顾不上吃，便急急赶往医院，刘长顺已经先到了这里。见白兰的脚伤得厉害，丹阳紧拉着她的手，心疼得流下了泪水，长顺也紧皱着眉头。他们都有同一个想法：这个事故应由白雪梅负责任。

　　这半天，白雪梅一声不响地坐在一边，丹阳叫两声阿姨，她只是用鼻子哼了一声，对刘长顺也是带搭不理。

　　见到了姐姐和长顺叔，白兰的心情好了许多。她吃着丹阳带来的葡萄，高兴地说，"姐姐，你学习再忙，也要抽时间来看我，行吗？""那当然。"丹阳也笑着说，"我只有你这一个妹妹嘛。你不要有压力，这外伤只要不感染，几天就好。把英语课本拿来，在医院背单词吧，不要忽视学习。"白兰扭过头去，

"这些天我的情绪很不好，什么都记不住，姐，学习太辛苦了，我……""白兰，现在的苦是为将来的甜，你千万不能放松啊。"白兰努着嘴不作声。

白雪梅到门外走了一会儿回来，看看两人还没有走的意思，便下了逐客令："时间不早，白兰该休息了。""妈，我一点儿都不困，哪睡得着。"柳丹阳看一眼长顺叔说："阿姨，让白兰早点儿休息，我们走了。"长顺也说："白兰，好好养伤，过两天我再来看你。"见两人走向门口，白兰使劲地瞪了母亲一眼，"姐姐再见，长顺叔再见。"

丹阳和长顺陆续看了几次白兰，白雪梅依旧是一张冰冷的脸。

二十天后，白兰总算是可以出院了。那受伤的脚背上不知脱了几层皮，最重的地方还裂着口子，渗着血水，脚还是不敢着地，她只好在家继续休息。本来是一只漂亮的脚，却留下了丑陋的特大号疤痕。

凯明接到母亲的电话急急赶回家中，听了母亲的哭诉之后，他面色呆板地愣了半天，心中恼怒是自然的，也在暗中埋怨母亲不该轻易地上当受骗，表面上却又只能安慰她："妈，你一定要想开些，他要是把这些钱都拿走，咱娘儿俩不也得受着吗？好歹还剩下一半呢。再说，这钱本来就是从他那里拿来的，权当没拿那么多就行了。妈，你不要对他抱有任何幻想了。我们想办法要回一半的财产，哪怕是再少些也就算赢了。我和他谈判时替你多捎了不少话，是想治他一下。还有几个星期就放暑假了，这期间我不再回来，争取期末拿个好成绩。妈，高兴点儿吧，想吃什么我去做，好吗？"陶凯明坐在母亲的床边，拉着她的手说了这许多话，真的使林惠珠的心亮堂了不少。"好孩子，我以为你会埋怨我呢。""妈，怎么会呢，我们的钱不是很紧张的，我没钱就向我爸要，他给少了还不行呢。只是，以后他说出花来你也不能相信，我不愿意看到你这样承受着痛苦的煎熬。把心彻底放开，像我说的那样，逼着他离婚，实在不行，我帮你上法院起诉他，看他敢不给钱。"林惠珠的脸多云转晴，还现出了一点儿笑容。又听儿子说："妈，发生了这样的事，我明天得去找我爸讨个说法，如果就这样算了，他说不定还会打什么鬼主意。妈，你太实在也太善良了。千万记住，对我爸这号人，什么都不要相信他。你睡吧，我也很累。""去吧，自己弄点儿吃的再睡，妈又让你操心了。"陶凯明给母亲盖上了被，脚步轻轻地回到自己的房间，一头扎在行李上心乱如麻，再也不想动一动。

成人大学的课程也挺紧张。柳丹阳把自己的全部精力都投入到学习上。除了晚上到两家英语辅导班给孩子们上课，她又订阅了一份英文报纸，这对提高她的英文阅读与写作水平起着很关键的作用。

　　和往常一样，柳丹阳每周六晚上都要多准备些饭菜，可是两个星期都让她失望了。

　　今天又是星期六，柳丹阳照旧备好饭菜，然后打开电视看英语讲座。

　　陶凯明睡了个早觉，然后起来给母亲做了一碗面端到床前，看看已经十点，他嘱咐了母亲几句，然后快步如飞地来到丹阳这里。"丹阳，你瘦了。""父亲走了，这些天心情不好。""……啊！什么时候？""几个星期了，服了大量的安眠药所致。"丹阳又流泪了。凯明也悲伤地说："老人家也算走得很明白，这样少受折磨了。"

　　丹阳看着凯明的神色，知道他有事却不想问，但等他自己说出来。只见凯明眉头紧皱地坐在椅子上，接过丹阳递来的一杯水喝了两口，这才把父亲回家骗钱的事情说给了丹阳。最后他说："父母之间的官司，我是够了，真的不想管他们了。母亲的样子真是……说可怜又不值得可怜，实在拿她没办法。丹阳，我算倒了霉了，摊上这样的父母，多耗费了我多少该用在学习上的精力，还不如你……不说了不说了，待会儿还要去找父亲，看他怎么面对我。丹阳，我还没吃早饭，你呢？""有现成的，反正也是给你准备的，等着，我去热。"

　　两人吃完了饭，柳丹阳忽又想到那天在街上碰到凯明父亲时，他说的那些难听的话语。"说实话，我真怕你的父亲，他这一关恐怕很难闯过去。所以我要有这思想准备。""又来了，我知道你在想什么。即便是他们真的和好，也挡不了我的婚姻自由。现在我就盼着自己快毕业，有了独立的生活能力，再也不怕他们了。"

　　其实，柳丹阳不希望陶启程回到妻子身边。因为这意味着会给两个年轻人的婚姻之路筑起双重障碍。如果只有他母亲一个人，阻力就要小得多。"你在想什么？"见丹阳默默无语，凯明问。"在想你的母亲，孤独的女人哪，自感无靠，盼丈夫归家是正常的。可她真假不分，这不，又受到一次伤害。""这回母亲总该认清父亲的真面目了。""但愿如此。男女婚姻上出了问题，女人不要做可怜虫，人活一口气嘛。""对。"凯明赞同地说，"在女性中，你就是一个有志气的典型代表，不是吗？""干吗说到我身上来？岂有此理。时间不早，你该走了，别和你的老子搞得太僵，我就是例子。"凯明点头起身，他把丹阳的一沓英语练习纸卷上揣进衣兜。丹阳笑了，她递过一小卷卫生纸，"用这个，那东西不干净。"陶凯明不好意思地拍拍衣兜，"你没用了，我却有特殊用场，晚上还是九点的车，我走了。"丹阳起身相送，"我们还是保持一些距离吧，我心里实在是害怕……"凯明绷起脸来，"我不听，不听。"

"我受了你儿子的气，必须赔偿我两万元，不然……"陶启程受不了小情人的撒娇哭闹，什么都答应了。可小情人这背地里一闹，说出的话，又损又狠，什么送他进大牢都不为过，什么偷税漏税、强奸罪，什么外面还养着多少女人等等。看样子，如果不由着她，真能把自己往死里整。

在平常，一两千元容她随便支取零花，如今账面上没钱，这刘智瑶的经济命脉突然被掐断，她又焉能不闹？更何况还受了他儿子的一顿窝囊气呢。

这些日子她不和陶启程住在一起了，白天却还来上班。陶启程认为她必定住在那套还没装修的楼房里，可是去了两趟，连她住的一点儿迹象也没有，又问不出个准话来，"住哪里是我的人身自由，谁要你来管？"她是黑龙江鸡西人，这里又没什么亲属，真不知她夜宿何方。

更让陶启程闹心的是，甲方的预付款至今未到，自己的账上结零了，生产已处于半停顿状态，又不能与对方闹得太僵，怎么办？他心里这个气呀。气儿子不该强行要走那四十万，恨那林惠珠对他太狠。

突然！陶启程灵机一动，计上心来，那个刀子嘴、豆腐心的女人，给她三句好话，姥姥家姓也能忘了。就这样，他回家上演了那一场闹剧，也暗中佩服儿子那颗防父之心。当然，他所说的一切都是假的。尽管心中尚存一丝愧意，可钱是十万火急的事，虽然手段是卑鄙了点儿，也知道妻子会对儿子告他的状。那就来吧，看你能把老子怎么样？我的手段虽然卑鄙，可毕竟解决了一些燃眉之急。反正钱是自己挣的，拿回来用也是理所当然的。

那刘智瑶轻松得了两万元，她又投怀送抱、眉开眼笑地回到了陶启程的床上。

现在，陶启程只怕儿子回来找他算账。不管怎么说，自己又有美人在抱，心中自然快乐无比。

一大批机械加工产品，因材料供应不上已处于半停顿状态。虽然那位多事的邻居来找过他说林惠珠病了，可是离婚已成定局，加之生产状况又如此糟糕，那二十万元除了给刘智瑶两万元，剩余的全部还了材料款。你林惠珠进了医院，我还有心思去看你吗？

　　今天又是星期六，但愿那个臭儿子不要回来捣乱。可是他妈病了，估计他早已知道了消息，如今可能正在他妈的病榻前端茶送水呢，自己心中难免嫉妒。一旦自己也有身卧病榻的这一天，这个臭儿子也会这样吗？想来心中有点儿悲哀。

　　眼前的快乐赶走了一切。享受一天算一天吧，他这样安慰自己。

　　由于材料的影响，加之是周末，陶启程给工人放假两天，连办公室的脱产人员也休息了。这也是陶启程给自己打造了两天快乐的天地，更是因为材料供应不上的一种无奈。

　　昨夜连续的作战，使陶启程感到疲惫不堪。毕竟岁近知天命，哪经得起这般折腾？连那刘智瑶也睡个没完。直到近晌午，两人才爬起来，打电话叫了两个菜：红烧鸡块、拌凉皮，还有蓝带啤酒，两人倒是吃得兴致满满。

　　饭后两个人又都有了精神，因无事可做，又躺在床上嬉闹个没完，连碗筷也没收拾。

　　"快给我说说，你那老婆怎么舍得又给你拿回二十万？跟她上床了？"刘智瑶歪躺在陶启程那厚实的肚皮上问。"有你在这比着，看着她就恶心，哪还会有那种心情？只是略施小计而已。"陶启程自鸣得意。"什么小计？给我表演一下。""只是说我要回家嘛，有什么好表演的？""不，你呀，当时肯定是丑态百出，对人家又搂又抱又许愿，不然她怎么就会轻易上当？"陶启程摇摇头，"我们这一代人的心实在，就是说心眼儿少，只知道傻干活的主儿，自己穷得露着屁股，拣了钱包也要上交的那种人。""还有这样的人？""有，那代人都那样，给两句好话就不知姓啥了。""那你呢？""当然例外。我回去只说了些对不起她、马上要回家的话，她哭了，这不，就把钱给我了。""就这么简单？"刘智瑶皱着眉问，陶启程点头："对，就这么简单。""你真卑鄙又无耻，我真想掏出你的心来看看是黑是红，她可是你的结发妻子啊！"刘智瑶忽地直坐起来，一张脸也沉下来。"你呀，这脸真像是六月的天一样阴晴不定，怎么说变就变？""你为什么不能像你老婆那样也学着真诚一点儿？""有你这样的女人贴着，我还真诚得起来吗？总得有个选择呀。"刘智瑶把身子歪在一边，无言以对。

楼梯上传来脚步声，真是怕什么人来，什么人就到，陶凯明来了。

陶启程的心跳起来，他急忙走出卧室关上了门。

凯明是带着气来的，言语中难免西北风掺沙子——连讽刺带打击："嘿，小日子过得不错，可惜晚来了一步没赶上饭口。看样子是两个人吃饭，你那位小姨太呢？"

见儿子来，陶启程的脸早就阴沉下来，又加之这些难听的话，让他不知说什么好。凯明还是不依不饶地奔向卧室门口，这位父亲急忙冲上两步挡住儿子："你想干什么？""怎么？"凯明双手抱臂歪着脑袋问，"父子见面何苦要立目横眉？我拜见一下年轻美貌的小继母有何不可？你用天下最卑鄙无耻的手段骗回我妈的二十万，和别人在这里享乐，心里很坦然是吧？叫你的儿子说你什么好？你拿我妈的钱来哄你的小老婆，气得我妈住进医院，你这里却像是没事似的，这良心上过得去吗？"陶凯明说得气愤，又是一脚蹬开这间卧室的门，"刘智瑶，你别给脸不要脸，怎么就非缠住我爸不放手呢？我真想在你的脸上割一刀看看你的脸皮到底有多厚。告诉你，我已经回来三天了，首先，我了解到了你的老家是黑龙江鸡西，连你的身份证号码我也知道，找你的父母告个状，他们要亲自来把你接回去，怎么样？许久没回去，你不想念父母，他们可整天想着你呢。"陶凯明顺嘴说出的几句话，却让刘智瑶变颜变色，她忽地从床上爬起来，"陶凯明！你不许到我家去！我离开你的父亲就是……"刘智瑶说着趴在床头低泣起来。陶凯明又转身对着父亲说："我妈的离婚诉状已经替她写好在这里，理由也是你的理由，你只等着拿钱吧，而且，这回要在短时间内解决。"凯明从衣袋里拿出那几页英文练习纸晃了一晃接着说："爸，你施行了这个骗人的伎俩，连我也容不得你。多年的结发妻子，如何忍心用自己的感情作为欺骗工具，不是太过分了吗？作为你的儿子，我真的替你……"凯明难过中又带着气愤，他有些说不下去了。

这半天陶启程只顾生气，心里却打定了主意：不管儿子说什么，他都不想分辩，自己本来就没理嘛。但是，当他听到儿子说刘智瑶的话，未免狐疑满腹：自己只知道她来自黑龙江鸡西，别的什么都不清楚。那么儿子又是从哪里知道的呢？听了凯明的话，她为什么要哭呢？又为什么这样痛快地答应离开我呢？可惜又搭进两万元哪。以往，自己对她也了解得太少啊！只听凯明又转身向屋里说："你既然答应离开，就赶快走，我再也不想见到你这个卖身赚钱的女人。"只见刘智瑶冲出卧室，到门外的衣架上摘下挎包，怒气冲冲地下楼去了。陶启程起身紧追两步，却又一下子钉在那里，是呀，追上去又说什么呢？

陶凯明觉得还不够，紧走几步来到门口，又送下了一句话："你要有志气就别回来，我再看到你还去告你的状。"

陶启程的脸愈加阴沉起来，儿子赶走了给他快乐的女人，自己却是有苦难言：这个陶凯明，比我还厉害，他了解到刘智瑶的什么情况呢？只听凯明说："爸，你过来坐下，听你的儿子和你进行的最后一次谈话。"陶启程慢慢回身坐下，用鼻孔出了一口长气，"你告诉我，你了解她什么底？我怎么不知道？""我会告诉你吗？反正她再回来……算了，说正事吧。"凯明心中暗笑，父亲怎知儿子所知刘智瑶的底细都是从他那里得来的呢？

"说吧，要对我说什么？"父亲无奈地说。凯明郑重其事地咳嗽了一声，说："按我自己的想法，我要远远离开你们，再不想见到你们。听了这话我妈会伤心，而你不会，因为我正在竭力破坏你的幸福。我妈则不同，她除了我这个儿子什么也没有，我能不管她吗？想管她，就必须站在你的对立面，不是吗？爸，请你设身处地想一想，你要是站在我的立场上该怎么办？又能怎么办？我无论如何也不能丢下我妈不管。你们多年的夫妻，怎么忍心这样对她？你就不觉得我妈很可怜吗？"陶凯明说了这些话，父亲依旧一声不吭。凯明又接着说："我要是我妈，花钱雇几个人打你个半死，让你连主儿都找不到，看你能怎么样？可你知道，她是一颗棉花心，软得不行，在某种程度上，她还在关心着你呀。可你呢，本来这颗心已经一铁到底，却又用卑鄙的手段欺骗她，你这是在她的伤口上又深深地扎了一刀啊！爸，我不想跟你多说，如果你心里还有我这儿子的话，就赶紧折卖厂里的设备，把我妈打发明白了，你有多静心。"陶启程眉头紧皱，在椅子里动了动身子，唏嘘半晌才说道："凯明，我把这批活赶完就不干了。咱们的钱都投在这批活上了，甲方到现在还没给钱，我担心要出大问题，怕是要白干了。""既然如此，怎么还有那么多闲心？"凯明的话让父亲红着脸低下了头。他又接着问："不知签了合同没有？上面怎么说？"陶启程苦着脸说："照上面说的就好了，该付材料款三百万，可是，唉……""那是什么单位？"凯明问。"外贸，这批活是出口产品。""那你怕什么？合同上有外贸的公章吗？""有，手续不全怎么能干？""没问题，我不信外贸局还能黄了？明天你去找局长，告诉他全线停工，一天一趟，不行就去找市长要钱。你不去逼他们，人家总以为你有钱垫呢。"陶启程点头道："你说的对，我去得太少了。""是你把精力分散得太多了。爸，我回家再劝劝我妈，就缓你一阵子，不过有个条件。""说，能办到的我都答应。""不难，几句话的事——给我妈道歉，真心的。怎么？为难了？"陶启程摇头："不是，是我自己不好意思。但既然你说了，我就能做，而且是真诚的。其实，细想来是我对不住她……"陶凯明奇怪地望着父亲，"爸，记得小时你对我说：'人不能光为自己着想，太自私的人干不了大事。'我始终记着这句话，所以我也经常站在你的立场上，你的思想是受社会不良思潮的影响太深，为年轻的女人付出那么多，其实最后受罪的是自己。人家把你的骨髓榨干以后，再把你一扔，到那时你再有个病灾的，谁来管你？就算你的亲生儿女，到时也会嫌弃你，你说这能怪谁？爸爸，利用这段时间好好想一想，看样子你那小情人不能回来了，你正好平心静气地过一段日子，或许，你的内心深处会找到什么新的东西呢。爸，就这样，我走了。"这半天一动没动的陶启程，见儿子站起身，自己也起来跟到门口，"凯明，我会认真地考虑的，再见。"

陶凯明回到家把情况的前半部说了，母亲的脸上毫无表情。他心里也气母亲没有志气，费那么大的劲要回的钱，让人家几句话就哄去一半，她总还是对父亲心存妄想，盼望他回来。也真是，明知父亲的心不在她这里，却总是死抱住那一线希望不放，这有什么意思呢？可怜的妈妈……儿子心中这样想着，只见母亲慢慢地坐到茶几旁边，伸手拿起上面的烟灰盒，轻轻地抚摸着，眼圈有点儿发红，"凯明，明天别上公证处吧？他现在没钱，逼他也没用，就随他的便吧。""妈，"凯明有点儿不满，"我总算听到你的真心话了。他那样对你，你却还是那么关心他，我的功夫算白费了，想替你出口气都办不到。这样吧，明天你把剩下的二十万也给他送去，我爸可正缺钱用呢。以后我不拿你一分钱，再有什么事也别找我了。"凯明赌气说了这两句话，却见母亲的眼中流下了两滴无声的泪水，"孩子，我是，是想，想感化他……"凯明听了心中难过，本想把与父亲单独谈话的内容说给她，又一想，还是不说的好，父亲的心很难看得透，母亲的心又过分执着与软弱，两个人的性格实在是格格不入，很难统一到一条生活线上。即使是像母亲想的那样来维持这个家庭的空架子，自己也会觉得别扭。早些让母亲从这个旋涡中解脱出来，她会早些轻松起来。凯明想到这里，脸上苦笑着说："妈，我说的话你别往心里去，这阵子我心里很烦。学校老师背地找我两次了，说哪个同学也不像我，总要请假回家，问什么事我又不说。我这回走等到放假再回家吧。妈，几个星期时间，很快的。如果你真的还放不下我爸，他现在正等钱用，就把那剩下的钱给他送去，我不会拦你的。"这半天林惠珠一直呆坐着，听了儿子的话，她眼里又浸着泪水，"孩子，我知道自己没骨气，可是，唉，算了，上了一次当，生了一场大病，我还会没有脑子吗？这回，他再回来我就会把他打出去。哪能再给他钱？为了我的事，这阵子耽误你的学习了，妈妈向你说一声'对不起'了。"凯明笑了，"妈放心吧，儿子是聪明孩子，学习成绩不会差的，我一定要拿好成绩向你汇报。我这次回学校到放假再回家，把功课往前赶一赶，妈你放心，你能照顾好自己就是我最高兴的。妈，我一会儿就走。"

对于父母的事，凯明不想再管了，就由他们去吧。

凯明不声不响地坐在丹阳面前，丹阳也不想问他和父亲谈话的情况，只等他自己说出来。凯明把撵走刘智瑶的事说了，和父亲的最后一段谈话，他依旧保留着。不过他把不想再介入父母的事的想法说了。丹阳听了无语，心中却迷惑不解：凯明的态度变了，是不是他们父子的关系有所缓解？是不是他的父母又有和解的可能？她怕，怕凯明的父母生活在一起。她看着凯明那毫无表情的脸，不知说什么好。"你为什么不说话？"凯明问。"你让我说什么？""说说我的父母，我实在无法再插手他们的事了，这件事要是你该怎么办？"丹阳苦笑了一下，"凯明，我知道你现在很难，也希望父母尽快和好。你管不了他们的事，也只能由他们去了，不然又能怎么样呢？"凯明点点头，"我们到外面走走吧，我好闷。"丹阳默许，又到外屋拿个纸袋，"彤阳爱吃煮鸡蛋，给他带上吧。"她说着把鸡蛋放进了凯明的挎包里，又帮他挎在肩上。丹阳锁好门，两人向街上走去。

在一家小餐馆里，两人坐在西面玻璃窗前的桌旁，他们要了几样小菜，两瓶啤酒，慢条斯理地对饮交谈起来。凯明说："现在我只盼着快些毕业，到时我有了工作，我们就……""打住。"丹阳拦住了他的话，"你总是这样说，我可不敢想那么远，将来也说不定怎么样。你父亲可是一座钻石山，凭你有再厉害的穿山本领，也难穿透他，我可要有两手准备的，不信咱们走着瞧。""又来了，婚姻是我们两个人的事，只要咱们的心是铁的，谁也挡不住。大不了远走高飞，看他们能怎么样？"丹阳笑了，"你想私奔？""怎么？不行？到时候叫他们连影子都见不到。""哈哈……"丹阳忍不住大笑，"真没想到你还有这种想法，那你妈怎么办？我知道你是很孝顺母亲的。""我妈的工作好做，一说就通。"丹阳摇头，"那时你父母联合反对我们，她不会跟你走的。"凯明也笑了，"那就我俩走，在外面过上几年好日子，给他们生两个孙子孙女再回来，他们高兴还来不及。""胡说！"丹阳用筷子几乎要戳到凯明的脸，"做美梦，不完全征得你父母的同意，我才不会和你……""好了好了，话是说得远了一点儿，父亲非要阻止我们，逃走的办法也是可行的。"丹阳摇头不语，她隔着玻璃望着西边远处的隐隐青山，半天才说："行了吧，看看你的表几点了？"

两人在一起的时间总是很短，不知不觉，太阳已经变成一张害羞的大红脸向西山下滚去。丹阳笑着说："怪不得我妈说太阳是'早上骑马，晌午骑牛，晚上骑葫芦头'呢，傍晚的太阳落得真快。我家这地方挺偏僻，没有高楼，看日落可是一种享受呢。不早了，我送你去火车站。"她说着起身结了账，然后又把一沓十元票子递给凯明，"给彤阳捎点儿钱去，告诉他期末复习要吃点儿好的，争取拿回好成绩来。"凯明接过钱揣进里兜，"有你这样的姐姐真好。"只见丹阳苦笑了一下，两人一同向车站方向的公共汽车站走去。

自入学以来，陶凯明和柳彤阳就分在一个班，也一直住在一个宿舍里。柳彤阳有姐姐做后盾，情绪稳定，学习安心，成绩总在陶凯明之上。两人学的都是中西医结合，而彤阳对中医更感兴趣。

这天半夜里，陶凯明悄悄进了宿舍，把鸡蛋放在了彤阳的枕边，自己轻轻上床。此时正是夜色朦胧，凯明的眼睛也蒙眬起来……

起床铃响了，寝室的同学们一阵忙乱之后，各自洗漱完毕，大家都拿着自己的饭盒奔向了食堂。彤阳的嘴里一边嚼着鸡蛋一边对凯明说："你半夜回来，我一点儿都不知道。"凯明笑着说：我是拎着鞋悄悄进屋的，真怕吵醒大家。你姐姐对你真好，还给你捎了钱来。"凯明把一沓十元币递过来，彤阳接钱在手，感动地说："是呀，我要拿不回好成绩真的对不起她。"凯明听了点点头："是呀，连我也一样。"两人说着话，并肩向食堂走去。

暑假快到了，林惠珠日夜盼望着儿子回来。有一个多月没见到凯明了，这是半年来母子分别最长的时间。和丈夫闹感情纠纷，让儿子总是往家里跑，她后悔不该耽误了孩子的学习。她也知道儿子生自己的气了，为那二十万。又说什么永远不再见陶启程，那是假话呀。动起真格的，自己还是做不了心中的主。她靠在行李上思前想后，又开始怨恨起来。

唉，现在有些有钱的男人啊，真是每日看惯新人笑，谁愿去听旧人哭。抛弃糟糠之妻在家，还有失去父爱的儿女……

林惠珠在床上胡思乱想，思绪又回到现实中来：生活条件这么好，什么也不缺，可这日子怎么就快乐不起来呢？她起身站到窗台前，望着不远处那一幢幢新建的高楼。不到一年时间，一片破乱的小平房竟变得如此堂皇，真快呀。她回身的工夫，自己的上半身不经意地照进了窗台上那面小方镜中，有些天没照镜子了。她索性拿起镜子，仔细端详起这张老脸：粗糙又供血不足，脸上白中透黄，已经有些下垂的眼皮盖住了半个眼球，眉毛光秃秃的，所剩无几的睫毛正朝着眼珠方向用劲，颧骨有些高，眼角的鱼尾纹虽然不太重，倒也很对称地向两边鬓角放射着，嘴角长出两道八字形的深纹更是让人讨厌。她用手搔了搔稀疏的头发，难过地咧咧嘴，一口掉得参差不齐又发黄的牙，更使这张脸雪上加霜……天哪，当年自己也是个挺不错的女人，三十年的光阴瞬间逝去，无情的风霜雨雪竟然把那张年轻的脸雕刻成这副模样，唉……

这天晚上，陶启程那熟悉的脚步声又在楼梯上响起来。是这二十万还在吸引着他吧，林惠珠这样想。听着那清脆的钥匙开门声，她来到客厅的沙发前坐下，冷着一张脸。门开处，陶启程那张略显温和的脸闪了进来。他一进屋就坐在离茶几不远的椅子上，"我们的儿子快放假了吧？知道他哪天回来吗？"见丈夫像没事似的和自己说话，林惠珠自感心中厌恶，以往的怨气在胸中挤压着心脏，使它不堪重负地加快了速度。"惠珠，"丈夫把话又接下去，并且在面部掀起了一小股春风，"那钱的事是我对不起你，等我缓一缓要加倍地给你。为了儿子，我们还是……我想回来住。"林惠珠狠狠地瞪了他一眼怒声骂道："不要脸的东西，无耻之极，滚出去！"陶启程被骂得噎住了，他忽然觉得自己在妻子面前矮了一截，一时找不到话说的他自感有点儿尴尬，不得不换了话题："我们的儿子这几天就该回来了吧？""儿子是你的，干吗不自己打电话问他？""凯明要回来可要好好看着他，千万不要再和那个陪酒小姐在一起。""要我看着，你是干什么的？还是那句话，'子不教，父之过'。有个你这样的老子，儿子下道也没什么奇怪。你就不知道'正人先正己'这句话吗？再说，儿子大胳膊大腿的，我怎么看得住？""哼，我要想办法，让那个陪酒小姐自动离开我的儿子，不治她个好歹的我看不行。""你为什么不先管好自己？你的德行就比别人强多少吗？"说话句句带反问号的林惠珠，心中是相信凯明绝对不会做坏事的，自己也不能再上丈夫的当了。

其实陶启程真的还打着妻子手中剩余那笔钱的主意。这些天他每天都去外贸公司，虽然答应给解决一部分资金，可钱却一分也没到手。

面对妻子的严肃面孔，陶启程知道这次是没希望了，他只好起身搭讪着说："想起厂里的一件事，我得赶紧走。""滚！"妻子瞪了他一眼，恨恨地说。

房门的一声脆响，震得林惠珠的心中一颤！一刹那间，愤怒、怨恨、悲伤和痛悔一齐涌上心头：老东西，别再回来！你就让我安心活几天吧……她心里这样喊着，随手把茶几上的烟灰盒拿起来扔进了垃圾桶。

白兰带着脚上的伤疤上学了，然而，各门功课却被拉下了一大截。尤其是数学和英文，一旦落下就很难赶上，白兰不想努力了。明年要考初中，三年后上高中，累死人了。父亲的文化水平不高，成了大款。还有他的几个朋友，有的连小学都没上过，也成了几百万元户。更有甚者，那么多蹲大狱的出来，也都成了暴发户。相反，那些在学校曾经是优等生的人，如今有不少却过着清苦的日子。由此看来，青少年时代成绩优秀，不等于中老年的富有，何必去挨这个累。有了这种极端的想法，白兰开始懒惰了。

要想让成绩上升很难，而一旦松了劲，学习成绩下降却快得惊人。原本是前几名的白兰，经过一段时间的住院，更重要的是她的思想起了变化。不久，她的成绩很快滑到最后几名。由于柳丹阳总是在电话里问她的学习成绩，让白兰有些烦，不敢再见姐姐了。

有一个多月没见到凯明了，柳丹阳在不知不觉中颇有一种失落感。

眼见就要放暑假了，学校里的成绩单已经发下来，自己又是个全优。虽然这所成人大学不是名牌大学，可是各门功课也都要经过严格考试的。柳丹阳满意地看着自己的成绩单，十几门课程平均九十分，这在全届的几百名年纪不等的同学中，可是名列前茅的。

有半年没见到弟弟了，虽然有凯明来往传信，但想念还是免不了的。她盼望弟弟快些毕业参加工作，这样她才能把家里的一切情况告诉他。

柳彤阳毕业的日子，当然也就是陶凯明毕业的时间，她期盼着这两个人能分配到一起，与凯明的事再能遂人心愿，以后的日子一定很美好。

可是，凯明能冲破家庭的阻力吗？难道两人的幸福都要寄托在他父母身上吗？凯明说的"私奔"也不是不可行，只是，这可是万不得已的办法呀。"私奔"这个词对她来说真是太陌生了，有谁愿意这样做呢？她想起那天凯明说的"给他们生两个孙子孙女"的话，不觉脸上发热，随即红云飘起……几年后的生活会是怎样，现在难以预料，幸福与痛苦是由不得自己去挑拣的，柳丹阳脸上的红云渐渐暗下来……

暑假很长，有四十五天呢，明天是假期的第一天。今天下午，柳丹阳把学校的书和学习资料装了一书包，准备假期在家复习。

柳丹阳挎着书包，和老师同学道了别，匆匆向校门口走去，不料想迎面碰上了陶启程。

当然，这根本不是什么巧合，而是陶启程故意来找碴儿的，由他那一双不怀好意的眼睛中就看得出来。

怎么办？柳丹阳的心中突突乱跳！想躲是来不及了，对，就装作不认识吧。她镇定了一下自己，遂快速向校门外走去。奈何那陶启程却迎面截住她："怎么，不认识啦？想当我儿媳妇的三陪小姐，竟然不认识我这老公公了？"此时柳丹阳想夺路逃身都做不到，陶启程左右两边错着步子截着她，丹阳只好停住步问："你想干什么？"

原来，陶启程这两天就一直在背地里了解柳丹阳，包括成人大学里学什么科目他都知道，看来，他可是下了狠茬子的。为了避免她与儿子在假期里频繁接触，陶启程才出了这个损招，如果丹阳不彻底脱离凯明，他是不会罢手的。

此时，正是这些大学生们因放假的快乐而积极奔家的时候。很多人都刚好走到校门的里外，大家不时地打着招呼。陶启程也正是抓住了这一时机，他想让柳丹阳在众人面前丢尽脸，以后无法再见凯明。

只听陶启程满带讽刺地说："真是浪女回头金不换，做过三陪小姐的姑娘也念起大学来。怎么样？有什么困难吗？要不要我来给你介绍一家五星级的宾馆，晚上去陪客，收入可观哪。这样挣钱读书两不耽误，岂不是一举两得吗？"

这些话让周围的人都停住了脚步。成绩突出的柳丹阳，在人群中的回头率几乎是百分之百，即使是那些年轻漂亮的女孩子，也禁不住停住脚步多看几眼。仅一年时间，全校师生谁人不知，哪个不晓？慢慢地，柳丹阳的熟人格外多起来。今天见一个西装革履、年近五十岁的男人截住她，竟然说些不堪入耳的话，好奇的人都不由自主地围拢过来。

本来，这些成年学生凑到一起，相互间并不了解情况，校方对学生的个人档案要求又不甚严格，只是给这些成年人由于各种原因失去继续学习机会而做一下弥补，仅此而已。这回可好，陶启程的话很多人都听到了，有人吃惊，有人摇头，有人把以往那羡慕的眼神，一下子变成了两道蔑视的目光投向柳丹阳……

此时的柳丹阳像是被钉在地上动弹不得，而那两行泪珠就像是断了线的珠子，不断地滚落下来……

与柳丹阳最要好的同学张霄雨，此时恰好来到门前，也听到了那些难听的话。她毫不犹豫地冲向陶启程，指着他的鼻子骂起来："谁做没做过三陪小姐你怎么知道？看来你也不是什么好东西。今天本小姐就来好好陪陪你，走，跟我走啊！看我怎么陪你？"张霄雨愤怒地叫嚷着，随手扯住了陶启程的袖子，吓得他急忙甩开，又不甘心地高声说道："柳丹阳你听着，不赶快离开我的儿子，要你好瞧！"他说着转身要走，却被张霄雨叉腰拦住，"哦，你就是陶凯明那伟大的父亲，自己带着一身骚，还觍着脸在这里说三道四。你怎么不把自己那些光荣的事给大家说一说？"张霄雨背起双手转对周围的人说："让我来介绍，这位就是柳丹阳男朋友的父亲，他自己抛下了糟糠之妻，在外面找了情人，倒不觉得可耻，反倒来污蔑儿子的女朋友。你不同意就算了，有本事去找你的儿

144

子说，来欺负一个软弱的女孩子算什么能耐？柳丹阳只做过服务员，可你无中生有，口吐污言秽语，还不赶紧去找个便坑……滚，不然我送你个满脸花！"张霄雨说着，真的把手伸到了陶启程面前，吓得他急忙用手臂遮挡。他哪里知道，张霄雨性情泼辣，这张嘴的厉害也是出了名的。

现在的陶启程被众人围在中间，听张霄雨说明真相后，众人那谴责的目光都集中到他的身上。大家开始七嘴八舌起来："原来是这么回事，什么时代了，怎么还搞包办婚姻？""对呀，你这阔佬自己的行为不怎么样，倒有脸来说别人。""跟一个姑娘家发威算什么能耐？"……一时间，陶启程成了众矢之的，有的女学生还用唾沫"呸"他，陶启程只好钻出人群溜走了。

本来，假期一到，柳丹阳正盼着与凯明见面。谁知，平地又起了这场风波，这回可真让她伤透了心。

张霄雨的一顿唇枪舌剑也真够陶启程受的，丹阳出了一时之气，却也觉得对不起凯明，那毕竟是他的亲生父亲，而且这些话都是与霄雨闲谈时唠出来的，怎知今天她炮天炮地都放了出来，这结局该怎么收拾？当然，自己心中也有着不尽的委屈。

陶启程逃走了，柳丹阳的泪水还在流。许多同学纷纷上前劝说、安慰。张霄雨拉着她说："跟他这号人一般见识不值得，老公公管不了儿媳妇的事，关键要看他的儿子。只要你俩心坚意诚，管他别人怎么说。走，到我家吃豆角炖排骨去，我妈特意叮嘱我叫你去呢。"柳丹阳抹着泪脸，"谢谢你妈总是想着我。霄雨，今天的事怎么跟凯明说？""实事求是，不瞒不藏，那些刻薄话又不是你说的。今天的事要不是我赶上，还不知他吐出什么狗粪来。不管怎么说，也总算为你出了一口恶气。快走吧，我饿了。"

张霄雨六岁时父母分道扬镳，她跟母亲相依为命。记得八岁那年，舅舅领来一位身着公安服装的中年男人，还是个什么处级干部，可是母亲却没有答应，"我不想让自己的女儿有后爹，这关系以后不好处。"霄雨十岁那年父亲来看她，她什么东西也不要，人也躲得远远的。爸爸强行拉住她，霄雨却又抓又挠地赶走了他。

以后的日子里，母女俩相依为命，生活虽然是清苦，倒也觉得安静。霄雨和丹阳、凯明是初、高中时同学，两个女孩子一直好成一个人似的。在中学时张霄雨就总是逗他们："你俩呀，纯属早恋，也让我心里嫉妒呢。不过，以后那凯明的父母就是你俩中间的一堵墙。"张霄雨还在背地里对丹阳说："你俩条件差异太大，你可要给自己留条退路，不能太倾心了。"

高中二年结束，丹阳辍学。又一年后凯明落榜，张霄雨也差了几分没走进大学。她觉得这样也好，母亲含辛茹苦地抚养她这些年，自己也该找工作挣钱奉养母亲了。在丹阳的鼓动下，霄雨也得到了母亲的支持，就这样，两个好友又一同走进了成人大学。

一晃一年时间过去了。怎知在这放假的前一天，凯明的父亲却做出这样的事来。

柳丹阳本不想去霄雨家，可这位女友强行拉了她去。"我知道你心情不好，回去也不会弄饭吃。干脆到我家吃了饭，我们聊个通宵。彤阳和凯明这一两天就回来，到时你准没空到我家来了。"好友的盛情让丹阳无法拒绝，两人牵着手向张家走去。

第十章 暑假期间

第一年的大学生活正式结束，陶凯明和柳彤阳的成绩都不错。因为明天正式放假，两个人在宿舍里收拾东西，他们把行李用塑料布捆好，每人只带一个挎包，今晚差不多就可以回家了。

半年时间没回家，柳彤阳归家心切，也更想念自己的姐姐。凯明告诉他："丹阳只希望你拿回好成绩，这回她会满意的。"

柳彤阳一直记着姐姐的话："努力学习，把最好的成绩当作礼物送给我。"凯明问他："你想念姐姐吗？""当然，没有姐姐就没有我的一切，我经常梦见她。""那你中间为什么不回去看她？""姐姐挣钱供我不容易，自己还要上学。我不回家省了路费，也让姐姐少了一份辛苦，又有充分的学习时间，这不好

146

吗？"丹阳曾告诉他不要把她姐弟的关系透露给彤阳。因为他根本不知道自己与李家父女的关系和姐姐的爸爸去世不久的事。

听了彤阳的话，他笑着点头，"你想得真细，也真周到。""凯明，你总能见到姐姐，她瘦了吧？我知道她一个人在家吃饭总是对付，连个菜也不做。"凯明笑着点点头，"是瘦了些，我总觉得她的心里有一种压抑感。"彤阳叹口气说："是呀，放着那么好的大学不能上，姐心里怎能不难过？都怪我成了姐姐的累赘……"彤阳说着脸色暗下来。

下午校方通知，暑假四十五天，今天下午就可以动身回家，后面还列了几条假期的注意事项。凯明两人没心看下去，食堂的午饭也免了。他们准备了面包、汽水，一同奔向了火车站。

柳丹阳从张霄雨家回来，路上买了些现成的熟食，还有几瓶啤酒，她知道弟弟今天该回来了。

回到家里，她收拾好了几盘菜，又做上了米饭，专等弟弟回来，心中又惦记着弟弟的成绩，不知期末考得怎么样。

现在，丹阳一个人歪在床上，想着昨天校门口发生的事情，真是恨上加恨。那陶启程这一闹，对自己的影响太大了，以后见到那些同学说什么呢？她想着想着，不觉又落下泪来。看来，真该和凯明保持距离了。

昨晚与霄雨聊得很晚，她感到有些困倦，便带着泪痕蒙眬起来……

陶凯明没有回家，而是跟随彤阳一起来了。两个人刚进院门，彤阳就喊了起来："姐，姐姐！我回来了！"

半睡半醒的柳丹阳，忽然听到弟弟的喊声，她一骨碌爬起来，扯下毛巾擦了几下脸，快步迎出屋门。"姐姐，我好想你。"彤阳说着，已经扑上来紧紧地抱住了丹阳，这才是真正见到了久别的亲人。丹阳把弟弟拥在怀中。这对一别数月的姐弟，此时都非常激动："姐，你瘦了，只为供我读书，自己什么都舍不得吃……"彤阳扶着姐姐的双肩，眼圈有点儿发热。"我们是姐弟，这是应该的。"丹阳说着，眼前飘过母亲那张泪脸，还有那几页信纸……

一直被冷落在一旁的陶凯明，见这姐弟俩说个没完，那柳丹阳就像没看见他一样，只好笑着说："你们把我这大活人撂这儿没人管啦？"其实，柳丹阳早就看到了陶凯明，因为她在与弟弟说话的同时，心中却在想着昨天学校门口的事，自然是把对他父亲的气撒在了儿子身上，一张脸也就难免有些冷落，在她心里却明白凯明是绕道先来看她的。彤阳倒有点儿不好意思地说："对不起，我竟然把你给忘了，快进屋。"凯明的一双眼睛开始从近处打量自己的女友：她哭过不久，一对眼睛有些红肿，更重要的是，缺少了往日的热情。发生了什么事？她为什么哭？该不是与自己父母有关吧？

凯明带着谜团跟随这姐弟俩进了屋，丹阳倒过两杯水来，"你们先歇着，我炒菜去，一会儿就好。"她说话时也没给凯明一个正眼瞧。

现成的熟食炝拌菜，丹阳又炒了两个青菜，几大盘子端上来，倒也蛮丰盛。

两个男士洗了手，彤阳到厨下拿了杯、盘、碟摆好，只听丹阳喊道："彤阳，来拿啤酒。"凯明听了急忙过去，丹阳毫无表情地撩了他一眼，递过两瓶啤酒，并且下意识地躲着凯明的手，凯明的一双眼睛一直没离开丹阳的脸，四道目光刚一碰撞，丹阳立即回避。她自己又拿两瓶酒，"进屋啊，发什么呆？"凯明皱着眉头说："你的样子让我没法不呆。出了什么事？你为什么哭？""不关你的事，进来吃饭。"丹阳进屋把酒瓶递给弟弟，"都打开，今天算是给两个弟弟接风了。""姐，凯明什么时候又变成你弟弟了？"彤阳笑着转向凯明问："你愿意当这个弟弟吗？""你姐胡说八道，我说过，坚决不干。丹阳，你到底怎么回事？"丹阳倒满三杯酒，各人前面放一杯，"凯明，你叫我姐姐吧，也许对我们以后更好些。"柳丹阳的脸上掠过一阵酸楚的阴影，勉强笑笑又接着说："我们今天不谈什么姐姐弟弟，权作接风酒吧。"她说着自己先喝了一大口。

彤阳早看出姐姐是哭过不久，正在奇怪凯明与姐那么好，日后生活在一起是必然的，她到底为什么又说这样的话？也许，与她的哭有关吧？他这样想着，也把酒杯对着凯明举起来，打趣地说："来，为我有了哥哥，姐姐又多个弟弟，我们喝一大口。"他说着自己喝了半杯。"这酒没人跟你喝，我要说是朋友的接风酒，干了。"陶凯明一仰脖，杯子见了底，然后接着说："丹阳，让我猜一猜，我有一个多月没回家，也没有什么联系。看你的样子，是我的父母找你的麻烦？我说你一定是受了什么大委屈对不对？"柳丹阳躲开凯明的目光，把剩下的大半杯酒一口喝光，抹着嘴巴说："别瞎猜了，接风酒是高兴的酒，来，倒上。"三个人的杯子又满上了。凯明面色严肃地说："丹阳，我们俩的情况彤阳心里很清楚，所以不必瞒他。到底发生了什么事，能说出来吗？"柳丹阳摇摇头："没事，我突然想起母亲，所以……还是说说你们的事吧。"在陶凯明心中，丹阳的话毫不可信，其中必有隐情。看来，现在想问明白是不可能了，他只好说起彤阳的成绩，屋内的空气变得活跃了。

饭后，彤阳主动收拾了桌子，并以看同学为由走了。

陶凯明说了一些学校的情况，话题又回到刚才的问题上："告诉我你为什么哭，这好像不是一件小事，就不能说来听听吗？""我不能告诉你，你回家会很快知道的。其实你爸也是为你好。"凯明点头，"看来，问题真是出在我爸身上。告诉你，我宁可和父亲断绝关系，也不能毁了我们两个人的幸福。""以后的事以后再说，快回去看看你爸爸妈妈，他们可是望眼欲穿了。"凯明挎上背包，"你的意思是说我爸爸妈妈在一起？"丹阳摇头："不知道。这么久不见，他们肯定都很想你。""爸爸可能顾不上，母亲是会惦记我的。丹阳，我还要说，咱俩的事变心的只有你，我永远不会。""快走吧，你妈正盼着你呢。""我明天还来。""多陪你妈几天吧，最好少到这里来。""只要我活着，谁也挡不住，再见。"陶凯明有点儿生气了。

此时的柳丹阳能说什么呢？她只好无声地将他送出门外，心中难过自不必说。陶凯明也急于回去弄个明白，他出了小院，回头看了一眼丹阳便匆匆而去。

柳丹阳望着他的背影，心中的痛楚油然而生。她回到屋里歪在床上，控制不住的泪水又流下来。

陶凯明回到家里，母亲眉开眼笑地迎上来，她接过儿子的挎包，"妈知道你今天准回来，早已经做好饭在等你，快洗脸吃饭吧。"陶凯明犹豫了一下，"妈，有个同学带点儿沉东西，我帮他送到家，刘阿姨非留我吃饭，盛情难却，就坐下吃了几口，不过回到家已经消化没了，所以我还得吃。"他言不由衷地撒起谎来，也给回来晚和吃得少找个借口，也许是回来没先到家看母亲的一种愧意吧。

母子俩一起吃了饭，凯明又汇报了自己的成绩，母亲自然高兴。他心里依旧惦记着丹阳的事，就绕着弯子问道："妈，这阵子没回来，家里没什么事吧？我爸回来过吗？"林惠珠垂下眼帘，"没什么事，你爸倒是回来住过两晚，在你的屋……对了，他前天回来，让我在假期里看着你，不要和那个什么小姐在一起，我对他一顿顶撞。他说要让那个陪酒小姐自动离开你，不然就要治她个好歹的。他还说……""还说什么？"凯明急等下文。"没什么了，后来说有事就走了。凯明，那个陪酒小姐到底是怎么回事？""妈，别听我爸胡说。过去的同学，遇见说说话有什么不行？"

陶凯明开始坐立不安起来，问题的症结找到了，肯定是父亲做了不利于丹阳的事。他想起上次和丹阳在街上遇到爸爸时他说的话，虽然有自己在跟前，丹阳还是痛哭一场。这回……这回又是为什么事呢？

他急于去见父亲，虽然天色不早。凯明告诉母亲要去厂里看看，就出门去了。

这段时间以来，陶启程虽然从外贸局弄回一部分资金，应了眼前的急，车床是转起来了，可是账面上还是没钱。这样低三下四地要钱，真像个三孙子。也许，儿子回来会有办法的。

因为没有了刘智瑶，心中孤独寂寞是自然的。他回了两趟家，一见到妻子那张脸就倒了胃口，真没办法。

他转身面对壁镜，仔细打量起自己来……

时光啊，你真是残酷，当年我陶启程是何等风流倜傥的美男子，如今怎么变成这副德行？也难怪那林惠珠没个样子，当年她也曾是个挺漂亮的姑娘呢。看来，这时间是公平的。

刘智瑶的影子又在他眼前晃动，这两个女人是一老一少，不用说容貌无法相比，就是衣着打扮也是地下天上。可是，刘智瑶被儿子撵得无影无踪，她可算占了大便宜，拿去了两万元，没住几天就……看来，还要找个漂亮的助手，可是自己的经济紧张，拿不出钱来，哪个姑娘能向自己靠拢呢？凯明，陶凯明，都怪你小子，让我吃了大亏。哼！看我怎么整治你那个三陪小姐。对，暑假在即，不能让你们再一起胡混下去了！

他心中发狠，终于导致了成人大学门前的那场闹剧，不过自己也没得到什么好果子吃。眼见己方全胜，却不知从哪儿冒出个野丫头，还说要好好陪他。就那一双瞪圆的眼睛，还有那张利嘴，使自己倒吸了一口冷气，从而败下阵来，真真可恨之极。

大学正式放假，说不定儿子今天就能回来，那边一告状，凯明肯定会找他算账。来吧，我的账还不知跟谁算呢。

天色将晚，陶启程听到那熟悉的脚步声，他还是有些心跳——这小子终于来了。

陶凯明上了二楼，一双眼睛不住地四面打量着：没有刘智瑶在这里的迹象。他见父亲一副萎靡不振的样子，料定事不顺心，那刘智瑶也肯定没有回来。"爸，你好吗？这么久没见我，想我了吧？"陶启程看了儿子一眼，"想你，想你给我捣乱，你不该……"他想说"你不该把刘智瑶赶走"，话到舌尖又咽回去了。"爸，你有件事值得表扬，听说你回家住两天，还占了我的龙床，我听了倒挺高兴，不知什么时候还回家？"凯明说着坐下来。陶启程瞪了儿子一眼，"那是我的事。这么长时间，费了不少牛劲，才拿到三十万材料款。你回来正好，帮我要钱去吧。"凯明摇摇头，"我还是个学生呢，赖着脸去要账可不习惯。不过，爸爸要是对儿子好一些，那也不是不可以的。""我对你哪不好了？不过有些事是为你好。"凯明苦笑了一下故意问道："不知你指的是什么事？"陶启程犹豫了一下，"就告诉你吧，我昨天去了成人大学。"他故意把话停住，想看看儿子的反应。

此时的凯明心中冒火，表面上却故作平静地说："看来，我的爸爸也要做个老年大学生了。""我哪有那心思。告诉你凯明，我不同意你和那个三陪小姐勾搭在一起，又管不了你，只好去找那个什么柳丹阳……"

凯明再也忍不住了，只见他噌地站起来，"你！你说什么了？""实事求是，说她做过三陪小姐，根本不配我的儿子，让她离你远点儿，就这些。当时的场面可热闹了，不少人都来围观，这回她不会再找你了。"陶启程有些自鸣得意，也有意隐瞒了张霄雨骂他的情节。凯明脸色已经颜色大变，"你，太过分了！去欺负一个柔弱的姑娘，算什么本事？爸我告诉你，她不找我，我可偏要去找她，今晚上我就住在她那里，明天就结婚，看你能怎么样？""反了你！""你自己反了怎么不说？在外面养了好几年女人，有谁管得了你？我的事也不要你管。""凯明，你是学生，正是给自己这一生打基础的关键时刻，不能和那些不三不四的女人混在一起，你不听我的话，我也只好去找那姑娘的麻烦，除非你们彻底分手。""爸，你用的可是下下策，要让你逼得没办法，到时我弃学私奔，让你连影子也找不到，看你管谁去。"凯明口不择言，气得直喘粗气，心中却是苦涩不堪。

听了这话，父亲有些吃惊，看来不能再去找那姑娘了。"凯明，爸是为你好，找一个做过三陪的姑娘，日后名声不好听……""够了！"凯明怒火难压，"你在外面私养着女人名声就好听了？我的同学在背后都讲究你。行了，咱们以后各不相扰，你走你的阳关道，我走我的独木桥，再见。"陶凯明一阵风似的下楼去了。

陶启程无奈地望着儿子的背影，摇头叹气。他忽然想起什么似的跑向窗口喊起来："凯明！等等我，我也回家。"陶凯明头也没回，只顾自去。

陶启程急忙锁门下楼，和更夫打了个招呼，却不见了凯明的影子，他只好一路赶下来。

这一段时间，陶启程吃饭、睡觉都没有了规律，让人伺候惯了的人，一下子失去了依靠，衣服没人洗，饭没人做，小饭店的味道他也闻够了，他想到要回家，又感觉不好意思，重要的是，他不愿意和老妻住在一起。

要和儿子谈话，还是先回家吧，他知道，那林惠珠是从心里愿意让他回家的。

由厂到家只有两站地，陶启程走得很快，直到家门，也不见儿子的身影，自己却累出了一身热汗。

他开门进屋。正在盼望儿子归来的林惠珠，忽然见丈夫回来，心中有些不知所措。她撩了他一眼，有些慌乱地坐在窗前的椅子上，又情不自禁地把手伸到暖气片底下，拿出了一个换了颜色的烟灰盒，趁丈夫奔向儿子房间的时候，把它轻轻放在茶几上……

陶启程不见凯明，这才转身问道："儿子去哪儿了？刚才没回来？""凯明去找他父亲，你怎么反倒来问我？""他是去了，跟我怄气又走了，难道……""父子俩见面怄气，把他逼哪儿去了？"陶启程坐在沙发上点起了烟，狠狠地抽了两口才说道："昨天我去教训了他那女朋友，让她离开凯明，就为这，你那儿子说要弃学私奔，太过分了，都是你惯的。"林惠珠忽地站起来，"他说要弃学私奔？你去教训他的女朋友？这样做有道理吗？"林惠珠说着又慢慢地坐下来，"你见过《三字经》中有'子不教，母之过'的话吗？做父亲的自己在外面鬼

152

混，儿子跟着学，这有什么奇怪？你今天要不把孩子找回来，我明天就去法院告你！""你……叫我哪儿去找？""随你的便！"林惠珠气冲冲地走进曾经是他们两个人的卧室里，门"砰"的一声关上了。

在丈夫面前，她第一次叫得这样响，是因为儿子。

陶启程把大半截香烟使劲地按死在烟灰盒里，心中猜测着儿子的去向：他一定是去了柳家，看来这小子真急了，他要真的私奔还糟了呢。如今的年轻人真是，这样的话竟说得如此轻松，那么自己呢？不也是把事情做得挺轻松吗？

他知道，凯明是说气话，他不会动真格的。看来，不能再去找那丫头了，要真的逼急了他可就说不准了。也是，没能耐管自己的儿子，找人家干什么呢，林惠珠说的对，想来是没道理。

天黑了，连午饭都没吃的陶启程，早已是饥肠辘辘。想着从前的日子，不管下班多晚，那现成的饭菜总是热在锅里的。如今，儿子都成了大小伙子，自己反倒混得连饭也没地方吃，真够惨的。他这样想着，又觉困乏，遂歪在沙发上迷糊起来。

陶凯明一气之下，又奔向了那片平房。

丹阳家的灯亮着，他敲了两下门，没等有人应声就推门进来了。丹阳在看英语讲座。"彤阳，来帮我看看这个英语单词什么意思？""陶凯明，"身后的回答很简单，"你怎么又回来了？"丹阳头也没回地问。"我的父亲太过分了。他虽然与我唱反调却做不了我的主，所以让你受了委屈，实在对不起。我已经说了要私奔的话，他很惊讶。如果以后再有类似事情出现，我们就走这条路，什么大学，不念又怎么样。干吗？跟你说了许多话，头也不回，是跟我生气吗？""坐下吧，见到你母亲了吗？"柳丹阳转过身问道。陶凯明点头，"我回家后去找父亲，跟他舌战一场，家也不想回了。""开玩笑。"丹阳盯着凯明的眼睛，"不回家，不怕你妈着急？凯明，事情过去就算了，我们真的该从长计议才对，也该为你的父母想一想，他们供你也不容易。""你的意思我明白，让我遵从父亲的意思和你分手，打死也不行！我们共同坚持这三年，待我毕业后一切都好办。""那就三年后再说。你妈正惦记你呢，快走吧。""你总是赶我走，赶我走，你听着，这个假期我就待在你家，看谁能把我怎么样？""胡说，快走吧，你妈该找你了。"丹阳起身送客，无奈的陶凯明只好出门，"明天见。""陶凯明,你能不来吗?我实在是怕你的父亲……"柳丹阳苦着脸说。"不能。你放心,爱情的力量胜过一切,胜利属于你和我。他再拿你出气,我就采取行动。"

陶凯明回到家里,见母亲的房门关着,父亲却睡在沙发上,刚才,也许又经过一场"战争"。

只见母亲开门出来问:"凯明,你去哪儿了?""同学家。""你爸说你……""听他说干什么?"凯明余怒未消,只想回屋休息。只见陶启程忽地坐起来,"凯明,爸爸饿了。"父亲那有些软弱无力的声音,使儿子的心有点儿软下来,自己也不想和父亲闹得太僵。他犹豫了一下,这才回过头来问:"你没吃晚饭?""午饭。""吃饭的地方都混没了,还有心找人打架。起来吧,我给你弄吃的。"陶启程一下子站起来又坐下,"你真是我的好儿子。爸早晨一碗豆浆一根油条,直到现在连水也没喝一口。""是自己找的吧?爸,咱先说好,我给你热饭是有条件的。""说,什么条件?""再不许去找柳丹阳的麻烦,可以吗?"陶启程笑了,"热一顿饭吃要这么高的条件,行行,我答应,便宜事都让你小子占去了。"凯明的态度严肃起来,"爸爸,大丈夫一言九鼎,击掌。"凯明说着把右手立掌伸到父亲面前。"你小子还认起真来,连你妈也说我找人家没道理,想来也是。来吧,就用这个条件换顿饱饭吃也划算。"他说完真的和儿子击了掌。凯明又补充说:"我妈可做证人呢。"一直坐在一边的林惠珠,看这父子俩半真半假地像开玩笑,她也笑了,似乎忘记了心中的烦恼。

现成的几个菜上桌,凯明也坐下来,见父亲轻车熟路地从小柜里拿出一瓶三十八度半斤装的白酒,还有两个小酒杯来,他歪着脑袋说:"爸爸,此时此刻,你心中有什么感觉?""饿,饿的感觉。""除了饿,就没别的吗?""还有……还会有什么?来,陪爸喝一杯。"凯明接过酒瓶,"我来吧。爸,好久没在一起吃饭喝酒了,今天的感觉真好,爸爸,我敬你。"凯明恭敬地递过一杯酒,父子俩各自干了。凯明夹过一个豆沙包,说:"爸,吃了它,空腹喝酒不好。"

此时的陶启程,大口吃着豆沙包,真像是什么事情也没发生过。他心中却在问自己:我这是怎么了?

林惠珠心乱如麻,她说了一句"吃完我来收拾",就进了卧室,歪在床上琢磨着今晚的觉怎么个睡法。

半斤酒对于这父子俩是不在话下的，凯明笑着又拿出了一瓶来："爸，今晚放点儿量，喝个痛快。"

陶启程感觉到，自己好久没有这么快乐了。和刘智瑶在一起，她年轻漂亮，那是一种天性的需求。现在和儿子在一起的快乐，是那刘智瑶远远代替不了的。什么是幸福？这天伦之乐才叫真正的福气。人哪，真是的，自己出去要了这几年，钱没少糟蹋，不但没得到什么，失去的不知有多少。

今晚上的觉怎么睡呢？陶启程吃饱喝足，将身子往后一靠，忽然想到了这个问题，他不想动了。

两个半斤装白酒下肚，父子俩都红了脸，凯明见爸爸已有七分醉意，想说让他休息，却不知爸爸该到哪里安身。自己房间里是张单人床，另一张床早被他拆了，唯一的地方就是母亲那张他们曾经共同睡了多少年的双人床……还是不要管，随他去吧，尽管那沙发让爸爸膝盖以下的两条小腿无处存放，况且他已经发出轻轻的鼾声。

凯明坐在桌边，自己也觉得有些晕忽忽的。母亲开门出来，说："明儿，回屋睡觉，我收拾。"凯明用下巴指了一下父亲，"怎么办？"妻子抹搭了丈夫一下说："不管他。"无奈的凯明只好自回屋去。

就这样，陶启程隔三岔五就回家住两天，在沙发上。

整个假期，陶凯明把白天的大部分时间都消耗在柳丹阳家里。他怕父亲跟踪，每次都要绕上一大圈才去柳丹阳家。

那陶启程也想过跟踪儿子找到柳丹阳家，又怕凯明不依不饶。刚刚有些恢复的父子关系，一旦再出现矛盾就不好收拾了。但自己的儿子和一个做过小姐的姑娘处对象，他可是一百个不同意的，那就只好再想办法了。

四十多天的假日在平安中度过，柳丹阳暗中庆幸凯明的父亲没来找麻烦。

新学期又开始了。

自从儿子上学走后，林惠珠又没了笑容，是陶启程做出的事太让人过不去：这些天来，这家他倒是经常回来，脏衣服脱下来往地板上一扔，臭袜子、烂鞋垫随便一撇，闹得屋里臭气熏天。人也由沙发挪到了床上——儿子的床上。

本来，林惠珠是从心里愿意让丈夫回来住的，可是，既然回来，天经地义就该和他同床共枕才是。而丈夫不是睡沙发就是儿子的床，这是令人不能容忍的事：你心里半点儿也没有我，还要臭鞋烂袜子地给你洗，前几辈子该你的没还够吗？既然没有夫妻的情分，我为什么还要把你当作丈夫来照顾呢？这还不说，就这一天三顿饭都要应时的，她就受不了。

林惠珠的饭量本来就小，加之这两年陶启程不回家，儿子也上了一年大学，这使林惠珠吃饭没有了规律，有时一天只有一顿饭，什么时候饿了什么时候吃，很随便地弄几块点心就是一顿。现在不然，她要三顿饭给准备着，丈夫还经常不回来吃，也不给个电话，这就让林惠珠那颗本来就不平衡的心更加倾斜了。她想着儿子回校的头天晚上那父子两个的谈话："爸，对这个家，你有什么打算吗？""我想回来住。""那好哇，不过，得问我妈的意思。""她会同意的。"林惠珠的不语就算是默许了。

儿子走后的一个多星期，林惠珠的感觉还好，白天，她觉得自己又有丈夫了，一天三顿饭伺候着，加上洗洗涮涮，也落个紧忙活。当然，在她的心里总盼望着丈夫在半夜里能够轻轻推开她的门……

可是到了晚上就不同了，那陶启程依旧睡在儿子的房间里，这实在让她这做妻子的想不通。丈夫嘛，毫无夫妻情分的丈夫，还伺候他有什么用？他不把妻子当成妻子，自己当然也就不应该把他当成丈夫了。

一连几个晚上，林惠珠都是这样苦思苦想着，心中这劲儿总是别不过来。而白天照旧是一天三顿饭，酒、菜齐全地摆上饭桌。

更让林惠珠料想不到的是，陶启程还惦记着她手中的二十万。这天晚上，陶启程借着三分酒劲，竟然坐到了他们一起睡过多年的双人床上，"惠珠，你那笔钱放在那儿也不用，现在银行里的利息又少得可怜，莫不如拿给我用，可就派上大用场了。等这批产品交了货，我想带你出去旅游，你愿意吗？"只见林惠珠眉头紧锁，继而双眼圆睁，"骗子！世界头号大骗子！你哄得我还不够吗？给我滚，滚出去！"她说着顺手摸起那个大号健身槌，照着丈夫劈头盖脸地砸下去——她要疯了。憋了多少天的闷气，这回总算有机会发泄一下了。

陶启程完全没有料到妻子会首先对他动起手来，而且，手中的家伙一下狠过一下。他急忙起身逃出卧室，跑到儿子的房间关上了门，两手不住地揉着脑袋和胳膊，这回他可是吃了大亏了。

每个人的忍耐力都是有限的。大概，林惠珠的"忍"字也真到极限了。

按双方的力量来说，林惠珠是远不及丈夫的。在以往，陶启程外面有人——年轻的女人，回到家里对妻子从来不给个正眼瞧，还要横挑鼻子竖挑眼地找碴儿：饭做晚了，衣服没洗干净了，来了朋友招待不周了等等。林惠珠为了维持这个家，只好忍气吞声，步步让着他，就这样有时还要挨上三拳两脚一耳光，隔三岔五就要在身上留下几块青紫之处，可悲的女人。

这回，林惠珠不干了，凭着自己满身是理，为什么要受这窝囊气？为什么还要盘来碗去地伺候他？没有他自己也活得挺好。明摆着他又是回来骗钱的，难道还会上他的当吗？看到丈夫逃跑时的狼狈相，妻子心中好笑，自己总算是报了一回仇了。

早上，陶启程收拾好自己，悄悄地走了，连关门都是轻轻的。

林惠珠早醒了。她打了人也出了气，还不用起来做早饭了，划算。她躺在床上，又开始思前想后起来：他走了，短时间内不会再回来，自己又可以清净了，尽管自己也常感到孤独与寂寞。

对于父母的事情，陶凯明是下定决心不管了。"丹阳，这学期我不打算回来了，家里的乱事我看够了，我走后父亲要再来找你麻烦，就打我寝室的电话，我回来收拾一下就带你走。如果你不同意，那我的书也不念了，就在家里保护着你。"丹阳心中苦涩，她略带严肃地说："你想想，就算有什么事，我会告诉你吗？安心上你的学吧。"

不远处传来了汽笛声，柳丹阳又嘱咐了弟弟几句话，火车已喘着粗气停下了。两个男生上了车，柳丹阳只说了"再见"两个字，摆了一摆手，转身走了。凯明很奇怪：还有五分钟开车，她怎么就走了？他留恋地望着女友那头也不回的背影，心中未免酸楚。

在柳丹阳的心里，和陶凯明父亲两次见面的阴影总是挥之不去，她必须给自己留有余地，不能把全部感情抛给陶凯明。三年的时间还很漫长，怎知在这期间会发生什么变故呢？所以，她只能暂时封锁着自己心中的爱，以免将来受到更大的伤害。

成人大学生们大都很散漫，而柳丹阳却把自己管得很严格。她给自己下了死任务，决心要在未来的三年之内，让自己的英文达到翻译的水平。

在学习紧张的情况下，她倒是常想起妹妹白兰，可是一想到白雪梅的样子就不想去了。

那一天她去了妹妹的学校，老师说她有几天没上学了。这使丹阳有些灰心了。时间过得太快，丹阳忙得有些顾不上白兰了。

既然自己的学习目标已定，任务又是如此艰巨，她要分秒必争，所以，她把一切时间全部投入到学习上，每天晚上都熬到深夜。困了，冷水浇头，饿了，一个馒头两条咸菜……

功夫不负有心人。寒假还没到，她已经把暑期准备毕业的几个选题的论文（英文）写好。这还不够，她又报了一所名牌大学的函授、面授英文系的学习，时间也是两年毕业。

由于英语水平的不断提高，她开始试着翻译一些自己熟悉的小说，然后向教授请教，得到了教授的充分肯定。英语系主任了解情况后找她谈话："……努力吧，半年后准备留校任教。"想到将来能做一名大学的英语老师，柳丹阳心中的兴奋自不必说。

白兰十四岁了，在她的心中不知何时产生了一种青春的萌动。有一天晚上，白兰忽然发现自己的身体出了血，吓得她大喊大叫地把擦红的手纸拿给母亲看。白雪梅笑了，"白兰，你成人了，这叫月经，女孩子都要有的，而且以后要每个月一次。"

其实，做母亲的早就应该把女人的生理特征讲给女儿，让孩子提前做好思想准备的。可那白雪梅把自己整日整夜地泡在麻将馆，哪有这份闲心呢？

在白兰的眼里，母亲像换了个人，且不说她对父亲没有半点儿思念，这阵子又着意地打扮起来，那唇膏抹得比十八岁姑娘的嘴唇还要红。

白兰的学习成绩退步很快，英语的成绩已经在最后几名，其他科目也是直线下降。可是，母亲却朝天每日打扮起来不知所往，多数时间会在赌馆找到她。白兰每天放学只和王嫂在家，王嫂本身是个文盲，连自己的名字都不知道怎么写，只能按时给白兰做三顿饭，洗衣收拾屋子，又生怕主人辞了她，所以做得也格外小心。

白兰学习成绩下降，使她不时地想起姐姐来，看着自己的试卷，她又无法面对柳丹阳。

　　整整一个暑假，白兰有一半时间住在了姥姥家，性格越发变得放任不羁起来，同时也注意打扮起自己来。她仗着自己的美丽，在男孩子面前开始专横跋扈，把班里一部分成绩较差的男生支使得团团转，当然，那些男孩子却乐得听她的指挥。

　　这群孩子的年龄都在十三四岁，生活上无忧无虑，学习上不求上进，家长们又都忙于工作，认为反正自己的孩子在上学，总不会出什么大的差错。有多少父母经常检查孩子的书包与作业本呢？

　　白雪梅走了丈夫，她什么也不必顾忌了。那天在方兴童的医务室里，赵小芳的表情变化令她佩服，也让她很感激小芳。几次还想去找方兴童，她都忍住了。在方兴童去了上海以后，白雪梅在无奈之下，又一头扎进了麻将馆。她仗着自己财大气粗，总要玩大的，一把输赢都要千八百元，这样，倒引来了几个大手，怎知那陶启程也在其中。

　　原来，陶启程接二连三地收到了几笔资金，他把有关材料备齐之后，让工人们加班加点，倒班夜战，做到人歇机器转，自己也累得什么闲心都没有了。

　　经过一个半月的奋战，这批产品终于见了亮光，陶启程也松了一口气。当最后一批成品入库之后，陶启程并没有通知甲方提货，因为他们到目前只付了这批产品总造价的百分之六十，而提走的产品数量，已经占总数的百分之八十五。陶启程又犯难了：不让提货怕得罪那些人，要一旦把货物全部提走，剩下的几百万找谁去要？

　　这天晚上，他和儿子通了个电话，陶凯明的话很简单：产品封存，交款提货，不能让步。就这样，陶启程把剩余产品的质量再次进行了严格检查，然后入库封存。两个保管员他还嫌不够，又把厂里年轻力壮的一些工人编成三个班，昼夜不停地守护着仓库。他自己腾出身来去外贸局交涉，这样难免又惊动了主管市长，他下令城建工程处把一个也是很重要的中等基建工程推迟工期，暂时挪用一笔工程款，迅速把那批出口产品提回来运往发货站。这样没多久，欠启程机械厂那最后一笔款项全部到位，没两天工夫，剩余产品全部运走了。

　　当最后一箱货物装上车的时候，陶启程大喊一声："啊！谢天谢地谢神灵，我老陶终于完成了一件大事，哈哈……"他大笑之后，也不管地下是否干净，就像一匹征战在沙场日久的战马终于在得胜后离开战场一样，倒在地上打了两个轻松快乐的滚儿，爬起来后便向大家宣布："每人奖金两千元，明日去大酒店会餐。"工人们欢呼起来，他们把厂长抬起来一扔老高……

第二天，陶启程真的带大家去了凯旋大酒店，奖金也照发不误。忙了大半年的陶启程终于可以闲下来了，他想歇一阵子。

常言道，饱暖思淫欲，这话不假。开始清闲寂寞的陶启程，又想起刘智瑶来。

可是，刘智瑶已有数月不见，想打听一下都没个准地方。人闲着是很难受的，他只好另辟蹊径，先换个方式消磨时间吧。就这样，他泡进了麻将馆。

陶启程和白雪梅相识了，稀里哗啦的麻将成了媒介。

现在，他们中间放着刚刚打开的一盒玉溪香烟，两人各叼一只，正在吞云吐雾。

那白雪梅本来不会抽烟，就在丈夫李少乾刚开始离家时，那橱柜里留下了几盒云烟，她在无聊寂寞之下，有时点上一支，把自己抽醉了，便倒头一顿好睡。几盒抽光了，一打听价格，她吓了一跳：老东西竟然抽这么贵的烟，她有点儿犹豫了。无奈之下买了一盒廉价的烟一抽，这味道可是差了十万八千里，就这样她又戒了。

现在，身边一个比丈夫年轻又潇洒的、看样子也就四十五岁左右的男人对她产生了不小的吸引力。尤其是那种高档烟的味道勾起她的烟瘾。"这烟的味道好香啊。"她忍不住地说。"你抽啊。"陶启程温情地一笑，拿一支递过来又殷勤地点上，他接着喊一个"岔"，然后扣上了牌……

以后的日子，陶启程经常供应白雪梅高档香烟，而白雪梅那尚且明亮的双眸中也向他放射出了多情的光彩，这倒使陶启程也有些神魂摇荡起来。

在陶启程的眼中，白雪梅是个美人，只是年龄稍大一点儿。想起那个刘智瑶，虽然鲜嫩，但年纪差异太大，自己也觉得心中有愧，毕竟有儿子在那比着嘛。如果能和这样的女人在一起混一阵子，也不乏一种心安理得的惬意。听说她是个新寡，丈夫刚去世不久，倒也让陶启程心中痒痒，就看她那眉眼，早已对自己含情脉脉，想要搭上这一钩已是近在咫尺。

这一天，白兰因手中没钱来到麻将馆找白雪梅，女儿来了母亲很高兴，她给大家介绍说："这是我的小公主，叫白兰。"乖巧的小白兰向大家一笑，"各位叔叔好。"她的话柔声甜脆，这使桌前的几位麻友都赞不绝口。那陶启程的一双眼睛从这母女俩的两张脸上来回移动着：看到这个小女孩儿，也就看到了白雪梅年轻时的样子——漂亮。他有些怨自己没和白雪梅早些相识。他情不自禁地摸了一下白兰的头，"真是个美丽的小天使。"

白兰见母亲手上夹着烟，"妈怎么又抽烟了？""闲的。你干什么来了？""妈，我没钱了，想买点儿自己用的东西。""上次给你的钱才花几天就没了？"白兰的嘴巴一噘，"这么多天，早花光了。"白雪梅筋着鼻子从自己的那沓钱里抽出两张十元票递过来，"省着点儿花吧，日后跟你要钱的时候恐怕没这么容易。"白兰嘟起嘴巴，"妈，我以后好好孝敬你就是，再给一点儿嘛。"陶启程笑着说："好一个乖女儿。来，叔叔这有，送你一张。"他说着从自己的一摞钱中拿出一张百元大票递过来。"这，这怎么行？"白雪梅伸手阻挡着，一对秀目送过来两道温热多情的柔光。"雪梅，我今天第一次见到你的女儿，权当见面礼吧。白兰，听叔叔话，收下。"白兰看着母亲，似有请示之意。白雪梅的目光又对陶启程加了温，"你呀，真是的……"言下之意，已经默许。见此，白兰快乐地给这位叔叔敬了个举手礼，"谢谢叔叔。"随即接过钱就跑了。

两位麻友见此，相互对视一笑，各自心中不言而喻……

过了一段时间，陶启程和白雪梅都很少来这家麻将馆了。他们在相互了解之余，关系也逐渐密切起来，时不时地在一起吃一顿，喝一通，各自心中都有些不舍。

在白雪梅心中一个很深的角落里，那方兴童的身影还是那么清晰，他去上海学习，不知多久能回来。现在有陶启程在陪伴她，她满足了。

这天晚上，两个人又在一起吃饱喝足，陶启程借着三分酒劲，在接白雪梅递过来的茶杯时，顺势捧起她的手，白雪梅抽了两下，陶启程在手上又加了力，她不动了。陶启程放下茶杯又重新握住她的手，"看你这手，不亚于少女的皮肤，真漂亮。"他说着在她手背上轻轻地摩挲几下，又拉过来想亲上两口。很显然，白雪梅的思想准备还不充分，她努力抽回自己的手，红着脸说："我也想喝杯茶。"然后倒上茶水呷了一口，继续说道："我该回家了。"她说罢站起来。陶启程只好起身买了单，两人出了酒店。陶启程说："这里离我的厂子很近，想去看看吗？""这……太晚了吧？"白雪梅犹豫着。陶启程看了她一眼，大胆地拉住她的手，又把另一只手搭在她肩上，"走吧，待会儿我送你回去。"白雪梅忸怩着，被陶启程拥着向前走去。

这批产品完成任务以后，陶启程给工人放假了。大家虽然不愿意，可是眼下没有活，谁也待不起，他们只好各找出路，等到有活时再回来。现在只剩两个更夫轮流打更，所以整个厂子都是静悄悄的。

时间已是十点钟，陶启程揽着新女友的腰，两人亲密无间地走进了厂长办公室，灯光亮起来。陶启程先给雪梅让了座，又给她点上一支香烟，然后烧上一壶水，沏上了铁观音，这才坐在白雪梅的对面，"怎么样，我的家底子不薄吧？"白雪梅笑着点头，"当然，有几个能比得上的。"两人喝着茶，陶启程的一双眼睛又加了热，"你有什么需要我帮助的吗？"白雪梅红着脸低下头，"我……不需要。""可我需要你……你的爱，能给我吗？"陶启程的眼睛有些发红，说话也是开门见山。他见白雪梅低头不语，随即抓住她的手，顺势把她拉到自己的怀中紧紧地抱住，两片嘴唇也随之落到她的脸上，喘气也开始粗起来。"烟，我的烟。"陶启程夺过她指间的香烟扔进烟灰盒里，连掐死都来不及就抱起了她。此时的白雪梅身子软软的像没了骨头，她觉得自己应该挣扎反抗可毫无力气，只好闭上眼睛任其摆布。陶启程抱起白雪梅走进里间卧室，把她轻轻地放在床上坐着，他并不急于成事，他想让雪梅看看他的这间大卧室，这样她也会更有激情。原来陶启程早有准备，他前几天已经让人把这间卧室收拾一新。"亲爱的，你睁开眼睛看看这个房间。"白雪梅慢慢地睁开双眼，扭着头环视一周，她的心开始跳起来：原来这老东西早有准备，竟然设置了这么好的地方，这分明是一间豪华的洞房啊。此刻，她本能地扑上去，使劲地搂住陶启程的脖子，随即又闭上了眼睛……

这一晚，他们倒真像是新婚第一夜，白雪梅把女儿也忘了。

以后的日子里，这里就成了他们的安乐窝，每次会面都要在这间屋子里折腾一番……

白雪梅对柳丹阳那份不知多少的财产一直耿耿于怀，更可气的是，自己女儿的那一份竟然也掌握在她的手中。说是存在银行的保险箱里，还不是她拿着钥匙？真是岂有此理！

还有件事让白雪梅气不打一处来：女儿如今的花销太大，除了正常的上等伙食、穿戴也要高档次的以外，这零花钱就让她受不了：不几天，几十块钱在她的手中就没了踪影；十天半月的，百十块钱也能花得不知去向。娘儿俩的大手脚，花她这一份钱，有出无进，坐吃山空。相比之下，自己这亏可吃大了。

这一段时间以来，白雪梅和陶启程的关系越来越火热，在茶余饭后的消遣中，也就无话不谈了。让白雪梅吃惊的是，陶启程的儿子竟然是陶凯明——柳丹阳的男朋友。给白兰介绍家教时她见过，很标致的小伙子。当陶启程知道白雪梅是柳丹阳的继母时，也十分吃惊，竟然有这么巧的事？看来这世界真是太小了。

这样的两个人凑到一起，能指望他们有什么好点子吗？陶启程把所知道丹阳的情况，添枝加叶地告诉了白雪梅，白雪梅也欣然答应帮助他，也就此达到自己想报复柳丹阳的目的，陶启程也想利用白雪梅进攻柳丹阳，她们可是继母女的关系，力度比自己还要大。他这样想着，脸上露出一丝狡黠的笑意。

就这样，他们怀着各自的目的，密谋着共同整治柳丹阳，一定要把她打得一败涂地。陶启程要斩断儿子与柳丹阳的感情，白雪梅是怀疑丈夫李少乾多给了大女儿多少钱而伺机报复。不愿意做亲家而一心想做情人的两个人，亲密无间又志同道合地搅成一团，毫不留情地站在了柳丹阳与陶凯明的对立面上，给他们的恋情造成了重重障碍……

第十一章　学校风波

时间过得快得惊人，不觉半年过去。赵小芳盼着丈夫回来，她想在丈夫回来之前找白雪梅谈判一次，希望能够彻底切断他们的关系。

这天赵小芳接到丈夫今晚到家的电话，她也从李少乾的住院档案上找到了电话。这一天正好她休息，便拨通了白雪梅家的号码，把她约了出来，两人在大街上见面了。白雪梅对此并不感到意外，她与小芳高兴地握手，"你好，方医生回来了吗？"小芳也热情地说："雪梅姐你好，他今晚就回来。这么久没见，倒是挺想你的。我答应过请你吃饭的，正好他今天回来，让我们一起给他接风吧。"表面宽宏大度的赵小芳想用"真情"打动对方。白雪梅笑着摇摇头，"真是不巧，今晚上我可是有重要的约会，非去不可的，对不起了。"赵小芳有些意外，"雪梅姐，小妹倒想知道，什么约会这么重要，能告诉我吗？"白雪梅带着满脸的红晕，"小芳，从前我嫌方兴童家贫，弃他而去嫁了大款，想来真是对不住他。老头子死了，我确实有重温旧情的想法。看到你之后觉得挺投缘，实在不忍心插在你们中间搅和了。你放心吧，姐姐有了新情人，也觉得很快乐，我不会再去找他了，这回你该放心了吧？"感到意外的赵小芳忽地抬起头来，"雪梅姐，这是真的？"她激动地抓住了白雪梅的双手，继而又抱住了她，"雪梅姐，谢谢你，我真的感谢你，以后你就做我的姐姐吧，我们不会忘记你的。""好了，随你怎么叫。你说的'我们'是连方兴童也算上了吗？我知道他是个重情的人，你可要看好他别来找我，不然的话我可是来者不拒的。日后我要有个什么病灾的，你们给点儿照顾就行了。时间不早我该走了。"小芳有些感动，"姐姐，我的好姐姐。"白雪梅轻轻地拍了两下小芳的后背，又扶住她的双肩接着说："看样子我要夺走你的丈夫，你真要和我拼命吧？"赵小芳抹着眼睛摇摇头，"姐姐，我是天生的懦弱，哪敢呢。你要真是那样，我也只能受着，谁叫我没有姐姐可爱呢？"她心里却在说："哼！你要是真的夺走了我的丈夫，我不打断你的腿才怪。"白雪梅笑着说："妹妹真会说话，姐姐老了，哪还有什么可爱之处？别笑我了。"小芳也笑着说："起码，对方兴童，还有你那新情人，都有着不小的吸引力。"白雪梅受到夸奖，脸上泛起红晕，"唉，人为什么要老呢？我走了。""姐姐再见。"

　　望着白雪梅的背影，赵小芳的双眼中射出两道阴森森的冷光。

　　柳丹阳真的留校任教了。校长和教导主任还专门开了个欢迎会。
　　至此，柳丹阳的心安定下来，对每周的六节课也是得心应手。她认真备

164

课，积极辅导，使这些大学生们对英语都学出了兴趣。那张霄雨也到一家私企做了一名职员，两个人依旧经常来往。

柳丹阳等待着，盼望着，盼望着陶凯明毕业的那一天……好在，时间只有一年多了。

这一天，柳丹阳正在教研室里备课，两张熟悉又久未见面的脸出现在玻璃窗前，那是白雪梅和她的女儿。丹阳对同事说："我的继母和妹妹来了，出去看看。"

白雪梅干什么来？原来，她说服了女儿，同意从丹阳那里拿回银行保险箱的钥匙。

今天上午白兰装病没有上学，在她又向母亲要钱时，遭到白雪梅的一顿训斥："你自己的钱为什么让别人管着，存在银行里吃利息倒是可以，怕的是，将来让人家全吞了。再说，你总是来抠我这点儿钱，手脚又那么大，等这钱花没了，你妈要饭都找不到大门，要是不把你的钱拿回来，以后我让你一分钱也见不到。"白兰心里想：爸爸也是，既然给我的钱，为什么要放在姐姐的手里？听姥姥说过一句话："爹有娘有不如自己有。"现在想来，真是对极了。母亲手里那么多钱，自己要点儿零花钱还这么费劲。姐姐毕竟是同父异母的姐妹，并不算是纯粹的亲姐姐。自己现在正是不能挣钱只能花钱的时候，有钱放在那里不用，却在母亲面前低三下四地要钱，这算是什么事。自己已经长成大人了，在权利范围之内自己不能行使，这不是个窝囊废吗？不行，还是妈妈说的对，自己的钱为什么要别人管着？对，我要拿回钥匙，去银行把钱取出一部分，自己花着多方便。想到这里，白兰对母亲说："妈，你说的对，我是该把那保险柜的钥匙拿回来，以后就可以花自己的钱了，何必跟你要那么费劲。"白雪梅听了笑着说："这才对嘛，我的女儿应该有自己的主权。我听说你那姐姐已经在成人大学任教，钱也不少挣呢。不知你什么时候去找她？""妈，姐姐做大学老师了，你是怎么知道的？"白雪梅是从陶启程那里得知的，白兰怎知道，原来他们一直在"关照"柳丹阳呢。这些情况，白雪梅当然不便告诉女儿，所以她只好敷衍地说："你的姐姐嘛，我就不行关心一下吗？"白兰笑了，"妈，我替丹阳姐谢谢你。你最近不玩麻将了？我去找过你两次，他们说你和那位陶叔叔在一起，是吗？"女儿的话问得母亲有点儿语塞："……是，是的，我们，换了地方。"白兰盯着母亲的脸笑着说："妈，看你怎么脸红了？其实这没什么，现在的社会就这样，人都那么保守不好。男女之间随便一点儿，大家相互之间都有感情，这多好。妈，我看陶叔叔就挺好，又帅气又有钱，出手也大方。你就跟他好吧，我双手赞成。"女儿的一番话让母亲吃了一惊，"兰儿，你十三四岁的小女孩儿，怎么能说出这样的话来？你这想法从哪儿学的？在外面会吃大亏的，你不觉得……""妈！"白兰抢着说，"妈，你的行为倒是挺赶新潮的，想法可就落后了。其实男女在一起是各有所得的，谈不上什么吃亏占便宜。那天在放学的路上，我们班的一个男同学冷不防地亲了我一口，当时我感到脸热心跳，可是浑身都很舒服自在，他也高兴得脸都红了。这不是各有所得吗？""白兰！"母亲高声起来，"你的想法简直是太可怕了！"只见她将双手抱住了头，半天说不出话来。

见母亲的神色突变，白兰似乎感到了问题的严重性，"妈你怎么了？""孩子，你还太小，千万要学好哇。""我……我以后注意就是。"

下午，白雪梅对女儿说："走，去找柳丹阳。""妈，看你比我还急，那就走吧。"母女俩换了衣服，跟王嫂打了招呼，出门奔向了成人大学。

柳丹阳见阿姨和妹妹来了，急忙起身迎了出来，"阿姨，白兰，你们怎么来了？"白雪梅抹搭了丹阳一眼，"怎么？当了大教授，我们来看看还不行吗？"白兰拉住丹阳的手，"妈，你说什么呢。姐姐，我好想你呀。""好妹妹，我也想你。这么久没见，你长高了。我是太忙没时间去看你们。"其实柳丹阳是不想见这位继母。

白雪梅向女儿使了个眼色，只听白兰说："姐，我有事找你。"丹阳看妹妹的神色，好像有什么大事，遂说道："走，到这边来。"她把母女俩领到楼后的僻静处说："有什么事说吧。""姐，我是来拿银行保险箱钥匙的，你给我吧。"柳丹阳心中奇怪，"白兰，你为什么现在就要取钱？爸爸的话你忘了吗？"白雪梅抢着说："你爸爸早走了，白兰的钱应该由自己保管，放在你那里算怎么回事？"柳丹阳看着妹妹，"白兰，你拿去钥匙也没用，这钱暂时是取不出来的。爸爸告诉我，说给你钥匙的时候要有长顺叔在面前，再说，钥匙也不在这里。""丹阳姐，我也没别的意思，只是想自己保管着。"柳丹阳严肃地说："白兰，你还小，一旦把钥匙弄丢了就麻烦了，还是姐给你……""柳丹阳！"白雪梅高声说道，"你什么意思？多贪了老东西那么多钱还不够吗？又把持着白兰的财产不撒手，我看你是别有居心吧？白兰小，她的母亲也小吗？哪用得着你来保管？""阿姨！"柳丹阳的眼睛瞪圆了，"你怎么能说出这样的话来？""怎么？"白雪梅也瞪起双眼，"我说什么话还需要你来管吗？快把钥匙拿来！""你，简直是胡搅蛮缠！白兰，明天下午来拿钥匙，我找长顺叔一起去公证处，再到银行。带上户口本，还有身份证，你妈的。你们以为这事就那么简单吗？不送。"柳丹阳说罢，气冲冲地走向教研室。白雪梅眨眨眼睛问："她在骂人？"随后赶上来，白兰也跟在后面。

柳丹阳刚进屋坐在椅子上喘粗气，尾随而来的白雪梅母女已站在面前。看样子，她可是拉着架子想大闹一场了。

看她这气势汹汹的样子，屋里的两位老师都愣住了，陈老师怕丹阳吃亏，急忙起身来到门前，"您是柳老师的长辈，有什么事能坐下谈吗？"白雪梅一只手叉腰，"你们是搞教育的，凭什么张口骂人？这样的老师称职吗？""你胡说！谁骂你了？"柳丹阳也气愤地站起来。白雪梅冷笑一声，已经口不择言了："你真是属养汉老婆的，提起裤子就不认账。"一位姓李的女老师冲到白雪梅面前，"你简直就是个泼妇，没教养，赶紧给我滚出去！"白兰拉着母亲的袖子，"妈——姐姐是说'你妈的身份证'，不是骂人，我们快走吧。"白雪梅一甩袖子，"你懂什么？她依仗自己的学问高，在拐着弯儿骂人。"白雪梅又转向李老师，"好哇，你们做老师的都会骂人，今天我就坐在这里让你们骂个够，还有几个，都上来。"她说着在桌前拉过一把椅子坐下了，"你们知道柳丹阳是什么人？她可是好一朵交际花，前几年做三陪小姐，招惹得男人们前呼后拥，你争我抢，好不热闹。现在她倒成了大学老师，你们也不怕影响了学校的声誉？"白雪梅气得柳丹阳颓然地跌坐在椅子上，站在一边的白兰却大声喊起来："你们不要听我妈胡说八道，她恨丹阳姐分了我爸的一份财产，就来报复。妈，你这样我可不认你做母亲了！"白兰又转向丹阳，"姐姐，我不该和母亲来，对不起。"她说完哭着向外跑去。白雪梅一愣，骂了一句："这个死丫头。"起身追出去了。

柳丹阳一直傻坐在那里，气得连眼泪也流不出来了。李老师急忙来安慰她："丹阳，你不能和这种无知的人一般见识，没人信她的鬼话。"但是，李老师忽然想起前年在校门外的事，听说那个男人是柳丹阳男朋友的父亲。自己虽然赶上个尾，经大家一传，也知道是怎么回事了，况且，所说的事情与这次差不多。柳丹阳真的是那种人吗？她怎么把继母得罪成这样？她真的做过三陪小姐？

李老师想起"无风不起浪"这句话，柳丹阳的"浪"到底是怎么起来的呢？李老师用怀疑的目光看了柳丹阳一眼，然后回到自己的座位上看书去了。

此时柳丹阳心中的痛苦是无法用语言形容的，她坐在那里一声不吭，闭上眼睛欲哭无泪。她想到要辞职，可自己实在不愿意丢开这份工作。

作为教研组长的陈老师，对丹阳抱有极大的同情，"柳老师，你下午没课，回去休息吧。李老师说的对，这样的泼妇，不值得跟她生气，回去吧。"柳丹阳站起身来阴沉着脸说："谢谢二位老师。我要辞职不干了，明天到校长那里递辞呈。多谢往日的关照，再见。"

只见两位老师都忽地站起来，"胡说！为这点儿小事辞什么职？""柳老师，这个玩笑开不得。你知道这份工作有多么适合你吗？别跟那泼妇一般见识。"柳丹阳点点头，"是要好好想一想，其实，我哪里愿意离开呀。"她那止不住的泪水终于流淌下来。

柳丹阳背起自己的挎包向门口走去，两位老师依旧劝着，并起身送到了门外。

柳丹阳回到家里，丢下了挎包，一下子就把自己摔到了床上。想起了半个小时之前的事，心中又苦又痛。她怎么也没有想到白雪梅会到学校来闹这么一场。

奇怪的是，她的行为怎么与陶启程的做法如出一辙？难道……

看来，他们一直在掌握着自己的情况，真是要和自己势不两立了。凯明，我们完了……她想到这里，低声哭泣起来。

丹阳考虑着现在的工作，尽管不想离开，她也要忍痛辞职，不能在那个被人家大闹过两次的地方待下去了，最好是走得远远的。去哪里呢，出国？这是她和凯明很早就有的愿望。自己是无牵无挂了，可是凯明呢？他丢不下母亲，能愿意和自己远走高飞吗？丹阳想起凯明说过要私奔的话，现在看来，说不定真的要走上这条路呢。可眼前不行，凯明还有一年毕业，总得等到他结束学业，最好在一家大医院实践两年，这样在医术上才会更加成熟。如此算来，至少还要三年时间，假如自己真的离开学校，这漫长的三年又干什么呢？三年过后他要是不去呢？此时她忽然冒出一个念头：就算他有什么改变，自己也要去，这可是很早就有的愿望了。

柳丹阳想了很久，也不知道眼前的事情到底该怎么办。昨晚上看书直到深夜，此时，她在迷茫与困倦中，带着泪水昏昏睡去。

白兰对母亲的做法极端不满，她哭着跑出成人大学的校门，并没有奔向自己的家，而是跑向姥姥家的方向。按路程本该是坐车的，可她在盛怒之下，一边哭着一边顺着马路一直往前跑，已经发胖的白雪梅又如何赶得上？眼见得自己和女儿的距离越落越远，她还是边跑边喊："白兰——兰儿，等等我！"此时的白雪梅已经上气不接下气，她实在跑不动了，只好蹲下来。看着女儿在前边拐过路口不见了，她赌气一屁股坐在了马路牙子上，恨恨地咳了一声。

白兰一边哭着一边继续向前跑，此时，她心中也充满怨恨。怨的是，父亲不该把自己的经济自主权利推到二十二岁，太遥远了，更不该把本应由自己保管的钥匙放在姐姐那里。要不是为取钥匙，怎会发生今天的事？恨的是，母亲不该在成人大学的教研室里胡言乱语。那位老师说的对，真是个泼妇，怎么连半点儿修养也没有，让她这做女儿的都感到挂不住面子，她真不想回那个家了，她决定到姥姥家住几天再说。转念一想，不行，妈第一个要找的地方就是姥姥家，不能让她轻易就找到，非急她个好歹的不可。可不去姥姥家又去哪里呢？白兰这样想着，不由得放慢了脚步。回头看看，已经不见母亲的踪影。她自言自语地说："叫你找，急死你，哼！"

白兰不再哭了，她擦擦眼睛站在马路边上，忽地又想到了姐姐。是呀，除了母亲之外，姐姐就是自己的亲人了，她绝不是母亲所说的那种人。可是，她要是记了母亲的仇，连这个妹妹也不理了怎么办？想来想去，还是决定去见姐姐，看看情况再说，她觉得姐姐会留下自己，也应该向她道歉才对。

就这样，白兰又返身往回走。她拐过路口往前一看，母亲就坐在前边不远处的马路牙子上，两只手臂放在膝盖上，又将头伏在双臂上。白兰只好停住脚步。看样子，她也气得够呛。活该，谁叫你随便骂人了。

白兰顺着这些商行店铺，贴着墙根往回走，快到母亲身后时，只见她抬起头用手拢一拢头发，吓得白兰急忙躲进了一家服装店，从屋里向外窥探着母亲。

白雪梅休息了这一会儿，起身整整衣裙，便风风火火地赶到自己的娘家，失望之后又回到自己家中，依旧不见女儿的影子。此时的白雪梅倒不是很着急，她觉得女儿一定是去了同学家，时间还早，反正她是一定会回来的。

白兰从服装店出来，见母亲走过路口，知道她一定是去了姥姥家。

这许久没见到姐姐，见了面又闹成这样。自己不想回家，也正好在姐姐家住上几天，更有很多话要跟姐姐说。白兰想到这里，便又向成人大学走去。

在离学校不远的地方，她见姐姐低垂着头匆匆地向另一条路走去，白兰想：现在离下班时间还早，姐姐怎么就走了呢？肯定是因为母亲在她的同事面前说了那些难听的话，姐姐受不了才走的。白兰灵机一动，还是先不要跟她打招呼，这么长时间一直不知道丹阳姐住在什么地方，莫如今天先跟踪她一把，看看她到底住在哪里，然后再给她买点儿好吃的，姐姐一准高兴。

前面的柳丹阳走得很快，白兰只能远远地跟着。在一片平房的最后一栋，柳丹阳拐过去来到中间门，拿出钥匙开门进去了。白兰想，原来姐姐住的是平房，离上班的学校倒是挺近的。对了，那所成人大学也是新开发的，看来这一片旧房子也该拆迁，姐姐也该住上大楼了。

白兰跑到附近的一家熟食店，用自己攒的零花钱买了一个猪肘，一张大饼，又在门前的水果摊上买了两个哈密瓜，这才高高兴兴地走进丹阳的小院，轻轻地敲起门来。

柳丹阳在昏睡中，忽听得有人敲门，是谁呢？她第一个就想到了陶凯明。激动与委屈之下，她急忙起身开门，来人让她很意外："白兰？你怎么来了？"白兰调皮地一笑说："姐姐，母亲得罪了你，我向你赔罪来了，对不起，请姐姐原谅。"然后来个九十度大礼，倒把个丹阳逗乐了，"白兰，快进来，你怎么知道我住在这里？""姐，我这么掐指一算，就知道你住在这里。""贫嘴。"

两人进屋坐下，各自看着对方的眼睛——都是刚哭过不久的样子，欢乐的气氛淡下来。

白兰打开塑料袋，拿出猪肘大饼，"姐，我饿了，咱们吃饭吧。""白兰，到我这来，怎么让你买东西，你又不挣钱。""赔礼嘛，没有一点儿表示怎么行？姐，我妈太过分了，我不希望因为她影响咱们的关系，行吗？"丹阳点点头，"当然不会。我只是不明白，她为什么这样做，仅仅是因为钥匙的事吗？"白兰茫然地摇摇头，"我也有点儿不理解，她好像在故意找碴似的。"柳丹阳皱着眉头说："是很奇怪。"她说着去了厨房切肉洗葱，一碗炸酱也端上来，"白兰你说，你妈又怎么知道我在学校呢？"白兰撕了一块饼，卷着大葱和肉片，忽然停住手说道："对了，我妈最近和一个姓陶的人来往频繁。"丹阳一惊："姓陶？快说说那人什么样？"白兰大口咬着卷饼，鼓着腮帮子说："那人不到五十岁，长得挺帅气，个头挺高，浓眉大眼，脸上倒是没什么特殊记号，我见过的。他们说是打麻将，我看不像，看得出他和我妈关系很密切呢。"柳丹阳听了眉头紧皱，心中大疑，脱口说道："难道是他？""谁呀？"白兰歪着脑袋问。"你说的样子，倒像是陶凯明的父亲。""陶凯明是谁呀？"白兰问。丹阳摇头，"你不认识，快吃吧。"白兰眨眨眼睛笑了，"姐，你不说我也知道，就是介绍你去给我做家教的那个人吧？啊，想来真有些像。"柳丹阳沉着脸点点头，"怪不得，原来陶启程找了帮手。""对对，那人是叫陶启程，我听见有人这样叫他，可是我妈能帮他什么呢？"丹阳苦着脸说："你妈已经在行动了。"白兰若有所思地点着头，"他们为什么和你过不去呢？""……不知道"柳丹阳痛苦地摇摇头，有些话她无法对白兰说。

丹阳的情绪使白兰也没了胃口，她忽然想起自己此来的目的："姐姐，我在你这住几天行吗？""为什么？你妈知道吗？""就是不想让她知道我去了哪里才来找你的。"柳丹阳摇头，"好妹妹，姐不能答应你，必须回到你妈的身边去。走，我送你。"白兰委屈地说："姐，你让我太失望了，想不到……""白兰，不是姐不留你住，你晚上要不回家，你妈会急死的。"白兰使劲地瞪了丹阳一眼，"姐，你也太善良了，她对你那样，管她呢，不叫她急个好歹的不算完事。""白兰，那可是你妈，你怎么……""哼！妈也不是个好妈，我也没你那么好心眼儿。你要不留，我也照样有地方住，就是不想回家。"见此，无奈的柳丹阳只好说道："这样吧，给你妈打个电话告诉她。""不行！"白兰抢着说，"就是不想让她知道我在哪儿，才到你这里来的。你要打电话，莫不如就回家了。不管怎么说，我困了，先睡一觉再说。"白兰说着，真的到床上躺下了。

此时的柳丹阳有点儿左右为难：要留下白兰，白雪梅一定会给自己定下个挑拨她们母女关系的罪名。再说，女儿失踪，做母亲的又怎能不着急？免不了到处找，还要惊动亲戚邻里，这样自己又不忍心。要不留白兰，她又不能完全理解，也会说姐姐对她没感情。丹阳想来想去，还是决定送妹妹回家。

见妹妹真的睡着了，丹阳只好收拾了碗筷，坐下来看她的英语书。

时间已近五点，此刻丹阳忽然想到，今天不是休息日，白兰为什么没上学？她急忙来到床前叫起正睡着的白兰："白兰起来，我问你今天怎么没上学？"白兰翻了个身，又把脑袋偏放在枕头上，"哎呀，我困……"柳丹阳严肃起来，"白兰，你给我起来。今天为什么不上学？"她说着拉起妹妹搡了一下。白兰低头不语，架不住姐姐的再三追问，只好说道："我今天早上头疼得厉害，所以没上学，下午又被母亲拉到你那去了，还要问什么？""白兰，你对学习是不是放松了？现在成绩怎么样？可要努力呀。""姐，我没放松，成绩嘛，还是和以前差不多。不过，我感到学习很累，以后我会受不了……""白兰，好妹妹，学习不能怕吃苦，现在多学些东西，这可是给自己争前程。听话，让我送你回去吧。现在不是你妈一个人着急，你姥姥和其他亲属都会知道，你忍心让大家都为你着急吗？"白兰噘着嘴不出声。"走吧，姐姐送你。"无奈的白兰带着满脸的不高兴，只好起身。柳丹阳拿出两百元钱，"白兰，把这钱拿着，买点儿自己用的东西。以后用钱来找我，听姐的话，就不要急着取那钥匙了，爸爸有遗嘱，钱是取不出来的。"白兰心中有些不高兴，却接过钱揣起来。丹阳接着说："回去好好学习，不要随便乱花钱，你妈也不容易，你要多关心她。"白兰瞪起眼睛，"就你好心，你去关心吧，我现在挺恨她。"丹阳摇头，"白兰，你妈也毕竟是我的长辈，我不想和她一般见识，也算是看你的面子吧。走，我送你回家。"

白雪梅坐不住了，眼见天黑下来，还不见女儿的踪影，打发王嫂出去找，也不见回来，这死丫头到底去哪儿了呢？她在客厅里来回走着，真像热锅上的蚂蚁。

忽听有人用钥匙开门，是白兰？她急忙来到门口。门开处，是王嫂进来。看她的脸色，就知道是白费工夫。

王嫂关了门，苦着脸摇摇头，不声不响地坐在那里。

白雪梅心急如火，"王嫂你说，该不该去报案？""照你所说，我又去了她姥姥家，老太太也急着呢，不行就报案吧。"

此时的丹阳姐妹已经来到门前，丹阳伸手敲门，却被妹妹挡住，"我来。"只见她用手掐着鼻子，放粗了嗓子叫着门，"这是李家吗？朝阳街那边撞死一个小姑娘，快去看看吧。"丹阳紧接着喊道："王嫂，白兰回来了，恶作剧。"她瞪着白兰说。

门被推开，白雪梅和王嫂一起挤在了门口，却只见丹阳一个人站在门口，原来白兰躲在了门后，又被柳丹阳拉过来，"我把白兰给你们送回来，问问她为什么不回家？白兰再见，我走了。"柳丹阳转身向楼下走去。"姐姐——"白兰喊了一声，刚想追下去，却被母亲冲出来，扯着膀子推搡着进了屋，门砰的一声关上了。

白兰被推坐在椅子上，白雪梅两手卡腰站在那里，"小白兰，你真行啊，会离家出走了，走啊，怎么又回来了？"只见白兰忽地站起来，"你以为我愿意回来，有本事你别找我，让我走啊。"白兰说着，假装向门口走去。白雪梅见此，卡腰的两只手即刻放下来，"我的女儿，你真要走啊，你就不怕妈妈着急呀？"她说着上前抱住了白兰。"那你为什么还撵我走啊？妈，不是我怕你着急，是丹阳姐怕你着急而强行把我送回来的。姐姐那么善良，你怎么忍心在学校里骂她那些难听的话，你就不觉得太过分了吗？"见母亲不语，白兰又回到椅子上坐下，"妈我问你，你是不是受了那个姓陶的指使，才到学校去发疯的。那个姓陶的原来是人面兽心，他玩了你，还借你的手去干坏事，妈，你可吃了大亏了。"白雪梅红着脸说："看你说的，什么玩了，多难听。""难听？"白兰歪着脑袋说，"你说的话不知比这难听多少倍！丹阳姐可是没结婚呢。妈，你敢说和那个姓陶的没有那种关系？从你最近的神色上我就猜得出，你又找到新爱了，别以为我是小孩子了。其实，男女间的爱是相互的享受，各有所得嘛，遗憾的是，你不该听他的摆布，帮着他去欺负一个姑娘。那陶启程真不是玩意儿，管不了自己的儿子，就把矛头指向了儿子的女朋友，你说，你们这样欺负一个弱者不可耻吗？妈，你怎么忍心助纣为虐？又怎么能和这样人成为一丘之貉？这两个词是姐姐教我的呢。"

听了女儿这些话，白雪梅更加吃惊不小，她不得不暗中佩服白兰的洞察力。其实，自己找柳丹阳的别扭也不完全是受人指使，本来嘛，她就不该得那么多钱，那老东西说不定还多给她多少，自己怎能不气？这样做也是找一找心理平衡嘛。至于陶启程，女儿的话不差，自己和他真就是相互的享受，各有所得。白雪梅的心中还有一个秘密，她要催着陶启程尽快离婚和她结婚，这样自己的后半生就衣食无忧了，这有什么不对吗？哼！柳丹阳要嫁给陶家，自己这后娘又要成为她的后婆婆，这算什么事？不阻止他们怎么行？

白雪梅想到这里说："兰儿，你陶叔叔不是坏人，他可喜欢你呢，那次他还给你一百元钱呢。""妈，你连这都不懂，他给我钱是为了拍你的马屁，要知道他这样，我才不稀罕他的钱呢。妈，我看你以后少和他来往，这钱我还他就是。"白兰说着把姐姐给的钱拿出一张来，"替我捎给他，告诉他，要再和我妈纠缠在一起干坏事，别说我找人揍他。"

这话一出口，让白雪梅吓了一跳：这丫头从哪儿弄来的钱？她怎么变成这样？她要是在自己和陶启程之间乱搅一通，还真的不好办呢！怎么办？想到这里，白雪梅只好和颜悦色地说："兰儿，告诉妈妈，这钱从哪儿来的？""丹阳姐姐给的，她可比你大方。"白雪梅又说："那陶叔叔对我很好，妈妈和他在一起觉得很快乐，你就不要乱掺和了行吗？""谁想掺和你的事？不过你最好离那姓陶的远点儿，不然看我怎么对付你们。"

听了女儿的话，白雪梅紧皱眉头，看来，要是不拍好女儿的马屁还真不行呢。想到这里，白雪梅摸着女儿的头说："你是妈妈的好女儿，我的事你别管行吗？""妈，你的事我可以不管，但是你必须保证不再去找姐姐的麻烦，不然的话，我说服不了你，没事就去骂那姓陶的，看他能把我怎么样。到那时，你的心里也不会好受吧？怎么样？"白雪梅想，这事不答应她还真不好办。想到这里，她勉强笑着说："行行，你说怎么都行，这总可以了吧？"白兰笑了，"好，我要知道你又去找姐姐闹事，这一辈子也别想再见到我。"白兰说着跑回里屋，砰的一声关上了房门。

白雪梅吓了一跳，白兰想干什么？她急忙起身来到女儿门前，"孩子，你别让我着急好吗？把门打开，妈还有话说。"屋里传出女儿的话："妈你不用急，我也不想再听你的话，可我告诉你，要是再和那个姓陶的黏乎在一起干坏事，我就不认你这个妈。行了，我要睡觉了。"

无奈的白雪梅只好坐回到沙发上，回想着与老情郎在一起时的甜蜜。有几天没见到他了，明天一定要去找他。可是，白兰要是挡横怎么办？那就只好偷偷摸摸的了。唉！这人哪，也真是……

　　这天晚上，陶启程和朋友喝完了酒，又走进全方位服务的包房……回到厂里已是第二天上午九点。他躺在床上，回忆着昨夜的欢乐，奇怪，那个小妞年轻漂亮，寻欢的鬼点子可真多，都是从哪里学来的呢？好过瘾，看来，那白雪梅可差得远呢。她曾经催促他快些办理离婚手续，好与她正式结婚，他也有这个打算。可是，这个女人不比林惠珠任他来去自由。如果与白雪梅正式走到一起，她将会像绳索一样把自己捆绑起来，从此不得自由，那怎么行？就和她做个露水夫妻，需要的时候就欢会一场，决不能让她捆住自己。陶启程想到这里，一丝笑意在他脸上一闪而过：白雪梅，对不起了，我需要你，但更需要自由。

　　此时的陶启程又陷入了自己家庭的乱事之中……该回家看看了。

　　他执意离婚又不肯拿钱，只好放赖了。最近他又联系到机械加工的活，没有机器怎么行？哼，陶凯明，你够狠，一点儿父子情意都不讲，跟你妈合着算计我。既然你妈非想要我的一半资产，那我就不离婚，这样拖着自己有自由又可以不出钱。林惠珠，我拖死你，看谁划算。

　　这一阵子，林惠珠感到自己的身体很差，经常头疼头晕，浑身无力，拎一兜菜上到四楼就喘得不行，到医院又检查不出什么毛病来。邻居劝她出去锻炼身体，练太极拳，她去了两天又烦了，回到家里又把自己埋入了孤独寂寞之中，连吃药都记不住时间，她觉得身体一天不如一天了。

　　今早又忘了吃药，她拿过药瓶，倒在手上三片专治头晕的药片，倒过半杯水来，刚要把药片送进嘴里，忽然听到了那久违了的钥匙开门声，令她心中一抖——手中的药片掉了两片。她知道是谁来了，除了儿子，只有他还带着家里的钥匙。他又回来干什么呢？林惠珠颤着手把水杯放在茶几上，无力地坐到了沙发上。

　　门开了，陶启程那张似笑非笑的脸闪了进来，他关上门，大模大样地坐在桌前，点起了烟。看看桌上没有了烟灰缸，他只好把刚开封的烟盒盖撕下来弹烟灰，若无其事地抽起烟来，还略带挑逗似的往这边轻轻地吹了一口烟。

许久没闻到烟味了，林惠珠已经很不适应，她被呛得直咳嗽，却还是忍着不说话，她想知道他回来干什么。

　　两人就这么僵持了一会儿，还是陶启程先开了口："亲爱的林惠珠女士，这阵子过得好吗？我回来还是和你谈离婚条件的。怎么样？我希望你慎重考虑一下，不要落得人财两空。让我再回到你身边已经不可能了，所以我劝你降低一下条件，不要一条道跑到黑。我知道你是个正派的女人，这几年的日子过得很苦，以后还有机会找个疼爱你的老头儿，过几年舒心的日子多好，请你想想吧。""放屁！"林惠珠噌地站起来，"陶启程，你想随便给一点儿钱就打发了我，妄想！儿子已经给我算了账，少去六百万你休想拿到离婚手续。""好哇。"陶启程满不在乎地说，"我一百万也拿不出来，随你离不离都没关系，怕的是有人就这么干等着，有丈夫却又没丈夫。而我在外面随便地找女人快活，你不眼馋吗？""没有廉耻的东西，你也配披着这张人皮。滚，滚出去！"林惠珠愤怒了，她不动声色地摸起那装着半杯热水的茶杯。陶启程站起来，"告诉你，这回你要离也不好使，我不离了。这样既不拿钱，又可以在外面自由自在，逍遥快活，这才叫享受。"陶启程说着走向门口，又回过头来歹毒地说："我气死你。"他转过身还没走出门口，林惠珠手中的茶杯就飞了过去，不偏不倚，正好打在陶启程的背上，"哗啦"一声，水洒杯碎。那水顺着陶启程的后背流淌着……他感到后背热乎乎的，还好水不是很烫。

　　从表面上看，陶启程背对着林惠珠一动不动，两只脚也死定在那里，而他的大脑里却在做着激烈的反应：回身按倒林惠珠狠狠揍她一顿出气，然后一走了之？不行，因为这样的结果是，几个小时以后，儿子就会赶回来，他看到母亲的样子，一气之下会把他送上被告席，这样斩断了父子之情不说，一旦吵嚷出去，自己在社会上的面子也受不了，其结果可能连半个厂子也剩不下……不行，不能鲁莽。应该忍耐一时，一步迈出门去，万事大吉；身子一转就会怒发冲冠，一顿拳脚，也许就要了她的命，塌天大祸也就顷刻而至……挺住，不要回身，千万不要，就当什么事也没发生，日子还会平静下来，好在自己毫发无损，在儿子面前也能显出君子之风。对，不能因小失大，更不能失去这唯一的父子情。陶启程想到这里，迅速脱下西服抖了一抖，随着钥匙串的响声，一个单个的门钥匙被扔在桌上，翻了个个儿又跳到地上。陶启程把衣面卷到里边，搭在左臂上，故作潇洒地、从容不迫地走出门口，门"砰"的一声关上了。

　　林惠珠又一次出了气，却觉得还是不过瘾，自己的心也跳得厉害。她努力镇定着自己的情绪，起身捡起地上的钥匙。陶启程的举动说明，他不想再回这个家了。在林惠珠的心中，悄然升起一股无可名状的失落感。这样倒也好，免得跟他惹气。

　　这次事情过后，林惠珠的情绪更加糟糕，而且头也疼得严重了。没办法，她只好又上了医院，医生说她有脑血栓的征兆，劝她住院治疗。林惠珠嫌住院的费用太贵，只拿了些药回家了。

第十二章　婆媳之缘

　　这个星期天下午，陶启程的好友邱秉臣带着女儿邱岚婷来到陶家。因为是多年的老朋友，林惠珠很热情地接待了这父女俩。一阵寒暄之后，客人落座。邱秉臣笑着说："嫂子，这是我的女儿岚婷，在省医大读一年级。我说要来找你们，她也非要看她的干妈不可，这不就来了。"林惠珠高兴地说："哎哟，几年不见，这孩子长成大姑娘了，小时总爱叫我妈妈，我也乐得做她的干娘。这几年不见，越长越俊俏了。"她说着急忙给客人倒水。邱岚婷上前抓住林惠珠的手，"干妈，这么久不见你，真的好想你。我刚上学也想家，每个礼拜天都往回跑，今天晚上还要回校呢。""一别几年，孩子们都长大了。我的儿子凯明也在省医大读书，我记得这两个孩子是差两岁的。"邱秉臣点头，"嫂子，我们说过要连亲家呢。"父亲的话让女儿低下了头。林惠珠有些感慨地叹了口气，"是呀，这时间过得太快，一晃数年过去，孩子大了，我们也老了。你妈好吗？"岚婷笑着点头，"好，我妈的身体可好呢。昨晚舅舅来电话说姥姥有病，我妈坐夜车走了，不然她也会来的，她还让我问你们好呢。""谢谢你妈，我可想她呢。"岚婷点头笑着，"没想到凯明哥是我的校友，回校以后我去找他。"邱秉臣忽然问道："大哥呢，还在办厂子吗？怎么礼拜天也不休息？"林惠珠的脸上掠过一道阴影，又即刻换了笑容，"他呀，忙得很呢，经常是连家也不回。钱挣多了，人也变了味，可不像当年我救他的时候了。"邱秉臣摇摇头，"大哥可不是忘恩负义的人。不过人老了，长一点儿脾气也不为怪，你别跟他一般见识就行了。这样吧，打个电话让他回来，我们到外面吃顿饭，我做东。"林惠珠苦笑了一下，"也许，找不到他的……""嫂子，他不是在厂里吗？我来打电话，多少号？"邱秉臣说着坐在电话机旁。林惠珠苦着脸摇摇头，"我从来都不给他打电话，也不知号码是多少，所以你打不成了，还是我在家给你爷儿俩做顿饭吃吧。""在家太麻烦，再说，大哥不回来怎么行？这样吧，我们去找他，然后再给你打电话行不行？"林惠珠有些为难，"我……还是不去吧。""不行，这几年我们由于种种原因没有联系，我们两次搬家，连个像样的房子也没有，这回上楼了，才来找你们，所以怎么也得聚一聚。岚婷，走，找你陶大爷去，我知道他的厂子。"林惠珠送到门口，"好容易来一趟，连口水都没喝……"她显得很难过。"妈妈再见。"岚婷见她的泪水已含在眼圈里。

邱秉林父女出了楼门口，岚婷说："爸，我陶娘的家好像出了问题，看她可很悲伤呢。""对，我们找到你陶大爷就明白了，岚婷，陶家很有钱，将来你能嫁给陶家，花钱不用愁了，快走吧。"父女二人向公共汽车站走去。

陶启程这次的活没谈成，他把自己关在屋里大半天时间，早、午饭都省下了。

都说"家花没有野花香，野花没有家花长"，他想着白雪梅，也总算是一朵野花，比起那朵已经枯萎的老家花来，不知要强多少倍。更重要的是，这朵野花不需要付钱，单从经济角度来说，自己可是占了大便宜了。虽然白雪梅在算计自己，而且还含蓄地向他要钱。自己耳聪目明，怎会听不出来？只是装糊涂而已。

他躺在床上望着天棚，床头柜上的烟灰缸已经被烟头盖得不见底，大半天工夫，他抽了一盒半，那些令人难以忘怀的往事也像过电影一样不停地在眼前飘过……

自己的学生时代就经历了多少惊心动魄的事，都如过眼烟云，虽然几十年过去早已烟消云散，可现在想来却还是心有余悸……父母相继被折磨致死后，

178

自己大病一场，要不是林惠珠出钱送他进了医院，并给予无微不至的照顾，自己这条命就完了。想来是有点儿丧良心……

他想着这些悲惨的往事，宛如昨天。光阴哪，你真是够狠，自己只觉得是几年的光景，却已经是几十年过去。如今，那个曾经是挺潇洒漂亮的陶启程，被你这无情的时光活活地给推进了老年队伍，看看现在的自己，虽然与同龄人相比还过得去，可又怎能和当年的自己相比？都怪这该死的时间太残酷……

陶启程在无聊之下，给白雪梅打了电话，并告诉她带点儿吃的来。

那白雪梅应召而至，奇怪的是，她用钥匙自己开了门。是什么时候拿了自己的钥匙呢？这可不行，必须换锁才行。

白雪梅真的拿来不少好吃的，外带两瓶啤酒。两人几天没见面，倒像是短途出差的妻子回家一样。

吃饱喝足了之后，两人又难免滚到床上寻欢作乐，然后一同进入梦乡。

那邱秉臣父女俩来到启程机械厂，老王早就认识邱秉臣。“老王，陶厂长在吗？”老王支吾着："我，叫他下来吧。"他想着楼上有女人，急忙跑进楼门，快速上了楼梯，门被敲得咚咚响。“厂长厂长！邱秉臣先生来了。”陶启程急忙起身穿了衣服出来，“老王，谁来了？”“是邱秉臣来了。”老王隔着门回答。“让他等一等。”陶启程急忙回到卧室一边重新整理着自己的衣服，一边叫醒白雪梅，“一个几年不见的朋友来了，你把门锁上，在这儿躲着别动，我们走后，你赶紧回家。”他说着对镜子正正领带，理理头发，这才出来带好房门，又急忙打开外门。此时的邱秉臣父女早已经来到门外，“陶大哥，你让我等得太久了。”“秉臣兄弟，几年不见，好想你。”两只手隔着门槛就紧紧相握。老王看了一眼陶启程那很不自然的脸，“厂长，我下去了。”

邱秉臣父女被让进屋里，他指着窗外，“好哇大哥，几年不见，成就不小，一个小型机械厂，竟然扩成如此规模，价值有几百万吧？”“有千八百万的。”

邱秉臣看着桌上的杯盘碗筷，又撩一眼卧室的房门，心中释然。他指着女儿说：“大哥，你还认识这姑娘吗？”陶启程打量着眼前这个漂亮女孩儿，“是岚婷？我都认不出了。”“陶大爷你好。”陶启程笑着，“小时就爱和凯明在一起玩，做我的儿媳妇吧。”“陶大爷……”岚婷红着脸低下头。陶启程接着说：“一转眼孩子都长成大人了，我们也快完蛋了。”“是呀，时光快得惊人，我们一别数年不见，刚才到你家去，见嫂子的身体可差多了，你倒是红光满面。怎么？家里出了问题？"邱秉臣说着皱起双眉看着面前几年不见的朋友，又看了一眼里间屋子的门。陶启程阴着脸点点头，"实不相瞒，我已经好久不回家住了，我们的缘分已尽，不想维持下去了，不过有些事情也不太好办……不说了，走，我们找一家饭店，边吃边聊，要说的话太多了，请吧。"陶启程说着从衣架上摘下外衣穿上，用手向门口让着客人。

　　邱秉臣站起身，又嗔着脸坐下，"大哥，这顿饭我不想吃。""为什么？""明摆着，从前我们和大哥大嫂相处得那么好，如今我们见面下饭店，却丢下大嫂一个人在旁边受清风，这怎么行？""原来如此，你可以打电话叫她，只怕她不来呢。"邱岚婷对爸爸说："爸，我干妈既然不能来，这饭就别吃了。"邱秉臣点头，"好吧，我们坐一会儿就走。"邱秉臣把目光从女儿的脸上移向陶启程，"大哥，嫂子对你那么好，你怎么能丢下她呢？就真的要分道扬镳吗？"陶启程也回到椅子上坐下，低头无语。邱秉臣接着说："你不会忘吧，当年要不是嫂子，你的幽灵还不知在哪里刮旋风呢。现在你有钱了，嫂子也老了，你就看不上她了，这不对吧？再说，又怎么面对你那大学将要毕业的儿子？大哥，小弟今天的话说多了，请原谅。不过，你的家庭这样，我是不会把姑娘嫁到你家的。""秉臣，那可是孩子们的事。总之，这顿饭得吃，走吧。"邱秉臣将头轻摇，"大哥，我看到你家这样，早已没有了食欲。岚婷，我们走吧。"见朋友面上不悦，陶启程只好起身相送，"老弟，没想到你也这样传统，现在结婚、离婚比小孩子过家家还容易，说成家就埋锅造饭，说不过立马就踢了灶。你以为还像过去哪，墨守成规，可着一棵树上吊死人，这样随便一些有多好。"邱秉臣用鼻子"哼"了一下，"岚婷，咱们走吧。再见。""秉臣你别这样好不好？我对你嫂子虽然没了感情，可这婚还不一定离得成，因为她的条件太高，他要我折卖机器，好分给她一半财产，我怎么能舍得？所以，只好这样拖着了。"邱秉臣笑了一笑，"看样子，你是既要离婚，又想独霸家产对不对？""我说兄弟，你怎么能说独霸？这些年我奋力拼争，吃了多少苦，又挨了多少累才赚下这些资产，哪有她挣的一分一毛？"邱秉臣笑着摇头，"大哥此言差矣。嫂子自己有份工作，还要忙家务带孩子，做好你的一切后勤供给，你能无忧无虑地在一线搞生产，难道就没有她的功劳吗？我还不知道你呀，在

180

家可是油瓶子倒了都不扶的主儿。咱不说她在'文革'时救了你的命，就说这些年，没有她，你也不可能有这些资产的。她说要一半财产，可是在法律允许的情况下行使自己权利的，有何不可？告诉你吧大哥，我是提前退休的，这几年走进了法律的队伍，专门研究财产分割、个人纳税问题这些事，你想打官司找我好了。不然的话，我可要替嫂子打离婚了，再见。"邱秉臣说着自己大笑起来。"陶大爷再见。"岚婷也告了辞。父女二人起身下楼去了。

陶启程看着面前这位几年未通信息的朋友的背影，心中有些吃惊。尤其是"个人纳税"这几个字，让他心中一震！自己这几年多有漏税情况，要是加起来可不是小数目。不行，必须跟秉臣好好谈谈，顺着他的心思，先把个人纳税的问题搞清楚，然后再求他帮忙……想到这里，陶启程急忙跟下楼来，"秉臣，等一等。"

见陶启程追出来，邱秉臣父女只好停住脚步，他向楼上瞥了一眼故意问："你下来了，楼上行吗？"陶启程笑着岔开话："秉臣兄弟，你干吗那么急？我还有好多话跟你说呢。"邱秉臣看着他，"大哥，这几年不见，我们的话几车几船也唠不完，但我觉得你像是换了个人。这也难怪，现在有钱人几乎都这样。可是大哥，你就不能做一个'几乎都'以外的人？这样朝三暮四的有什么意思？将来落下什么病灾的可是悔之莫及。你没听说那个大款李少乾吗？钱是赚了不少，结果怎么样？死于艾滋病，临了也没留个好名声不说，还丢下孤儿寡母，他这已经是第三房老婆，听说他这个遗孀还挺年轻漂亮呢，岂不可惜。"听了朋友的话，陶启程的脸先红后白，心中难免大大地吃了一惊！他的脸红是因为朋友所说的那个遗孀，早已经扑进自己的怀抱里，而且此时此刻正在被自己金屋藏娇。脸白是因为听了"艾滋病"这三个字，太可怕了！该死的白雪梅，丈夫有那种病，难道她会没有？要是把那种病传给了我，看我不杀了她！

在朋友面前，他只好努力压下自己的激愤心情，尽力使自己平静地点点头，"兄弟说的对，对……"陶启程的话不知该怎么说。邱秉臣接着说："我说大哥，不要把寻欢作乐当作是享受，那可要伤身体的。养个好身板，争取多活几年，看看这个花花世界里的那些奇形怪状的人，到底会是什么结果。要是钱多了没处花，捐给穷学生，或者做点儿公益事业，看着那些因为你的帮助而快乐起来的人，不也是一种享受吗？回忆那个时代，虽然生活贫困些，倒也觉得快乐。时间快得惊人，还没来得及想干点儿什么，人就老了。"朋友的话让陶启程叹了口气，"是呀，时间太残酷了。"邱秉臣点头："我们这些'老三届'命运都不好，好歹我们没有做'文革'的牺牲品就算幸运了。"陶启程也说："秉臣，以后我们有时间把那一段记下来，权当一种苦涩的回忆吧。兄弟，我们吃饭去，我饿了，权当陪我吧。岚婷，大爷请你吃饭。"这半天在一边看书的邱岚婷，见陶启程拉起父亲的胳膊，看来这饭是非吃不可了。她过来说道："陶大爷，我可要一盘红焖翅中，很贵呢。""只要岚婷喜欢吃，要什么都行。"父亲看了女儿一眼，"这丫头……"

一顿饭过后，陶启程明白了两件事：一，个人所得税一定要补交，偷税漏税是犯法的；二，要和妻子彻底分手，必须拿出全部财产的一半。这后一件事，眼下可以推一下，不离就不离，这样在儿子面前也有个交代。关键的是头件事，哪有那么多钱去补交从前的漏税？这事要捅大了，自己非要坐牢不可，邱秉臣的话不会有假，他有律师证呢。怎么办？这样算来可真得卖车床了。

陶启程回到厂里，白雪梅早走了。他一个人歪在床上苦苦思索着——完了，自己的好日子过到头了，该是"破产还税"的时候了。想来想去，他又存在一种侥幸的心理：先不去管它，哪能就查到自己的头上来？再说那些收入有很多是不上账的，他们到哪里去查？这样想着，他又安心了。

柳丹阳送妹妹回来后，一个人在家里打算着，她实在是舍不得丢下这份工作，却也实在不想继续做下去，这样的矛盾太难解决了。她决定去找教务主任谈谈，看看他的意见。

在成人大学王主任的办公桌前，柳丹阳坐在他的对面。"柳丹阳，你不能草率辞职，工作干得很不错，就为那么点儿事就不干了，这可不行。再说，这工作很适合你，要到别处说不定找不到这样的事做。你不也很热爱这项事业吗？那又何必离开呢？听我的，先把这个班带到毕业再说，学生们对你反映挺好。"柳丹阳苦着脸点点头，"王主任，我真怕他们再来找麻烦……"王主任笑了，"就算你到别处去工作，那些小人不是照样能找到你吗？我给你出个主意，让你的男朋友劝说他的父亲，再去找一下你的妹妹，我想她能管住母亲的。好，就这样，我九点钟还有个会，你也有课，回教研室吧。"

柳丹阳感激地说："谢谢你，王主任，我走了。"她回到教研室，几个老师关心地问长问短，丹阳表示不再辞职，大家都很高兴。

连续半年的薪水攒在手里，柳丹阳要趁休息日把钱存进银行，加上原有的算在一起足有一万元呢。她带着钱，又习惯地背起小挎包向街上走去。

林惠珠去医院的路上，只觉得头疼得厉害，她扶着路边的栏杆慢慢往前走，只觉得眼前发黑，两腿发软，一个不小心跌倒在路边，她的脸右侧抢在不太平整的水泥路面上，已见有血浸出来，人已经昏了过去……

柳丹阳快到银行的时候，见前面不远的地方围着一群人，她好奇地挤进去想看个究竟。但见一个年龄大约五十岁左右的妇女斜卧在马路边，头上带着丝丝白发，右边脸贴在路面上，两条腿一弯一直，人已处于完全昏迷状态。

柳丹阳的目光向四周扫了一圈，首先想到的是：人命关天，救人要紧。她急忙来到病人旁边，说了一声："哪位叔叔大爷，大哥大姐来帮帮忙，救她一命吧。"在人群里的一个三轮车夫说："我这有车，前面不远就是医院，来吧，大家借个光，搭把手，救救这个女人吧。"大家让开路，车夫把车拉过来，立时，有几个人伸手把病人轻轻抬上三轮车，三轮车夫让女人枕上自己的座垫，柳丹阳毫不犹豫地坐了上去，"大叔，让你受累了，快走吧，我付车钱。"车夫回头笑了一笑，"丫头，你小看人了不是？我虽然是穷人，可也不差这几块钱，怕的是抢救的钱没有着落。""大叔，谢谢你，我这儿有钱。"

车夫全速行驶，很快就来到市中心医院门口。柳丹阳下车跑进去挂了特急号，一个穿白大褂的人问："病人在哪里？""在门外，有担架吗？""有，快，担架！"随着喊声，一个人从走廊的另一端带着担架跑过来。

柳丹阳和这两个人跑到门外，几个人一齐动手，把病人顺上担架抬进屋里，送进了抢救室。那个车夫对丹阳说："丫头，我走了。"丹阳摇摇头，"谢谢大叔，忙你的去吧。"目送车夫走出门口，她刚想坐下休息一会儿，只见抢救室的对开门中间伸出一个头来，一只手拿着一小沓单子，"特急患者家属！病人叫什么名字？"柳丹阳犹豫着来到门前，"我……不知道，她昏倒在路边，我和一个三轮大叔送来的。""啊？那你打算怎么办？"显然，这位医生很吃惊。柳丹阳摇头说："不知道，医生，救救她吧。""既然如此，你能交款吗？""我能我能，需要多少钱？""你自己看吧。"医生说着递过一沓化验单。"柳丹阳有些犹豫着接过单子，心中想道：事到如今，就得救人救到底了。

她看着单子上面的肝功、血糖、脑 CT、抗 O……足有六七项需要化验。还有一张八千元的预付住院费的单据。她无奈地起身向划价的窗口走去，边走边猜测着这些化验单的价钱：总得三四百元吧。

当划完价的单子被递出窗口，柳丹阳急忙接过来，相加的结果竟然是一千二百多元，这倒使她大大地吃了一惊！这钱花出去还能回来吗？怎样才能找到病人的家属呢？她盼望着这位老人快些醒过来。犹豫之下，她还是把钱交了。

柳丹阳替老人办理了住院手续，又在医护人员的帮助下做完了各项检查，又把病人推回急诊室，现在只能等待结果了。

在急诊室里，柳丹阳看着床上病人那瘦弱的身躯，蜡黄的脸，头上掺杂着丝丝白发，倒有些像自己母亲临终前的样子，她不禁产生了疑问：这人还能救活吗？

急救室的刘主任对丹阳说："听说你给这个素不相识的病人交了不少钱，要是还不了你怎么办？"柳丹阳苦笑着说："没办法，我认了，求你们快给她做手术吧。"刘主任点头，"结果一出来，马上手术。病人大约两点半进手术室。"刘主任正说着，一个年轻的大夫拿了最先做的脑 CT 单子和 X 光片，"主任，脑部检查出来了。"刘主任接过 CT 光片，向着光亮的一面仔细地观察着，然后对李丹阳说："根据脑片观察，她是轻度脑出血，血块压迫左侧脑部神经，所以病人失去了知觉。手术是越快越好。手术要几个小时，你可以吃饭休息，晚上八点以后再来。""我……明天要上班。"柳丹阳为难地说。刘主任想了想，"那就只好雇一个护工来照顾病人了。""好吧，我去。"柳丹阳苦笑着走了。

在刚兴起的劳务市场上，等活的人寥寥无几，柳丹阳走到一个妇女面前说明了情况，女人要日工二十元，加晚上三十元。就是说，一昼夜要五十元。丹阳想，那么多钱都花了，还差这点儿吗？遂点头答应，她说自己名叫李丹，怕的是给自己找麻烦。丹阳又看了女人的身份证，她叫张玉清。丹阳交给她一百元钱，然后把她领到住院处交代给值班护士，又留下电话号，这才向家里走去。此时她感到自己肚子咕咕叫，原来她连早饭还没吃。

医院的刘主任请示了院领导，有关人员将患者的外貌特征及此事经过写成简短的材料送到了电视台，请求他们帮助查找这个不知名姓的病人家属。

电视台的行动够快的，当即派来记者，又记录又拍照。让他们失望的是，那位救人的、名叫李丹的姑娘没有找到，打电话又拒绝采访。记者只好暂时作罢。

在当晚的电视节目中，他们把这件事当作头条新闻播放了，只是救人的姑娘不肯露面。

陶启程的侥幸心理已经被法律的准绳束缚得越来越紧，他感到有些惶恐不安起来。

这天晚上，邱秉臣又来到启程机械厂，他不想让自己的朋友出现什么问题。见陶启程有些愁眉苦脸，邱秉臣笑着说："大哥，小弟有办法保你无事，只是你不肯听。""说吧，我听。"陶启程无奈地说。"实话说，你现在是前门燃烧，后院起火，你就顾一头吧，先把后院安排好，将来也有个窝好存身。"启程摇头，"她现在容不下我了，不瞒你说，你嫂子已经打了我两次，家里的钥匙我都交了。再说，那查税的也不至于查到我头上吧？"邱秉臣锁着眉头说："你怎么还是不相信？要跑了你才怪呢。市机械管理局和各区都有一本明细账。加工什么活，承包一方是谁家都清清楚楚，怎会单单把你漏下？你自己把事情弄得不可收拾，嫂子还会一忍再忍吗？她是个传统女人，要逼急了她也会到法院起诉离婚，这样你就不好办了。财产她分去一半，剩下的你还了税，属于自己的还能有多少？所以你不能离婚。当然了，闹了这么久，无颜归家是必然的。可嫂子是个心软的人，这回你可要真心实意地哄一哄她，只要嫂子平静下来让你回家就好办。两个月内，有关部门要对个体企业进行一次大清查，你给哪家干了活，他们都会查到。所以你不要心存侥幸，想蒙混过关是不可能的。"陶启程皱着眉头说："现在只能这样了，我都听你的。"邱秉臣笑了，"那好，我送你回家，顺便找个地方吃点儿饭，走吧。"

就这样，两个人在回陶家的路上，邱秉臣还建议陶启程在夜市给老婆买了一套很不错的米色西服。

他们又怎知，此时林惠珠正躺在医院里人事不省呢。

六点左右，两人上楼敲门，半天没有动静，他们只好又敲开邻居王家的门。开门的是王双林。"双林兄弟，你好。""你来干什么？"上次陶启程回家骗钱致使林惠珠住进医院所造成两人之间的不愉快，让王双林至今没忘。此时只听双林的妻子在屋里喊道："哎！快来看，是陶家嫂子昏迷不醒地躺在医院里！"王双林听了顾不得门外的两个人，转身跑回去，边看电视边说："陶启程在门外。"

双林妻子的话，门外的人也听到了，他们交换了一下眼色，各自带着惊异。只听双林的妻子说："那还不让他进来。"她说着，人已到门口，"大哥，快进来看，嫂子在医院里。"陶启程拉了一把邱秉臣，两人进屋站在电视前：屏幕的右下方有林惠珠紧闭双目躺在床上，紧接着是她的面部特写。还有推床人的衣服上带着"手术"两个字。主持人说："……现在，这位不知姓名的妇女马上要做手术，请她的亲友迅速与市中心医院脑外科住院处联系。所幸的是，病人的一切费用已经由那个救她的、名字叫李丹的姑娘全部交付。李丹做了好事，却拒绝电视采访。这种不为名利的精神值得大家学习。"

直到此时，王家的女主人才想着请客人坐下，王双林却是带搭不理的。邱秉臣做了自我介绍："谢谢，我是启程的好朋友，已经把大哥劝回家了，你们看，这是他给嫂子买的衣服。"邱秉臣又转向陶启程，"还愣着干什么？上医院哪。"心情复杂的陶启程只说了一句："双林，上次对不起。"然后转身出门下楼去了。邱秉臣急着赶出来，"别急，等等我。"

两个人来到中心医院才七点半，他们来到护士值班室说明情况，陶启程当然是以丈夫的身份。小护士说那个叫李丹的姑娘花钱雇了一名妇女照顾病人，并当即打电话告诉了领导。陶启程本想趁机给儿子凯明打个电话，邱秉臣说："嫂子的情况还不知怎么样，我看明天打吧，也免得孩子回来着急。"

正在值班的刘主任没有参加这次手术，接到小护士的电话立即来到值班室见陶启程两人，"电视传递消息真快，不然的话，说不定几天能找到呢。"大家互通了各自的姓名职业，刘主任让陶启程补了家属签字手续。他告诉陶启程，这样的手术是有把握的，请他不要着急，并一再嘱咐要尽快把钱还给那个叫李丹的姑娘。

看看时间还早，刘主任把二人请到自己的办公室，并且倒了茶水，几个人围绕着李丹救人又垫钱及当今社会的道德风尚聊了起来。大家一致认为，像李丹这样的人现在是少之又少，在素不相识的情况下，有谁肯垫上这么多钱。假如找不到患者家属，病人再难以清醒的话，这钱不是打水漂了吗？刘主任又说了李丹花钱雇人照顾林惠珠的事，陶、邱二人感叹不已。刘主任看看时间差不多了，遂做了总结式的发言："所以，对于李丹这样的人，就该大树特树，而且，应该给予一定的奖励，这样才能鼓动全社会的人都发扬这种高尚的风格，如此，自然就密切了人与社会、人与人之间的关系，在国家的这个大环境中，一切就都能协调起来。否则的话，人间的'情'字真是比纸还薄。再不加强思想道德教育，不注重人间真善美的传播，几年之后，这层薄纸也破碎了。反过来说，对这个'钱'字的感情倒是越来越厚。不管采取什么方式，只要能赚得钱来，就是能人。这才导致了各种赚钱的方式相继出现，真是五花八门，咳……"

听了这样的话，陶启程不由得想起了那个曾经给了自己很多快乐的刘智瑶，她在自己这里拿走了好几万元。用身体赚钱，她也算能人吗？想到这里，陶启程灰着脸说："那些倚门卖笑、公开拉客的女人，又怎能算作是能人？"刘主任笑着说："在那个特殊的女人队伍里，多数是找不到工作，或者是有工作又嫌挣钱太少，这不就做上了'皮肉'生意？她们能把自己的身体随便地裸露在陌生男人面前，任其玩弄，没有点儿魄儿是做不到的。有些女人凭你给她多少钱，打死她或者穷死也不会干的。关键的是，大环境给这些'能耐'女人提供了这种条件，还有那些阔男人们的需要。岂不知，这些男人们在娱乐中毁了自己，不知道哪位漂亮妞儿给了他们一种要命的东西，还抱着小姐在那里沾沾自喜。更可悲的是，他们甩出了大把票子，最后买个身败名裂，不得善终。这些人都会算经济账，就是没算好自己的身体账，直到要完蛋的时候，才呼天号地喊救命，为时晚矣！请不要听我胡说八道。与二位谈话，倒觉得挺投机的。对了，病人该出手术室了。"刘主任看看表，起身送客。

陶启程感到，刘主任好像是在说自己。看来，还是听秉臣的话，回家吧，先把税的问题解决了再说。

走出刘主任的办公室，陶启程两个来到手术室的门口。没几分钟，手术后的林惠珠被推了出来。但见她双目紧闭，面色苍白，一个穿着绿色手术服、戴着大口罩的护士，手上高举着一个大号血袋，鲜血正在一滴一滴流进林惠珠手背的静脉里。

陶启程两个人也急忙上前帮着推车，大家很快将病人送回病房，护士为张玉清做了介绍，医生交代了护理的注意事项后，几个医护人员走了。

这是有两张病床的房间，另一张床上的患者是脑血栓，由于没钱手术，只好带着半身的瘫痪回家了。

见陶启程紧皱眉头，邱秉臣低声劝着："我知道你对嫂子还是一时转不过弯儿来，听听刘主任的话，琢磨着好好活几年吧。现在人已经脱离了危险，就算看在你儿子的分儿上，也该好好照顾她。"陶启程愁眉苦脸地说："让我慢慢适应吧。"看着床上如死人般的林惠珠，邱秉臣感叹地说："这些年心脑血管病的患者在逐年增多，而且年龄提前了十到二十年，想来这是件很可怕的事，我们的年龄都在这个范围之中，该注意自己的身体呀。"陶启程点头。他告诉张玉清，在病人康复前，她可以一直在这里，工钱不变。张玉清倒也高兴。

陶启程把新买的西服交给了张玉清，又在妻子身上找到了钥匙，邱秉臣给家里打了电话，两人在路上又买了些下酒菜，回到陶家，两人边吃边唠。这一晚，两个朋友都打开了话匣子，直到深夜。

第二天早上，陶启程收拾早餐，邱秉臣把电话打到了柳丹阳家："喂，你好，是李丹吗？""我，是柳丹……李丹，你是谁？"柳丹阳早已经忘了自己叫李丹的这回事，忽然想起又急忙改口。"我叫邱秉臣，你替交钱的那个病人叫林惠珠，首先谢谢你救了我嫂子。等一下，病人的丈夫和你讲话。大哥快来。""邱先生，病人脱离危险就好。我急着上班，今天晚上到医院去，好了就这样。"电话被丹阳挂了。邱秉臣笑着说："大哥，她说晚上到医院去，我们要把钱还给人家并当面表示谢意。""当然当然，是该谢谢的。"

陶启程的心里明白，即使自己无心与妻子和好，这回也要拿出实际行动来。都怨这该死的税，税……

邱秉臣上班去了。陶启程锁好房门下了楼，他先到银行取了钱，然后向医院走去。

直到第二天早上，林惠珠才清醒过来，她顺着自己手腕往上看去，点滴架上挂着一个大号的吊瓶，眼前一个陌生的女人，正在用汤匙舀着水向她口中送来，她张口接了，觉得甜甜的，又接连喝了几口，感到很舒服。她环视一周，努力回忆着自己怎么会躺到医院里来。张玉清做了自我介绍，并说她在大街上晕倒了，被一个叫李丹的姑娘送到医院来，还垫了一万元的费用。林惠珠听了吃惊地睁大了眼睛，随即，流下了两颗感激的泪珠，"那个李丹在哪儿？我要见她。"张玉清说："现在见不到，她说今天要上班的。也许晚上能来，我就是她花钱雇来照顾你的。"林惠珠闭上了双眼，"是她救了我的命啊！"张玉清还说："那个姑娘长得可好看了，穿一身牛仔装，背个小挎包，真像个学生。你丈夫和一位朋友看到电视播你的事，就马上赶来了，看来你有个好丈夫。"林惠珠听了又张大眼睛，"你搞错了吧？他怎么……"丈夫的行动让妻子很难相信。张玉清奇怪地望着她，"他叫陶启程，怎么会错？还说今早来呢。"两人说着，陶启程已经出现在门口。张玉清高兴地说："你看，那不是他来了。"林惠珠向门口扫了一眼，果然是他来了。这到底是怎么回事呢？往日的辛酸又涌上心头，她不由气冲喉咙，遂将脸转向一边。

陶启程来到床前，"惠珠，感觉怎么样？"林惠珠头也不回地低声说了一句："你给我出去，我不需要你。"此时的陶启程倒是和颜悦色，"惠珠，请你别计前嫌，给我一个机会。是秉臣兄弟劝我这样做的。这回我想通了，就算为了我们的儿子吧。晚上我打电话，他准回来。"陶启程说着把床头的那套西服举到妻子面前，"惠珠你看，这是我给你买的衣服，喜欢吗？"林惠珠看了一下闭上眼睛说："你出去吧，我看见你就来气。"口气已经缓和了许多。"惠珠，你刚做完手术，可不能生气。今晚那个李丹要来的，我一定要把钱还给人家，还要当面道谢。"林惠珠无力地说："我不想见你，你走吧。"陶启程无奈地说："好吧，我还有事。"

这么好的丈夫，你林惠珠还不知足？张玉清送出陶启程，心中这样想。

快下班时，陶启程又回到了医院。他是来见李丹姑娘的，既还钱又可当面道谢。

不知为什么，林惠珠已经不那么生气了。她想开了，觉得这样挺好：丈夫在她面前矮了三分，自己感到舒服。但不知他到底抱着什么目的这样做。

现在，丈夫就坐在床前，林惠珠虽然把脸转向另一边，嘴上却不赶他走了。

晚上下班后，柳丹阳来到医院，在走廊里遇见了拎着暖瓶的张玉清。她告诉丹阳："那个病人的家属找到了，说她叫林惠珠。"丹阳点头，"我知道了，谢谢。"张玉清又说："她丈夫在这里，钱给你带来了。"

"张玉清，吃药的时间到了。"喊声是从那间病房里传出来的。在柳丹阳听来，这声音有点儿耳熟。她尾随张玉清来到门口往里一看，"啊！"惊呼之下，她转身就跑。没错，就是那个陶启程——凯明的父亲！发了蒙的柳丹阳只有逃之夭夭。

张玉清提着暖瓶进了屋，还没等放下就高兴地对陶启程说："李丹姑娘来了，在门外。"陶启程听了急忙起身来到门外，见有两个年纪较大的患者家属在走廊里抽烟，却没见有年轻的姑娘。张玉清也来到门外，她愣住了："陶先生，她明明站在这里跟我说话来着，怎么转眼就不见了？奇怪。""是呀，既然来了，又为什么要走呢？有急事也该把钱拿走才是呀，我出去看看。"陶启程走出几步，拐过墙角来到大门外，并没见有什么事情发生。他摇摇头，向邱秉臣的律师所走去。

柳丹阳一口气跑出了医院大门，又快速奔回自己的家。那双开锁的手有些微微发抖，总算打开了门锁。她进屋先用凉水洗了脸，然后坐在床上，稍微喘息之后，自感哭笑不得。这到底是怎么回事呢？天下竟有这样的巧事？自己在无意中竟然救了凯明的母亲？奇怪的是，凯明的父亲怎么会良心发现地在医院里照顾起妻子来？根据凯明讲的情况，这几乎是不可能的事。看来那陶启程好像是来了个一百八十度大转弯，他怎么变得这样快？假如他对自己和凯明的事也能来个大转变该有多好。既然是陶凯明的母亲，这住院的钱不要也罢，所以，自己就不必去见那陶启程了。可是，凯明回来怎么办？他准会拉着她去看他的母亲，自己去还是不去？一旦碰上了那个人，自己又不知处于何等尴尬的地步……

现在的柳丹阳感到很不舒服，自己花了那么多钱，又买了一件麻烦事，这样的好心很难得到好报。她连晚饭也不想吃，只开了一盏床头灯，拼命地把自己送进了英语小说中。

电话铃声响起来，柳丹阳犹豫着不敢去接，她怕，怕是医院打来的，唉，这是何苦……

第十三章　三口之家

太阳才落山，半轮明月就挂在正空，一片灰白的云蒙住了月亮仅有的半边脸，给这初到的夜带来一种朦胧中的神秘。

刚刚五点钟，天就黑下来，陶凯明一个人向食堂走去，柳彤阳从后面赶上来，“陶凯明，等等我。”“我以为你先来了呢。”彤阳快走几步，两人并肩走着，又见后面一个女生快步走来，她指着陶凯明问：“你是凯明哥？”“你是谁？”“我是邱岚婷，听这位同学在喊你，才知道你是陶凯明。一别几年，我们都不认识啦。”“啊，是你，你也在这里读书？”“今年刚考来的，想不到我们成了校友。”陶凯明点头，“我在三年级，快毕业了，所以学习挺紧张，再见。”陶凯明说着，自己先向饭厅走去。柳彤阳紧跟在后，待两人的背影不见了，邱岚婷的嘴巴也噘了起来：哼！吝啬鬼，连一点儿热情也不肯给。

在邱岚婷看来，记忆中的凯明哥和现在的陶凯明可是两个人，他成了一个风流倜傥的标准男子汉了。她想起父亲说连亲家的话，不由得脸上发热。可是他为什么如此冷漠？好像有什么心事……冲你这样，我还懒得理你呢。

刚从饭厅里出来，陶凯明踏着这轻霜般的校园小路，想着母亲，想着丹阳。近三个月没回家了，他打算坚持到放假再回家。因为还有一年就毕业了，这当中的大部分时间都要到医院去实习，自己要争取在理论与实践中都取得好成绩。他走进宿舍，和柳彤阳几个同学研究起人体结构学来。

六点半左右，走廊的电话响起来，一个同学接完喊了一声：“陶凯明电话！男的。”凯明紧走几步出了屋门抓起话筒：“喂，我是陶凯明。爸爸？”“凯明，是爸爸，学习紧张吗？”“爸，你……你好。”这三年来，父子两个还没通过电话，所以，凯明感到很意外。父亲告诉他，昨天下午母亲昏倒在大街上，被一个姑娘送到医院里，还垫了各项检查住院费和手术费近万元，母亲经过开颅手术已经脱离危险，只是那个救人的女孩子还没有见到。

这件事让陶凯明很奇怪，爸爸怎么突然关心起母亲来？在他看来这是根本不可能的事，难道……凯明用手捂着话筒，"爸爸，你们……"他想说"你们和好了吗"，又怕同学们听到自己的父母不和而当作笑柄。只听父亲回答："我们都好。回来看看你妈吧，她已经清醒了。""好，爸爸，我今晚就赶回去，见面再唠，再见。"

陶凯明和几个同学说明了情况，留了一张假条请同学转给老师，又简单地收拾了一下，当即赶往火车站。

九点一刻，陶凯明急匆匆地出了站台，由于丹阳家就在去医院的路上，加之他很想念她，更想让她一起去看望母亲，所以陶凯明又突然出现在柳丹阳面前。

正在看书的柳丹阳，忽然听到了轻轻的敲门声。这能是谁呢？她起身开门，"啊！是你？突然袭击，怎么不打个电话来？"陶凯明说："想你了，也想给你个惊喜。"他首先拥抱了丹阳，然后拉住她的手，"进屋，跟你说件事。"此时，柳丹阳已经猜到了凯明为什么回来，一定是他父亲打了电话。母亲病重，他当然要回来。

两人进屋，凯明看着丹阳，"陪我去趟医院好吗？"柳丹阳听了无声地坐下了，她在考虑是否把真实情况告诉陶凯明。只听凯明接着说："我妈病挺重，做了脑部手术，在医院里。"

柳丹阳考虑再三，决定以实相告："我也告诉你一件事，但你必须替我完全保密，能做到吗？""能，你说的事我都能做到。什么事还跟我神神秘秘的？"柳丹阳笑了一笑，"你保证？""我保证。说吧。""你妈是我救的。""啊？我没听错吧？"柳丹阳摇头，"没错，可你不信是吧？"陶凯明笑了，"我信我信，你的话我怎能不信。只是，只是这太巧了吧？你认识她吗？"陶凯明点头笑着说。"照你说来，大街上昏过去的要是别人，我就不该救了？当时我可没想到她会是你的母亲。"柳丹阳的话让凯明有点儿语塞，"我不是这个意思。"柳丹阳紧接着说："我这一救，麻烦事也来了。""救了人是好事，有什么麻烦？尤其你救的是我母亲。""你有个叫邱秉臣的叔叔把电话打到我家里来，让我到医院去。垫了那么多钱该去取吧？谁想看见了你父亲，吓得我撒腿就跑。""跑什么呀？""还用问吗？要知道是你的母亲，也许我会犹豫的。当时情况危急，没想别的，只想救人要紧。如果我认识你母亲，那就另当别论了。可是我根本没见过她呀，我真希望救下的不是你的母亲。告诉你，你可是下了保证的，决不许让你的父母知道，听见没有？""我父亲见到你了吗？"丹阳摇头，"在他还没见到我的时候，我就吓跑了。""丹阳，够难为你的了，谢谢你。""那你说，这医院我怎么去？"陶凯明叹了口气，"我只好自己去了。""对不起，凯明，你可一定要保密，起码，暂时不要说出去。还有件事，你父亲怎么会到医院去照顾你的母亲？他们和好了？"陶凯明站起身，"我也正纳闷儿呢，只有见到他们才能弄清楚，我走了，送送我吧。"柳丹阳起身相送，陶凯明拉住丹阳的手，"今晚在医院陪母亲，如果没什么事的话，明早回学校。""我给你备早餐。""多谢。"两人相依相偎地出了房门，走出小院。"快走吧，你妈在盼着你。"柳丹阳松开了陶凯明的手，凯明又紧紧地拥抱了柳丹阳，这才依依不舍地向大街走去。柳丹阳站在那里，直到望不见他的背影，心中又涌起一股苦涩的滋味。

陶启程来到邱秉臣的事务所，把"李丹"的情况说了，这位朋友笑了，"好哇，救了人连钱都不要了，她一定是想起了比取钱更重要的事才走的。反正这钱也没不了，明后天她还会来的。咱先不说这件事，还是说说你的家吧。你到底是真心还是假意？只要把事情反过来想一想，你站在嫂子的位置上会怎么样？大哥，你们要真的和好了，我们就做个儿女亲家，让岚婷做你的儿媳妇，总不会委屈了你家的凯明吧？不过，我的女儿挺任性，也总得医大毕业以后再说。"陶启程笑着说："女方小两岁可是正好，我同意了。""那好，等眼前的事解决完了，我们坐下来好好商量一下，我想，两个孩子也会同意的。"

邱秉臣处理完公事，两人到外面吃了晚饭，又一同来到医院。

有邱秉臣在场，林惠珠也不好说什么。他们闲聊，自己只有闭目养神。趁此机会，林惠珠考虑着自己与丈夫之间的关系到底该怎么办。按时间计算，儿子还有半个小时就到了，还是听听他的意思吧。

陶凯明急匆匆赶到中心医院，在脑外科住院处的病卡板上，很容易找到了母亲的名字。他按着病房号码很快来到了母亲的病房门口，又停住了脚步。看着卧床的母亲，凯明禁不住泪水盈眶，他几步扑到床前，"妈……"见母亲头上裹着纱布，面色发黄，较两个多月前更是瘦弱了许多，凯明的泪水终于滚落下来，"妈，你怎么样？"

见到了思念中的儿子，林惠珠也激动不已，"明儿，没想到你这么快就到了，妈没事的，看见你就什么病都好了。快去见你邱叔叔。"

陶凯明转过身，"爸爸，邱叔叔好久不见，你好。"这两个人看到母子俩见面，也感觉有些激动。邱秉臣端详着凯明，"这孩子长成漂亮的大小伙子了，真像你爸。还能认识岚婷吗？"凯明摇头，"已经几年不见，不敢认了。"陶启程笑着说："那岚婷姑娘可是百里挑一的。"邱秉臣接着说："她也在医大读一年级。"凯明对岚婷丝毫不感兴趣，也没提起在学校见到她的事。

凯明又坐到母亲的床前说话。邱秉臣小声说："大哥，我可看好你家的凯明了，真想让他做我的女婿。"陶启程笑着说："我是没说的，不知凯明什么意思。"邱秉臣点点头，"也是，现在的儿女都有自主权，那就以后再说，不过我们双方都要努力撮合才行。""那是自然。"

林惠珠对儿子说起救人的李丹："明儿，告诉你爸，一定找到那个姑娘，把钱还给人家，要不是她，妈就……"她说着，泪水也下来了。凯明急忙掏出手绢给母亲拭泪，"妈，你这回病好了，以后就享福了，我会孝敬你的。"

陶凯明让张玉清回家休息，明早六点接班，今晚他要亲自照顾母亲。

看看时候不早，邱秉臣也告辞回家，陶启程送出院外。"别送了，未来的亲家，一定要好好看护嫂子。"邱秉臣嘱咐着。

在陶启程的脑海里，柳丹阳的影子闪现出来：哼，做过陪酒小姐当不上我的儿媳，你就死心吧。

他站在医院门口的雨搭下，不知是该回家，还是陪儿子住在医院里。正在犹豫不决，见儿子来到身边，"爸，这儿有床，陪我住一晚吧。"他点头，两人一同回到病房。

凯明把绿豆糕调成流食，慢慢地喂着母亲。

初冬季节，屋子里的暖气很热。陶启程把两个椅子摆到空床的里边，看看不够，又到值班室借了一把，这样足够父子俩栖身的了。

现在，林惠珠感觉又像回到了从前，身边有丈夫，有儿子，三口之家同在一间屋子里，多好啊。她慢慢地进入了甜美的梦乡，仿佛，自己不是刚刚动过手术，也不是住在医院里。

这边的父子俩对坐在床上，大概要促膝谈心了，他们也好久没有坐得这么近了，低低的谈话声并不影响病人休息。父亲先说起那个李丹的事，让儿子分析一下为什么。灯下的凯明显得很不自然，回答也很简单："不知道。"儿子问了厂里的事情，又讲了一些学校的情况，这才开始进入正题："爸爸，请你把心里话说出来，按你从前的做法，可不是现在这样的。""你指的什么？""明知故问。"陶凯明斜了父亲一眼笑着说，"爸聪明，还用我直截了当地问吗？"父亲叹了口气，"我想回家。"这几个字说完，陶启程看着儿子，再不言语。凯明将头轻轻地摇了摇，"爸，据我所知，问题可没这么简单，这里是不是隐藏着什么阴谋？我可是怀疑爸爸。因为按照你从前的惯例，保不准这回也是使用的一种手段吧？"见父亲欲言又止，凯明看看床上睡着的母亲，自己下了床，把父亲也拉到走廊带好房门，父子俩坐在长椅上，儿子的脸色变得严肃起来，"爸爸，看看我妈的样子，她经不起你这样折腾了，求求你就饶了她吧。我主张你们赶快分开，这样对谁都好。你要是还要儿子的话，就听我一回，由我做主，让我妈拿你三分之一的财产就行，这可是替我妈退了一大步了。我实在不愿意再看到你们过着这样夫妻不夫妻、离婚又不离的糊涂日子，对双方的精力牵扯都不小，你尽可在外面花天酒地，而我的母亲在暗中还惦记着你，这样不公平。你们办了手续，分了财产，我妈也就死了这条心，缓过一阵子，她还能静心地好好活几年，我也就安心了。爸，儿子这点儿要求你做不到吗？"此时陶启程心中想着自己偷漏税的问题，脸上掠过一道阴影，他不想让儿子知道这件事，"凯明，爸爸真的想回家。""我要是不同意呢？""怎么会？有这样的儿子吗？""哼！"凯明冷笑一声，"有其父必有其子，我的招法将来必定胜过你一筹，因为我看透了你的心，不会对我妈再有半点儿真情了，所以你们还是实际一些快分手吧，请你放心，以后我和母亲的日子也错不了。"陶启程轻轻吁了一口气，"这次回家不走了还不行吗？""不行，劝你还是收回这份虚情假意，就算可怜我妈一回好吗？"陶启程眯起眼睛，眉头拧起了疙瘩，"我和你妈的事，希望你不要插手，这要取决于她的意思。她要坚决不肯，那只能算了。时间不早，睡觉吧，我困了。"陶凯明皱着双眉，无奈地起身，看看腕上

195

的表，已经是零点三刻，自己的双眼也感到发涩，那就睡吧。

第二天一早，陶凯明趁父亲上厕所时，哈着腰对母亲说："妈，小心爸又在骗你，千万不要信他。你住医院期间，暂时接受他的照顾也无妨，他将来会原形毕露的。我要上学了，有事打电话，妈，你多保重，我走了，下周争取还回来。"凯明含着泪水，用双手捧了一下母亲的脸，见父亲回来，他嘱咐道："爸，我知道你会好好照顾我妈的，谢谢你，真的谢谢你。我走了，再见。"父亲点点头，无声地把儿子送到门口，各道一声："再见。"

儿子走了，陶启程的心绪又乱起来，他不得不佩服儿子的洞察力。

是呀，要不是这该死的税，自己怎么会如此低三下四地伺候一个掐半拉眼珠子看不上的黄脸婆，他觉得自己像个瘪三。

张玉清给病人带来了热馄饨。陶启程有事走了，王双林夫妇来了，还带了礼物。见林惠珠的状况很好，他们也就放心了。

按照邱秉臣的话，陶启程这两天就要写好报表，说明几年来的实际收入，然后再写些自我检讨的话，并要求补税，求得税务与法律的谅解，可能还要交滞纳金，光是这个数字就不小呢。总之，要多说些拜年的嗑儿。这当中的酒饭钱，还不知道要额外搭上多少。要事情尽快解决，看来麻烦事还真不少。

要写这些收入报表和检讨书什么的，还得找行家，陶启程又找邱秉臣去了。

陶凯明吃着丹阳准备的早餐，说着与父亲的谈话，见女友不语，凯明心中明白她在想什么，自己也无法把事情说透。丹阳想把凯明父亲与自己继母的关系及白雪梅去学校的事告诉凯明，想来无益，又闭了嘴。

在站台上，火车徐徐启动，陶凯明向车下的丹阳挥手告别。一晃之间，他看到她脸上两颗晶莹的泪珠滚落下来……

白雪梅被憋了好半天，总算盼到陶启程带着客人出去，她急忙收拾好自己出了卧室。她感到自己真是王八掉灰堆——憋气带窝火，搭着身子又赔着吃喝钱，真窝囊死了。她越想越别扭，心里这个气就不用说了。没办法，只好乖乖回家。当她走到门口时，那个老王向她眨眨眼睛摆摆手，做出一副滑稽相。白雪梅心中发狠：臭更夫也来戏弄我，你等着。

这几天，白雪梅接二连三地打电话给陶启程，回答总是"现在特别忙，有时间给你回话"。白雪梅到厂里去了一次，已经换了锁。这使她更加生气，也猜测陶启程肯定是有什么特殊情况，不然怎会不见她呢。

陶启程正在焦头烂额地搞他的报表，写他的检查，他对这些东西是个门外汉，想帮他的邱秉臣因事务多，只能是忙里偷闲地给他做做指导而已。所幸的是，补税只到去年底。就是说，今年那批加工活的所得税年底一起清算，眼下不用凑那么多钱了。但是两三个月的时间一晃就到，到时还是个麻烦。没办法，拖一天算一天吧。

白雪梅找不到陶启程，无聊想念之中又夹杂着几分怨恨。令她高兴的是，这一年多来白兰的英语成绩倒是提高很快，而且还常瞒着她到姐姐那里学习。白雪梅明知此事也不过问，也没有再去找柳丹阳闹事的打算。只是那钥匙的事还是让她心中恨恨不已。

白兰向姐姐说了要早些出国的事，丹阳知道妹妹的打算以后称赞不已，夸奖她的志向远大。

在邱秉臣的全力帮助下，陶启程亟待解决的漏税问题总算有了一些眉目。这一阵子，他可是什么闲心也没有了，几次接到白雪梅的电话都被他挂断了，而且还生气地说："我完了大事还要找你算账呢……哼，非带你去医院检查不可。"

他心里还有个小九九：要想法子把白雪梅手中的钱弄出一部分来交年底的税。他知道老头子给她留下不少钱，让她先拿出来解决燃眉之急，日后还她就是。

林惠珠出院了，有丈夫陪她回家，让她从心里高兴。虽然儿子又回来一次，并以同样的话告诫她，可是，她实在是禁不住丈夫的好言诱惑，而且，这陶启程竟然能和她睡在一起。理由是晚上看护方便，这理由倒是满充分的。

林惠珠的身体恢复得很好，较以前胖了许多。让她奇怪的是，她丈夫怎么没了脾气？为什么对她好起来？问那邱秉臣，他的话更简单："大哥想开了。"怎么说林惠珠的心里也是迷惑不解。儿子说他并非真心，而是另有企图，自己一定要防着点儿。

柳丹阳接过两次找李丹的电话，她只说打错了。

知道凯明的父亲回家了，柳丹阳的脸上增加了一层愁云。与凯明的事只好走一步看一步了，没什么好办法。好在，那两个"魔头"没有再来找麻烦。

快放寒假了，柳丹阳盼着凯明快些回来。她知道那陶启程住在家里，并听凯明说他父亲把母亲照顾得很好，母亲现在很快乐。柳丹阳知道，陶凯明是个非常孝顺的儿子，很多事情他都要顺着母亲。丹阳心中明白，那边的夫妇和好，意味着反对她与凯明的力量增加了一倍。陶凯明始终对父母隐瞒着他俩私订终身的事。此事一旦挑明了，不用说，他母亲一定会毫不动摇地站在丈夫一边的。假如母亲知道那个李丹就是丹阳呢，或许，母亲会改变态度的。但，这只是希望，希望而已。

柳丹阳想着陶启程说的那些话，不能不让她心中颤颤，如坠深潭……

父亲的周年到了，丹阳找了长顺叔，一起准备好香烛纸马，在早已买好的一方坟茔地上，把父母的骨灰分别安葬好，还举行了一个小小的立碑仪式。柳丹阳望着父母亲的遗像，不免悲从中来，口中念道："爸爸，有时间去找找你的结发妻子，她可是我的生母。有这两位好女人陪伴你，就不必惦记那个白雪梅了，她不是你的人。"

丹阳想到弟弟的出身，盼着弟弟的毕业。到那时自己会把一切都告诉他，这一天让她盼得太久了。

在假期里，那陶启程不时地问儿子女朋友的事，陶凯明总是说："我的婚事不要父母包办，男子汉应该有自己的主意才行，这书没念完，谈婚论娶为时过早。"

不出丹阳所料的是，凯明母亲果然是一边倒地站在父亲的立场上："凯明，你爸说了，你的女朋友做过陪酒小姐，那是坚决不行的。""明儿，你爸说了，那姑娘虽然长得不错，可是她的根底不好，这样会给你今后的前途造成麻烦的，名声也不好听。""明儿，你爸说了……"可见，陶氏夫妇在背后是没少谈论儿子婚事的。而且，母亲是百分之百地传达着父亲的意思。

随着时间的推移，林惠珠对儿子的婚事是越来越上心了。只要是儿子在身边，她总是不断地在唠叨，什么早娶妻早生子啦，早养儿早得济啦，实在让陶凯明发烦，表面上还要装作高兴的样子，母亲嘛，拿她没办法。

一天，母亲突然对儿子说："你邱叔叔家的岚婷妹妹，如今可是出息了，那天来我们家，妈可一眼就看上了，在学校见过她吗？"凯明点头，"见过，两句话就打发了，没什么说的。"母亲皱起眉头，"你呀，真是的……"

让母亲惦记的还有一件事，就是那个叫李丹的姑娘一直没有找到。人家救了我的命，还垫了那么多钱，至今连面都没见着，那钱也无法还给人家，这也太让人过意不去了。听那个张玉清说，那丫头长得可俊呢，不光是五官漂亮，身材也好看，还挎着小背包，衣着朴素得像个学生。唉，真是的，欠了人家那么多钱还不了，这么好的姑娘救了命也无缘相见，这让自己后半生都会不安。

这一天林惠珠突发奇想，要是能找个李丹这样好心肠的姑娘给自己做儿媳妇该有多好。她想着倒先乐了，然后又绷着脸吐出两个字："做梦。"

陶凯明总想把丹阳救母亲的事告诉父母，想以此来改变他们对丹阳的态度，可是丹阳说这是徒劳的。她觉得即使是救了凯明的父亲本人，他对她的看法也不一定有什么改变，还是以后再说。

邱秉臣那"前门燃烧，后院起火"的话果然不错，要不是他的鼎力相助，自己是非蹲笆篱子不可，陶启程闲下来这样想。

虽然卖了两台机床，却免受了牢狱之灾，仔细想来，如果不先扑灭"后院的火"，其结果很难预料。

陶启程虽然守着老婆，却从心里不想碰她——她面色清瘦发黄，肚皮干瘪，实在……他想起刘智瑶，想着白雪梅，刘智瑶找不到，白雪梅却是现成的，而且"招之即来，来之能战"，他经常在半夜里品咂着和她在一起的滋味……

陶启程每天这么干熬着，忍受着，无聊与寂寞之下，他还是听了邱秉臣的话：不能随便到外面去找女人，那些姑娘们虽然表面漂亮，对你热情如火，可当她知道你的衣袋里要是空的，就即刻变成了一块冰。况且，不知哪个女郎会送给你一样致命的东西，那后悔药可是没处买的。他又想起了李少乾之死，原来白雪梅的丈夫是那种病走的，自己要加倍小心才是。

柳丹阳是李少乾的女儿，自己要真是娶了白雪梅，柳丹阳再嫁给凯明，让继母当她的后婆婆，真是滑天下之大稽。

陶启程对自己这种想法也不禁摇起头来。如今回了家，和白雪梅只能做个露水夫妻，倒也蛮有兴趣的。有个黄脸婆在身边，他总觉得是块绊脚石。

现在，陶氏夫妇才叫同床异梦呢。自从林惠珠出院回家，丈夫始终和她睡在一张床上，这让她从心里感到舒服。遗憾的是，陶启程虽然照顾她，却还没有尽到那做丈夫的义务，这让林惠珠总是高兴不起来。

常言道，三十不浪四十浪，五十正在浪头上。有人这样解释，说女人的性需求在四十岁以后才越发强烈，到五十岁时才达到巅峰。而林惠珠正处在这个巅峰上，也就是说，她的年龄正好是性趣勃发的时期。身体的康复，精神的愉悦，正在浪头上的林惠珠又焉能不想"得寸进尺"？

现在，她身边的男人像块木头，就算是个女人，有时也会摸她一把，开个玩笑呢！而陶启程一到床上就严肃起来，连换内衣都要到儿子的房间去。已经二十年的夫妻，这不就怪了吗？

许久以来，林惠珠都是一个人睡在床上，身边没人也就罢了。而今，现成的大男人就睡在身边，对她却一动不动，这倒不如没有呢。有时她故意扔胳膊撩腿，搭在丈夫身上，人一醒，就立马被推了下来，林惠珠只能暗中生气又无可奈何，她怕，怕丈夫再次离开她。好吧，就这样干守着，也比没人强吧。

这天半夜里，她做了一个梦，梦见自己又回到了年轻的时代：她身穿黄军装，臂戴红袖标，雄赳赳气昂昂地走在一队女红卫兵的前面，口中喊着："巾帼不让须眉……"她连喊两句，声音不小。被惊醒的陶启程听来却是"坚决不饶雪梅"，着实让他吃了一惊！怎么回事？难道她知道了？陶启程做贼心虚。只听林惠珠又清楚地喊道："……不让须眉！"而在陶启程听来还是"不饶雪梅"，这让他心跳也加快了速度。

他只好靠在妻子身边问："惠珠，你怎么了？"林惠珠醒了，她觉得丈夫的身子紧贴着自己，真好啊！

她一动不动地装着睡，但愿一切就此静止。

在陶启程的心里，怀疑是邱秉臣告诉她的。对，秉臣早就认识老王，一定是老王说给他，况且那天在厂里已经露了马脚：那么长时间不开门，桌上的筷子也是两双，下楼时朋友没完全挑明，只是顾及自己的面子而已，陶启程害怕了。

现在，陶启程不能不给妻子点儿真格的了。时间刚好接近凌晨，也正是时候呢。自己苦熬了这些天，憋得也够受了。他想到这里，身体也有了反应，确实该找个"地方"发泄一下了。此时的陶启程，火一样的欲望压倒了一切，他不管身边的人是谁了，原始的需求迫使他不管三七二十一地压了上来……

此时的林惠珠正如久旱逢细雨，枯苗洒甘霖。几年来孤独寂寞的单身生活，使她几乎忘记了什么是夫妻，什么是男女，什么是人人都需要的性爱。那种感受已经变成了遥远的且已模糊不清的记忆。

陶启程呢，与妻子久违了的床上动作，使他感到有些生疏加笨拙，又带着几分慌乱，却也别有一番感受。"久不接壤"的两个人，倒似新婚第一夜那样毫无章法，变得速战速决……

瘫倒在一边的陶启程心里在纳闷儿：怎么搞的，她除了单瘦些之外，与别的女人没什么两样……

陶启程还是惦记着白雪梅，惦记着她的身子，还有她的钱。

这一天，他主动约来了白雪梅，说是让她陪着去看病，并动员她也检查一下身体，有什么病也好及早治疗。白雪梅什么也没多想，高兴地坐在了化验员的面前。

化验结果出来后，各自平安，陶启程放心了。难免，两个人又到那间"洞房"翻云覆雨地折腾起来。

陶启程计划今年的税要靠白雪梅的钱。

这一天，陶启程又约来了白雪梅，并送给她一套很高档的女装。陶启程说："我最近发财了，凭空得了好几万，给你买套衣服是庆贺的。""真的？发了什么财？""炒股啊，这钱来得真快，几天工夫，好几万元就到手了，真痛快。只可惜投得太少，不然会捞到更多。""你帮我挣几万吧，反正这钱放在银行也没多少利息。"陶启程摇头，"不行，这是要担风险的，一旦看走了眼，就挣不着了。"白雪梅搂着陶启程的脖子说："只要不赔上老本就行。"陶启程眯着眼睛说："好吧，你想投多少？""二十万行吗？"陶启程笑了，"你不怕我带你的钱逃跑了吗？""你呀！"白雪梅指着他的鼻子说，"要跑时千万带上我。"两个人对着脸笑了。

没两天工夫，白雪梅就拿来一个刚分开的二十万存折交到了陶启程手里，这和逃跑也没什么两样，因为启程机械厂那笔欠税倒是结零了。

最后一个假期很短，临走的前一天晚上，陶凯明在丹阳家里坐了很久。趁彤阳去了同学家，两个人无拘无束地拥抱在一起，说着自己想说的话，打算着他们的未来。"丹阳,经过半年的实习,我感觉和在课堂里学的书本知识大不一样,人的身体真是一台最复杂的机器,而且,研究起来还蛮有趣呢。""我当年就想学医,想学成好治母亲的病,谁知,母亲那么早就走了。"丹阳说着,泪水已浸在眼圈。"行了。"陶凯明用手指背抹了一下她的泪水,"已经过去这么久,就别说了,好在有我替你完成了这个愿望。"丹阳苦笑着说:"将来我们到底是什么关系还不知道,凯明,我没想到你父亲在这种情况下,还能回到你母亲的身边,这也是你最希望的。我以前说过,你父母要是重归于好,我们的事就难说了,事到如今,你有什么好主意吗?"陶凯明轻轻地抚摸着丹阳的柔发,"你说的对,母亲的立场是完全站在父亲一边的,确实给我们造成了更大的障碍。现在他们和好了,我可以不再惦记母亲了,到时他们要是一起挡横的话,我们只有一同出国,过几年给他们抱回个大孙子来,让他们高兴去吧。"柳丹阳长叹了一口气,"不到万不得已,我也不想走这条路,好说不好听的,那叫'私奔'。只是怕你到时下不了这个决心。""怎么会?到时他们还不答应,我们就一起远走高飞,他们挡不住的,因为我们只有这一条路可走了。"柳丹阳将头摇了一摇,面色忧郁地说:"凯明,到时你要是动摇了立场,可别怪我一个人远走他乡。真到有那么一天我们必须彻底分手的时候,我会郑重其事、理直气壮地站在你父母的面前说:'当年陶凯明的母亲是我救的,记着,你们欠了我一个大大的人情,再见。'我会潇洒地与他们告别、潇洒地走。"陶凯明把搂在丹阳肩上的手臂紧了一紧:"不可以不可以,你不能丢下我一个人走,要真是那样,我会发疯的。"丹阳的一只手臂在凯明的腰上也加了力,"那你就下定决心和我一起走,任何情况都不要动摇。我是说任何情况。""你说,会有什么情况呢?"丹阳摇头,"很难说,肯定是意料之外的。你想一想,你母亲向你父亲一边倒,她是你的妈妈,你又是个孝顺的儿子,所以你妈要治你是很容易的,何况,还有你爸在背后出谋划策,我们抵得住吗?"陶凯明接着说:"不管怎样,我们都不要分开,也不能分开。""但愿如此。"

　　一对面色忧郁的恋人,心中憧憬着美好的未来,也预料着前途的艰难。他们珍惜着眼前的幸福,彼此抱得更紧,更紧……

　　陶凯明和柳彤阳一同分配在省城的第二人民医院,已经实习多半年时间了。对于理论与实践的结合,两个人都专心致志,勤奋学习,立志为百姓解除病魔。

　　两个大小伙子倒像一对兄弟，往哪一站，挺打人儿的，引得那些漂亮的小护士们争相献媚，两个大学生只好有意无意地躲开去。

　　他们学的科目相同，实习当然也是经常在一块。反正研究的就是人，人身体的各个部位从里到外，小到细胞，大到头颅、腿骨，无一处不琢磨个透。

　　下半年的实习时间很快过去，两人都以优异成绩毕业了，四年的大学生活正式结束。经过努力，两个人一同分配到家乡中心医院工作。这就标志着，他们的人生向前跨越了一大步，正式走向社会，开始从事起这神圣的人民医疗事业。

　　回到家乡工作，而且从事的是自己的本行业务，这是陶凯明和柳彤阳高兴的事。

第十四章　彤阳跪姐

　　邱岚婷所在的这个班级里，一共有四十一名学生，而女生居多。班长叫展大鹏，他虽不十分英俊，却也是男子汉的派头十足：一头黑发，两道剑眉，一双眼睛不大却透着灵光，两片稍厚的嘴唇，能吐出有相当说服力的话语。他高个头、宽肩膀，笔挺的西装常常是他的骄傲，锃亮的棕色高档皮鞋也总会成为他的炫耀。

　　在所有女生中，邱岚婷是个出类拔萃的漂亮姑娘，她不但身材好看，五官也秀美，还被同学们推上了校花的候选名单。

　　邱岚婷心中，不知不觉把这个展大鹏装了进来。女孩子有了这个心思，难免经常在背地里以眉眼传情，寻机献媚。

　　这展大鹏是省级干部子弟，他仗着自己父母的权势，凡事有些专横跋扈。当然，作为一班之长，有些事情是需要他来决策的。

在展大鹏看来，这些女孩子们对他争相献媚是自然的，自己有高大而坚实的靠山，将来的一切都会有父母给蹚出现成道来，这是他的骄傲，也是他的资本。展大鹏考医科的目的很明确：等市卫生局长退休，大鹏毕业后，再锻炼个几年，这位置不就是现成的吗？所以，这条路是作为高干的父母给设计好了的。尽管学习差些，但他有一张能说会道的嘴和一定的组织能力，何况班主任以见过大鹏的父亲为荣呢，就连校长也是他父亲的好朋友。

　　展大鹏对邱岚婷已经关注很久了，不过是时机没有成熟，何况，作为一班之长，四十双明亮的眼睛都在看着自己，不做出点儿样来，大家会有意见的。

　　一年级很快就过去，就要放暑假了。因展大鹏家住本市，只要学校宣布放了假，他半小时就能到家。而大部分同学的家都在外地，需要提前几天去预购车票。

　　邱岚婷的家乡是个依山傍水风景秀美的好地方，她想在放假期间约展大鹏到自己的家乡做一次小小的旅游，不知大鹏肯不肯。

　　这天晚饭后，她写了一个小纸条偷偷塞给展大鹏，然后红着脸到外面去了。

　　在校外的树林深处，早有准备的展大鹏应约而至，而且在距离邱岚婷十几米的时候就偷偷地松开自己的裤带，这是邱岚婷没有想到的。展大鹏在幽深半暗的树林中很不客气地抱住了邱岚婷……

　　还没有充分思想准备的邱岚婷，虽然知道可能会有这种结果，可她还是有些措手不及甚至有点儿害怕。她一动不动地站在那里接受着拥抱，心中却突突乱跳起来。展大鹏却已把他那两片微厚的嘴唇在她的脸上吻了个遍，然后叮在嘴上吮哑起来……

　　无奈的邱岚婷在半推半就中，轻易地丢了最宝贵的东西。以后他要是变了心怎么办？她哭了，哭得很伤心。

　　对展大鹏来说，干这样的事他可不是外行。现在，展大鹏轻而易举地就得到了垂涎已久的东西，他满足了，并且感到浑身都是轻飘飘的，邱岚婷却越哭越伤心，她躺在地上不肯起来，心中又羞又恨，"你原本就没安好心……"展大鹏笑了，"什么叫没安好心？难道这不是你所希望的吗？这也是爱的具体表现嘛，被我付诸于行动之后，我们的爱已经达到了最高境界。不对吗？"邱岚

204

婷的泪还在流，她一边整理着自己的衣带一边说："什么最高境界？真正的爱绝不会是这样的。我那美好的梦境，已经被你捣得支离破碎，我觉得自己完了。大鹏，我们不该这样，让人知道可怎么办？""没人知道的。岚婷，你早晚都是我的，我们为什么不让幸福早些来到呢？我们开学后找个隐蔽的地方租间房子，每天都可以住在一起，那多好啊。"邱岚婷还是摇头，"大鹏，别这样好不好？我决不能和你同居，父母会勒令我退学的，我也不想这样活着。你要真的喜欢我，就等三年以后，我们都毕业了，到那时再光明正大地结婚不好吗？""得得，我可想不到那么远。放假你不来，也不让我去是不是？那好，漂亮的女孩儿到处都有，我去找别人消遣，你可别吃醋。走吧，不早了。"展大鹏说着，径自向林子外走去。

此时的邱岚婷心乱如麻又六神无主……

本来，她是想约展大鹏在假期里到她的家乡游玩，又不想让别人知道，所以搞得有点儿神秘，当时她还怕人家不答应呢。天知道，这样大的事情会发生得这么突然，又这么迅速，让她轻而易举地就失去了自己的第一次，真是活见鬼，她本不想这样做的呀，可自己为什么不反抗呢？原来，自己是真心喜欢大鹏的。只是对他太缺乏了解了，事到如今又能怎么办？邱岚婷站在那里放声地哭了起来。

听到哭声，展大鹏又转身走回来，他上前搂住她的脖子，又吻了一下她的额头，抹去她脸上的泪水，"对不起，我的乖孩子，刚才我是在开玩笑的。因为我太爱你，所以在行动上有些急切与粗鲁，请你原谅好吗？别哭了，我们早晚都要生活在一起的，这样只是先走了一步嘛。假期你能来就来，又没人强迫你。还是你说的对，不能让你父母过早地知道我们的事，他们肯定不赞成的。时间不早，我们该回寝室了。"

展大鹏搂住邱岚婷的腰，向树林外走去。

此时，心灵单纯的邱岚婷，完全相信了她的大鹏。她把头歪在他的肩上，一只右手也紧搂着他的腰，一张脸也如一朵初绽的桃花般红中透粉。两人亲亲热热地走出树林，然后各自分开。这场风波也就此暂时告一段落。

假期里，展大鹏和邱岚婷没有见面。

在四十天的暑假里，邱岚婷非常想念她的大鹏，两次接到他的电话，只好推说母亲有病而拒绝。想要到省城去会他又不敢，她怕，怕展大鹏又轻薄她。

只有展大鹏自己知道，他已经瞄了邱岚婷很久了，也早就想引这条美人鱼上钩，然而在表面上对她却是严肃有加。他时时告诫自己：没有百分之百的把握，千万不可轻举妄动。

邱岚婷很爱展大鹏。女孩子嘛，那种爱的情感难免经常在表面上有所流露，却常见大鹏不理不睬。这让邱岚婷在背地里伤心不已。

一个同学有病住院了，展大鹏约两个同学去医院探望，邱岚婷自告奋勇。回来时那个同学有事到别处去了。出人意料的是，展大鹏对邱岚婷开始嬉笑起来："我说美人鱼，你这双眼睛太能勾人了，再这样下去，我可是要把持不住自己了，到时你可别怪我……"他故意停住话语，挑逗似的眯着这双小眼睛，死盯着邱岚婷的脸，让邱岚婷感到有两股火辣辣的热流直喷过来。她的脸腾地一下红到耳根，"你，怎么样？"展大鹏把一只手搭在女友的肩上，"怎么样，像阿米尔（电影《冰山上的来客》）一样，要冲上去了。"在邱岚婷的心里，像阿米尔一样冲上来，也不过是拥抱她一下，仅此而已。然而，她错了，完全错了，还高兴地说："好哇，原来你平日的严肃是装出来的，坏主意全在肚子里。"

的确，展大鹏的坏主意全在肚子里。

让展大鹏垂涎已久的邱岚婷，这回自动找上门来，他又焉能错过机会？终于，展大鹏冲上去了，冲得完全又彻底。

许久没有品尝女人滋味的他，又像猫儿找到了鲜鱼一样，这又勾起他的欲望。他想念邱岚婷，其实是想她的身体，想女人。无奈之下，假期他背着父母在豪华大酒店开了房，包了几天这里的皇后小姐才算过足了瘾。

新学期开始了，一切又在正常中进行。

展大鹏还是那张一本正经的脸，轻易不对谁笑一笑。不过，他的目光经常扫在邱岚婷的脸上，然后迅速移开。

邱岚婷在惶惶不安中度过了这个假期。她知道，自己虽然爱大鹏，却毫不愿意那样的事情过早地发生在自己的身上，而且，还是在她没有半点儿思想准备的情况下，这使她很懊恼。

整个假期，邱岚婷都是沉浸在抑郁的空气中，连母亲的眼睛都不敢正视，生怕她在自己的脸上、身上发现那不可告人的秘密。

好不容易盼到开学了，面对的又是展大鹏那两道诡异的目光。她怕，怕他约她出去，所以要避开一切单独和他在一起的机会。

邱岚婷下定决心，再也不去那倒霉又该死的树林了。

在展大鹏看来，一条鲜活的美人鱼整天在眼前游来游去，自己这只馋猫每每都要干咽嘴，白白吞咽着自己的嗓葫芦，闻其腥而不能食其肉，这不是馋死人了吗？尤其见邱岚婷有意在躲着自己，他心中更是恼怒不已，展大鹏开始想主意了。

邱岚婷当然不是展大鹏的对手。展大鹏时而用强硬的手段胁迫邱岚婷，时而以甜言蜜语迷惑她，软硬兼施：

"如果你不听话，我就把咱们的事公布于众，然后我可以轻松地转到其他学校，到时你可别后悔。"

"亲爱的小乖乖，你是我的心肝宝贝，我爱你一生一世。快来吧，想死我了，今晚老地方见。"

他还经常在暗中塞来一个纸条：

"请你今晚到 ×× 旅店 ×× 号，务必。"

"岚婷，今晚有电影，×× 点钟在 ×× 电影院门前等我。"

然而，每当电影刚开演时，他便拉她到另一个秘密地方，迫不及待地开始他的疯狂……他暗中相约，她不能不去，却是去过一次害怕一次、后悔一次。她不敢面对同学们的每一双眼睛，她觉得那一双双明亮的眼睛都像 X 光机一样，个个能够穿透她的躯体，识破她体内的变化。

就这样，她在惶恐不安中又度过了一个学年。学习成绩一向不错的邱岚婷，这一年的名次已经下降到三十名开外。

新学期又开始了，一切照旧……

弟弟走上了很好的工作岗位，柳丹阳终于可以松口气了，她开始考虑该找机会把弟弟的出身告诉他。

柳彤阳开工资的第一个月，他趁休息日先到商店挑了一条玲珑剔透的宝石项链，在回家的路上，还特意买了一块猪肝和两只熟猪蹄，他知道这是姐姐爱吃的东西。经过自家门前的小铺时，彤阳还顺便带了两瓶啤酒。

柳彤阳回到家里，丹阳已经做上米饭。她接过彤阳递过来的塑料袋闻了一闻，"什么东西这么香，你有钱了？""姐，昨天开工资我没告诉你，是想自己做主给姐姐买点儿什么，以后的钱如数交给姐姐就是。"丹阳开心地笑着说："哈哈，我弟弟能挣钱了，姐太高兴了。往后的工资自己攒着吧，大学毕了业，又有了很不错的工作，过两年就该考虑成家的问题了。"彤阳摇摇头，"姐呀，那可远着呢。我不想过早地结婚。""彤阳，这是人人都要想的事情，有合适的可以先处朋友，要看准人才行。"

柳丹阳又炒了两个便菜，姐弟俩摆好菜盘，彤阳起身倒过两杯酒来，一杯捧到姐姐面前，"姐姐，亲爱的姐姐，自从母亲走后，你对我比妈照顾得还要周到，从高中到大学，这么多年来，我都是靠姐姐供养，没有半点儿回报的机会。我今天是第一次开工资，从今往后，弟弟也能挣钱了，这是姐姐的功劳，没有姐姐的辛苦劳累，就没有小弟的今天，我不敢想象没有姐姐管我会是什么样。姐姐就是我的再生之母，这恩情让我今生今世也报不完……"彤阳说着，泪水已含在眼圈。"彤阳，不要这样说，咱家就你我两个人，姐姐就应该对你的前途负责，这是我的义务，也是在报答母亲的恩哪。"丹阳说着，眼圈也红了。"姐，你这一管，却毁了自己的前程，现在想来，弟弟心中更加不安，总觉得无以报答。我用自己头一个月的工资，擅自做主给姐姐买了一条小项链，以表敬意。姐姐你看。"只见彤阳从怀里拿出一个精致的小圆盒，打开来送到姐姐面前。丹阳接过来一看，原来是一条项链盘在盒子里。"啊，好漂亮，姐非常喜欢。"她说着，把项链拿在手中欣赏着。"姐姐，这东西不太贵，弟弟却想略表寸心，来，我给姐戴上吧。"柳丹阳把项链交给彤阳，"好，姐姐郑重其事地接受弟弟的礼物，来吧，给姐戴上。"彤阳双手捧着项链，先给丹阳深施一礼，"姐，小弟怀着万分感激之情，向姐姐表示敬意。"彤阳用微微发抖的手给丹阳戴上项链，那止不住的泪水已夺眶而出。"姐，我的一切都是你给的，小弟这一生一世都难以报答。姐姐……"他激动地双膝跪地，抱着丹阳的腿哭了。

丹阳急忙扶起彤阳坐下，"好弟弟，不要把话说远了，我们是姐弟俩，不分彼此的。最让姐姐高兴的是，你没有辜负我的期望，很好地完成了大学学业，以后可以独立生活了。还有什么比这更值得让姐姐欣慰的吗？来，弟弟，喝酒。"姐弟俩各自端起酒杯一起干了。彤阳夹了一大片猪肝送到了丹阳的嘴边，"姐，当年妈妈刚去世，你辍了学，在那样的条件下，你还能常给我买猪肝吃，姐姐自己却连一片也舍不得吃。当时我不觉得怎么样，可是现在想来，姐，我只想哭，想大哭一场。"彤阳的泪水又流下来。

丹阳张口接过猪肝嚼着，用手抹去弟弟脸上的泪珠，"好了好了，大小伙子可不兴这个，来，啃猪蹄吧。"彤阳带着泪花笑了。

姐弟俩掰开猪蹄正啃着，陶凯明进来了，"嘿，有口福不是？有好吃的也不叫我一声。"彤阳急忙起身搬过凳子笑着说："凯明哥快坐，我要说你来也不通知一声，好加两个菜。"他说着到外间厨下拿了筷子杯碟放在凯明面前。柳丹阳半嗔半笑地抹搭了凯明一眼，"上个星期不来，在家忙什么呢？"凯明坐下来皱起了眉头，"你说也怪，每到休息日，我妈不是头疼就是感冒，非得让我在家陪她，真没办法。"柳丹阳深深地叹了口气，"你真的不明白吗？"她说着，面色忧郁地拿起装肝的盘子，到外间去切剩余的半块猪肝。

屋里的凯明看着彤阳，"你姐是说我妈她……"彤阳笑着小声说："你呀，倒像个书呆子，你妈是不给你时间来找我姐。"陶凯明若有所悟地点点头，"对呀，我怎么就没往这方面想呢。"柳丹阳切了猪肝装好盘，端进来放在桌上，不声不响地坐下来。

彤阳用单根筷子扎起一块猪蹄放进凯明面前的碟子里，"啃吧，这东西下酒才好呢。"他说着给凯明倒满酒。丹阳看着陶凯明命令着："洗手去。"凯明笑着起身，"是。"他到墙角盆架上的脸盆里洗了手，用毛巾胡乱擦了两下，又坐在桌前，抓起猪蹄啃了一口，"好香，许久没吃这玩意儿了。"

三人共同举杯干了。彤阳说："咱们第一个月开薪水，你给我姐买什么了？"陶凯明笑着说："看样子你是想到我的前头了，我当然忘不了她，不知你买什么了。"彤阳得意地说："在姐姐的脖子上。"凯明看着丹阳脖子上那放射着彩光的项链说："好漂亮，你倒是挺有眼力的。丹阳，这个小东西不知你喜欢吗？"他把一个桃型的红缎子小盒托到丹阳面前。

这姐弟俩当然知道小盒里装的是什么。只见彤阳站起来："哎哎，这不行，这可不能随便就送的，必须要有一个正式的仪式才行。""什么仪式？"凯明有点儿莫名其妙。"哼哼，这叫求婚仪式，我来做主持人。"柳彤阳摇头晃脑地说："来，姐，你挺胸抬头地坐好，要像一位高傲的公主，对，就这样，不要看他。"他说着给姐姐理理头发，正正项链，逗得丹阳"扑哧"笑出声来。只见彤阳又转对凯明，"陶凯明先生，你想做柳丹阳的白马王子吗？请回答。"陶凯明严肃地说："想，真心地想。""好。"柳彤阳也收敛了笑脸，"现在只给你这一次机会，如果做得不合格，就立刻罢免你的求婚资格。第一，必须单腿跪地，双手将礼物高高举过头顶。第二，表面与内心完全虔诚一致，对天发誓，不得有半点儿虚伪。这第三嘛……"摇头晃脑的柳彤阳还想找点儿更有趣的事让凯明做，"第三，亲自给公主戴好所送的礼物，然后拥抱一分钟才算礼成。怎么样？有诚意就开始吧。""好好，开始。"虽然知道是笑话，陶凯明倒想认真做一下，以表诚意。柳彤阳咳嗽一声，"现在我宣布，陶凯明先生向柳丹阳公主求婚仪式正式开始！"陶凯明毫不犹豫地单腿跪下，只听彤阳高声问道："陶凯明，你能做到今生今世都只爱柳丹阳一个人吗？""能，能做到。"凯明把那个小盒高高举过了头。柳彤阳接着说："那你要对天发誓。""我发誓，如对柳丹阳有半点儿虚假，或者半路遗弃的话，让雷公爷爷劈我八瓣儿。"这一句毒誓倒让柳丹阳忽地站起来，"你……太狠了！"接着又笑了。凯明说："我的公主，请你坐下来，还没完呢。"他郑重地拿出盒里的蓝宝石戒指，"高贵的公主，请接受我的爱，也把你的爱毫无保留地送给我，行吗？"此时的两个人都已经进入了角色。只见丹阳的面色有些红润，并羞答答地说："行，我这一生一世只爱你一个人，我发誓。"她说着把左手送到凯明面前。陶凯明小心地握着她的左手，把戒指戴在无名指上，然后旁若无人地吻着这只手，仿佛，他已把自己完全融化在眼前的幸福之中。

此时的柳丹阳也忘记了屋里还有第三个人，她目不转睛地看着凯明的眼睛，然后双手捧住他的脸，继而，两人又紧紧地抱在了一起……

柳彤阳见此，捂着嘴笑起来，他把腰弯下来，悄手蹑足地移动到门口，溜之乎也。

屋里的两个人只顾陶醉在幸福中，待他们醒过腔儿来抬起头，早已不见了彤阳的影子。两人对望着，禁不住大笑起来，随即又扑到了一起，紧紧地拥抱，拥抱着……

一晃就是一年时间过去，柳丹阳早想把弟弟的身世告诉他，却又有意无意地拖延着时间。她怕，怕弟弟知道真实情况后会影响姐弟俩的情感，怕彤阳带着压力、带着情绪去工作。

　　她知道，在彤阳的心里，他们是同父同母所生，姐姐就是亲姐姐，怎么会没有血缘关系？假如，让这"一奶同胞"的姐弟俩，在一刹那间变成了毫无血缘关系的两个人，他会怎么样呢？或许，他知道真实情况后，对姐姐的感情会更进一步加深，这也是她所希望的。

　　柳丹阳想找凯明商量一下，这件事怎样才好，是告诉彤阳，还是永远瞒下去。丹阳猜测着凯明对此事的看法，希望他和自己的看法相同。

　　柳彤阳告诉陶凯明，说姐姐找他有事，并把他的夜班换给了自己，这样只有他们两个人在家，说什么话都方便，柳彤阳这样想。

　　陶凯明对他和柳丹阳的婚事是信心十足的。他猜想着，丹阳找他可能是商量他们两个人的婚事。

　　前些天，陶凯明曾经找丹阳商量："既然难过父母这一关，干脆，就先把我们的结婚证办回来。"可丹阳却说："没有你父母的允诺，我不想这样，他们毕竟是你的亲生父母。"凯明摇头说："作为父母，他们一点儿也不理解儿子的心。看来，他们真的要把我们逼上私奔的路，到那时，想后悔都来不及。""凯明，不到万不得已，还是不要走这条路。说实话，看你妈的样子，我倒是挺同情她的。你要想办法打动她的心，别让她和你父亲站在一起。只要她松口了，我们就去登记，你说好吗？""我妈现在是一门心思都在我爸身上，什么事都听他的，要想打动她恐怕很难。我主张咱们先领了结婚证，把我娶到你家里，让我也做个倒插门女婿，有何不可？"陶凯明说着，展开眉头盯着丹阳。

　　他的话把柳丹阳逗笑了，她环视一周自己这个房间，"这间破屋子，哪容得下我们的陶大公子，那还不如选个好地方买两间像样的楼房，做个长远的打算。"陶凯明忧郁地说："这样好是好，可我拿不出钱来，又无法向父母张口，觉得对不住你。""不要紧，房子钱我出，你不是还有这一年的工资吗？""母亲说给攒着结婚用。""啊？听你这话，好像你妈早就给你准备一个姑娘在等着和你结婚，你什么事必须要听她的是吗？""不是，我们的事不会听她的。""可我是觉得没希望了，看来，你以后的每一步都必须按着你妈设计的框框执行了是不是？那我们还有什么可说的？"柳丹阳的脸沉下来。

　　陶凯明笑了，"丹阳，我只不过是暂时哄她高兴，那存折和户口本都在一起，还有我妈那二十万。母亲怕父亲在夜间拿走存折，早把那个铁箱放在我的屋里，只有我和母亲带着钥匙，可以随时取的。""我以为被你妈夺权了呢。"

陶凯明一路想着前几天的谈话，这回丹阳叫他一定是同意先登记了，如果拿到结婚证，就可以与丹阳合法地住在一起……哈哈，这一天可是让自己盼得太久了。

凯明来到丹阳家，见她正在炒菜，"哈，你好像知道我的肚子空着呢。"丹阳看了他一眼，"直觉告诉我，你的晚饭没有吃。来，端进去。"凯明端了两盘炒好的菜送到屋里的桌子上，又盛上饭拿了筷子，丹阳又做了一碗汤，两人进屋坐下，边吃边聊起来……

丹阳把母亲留下遗书，还有自己与彤阳的关系又详细地说给了凯明，并拿出了母亲的遗书给他看。

陶凯明听了丹阳的讲述，又看着她母亲的遗书，这回比医院那次了解得更彻底了，从前丹阳有意回避的问题，现在总算明白了。怪不得丹阳不让彤阳知道她父亲的消息呢，她这样做是对的，丹阳的形象也在他面前又一次高大起来：尊敬、佩服，加之那蓄存已久的爱慕深情，恰如波涛一股脑儿地涌向他的心头……世间怎会有这样的好女子？

如果彤阳知道继父抛弃了他们母子，甚至连自己的女儿也丢下不管，他会去医院看他吗？如果告诉彤阳这一切，反倒让他为难了，去医院与否，他是很难抉择的。况且，他知道自己和姐姐的关系后，还能接受丹阳供他读书吗？就算勉强读下去，他的心理压力该会是多么沉重。想来丹阳的决定是何等英明，可自己当时还很不理解呢。

陶凯明望着丹阳的脸感慨地说："丹阳，这件事你瞒得好，只是，苦了你自己啊！你料到彤阳知道自己的身世之后会是什么样子吗？"丹阳摇头，"其实也没什么，我想他知道后只能对姐姐更好，你说呢？""他要是埋怨你不早告诉他呢？""你要是彤阳会怎么样？""当然是感恩不尽，还用说吗？"丹阳点点头，"我需要的不是他一味感激，更希望他也包括你，在事业上做出成就来。"

陶凯明听了，意味深长地点点头，"是呀，人这一辈子，不一定干出什么惊天动地的大事业，可是经你努力后有了收获，你就会有一种成就感，这种感觉，这种欣慰不是谁都能品尝得到的，难道这不是一种最好的享受吗？"丹阳笑了，"我们的陶大公子什么时候学会了哲学，说出话来怎么充满哲理性？""其实，我是受了你的影响。你吃尽了苦头供养彤阳大学毕业，现在的感觉怎么样？""好，当然好，也许这就是那种特殊享受吧？凯明，你知道我找你来干什么？"丹阳笑着问。陶凯明歪着脑袋眨着眼睛，面带喜色地说："我说错了你可别生气，是说我俩登记的事吧？"柳丹阳红着脸瞪他一眼，"美得你，是和你商量找个什么恰当的机会，把彤阳的身世告诉他，是时候了。"凯明认同地说："对，该告诉他了。我看这样，明天是我们上班一周年的日子，和同事调换一下，后天我们三个人都休息，准备些祭品一起去给你父母上坟吧。就在那里让彤阳看这份遗书，也该让他痛哭一场了。""去年你们分配以后，我带弟弟去上过坟，他真的一顿好哭。当时，我本想把一切都告诉他，考虑再三，还是把信原封不动地揣了回来。"凯明点头，"这回让他再哭一场。"丹阳叹了一口气，"我真的不想让他哭得那么伤心。""这回是伤心加感动，他想不哭都不行。""明天我们去买祭祀的东西吧。""不成，彤阳明早下夜班，上午睡觉，下午让他跟你去吧。我还有白班呢。"柳丹阳高兴地说："好，就这样。"她说着，夹了一片肉送到了凯明的嘴里。

下了夜班的柳彤阳睡足了觉，又吃了丹阳备好的午饭。听说要给母亲上坟，他坐在丹阳的身边问："姐，为什么选今天的日子给妈上坟？""你知道昨天是什么日子吗？"见彤阳摇头，丹阳接着说："昨天是你和凯明上班一周年的日子，告诉妈一声，也让她高兴嘛。""对呀，姐，你要不说我还忘了呢。时间过得好快，转眼一年就这么过去了。"柳丹阳笑了，"好弟弟，人这一生总要下定决心干一番事业，就这样稀里糊涂地混一生，连姐姐都不甘心呢。""我想考研究生，然后再考博士，姐，你说行吗？"柳丹阳盯着弟弟的脸，严肃又高兴地说："彤阳，想不到你还有如此远大抱负，姐姐为你骄傲，为你鼓掌，并且要全力支持你。"丹阳真的拍了几下手。

彤阳的眼圈有点儿发热，"姐，从高中到大学，你供了我这些年，却耽误了自己的前程，让我经常感到心里不安。之所以现在才向姐姐说出这个想法，是想边工作边学习，这样就能够减轻一些姐姐的负担，也让我的心里好受些。"柳丹阳激动地把两只手搭在彤阳的双肩上，"好弟弟，你真是我的好弟弟，姐的辛苦没有白费。你想读研究生没问题的，姐照样供你，可这需要经过严格考试的。"彤阳点头，"我知道，所以我必须有充分准备，争取带职上学。""好！"丹阳站起来说，"我们家要出研究生喽！太好了。走，我们上街给妈买点儿供品。"姐弟俩高兴地出门去了。

今天是柳丹阳姐弟俩和陶凯明共同休息的日子。上午，陶凯明早早来到丹阳家。三个人收拾好祭品，乘公交车来到郊外，又走了一段山路，在一个石碑如林的山坡上，丹阳很容易找到了父母的墓地。三人摆起供果，然后跪下来，丹阳不免悲从中来："爸爸妈妈，我姐弟俩和凯明看你们来了，愿你们在地下安息……"柳丹阳领先磕了头。她想着母亲的离去，父亲的馈赠，自己这些年供弟弟读书的艰难，她那止不住的泪水早已是扑簌簌地流个不停。三人焚烧些纸钱，这才站起身来。

丹阳看了彤阳一眼，又抚摸着母亲的石碑，"妈妈……"只这一声叫，她又是哭泣不止。凯明劝着："丹阳，你自己失学供养弟弟念完了大学，也算对起你母亲了，她老人家在九泉之下也会安心的。"柳丹阳点点头接着说："妈妈，你的儿子大学毕业，已经工作一年，能独立生活了，这回你该彻底放心了。妈妈，咱家的事也该告诉弟弟了，他现在可是什么都不知道。"丹阳说着转向正在莫名其妙的弟弟，"彤阳，社会这所大学是相当复杂的，有很多事情会在你意想不到的时候，早已经发生了，简直令人难以抵御。彤阳，你是大人了，对一些突如其来的事情也不要大惊小怪，更不要埋怨姐姐不早告诉你。"彤阳听了皱起眉头，等待下文。丹阳接着说："彤阳，就我们姐弟俩的关系来说，你还根本不知道这其中的真实情况，想知道吗？"彤阳听了这些让他丈二和尚摸不着头脑的话，眼睛睁得大大的，"姐姐，你说什么话？难道我们姐弟俩的关系还有什么值得怀疑的吗？"柳丹阳抹去脸上的泪珠，看了陶凯明一眼，又转向一脸惊诧的弟弟，"彤阳，这不是怀疑，而是事实。早想告诉你，只怕增加你的思想负担而影响学习，你毕业这一年又是今日推明日的。本想对你一瞒到底，又觉得一个人不知道自己的出身不太好。所以趁今天的机会，就让你看看妈妈的遗书吧。"

柳丹阳的两只手有些微微发抖，她从衣袋里拿出那封遗书，双手捧到弟弟面前，"你看了妈妈的信，一切都会明白的。"

柳彤阳也预感到有什么大事要发生，只是一时还在闷葫芦里。他小心翼翼地接过遗书，慢慢地抽出信打开，一眼就看出这是母亲的笔迹。他紧张地看了母亲给姐姐信的前半页，就呆住了："……丹阳。这回你明白了吧，你和彤阳是毫无血缘关系的……"本来是站着的柳彤阳，此时双腿一软，"扑通"一下子跪在了母亲的坟前，"妈呀！妈！你快告诉我，这不是真的，不是……"他趴在母亲的坟头放声哭起来。

一阵风吹来，掀起了一团纸灰，又夹杂着一些枯草碎叶滴溜溜地旋转个不停。彤阳一边给母亲磕头一边说："妈妈，这么大的事你怎么不早告诉我？却让姐姐受了那么多苦……"

柳彤阳从悲痛中慢慢抬起头，他用双膝移动着跪在了丹阳面前，拉住了丹阳的双手，仰脸向上看着她，如同在看一个陌生人，而脸上依旧是泪珠滚滚……良久，只听他大喊一声："姐姐！"然后使劲地抱住丹阳的双腿大哭起来。

丹阳流着泪水扶起彤阳，"好弟弟，别哭了，听话。"她两手捧起弟弟的脸，两双泪眼相望，彤阳又忍不住趴在丹阳的肩膀上痛哭起来，"姐，你永远是我的亲姐姐……"一时间，姐弟抱头痛哭起来。

一直在旁边陪着流泪的陶凯明，抹抹自己的眼睛劝道："好了，哭差不多就行了，你们的母亲在天有灵，一定会感激丹阳的。"丹阳扶着彤阳的双肩，"弟弟，还有一件事要告诉你。"她转身指着李少乾的墓碑，"这是我的父亲，他让我转告向你说声'对不起'，还留给你二十万元做安家费。"柳彤阳点头说："我正不知这个人的坟头为什么与母亲的并排在一起呢，原来如此。"只见他再次跪下来，"爸爸，我随姐姐应当叫你爸爸的，感激你老没有忘记这个儿子，谢谢你，谢谢。妈妈，爸爸，儿子要给你们争口气，做个好医生。"

陶凯明拉起彤阳，几个人把剩余的纸钱焚化了，这才掸掸身上的土，向郊外的汽车站走去。

第十五章　母亲转变

柳丹阳家的平房拆迁了，她交了扩大面积款，连弟弟成家的房子都准备好了。

新楼的地点靠近江边，真是山清水秀，风景迷人，远处青山重叠，近处碧水环绕，这才叫景色美如画呢。这里叫馨蓝小区，四周有高高的栅栏，大门口有保安人员昼夜把守。

柳丹阳不喜欢那些花里胡哨的装潢，她让白色占据了整个房间，进了屋如进雪洞，让人心里亮堂精神爽，感觉真好。

弟弟上班快两年了，柳丹阳开始为他张罗婚事。一个风流倜傥的年轻医生，婚姻事不犯愁，可柳彤阳的心里还在想着高中时自己暗恋的陈羽飞，常在夜里梦见她，他下决心找到她，或许，他们会再续前缘的。

通过几个同学，彤阳终于知道了陈羽飞的下落。

原来，她在南开大学英语系毕业后，分配在天津外贸局工作，一年后突然接到父亲病危的消息。作为独生女的陈羽飞，不得不连夜赶回家中，好歹赶上见父亲最后一面，尽管女儿拼命地呼唤，父亲已经听不见了，他死于脑出血。

父亲走了，经受不住打击的母亲变得精神恍惚，哭笑无常，有时不知饥饱。这样，陈羽飞无法再回天津了。无奈之下，她只好写信请了长假照顾母亲。

她在南开有个男朋友叫于放，几年来一直对她紧追不舍，而且共同分配在外贸局工作。可是，当他听到女友的父亲病逝、母亲又精神失常的消息后，尽管连续接到陈羽飞的来信，于放却一个字也不想回：一个疯疯癫癫的丈母娘，他受不了。

216

父亲死了，母亲疯了，男朋友抛弃了她。

一个涉世未深的姑娘家，这样的打击简直是太沉重了！家中的存款也都送进了精神病院，那么好的工作也不得不丢下了。

在陈羽飞的心里，她多么想有个人帮她一把呀，柳彤阳成了"及时雨"。

按同学说的地址，柳彤阳找到了羽飞的家。

陈羽飞正在给母亲喂饭，忽然听到久违了的敲门声，轻轻的。自从母亲得病后，没有人到她家里来，每日里和母亲过着几乎与世隔绝的生活。她多么盼望有人来家里说说话，哪怕是一小会儿也好。

"咚咚"，门还在响，这能是谁呢？陈羽飞放下饭碗去开门，门外是一张似曾相识的脸，带着微微的笑意。"陈羽飞，是你吗？""你……你是，是柳彤阳？"陈羽飞像是被钉在那里一动不动。柳彤阳笑着说："既然认出我，连进屋坐坐都不行吗？""不是……行的行的，你……"此时的陈羽飞是语无伦次又手足无措，身子还站在挡住门口的地方不动，两眼直看着门外的人。柳彤阳心中奇怪："看来你不想让我进来是吗？干吗挡在门口？"眼含泪水的陈羽飞笑了，她让开一步，"对不起，我……不知怎么好了，快进来。"柳彤阳进来环视客厅：宽敞明亮，整齐干净。

陈羽飞把母亲扶到卧室休息。奇怪的是，母亲对客人笑了一下，乖乖地到里屋去了，这是她没有想到的。

柳彤阳坐下，看着面前这位数年不见的暗恋对象，心中有些难过。羽飞面容有些憔悴，身体偏瘦，满面的愁容，"柳彤阳，想不到你会来看我，谢谢。"她那挡不住的泪水早已滚落下来。"羽飞，我打听了好几个同学，总算找到了你，知道你的情况不太好，所以……羽飞，我早该来看你的了。"柳彤阳想着在高中二年的一天，自己在家准备了糖果，对陈羽飞望眼欲穿……以后在班里，见陈羽飞有意躲他，自己听了姐姐的话，也想开了，心中虽然难过，也不便再主动找她。直到高考过后各自分道扬镳，他们也就此断了联系。

姐姐开始关心他的婚事了，这又勾起了彤阳的旧情。少年时的情感纯真而甜蜜，又令人莫名其妙。然而，这一别就是五六年。多少个漫长的日日夜夜！一秒一分地过去了。如今是旧人见面，相对无言。一个天真烂漫、无忧无虑的、燕子般的陈羽飞，竟然变得如此令人怜爱。生活，如此残酷地改变着她的命运，父亲的病逝，母亲的疾病让陈家由一个比较富有的家庭，一下子跌进了贫困的深渊。而自己呢，则脱离了贫困逐渐走向了富有。也许，这就是人常说的"三十年河东，三十年河西"吧。是姐姐费尽艰辛才改变了自己命运的。

面对羽飞的一双泪眼，柳彤阳只有心疼的份儿："羽飞，我在省医大毕业，已经在中心医院工作两年了。上天安排我们又见了面，你高兴吗？""高兴，当然高兴，彤阳，这真是我没想到的，我……"羽飞又是泪流不止。"说实话，我这些年没有忘记你，不管这期间发生了什么，我的心依然停留在那高中的时代。那一次你没有赴约，可让我痛苦了好一阵子。高考后你就没了踪影，怎知你家发生了这许多事。怎么样？该说的我都说了，你没有要说的吗？"

陈羽飞抹去泪水，长长地吁了一口气，郑重其事地说："彤阳，当年对你失约，并没有别的意思，只想抓紧学习，考个好大学。况且，也让你姐姐捎了口信的。现在看来，这一切都没用了。你能来找我，是这一年来我最高兴的事。但是，现实情况已经不允许我有什么非分之想，眼见得工作都要丢了，又面对这样一个母亲，让我怎么办？母亲离不开人，我的假期也快一年了，一年后等于自动辞职。再说，现在已经坐吃山空……"羽飞的泪珠又滚下来。"你没想到调回来吗？""当然想过，可这是很难的事，根本不敢去想。"柳彤阳笑了，"我的南开大学子，事情没有去做，怎就断定没希望？先到外贸局问一下，说不定他们就缺少你这样的人才呢。"他说着拿出手绢为她拭泪，陈羽飞就势扑进彤阳的怀里哭泣起来。柳彤阳抚摸着羽飞的头发，又捧起她的脸安慰着："别哭了，看了怪心疼的。放心吧，有我在，一切都会好起来。我今晚上夜班，明天先去外贸局问问情况，说不定有什么好机会呢。你把毕业证准备好，再写份简历，明早我下班来拿。"陈羽飞抬头看看柳彤阳，眼里又浸满泪水，"彤阳，你为什么不早来找我？为什么……"羽飞又哭着扑进彤阳怀里。"知道你在南开读书，层次有别，哪敢呢。近两年的事，我什么都不知道。这回好了，让我们共同努力安排好你的工作，重要的是你母亲，你可以雇人看护，有了工资，这点儿钱不成问题，再说，还有我呢。"此时的陈羽飞，脸上堆满幸福与红晕，心情也开朗起来。

第二天，柳彤阳下了夜班就来到陈家，吃了羽飞为他准备的酥饼豆浆，然后拿了她的简历和毕业证走了。

快晌午时，彤阳带回了一个令人欣喜的消息：一个负责翻译的女同志即将临产，找了几个人代替，都因水平太差不得不打发了。这个南开英语系毕业的女大学生，让他们充满希望。当晚，陈羽飞复习了有关外贸方面的语言，自感胸有成竹。

　　在外贸局的办公室里，面对经常出国的翻译科长，陈羽飞对答如流，最后还拿来一份国际订货合同让她翻译，结果，她被录用了。至少，她在这里能临时工作一年半的时间（当时允许产妇休十八个月），更令人高兴的是，有位领导问她可否调回来工作，陈羽飞当然是求之不得，这真是天大的喜事。

　　一封请调函及接收单位的证明信发往天津……柳彤阳也得到了姐姐的支持。丹阳到劳务市场为陈羽飞的母亲寻找看护，可巧又遇到了张玉清。说明情况后，她又成了陈羽飞母亲的看护人。张玉清想起了上次看护林惠珠的事，"李丹姑娘，那次你去医院取钱，为什么突然又走了？那钱给你了吗？""临时有事，早给了。"柳丹阳回答很简单，而张玉清的话却勾起了她的心事……

　　丹阳姐弟领着张玉清来到陈家，羽飞抱住了柳丹阳哭起来，"丹阳姐，苦死我了，是彤阳救了我，救了我呀。"柳丹阳拍着她的肩膀，"羽飞，一切都好了，剩下的只有高兴，高兴起来吧。"她抹去羽飞脸上的泪水说。

　　奇怪的是，羽飞的母亲对彤阳很是友好，她很听这未来姑爷的话。为了治好羽飞母亲的病，彤阳借了几本有关神经方面的书看起来，他虚心请教，到精神病院了解这种病例的治疗方法，经过精心治疗，加之张玉清的细心照顾，羽飞母亲的病逐渐好起来。

　　陈羽飞完全没有料到的是，自己的接收单位竟然这么快就找到了，这一切都是彤阳的功劳。有了单位，更重要的是有了彤阳，她感到喜从天降。

　　张玉清的到来，解决了陈羽飞的后顾之忧。让张玉清纳闷儿的是，李丹姑娘怎么变成了柳丹阳。她想问又不敢，只好慢慢了解。

　　第三个学年过去了，邱岚婷的身子发胖起来。展大鹏和她秘密相约的事，她已经习以为常。两个人虽然没有租房子每天在一起，却也是频频相会。他们和一家深巷的廉价小旅馆混熟了，只要一个电话，那边就给他们准备了单间。

　　在邱岚婷的心里，只觉得时间过得太慢，太慢，她盼望着快毕业，这样就可以名正言顺地和大鹏结婚，长相厮守。

不知为什么，展大鹏约她的次数越来越少，这使邱岚婷很害怕，她怕展大鹏抛弃她，所以就主动相约，却多次是白白浪费感情。即使见了面，他也少了往日的那份热情，口气中还总是带着抱怨："看看你的体形，像个笨猪，哪还有什么可爱的地方。再不减下三十斤，我可不要你了。""我减。"邱岚婷主动上前抱住展大鹏，"我减还不行吗？"邱岚婷搂住他的脖子，亲着他的脸。"一个月后不见明显效果，就不要再找我。"展大鹏说着，敷衍地吻了她一下，心中想着豪华宾馆那个皇后小姐，不觉性起，只好用眼前的胖妞做了代替品……

让展大鹏满意的是，眼前的女孩儿不必掏腰包，她随叫随到不说，还经常主动送上门来充当他的发泄工具。而豪华酒店的女孩儿则不然，你钱掏少了是上不了床的。所以，展大鹏只好骗他的父母，说要救济一个因贫困将要辍学的同学。可这毕竟不是长久之计，没钱的时候，只好又回头捡起了邱岚婷，这样总比干熬着要好得多。

展大鹏的表现使邱岚婷又树立了信心，误认为她的大鹏还是很爱她的。

邱岚婷下定决心减肥了。其实，她的体重也不过就是一百三十斤，可展大鹏要求的是模特一样的女孩儿，必须是杨柳细腰、线条优美的。为了讨他喜欢，尽快减掉这三十斤，她把饭量减掉三分之二，每日都要忍受着挨饿的痛苦。这样坚持了一个多月，体重果然减掉了二十多斤。她笑了，因为展大鹏又主动约她去那家旅馆了。

陶启程夫妇正式琢磨起儿子的婚事了，对象当然是邱秉臣的女儿。陶家的独生儿子对邱家夫妇也有着不小的吸引力，他们合计着：女儿快大学毕业了，最好先把婚事定下来，毕业安排工作后就结婚。两对夫妇抱着同一个目的，很容易又走到一起了。

对于陶启程回家的事，邱秉臣很满意，他不想把女儿嫁到一个不完整的家庭。重要的是，陶家资产丰厚，将来女儿会过上富有的生活。

在邱岚婷最后一个暑假里，父母带着女儿去陶家做客，可岚婷却是拗着鼻子不愿意。她知道，自己想要的，陶凯明给不了她。碍着陶家父母的面子，她不得不来敷衍一下，而陶凯明却是溜之大吉。

原来，这一天是陶凯明的休息日，也是陶、邱两家会亲家的日子，陶凯明却一无所知。母亲告诉他，说邱家叔叔婶子要来做客，当然要有些准备了。而听到父母背地里的对话，让凯明不得不逃："你去告诉儿子换套衣服吧，弄个邋遢样子，岚婷准看不上他，我不知道怎么说。""还是你去吧，他听你的。""不行，最近我一提到他的婚事，提到那个岚婷姑娘，凯明抬脚就走，我的话他也不听，还是你去吧。""对了，那岚婷姑娘爱吃鸡翅，把这些全烧上吧。"

陶启程来到"凯明书斋"，见儿子皱眉闷坐，遂温和地说："凯明，今天邱家三口人来做客，大家在一起高兴高兴，你也换件衣服吧。"凯明忽地站起来，"爸，你说实话，你们到底要干什么？""凯明，你妈说邱家的岚婷姑娘不错，想把这事定下来，岚婷明年毕业你们就结婚，孩子，听话吧，那姑娘真不错。"凯明冷笑一声，"你们要是看上她，就赶快再生个儿子，二十年后再把她娶进门还来得及，我这就别指望了。你说，我是在家搅黄了这顿饭呢，还是让我躲开，你们吃顿消停饭好？""孩子，你邱叔叔他们数年不来做客，你总得在家应付一下吧？"凯明瞪大眼睛说："应付？用自己的婚姻大事随便敷衍人家，亏你说得出口。"陶启程也生气地说："客人要来了，随你怎么办。"他说着到厨房去了，他没想到儿子迅速穿过客厅出门去了。

陶凯明刚走到楼前，巧遇邱家三口，"邱叔邱婶，你们好，正好向你们敞开我的思想，我对这件事是完全不赞同的，只能向你们说声对不起了。"邱岚婷笑着说："陶凯明，我要喊你万岁了。""岚婷妹妹，谢谢你，再见。"凯明说着大步流星地走了。

见此，邱家夫妇皱眉对视，只听女儿说："爸妈，怎么样？自讨没趣不是？好像我嫁不出去似的。听我的口令：向后转，开步走。"邱家夫妇对望了一眼，又看看手中的礼品，然后各自点头，三口人真的向后转开步走了。

陶凯明奔向馨蓝小区丹阳家，他要和她尽快领回结婚证书，这样父母就没办法了。

柳丹阳靠在行李上，正捧着一本英语小说看得入神，陶凯明进来她都没有发现。"你倒挺清闲，我都要气死了。"凯明说完眉头紧皱地坐在椅子上。"你吓我一跳，怎不来个电话？"丹阳急忙起身坐在床边。"人来了不比电话更明白吗？家里要给我定亲。"柳丹阳笑了，"好哇，祝贺你，请我喝喜酒吧。""我急得不行，你还有心说风凉话，快拿主意吧。""男子大丈夫变成了白水大豆腐，只要你的心不变，我就只有一个字——抗，这就是主意。""丹阳，"凯明起身坐到了床边，"我上班这么久了，咱们年龄也都不小，不赶快结婚，还等什么？"凯明把身子凑到丹阳身边，一只胳膊搭在她的肩膀上。"凯明，"丹阳拉着他的另一只手，"如果你父母松了口，明天就结婚都行。可现在你家的两位老人联手对付我们，陶家的门我进得去吗？""你进不得陶家，我进得柳家，我们来个先斩后奏，把结婚证领回来，再请同学们大吃一顿，也算是结了婚了，不行吗？只是委屈你了。"柳丹阳盯着凯明的眼睛，"你说得真轻松，委屈我不怕，可是一个独生子结婚要背着父母，这样于理不通，也会把他们气疯的，你想到后果了吗？""你总是为别人着想，他们又几时想过我们？"听了这话，丹阳笑出了声，"别人？他们是别人？那可是你的亲生父母。有他们挡着，就算是偷着结了婚，日后的生活安静得了吗？""他们能怎么样？"凯明眉头紧皱地问。"意料之中的，你住在我家，他们可能找到这里来，今天吵，明天闹的，你父亲可是什么事都干得出来的。到时他可以打发你母亲出面闹腾，自己在背后指挥。你这孝子受得了吗？那时你再离我而去，不如现在就分开的好。"陶凯明摇头，"看你说的，哪会有那么严重？我妈多年受爸爸的欺负，她可不会放泼的。""那是因为她怕你父亲，对你就不然了。她要达到目的，其实是你爸的目的，她也许会，除非……"看着凯明直视着她，丹阳笑着停住了话。"什么？说呀。""远走高飞，他们就找不到了。"凯明无语。

其实他是舍不得母亲，也舍不得这份工作。柳丹阳看着他，轻轻拨下凯明放在她肩上的手臂，面色严肃地说："这样的情况在几年前我就预料到了，什么穿山甲，什么远走高飞，只不过是一时的戏言而已，你甩不出这样钢条来的。""不对！"凯明忽地站起来高声说，"我对你要有二心，雷劈八瓣儿，陶凯明发过的毒誓你忘了吗？""当然忘不了，可是，你父母这堵墙你实在穿不透呀，又不能下决心跟我走，没办法，只有等待了。""等，等，等到什么时候？""至少要等到你父母有一方的支持。"见凯明颓丧地坐在一边，丹阳乐了，"你让我怎么办？登了记和你依法同居？你能保证父母不来闹吗？我看这样，你好好哄他们，也一再向他们表明立场，不妨也吓吓他们，就说出国不归，到时领个洋妞回来，他们不是更看不惯吗？"丹阳说着放声笑起来。"我愁得不行，你还有心笑。""那我们就一起哭，有用吗？凯明，再等我一年时间把英语翻译这一关通过，我们就领结婚证。假如你的父母来闹，我们只有出国，到时没个英语通，尽出笑话。""你真想出国？""当然，有机会谁不想走？你也动员父母送你出国吧，到时我们在国外结婚不好吗？"这句话让凯明也乐了，"好，我就拼上小命等你一年，说话可要算数。你知道我多想和你……"他说着又凑到丹阳跟前。"行了行了。"丹阳红着脸打断他的话，"我们打手击掌，今天是农历六月十八，明年的明天是我们完成心愿的日子。怎么样？"凯明高兴地跳起来，"你是说，明年的阴历六月十九日是我们大喜的日子？那不是你的生日吗？"丹阳点头，"让我们一起庆祝吧。""太好了，只是，一年时间太长了。"他说着冲上来抱住了丹阳。"找打是不是？击掌。"两人击了掌，柳丹阳轻轻地推开凯明，"耐心等待吧，这一年你可以随时改变主意，包括听你父母的话不理我也行。"凯明拉住丹阳的手，"这个问题不存在。走，我们到外面吃饭去，提前一天给你过生日。"

常言道，请客容易候客难，陶启程夫妇热火朝天地准备了一桌子酒菜，儿子跑了不说，客人也是迟迟不来，真急死人了。

丈夫拿起电话，妻子说："别打了，准在路上。"过了一会儿，妻子也拿起电话，拨通了号码："喂，是秉臣兄弟，怎么还在家里？"话筒里传来高声："嫂子，你们在耍我是不是？怎么不征得你儿子的同意就会什么亲家？算了。"这话陶启程也听得清楚，他刚要接过话筒，对方挂了。两夫妇相互望了一眼，各自无语。

很明显，邱家的客人已经来到楼前，刚好被逃出去的儿子打发走了，难怪人家发火，陶启程也没有想到儿子会这样。

晚上，凯明回来很晚，带着五分醉意。他一句话也不说就回到自己房间去了。

第二天早上，陶凯明走得很早，他不想给父母留下说话的机会。到了晚上，他又替同事值了半宿夜班才回家，清晨又是早早走了，连续好多天都是这样，父母只知道儿子回家，却抓不着人影，包括休息日都不知道是哪一天。

几天之后，陶凯明住进了宿舍吃了食堂，父母着急却又无可奈何。

儿子的举动让父亲生气，让母亲伤心，无奈的陶启程跟踪了两次都失败了。他忽又想起成人大学，这回让他妈去找柳丹阳，连去几回那丫头准受不了，自然就离开凯明了。

他把自己的想法跟林惠珠说了，妻子摇着头，"儿子那么大了，恐怕别不过他，再说，我去跟人家说什么？那骂人撒泼的事我干得出来吗？要去你去，我可不现这个眼。"陶启程瞪起眼睛，"好哇，儿子是我们共同的，你就这样不负责任，难道你就愿意找个做过三陪小姐的姑娘做儿媳，不愿意和我站在一个立场上吗？岂有此理。"陶启程生气地拿起外衣下楼去了。

陶启程一走就是几天不归，林惠珠又不知怎么好了。

匆匆下楼的陶启程不仅仅是为儿子的事，而是想念白雪梅了。这样出来不是又有了理由吗？

陶启程心中还有个小九九：他以炒股的名义，拿了白雪梅二十万，要想还上这笔钱，就得动定期存款，留下的生活费要还了她，自己花什么？所以，必须用心拢住那个傻娘儿们，一笔二十万的现金，她连个条子都不要，到时我要翻脸不认账，看她怎么办？这个女人真是，搭着身子赔着钱，还高兴得要死。他又和情人欢会去了。

又有一阵子没见陶启程，白雪梅感到很无聊，心中更惦记着自己的那笔炒股的钱。隔三岔五地打去电话，陶启程总是"信心十足"地让她耐心等待。

半年时间过去了，陶启程就是不来见她，这才让白雪梅感到心里发毛，她拨通电话。"喂？"女人的声音。"陶启程在家吗？""你是谁？""他拿了我不少钱。告诉他赶快还给我。"情急之下，白雪梅只好这样回答，随即挂了电话。林惠珠皱着眉头看着话机上的显示号，心里感到很别扭。随即，仿佛是女人的第六感，一个名字跳了出来：白雪梅。

林惠珠毫不犹豫地回拨了号码，正是刚才的声音。"喂，白雪梅，陶启程把什么都告诉我了，你这个不要脸的东西……"对方再次挂了电话。看来是她没错。这个名字让林惠珠气满胸膛。她正坐着生气，陶启程回来了，林惠珠一改往日的热情，一动不动地坐在沙发上，脸色显得阴森森的。

陶启程很奇怪。"又怎么了？"他脱掉外衣挂上，笑着问，"你还在跟我生气？""哼！"林惠珠用鼻子哼了一声，"哪敢哪，跟那个不要脸的白雪梅。"陶启程一惊！脸色突变！他忽然想到上次妻子在梦中也喊着雪梅，脱口说道："她来了？"林惠珠一声冷笑，"来了，来跟你要钱，她说经常跟你上床，你欠她好多钱是吗？""这……"陶启程有点儿张口结舌。上床是真的，欠钱也是真的，但所欠的钱是借的，绝不是上床的钱，她还倒贴了不少吃喝呢，可这一下子怎么说得清？他稳稳神，想到白雪梅不会这样说，遂高声道："你胡说，根本没有的事。"只见林惠珠忽地站起来，"自己做了什么事不清楚吗？是狗改不了吃屎。那骚货自己都承认了。你说，和她上了多少次床？到底欠她多少钱？"陶启程冷静了一下：白雪梅来是为要钱，她又怎能随便说上床的事呢？老婆是在诈自己，这不是上了当吗？想到这里，他也强硬地高声说道："和我上床的女人多了，你也是其中一个，有辙想去！给你一张脸非往鼻子上抓吗？"见此，林惠珠反倒无话可说。是呀，和丈夫断了几年的夫妻关系，这期间谁知他搞了多少女人？好不容易又有了夫妻情分，自己一定要好好珍惜才是。她想着，慢慢坐下又站起来，低首垂泪地到厨房去了。

这几天陶启程连续接到白雪梅的电话，那笔钱这么长时间，傻瓜也不能再等下去了，无奈的陶启程只好把白雪梅邀到厂里来。

久未见面的老情人，难免欲火中烧，暂时把一切都丢到脑后。一阵狂欢之后，两人收拾好衣带坐下来，白雪梅当然要说起电话的事，原来白雪梅根本就没去陶家。

陶启程心中正恨林惠珠，只听白雪梅着急地说："快把那钱取出来吧，我不指望炒股挣钱，只希望你快些把本钱还给我，孩子要出国，还不知够不够呢。"白雪梅找了个要钱的理由。陶启程沉着脸说："这么长时间不见你，是因为股票跌得太狠，没法和你交账，所以……""什么？"白雪梅的眼睛瞪圆了，"你说清楚，我没听懂，没听懂你知道吗？"陶启程把脸转向了一边，"炒股是要担很大风险的，这你知道。我们的股票暴跌……""暴跌？什么意思？跌多少？""已经跌了百分之二十，还在跌。想抛出去又狠不下心，只能眼睁睁地看着它往下滑，倒血霉了。""你是说，我的钱只剩下十六万？"白雪梅的小账算得倒是挺快，"这怎么可以？你快说，为什么会这样？"白雪梅从床上忽地跳下地来跺着脚，伸手抓住他前胸的衣裳不肯撒开。陶启程就势把白雪梅拉到自己怀中揉摸着，"雪梅，你不要着急，我知道你孤儿寡母不容易，请放心，我投的比你还多，把它抛出去还你就是了。"白雪梅听了即刻转悲为喜："我的亲亲，真的？让我怎么感激你？"她说着猛地搂住陶启程的脖子，把他扑倒在床上，顿时，两人的方寸大乱，整理好的衣带又被解开……

女人哟，可怜的女人，刚才还急得发疯，几句哄骗的话语又让她不知南北了。

陶启程在妻子面前又变了脸，"林惠珠，我又和白雪梅上了床，你能怎么样？"本来就满腹怨恨的林惠珠，听了这话瞪起双眼，忽地从沙发上站起来，然后又慢慢地坐下闭起眼睛，痛恨的泪水流个不住……丈夫又接着说："我实话告诉你，那白雪梅是你儿子女朋友的继母，如果你想让我继续做你的丈夫，就不要干涉我的自由，而且，要想办法割断儿子与那柳丹阳的关系，以后大家和平相处。这里毕竟是我的家，我之所以不想离开，也是为了凯明。至于钱的问题，你丈夫不是傻瓜，看上一个有钱的寡妇还会搭钱吗？是我拿她二十万交了税，不然就要卖厂子了。我说的全是实话，信不信由你。"

林惠珠抹着泪水心中想到：这段时间丈夫对自己不错，这样一闹又丢了来之不易的夫妻情。只要他对自己好，管他在外面怎么样，就随他吧。想到这里，她说："启程，只要你不离开家，又能想着儿子，我什么都不管你了。""这就对了嘛。"陶启程得意地笑了，"惠珠，我们毕竟有个共同的儿子，并且也到了成家的年龄。要总为这些浑闲事吵闹不休，不是让孩子笑话吗？当今的世道，你应该想开的。"林惠珠无语。陶启程又笑着说："我有个朋友，并没有甩掉结发妻子，却在外面养起了三宫六院，那些女人一个比一个漂亮，个个过着富有的日子，却也活得心安理得。有一天可巧，两个老婆在市场为孩子口角起来，各骂对方是野种。刚好她们的丈夫路过，吓得他赶紧躲开。现在这位老兄已经有四个孩子，老三却又挺起了肚子……"林惠珠用鼻子"哼"了一声，"知道你们为什么是朋友吗？"陶启程摇头。"这叫物以类聚，不好听的就都是破鞋匠。""管他说什么，自己快活就行，人家大老婆就想得开，丈夫领着小情人到家来，她还大盘子大碗地伺候着呢，也是为多给她钱的。不管怎么说，那朋友可是快乐无比的。""他呀，难过的日子在后头呢，这些人迟早会受到制裁。我不舒服，你做饭吧。"陶启程答应："好，我来做。有个人在身边多好，还不知足。"

晚饭过后，陶启程夫妇坐在电视前。画面上出现一个被父母双方相互推诿、最后流落街头的男孩儿，看样子约十来岁，正在痛哭叫喊着："爸爸，妈妈！你们为什么要生我？为什么呀……"那孩子蹒跚而去，林惠珠流泪了，陶启程不语，他们都在思考着这个普遍而又严重的社会问题。

陶凯明总觉得时间过得太慢，他盼望着那个与丹阳约定的日子。为了让柳丹阳抓紧一切时间学习，他尽量不去打扰她。

一晃就是半年过去，凯明也有近一个月没见丹阳了，为解相思之苦，凯明在休息日敲开丹阳家门，"你这样不注意休息，早晚要累坏了身体。"柳丹阳放下书，伸伸胳臂笑着说："学进去了，倒也不觉得累。听说你们院里要送研究生到省里学习是吗？""对。只有一个名额，我看是非彤阳莫属了。""你不想争取吗？""想过，只是彤阳早有准备，我比不过他。""也好，我说话算数，明年五月中旬考完试，不管成绩怎么样，我们的事要兑现的。可你父母要是横加阻拦呢？我真不想偷偷摸摸地结婚。"陶凯明严肃地说："我想好了，到时候领了结婚证，我们一起走，到国外去结婚，也好见见世面，父母想见我都难。""真的？"柳丹阳高兴地上前搂住凯明的脖子，"我真感谢你，你父母太固执，我们这样在国外住几年，回来他们只有高兴了。记住，可不许改变主意。"她说着连连吻了几下男友的脸，倒把凯明惹出火来。"你呀，终于有了一点儿主动。"他激动地回吻着，"我的丹阳，我的亲亲，你能提前给我一次机会吗？我，要坚持不住了……"

柳丹阳严肃起来，"叫停，胡说八道。"凯明笑了，"三伏天，小孩子的脸，怎么说变就变？"柳丹阳轻轻捧住他的脸，"亲爱的，对不起。我们心理上都承载着自己的希望和梦想，生活的历练让我们成熟。所以我要郑重地宣布：把这最伟大的结合留到那最神圣的第一夜，不能更改。"凯明已经被面前这张严肃而美丽的脸调整好了情绪，却又故作其态："一个吻，就一个。"他说着那两片男性的嘴唇已经重重地落在这两片女性的双唇上……

两人终于平静下来，凯明说："我在街上看见一个学校的学生集体看电影，心中很奇怪，那男女生的比例严重失调，如果全中国都这样可糟了，也就是说，将来要有不少男人没老婆，这可怎么办？"丹阳笑了，"你倒是有忧国忧民意识。我从前听母亲说，上帝造人时，男女比例是一对一的。前些年是女孩儿偏多。几十年时间，现在一下子又反过来了。""是呀，真奇怪。"丹阳摇头："有什么奇怪？中国人的老思想重男轻女作祟吧，活活打破了大自然男女协调

227

的基本规律。"柳丹阳说着无奈地笑起来。

　　林惠珠在街上遇到了张玉清，难免又说起李丹，并说那钱还没给人家。张玉清笑着说："怪了，我在她弟弟的未婚妻家里照顾病人。那姑娘不叫李丹，叫……叫柳丹阳。她为什么要改名字呢？又为什么说钱给了呢？"林惠珠有些呆住了，很久以来，她一直等待李丹来取钱，至今是人影不见，又无处打听，现在总算是有了消息。她有些激动地说："张玉清，谁说给了？""那个柳丹阳，就是叫李丹的姑娘，是她说的。""你怎么不早来告诉我？"林惠珠埋怨道。张玉清笑起来，"她说钱给了，我告诉你什么？不过这事倒挺怪，那么多钱不来拿，还改名换姓的，让人琢磨不透。""是呀，你快把柳丹阳的地址告诉我，好去还钱。""这家姓陈，是柳姑娘弟弟的对象家。她弟弟倒是常去，我问清楚打电话告诉你。"林惠珠点头说："好，解决了这块心病我要谢你的。"

　　在回家的路上，林惠珠想着'柳丹阳'这个名字，倒觉耳熟，不知在哪里听过。她满面春风地回到家里，陶启程问道："看样子你有什么高兴的事是吗？""对，那个叫李丹的姑娘找到了，张玉清说她不叫李丹，叫柳丹阳，还说钱给了，你说怪不怪？""什么？柳丹阳！"陶启程忽地站起来又坐下，心中大大地吃了一惊，"我说，你没搞错吧？""怎么？"林惠珠奇怪地看着丈夫，"你认识这个姑娘？"狡黠的目光在陶启程眼中一闪即逝，"不……认识。""那张玉清在柳丹阳弟弟的女朋友家做保姆，是她告诉我的。""我是说，在给钱时才认识的。""啊？"林惠珠满脸的惊诧，"你那钱什么时候给的？这么大的事怎能不告诉我，让我一直惦记着。"看着丈夫的惊讶神态，林惠珠感到事有蹊跷。只见陶启程眯着眼睛说："什么大事？她垫了钱，我还了她，事情过去了，谁还记着它，我做饭去了。"林惠珠皱眉无语，这个名字到底在哪里听过？她努力地回忆着……

　　陶启程听妻子说垫钱的是柳丹阳，心中一惊！怎会这样巧？此时他才知道那天她是因为看见了自己才逃走的。怎么偏偏是她救了林惠珠？也知道捡便宜的机会来了。她自己说给了，这一万元就不必还她，冲她与儿子的关系，这钱不要也是应该，自己不就等于白捡吗？这也是小发了一笔。为了掩饰自己的不安，他主动下厨了。

　　张玉清打电话问地址，柳丹阳埋怨她多管闲事。电话又打到陶家，林惠珠也说那钱给了，事情也就过去了。

　　对儿子的婚事，林惠珠开始着急了，同等年龄的同学已经抱上了孩子，凯明的对象还没有着落。儿子同意的他父亲反对，他们夫妇乐意的儿子又不答应，那邱家的女儿也不乐意。但不知凯明的那个女朋友到底是什么样，儿子不是傻瓜，总能够分清好坏的。对，不能让孩子的婚事这样耽搁下去，应该把凯明叫回来商量一下，让我看看他喜欢的丫头到底什么样。

　　电话打到医院。"孩子，妈妈想你了，能回来一趟吗？"凯明心中有点儿发热，"妈，我这一切都好，医院的伙食不错，不必惦记。""明儿，回来吧，妈要看看你的女朋友行吗？"凯明笑了，"妈，你同意了？不听我爸的了？""也不是完全，见到人再说吧。""好妈妈，保你会支持我。"

　　下班后，凯明兴冲冲地回到家里，"妈，我回来了。"母亲高兴地迎上来，"孩子，有两个月没见到你了，就不惦记吗？"凯明笑着说："有爸爸在家，我放心的。""那就是说想也没想。""妈，我在家总是惹你们生气，所以……爸爸呢？""打麻将去了，要很晚才回来，正好咱娘儿俩说话。"

　　林惠珠端上饭菜，凯明洗了手坐下来，母子俩边吃边聊起来："妈，你怎么变得这么快？我爸知道吗？"母亲摇头，"我不想听他的了，这样会误了你的终身大事。""妈，什么时候想见她，随叫随到。""凯明，她在饭店工作过，没什么事吧？""妈，别听我爸胡说，那可是个纯洁的女孩儿，又是大学的老师，比我厉害。""她叫什么名字？""柳丹阳。""什么什么！柳丹阳？"林惠珠忽地站起来，饭碗差点儿掉在桌上，"这不是，这不是……"林惠珠不知说什么好了。"妈，你怎么了？见过丹阳吗？"林惠珠慢慢坐下来，放下筷子碗，愣愣地看着儿子，含着饭的嘴也合不拢，半天才说："好像在梦中见过，她很善良美丽，衣着朴素，经常背着小挎包，对吗？"凯明高兴地说："太对了，妈，你一定是见过的，不然怎会说得那么准。快告诉我在哪里见过！"林惠珠想不起是在梦中见过，还是听谁说的才有这个印象的。

　　林惠珠勉强咽下口中的饭，把椅子向后撤了一下，坐在那里喃喃自语："天知道这到底是怎么回事？柳丹阳，柳丹阳，莫非她……她就是救我的那个姑娘吗？"

　　此时的陶凯明也放下饭碗凑到母亲跟前，"对不起妈妈，是她救你的，这件事我早就想跟你说，只是丹阳不让，她的意思是不想你们为此事感激她而同意这门婚事。妈，你不会生气吧？"林惠珠轻轻摇头，"怎么会？她是我的救命恩人，我无以报答。好歹那笔钱算还了她。""还了？谁还的？什么时候？"陶凯明感到惊讶，"妈，你怎么没跟我说？丹阳也没告诉我呀。"林惠珠紧盯着儿子的眼睛，"你的意思是说……怪不得……"她把话停住了。"妈妈，是我爸爸告诉你说钱还了吗？"母亲瞪着吃惊的眼睛，"是呀，他说早就还了。莫非……这个老东西。对了，那张玉清问过李丹，就是那个柳丹阳，她自己也说钱给了，这是怎么回事？"陶凯明奇怪：柳丹阳早就说这笔钱不要了，既然又收回来，她怎么不说一声呢？他想着遂对母亲说："妈，这件事就别去想它了，反正，给与没给都在自家里，我会问清楚的。你想什么时候见柳丹阳？""越快越好，今天行吗？"凯明笑着说："看来妈真的急了，她不想见爸爸，我们去她家吧。妈，到那里别提钱的事，我觉得事有蹊跷，慢慢会弄清楚的。"母亲点头。

凯明趁母亲热菜时打了电话，丹阳在电话里快乐地喊了一声："母亲万岁。"

晚饭后，林惠珠换了外衣，锁了房门，母子俩下楼直奔丹阳家。

柳丹阳放下电话，脸上堆满幸福的笑容。陶家老人终于被争取过来一位，这让她感到意外。还没有正式见面的婆婆，自己总得给个好印象才行。她换了一件自己喜欢的白色夹克衫，又在茶几上摆了一盘水果。她在宽敞明亮的客厅里转了一个圈，认为没有不合适的地方，剩下的只有等待了。

门铃响了，丹阳带着不安的心情开了门，对面前这位并不陌生的老人，丹阳深施一礼，"阿姨你好。""好好。"林惠珠看着眼前这个姑娘与梦中所见无异，就是她救了自己的命，母亲发自内心地笑了。凯明与母亲换了拖鞋来到沙发前坐下，母亲的眼睛有点儿发热。"孩子，是你救了我的命，这么久也没见到你。直到那天听张玉清说你就是李丹，问了凯明才明白，原来救我的是我未来的儿媳。孩子，要不是你，我的命早就……"母亲的眼里浸满泪水。丹阳用面巾纸替老人拭泪，"阿姨，我怎么也没想到救的人会是您老人家，这太巧了。"林惠珠就势拉住她的手，又看了儿子一眼接着说："看来我们的缘分不浅。"林惠珠把丹阳拉到身边坐下，"妈同意了，张罗结婚吧。"凯明、丹阳两人会心一笑，不约而同地起身双双站在母亲面前，"多谢妈妈。"然后深施一礼。

这半天，林惠珠的眼睛一直没有离开丹阳的脸。儿子笑着说："妈，你怎么总盯着人家？"正在削水果的柳丹阳也听见了，她笑着说："阿姨，我不怕看，吃水果吧。"林惠珠笑着接过苹果，凯明也笑着说："妈，她是大学老师，上课时总有几十个人在看她，还怕你一个人看吗？""这么年轻就做大学老师，可真行。"母亲满意地说。

柳丹阳简单地介绍了一下家庭情况，林惠珠又问起丹阳的弟弟，丹阳告诉她，弟弟未来的岳母有病，他需要在那边帮助照顾，所以不常回来。那边房子宽敞，收拾一下就可以结婚了。母亲起身环视着客厅，又分别看了两间卧室，"这样看来，你们结婚就在这里了，我儿子的命真好。"她说着又到沙发旁坐下，"住院时我就想过，要有救我命这样的姑娘做儿媳，那该多好。如今果然是天遂人愿。你们打算什么时候结婚？"丹阳把自己立志攻克翻译的事说了。林惠珠急忙问："这需要多久？"凯明笑着说："妈妈，她还有半年时间，你倒先着急了，再说我爸那一关还不知怎么过呢。""不管他，咱们就来个先斩后奏，又不住他的房子，看他能怎么样？"凯明丹阳两个相视一笑，母亲也笑了。

林惠珠回家后有点儿失眠，一方面是救命恩人做了儿媳感到快乐，另一方面是，和丈夫唱对台戏势必引起他的强烈反感，说不定他知道后又该"离家出走"了。没有丈夫在身边，她将再次陷入无边的孤独寂寞之中……想到这里，她感到脸上有点儿发热。自己年纪大了，还非要守个男人过日子吗？她决定把儿子的婚事一瞒到底，什么时候他知道了，想走就走，没人留他。

首先考虑的是孩子结婚的一应用品。为了掩丈夫耳目，她和儿子商量，把丹阳家的钥匙拿来，这样买回来的东西就可以直接送到那里，也免去了以后的麻烦。半年时间，什么都来得及。

不久，凯明拿来了丹阳的门钥匙，林惠珠就像出入自家一样。当然，有些物品还要丹阳自己挑选。

第十六章　雪梅告状

冬去春来，为了躲避白雪梅讨债，陶启程已经很久没到厂里了，他躲在家里不出门，有时来电话也不接。

为了女儿联系方便，白雪梅把启程机械厂的电话写给了白兰。她又从一个认识陶启程的麻友那里得知，说陶启程从来没炒过股。那么，他拿自己的钱干什么了呢？后来通过关系又认识一个管税的人，那人帮她查到启程机械厂去年交税日期，数字刚好近二十万元。她又回家看自己的取款日期，天哪！陶启程拿到她的钱，第二天就交了税。

讨不到钱又见不到人，白雪梅心中愤愤又懊恼不安：原来那家伙是个大骗子，自己搭着身子又被他骗得这么惨，誓必要想个办法收回这笔钱。

这话说来容易做来难，自己是主动把钱拿给人家的，又能拿出什么法子要回来呢？她绞尽脑汁地想啊想，要经法院无凭无据……对呀，得想办法要个借条回来，这样才能依法申诉。可是，人都见不到，要条子又从何谈起？自己当时为什么不留个证据就把那么多钱交给他了呢？真是个十足的傻瓜。

她想了很久，决定如此这般……

这天下午，陶启程接到更夫老王的电话："陶厂长，今天有你一封信，地址只写本市。"这能是谁呢？这些天在家里待得无聊，刚好出去透透气。

陶启程来到厂收发室，把信拿在手中急忙打开："启程，亲爱的，我好想你……"是白雪梅？下面也无非是些甜言蜜语，什么日思夜想，什么一日不见如隔三秋等等，看得他心里热乎乎的。其实，陶启程又何尝不想念她呢？这么长时间守着那个黄脸婆，同样是女人，品味起来着实相距甚远。想到这里，他有些心猿意马起来。

信的后面写道:"启程,那钱和我想念你的事相比已是微不足道了。我想尽快见到你,去那间洞房吧。本市的信,最晚明天就到。你按发信时间的第二天晚上在厂里等我,我给你带好吃的,不见不散。"落款是"你的梅"。

陶启程看着信愣了半天,这不会是在骗我要钱吧?反正没有,她有辙想去。他看看表,时间已是午后三点半。她既然能来,就免不了要上床的,先上楼养足了精神再说。

四点半刚过,白雪梅拎着不少吃的东西来了,早已等得不耐烦的陶启程闻声开门,只见她一步跨进来,扔下东西就扑进情人的怀抱,然后紧紧地搂住他的脖子,"你呀,想死我了。""我也是。"两人迅速相抱着来到里屋,迫不及待地宽衣解带……

此时的白雪梅当然不会忘记钱的事。腹中空空的陶启程是又饥又渴,"快收拾一下吃点儿东西吧。"他急忙穿好衣裤到外间去了。满面红光的白雪梅也整理好自己来到外间洗了手,又把几个塑料袋敞口放在桌上,两双方便筷子各执一双,两个包子下肚后,陶启程才想起酒来,原来白雪梅拿来的是白酒。

两人各执酒杯对饮起来。白雪梅借咳嗽的声音,伸手到上衣里兜打开了小型录音机。"启程,你拿我那么多钱该还了吧?我这孤儿寡母的,靠老头子留下的钱,过着这有支无收的日子多难哪,你不想尽快给我吗?"陶启程点头说:"当然想还,这阵子正在给你张罗着凑钱呢。炒股赔了别怪我,恐怕还不上你二十万了。看看差不多我就取出来,剩多少算多少,到时一起还给你,就不要追着屁股要了。"白雪梅着急地说:"陶启程,你真的拿钱炒股了吗?我手中的钱花光了,孩子上学需要不少钱,你就别难为我,快把这二十万元还给我吧。"陶启程一惊:她怎么知道我没炒股?白雪梅苦着脸又说:"我今天请你喝酒,也是想求你快些把钱还给我,不管钱干什么了,时间可不短了。不行的话,你就分期还我也行,我等钱用啊!"她在哀求着,端起杯子喝了一口,然后低声抽泣着。"好吧,过一阵子还你几万先用着总可以了吧?一提钱的事我就心烦,喝酒吧。"他说着举起了杯子。

桌上的电话响起来,陶启程抓起话筒,"哪位?""请问白雪梅在这里吗?""找你的,他们怎么知道我的电话?""是我告诉女儿的。"白雪梅接过话筒,"什么事?""雪梅姐,大姨住进了医院,我马上去车接你。"对方的声音很焦急。白雪梅也着急地说："什么病？严重吗？喂喂，喂……"电话挂了。"这怎么办？我正饿着，吃个包子就走。"她一个包子没吃完，两个大汉闯进来，后面跌跌撞撞地跟着老王。"你们干什么？厂长，我挡不住他们哪。"白雪梅说："老王，他们是来找我的，没你的事了。"看看厂长没什么表示，老王犹豫着下楼了。

面对这两张陌生的面孔，陶启程疑惑地看着白雪梅。"好不容易见到你，真不巧。陶启程，那笔钱是交了税还是干了什么你自己最清楚，总得给出个条子吧？下次见面又不知多久。"白雪梅说着，从自己的提包里拿出纸笔放到陶启程面前，"求求你写个条子吧，时间久了我怕……怕出问题，这些钱可是我的命根子呀。"两个男人中的一个说道："雪梅姐，快走吧，大姨不知咋样呢。"白雪梅看着陶启程，"不差这两分钟。启程，我们虽然是好朋友，可我心里总是不托底，求你给写个欠据吧，别让我的心里总这么悬着了。"白雪梅说着，又把纸笔向陶启程面前推了一下。

直到现在，陶启程才算明白了，白雪梅的目的是要借条。她要我帮着炒股，自己骗了她。奇怪的是，她怎么知道我用这钱交了税？现在她有所警觉要欠条了。想到这里，陶启程斜眼看了一下门口那两个虎视眈眈的大汉，心里有点儿打怵，看来她是早有预谋，这条子要不写，说不定要打我个鼻青脸肿，到时被逼不过还得写，还是好汉不吃眼前亏，乖乖地写了吧。他喘了一口长气，很不情愿地写下了借据。

在借条下面签名的时候，他的手有点儿发颤，是气的。白雪梅把条子抓在手里，脸上闪过得意的一笑。

陶启程扔下笔，赌气坐在那里。白雪梅笑着说："我们是好朋友，你当初为什么要说拿钱炒股呢？"陶启程有点儿恼羞成怒了，他冷笑一声避开这个话题："好哇，你找人威胁我，别让我说你们是在敲诈。告诉你白雪梅，一万元也没有，一万元也没借，有招想去。"他说着眼中透出凶光。

白雪梅双眉紧皱，歪着脑袋不解地说："陶先生，你拿了我这么多钱不还，要个借条还过分吗？真是令人费解，走。"她起身走了几步，又回头看了一眼那扇关着的里间房门：多少温馨醉人的欢会都发生在那张床上，那是他们的"洞房"啊。就在半小时前，他们还在床上翻云覆雨……完了，如果打起官司来，势必要翻脸，就是说自己再也无法到这里欢会了。她带着丝丝眷恋又看了一眼陶启程，与两人下楼去了。

陶启程觉得很憋气，一向自认为很聪明，今天却小栽了一把，岂有此理。他眉头紧蹙地坐那里，不由心中发狠：白雪梅你等着，我要你好瞧……

时光荏苒，转眼就是杨花飞舞似漫天飘雪的日子。考试的日子是星期天，柳丹阳轻松地走进考场，九十分钟后她又快乐地走出来，已是成竹在胸了。回到家里，她大胆地拨通了陶家的电话，接电话的正是陶凯明。"你好。""凯明，是你？""丹阳，好想你。因为你上班忙，又要准备考试，所以最近没去打扰你。""这就对了。知道吗？今天就是考试的日子，祝福我吧，已经出了考场了。""太好了，我这就过去。"陶凯明放下电话走进母亲的卧室，"妈妈，我去找丹阳。"母亲放下书笑着说："去吧，把日子定下来。""妈，你就盼着阴历六月十九吧。"

柳丹阳在家备好了酒菜，还没摆上桌，凯明就来了。他见门虚掩着便悄悄进来，又踮着脚走到厨房门口，丹阳刚一回身，他一下子就抱住了她。"哎呀，你怎么像猫似的，吓我一跳。""这才叫你惊喜呢。"两人亲吻拥抱了一会儿，这才把几个酒菜摆上来。凯明端起酒杯，"来，亲爱的，为你能顺利通过考试干杯。""谢谢。"两人举杯共饮。三杯酒下肚，凯明拉起丹阳，把她搂在自己身前……他把脸歪在她的肩上，"我这回总算是有盼头了，丹阳。"丹阳被他搂在怀里，隐隐感觉到他身体的变化，顿时觉得浑身发热，双颊绯红，她挣扎着想站起来，却被凯明紧搂着身子动弹不得。"放——开——我！"丹阳一字一顿，声音低沉而有力，身子不再挣扎。她脸色异常严肃地等待着，等待凯明自觉地把她扶起来。

陶凯明的激奋情绪慢慢冷却下来，那一炬火苗也随之逐渐熄灭。他知道，不到那一天她是不会答应的。他把她紧搂了一下，说了声："对不起，我的丹阳。"然后扶她站起来，两人各自坐好。丹阳红着脸瞪了凯明一眼命令道："吃饭。""对不起，原谅我。"凯明红着脸说。两人无语地相互看着，丹阳忽然笑起来，"你这个坏家伙，就这么着急？"凯明不好意思地摇头，"不急，只是……只是这原始的本能在驱动我。你放心，我完全有自控能力管住它。""你要管住谁呀？"丹阳说完大笑起来。凯明眉头一皱，这才醒过腔儿来，他起身又抓住柳丹阳，照她的腋下搔了两把，"你，你也够坏的。"柳丹阳大笑着，"好了好了，我投降就是了。"她说着真的举起了双手。女友的滑稽相显得更加可爱，凯明禁不住抱住了她。

两人坐下吃饭，陶凯明想弄清那一万元的事，只好拐弯抹角地说："丹阳，母亲出院以后，你再没见到我父亲吧？"丹阳摇头，"哼，对我们的事不松口，我永远不想见他。""那张玉清怎么告诉我妈说钱给了？你说的吗？""哼，这个多事的张玉清，等我见到她……其实，那钱给与没给，该问你的父母才是，干吗要问我？"凯明知道了，是爸爸想私自留下那笔钱。"没什么，我是想怎样过父亲这一关。我们举行婚礼时，最好父母都在场才好。"柳丹阳握着酒杯，愣愣地看着他，"看样子你要改变主意是不是？得到你母亲的允许，我已经是大喜过望，怎敢奢望你父亲的支持？凯明，你是不是想说，没有你父亲在场，这婚就不想结了？""不是不是，我只是说最好……""那你就耐心等待吧，等待你父亲接纳我的时候再结婚，看谁着急。"丹阳说着抹搭了凯明一眼。"我是说，最好嘛。""好啊，父亲是你的，你有本事让他答应吗？"见凯明不语，丹阳接着说，"凯明，有你母亲一个人支持我已经满足，老人家说了要先斩后奏的。""丹阳，我是怕母亲以后受气的。""老人家主动来见我，由反对变成一个完全的支持者，她为了自己的儿子，是有受气的思想准备的。好，不谈了，回去和你母亲商量吧，烦死人。"

陶凯明回到家里，和母亲说了与丹阳谈话的经过，林惠珠有些着急地说："这怎么行？有我支持你们还不够吗？总不能因为你爸爸不同意，你们就一辈子不结婚了吧？凯明，听妈的话，丹阳既然考完试了，就和她登了记，操办着结婚吧，不行吗？"凯明点点头，"好，我听妈的，过几天就去登记，到时你和我们一起住，我爸就由他去吧。"母亲摇头，"这恐怕不行，我不能让他把整个厂子都挥霍尽了，你说呢？""也是，到时再说吧。"

今天是休息日，一向喜欢看电视剧的柳丹阳，一坐就是两个小时。在电视节目中，她看到了一所破旧、漏雨的学校：几个大小不一的塑料盆放在地上接雨水，二十几个孩子乱哄哄地挤在教室的另一面，老师把那块掉了角的黑板摘下来立在靠墙的凳子上，弯下腰来写字。再看孩子们那一双双渴盼求知的眼睛紧盯着前面，有人因黑板太低看不见，只好站起来。

本来已经是眼泪含在眼圈的柳丹阳，师生们下课时的对话更让她流泪不止："老师，这里的条件太恶劣，你会像前两位老师一样离开我们吗？""同学们放心，我不会离开你们，哪怕只剩一个学生，我也要坚持下去。我是个孤儿，是国家和人民养育我并送我读书，所以我要尽全力回报社会……同学们放心，这里再苦老师也不会走的。"一片掌声过后，下面的镜头是雨过天晴，老师带着同学用干草在房上苦补漏雨的地方。

柳丹阳抹着泪看着，她想到父亲留下的钱，放着也没用，不如拿出一部分捐给这个地方，让他们盖一所像样的学校该多好。她迅速拿笔记下了地址，看看时间还来得及，丹阳拿了存折上银行去了。

不久，那所学校收到了一百万元，说明上写道：此款为建校舍和改善教学条件专用。落款是李少乾。

又是个星期天，凯明来到丹阳家里，商量登记的事。丹阳笑着说："陶凯明，你可要想好，结婚可不是小孩子过家家，一辈子的生活是否幸福只在此一举，你要能严肃地答应我一件事，明天就去登记也行。""你只管说，我答应就是。"柳丹阳郑重其事地咳嗽一声，"我们的日子定在农历六月十九，算来只有一个多月的时间了。到时候请柬发下去，可能在亲友之间会传到你父亲耳朵里，很难预料到时会闹出什么事来。我是说，到时有人来一顿混搅怎么办？"陶凯明眨眨眼睛，"你是说我爸？他不来也罢，不会来闹的。"柳丹阳苦笑了一下，"但愿如此，可我不得不做最坏的打算。我的要求是，假如如我所料，我们就到国外去入洞房好吗？"陶凯明笑了，"好，我答应你。""真的？不许反悔，你能做到吗？""能，一定能的。"柳丹阳笑着搂住凯明的脖子，"亲爱的，下个星期学校放暑假，我们就去办理结婚手续，这回你该满意了吧？""太好了，我终于盼来了这一天。"凯明说着使劲搂住女友的腰，又把她抱起来放到床上，然而，他面对的是一张严肃的脸，一双令人难以抗拒的眼睛，那两道凌厉的目光，使凯明立即收敛了还没来得及完全释放出来的、原始的本能。他慢慢地起身拉起丹阳，红着脸说："对不起，亲爱的，我又冲动了。"

柳丹阳的目光温柔起来，"这么多年都等了，还差这几天吗？登了记以后我才会有思想准备……"陶凯明突然醒悟地喊了一声："柳丹阳万岁！"

一个星期以后，陶凯明和柳丹阳坐在了婚姻登记处的椅子上，红色的结婚证书在他们的两双手中倒换着。

两人走出登记处，凯明先给母亲打了电话，告诉她登记的事。林惠珠高兴地说："我的明儿，如果丹阳允许的话，你今晚就住在那里行吗？""我，我有点儿……妈，放心吧，我挂了。"凯明红着脸，看看身边的柳丹阳，不知说什么好，他心中急切地想回到丹阳的那张双人床上。

两人买了些好吃的回到丹阳家里。酒足饭饱之后又洗了澡，丹阳拉好窗帘，音乐也在明亮的灯光下响起来。穿着睡衣的两人拥抱着，又如一对蝴蝶般地追随着跳起舞来。

几支曲子过后，两人不约而同地倒在床上，各自带着怦怦的心跳，完成了那圣洁的"仪式"……

白雪梅一纸诉状把陶启程告到了法院，然后等待消息。接到传票的陶启程未免吃了一惊：好你个白雪梅，和你相好一场，竟然去告我！既然你不仁，休怪我不义，看我怎么收拾你。话是这么说，这法院还得去。他一路上想着对付白雪梅的办法，却也没想出什么好主意。

在法院审判员小郭的办公桌前，陶启程看着白雪梅的诉状内容："他拿我二十万元，说是炒股分红，结果交了税。我为讨债跑断了腿，他至今迟迟不还，我们孤儿寡母就等着这些钱生活，孩子上学，学费都交不上……"后面的话都很悲哀，副页上还有一张欠条，正是那天陶启程所写欠条的复印件。

小郭见他不语，遂严肃地问道："上面所写的内容属实吗？"办案人员的威严，使陶启程不知所措地点点头。"既然如此，你为什么不还人家？是没有偿还能力吗？""不，不是，是现在没钱。""男子大丈夫，欠一个寡妇的钱不难为情吗？听说你有个不小的厂子呢，没钱可以破产还债嘛。说吧，这笔债什么时候还清？"见陶启程低头不语，小郭接着说："看你的样子是想抗下去对吗？告诉你，'杀人偿命，欠债还钱'，这是古今不变的真理。给你一个星期的时间回去卖机器，下星期的今天，至少要送到这里十万元，听清楚了吗？""这恐怕……有困难。""那就再加三天，不能拖下去了。陶先生，还债是早晚的事，还有什么想不开的吗？你承认欠债又积极还债，就无须写什么答辩词了。回去吧，十天以后见。"

　　陶启程心中愤愤地点头出门，咬着牙恨那白雪梅，往日的情爱早已荡然无存，心中的激愤正如灌下一桶凉水，因容纳不下而漂在喉咙里。他信步走在大街上，见前面一个中年女人的背影分明是白雪梅，遂快步赶上去，他要冲上去先给她个左右开弓，然后再揪着头发胖揍一顿，这样方解心头之恨。待他赶到前面，却见不到白雪梅的半点儿影子。他想去找邱秉臣，说起这件事又怕他笑话。"'杀人偿命、欠债还钱'，这是古今不变的真理。"小郭的话在耳边又响起来。他不知道自己现在该到哪里去，也不知道这十万元出自哪里，先回家再说吧。

　　儿子和媳妇领了结婚证，林惠珠心中喜滋滋的。她希望他们早些给自己生出个第三代来，孙子孙女倒不在乎。她想象着有个小孩子围前围后地叫奶奶，不由笑出声来。那天凯明没有回家住，他们已经……这样，离抱孙子的日期就不远了。

　　林惠珠正在掐着指头算计着儿子的喜期，陶启程进来了，脸色阴沉沉的。他一言不发地坐下来看着妻子，忽然一个念头浮上来：她手中还有二十万，不正好填这个缺吗？要直接跟她说必然不允，想个什么法子把存折拿出来呢……唉，还是算了吧，上次骗她二十万让她住进医院，再提起这事，她非气疯了不可。自己手中的死期折不能动，活期取出来还债，以后花什么？

　　见丈夫锁眉不语，妻子知道他一定又有什么不顺的事，要说就说，谁稀罕问他。

　　晚饭后，陶启程早早躺下却是难以入眠，他望着那宽厚的壁柜，想着妻子那装钱的、以前曾经是他们共有的铁匣子，自从自己离家不归，它成了她的私有财产，这一年来他也不知那个匣子置于何地，她的钱和存折一定放在那里，如果说拿钱还债，她一定不答应，儿子也会帮助母亲，他的鬼道道可多着呢。

　　丈夫今晚睡得早，儿子又是夜班，电视节目也没意思。林惠珠回到卧室躺下，想着儿子要成家，媳妇称心如意，自感心中喜气洋洋，而另一个人却是愁肠百转，夜不能寐，这才叫同床异梦呢。

　　一晃就是一个多星期过去了，去法院的日子就在明天，陶启程的十万元还是没有着落。无奈之下，他只好用自己的活期存折解决这燃眉之急。第二天，他带了现金来到法院，小郭笑着夸奖："你真是个办事的人，剩下的钱不用急，给你一个月的时间够了吗？就不要跟女人一般见识了吧。对了，这是白雪梅给你的收条，请收好。"当陶启程走出小郭的办公室，刚好见到来取钱的白雪梅。真是情仇交加，分外眼蓝。

白雪梅看见他，也急忙转过身去，那两只眼睛让她有点儿发毛。一对亲密的情人，为了钱的事竟然闹得不可开交，不知他今天带没带钱来，自己当初就不该贪图便宜。

林惠珠和儿子媳妇，三人同心协力地在秘密操办婚礼，一切准备就绪，算日子也没几天了。

按凯明、丹阳的意思，婚礼要简单才好，可林惠珠不答应，她主张请来亲朋好友庆祝一番，筵席必须要像样子的，两个年轻人没办法，只好依她。

最让柳丹阳担心的，就是在婚礼那天公公闹事。从自己这方面说，最好是把那个钥匙当着长顺叔的面交给白兰，然后请继母与妹妹来参加婚礼，她们要不来就算了，也不会闹事。

放暑假了，十五岁的白兰在姐姐的帮助下，在市级英语比赛上获得第二名。这一天，丹阳找了长顺叔一同到白兰家，还给这母女俩买了礼物。白雪梅虽然没有和柳丹阳来往，但她的态度早已转变。她主动给两人让座，笑着表示感谢。柳丹阳说："阿姨，早就想把钥匙给白兰拿过来，又觉得还是亲自交到你手中的好。"她笑着把钥匙和经过公证的文件及存折一起递给白雪梅，白兰一把抢过去存折，"妈，这回我有钱了，省得在你面前像个讨饭的。"白雪梅瞪了女儿一眼，"你爸留下话，要你到二十二岁时才可以动用这笔钱，没有你姐和长顺，自己取出来我看看。""白兰，阿姨说的对，你要听话才行。阿姨，我定于阴历六月十九日结婚，和那个陶凯明。只是，只是始终没得到他父亲的支持。我怕到那天……"白雪梅笑着看了一下挂历，"哎呀，日子就要到了，你是怕公公搅局？我来想想办法。可我，还想和白兰去参加婚礼呢。"此时她心中盘算着：到时灌他一瓶酒，哪儿都去不了。"阿姨，我和凯明都谢谢你。"丹阳的谢自然是和白雪梅心照不宣。

现在，公公对自己儿子结婚的事还一无所知，假如告诉他会怎么样呢？丹阳摇头苦笑，对继母的话也半信半疑。

在暑假期间，每到休息日，丹阳的好友张霄雨都来帮着安排婚礼事宜，还带着一个很不错的高个子男朋友。她们说起凯明的父亲，张霄雨笑着说："他的能耐我领教过，不用怕他，到那天我带人在外面等着，拒绝他入内就行了。"柳丹阳摇头："他是新郎的父亲，怎好拒之门外？婆婆说对他封锁消息，我看很难。"霄雨的男朋友汤其伦开玩笑地说："不要紧，就我这个头，不把他吓跑才怪。"丹阳为难地说："也只好由他了。"

陶凯明决定试探一下自己的父亲。

这一阵子，陶启程正为白雪梅的债伤透脑筋，他心里别不过来这个劲儿。你白雪梅也太过分，拿你几个破钱说不还了吗？值得闹到法院去，让我在那个姓郭的面前像个三孙子，真可恶！不修理你一顿，也不知我陶某人的厉害。

陶凯明一个人坐在了父亲的对面，"爸爸，看你好像心中有事，能对儿子说说吗？"陶启程一愣，随即笑着说："我的儿子怎么突然关心起老爸来？说说看，有什么事想求我吗？""爸爸，我们看问题的观点总是很难统一，父子嘛，是不该这样的。你愿意这样持续下去吗？"父亲"哼"了一声，"这个问题我还想问你呢，你说怎么办？"凯明笑了，"爸爸，你能回家照顾母亲，我很感激你，可是，在儿子身上你就不能宽容些吗？我是说，在婚姻方面，乞求爸爸给些自由吧。""又是那个柳丹阳，告诉你，除了她，你和谁结婚都可以，就她不行。这么长时间还不死心。""爸爸——"凯明拉着长声说，"你就不怕我带她私奔吗？或者出国找个洋妞回来，你受得了吗？""好哇，想出国我不拦你，找个洋媳妇算你本事，先和你妈商量好就行。怕是她舍不得你。""爸，我看你一点儿也不把儿子的事放在心上，难道我一辈子不成家你才高兴？""我宁可让你打一辈子光棍儿，也不许娶那个柳丹阳，她不是个纯洁的姑娘，你就认可吗？""我认可，无论她怎么样，爸爸就别管了行吗？""嘿嘿！"父亲一声冷笑，"我不认可。陶凯明，看样子你是要急着结婚是不是？一个独生子，就这样对待你的父亲吗？你结婚好了，到时让你好看。"陶启程两道暗藏恶毒的目光一闪即逝。陶凯明慢慢站起身来，"爸爸，既然我们话不投机，那就免谈吧，我还有事呢。"

话唠到这份儿上，陶凯明还能说什么呢？留给父亲朋友的那些请柬，只好空着了，就连那位邱叔叔，也只能冷在一边。

白雪梅的心情和从前大不一样。丈夫虽然走了，却给她留下不少钱，让她不愁吃穿……白兰的英语成绩直线上升，多亏了丹阳那丫头，又给自己省了多少家教的费用呢。这想法使她对丹阳逐渐产生了愧疚感，她对自己从前的做法开始悔恨了。此后她对丹阳的态度真的来了个一百八十度大转弯，人家毕竟是老头子的女儿嘛。既然有机会帮助丹阳，那就尽力吧。

　　柳丹阳明天结婚，一上午时间，想泡住陶启程也没什么难的，遗憾的是，为了钱的事他们刚刚掰了，那天他在法院的眼神也让她寒心，为了丹阳，她愿意再下贱一次，不知这刚凉了的被窝能不能再热起来。不管怎么样，这件事要办，还要办好，不能让丹阳的婚礼上出现问题。再有，要是他从别人的口中知道儿子明天结婚，他这做父亲的不发疯才怪。他今天不知道最好，晚上就去找他。这天下午，白雪梅母女走出商场，她给女儿买了一套最漂亮的白色连衣短裙，明天让她代表自己去参加姐姐的婚礼。母女俩正走着，迎面来了陶启程，这真让白雪梅有些不知所措："你……这么巧，去哪儿？"陶启程见了她可是气不打一处来，"好哇，真是冤家路窄，想找还找不到。""陶叔叔你好，这么久没见，挺想你的。"见他的脸色不对，白兰心里纳闷儿，一定是母亲得罪了人家，不然他怎么会这个样子？为了缓和一下气氛，白兰上前问候。陶启程见白兰长高了，一张白中透粉的脸显得格外可爱，心中的怒气倒减去了三分，"这孩子可是越来越漂亮了，一看见你，陶叔叔的气就消去了一半。""陶叔叔，是我妈得罪你了吗？那就看在我的面子上原谅她吧。"白兰知道母亲和这个男人过去的关系，可最近却见母亲目光暗淡，脸色无光，不见了那种欢快，正不知原因在哪里，原来如此。她想起丹阳的婚礼就在明天，妈妈说要缠住陶叔叔，她能做到吗？只见母亲笑着说："我哪敢得罪他，巴结还唯恐不及呢。白兰，你先回去，我跟你陶叔叔打麻将去。""好啊，陶叔叔再见。"白兰的走正合陶启程的心意，见她走远，陶启程脸色突变："好你个白雪梅，在女儿跟前给你个面子，不感谢我吗？"见陶启程一张阴森的面孔，白雪梅有点儿胆怯了，"启程，走吧，我们打麻将去。""对我来说现在需要什么你不知道吗？""还是去麻将馆吧。""不行！回厂里去！"陶启程使劲拉着白雪梅，她想挣脱却办不到。两人正在相持不下，正巧两个巡警路过问道："喂，怎么回事？"陶启程有好多天没和白雪梅在一起了，此时他不想让曾经给他很多快乐的白雪梅走开，只见他把一只胳臂搂在白雪梅的腰上说："两口子逛街，问什么问？""谁跟你是……"她忽然感觉到这样被男人搂着很舒服，下面的话也不想说了。巡警走了，白雪梅对陶启程送过两泉秋波，却见他的两眼中放出两道歹毒的光芒，她害怕了，想挣开他却自觉无力。

在陶启程的心里，他喜欢的情人把他告上法庭，这是不能允许的，不好好修理她一顿怎么行？他挟持她上了一辆三轮车，很快来到办公室，陶启程把她推进了"洞房"，已有些迫不及待了，他两眼发红地解着自己的衣扣，却见白雪梅一动未动，连那小皮包也还抱在怀中。

在白雪梅的心里，只要和他缓和一下关系，明天就一定能缠住他。再看他的脸色，淫笑中带着阴森，这让她有点儿害怕。

仇恨加欲望使陶启程的脸涨红起来，他甩掉自己的全部衣裤，红着眼睛扑上来。

白雪梅全身被控制着，她哭号着，一边喊着"救命啊"，一边抽手乱抓陶启程的脸，她自己的脸上也挨了几记耳光。气急败坏的陶启程还觉得不够，他抓住白雪梅的头发使劲地撞着床头，口中喊着："我叫你告状，我叫你告状。"白雪梅挣扎半天，已是浑身无力，动弹不得……

陶启程得意地完成了"任务"，心满意足地直起身来，还觉不解恨，又抽了白雪梅几个嘴巴。"去告哇，现在就去。"他说着森森冷笑，这才去穿自己的衣服。

白雪梅慢慢侧过身来，往常的欢快无影无踪，有的只是恼怒、仇恨、肉体上的疼痛。她无力地曲蜷着身子哭泣着，又慢慢地穿上自己的衣裙，捡起自己的挎包，两只带着复仇火焰的眼睛狠狠地扫了一下陶启程，然后蹒跚地下楼去了。

往日与白雪梅上惯了床的陶启程，根本就没把今天的事放心上，情人嘛，你告了我，打你几下出出气有何不可？能把我怎么样？

白雪梅径直来到派出所，把怎么与陶启程相识以及后来的密切关系，包括讨债的事都诉说一遍。一个女警官还验了她的伤，然后气愤地说："太不像话，性虐狂！"法医取了她体内的残留物化验去了。

白雪梅住进了医院，女儿自然不能参加婚礼了。办案的女警官当即通知了辖区派出所传讯陶启程，并且做了详细的记录。

陶启程被拘留了，还是一副不可一世的样子。"她是我的情人，上床这点儿事她值得闹到这里来？我没有罪，凭什么拘留我？我要控告你们！"晚上不让他回家，要在这里临时拘他一夜，他又嚷起来："这里没铺没盖的，怎么能这样对待我？"

早上，一个电话打到医院，是办案人员找陶凯明的。刚下夜班准备参加姐姐婚礼的柳彤阳代替姐夫接了电话："陶凯明吗？你父亲打人被拘留，现在派出所，来一趟吧。""好，马上就到。"柳彤阳为难了，去礼堂还是去派出所，他一时难以选择。他决定先去宾馆说明情况，然后再替凯明看望父亲。

今天是农历六月十九，也正是陶凯明和柳丹阳大喜的日子。但见凯旋宾馆的礼堂前方一片花团锦簇，一对新人并排站在台上，白色的婚纱使本来就漂亮的新娘更如仙女临凡，风流倜傥的新郎今天更是潇洒无比。真是天生一对，地配一双，熙攘的人群发出一片赞叹声。证婚人宣读了结婚证书。母亲接受了儿子媳妇的大礼，夫妻交拜结束，两人交换了戒指，在热烈的掌声中，新婚夫妇开始给亲友们敬酒。此时，在门外站了很久的柳彤阳才来到新郎新娘面前说了几句话，两人听了各自变色，可无论如何也要等到客人散了才行。

丹阳心中猜测：这件事是不是与白兰母亲有关？不然凯明的父亲能打谁呢？三人商量结果，还是柳彤阳到派出所问明情况再说，好歹今天算是没事了。

柳彤阳急忙忙来到派出所，见到了凯明的父亲。他谎称自己叫佟阳，是凯明的同事，他因参加一个紧急手术来不了。民警告诉他，陶启程把一个女人强奸又打伤，住进医院，人家告了他，这样至少要拘留半个月，还要赔偿一切费用，弄不好还要判刑。

陶启程觉得儿子没来是好事，免得在他跟前丢面子。对这个佟阳，陶启程只说了一句话："告诉陶凯明，最好不要来看我，你走吧。"

在走廊里，那个民警告诉柳彤阳，陶启程打了他的情妇白雪梅，是为了钱的事。

柳彤阳回到宾馆，客人已经散尽，他和凯明的母亲陪同新婚夫妇回到新房，几个人坐下说起陶启程的事。林惠珠倒不觉得怎么吃惊，"他借了那个白雪梅的钱没还给人家，可能发生了口角，可他怎么会动手打人呢？"柳丹阳瞪大了眼睛，"彤阳，是白雪梅吗？"彤阳点头。凯明问："妈，你怎么知道那个女人的名字？""你爸说的。""丹阳，这到底是怎么回事？我父亲会随便打一个女人吗？又怎么会借她的钱？"凯明的眼睛盯着丹阳。柳丹阳皱起眉头，"我怎么知道？他们相识已久倒是真的，我之所以不告诉你这件事，是觉得没法说，以后慢慢说给你吧。眼前重要的是搞清你爸的事，非要拘留不可吗？"彤阳也着急地说："那民警说，弄不好还要……"见彤阳停住话，凯明急着问："怎么样？还会比这严重吗？"彤阳点头，"这是故意伤害罪，况且……"他想说"况且还有强奸罪"，话到嘴边又咽了回去，他怕姐夫不好意思。林惠珠早知道丈夫的情人是媳妇的继母，他怎么对女人随便动手？又为什么要打她呢？

　　林惠珠想到这里，不禁恨由心头起："老东西他活该，判他几年才好，免得他不走人道。今天就这样，你们大喜的日子，不要想这些乱七八糟的事，我明天去看看再说。"彤阳揉着眼睛说："我是饥困交加，挺不住了。""橱柜里有饺子，自己去热一下吧。凯明，我想去看白兰的母亲，最好能说服她撤诉，让你爸多赔些钱也划算。"只见林惠珠忽地站起来，"对呀，那白雪梅要能撤诉再好不过，也免得老东西遭罪，听说在那里要挨打的，丹阳，你们能现在就去吗？"柳丹阳点头，"凯明，我们走吧。""我也去，一定跟她好好说，求她撤诉。"林惠珠说着急忙来到门口，凯明两个也换了衣服，彤阳送到门口说了声："阿姨不要急，没什么大事。"

　　白雪梅躺在医院的单间里，心中越想越气，恨不能立刻把陶启程置于死地。王嫂早打发了，兰儿又要上学，谁来照顾自己呢？这伤势也总要显得重些才行。所以林惠珠三人从来到走，她也没停止哼哼声，更没有放下这张青肿的脸，"他借我的钱不给，我到法院起诉讨债，他就该把我打成这样？哎哟……你们说，我能撤诉吗？"柳丹阳坐在床边拉着白雪梅的手，"阿姨，你是为我才吃这样的苦头，丹阳对不起你呀！"凯明眨眨眼睛，"你？"此时他心中打了一个结，林惠珠的心里也画了个问号：难道这事与媳妇有关？她看看眉头紧皱的儿子，心中不悦。白雪梅在丹阳的帮助下坐起来，"此事与他人无关，去年陶启程向我借二十万说是炒股给我分红，结果他拿这钱交了税，钱一直不还，没办法，我只好请求法院帮助讨债，他还了十万，却对我记恨在心。昨天

245

在街上巧遇，他把我挟持到厂里动了手，还把我……"白雪梅的话到嘴边又咽回去了。面对这么多人，她说不出口，何况有女儿在眼前呢。

见白雪梅的口咬得挺死，林惠珠三人无奈地离开医院。柳丹阳心中有些后悔：不该向白兰母亲说公公不同意的事，虽然继母没有直接说出她要做什么，自己却明白她分明是想缠住凯明父亲的，这个后果自己也是有责任的。

一路上，柳丹阳低头无语，凯明想张口问又不知从何说起，母亲虽然心疼丈夫，却挡不住对他深深的怨恨。

三人走到路口，母亲说："你们回去吧，我自己回家就行了。"丹阳说："妈妈，让我们送你吧。"凯明抹搭了她一眼，"走吧。"丹阳见凯明的神情不对，心中一愣：他分明是生我的气了，刚才在医院时他就……丹阳想着，脚步慢了下来。只听凯明在前头说："妈，你别急，爸爸做了不少坏事，也该有人治他一把了，这不正好替你出口怨气吗？"母亲摇摇头，"话虽如此说，可毕竟是几十年的夫妻了，再说，这段时间还可以吧，怎么突然打起人来？""妈，现在还不清楚，总得让他快些出来才行。""咳，这个老东西，干不出好事来。"林惠珠高声骂着，向后看了儿媳一眼。"妈，我看这事还得靠丹阳求那白雪梅撤诉，没别的办法。"凯明说着向后指了指。此时，他心里对丹阳也有埋怨之意。

走在后面的柳丹阳见他母子俩只顾说话不理她，心中感到委屈：今天是她和凯明的结婚日，也是自己一生最大的转折点，受到如此冷落，心中难过在所难免。

她要想办法说服白阿姨撤诉，可这需要时间哪。她正想着，只听前面的婆婆说："送我上去吧，这头有点儿晕。"原来是到了陶家了。只见凯明停住脚步回头说："我到家了，上不上来随你的便。"丹阳听了心中凉了半截：这话是对新婚妻子说的吗？你父亲下了人道，怎么能怨我？岂有此理！想到这里，她理直气壮地说："我有自己的家，谁稀罕进你的家门？记住，从此以后，休怪柳家人拒你于铁门之外！"她说着疾步如飞。凯明急忙赶上来拉住她，"丹阳，你，你等着我。"此刻，林惠珠回头说："我自己上楼，你们走吧。"她心里想的是：柳丹阳对我有救命之恩，人家维护继母的利益也是应该的。老头子进去是自找的，算他活该。林惠珠心中想着，转身走向楼门。

柳丹阳挣脱了凯明的手，"无情无义的家伙，休想再见到我。"说罢掉头就走，凯明想赶上去，却又担心母亲摔倒，看着丹阳的背影渐渐消失在朦胧的夜幕之中，陶凯明只好跟随母亲上楼。

进屋后他首先烧了一壶水灌了暖瓶，又把一杯水放到母亲面前，"妈，我可以走吗？""走吧走吧，洞房花烛，别让你媳妇生气。""妈，爸爸的事别着急，总有办法的，你保重。"他说着出门下楼去了。

陶凯明来到新房，但见铁门外贴一张字条：此门对陶字难开，室内无人。自己真后悔没拿门钥匙。她去哪儿了？还是故意弄这个假象？他敲了半天，又等了半天，再敲再等，还是毫无动静，分析一下情况，凯明揭下字条奔向了医院。

柳丹阳没在家，她知道医院里的阿姨没人照顾，况且自己还想央求人家撤诉呢。出于这个目的，柳丹阳到家后没停脚，在门上贴了张字条就到医院去了。

柳丹阳的到来让白雪梅吃惊，"今天是你们的大喜日子，怎么能把新郎扔在家里不管？赶紧回去。"丹阳无声地坐下了，半晌才说："阿姨，这是我自作自受，说的话让他们认为凯明的父亲被拘留有我的责任，凯明对我态度冷淡，所以就跑出来了。""这怎么能怪你？不行，赶紧回去，这可不是任性的时候。"继母有些着急了。丹阳笑着摇头："阿姨，他来请我都不管用，非要别他几天不可。想来有些后悔，他父亲不同意就不该结婚。你现在需要人照顾，我正好放假，陪你几天消消气再说，还可以辅导一下白兰的英语。"

丹阳说着提起暖瓶出去打水，回来时刚好遇见陶凯明，她像见了陌生人一样走进病房。陶凯明随后跟进来，"你不能这样对待我。""吵什么，这里是病房，出去。"丹阳毫不客气地说。

只见白雪梅忽地坐起来，"柳丹阳，你这是干什么？他可是你的新婚丈夫啊，没有理由这样对待他。""阿姨，帮我劝劝她。"白雪梅瞪着陶凯明说："行了你，既然如此，怎么能轻易得罪她？我再一次告诉你，这件事与丹阳毫无关系，你父亲……哼！简直是灭绝人性。"柳丹阳接着说："陶凯明，回去照顾你母亲吧，我们的事要重新考虑。"凯明急着说："这怎么行？""陶凯明，现在由不得你，你不走我走。阿姨，我去看白兰。"丹阳走了，陶凯明反倒坐下了。白雪梅着急地说："你，快去追她呀。"凯明摇头，"阿姨，她的脾气我知道，这次不会轻易饶过我的，不管怎么说，阿姨也算是我的岳母，就让我在这里替父亲赎罪吧。"他说着双膝跪在床前。

白雪梅急忙下床扶起，"你这傻孩子，本该洞房花烛夜，让你父亲搞成这个样子。你坐下，我有话说。"陶凯明拿了椅子坐在床前。白雪梅叹口气说："凯明，不是阿姨对你父亲不依不饶，是他的心太坏也太狠了。孩子，我不怕你笑话，把什么都告诉你。我们是几年的情人了，但是我从来没花过他一分钱，还经常请他吃饭。他还要我帮助共同对付柳丹阳，我做了，去她的学校大闹一场，后来白兰回来说，姐姐为此差点儿辞了职。""啊！"陶凯明睁大眼睛，"她怎么没告诉我？""她宁愿自己受委屈嘛。从那以后，我也觉得自己有些过分。丹阳没有记仇，照样给妹妹辅导外语，让我感激不尽。你父亲借了我的钱交税，长时间不还，我这孤儿寡母的受得了吗？借助法律讨债就要挨打吗？本来我想今天找他打麻将，免得他去礼堂闹事，昨天却碰见他，被他挟持到厂里强暴，还打了我耳光，这也罢了，为什么抓住头发往床头上使劲撞，这不分明是要我的命吗？这上面有好几个大包，头也晕得厉害。"

白雪梅流着泪水指着自己的头、脸，又解开上边的两个扣子，"孩子你看，一个大老爷们竟然下口咬人，实在让我无法容忍。你说，他不该受到惩罚吗？要是你也不会轻易饶过他。你说，这事与丹阳有关系吗？"白雪梅身上的伤让陶凯明再次跪在地上，"阿姨，对不起呀，千错万错都是我父亲的错，我替他赔罪了。"白雪梅冷笑了一声，"你别傻了，就算陶启程亲自来跪在地上，我也不买这个账，这身上的伤痛、人格的侮辱、心灵的摧残，难道是一跪就能消除的吗？"陶凯明可怜巴巴地看着白雪梅问道："阿姨，我该怎么办？"白雪梅擦着眼泪，"孩子，我知道你现在的处境很难，你心疼父亲，可谁来心疼我啊？能因为你这一跪我就饶了他？他就不该为自己的行为付出代价吗？你母亲是你们的支持者，为你父亲的事她也许有想法。可你不该冷落新婚妻子，丹阳受得了吗？陶凯明，你要付出代价的。"凯明点头，"我只想在母亲面前做做样子，不是真心冷淡她的。""凯明，丹阳的个性极强，你知道该怎么做。起来吧，回去照顾母亲，为了你父亲，她心里也不好受。"陶凯明慢慢起身，"阿姨，让我替丹阳照顾你吧，这也是我的义务。"白雪梅笑着摇头，"男孩子，我嫌不方便。实话告诉你，我的伤不重，可我偏要住起来没完，陶启程有的是钱，赔吧，我叫他知道什么是法律。你是个好孩子，阿姨告诉你，人生的真爱只有一次，好好珍惜吧。"陶凯明点点头，"阿姨，这医院你只管住着，让我父亲多赔你些钱，我走了。"他走到门口又回头来，白雪梅见那张年轻的脸上闪着两颗晶莹的泪珠。

白雪梅摸着自己头上的包，心中奇怪：该死的陶启程竟生出这么好的孩子？

第十七章　丹阳出国

陶凯明一路想着阿姨的话：人生的真爱只有一次，好好珍惜吧。这事与丹阳本来没关系，问题在于，丹阳不要他了怎么办？他苦思苦想着，两颗心痛的泪珠又无声地滚落下来。

凯明回到家里悄悄地躺下了，母亲来到床前问："明儿，怎么回来了？""妈，丹阳在医院里，你睡吧。"

本该是入洞房的新郎，为什么单身独宿在这里，承受这不该承受的孤独与寂寞？他辗转反侧了很久，直到近拂晓才进入梦乡，也进入了梦中的洞房……

对于姐姐的到来，白兰高兴又纳闷儿，她今天和凯明哥结婚，两人该在一起的，怎么跑到这里来？从她的神色上看，还是不问好。

早上，柳丹阳照顾白兰上了学，又到医院送了饭。一连几天来都是这样。白雪梅感激之余，她对丹阳也就愈觉心愧。

白雪梅觉得对不住丹阳，两人说话间，丹阳已经发现阿姨的口咬得不那么紧了。"陶启程虽然是你的公公，这样欺负人也不行，我总想要把他整个好歹的，让他知道咱李家人不好欺负，丹阳，你说呢？""阿姨，我不敢违背你的意思，所以还是你自己做主吧。""哼，死丫头，给你个机会还拿一把，就你心里想什么我会不知道？为这事让你们进不了洞房，我也过意不去，阿姨真的不想这样。""我知道，其实我想，要是让陶家多赔些钱会更好，不如和凯明的母亲私下里谈谈条件，看她肯出多少，直到你认为合适才行，阿姨，我说的不对就当没说。"白雪梅笑了，"这两天我也在想，判他蹲监狱也不如多要些钱划算，不过要陶启程自己认可才行。""你想要多少？我支持你。""十万。"丹阳笑了，"不多，他们再来求你撤诉，准让你提条件，告诉他们这个数，也许要讨价还价，你要灵活些才好。"白雪梅点头。

柳丹阳把继母撤诉的事放在首位，目的当然是放出凯明的父亲。

她也正在酝酿一个出走的计划：不管英语翻译是否过关，自己也要趁热打铁，去闯闯外面的世界，到美国去，让自己的英语水平彻底达标。对，这可是自己多年的梦想呢。让你陶凯明长期见不到我，这也是给你一个严峻的考验。现在是假期，正好有时间办理手续。

就这样，丹阳一边照顾继母和妹妹，一边去了解出国的情况。事有凑巧，刚好有个东方文化访问团去美国，条件是必须有熟练的英语，时间是十五天。省里给了成人大学英语系一个名额，这真是个千载难逢的好机会。校长打来电话，柳丹阳什么也没考虑就一口答应。自己的婚姻落到这个地步，正好出去散散心中的郁结。一切就绪，只等通知了。

陶、李两家终于达成协议：赔偿白雪梅七万元，款到撤诉，原告出院，陶启程即可释放。白雪梅还强调，所欠的十万元必须与这七万元一次性付清。这一天，要比法院规定还债日期提前十天。

陶启程一言不发地回家了，林惠珠心疼自己的钱，一股急火又病了好几天。陶启程把罪过都归到柳丹阳身上，他说是她和继母合起来整他。那十七万元也让林惠珠的铁匣子大大减轻了重量，她心中对丈夫的恨又加剧了。

陶凯明想念丹阳，吃了两次闭门羹也感到失望，两人就这样僵持着。

柳丹阳也盼望着凯明快些回来，并希望他能够全力支持她出国。

访问团要出发了，陶凯明没有来，柳丹阳只好把家交给了弟弟，带着心灵上的痛楚到省城去集合，当天就登上了去纽约的飞机。

柳丹阳并不知道，就在他们领了结婚证的当天晚上，一个小小的精灵已经在她的腹中孕育……

陶凯明在企盼中煎熬着自己，他在悔恨中知道这事的责任全在父亲，为什么不能珍惜一个女孩子奉献给自己的全部情感呢？自己不知怎么就冒出那样的话："我到家了，上不上来随你的便。"要是自己，恐怕也受不了这样的话，那可是他们的新婚之夜呀。得罪她了，想让她回到自己的怀抱还需要时间，究竟要等多久呢？

婚假到期，又能天天见到柳彤阳了，想知道丹阳的消息只有问他了。然而，彤阳对他的态度不冷不热："你父亲不走正道，怎么能把罪责放在姐姐的身上呢？""她出国了，没留地址，短时间不会回来。""陶凯明，你对不住我姐，要她和你重归于好恐怕很难，着急就再处一个，来个闪电式结婚，我姐会给你离婚书的。"陶凯明苦着脸走了。

陶凯明带着心灵上的重创、沉重的压抑每天上班下班，有的同事开玩笑说："陶凯明结婚后怎么像换了一个人，那女人太厉害了。"

林惠珠和儿子一样心中带着强烈的压抑感，总想着那救命的儿媳妇什么时候能回来，想着结了婚的儿子却还在孤独、寂寞的痛苦深渊中煎熬，她就越发恼恨自己的丈夫。

更有件让她害怕的事：最近自己的视力急剧下降，去医院检查说是玻璃体浑浊，买了各种外用眼药就是不见效果。凯明找了最好的眼科大夫，也没检查出个所以然来。

尽管陶凯明不断地向彤阳打听甚至哀求得到丹阳的消息，但毫无结果。母亲对他说："那天的事也怨妈妈，不让你上楼就好了，你也不该冷淡她，柳丹阳对你那么好，她不会丢下你不管的。说不定什么时候，你们结婚的事传到你父亲耳中，不知道他会怎么样。""妈，你不要担心，我和丹阳已经成为正式夫妻，是受法律保护的，不能说散就散的。以前我们就说过要出国深造，她赶上这个机会，走出去是很正常的，你就不要再操心了。妈，人的一生，真爱只有一次，随便换人，那不叫爱情。""那叫什么？""妈妈是老高中，书也没少看，还用问我吗？""明儿，你说说看，究竟怎样看'真爱'这两个字。"凯明笑了，"妈，你怎么探讨起这个问题来？你儿子可是初出茅庐，我的看法是，既然相爱了，就要同舟共济，不离不弃，贫富也要厮守一生。如果为了欲望而随便换人，与禽兽又有什么区别？妈，儿子的言语过激，请别介意。"林惠珠拉着凯明坐在身边，"奇怪，你父亲怎么生出你这样的儿子？""妈妈，儿子继承了母亲的全部基因，有什么奇怪？""咳——"母亲有些意味深长，"妈妈要不是信守这两个字，也不至于受了这些年的气，还是想办法找你的丹阳吧。""多谢妈妈的支持。"

柳丹阳随团来到纽约，在英文会话上承担了主力。尽管如此，个别问题还是弄不明白。在国内自感到英语很不错的柳丹阳，这才认识到自己的水平可还有限呢。她想着，如果能留在这里三年时间，自己的英语会话一定能上一个档次，她知道，这是不可能的。

时间过得真快，十五天眨眼即逝，参加告别仪式回来的柳丹阳因车祸头部受了伤，她很快被送进医院。虽然是轻度脑震荡，也错过了回国时间。

在治疗期间，她结识了一位中国医生刘东华，并成为好朋友。当刘医生告诉她有了身孕时，柳丹阳是又惊又喜，惊者，她与凯明的基因都如此健康完美，种了瓜就要得瓜了，喜的是，她与凯明的苦恋终于凝成了爱情的结晶，怪不得这个月的麻烦事没见，原来如此。她笑了，也带着心中的伤感告诉刘医生自己结婚了，当然，那还不曾入洞房及其原因她不会说。东华笑着说："把蜜月中的新郎丢在遥远的东方，不像话。"

刘东华比丹阳小一岁，为人热情友好，尤其对中国人更是加倍关心。他高兴地叫丹阳姐姐，柳丹阳又多个好弟弟，心中当然高兴。奇怪的是，刘东华这姐姐叫了几次就改叫丹阳了。在他的心里，觉得姐姐太可爱，不如叫名字顺口。

柳丹阳快出院了，在刘东华值夜班的晚上，她把自己要留下提高英语水平的想法说了，东华微微点头："这样是好，不过你要面临三道难关：首先要征求你丈夫的意见，他要是不同意，趁早打道回府；第二，你要隐瞒自己的身份，也可以治病为由留下来，这段时间不好过，说不定要经过多少次调查，弄不好要被遣送回国的，总要有这个思想准备才行，混到明春即将临产，说不定孩子能有美国国籍呢；第三，这期间你的生活怎么办？美国的消费很高，你需要租房子，做临时工，不然这些费用是支付不了的，因为你不会带很多钱出来的。怎么样，你行吗？"柳丹阳坚定地点点头："没问题，只要这里的情况容得下我，天大的困难我都能克服，有手有脚的，还能让自己冻死饿死吗？"刘东华将头微摇，"很多事情要比你想象的难一百倍，意料之外的事会接踵而来，对一个孤身女子就更是难上加难，我看你还是回到想你盼你的老公身边吧。"丹阳苦笑了一下，一道阴影闪过：凯明怎么样，他过得好吗？是不是天天都在想着我？东华看着丹阳的脸接着说："恕我冒昧，你们的婚姻是不是出了什么问题？""现在还没有，将来也不想。不过几年之后就难说了，问题在他的父亲身上，我们是瞒着他父亲结婚的。本想出来轻松一下，要随团归国也就罢了，老天叫我留下就留下吧，我也有克服一切困难的决心。""既然如此，我有现成的房子随便你住。还要留意那些招聘广告，看看有适合你的工作没有，同意吗？"丹阳摇头："我不能住在你那里，还是租间便宜的吧。""也行。"刘东华接着说，"按这里的法律，你的医疗费用都要由肇事方负责，如果你需要，还可以要求他们承担一切后遗症和必要的营养费，也给你留下来制造一些借口。作为你的主治医生，我要负责任的。""谢谢，真的谢谢你！"柳丹阳感激地说。

柳丹阳住进单身公寓，合适的工作找不到，去餐馆端盘子刘东华又坚决反对。不久，他找到一个给中学生教汉语的地方，柳丹阳担心自己的英语过不了关，犹豫着不想去。在东华的鼓励下，试讲了两节课，尽管她有一口标准的汉语，但英语的很多关键词语孩子们听不懂，她只好含泪离开。

丹阳算计着日子，在腹中的小生命出生之前，这段时间自己要攒些钱，好应付将来的住院费。

成人大学即将开学，她发了一封信告诉校方，自己因受伤要在国外疗养一个时期。

丹阳几次想给弟弟打电话，都因自己的景况困顿打消了念头。她后悔自己带钱少了，又不想让弟弟寄钱，同时也想考验一下自己生活上的应变能力。

手中的钱快花光了，丹阳知道自己必须尽快找个挣钱吃饭的地方。

刘东华的父母在杭州，他也是单身一个。从那一对多情的眼睛中，丹阳明白了他的意思——他爱上她了。柳丹阳只好婉言谢绝："东华，谢谢你这段时间的照顾，我会记住你的。自己的失败迫使我必须重新选择，我要回国了，祝福我吧。"刘东华可怜巴巴地望着她："为什么要走？难道我对你不好？""不是不是，要是没有你，我这段时间还不知怎么过呢。这里已是山穷水尽，而中国还有个不错的岗位在等着我，何苦要在这受煎熬？你说呢？"东华点头，"好吧，我给你安排机票。""不用，已经托人买了，大约三天以后。""好吧，我送你。"刘东华说着怅然而去。

其实，柳丹阳并不想走，也根本没有买什么机票。她是想离开刘东华而撒了弥天大谎。就在当天下午，她收拾一下自己几件衣服和随身物品，交了当月的房费，留下一张字条走了。

她来到唐人街，问了几家中国饭馆都不缺人，直到下午三点，也没找到今晚的栖身之处。一天水米没打牙的柳丹阳，此时感到腹内空空，浑身无力，她只好买了一个面包一瓶水，在一个较僻静的胡同里狼吞虎咽起来。

她信步朝前走去，准备找一家便宜的小旅店暂且住下。在一个中国饺子馆门口，她站下了。喜欢吃中国饺子的人很多，屋内已经客满。只听一个客人用生硬的中国话嚷道："什么饺子，中国的，等得太久，不好吃了。"柳丹阳灵机一动，走进屋里对那个客人说："先生别急，让我亲手给你包。"在客人看来，这分明是刚刚归来的老板娘，美丽又大方，一副洒脱的神态，他没脾气了，"好，我再等你一刻钟，一定要吃你亲手包的。"柳丹阳直入后厨，见锅里的水开着，两个男人正在手忙脚乱地包饺子，遂上前说道："师傅，外面的那位客人要吃我包的饺子，可以吗？"在胖厨师看来，这个女人无疑是那位客人的朋友，此时他如见救星，"好好，快动手。"柳丹阳放下背包洗了手，立即投入"战斗"。原来她在家时就对厨房的事样样精通，包饺子更是她的拿手活，但见她筷子不离手，饺子皮在她眼前翻飞，仅仅四五分钟时间，几十个饺子在她手中相继飞落到案板上，而且个个周正漂亮。两位师傅惊呆了。"客人等着呢，快下锅啊！"丹阳笑着催促。不一时，热气腾腾的一大盘饺子，由她亲自端到桌上。客人看表，不到一刻钟，"老板娘神手。"他向她伸出了大拇指。站在厨房门口的胖师傅心中惊异：她什么时候成了老板娘？丹阳又回到里间干起来，满堂的客人都高兴而去。

丹阳见到老板说明了情况，他操着山东口音高兴地说："太好了，就留在这里吧，工钱每月一千二百美金，按效益还有提成。""谢谢大哥，我是东北人。""我是山东人，咱们不远。"柳丹阳终于出了一口长气。

这老板叫郑天洪，三十六岁，十年前夫妻俩来到纽约，三年前妻子不幸病逝，扔下一个八岁的女儿。为照顾孙女，母亲也来一起生活。

对儿子的婚事，母亲时时挂在心上，天洪却不以为然：结发妻早早丢下他走了，再续弦不知遇到什么样的，他不想找气生。

由于饺子馆生意红火，他几次要增添人手都找不到人选，这不，今天又是徒劳一趟，可巧来了柳丹阳。至此这家饺子馆的客人骤增，郑天洪只好扩大门面，并给丹阳加了薪水。在郑老板的心里还有个美好的想法：他爱上她了。

再看那天洪的母亲，满脸的皱纹都乐开了，背后与儿子合计，母子俩看法完全一致，就连孙女小美也对丹阳特别亲热。工作之余，柳丹阳一边给小美辅导汉语，一边抓紧提高自己的英语水平。

几个月后，丹阳的肚子明显见大，她只好和郑家母子说明情况，这使郑天洪怀中的一盆炭火突然变成了冰块，对丹阳的态度也变冷了。

为了断绝郑天洪的心思，丹阳准备离开这里，并与他做了一次谈话："郑大哥，你对我好，我从心里感激。我与丈夫相处多年，并且履行正当手续结了婚，大哥你说，我们好好的夫妻，孩子也快出生了，能和他无故分手嫁给你吗？"郑天洪冷笑一声，"你不用骗我，我断定你们的婚姻一定是出了什么问题，或是家庭出现了什么危机，不然，刚结婚的小夫妻怎会抛下丈夫一个人跑到西半球来？我观察你的神色就不对。你想家了就快回去，别在这里惹得我心里总像揣个小兔子。"话说到这份儿上，柳丹阳决定离开天洪饺子馆另谋生路，"好吧大哥，感激你这几个月对我的关照，我收拾一下就走。"

柳丹阳又流落街头了，报纸买了一份又一份，上面的招聘广告也是看了又看，就是解决不了自己的吃住的问题。万般无奈，她只好租了一间最便宜的地下室住下来，好在有天洪饺子馆的工钱在支撑着她。

由于身子越来越重，柳丹阳找工作的机会几乎等于零。现在又必须给自己安排一个离医院较近的地方，到时会有诸多麻烦事，自己对做母亲是既陌生又害怕，可怜哪，一个亲戚朋友也没有。她忽然想起刘东华——那个钟情于自己又能干的年轻医生。这么长时间，也不知他处了女朋友没有，自己的不辞而别他一定会生气的，想来想去，她决定还是拖一段时间再说。

纽约气候的寒冷是柳丹阳没有想到的，想来也是，这里的经度比家乡虽偏近于赤道，气温也在零下二十度左右，丹阳只好添了几件廉价的棉毛衣服御寒。

这天在唐人街，听很多人都说中国话，让柳丹阳倍感亲切。她见一家服装店门前站着一个十七八岁的女孩儿在抹眼泪，便不经意地上前问："妹妹，你怎么了？""我是笨蛋，不用你管。"姑娘说罢又哭。看她那么伤心，丹阳忍不住走进屋去。"小姐，做衣服吗？这里有很多料子，还有做唐装的布料，你看多漂亮。随便你挑选。"一个老板娘模样的女人过来招呼。"你好，我想问一下门外的女孩儿怎么了，您能告诉我吗？"老板娘斜了门外一眼，"收了这么个笨蛋徒弟，我罚她站两个钟头，关你什么事？可怜她就把这个拆了重钉，不知你有没有这本事。"她说着抓起一件唐装顺手甩过来，丹阳接个正着。她把衣服平铺在案子上，见五对扣襻钉得松松垮垮、歪歪扭扭，就那一对对扣襻也打得能捏成扁的，实在不成样子。柳丹阳想起在念书时，母亲有时在服装厂拿来钉扣锁眼一类的手工活，当时学习打扣襻时可费了不少工夫呢。她脸上堆起笑容，"我是看不得中国人在外面受委屈，能让她进来吗？这个忙我帮定了。"老板娘脸上有了笑容，"我说你不是吹牛吧？只有中国传统服装上才有这样的扣襻。有句话说'针线看扣襻，媳妇看眉眼'，从剪下斜布条开始到钉上，需要四五道工序，不说打这个疙瘩很费工夫，这一步一步地紧下去就更难了，年轻人哪有会这个的？""请你让她进来吧，我来教教她。"丹阳说着用自己钥匙串上的小剪刀很快拆下扣襻。老板娘冲着门外说："死丫头，来了高手，还不进来跟着学。"姑娘抹着眼睛走进来，愣愣地看着这个陌生人。柳丹阳很快地拆掉扣襻，一边紧疙瘩一边说："你打得不错，这东西关键之处在于一步一步地紧，有一处不均匀，这个疙瘩不是偏就是扁，很难看的。"几个疙瘩弄完了，她把衣服铺上案板画好扣襻的位置，穿针走线地一边钉着，一边告诉小姑娘。站在一边的老板娘看得呆了，她现在正缺这样的人，何不把她留下来？她想着遂问道："姑娘，你叫什么名字？来这里多久了？有活干吗？"丹阳摇头，"我叫柳丹阳，是个落难之人，以后的日子还不知怎么过呢，而且这身子也不方便。""我这里接了一批唐装，时间很紧，正找不到钉扣襻的人，能帮帮我吗？""谢谢你，不知什么价格？""看你是把好手，一天做两套没问题，日工四十元怎么样？""大姐，我包饺子每月还一千五呢，这针线活可是累得多，这样吧，每件三十美元，我可以包了，保证让你提前交工。"老板娘眨着眼睛算了一下，"好吧，就这样说定了，你每天可以到这里上班，也算帮了我的忙了。"

就这样，丹阳每天都来这家服装店，晚上加班加点，不到二十天就完成了这批活，老板娘奖励了她，并且送她一些各式布头给小孩做衣服。她还告诉丹阳，这儿到医院很近，有什么情况现叫车都来得及。原来，这些天她也没转出多远，那所医院就在不远的地方，她几次想给刘东华打电话，犹豫之下，还是决定过春节再说。

眼见要过年了，中国人这个节可是顶顶重要的。柳丹阳挺着大肚子，一个人走在街上。在这华人集聚的地方，到处洋溢着浓浓的年味。柳丹阳觉得脸上凉凉的，原来在不知不觉中，她淌下了两行悲苦的泪水。正所谓"独在异乡为异客，每逢佳节倍思亲"，王维的诗句不正是为自己的现在所写吗？新婚的丈夫、彤阳弟弟、白兰妹妹……你们都好吗？自己为什么要在异乡做这异客，受这孤独凄凉之苦？凯明，你怎么样？分别这么久，你想念我吗？答应给弟弟操办婚事，出来这么久却一直没和他联系，彤阳不知怎么惦记自己呢。因为处境一直不好，她不愿意向亲人撒谎，可也总该报个平安才是。

柳彤阳和陈羽飞终日盼望着姐姐归来。说是半月时间，怎么这么久还不见人影？电话打到成人大学，假期未到，没人知道是怎么回事。开学了，彤阳的电话又打到学校，一位老师告诉他：柳丹阳因病疗养请了长假。这个消息柳彤阳并不感到吃惊，他认为姐姐是给自己找个不回来的理由。

因为姐姐临别时曾留下话："看看情况，如果允许的话，我要留在那里提升一下自己的英语水平，时间可能要长一些。彤阳，这是个机会，我不能错过，你们自己张罗着结婚吧，不愿住在陈家，就用咱们自己家做新房也行，姐姐不能给你们主婚，真是对不起，对不起了。"

时间一天一天地过去，姐姐还是没有消息。彤阳虽然对姐夫不满，却也在背地里寄予深切的同情与可怜，觉得姐姐不该这样丢下姐夫不管。眼见他面容憔悴，经常是沉默无语，那双眼睛总是闪着渴盼又怀疑的光芒，不时地在他这小舅子的脸上扫来扫去，时间一长，彤阳的心里开始埋怨姐姐了。

不觉半年过去，丹阳还是没有消息，陶凯明受不了了。这一天，他把彤阳扯到旁边逼问一番，心中绝不相信这小舅子不知姐姐的情况。

其实彤阳没有撒谎，他确实不知姐姐的任何信息。在他的心目中，除了想念担心，还是担心，一颗心总是在半空悬着，他又怎能不惦记这母亲般的姐姐呢？

这天夜里，柳丹阳的声音终于从遥远的西半球传来："彤阳吗？是姐姐。""姐姐……"只叫了一声，彤阳便哽咽起来，"姐，这么长时间你怎么才来电话，我们惦记死了，姐姐，你好吗？""彤阳，大小伙子别这么没出息，姐姐很好。因为这段时间有些事情不尽如人意，没法告诉你们，所以拖到现在。让我感到对不起弟弟的是不能在家为你们主持婚礼。眼见过年了，我希望你们节前把婚事办了行吗？""姐姐，还是等你回来吧，没有你不行啊。""彤阳，实话告诉你，姐姐在短时间内回不去，存折在那个木匣子里，随便你用多少，春节前一定要把婚事办完，不要再拖了，让凯明帮你。转告他，我在进修英语，一切都好，不必惦记，就这样好吗？再见，姐姐挂了。""姐姐——"匆匆一个电话就这样结束了。

柳彤阳泪迹未干地握着话筒不肯放下。虽然是悬着的一块石头总算落了地，可是，姐姐的许多情况都不知道，难免还在心中犯合计：姐姐在那里到底好不好？现在究竟干什么？她既然不明说，就证明她的情况不好。怎么办？等明天告诉羽飞，一起按这个号码回话，问清姐姐的详细情况。

早上，彤阳带了电话号码来见姐夫，陶凯明听了惊讶半天，又长长地吁了一口气，"天哪！柳丹阳，你总算是有了消息，求你不要再折磨我了。彤阳，快把号码给我。"凯明的话像是在呼唤，在哀求，在渴盼。

当天下班，陶凯明就迫不及待地找个公用电话，打了这个西半球的号码，回答让他很失望："这里是公用电话，没这个人。"对方不客气地挂了电话。陶凯明却还愣愣地站在那里不肯离去。

彤阳对陈羽飞说了姐姐来电话的事，两人高兴地围在电话前，准备打长途。铃声响了，彤阳急忙抓起听筒，凯明送来急促的声音："彤阳，那是个公用电话，没人知道柳丹阳，怎么办？怎么办哪？"彤阳也感到意外，看来姐姐不想让他们回话："姐夫，姐姐有了消息就好，我们知道她平安就别急了，我也正想给姐姐打电话，现在看来，打也没用，我们只有耐心等待了。""好吧。"听筒里传来凯明那无奈的声音。

小年的第二天，在陶凯明的全力帮助下，柳彤阳和陈羽飞举行了婚礼。想得到姐姐的祝福成了奢望。凯明亲自把新婚夫妇送到了早已装修好了的陈家洞房。本来，凯明建议把洞房设在柳家，彤阳坚决不肯，"那是你和姐姐的新房，我们怎么能进？反正陈家有现成的房子。什么时候姐姐回来，你们还要重新入洞房呢。"

原来羽飞母亲的病早已痊愈，她曾经主张女儿女婿在农历十月结婚，还想着娶个倒插门的女婿，所以房子早已焕然一新。

小夫妻俩为让母亲高兴，就在陈家入了洞房，两人共同想着远方的亲人。突然！电话铃声响起，一对新人共同奔向话机。"喂，你好。""是羽飞吗？你们结婚没有？""姐姐，我的姐姐，就今天，我们结婚。彤阳，是姐姐，姐姐，快呀。"彤阳接过电话，声音有些发颤："姐姐，姐姐，我们结婚了，姐夫是主婚人，他说要替姐姐代劳的。姐姐，姐夫瘦多了，他日夜都在想念你，快跟他联系吧。""彤阳，这样看来，你们应该是在洞房里对吧？""是的姐姐，我们正在为得不到姐姐的祝福而难过呢。""彤阳，这真是太巧了，请接受姐姐在遥远的西方的祝福吧，愿你们新婚快乐，一生幸福，不要惦记姐姐。转告陶凯明，我在这里很好，让他保重自己。好了，愿你们白头偕老。再见，姐姐挂了。""姐……"彤阳有很多话没问完，电话里传来了嘀嘀的声音。"羽飞，我们的姐姐从西半球送来了祝福，太好了，太好了！"

第十八章　岚婷被弃

柳丹阳得知彤阳结婚的消息，高兴之余，自己总算松了口气。她把那位老板娘给的布头缝成了小被子和小裤子小袄，看看再无事可做，只能忐忑不安地等待那一天了。

说来也巧，腊月二十八这天，柳丹阳在街上遇到了刘东华，想躲闪已经来不及，她只好满带愧疚地站在那里，看着这位好友一言不发。

那一天，刘东华去找柳丹阳，想问她机票的具体时间。房东只给了他一张字条：

　　东华，我的好朋友，请原谅我这个东方傻女人的不辞而别。自与你相识，就认定我们会成为好朋友。我是个传统的女人，有了丈夫和孩子，是为了学好英语才勉强留在这里，难是难，我能克服，但现实情况已经迫使我不得不重新选择。再见了，我的朋友，祝福你。

刘东华拿着字条傻愣愣地站了半天，才失望地离去。

本来，东华这个春节是要回国探亲的，丹阳的留言让他改变了主意。他怀疑她没有走，也曾经找过她，可是这人海茫茫，即使擦肩而过也可能错过你要找的人，无奈的刘东华只好怏怏作罢。

春节将至，刘东华准备到朋友那里混两天，只要打发了除夕夜，这年就算过完了。怎知他与丹阳的友情缘分未尽，竟然又见面了。说惯了英语的刘东华首先用英语问候："你好丹阳，真的是你吗？"显然他很激动，两眼不住地上下打量着她。丹阳也用英语回答："东华，对不起，我没有走。""我猜测你没走，上帝安排我们见面也是有充分理由的，那就是说，往后这两个月必须由我来照顾你，反对吗？"丹阳看着他，两颗晶莹的泪珠滚落下来，"东华，你是哪辈子欠我的，这情分让我……""好了，我们不能在街上站着，不知你住在哪里？""我……租了一间很小的地下室，这样吧，你把地址给我，过了年我会给你添很多麻烦。"刘东华笑了，"你错了，只因为要过年，我才诚心地邀你共度新春，怎么，不给面子？"丹阳摇头，"不是，以后有很多事情都要靠你，我不想早早成为你的累赘。""你又错了，累赘二字在你我之间不存在，我要尽快地把你接回去保护起来，这是孩子的需要。走，我们吃饭去。"盛情难却，丹阳只好跟他来到一家中国餐馆。刘东华并不问丹阳吃什么就点了四大盘菜。其中排骨炖豆角、炝拌嫩笋她最爱吃。

好久没有闻到荤腥了，第一个炒菜上桌，丹阳轻轻地抽动着鼻子。几个菜相继上来，丹阳有点儿迫不及待了。两人以水代酒，东华首先祝福丹阳平安顺利，怎知她已经开始咽口水了。

一大盘排骨豆角见底，丹阳的一碗饭也吃光了，她觉得自己真的过年了。东华不管丹阳是否同意，拎着打包的菜，拉起丹阳就走。他强行把她的东西搬到自己的家里，安排在一间清静朝阳的房间里，柳丹阳舒适又不安地住了下来。

　　两个人在共同思念祖国、想念亲人，相互祝福之中过完了春节。丹阳把自己的身世经历以及自己的婚姻状况统统告诉了刘东华。只见他眯起双眼笑着说："这不就留个现成的空子让我钻吗？丹阳，你老公既然冷了你，你就该放远眼光为自己考虑，干吗还要死心塌地守着他？"丹阳苦笑着摇摇头，"东华，请你原谅，这个空子恐怕你钻不进来。我们有十几年的情感，会轻易地放弃吗？重要的是，还有这个共同的孩子，我和他都不会让孩子成为单亲的，这是做父母的责任。如果缺少这份责任心，那就没有资格做父母。东华，我的看法可能太过偏激，不合时代潮流，但我这颗做母亲的责任心，让我心甘情愿地这样做，更觉得这是天经地义的，不会再有第二个选择。如果为这个目的而帮我，你会失望的，也许，还会变相地把我赶走。""哎哟我的丹阳姐姐，就算小弟没说，再不想钻空子了行不行？你只管安心住下去，就把这里当成你的家吧。"刘东华心中说：这个女人挺怪，真的不能轻易惹着她，慢慢地来吧。

　　不觉又是一个月过去。二月里的一天，正在班上的刘东华接到丹阳电话，他马上回来，见柳丹阳已陷入痛苦之中，就立即送她进了医院的产房，经过几个小时的折腾，一个八斤重的男孩儿降生了，痛苦之后的幸福让丹阳感到了做母亲的伟大与神圣。几天之后，柳丹阳快乐地出院了。

　　为了照顾好丹阳，刘东华请来一位姓赵的五十岁左右的中国妇女，并按照中国传统备足了小米鸡蛋，鸡、鱼汤天天熬，顿顿喝，一个月下来把丹阳养得红光满面，精神倍增。

　　她首先要给家人报喜，跨国长途又让陈家的电话响起来："彤阳，我是姐姐。""姐姐，姐姐，终于又盼来了你的声音，你好吗？""好好，还有让你更高兴的事，姐姐给你生了一个小外甥，刚刚满月两天。""啊！我的姐姐，身体怎么样？谁来照顾你？姐姐……"彤阳高兴中带着悬挂。"弟弟放心，几位中国朋友照顾得非常周到，一切都好。""姐姐，小外甥有名字了吗？""还没有，你这舅舅给起一个吧。""不行，这名字该是爸爸起的，我来跟姐夫说。""不行彤阳，我现在不想告诉他孩子的事，免得他更加心神不安，我暂时叫他'不点儿'。如果你能在他不知道自己有儿子的情况下，让他把小不点的名字起出来，就算你是高手。不过一定要瞒住他才好。他的情况怎么样？还惦记我吗？""姐姐，姐夫现在像变了个人，话语少，人也瘦多了，好可怜哪，姐，你快回来看看他吧。""彤阳，你探听一下他父亲的情况和他的立场，然后我再决定怎么办。说不定啊，他父亲要逼着他离婚再娶呢。他要是答应了，就会失去自己的儿子，我也不再惦记他了。""姐姐，他不会的，绝不会的。其实，他比谁都惦记想念你的，姐姐，是真的，快和他通个话吧，他不知有多高兴呢。""彤阳，千万不要让孩子成为他改变立场的障碍，只告诉他我在这里很好，正在下功夫争取要把英语学到最好，所以短时间不能回去。给弟妹和你岳母问好。""姐姐，留下你的地址吧，想你时也好打个电话。""彤阳，我不想用房东的电话。在外面通话的号码是不固定的。好了吧，啊，姐挂了。"彤阳握着话筒愣怔半天，才不舍地放下了。

这天午饭刚过，陶凯明又把彤阳拉到走廊的尽头。"彤阳，我对你怎么样？""你什么意思？""为什么对我封锁着你姐的消息？你姐这样对我，你觉得公平吗？难道你就不能把她更多的情况告诉我吗？""姐夫，我知道的和你一样多，你就不要强求了。媳妇出国进修是好事，你应该高兴才是，总这样萎靡不振的成什么样子？""彤阳，我是觉得我们的婚姻已经处在危险的边缘，她不想要我了。你说，老婆出国进修，一个电话也不给丈夫，这正常吗？就算她不惦记我，难道也不许我惦记她吗？她吝啬得连声音都不肯给我，还能给我感情吗？就为这，我还会那么坦然吗？我看，她是非要把我折腾个好歹的不可……"凯明说着有些伤心起来。

看姐夫难过的样子，彤阳真想把有小不点儿的事告诉他，姐夫准会跳起来，也总该让他这做父亲的给孩子起个名字才对。但姐姐不许，她有她的理由，彤阳自己觉得姐姐做法有些过分却无法违拗，自己对她在外面的情况知道的也不甚多，只是多了解一个小不点儿而已，想主动打个电话也做不到，有什么办法？想到这里，彤阳对陶凯明越发同情起来，"姐夫，你把心放宽些，姐姐的性格你知道，她不会轻易变心的。你把事情颠倒过来想一想，要是你处在她的立场上会怎么做？一个有性格的女人会随便地听人摆布吗？在姐姐没有错的情况下，让公公把自己的罪过加在她身上，她受得了吗？不知姐姐哪辈子欠你陶家的，救了你母亲又搭着钱，还没赚个好。我要是你，婚姻不能完全自己做主，就听你父亲的，干吗要和我姐姐结婚？既然结了婚，就该知道疼老婆，有强烈的责任心才行。你父亲坚决反对你的婚事，公公的错却要怨儿媳，让她受尽委屈，还不许她出去为自己的事业闯一闯吗？面对这样一个婚姻，有谁会理解她这做媳妇的难处呢？姐夫，我说多了，请谅解，也请你放心，姐姐在国外为你陶家立了一大功，到时你会乐得跳起来。""哼，就算她拿回个博士后的证书，也不如守在身边的好。她到底多久能回来呢……"陶凯明无法理解小舅子话中的意思，他后面的一句像是在自言自语。"姐夫，难道姐姐不愿意守在你身边吗？我看哪，到时你的夹板气就受不了。想寻求真爱，又要与父母并行不悖，你就想想《孔雀东南飞》，还有那陆游和唐婉，这两出大悲剧还不足以做我们的前车之鉴吗？我喜欢陆游的诗词，却不喜欢他的懦弱，为了孝顺母亲，他丢掉了自己一生的幸福，我看这孝子不做也罢。其实，你倒可以学那陆游，跟我姐分手算了，做你父亲的儿子总要付出代价的。怎么样？""你又胡说，要不是母亲病着，我就去找她。可是，咳……"柳彤阳笑了，"我看哪，说不定你母亲用病胁迫你，想再给你找个媳妇逼你就范呢。放心吧，到时我还会参加你的婚礼。"陶凯明狠狠地瞪了彤阳一眼，"你这家伙存心整我，妈妈可是完全站在我这一边的。"彤阳笑着看看表，"走吧，到点了。"他说着拍拍姐夫的肩膀。

陶启程把自己的错误行为全部归罪到白雪梅身上，柳丹阳当然也成了同谋者，更加之凭空又赔出去七万元，丢人现眼又赔款，亏死了。你柳丹阳要进我陶家，休想！他对丹阳是恨上加恨，一想到她就要臭骂一顿。

林惠珠见儿子心神不定，真怕他忧郁成疾。虽然心疼却也毫无办法。对丈夫绝口不提儿子结婚的事，还背地里经常向儿子问起丹阳。凯明的回答是："她出国进修英语，什么时候回来不一定。""凯明，妈这阵子想好了，不行就去找她吧，不知出国需要多少钱，可惜我的钱匣子空了，要不……""妈，那些事不是别人的错，只能怪我爸……对了，你找机会问问我爸，那住院的一万元是不是真的给了柳丹阳？是我爸亲自交给她的吗？""凯明，事情过这么久怎么还提它，你爸说给了就是给了吧，莫非你有怀疑？"凯明点头，"妈，那次我问丹阳那住医院的钱收到没有，丹阳挺生气地让我问你们，看样子是没人给她。"林惠珠皱起眉头，"你爸没给人家？"陶凯明冷笑一声，"他还干不出来吗？妈，这钱没给也不要紧，丹阳说过不要的，可总要有个情分在吧？这么久了，我爸却还是对人家……""我会弄明白的。不管怎么说，你们也结了婚了，只是她人可什么时候回来呢，难不成让你做个'贞节烈夫'守着她？"母亲说着自己也笑了。这话倒是说到凯明心上，也是让他难过的事，他无语地走进书房关了门。

林惠珠对儿子的事忧心忡忡，丈夫一提到凯明的婚事，她就说让孩子自己做主。

让林惠珠最着急的是，她一双眼睛的视力急剧下降，尽管多次上医院去做检查治疗，却丝毫不见效果。

陶凯明想到那个洞房去住几天，那么大的房子空着，不知彤阳能否答应让他去住几天。就算一个人在那里做着甜美的回忆，也未尝不是一种幸福。

柳彤阳一直惦记着小外甥的名字，他觉得就应该由他的父亲来起。可是，想让陶凯明起出名字又不让他知道自己有儿子，这倒是件难事，他一连想了几天也没个好主意。

这天晚上，他和妻子提起这件事，陈羽飞笑了，"这也没什么难的，和姐夫多接触，闲聊之中引他给男孩儿起名字，或者你自己预先给儿子起个名，他要有兴趣，说不定就引出来了。""这倒是个好主意，明天就去试试。"

星期六的下班时间，陶凯明正想找彤阳商量房子的事，却被小舅子拉到窗前的大树下。"有消息？""怎么？除了姐姐就不行聊点儿别的吗？看你那忧郁的样子我就受不了，不经常给你开动一下脑筋，你会闷死的。""谢谢你彤阳，我也正想找你说说话，唠唠你姐的事吧，我爱听。""你想听我却无话可唠，自上次到现在没来电话，让我说什么？姐夫，你父亲的情况怎么样？不会改变一点儿态度吗？他们就不知道心疼你？"凯明摇头，"父亲好像要一直固执下去，母亲是支持我的，不行的话我去找她。""去找？连准确地址都没有，你怎么找？""暂时走不了，去住宿舍也好。"彤阳笑着，"不行，结了婚有住独身的吗？""所以就难了。""咳，回你们的洞房啊，那么大的房子没人住，闲着可惜，今晚就去，现在就把钥匙给你。对了，姐姐临走时说你母亲那还有一把钥匙，收好就行。"我怎么把这个茬儿给忘了。彤阳，你真痛快，我还以为……以为你需要向西半球请示呢。"姐夫此言差矣，那本来就是你的家，你不能住谁能住？"陶凯明笑着接过钥匙，"彤阳，谢谢你。"姐夫，好久没见你笑了，就为你这一笑，走，我们喝酒去。"

陶凯明想不到这样顺利就拿到了钥匙，他顺从地和彤阳来到一家整洁的小饭馆，几个菜上来，两人开始轮番把盏，话也多了起来。"姐夫，你以后要快乐起来才行，闷坏了自己可是大事。"我是想快乐，可就是乐不起来。什么时候你姐回来再乐吧。"彤阳想着给外甥起名的事，便拐弯抹角地说："我想让你帮我给孩子起个名字，这也是一件快乐的事。""怎么？你们……"彤阳摇摇头，"她说像又不像，倒急着起名了，什么乾坤、海洋、泰山，尽是大名字，也不怕把孩子压着。姐夫，要是你有儿子想叫什么？"凯明苦笑着说："媳妇都不知道在哪里，还敢想儿子？"陶凯明说着把一杯啤酒倒进了肚里。"看你又来了不是？想叫你高兴，只是随便说说嘛。你的面相就一定是当老公公的，起个名字我听听，看你啥水平。"陶凯明又忍不住地笑了，"喂，你什么时候学会看相了？原来不信的。"柳彤阳笑着，"其实我现在也不信，这是自寻开心。快说说看，你要生了儿子叫什么？"陶凯明收敛了笑容，开始郑重起来。"这是一个从未涉及过的话题，其实简单得很，我和你姐要是有了儿子，就按姓氏加个合字，合并的合，本来就是两个人的结合体嘛。"那就是陶柳合了？别说，还真不错，陶柳的结合，好听又切合实际。哈哈，我外甥有名字了。"陶凯明苦笑了一下，"看你的样子，倒真像是当了舅舅一样，你呀，就别替我做梦了。"姐夫，这也是早晚的事，不过就是提前起个名字嘛。"我看哪，你这舅舅也当得过急了些，喝酒。"

两人你斟我倒，几瓶啤酒全空了，看看差不多，两人又要了一斤水饺，不一时盘子也见了底。彤阳结了账，两人带着两张红脸，出门直奔柳家。彤阳把姐夫送进屋，说了声："晚安，祝你做个好梦。"

这天晚上，陶凯明一个人躺在这张曾经与丹阳共枕过的大床上，他心潮如啸，时而引出那温馨醉人的回忆，又时而扔胳膊撩腿地把丹阳的枕头紧紧搂在怀里。他就这样折腾到半夜，总算是走入了梦境：他感觉有人搂住自己的脖子，梦中喊一声"丹阳"！猛醒过来，原来自己的一只手臂压在脖子上。他忽地想起彤阳叫自己给儿子起名字的事，在黑暗中苦笑着自语："夫妻各在东西两半球，这儿子从何谈起。"

天快亮了，陶凯明总算又迷糊过去。

邱秉臣当然不知陶凯明结婚了，他惦记着陶家的财产，希望自己的女儿能嫁给凯明。

陶启程也不想把孩子逼急了，那就只有努力撮合了。

邱岚婷终于快盼到大学毕业了。最后这半年时间是实习阶段，同学们的生活都比较散漫些，展大鹏与她每天晚上都要住在一起。

每次云雨后，邱岚婷总说："大鹏，千万不要出事，到时你要是抛弃了我，我就活不成了。""你怕什么？只要你怀了孕，我们立马就结婚，不然的话，谁知道你会不会生孩子，现在实行试婚，所以我们也是赶时髦嘛。""这三年时间你还没试够哇？大鹏，找机会见见你的父母吧，不是说丑媳妇总要见公婆的吗？""他们现在忙得很，再说，到现在我还没和家里说这事，他们要知道不骂死我才怪。""那该怎么办？我离校后到底去哪里？""这不是还有一段时间嘛，车到山前必有路，急什么。""我怕，怕你变心……""不会的，几年的感情了，不能说变就变，放心，啊。"邱岚婷完全相信了。

两个人在另一家中档旅店里交了一个月的费用，这过了时的蜜月又开始了。

由于展家父母的活动，他们的儿子很快就被安排在省卫生厅办公室，只等离开学校就去报道了。然而，邱岚婷对这样令人兴奋的事却是一无所知。

展大鹏封锁着安排工作的消息有他的理由：一来他和邱岚婷的事始终瞒着父母，他们绝不会同意这件事。二来他根本没有把与岚婷的事当成自己的终身大事。随便玩玩嘛，干吗那么封闭自己？比她好的女孩儿多得是，为什么要可她一棵树上吊死人？他心里这样想。

一个月时间很快过去，暑假也到了。为了摆脱邱岚婷，展大鹏总借故不见她，眼见得同学们陆续回家了，邱岚婷却还没有走的意思。几次找大鹏不见，她心里开始发毛。无奈之下，又接到了父亲的电话，说市第二医院答应接收她，已经送了很重的人情，叫她即刻回家安排工作。这可是一辈子的大事，决不能耽搁。岚婷只能在心中暗恨：展大鹏，什么重要的事能让你丢下我不管？

该死的家伙。

邱岚婷回家了，她随父亲来到医院，院长看看她的成绩单，皱起眉头，"先实习半年再说吧。"

对女儿这样的成绩，邱秉臣是没有料到的，他可是对院长夸了口的，这样不是打了自己的脸吗？

张院长心里想的是：前几天来的那个优秀毕业生，本该留下他，只是他一毛不拔，只好婉言拒收了。眼前的女孩儿是个下等生……可人家出了好几万哪。

就这样，邱岚婷好歹算是上了班，心里当然是无时不在惦记着她的大鹏。庆幸的是，在没有安全措施的情况下，自己这个月的麻烦事照来不误，倒也让她放心了。

岚婷的成绩让父亲一顿责骂，却也无可奈何。工作把邱岚婷拴住了，她只好用休息日去省城寻找展大鹏，几次都是无功而返。

一晃多半年过去，邱岚婷完全失望了。由于实习期满，加之邱秉臣为院方打赢了一场医疗官司，岚婷的工作也就随之稳定了。

展大鹏转眼上班一年了，领导对他的工作还算满意。为了自己的前程，他甩掉邱岚婷以后，对几个有过关系的女人也不敢轻举妄动。父母给他下了死令：前程第一，三年内不许结婚。一向放荡惯了的展大鹏真是受不了，他看到卫生局倒是有两个标致的女孩儿，几次设法接近，都被人家给顶回来，是人家看不上他。

日久沾不到女人的展大鹏，自然又想起了邱岚婷，他趁休息日登上了火车。

这一天父母去看生病的姥姥，邱岚婷下夜班刚进屋，电话铃声急促地响起来："是邱岚婷家吗？""是啊，你是，是大鹏？天哪……"邱岚婷不知是高兴，是激动。加之心中隐藏着的无尽委屈，几种错综复杂的情感一起攻击着她的声带，哭声随之而出，两串泪珠也不断地滚落……她的大鹏终于来找她了，她的大鹏没有抛弃她。

话筒里传来大鹏那略带愧疚的声音："岚婷，对不起，我是专程来看你的，好多话见面再说。记得你家在通江路，我在路口打的公用电话，能出来吗？""大鹏，家里就我自己，我去接你。"

267

邱岚婷一阵风地跑到镜子前：整理发型，简单化妆，打开衣柜却不知穿哪一件好。挑来选去把衣服扔出一堆，来不及再挂上就一抱扔进柜里。她觉得哪一件都不如身上的花格衬衣白裤子好。

　　她在穿衣镜前又照了一下，跑出门口又跑回来，抓起钥匙再跑出去，已经浑身是汗了。

　　展大鹏在公用电话前向四面张望，他不知邱岚婷会从哪个方向出现。"大鹏，我在这儿。"听到喊声，展大鹏看到对面的人行道上出现了邱岚婷：身体恢复了从前的苗条，前胸高高的，尚且带着青春的活力，走到近前再看，面容有点儿憔悴，缺少了大学时的纯朴与天真。他喊了一声："岚婷！"两人迫不及待地奔到一块，四只手抓到了一起。"岚婷，我好想你。""我也是，快走吧。"

　　邱家住的是五楼，由于上得太快，两人都有些气喘，展大鹏一进屋就叉开腿坐在椅子上，"渴死了，快来杯水。"一杯白开水下肚，展大鹏顿时觉得舒畅无比。他放下杯子，随即张开了两臂，"小亲亲快过来，想死我了。""你真想我了吗？"邱岚婷有点儿扭怩地走过来，"大鹏，毕业时你去哪儿了？找得我好苦……"见岚婷落下了伤心的泪水，展大鹏嬉笑着站起来，"看你，见了面多高兴，流的哪门子眼泪？"他上前抱住她，用舌尖舔去了她脸上的泪珠，抱起她就进了卧室……

　　展大鹏过足了瘾，心满意足地收拾好自己的裤带，然后拉起岚婷，"起来，我们下饭店去。"岚婷系着衣扣说："大鹏，快说说这一年的情况吧，我惦记死了。""我分配在卫生局下属的一所小医院，太没劲，慢慢再活动吧。下个星期能过去吗？""你先不要说这个，你毕业时到底去哪儿了？我找不到你，总感觉你是有意躲着我对吗？""别胡说了，我要躲着你，干吗还来找你？吃饭去，我饿了。"邱岚婷觉得大鹏的话也有道理，既然又来找她，就是没有忘记她。"什么时候去见你的父母？"大鹏摇头回答："暂时还不行，我需要慢慢跟他们说。你想饿死我呀？""家里真没有什么好吃的，走吧，我请客。"

　　两个人下楼来到街上，邱岚婷指着一家小饭馆说："就在这里吧。"展大鹏不满地瞪了她一眼，"大老远地跑来看你，就在这种地方对付我，没钱哪？""你想去哪里？"邱岚婷不安地问，她的钱包里只有一百块钱，不管他要什么，总该够了吧？她不愿意让大鹏说她是贫困户。

展大鹏带头走进一家装潢不错的饭店，进了一个小雅间坐下来，邱岚婷只好由他。

　　展大鹏从漂亮的服务员手中接菜单时，故意碰了一下她的手，然后若无其事地看着菜单说："烧乳鸽，爆虾仁，岚婷，你要一个吧。"邱岚婷苦笑着说："我还不饿，就要一个炒土豆丝吧。""我看你呀，倒像个小气鬼，对自己也那么抠门儿，总得凑成双数吧，再来个……雪衣豆沙，权当主食了。"这是什么东西？多少钱？邱岚婷没听说过这道菜。

　　服务员填完单子说："请等一等，有两个菜要慢一些。"服务员抹搭了男客人一眼，带上门走了。"你不是饿了吗？要两个快菜多好。""好饭不怕晚，我愿意等。"

　　邱岚婷的心里没底，只怕自己的钱不够。她还有一件纳闷儿的事：展大鹏为什么不关心自己这一年来的情况？需要主动告诉他吗？他来这里的目的到底是什么？她知道他的父母都是省委干部，真的会让他去一个小医院工作吗？这么长时间，他是不是忘了自己？为什么又突然跑来？邱岚婷越想越怕，她望着男友的脸，想从上面洞察到更深层的东西。

　　展大鹏起身坐到岚婷左边，"你在想什么？我来你好像不高兴？"他说着把右手搭在她的右肩上。邱岚婷笑了一笑，"怎么会？只是心里对你不托底。这一年为什么不早和我联系？两个电话为什么都打不通？真让我对你完全失望了。你现在又给我送来了希望，却还是感到你的内心深不可测。能说说你未来的打算吗？""未来？"展大鹏笑着亲了他一下，"不要想那么远，我对未来不感兴趣。""那你还来找我干什么？""你又来了，想念你，不行来看看吗？""大鹏，你答应过我，毕业后我们要结婚的，现在一年过去了，你，了解我的感受吗？"邱岚婷说着哽咽起来。"好了，多高兴的事，你存心搅局吗？""不是，我是高兴，也很担心。""我人都来了，还担什么心。"邱岚婷抹了一下眼泪点点头说："我相信你，不会再丢下我不管是吗？""当然，菜来了。"门外传来了轻轻的敲门声。"进。"服务员进来，把一盘土豆丝放在桌上。展大鹏盯着她说："这菜上得也太慢了，存心饿死人，两瓶啤酒。"服务员出去拿了酒来打开，转身走了。邱岚婷给大鹏倒满酒，自己倒了一口，"大鹏，谢谢你来看我。"只见展大鹏一口就是底朝天，邱岚婷只好陪了一点儿。一盘虾仁上来，展大鹏的一瓶啤酒也喝光了，一盘土豆丝也剩下一半，看来他真的饿了。又等了半天，两个菜陆续上来，邱岚婷总算是见到"雪衣豆沙"了，原来是雪白的蛋清皮包着豆沙馅的东西。

整个一顿饭，邱岚婷几乎是看着展大鹏吃的，她总是在担心这顿饭钱的多少，生怕他又张口要什么。好容易盼到男友搁下筷子，一只烧鸽不见了，让也没让她，一大盘鸡蛋大的雪衣豆沙只剩下三个，虾仁所剩无几，那半盘土豆丝倒是再也没动，这买单的九十多元钱倒是让她松了口气。

他们回到楼上，展大鹏又精神十足地把邱岚婷压倒在床上……

就这样，两个城市间，两个人你来我往，大半年时间又过去了，展大鹏始终没有跟父母说起这件事。

有些日子没见到凯明了，林惠珠想念儿子，饭也吃不下，身体日见消瘦，好在有丈夫在跟前，对她还是个安慰。儿子不在跟前，媳妇也没了影，丈夫极力主张把邱岚婷娶过来，奈何陶凯明却置之不理，还经常让他抓不着影。

陶凯明几次被电话追回来，母亲哭着不肯上医院，凯明只好又住到家里来。陶启程又说起儿子的婚事，他说邱岚婷是最合适的人选。

邱秉臣一家三口来看林惠珠，陶启程首先说起做亲家的事，邱岚婷说："陶大爷，陶娘，这件事就不要再提了，我俩不合适，上次我们到你们楼下让凯明哥挡住了，再说我也不同意。也许，我们各自心中都有自己的意中人吧。你们就不要为这事操心了。"邱秉臣接着说："也是，我的女儿可不是嫁不出去的，还是做好你儿子的工作吧，我保证女儿心里可是没有别人的。""我们的凯明也没有。"陶启程的话叫得不硬，林惠珠把凯明女朋友出国的事说给了岚婷的母亲，言语中满带着期盼。

陶凯明下班，父亲又提起邱岚婷，凯明不耐烦地说："爸，这件事不可能，就不要再提了。""凯明，你总是不忘那个柳丹阳，她出国了，还能有什么指望么？你妈的身体不好，她可急着要做个奶奶呢。""爸，要不是你总别着，说不定你们早就抱上孙子了。""你爸可没那个福气。""爸，说真的，那柳丹阳要是很快回来呢？""别指望了，她在我这里过不了关。""好，那我就一辈子不结婚。"父子俩总是这样话不投机。

林惠珠见儿子的一张脸总是忧郁不欢，心中的无名火在上升。正如丈夫所说，她真的盼望着早日抱上孙子孙女，心中也在怪那柳丹阳不通情理。

这一天陶启程不在家，母亲对儿子说："妈妈的视力一天不如一天，说不定将来要完全失明，那就看不见我的孙子了。丹阳还没有消息吗？还是去把她找回来吧。""妈，这不是说找就找的事，她的脾气我知道，绝不会扔下我不管的，我要去了反倒耽误她的学习时间，还是耐心等待吧。"母亲叹口气说："明儿，这几天我常做梦抱孙子，看来这愿望很难实现了。"林惠珠说着，竟然流下两行悲伤的泪水，一向孝敬母亲的陶凯明有些受不了，"妈，儿子对不起你……"

邱秉臣问妻子："岚婷说她心里有人，是真的吗？""不会的，要有的话她会告诉我的。"他们问女儿，邱岚婷一口回绝说没有。

邱岚婷的心里揣着展大鹏，怎会容得下别人？现在她反而盼望着自己快些怀孕，认为这样就能拿住大鹏，逼着他快些与自己结婚。

这个星期天邱岚婷到省城与大鹏会面，她又急着要见他的父母，催得大鹏有些发烦。"要去自己去，告诉你还没到时候，他们不同意你怎么办？""依你说来，就这样拖下去吗？我只怕……""我们做了几年的夫妻，这生米早已煮成熟饭，你还有什么可怕的？""那，我们就让这生米煮成真正的熟饭，你父母肯定会答应的。"展大鹏愣愣地看着邱岚婷，"你，什么意思？"岚婷笑了，"这个月的麻烦事没见，怕是真煮成了熟饭。你说过的，要怀了孕我们就结婚，说话要算数呀。"岚婷虽然不敢确定是怀孕，但她希望是真的，这样可以和大鹏结婚，自己的工作也会调到省城，展家有这个能力。

展大鹏听了这话有点儿发蒙，心中说：要真是这样怎么办？跟她结婚？不行，得赶紧和她上医院。

两人到医院检查结果，邱岚婷已经怀孕一个半月。邱岚婷高兴地说："大鹏，这回我们该结婚了，今天就跟你父母说吧，我总算盼到……"她下面的话被展大鹏那紧皱的眉头给挡回去了，"你不高兴？大鹏，我们的年龄都不小了，还等什么呀？"展大鹏叹了一口气，"岚婷，我们还是不要这个孩子吧？父亲正在给我换单位，要结了婚会受影响的。""你说的什么单位？那里的职工都不结婚吗？我今天就要见你的父母，必须把这件事告诉他们，或许，你父母会高兴的。假如他们不答应，只要你和我站在一起，我就什么也不怕，好歹我们都有自己的工作，有个孩子也养得起，怎么，我说的不对吗？""可我，不想现在结婚。""亏你说得出口，按实际情况，你已经结婚几年了，直到今天你还这样拖着我，你到底安的什么心？""岚婷，你听我说，我只是想安排好自己的工作再结婚，这样对你也好。""你不惜伤害我的身体，第一次怀孕就让我做掉，还说对我好？听老人说小产不如大生，告诉你，这孩子我要定了，你要是还想拖下去，我就抱着孩子上法庭，到时候你们家祖孙、父子都在法庭上见面，那才叫好看，你一定会别有一番滋味在心头的，怎么样？想尝尝那种感受吗？"

在展大鹏的心里，根本没有与邱岚婷生活在一起的长远打算。他认为自己无论是家庭和自身的条件都高一筹，邱岚婷在他的心里不过是一个临时替补，用她解决眼前的问题尚可，过一辈子可不行。再说，这几年对她也有些玩腻了，他要的是一只鲜嫩温柔的小羊羔，起码，父母也应该是省级干部才行。多亏没有告诉她自己家的住址，否则要闹到家里可糟糕了。眼下的情况怎么办？他无法把邱岚婷强行按在人工流产的床上。他又怕弄不好真像她说的那样闹到法庭上，那可全完了。

展大鹏把邱岚婷拉到街上，他嘻嘻笑着不说话，倒叫邱岚婷摸不着头脑。他们来到那家旅店，他还要在她身上发泄最后一次，弄好了也许会把那个小"麻烦"解决掉呢。

展大鹏把岚婷扳倒在床上，嘴使劲地在邱岚婷的脸上、胸上来回游动着，恨不能立马就铲除那个小精灵，嘴上却说着："这个星期我父母没有时间，下个周日你过来，我事先与他们说好，大家见个面，马上就操办结婚，怎么样，肯定会让你满意的。""你，是不是又在骗我？"邱岚婷满带怀疑的目光看着他。"小傻瓜，事情到这个地步我还会骗你？我要当爸爸了，高兴还来不及呢。""真的？"邱岚婷一下子搂住大鹏的脖子，"亲爱的，我终于盼到了这一天。回去告诉我的父母，下星期我们一起来见你的父母，权作会亲家了。""不行。"展大鹏眨眨眼睛说，"你最好先别告诉他们，抽空我过去给他们一个惊喜吧。""那也好，我的父母一准高兴。""那当然，上哪儿找我这样的标准姑爷。"

两人各自尽兴，他们收拾好衣带，相拥相抱地来到饮食一条街吃饱肚子。"岚婷，走吧，我送你上车站。"

邱岚婷高兴地上了火车，车启动时，她激动地挥手喊了一句："大鹏，下周日老地方见。"

一星期的时间很短，可却让邱岚婷觉得有一个世纪那么长。这几天她几次想把这个喜讯告诉父母，母亲也发现女儿神态反常，问她又支吾不答，这阵子总是往省城跑，肯定是去会男朋友的，不能嫁给陶家，进省城不是更好吗？

让邱岚婷高兴的是，她的妊娠期无任何反应，这对她来说可是最好的掩护，起码眼前没有问题。

终于盼到星期日，邱岚婷九点多钟就到了约定的地方。她喜气洋洋地坐在他们常住的旅馆里，又把自己的头脸重新装扮一番，盼望着大鹏早些到来。

时间在一分一秒地走过，十点、十一点，直到十二点，还不见大鹏的人影，邱岚婷早已焦虑不安。她把希望寄托于一点之前：上午他有急事，下午一定早早来的。

时间熬到三点，邱岚婷实在坚持不住了，她只好到大街上打电话，奈何他所留下的地址与电话号码，不是找不到，就是打不通。此时的邱岚婷才警觉起来——自己再一次上当受骗了。

邱岚婷一个人在街上游荡着，她想哭一场却没有眼泪，想大喊大叫一通又怕人说她是疯子。她就这样走着，满眼的泪水都倒流在心中。

眼见天色将晚，邱岚婷虽然悲痛已极，心中方寸未乱。她必须赶回家去，明天还要上白班。

最后一班夜车是十一点，她一个人在车站傻坐了几个小时，又整整一天水米没沾牙，上车后就昏昏欲睡，直到快半夜两点钟火车进站，车上的人快下光了，邱岚婷才被乘务员叫醒。多亏这里是终点站，否则她就不知坐到哪里去了。

邱岚婷对展大鹏彻底失望了，她像是经过一场灾难，整个人由一个活泼大方的俏姑娘，一夜之间变得让人难以相信她就是那个经常发出银铃般笑声的岚婷姑娘。

思前想后地斟酌了好几天，邱岚婷还是决定留下这个孩子，这样做是因为自己特别珍惜与大鹏的结合体，这也是自己的真爱，这样的真爱今生今世也不会再有了。爱是从前，恨是现在，她要用这个孩子作为报复展家的工具，让展大鹏用一生作为代价。

邱岚婷想让这个孩子不在众人非议下顺利出生，她必须找一个替身，邱岚婷第一个就想到了陶凯明。她知道他有心上人，这么久不结婚，是因为他父亲不同意。听母亲说，凯明的女友到国外去了，陶娘也为这事急得不行，眼睛都上了火蒙。双方父母也为做亲家的事商量过不止一次，但因为她和陶凯明都极力反对，两方家长也只能不了了之。现在，自己出了这么大的问题，怎么能把这块"肉"贴到陶凯明身上呢？哪怕是最低劣的手段，就算践踏了自身的人格也在所不惜，可是这办法……不要急，车到山前必有路嘛。

邱岚婷告诉父母要去看陶娘，夫妇俩格外高兴：大概，省城的男朋友出了问题吧？不然怎么会……

邱岚婷始终没想出什么办法来，她决定先到陶家看看再说。陶凯明，亲爱的，我要对不住你了。其实，我是让你占便宜的，这么漂亮的女孩儿，主动送给你会不要吗？

林惠珠的视力一天比一天差，对于体形差不多的人，她经常把张三喊成李四，柳彤阳来看她，也被叫成了凯明。

陶凯明想尽快把这个情况告诉柳丹阳，只好央告彤阳："告诉你姐姐，就说陶凯明在东半球给她作揖了，拜求她快快回来，母亲为她上火，已经双目失明了……"陶凯明说着，已经是低泣成声。柳彤阳也难过地说："姐夫，只要姐姐来电话，我会催她回来的。只是，她没有准确的号码，只能等她来电话。""看来，你没有骗我，可这电话什么时候能来？母亲等不及了啊！"

第十九章　居心叵测

林惠珠真的等不及了，她心火上焦，感到全身的热量一股脑儿都燃烧在两只眼睛上。医生排除了白内障，却说不出到底什么原因。儿子告诉她要到新房住几天，母亲知道他是想媳妇了，自己也流着泪说："明儿，妈这毛病是内火，媳妇一回来准好。"

话是这么说，林惠珠觉得自己的眼睛是没什么希望了，她也知道儿子为此心急如焚。凯明是个孝顺的孩子，看着母亲承受着将要失明的痛苦，他又何尝不急？再加之新婚的妻子离他而去，所以凯明现在是承受着双重痛苦。母亲也想减轻一点儿儿子的痛苦却毫无办法，她知道，只要做母亲的高兴，或者再让他重新找个女朋友，这样或许能驱散儿子心中的痛苦。

林惠珠一直保存着柳家的那把钥匙，柳丹阳这么久不回来，她很有想法，但是她想念柳丹阳倒是真的，她忘不了自己的命是媳妇救的。"媳妇不回来，孙子都耽误了。"她不止一次这样对儿子说。她常常双手摸着儿子的脸，"明儿，你瘦多了。丹阳有消息吗？"得到的是无声的回答和一声轻轻的叹息。有时儿子也会很勉强回答："有，她说很快就回来。"母亲知道这是儿子在安慰自己。她知道，柳丹阳没有一个电话直接通给儿子，这说明他们的婚姻已经很危险，既然如此就该想个办法才是……

这一天陶凯明下夜班走到楼前，刚巧遇到拎了两兜水果的邱岚婷。"凯明哥你好，好久没见了。""你好，这么得闲？""奉父母之命前来看望我的干妈，怎么样，老人家的眼睛好些了吧？"陶凯明愁眉苦脸地摇摇头，"不见好，实在不行，就要做手术了。"他把客人让在前面，两人上楼，凯明开了门，"妈，你猜谁来了？""妈妈，是我。"邱岚婷把水果袋放在桌上说。

只见林惠珠眨眨眼睛从沙发上站起来。"啊？是丹阳，丹阳，真的是你吗？"听了这话，凯明急忙向岚婷摆手，她明白了，凯明为让母亲高兴，要自己扮演一下那个什么柳丹阳。听母亲说，他这个女朋友去了美国，陶娘为此可上了大火，这不正中自己的下怀吗？要想办法把自己腹中的这块"狗肉"强行"贴"到陶凯明这只"公羊"身上，此乃天赐良机也。尽管自己是昧着良心，却也要努力争取成功，但不知怎样才能使陶凯明甘愿充当这只多情的公羊。这件事又不能着急，只要自己的肚子允许，需要想个稳妥的办法才行，她决定顺水推舟……

邱岚婷心中想着，口中说道："妈，我是丹阳，快坐下吧，我早该回来看你的。"聪明的邱岚婷说完这句话，见陶凯明笑着向她点头，心中感到快乐无比：陶凯明被我的美貌吸引住了，争取今晚就和他……一次就行，这样可以迫使他与自己结婚。

邱岚婷心中想着主意，又充当假儿媳把林惠珠扶坐在沙发上，这"婆婆"

高兴地拉着岚婷的手，"丹阳，我的孩子，妈总算是把你盼回来了。凯明，你快带她到外面吃饭去，看你爸回来麻烦，走吧。"这句话倒是提醒了陶凯明：是呀，爸爸回来一叫岚婷就糟了。"妈，丹阳安排上班的事，这两天要到学校去，恐怕不能经常来看你，她也怕碰到我爸。"这些话在邱岚婷听来，虽然莫名其妙，却只能不懂装懂，"凯明，我们给妈做点儿吃的吧。"母亲着急地说："不用不用，你爸回来做饭的，快走吧，他真的快回来了。"陶凯明说："丹阳，我们走吧，哪天再过来看妈妈。"邱岚婷顺从地说："妈妈，我不愿意这样，可是，这没有办法呀。"她说着，声调间带有哀伤之意。林惠珠却笑着说："没事没事，只要你们好，妈妈也就高兴了，快走吧。"邱岚婷又殷勤地说："妈，这兜里有荔枝和桂圆，吃完了我再买。""这东西挺贵的，别再花钱了，凯明，快带丹阳走吧。"陶凯明有些哭笑不得地说："妈，我们走了，我爸回来就说邱岚婷来了。"邱岚婷一愣，"我本来……""就是邱岚婷"的几个字没说出来，见陶凯明睁大眼睛摇头又摆手看着她，她只好话锋一转："是想陪妈两天的，可是还必须，必须——""去学校的，妈，过两天我们再来看你。"陶凯明接过邱岚婷的话，生怕她说走了嘴。

两人出门，陶凯明立即变得严肃起来。邱岚婷歪着脑袋看着他，"陶凯明，你今天可捡了大便宜了，怎么样？对我的即兴表演还算满意吗？""对不起，我不是存心的，只是可怜母亲对丹阳的思念，她把你叫成丹阳，我实在不忍心破坏她的心情，也真佩服你的表演才能，谢谢你，也请你原谅我的冒昧。"邱岚婷笑起来，"凯明哥，这算什么。我问你，这种关系要是真的你觉得怎么样？""胡说，我有老婆的，况且已成事实，我不能辜负她。""好哇，自己老婆远走高飞，拿我这无辜的傻瓜充当孝顺的工具，空头的老婆，这算是什么事。"陶凯明满带歉意地说："岚婷，我真的很感激你，走，请你吃饭。"邱岚婷笑着说："哦，这还差不多，不怕我宰你吗？""不怕，随你叫什么菜。"两人来到一家饭店坐下来，岚婷按展大鹏的要菜模式点了烧鸽和雪衣豆沙。"你别嫌贵，以后还要我继续演戏对吧？"凯明点头，"岚婷，就算可怜你的干妈、我的母亲吧。"邱岚婷戏谑地说："你就不怕我赖上你吗？再说，这话要传出去，以后让我怎么处男朋友？你就不顾及一下我的名声吗？"陶凯明一愣神，点点头叹口气说："对不起岚婷，我不该只为自己打算，以后不要……""打住。"邱

276

岚婷做了个叫停的手势，"凯明哥，你对我太不了解，我可是为朋友两肋插刀的主儿，再说，我也叫你母亲干妈的，为她老人家还有什么不肯牺牲的吗？放心，这戏我们只管演下去，有关那个丹阳的一些事总得介绍一下，以免和你母亲说话时露出破绽。"陶凯明遂介绍了丹阳的一些情况，说到自己的思念时，眼圈也红了。

邱岚婷看着凯明的表情，料定这只"公羊"很难驯服，只能想个更巧妙的办法来。她自己不能喝酒，也不好逼凯明多喝。

这回邱岚婷可算是过了吃烧鸽的瘾了，她想起展大鹏的那顿饭，只闻到了烧鸽的味道而肉未沾唇，心中愤然不止，她恨死他了。

岚婷之所以如此珍惜腹中的小生命，是因为这是她的初恋之果，是女孩子家从童贞到少妇的界线，她更想用它狠狠地敲展家一把。

"想什么呢？我送你回家吧。"陶凯明的话打断了邱岚婷的思路。她不好意思地摇摇头说："不必送了，谢谢你的款待。什么时候需要演戏，我随叫随到，再见。"邱岚婷说着，快乐地一扬手，脚步轻快地走了。

今天的办法虽然没想出来，但邱岚婷已经收到了意想不到的结果，陶凯明既然给自己准备了现成的机会，一定要好好利用，只要向前推动一步，很快就能达到预想的目的……

刚坐完月子的柳丹阳开始租房子、找工作了。

在一张小报上，她看到一则招聘勤杂工的广告，电话打过去，对方说的是生硬的汉语："你，可以到这里面试，中国人，手脚真笨，几个来了都不行。"柳丹阳生气地放下电话说："一个勤杂工还挑三拣四的，什么中国人手脚笨，就为这个也要试一试。"好心的赵阿姨儿女都在外地，家中又有闲房，一个月的相处了解，她决定让这母子住到自己家里去。

经过商量，刘东华不得不同意丹阳的决定。细想来，这种关系住在一起说不清道不明，也不方便，丹阳执意要走，那就走吧。

这是一家贸易兼货物运输公司，门面不大，院里的仓库倒是不小。老板是美国人，很挑剔，给他做秘书的，搞勤杂的，包括更夫，时不时地就要换掉，他自己倒也是个能干的人。当柳丹阳站在他面前，他只打量不说话，看得丹阳头也低下了。"年轻的人，这个工作要？""不知月薪多少？""决定工资，要试用三天。""你的意思是说，如果试用不合格，这三天就白受你剥削了？不干。"柳丹阳瞪了老板一眼，扭头就走。"等等。"老板站起身来，"多少你想要？""被雇佣者有权自己要工资吗？""你可以说，合理要就给。"柳丹阳听这老板的汉语说得毫无语法逻辑，心中暗笑。她按照包饺子的月薪，张口要了一千二百美元。老板笑了，"你，要的还算合理，我答应你。""我有孩子，需要送奶时间，可以吗？""孩子？孩子你有？"老板显得惊诧不已。"不可以吗？看来我还得走。""不是，哦，可以的，从今天起，你可以上班了。"柳丹阳心中暗笑：这个人倒挺爽快。

柳丹阳从办公室开始收拾，几个屋子都打扫干净。她虽然觉得不该干这个，可适合自己的工作又在哪里？

时间一天天过去了，一个月下来，老板还算满意，工资照发了。

在这个美国人的眼里，认为不会英文的人就是蠢猪、笨蛋，很多中国人生活在这里，都让他瞧不起。做力工的人英语水平就更差，多数是发音不准，经常会闹出笑话来，这在老板看来更是不能容忍的。公司里多数是廉价的中国劳力，他们都说汉语，包括那个什么柳丹阳，统统是笨猪一个，和他们说话也太不方便了。所以，他经常为一点儿小事把工人骂个狗血喷头。

这一天，几个工人倒仓库时码得不好，他们满头大汗地站在门外想喘口气，老板走进仓库，出来就用英语加汉语一顿臭骂，几个中国工人面面相觑，只看他比比画画生气，听不懂他说的什么。

当时柳丹阳正在办公室外擦玻璃，对老板的话她是听得明明白白，那些笨牛、蠢猪一类的话实在不堪入耳，她忍不住走过去用英语对老板说："请你对中国人尊重些好吗？尊重别人就等于尊重自己，这话你应该明白吧？"一口流利的英语从这位勤杂工的嘴里说出来，不能不让老板大吃一惊！他愣愣地看着她，竟然忘记了这话是在质问自己。只见柳丹阳回头用汉语对几个中国同胞说："我们都是中国人，要为自己的国家争口气，更不能让自己丢脸，生活在说英语的国度里，不学英语怎么行？你们想学吗？""想，太想了。"几个人异口同声。柳丹阳回头看看老板又用英语说："请您不要生气，中国之所以落后，就是文化素质上不去，连自己的国语都说不好的人，你能指望他们说出一口好外语来吗？就像你，有一口好英语，可你的汉语就不符合语法逻辑。但是我可

278

以听明白。如果你也把汉语学透，跟他们交流就方便多了。我知道你的时间紧张，那就听从我的建议让我教他们英语，你看怎么样？"老板皱起眉头问："你，能教他们英语？"柳丹阳微笑着点头，"只要老板答应，用休息时间让他们尽快提高英语水平，对你今后的事业是大有好处的。""什么好处？"老板歪着脑袋问。丹阳笑着，"好处大了，你的搬运工到外面劳动的机会很多，比如在码头在车站，与那里的工作人员语言不通，很可能会造成误解，耽误了提货时间不是麻烦吗？如果每次都要你亲自跟着，那你就成了办事员了，还做什么老板？"老板听了眨眨眼睛，"对呀，节省下时间我还能做很多事嘛。""所以，要尽快提高他们的英语水平是当务之急，这样以后你就不必亲自去跑码头和车站了。"老板高兴了，"好，就这样，教学费用可以从他们几个人身上出。""不行，他们挣得不多，我宁愿免费教他们。可是对你就不一样了。"老板皱起双眉，"有什么不一样？""我教他们英语你受益，报酬我可以不要，但是你不能不给，否则传出去对你的影响不好，人家会说你小气。""柳丹阳，你的话说得很巧妙，看来我必须出钱了。好吧，给你加三百元怎么样？""多谢老板，我一定尽力。"

老板带领大家很快腾出教室，挂上了黑板，丹阳又出钱给他们买了书本，大家学习都很认真，几个月下来，他们的口语水平普遍提高，常来听课的老板，汉语也大有进步。

老板知道丹阳的丈夫在中国，正好自己离婚不久，要能和她在一起生活一阵子倒也不错，即使不正式结婚，能同居一段时间也是享受。有了这个想法，他经常主动与丹阳亲近，无奈的柳丹阳只好避而远之。

这一天，老板的离婚妻子带着女儿来了，小姑娘大约五六岁，活泼漂亮，一见到爸爸就搂住脖子不撒手，"爸爸你怎么总不去看我，知道我多想你吗？"她说着，两道长睫毛一忽闪，眼泪就滚落下来。

夫妻俩说话间，让丹阳觉得这两人还有一定的感情基础，到底为什么分手呢？

此时老板的手机响了，货场的人有急事找他，他只好放下女儿说："我有一批货要发走，必须去订车皮，一会就回来。"妻子点点头。"爸爸，我等着你。"

眼见爸爸上车走了，孩子抹着眼睛站着不动。母亲拉她走，女儿扭动着身子，"不走不走，说好要等爸爸的。"

柳丹阳在旁看着这一对般配的夫妻和他们这可爱的女儿，心中觉得难过，她上前拉着女孩儿用英语小声说："孩子，你愿意让爸爸妈妈和好是吧？那就想办法呀。""什么办法？"小姑娘歪着脖子问。"哭，让他们都守着你。""可我不是爱哭的孩子。""装哭，像真的。""管用吗？""试试看。"小姑娘笑着点头。

她跑到母亲面前，"妈妈，到我的房间看看，行吗？"看着女儿一双渴求的目光，母亲苦着脸点点头。丹阳也随着母女俩来到正房东面的二层小楼，一层是车库，上面是居室。孩子很快跑上楼梯，进了自己的房间。

看样子，这里很少来人，地面桌面都有一层浮尘，一切都保持着夫妻共同生活的老样子，这就证明他们还拥有这共同甜蜜的回忆。丹阳知道，老板的办公室里设有床铺，他大概也不想破坏小楼里昔日的温馨。

孩子在自己的房间寻找从前的记忆，她忽然对妈妈说："妈妈，我们还是回来跟爸爸住在一起吧，这样我每天都能看见爸爸和妈妈了，行吗？""不行，你爸爸已经有了新的爱人。"丹阳摇头笑着说："据我所知他没有，你如果愿意，我会劝他回到你身边。"老板娘的双眼灵光一闪，忽又暗下来，她苦笑着说："谢谢你，恐怕不可能了。"丹阳抚摩着女孩儿的头，"看你们的女儿多可爱，就不要给无辜的孩子背上痛苦的包袱了，好吗？""你跟他说吧。"柳丹阳点点头，"能说说分手的理由吗？""他，有了别人，我离开了，就这样。"柳丹阳笑着摇头，"恐怕是你误会他了，就主动与他和好吧，为了孩子。"

小女孩儿拉着丹阳的手，"阿姨，去看看爸爸妈妈的房间好吗？""好，不过要你妈妈同意才行。"老板娘脸上飘过一片红云，说："这没什么，走吧。"三人进了隔壁大些的房间，除了有些浮尘之外，一切都像住人时的样子，包括床上的被子，依旧如从前一般，只是为挡灰上面遮了一层薄薄的塑料布。丹阳笑了，"看样子这房间常有人打扫，你丈夫的良苦用心不言自明，分明是在等待着你的归来呀，你可不要辜负他。""只怕是……"老板娘的脸色有些迷茫。

院里的汽车喇叭响起，小女孩儿嚷起来："是爸爸回来了，爸爸——"她说着第一个冲出门就往楼下跑去。丹阳和老板娘随后下楼，只见老板抱着女儿亲个不停，逗得小姑娘咯咯大笑，老板娘低声说："女儿很久没笑得这么开心了。""所以，你要让孩子永远开心才是。"

只见女儿搂着爸爸的脖子，"爸爸，让我和妈妈回来住好吗？""去问你妈，爸爸几时赶她走的？"这话刚好被妻子听见，她扭过头去低头无语。柳丹阳笑着对老板说："我看你们夫妻并没有什么利害冲突，即使分手了，也是相互牵肠挂肚的。这样吧，为了这个小天使，你们必须和好。用我们中国的话说，新婚不如小别，你们分开这段时间，权当是分别日久，今朝喜相逢了。怎么样？同意吗？"小女孩儿挣开爸爸的怀抱，在地上一蹦多高，"爸爸妈妈，我同意，你们也快说同意呀。"见父母谁也不开口，小姑娘坐在地上大哭起来，夫妻俩见此，相互期盼着对方开口。柳丹阳心中暗笑：聪明绝顶的小女孩儿，哭得正是时候。母亲心疼孩子，她拉女儿不起，只好先开口："好了好了，妈妈同意，同意还不行吗？"小女孩儿依旧坐在地上，"不行不行，爸爸没说同意，我还得哭。"随之哭声又高起来。父亲只好拉住女儿，"我的乖女儿别哭了，同意，爸爸也说同意了，起来吧。"女孩儿顺从地站起来拍着手，"太好了，我天天都能看到爸爸妈妈了。"

此时的柳丹阳打心里佩服这个小姑娘的表演能力，哭得真像，却没有一滴眼泪。她望着这对暂时还很尴尬的夫妻，不由心中暗笑，想给他们一个快乐的台阶："老板娘，我现在帮你打扫房间，走吧。"老板娘拗着不肯走。丈夫看着她，"怎么？你不想为女儿兑现吗？"妻子红着脸点点头，跟丹阳上楼去了。

这天晚上，老板要了几盘中国菜，三口之家围在桌前，夫妻俩口中无话，心中如火。好歹哄着女儿睡下，两人便轻步回到这本来就属于自己的卧室，但见红帐低垂，窗帘轻动，连老板娘也不知柳丹阳从哪儿弄来红纸剪成的大双喜字贴在窗上，还有两支红蜡烛也被点燃，屋子装饰得像中国的洞房一样，给人一种温馨浪漫的感觉。良宵美景，两人轻轻抱在一起，相对无言，倒也是"此时无声胜有声"了……

老板夫妇被柳丹阳说合了，他们感激之余，以教英语为由又给她增加了薪水。

晚上丹阳下班回到赵姨家，刚巧刘东华也来了，丹阳说起老板家的事，两人都为之高兴。东华抱起摇篮里已经八个月的孩子晃着笑着，这老少三辈倒真像一家人。

刘东华又说起那家学校，因汉语老师回国已经停课，校长正在到处聘请华人英语通，又必须是讲标准汉语的。他最后笑着说："我想建议你再去试一下，这一年多你的英文可是上了一个层次，即使不行，你也能进一步检验一下自己的水平，也好知道从哪方面努力，不敢去吗？""怎么不敢？什么时候去？""我这有一份初级汉语教程，我设法推他几天，校长是朋友，没问题的，你也好趁机准备一下，熟悉一下那些常用英语单词，我觉得你是有希望的。"

柳丹阳接过教程翻了几下，脸上露出了笑容，"东华，谢谢你，我明天向老板请假，试聘不成，大不了还做我的勤杂工嘛。"

公司老板准了假，三天后柳丹阳再次登上了那个不大的讲台，校长就坐在后排。他先是眉头紧皱，慢慢地又舒展开来，最后脸上露出了笑容。下课时他当即拍板："柳女士，明天可以上班了。"

那老板看到柳丹阳的辞职信心中吃惊：她竟然……看来是我屈才了，可这工人的英语和我的汉语课怎么办？

双方协商结果，这里的英语课依旧由柳丹阳负责到底，只是把时间放到下班后。

此后，柳丹阳有了称心的工作，英语也达到了相当好的水平，她的电话又打到了中国。"彤阳。""姐姐，是你？我好想你，姐，姐姐，什么时候回来呀？"电话里传来彤阳惊喜的声音。"好弟弟，姐也想你，经过努力，我终于有了可心的工作，是教汉语，工资不低。你的小外甥已经八个月，好玩得很。""太好了，姐，我想即刻见到才好。小外甥的名字已经由姐夫起出来了，叫陶柳合，好听吗？""陶柳合，一定是结合的合了？不错不错，他不知道孩子的事吧？""姐，我不敢违背姐姐的命令，却也点了他有儿子的事，姐夫就是不醒腔儿，看来他的脑袋有些发滞了。姐，姐夫太苦了，你快回来吧。""小柳合太小不禁折腾，我也舍不得这份工作。你们怎么样？大家都好吗？""都好，只有姐夫不好。你这么久不来电话，姐夫都要疯了，我们也都挂念你，姐姐，无论如何你该和姐夫通个话，别再折磨他了，现在就留个号码行吗？"听了这话，柳丹阳心中有些苦涩，留下了房东家的电话。柳彤阳急了，"姐姐，你就不能和姐夫直接通个电话吗？夫妻关系这样僵下去是很危险的，姐不会有了什么别的想法吧？要那样的话，你可要了姐夫的命了。""你说什么呢？彤阳，姐姐是那样的人吗？我只不过是想深造一下自己的英语嘛。""姐姐，你可怜可怜姐夫，跟他直接通个话吧，你那婆婆也对你是昼思夜想的，她的眼睛上了一层火蒙，已经看不清人的面孔了。""啊！彤阳，你是说婆婆的眼睛？好好的怎么会……""是呀，凯明也为此急得不行，医院没少跑，就是不见效。她说是想你急的，姐再不回来，真对不起老人家。那次我去看她，直叫我凯明，而且她说只要姐姐回来就会好，让人听了好难过。姐，我看你还是快回来吧。"柳丹阳想起婆婆的好处来，她不顾公公的反对，做主让他们结了婚，单从这件事情说，就是一个好婆婆，"彤阳，为婆婆的眼睛，我今晚就和他通话，并决定回去一趟。""怎么样，着急了吧？还有让你更着急的事呢……"柳彤阳把姐夫对他说的那天邱岚婷来假扮了姐姐的事告诉了丹阳，柳丹阳听了半天无语。彤阳急着问："姐姐，你怎么不说话？姐夫是为了安慰母亲嘛，孝心可嘉。他要是真有心，就不会告诉我了。""彤阳，我的大名也是随便冒充的？看来，他是要给我一个下马威，用这个办法挟制我回来，你的姐姐会听他的摆布吗？彤阳，陶凯明要失去儿子了，看来我需要给他们留一个机会，也不想和他直接通话了。记住，千万不要让陶凯明住到咱们家里去，要在我的房间里有什么事，我回去该卖房子了。""我的姐姐，你想哪儿去了？姐夫可不是那样的人，你放心，有什么情况我会随时告诉你的。""好了彤阳，时间不短了，说再见吧。""姐姐，你到底什么时候回来？""我想想再说，再见。"

柳彤阳无奈地放下话筒，心中感到不安，他觉得自己多嘴害了姐夫。怎么办？把电话号码告诉他，让他自己去解释？不行，弄不好惹翻了姐姐，就很难收拾了。唉，这张嘴……彤阳想着，在自己的嘴上拍了一下。

半个月过去了，邱岚婷还是没有找到什么好机会，这期间她又去了陶家两次，是趁陶启程不在家的工夫。她被干妈一口一个丹阳地叫着，心中感到很不自在。自己也是个正牌大学生，随便顶替了别人的名字，解决问题的办法却还没有想出来，总不能让自己的肚子太显露时连个主儿还没找到。不和他上床，这块"肉"怎么贴得上呢？

陶凯明对自己这善意的谎言很后悔，甚至觉得对不起母亲。重要的是，他已经明显感到邱岚婷在有意识地在挑逗自己，她时不时地摸他一把，靠他一下，那一双媚眼总是在他的脸上撩拨，还不时地丢过一个飞眼，撒上一个娇态。更使他难过的是，还要当着母亲的面叫着"丹阳"这个名字，这让他在想念柳丹阳之余，又觉得愧对妻子，也未免感到心中悲哀。

陶凯明已经乱了方寸，他要自己静一静，想一想，所以打电话告诉母亲今晚有事不回家。他想到他们的"洞房"做一次甜蜜的回忆……

下班后凯明从医院出来，无精打采地往回走，怎知却被邱岚婷盯了梢……

这两天邱岚婷有些处心积虑了，两个多月的身孕让她无法安静下来，必须尽快贴上这只"公羊"。重要的是，她从"婆婆"那里得到了柳家的钥匙，只是无法问清地址，"自己"还不知"自己"的家吗？

母亲感叹地说："房子收拾得那么漂亮，你俩连洞房都没入，哎，这回好了。"邱岚婷高兴地想：这样看来陶凯明可还是个童子身呢，自己更要想办法得到他。人说这样可以使自己年轻，腹里的小生命也就合了法了，这不是一举两得吗？

她曾向凯明提出要看他们的新房而被拒绝，这令她很生气。他真要是死不答应怎么办？酒，他想到了酒。要在酒里做点儿手脚，还不能让他"醉"如烂泥，因为他必须在半醉的情况下很好地完成这项重要的"任务"呢。想让他完全地成为自己的俘虏，只能在他们的新房，可自己连地址都不知道，于是她想到了跟踪。

邱岚婷想到了父亲经手的案件中，有人用药迷了女孩儿而达到他的目的，自己不妨也效仿一下，让他有苦难言。只要肚里的小生命有了"主儿"，她就可以大大方方地把孩子生下来，将来也好实现自己的"宏伟目标"。

就这样，邱岚婷一连几个晚上都带着两瓶加了特殊材料的好酒和几样小菜，在中心医院大门的一侧等待陶凯明，终于，她等到了。

邱岚婷随着陶凯明的步行速度，始终与他保持着一定的距离，许久没走远路的邱岚婷感到很累……

陶凯明怀着满腹心事，沿着松江路不紧不慢地往前走。他今晚不想坐车，这样走走倒觉得挺舒服，也能安静地想着心事：自己犯糊涂做了傻事，他对母亲撒这弥天大谎而让邱岚婷抓住自己不放，怎知这一念之差，竟然给自己背着的大包袱上又压上一个大包袱。尽管是为母亲好，老人家知道真相也会骂死他，更会气个好歹的。他要想办法向母亲说明真相，苦求妈妈的原谅，并要尽快甩掉邱岚婷。柳丹阳啊柳丹阳，你真的想丢开我不管吗？我不是有意想亵渎你的名字，更不想以此侮辱你的品格，邱岚婷的人性无法与你相比。丹阳，我对不起你，对不起呀……陶凯明苦苦地思索着，那一对眼睛终被泪水所淹……

想那邱岚婷对自己原是无心的，现在为什么这样主动地贴上自己呢？仔细一想倒是自找的，也怪不得人家。

陶凯明顶着初冬的寒气，拖着一盏盏路灯映照下的、长短不一的影子，紧裹着外衣，同时加快了脚步。经过半小时的步行，陶凯明到家了。他怎知这期间会有个幽灵般的"尾巴"对自己紧跟不舍呢？当凯明上到五楼左门，正准备掏钥匙的时候，邱岚婷突然出现在四楼半的转台上，这让陶凯明大大地吃了一惊！他一下子就意识到了问题的严重性：她死抓住自己不放，竟然跟踪到了这里，怎么办？

楼道里的灯很暗，陶凯明灵机一动，把右手从衣袋里抽出来，下意识地敲了敲门，对近在咫尺的邱岚婷只当没看见。"喂，刘长庚在家吗？"他说着又敲了两下，然后自言自语，"这小子又没在家。"他匆匆下了楼梯，只当没看到邱岚婷一般，踏楼梯的声音渐远。

就在陶凯明敲门的时候，邱岚婷明白这里不是柳家，自己是白跟了这么远。她这一愣神不要紧，陶凯明已经冲下去了。"陶凯明！陶凯明！"她连声高喊，又快速赶下去，哪还有陶凯明的影子？"该死的，你会看不出是我吗？就这么想轻易甩掉我，妄想！"邱岚婷咬牙发狠地低声骂道。

此时的邱岚婷已感到腹内空空、浑身无力。本想与陶凯明高兴地吃顿饭，然后在床上闹个痛快，哪承想连门也没进去，人也被跟丢了。她赌气地把那个装了不少好吃的的塑料袋扔进了垃圾箱，又搭上最后一班公共汽车回家了。

见女儿回来，样子有些失魂落魄，母亲接她的手提兜却被她拒绝了。邱岚婷急忙回到自己屋里藏了挎包，又来到饭桌前坐下，"妈，我饿死了。""等你不回来，把饭又热进锅里。"母亲端来饭菜，见女儿有些饥不择食的样子，她有些忧虑：为什么这几天她的神态有些反常，听陶启程说邱岚婷常去他家，以前可不是这样的。见岚婷放下筷子就回屋去，母亲知道问不出什么，只好作罢。

躺在床上的邱岚婷又打起主意来：给你白顶了空头老婆，我不干！你不来点儿真格的我要你好瞧！不信跟踪不了你。对了，陶凯明的母亲说是五楼，那家也是五楼，哪有这么巧？说不定那就是柳家，他明明看见自己却只当陌路，还编了假话骗她，他是怕自己知道那是他们的新家。钥匙在这里，必须去试试……

慢慢进入梦乡的邱岚婷，与陶凯明携手共赴巫山，云雨难知几度。

这阵子陶凯明觉得好累好累，喜欢的女人离开他，不喜欢的女人却抓住他不放。离开的让他昼思夜想，努力贴上来的却让他恨得要命，这两个沉重的包袱压得他喘不上一口舒心气。本来想假丹阳的出现，母亲的眼病会减轻，可谁知反倒一天天见重，她已经很久不能上街了，就是在屋里，也需要摸索着行走了。丈夫对她的照顾也是敷衍了事，所以她不是碰掉了杯子就是打了碗，为捡破杯碎碗几次扎伤了手，这让陶凯明很伤心。他决定找个适当时机，向母亲说明真相，然后请假带母亲到北京去治病。

这天晚上，凯明又被母亲撵到新房去了，让他吃惊的是，房门一开便闻到了扑鼻的香气。他一步跨进来，邱岚婷站在厨房门口笑嘻嘻地望着他。

她是经过着意打扮的：脸上化了妆，黑色直筒裤配着红色羊毛衫，体形还很标准。此时的陶凯明只觉得脑袋里嗡地一下变成一片空白，他暗中告诫自己：必须稳住心神，不可乱了方寸，这样才好想办法对付她。他心中想着，口中说道："欢迎你岚婷，只是你怎么会有这里的钥匙？"陶凯明忽然想起，母亲手里有一把这里的钥匙，一定是给了她。邱岚婷并没提起那天跟踪的事，却满带自豪地说："我现在是这里的主人柳丹阳，怎会没有自家的钥匙？你饿了吧，马上吃饭。""谢谢，有人做了现成的吃真是一种享受，只是我在外面吃饱了才回来的，没福受用。""没关系，我们喝一杯吧。"邱岚婷端上了四盘菜，又笑着打开自己的"好酒"，倒了一个满杯放到桌子对面，一个小半杯给自己。陶凯明压住心中的气愤，苦着脸说："对不起，母亲双目失明，做儿子的实在无心饮酒作乐。这几天柳丹阳要回来，我们准备去北京给母亲看眼睛，我回来拿点儿东西就走，你还有什么事吗？我们一起走吧。"凯明的谎言也没能吓住邱岚婷，她生气地坐在椅子上，"好哇，我买了东西做了菜，就这点儿面子也不给吗？凯明哥，你总得尝尝我的手艺吧。""这菜做得色香味俱全，不用尝也知

286

道好吃。岚婷，我走了，你自己待在这里多无聊，还是把菜装上带走吧，橱柜里有方便袋。"陶凯明假装到里间柜里拿点儿什么，出来还不见岚婷动手，他只好自己把菜装上塑料袋拎着站在门口，"这菜必须带走，不然要坏掉的。走吧岚婷，我送你，也请你把这里的钥匙留下吧。"

邱岚婷本想今晚"大功告成"，陶凯明的举动让她呆住了。她觉得自己处在走也不是、不走又不行的尴尬地步，看来得豁出这张脸皮了。只见她起身来到凯明面前抱住他的腰，"凯明哥，你知道我是多么爱你吗？咱们结婚吧。"陶凯明推开她，"岚婷，我有女朋友，她出国学习很快就回来，请你不要再缠着我了。""是我先缠上你的吗？凭什么让我顶替你老婆的名字？就这么担个空名我不干。""你想怎么样？"邱岚婷再次上前，这回是搂住凯明的脖子不放，"凯明哥，求你给我一点儿真爱吧，就一次行吗？"陶凯明使劲掰她的手，邱岚婷死不撒开，气得陶凯明扔下装菜的塑料袋，用力地把她推搡开，"想不到你这么厚脸皮，快把钥匙交出来！不然这里以后缺少什么东西，你可要负责的。"邱岚婷也愤怒地说："我什么时候拿了你的钥匙，是谁给我的自然要交给谁。"凯明想，她要是把钥匙交还母亲，必然真相大白，还是先跟母亲明说了吧，这样才能彻底甩掉她。可她要是赖在这里不走怎么办？不拿回钥匙，她时刻都会出现在这里。我的妈妈，你好糊涂，怎么会把钥匙交给她？对了，在妈妈的心里，她可是丹阳啊，想来到底是自己糊涂。

邱岚婷知道在这里也没她的好果子吃，不如暂时离开，去找"婆婆"要挟他一把，或许会有效果。

她想到这里，从自己的提兜内拿出一串钥匙，"告诉你，钥匙就在这里，什么时候让我做一回这里真正的女主人，那时再交给你。本想来你这里做一回客人，自己还带了酒菜，却遭到了如此下场，真是叫人……"邱岚婷说着，显出一副伤心的样子。她把打开的一瓶酒，连同桌上的两杯酒一起倒进水池，又用水冲了一下，这才到衣架旁摘下自己的孔雀蓝羽绒衣穿上，拎起装着另一瓶酒的挎包走向门口。"菜，你拿走吧，坏在这里可惜。"陶凯明提醒着，自己先走出门，拿着钥匙等待锁门。邱岚婷赌气拎起塑料袋走出来，她眼巴巴地看了一眼陶凯明，不觉流下两滴伤心的泪珠。陶凯明锁了门，心中也有些过意不去，"对不起岚婷，我不是有意要伤害你的。现在就去跟我妈说明白了好吗？""不，我不忍心让老人家的情绪一落千丈，愿意把这戏演下去，什么时候妈妈的眼睛治好了再结束表演吧。"两人说着已下到二楼，邱岚婷又靠近陶凯明并抱住他的一只胳膊。

邱岚婷的话让凯明有点儿感动，但他还是抽出胳膊，"岚婷，我送你回家。""哼，不敢劳你大驾，我自己有腿。"邱岚婷赌气抢先冲过缓台，刚踏下两磴楼梯，由于速度很快，一个不小心，她的鞋跟挂在了楼梯的边上而失去平衡，陶凯明忽见她在前面倒下却来不及去扶。"岚婷！岚婷！"眼看她惨叫着滚了七八磴楼梯，蜷着身子停在一楼的平地上，手中还紧攥着挎包和塑料袋。陶凯明两步并作一步地冲下来，"岚婷，岚婷！你怎么样？"

自小就喜欢体育的邱岚婷，身体倒是满结实的，除了肩部和手臂有些表面擦伤外，筋骨均无大碍。但是，她腹中的小精灵却受到了严重的冲击：邱岚婷只觉得小腹疼痛难忍，一股细细的红色液体从她的下体内涓涓流出……

此时的陶凯明什么也顾不得了，他把邱岚婷的小提包挎上自己的手腕，扔掉她手上的塑料袋，抱着她跑出门外，奔向不远的第四医院……

在医院的急诊室里，邱岚婷被检查妊娠七十天左右，因外伤可能引起"小产"，陶凯明还被那位姓王的女大夫骂了个狗血喷头："你这个臭小子对老婆太不关心了，知道她怀孕，黑天让她下楼干什么？"她又转对邱岚婷，"你也是，自己怀孕，干吗还穿这样的高跟鞋？这回可好，弄不好孩子要保不住了。"邱岚婷懊恼地说："是呀，要不是鞋跟挂在楼梯边上，怎会摔下来？真倒霉。"

这样突如其来的事，真让陶凯明大吃一惊！她没有结婚，哪来的什么孩子？"啊！怪不得……"医生见他吃惊的样子，奇怪地问："怎么？你不知道她怀孕了？"陶凯明摇摇头心里总算明白了：她是急于把这块多余的肉贴到自己身上，岂有此理！可是，面对躺在床上可怜巴巴望着他、并且轻轻摇头流泪的邱岚婷，他真是哑巴吃黄连，有苦说不出，又能分辩些什么呢？还是救人要紧吧。

万般无奈的陶凯明，憋气又窝火地给邱岚婷办理了住院手续，陶凯明眉头紧皱地坐在对面床上，见护士给邱岚婷的手臂挂上了点滴瓶，说了声"我姓刘，有事找我"就走了。

陶凯明想尽快通知岚婷的父母，自己也好脱身。邱岚婷却哭着说："凯明哥，求你不要告诉我的父母好吗？""这么大的事，不说怎么行？我建议你就此机会做掉吧，这样对你以后有好处。""凯明哥哥，我……你，能救救我吗？""救你？怎么救？难道……啊——我才明白，你原来就没安好心，自己在外面惹出事来，想嫁祸于我，没想到你如此歹毒，我打电话去了。"陶凯明说着，转身就走。邱岚婷情急之下，心计又生："凯明哥哥！你不要走……我不活了。"她拉掉瓶子上的针管滚下床来，走到门外的陶凯明本不想理会她，却听得屋里"扑通"一声，他不得不回身过去看个究竟，见邱岚婷躺在水泥地上，手背的针头已经大量回血。他大喊一声："护士快来！"随即把她抱到床上，把塑料管上的滚卡卡住，慢慢把血顶回去。小刘进来问："怎么回事？""是我自己拽掉的，我不想活了。"邱岚婷哭着说。"岚婷，你这是何苦，自己不活，难道也不给别人留条路吗？"凯明气愤地说。

　　小刘瞪了陶凯明一眼，"人都这样了，你还跟她打嘴仗，你们的孩子很危险知道吗？""你说谁的孩子？"小刘瞪大眼睛看着陶凯明，"你的，难道不是……唉，你们的事说不清楚。"她说着给邱岚婷换了针管。邱岚婷抓住陶凯明的手流着泪说："亲爱的，你不要丢下我，不要……"小护士的目光在两个人的脸上来回移动着：这两个人真怪。陶凯明愤怒地摔开她的手，"孩子是谁的你找谁，干吗抓我做垫背？真不知你的脸皮有多厚。"刚走到门外的小护士听到这句话，不由得停住脚步：看样子他们并非夫妻，到底是什么关系呢？又听那女的说："凯明哥，你是好心人，只要你肯帮我，骂我什么都行，不然我就死路一条了。""邱岚婷，你怎么想的，这样的事也有求人帮忙的吗？看来你真不知这世界上还有羞耻二字。告诉你邱岚婷，你的死活与我毫无关系，对不起，一会儿你的父母就到，我请护士照顾你。"陶凯明说着拂袖而走，身后送来了邱岚婷那恶毒的声音："陶凯明，我叫你跳进黄河洗不清！"小刘在走廊里听得清楚，她摇头回护士办公室了。

　　陶凯明本想回来与她理论一番，又一想，看来这件事她蓄谋已久了，即使没有今天摔楼梯的事，她早晚都会原形毕露，想尽千方百计地来缠上自己这个倒霉蛋，更何况，自己主动给人家制造了方便，她又怎能不得寸进尺？此时的陶凯明早已是悔之莫及，痛心疾首……

他到办公室跟护士说了大概，小刘听了皱起眉头，"她说让你跳进黄河洗不清，你打算怎么办？""我，只好先找她的父母说明情况，不管她要不要这个孩子，我都会做亲子鉴定，到时真相大白，我饶不了她。麻烦你照顾一下，我去通知她父母。""好，你快去吧。""谢谢。"

陶凯明奔向自家，他要先向母亲说明真相，然后到邱家报信。

这段时间陶启程闲得无聊，又经常出入赌场，并且越玩越大，三天三夜不下牌桌是家常事，对妻子的饮食也很少过问，自己吃饭也在麻将桌边对付煎饼卷大葱，这几个麻友较上劲，陶启程的厂子是要保不住了。

又是三天没睡觉，陶启程想让自己好好休息一下，所以今天回来得很早。让他奇怪的是，有人隔三岔五地往家里送东西，林惠珠说是邱岚婷送的，这让陶启程很高兴，看起来这桩婚事要成，那样的话，柳丹阳那一万元就得还给人家，这些钱也够输几把了，挺可惜的。

陶凯明一路想着：这个邱岚婷真够狠，万一……她把摔楼梯说成是我推的，不就成了故意伤害吗？那可要判刑的，天哪！怎么办？这不是要了母亲的命吗？或许，邱岚婷不会……他一路苦苦思索着，风风火火地赶到家里，见父亲在卧室睡觉，便把母亲拉到自己的房间关上了门，又扶她坐下。母亲觉得儿子有些不对便问："明儿，你怎么了？""妈妈，儿子对不起你，向你撒了弥天大谎，丹阳没有回来，那是邱岚婷，妈，我是为让你高兴啊……"母亲的话令凯明又吃一惊，"孩子，你以为妈妈是糊涂人，不知道是邱岚婷吗？她哪里像柳丹阳，妈也是为让你高兴啊！""妈，我们都想让对方高兴，却铸成大错，妈……"儿子委屈得趴在母亲的肩膀上哭了。母亲抚摸着儿子的泪脸，"有什么错？不就是跟岚婷好了吗？我这样想，你媳妇快两年不见，连个电话都不打给你。国外可是个花花世界，我们能了解她安的什么心吗？你能和邱岚婷合谋对我以善意的欺骗，我想你还是喜欢她的。既然如此，我干脆来个顺水推舟，也就有心成全你们，所以把那边的钥匙给了她，给你们一个单独相处的机会，要是处得来，就把咱家收拾一下结婚吧，和那柳丹阳……就算了吧。这也不能怪你，谁叫她这样对待你！孩子，你想过这些事吗？""妈——"陶凯明抹着眼泪说，"错了，我们都错了，她怀孕了，叫我怎么办？""她怀孕了？是真的吗？"母亲有些惊喜，"这好哇，你马上把她娶过来。""妈，我根本不喜欢她，也从来没和她在一起，谁知道她两个多月的身孕哪里来的，分明是想把孩子强贴在我身上，这万万不行啊！妈！"

母亲惊呆了，半晌才说："孩子，这太糟糕了。你是怎么知道她怀孕的？""妈，更糟糕的事还在后头……"

陶凯明把邱岚婷的举动和她滚下楼梯被他送进医院的事告诉了母亲，林惠珠显得惊慌失措，"明儿，这，这怎么办？你想到后果了吗？"母亲不敢把那个最坏的想法直接告诉儿子。"妈，这个女人够狠，她要我承认这个孩子，想尽办法逼我和她结婚，妈你说，我能要这样的女人吗？"凯明也不敢把自己那个坏想法告诉母亲。

其实，这母子俩想的是同一个问题，怕是邱岚婷诬赖他故意伤害，但却都不想告诉对方，又觉得邱岚婷还不至于坏到那种程度。林惠珠要把这件事说给丈夫，儿子含泪表示同意。

两人来到陶启程床前，见他还在呼呼大睡，凯明上前叫道："爸，快起来，有事跟你说。"陶启程睡得正香，迷迷糊糊听见儿子说有事，他睁眼见凯明的神态有些不对，"你怎么了，发生了什么事？"凯明把事情说了个大概，最后说："爸，那真的不是我，我根本就不喜欢她，现在她住在医院里，我要赶快告诉邱家，好让他们去照顾邱岚婷。这也不是一件小事，所以应该让你知道，也想听听你的主意。"只见陶启程忽地坐起来瞪着眼睛，"陶凯明，你不要来欺骗老子，早就想让你和邱岚婷结婚，你却推三阻四地一百个不同意，没有你们娘儿俩的勾引，她会频频来家吗？这回可好，表面不同意，背地里却做出丑事来，想听我的主意吗？那就是赶紧操办结婚，别无出路，我现在就去邱家商量这件事。"陶启程说着，满面怒气地下床，抬头看看墙上的挂钟，原来已经十一点了。他狠狠地瞪了林惠珠一眼，"都是你惯的好儿子，这回看你怎么办！"林惠珠毫不示弱，"养不教父之过，古今道理，何况还有你这老子上行下效。可是话又说回来，我绝对相信儿子，而且他是无意中落入了邱岚婷的圈套，这是由于他的善良所致，并无大错。你这样冤枉他，就不怕屈死孩子吗？"林惠珠已经流下伤痛的泪水。

看时间太晚，陶启程说了一句："没人管你们的事。"然后回到床上，气呼呼地头朝里躺下了。

林惠珠骂道："丧尽天良的老东西，你做了现眼的事，我们是怎样对待你的，反过来孩子有事你却是这种态度，凯明可是咱们的独生子啊！"只见陶启程猛地转身坐起来说："看看，不打自招了吧？凯明，听爸的话，邱岚婷是个不错的女孩儿，爸一定让你风风光光地结婚，两人都在医院上班多好。"陶凯明直盯着父亲的脸，"爸，我对天发誓，从来也没有和她在一起过，孩子根本与我无关，怎么能随便与她结婚？你要不管就算了，我自己会处理的。""好哇，那就去处理吧，我要睡觉了。"陶启程翻过身去，扯了被子盖上，再不言语。

凯明拉着母亲来到书房，"妈，儿子对不起你，惹出事来让你操心了。我现在要去邱家说清楚，那该死的邱岚婷还躺在医院呢。"林惠珠摸着儿子的肩膀，"妈相信这不是你的错，去吧，跟你邱叔邱婶说清楚，他们会通情达理的。"

第二十章　狗肉贴羊

邱秉臣和妻子赵月珍早已发现女儿常去陶家，问她怎么回事又不说，他们猜测着，这两个月不去省城，那里的男朋友一准是吹了。能和陶家结亲本来是他们所希望的，这夫妻俩都格外看重陶家的家业，将来女儿有钱花就好。女儿常去陶家说明凯明同意了，这让邱家夫妇格外喜欢。两人合计着，该与陶家挑明了，赶紧把女儿嫁过去，也了却一桩心愿。

岚婷今天是白班，按正点该是五点下班，时间近半夜怎么还不回来？邱秉臣夫妇焦急地等待着。

"咚咚"，有人敲门。邱秉臣说了句"终于回来了"，就急忙跑去开门。"啊？凯明，怎么是你？快进来。""邱叔邱婶，事情紧急，岚婷在医院里，快走吧。"赵月珍着急地问："到底出了什么事？我女儿怎么会在医院里？""邱婶，路上再说吧。"邱秉臣急忙递了一件外衣给妻子，"快走。"三人出门下楼。

去医院的途中，陶凯明说了邱岚婷摔楼梯进医院并检查出两个月身孕的事。赵月珍听了即刻停住了脚步，"好你个陶凯明，干的好事！"陶凯明说了事情的原委："她想把事情嫁祸于我，可这事与我毫无关系，不知她为什么要这样做。邱叔邱婶，我说的都是真话，不信可以去问……"凯明后面"邱岚婷"三个字没说出口，他知道这件事是有口难辩，邱岚婷的话肯定是相反的。"陶凯明，我们听的可是你一面之词，无缘无故的，岚婷怎么会把这样的事随便安在你的身上？等我们见了她就会明白的。"半天没说话的邱秉臣沉着脸这样说。

陶凯明把事情看得太简单了，他本想找来邱家父母自己即可脱身回家休息，没想到他们竟然……

那岚婷见了父母就更是千般委屈。"爸，妈，快替女儿做主，陶凯明做出事来死不承认，我不活了……"她说着扑进母亲的怀里痛哭不止。邱秉臣说的话也是口蜜腹剑："岚婷，你自己做的事，怎能怨人家？凯明，你先回去休息吧，明天我去你家再说。"陶凯明愤怒地说："邱岚婷，你为什么这样陷害我？""我喜欢你呀，再说，这孩子本来就是你的嘛。"邱岚婷的脸上闪过一丝得意，继而又悲戚地说，"凯明，你为什么这样狠心？为什么……"说罢又哭。

万般无奈的陶凯明低沉地说："想不到你们做父母的竟是这样不了解自己的女儿！别说我陶凯明有女朋友，就算打一辈子光棍，也不会捡别人的剩货。"他说罢扬长而去。

经父母的再三追问，邱岚婷还是一口咬定陶凯明："爸爸妈妈，这么大的事我会随便说吗？他要是不认孩子，我只有死路一条了。妈！"邱岚婷说着又扑到母亲的怀里哭起来。赵月珍看看丈夫，"秉臣，你说这事怎么办？""这有什么难？陶凯明做了事就应当承担责任，我去找他的父母说。其实，现在这样事不少，实在不行就做了吧，他不要你有什么办法？""不嘛，除了陶凯明，我谁也不嫁，他要是执意不答应，我就不活了。你们快找我陶娘商量吧，只有她能挟住陶凯明，我早想好了，实在不行，我就狠狠地咬他一口，他要是不想进监狱，就必须和我结婚，这需要爸爸的全力帮助。爸，你明白我的话吗？"邱秉臣眨眨眼睛，"你是说受伤的事？""对呀，我是和他一起下楼的，到时就说是他把我……"赵月珍看着女儿笑了，"我的女儿够聪明，这个办法肯定管用。

其实这也算不了什么，只不过是想让他做丈夫的一种手段嘛。秉臣，这可就看你的了。"邱秉臣摇着脑袋说："你们娘儿俩倒是一丘之貉，这样也太过分了吧？岚婷，就算他害怕勉强答应了，你以后会幸福吗？""我顾不了那么多了，必须把眼前的事安排下，哪怕是日后再分道扬镳，我也认了。爸，我是你的独生女儿，就忍心看着我往死路上走吗？爸——"邱岚婷说着又一头扎到枕被之间哭个不止。

赵月珍看着丈夫，又指了指不停哭泣的女儿，意思是说：答应了吧。邱秉臣胡乱抓了几把后脑勺，无奈地说："岚婷，别哭了，爱情不可强行，年轻人乱爱一通的多得是，不一定都结婚。这件事让我想想，得陶凯明同意才行。""我就知道爸爸有办法的。"父亲摇头："这事还很难说。在这养几天，没事就回家吧，真受不了你。"

陶凯明回到家里，母亲还在等着他。凯明把情况说了，母亲着急地说："他们怎么能这样？他们不该这样的。"凯明气愤地说："自己养了不争气的女儿，还这样宠着，太过分了。妈，看样子他们不会就此罢休，你不必着急，等到能做亲子鉴定的时候，看他们还有什么话说。""明儿，我怕他们找到家里赖上我们怎么办？那邱秉臣可是律师呀。""妈，事到如今，怕也没用，我这块真金可是不怕火炼的，任他千条妙计，儿子自有一定之规，让他们闹去吧，有他们受不了的时候。""孩子，妈是怕那邱岚婷还有更恶毒的手段，我心里不安哪。""妈，不要紧，反正她狗肉是贴不到羊身上的，你休息吧。"

邱岚婷的胎是保住了，她出院后，邱秉臣夫妇真的带着女儿到陶家"兴师问罪"来了。

陶启程倒是蛮高兴的，又让座又倒茶，就是没换出邱家夫妇一个笑脸来。

陶凯明躲出去提前上夜班了，对于林惠珠这张毫无表情的脸，邱家人并不在乎，赵月珍还说："立马就要成亲家了，我们严肃起来，说明正式把儿女的婚事当回事了，凯明没在家，他是不好意思，你们做父母的可该表态了。"陶启程笑着说："这是好事，还用表什么态吗？只要你们多准备嫁妆就行。赶紧把事办了吧，我们都少去一块心病。"林惠珠用鼻子"哼"了一声："怕是你这老子做不了儿子的主，谁知道岚婷的孩子是哪儿来的？"赵月珍瞪了她一眼说："事

294

到如今，你怎么还这样说？难道我女儿是栽赃给他不成？你知道他们在一起混了多久吗？"林惠珠不屑一顾地转过头去，"我不知道，我儿子自己还不知道吗？我倒要看看你这狗肉怎么能贴到羊身上。"邱秉臣略带玩笑地说："陶家嫂子，现在的狗肉可是比羊肉值钱，真的贴上了，不是让你占了大便宜吗？说真的，我们两家早就该是亲家了，现在要不抓紧时间把喜事办了，连孩子都要说我们老人没正事。嫂子，只要你点头，凯明肯定听你的。怎么样？"林惠珠用鼻子"哼"了一声，"现在可是婚姻自主的时代，什么时候你们让我儿子点头就行。""不用说了。"陶启程拿出一副一锤定音的架势，"陶家的事我说了算，要真是凯明的孩子，我们就不能对不起岚婷。事不宜迟，惠珠，你可早就想抱孙子呢。"林惠珠高声说："我要抱的可是自己的孙子，陶启程我告诉你，要是把儿子逼个好歹的，我跟你拼命！"陶启程无奈地说："也是，千说万说，我也不能绑着孩子入洞房。""这还像话，秉臣，你说呢？"林惠珠回头问。"我们要想办法让他同意才行。""我倒看看你邱秉臣能想出什么办法来。"

两家的事还是没有个结论，他们又一次不欢而散。

这一阵子，柳彤阳为姐夫的事也是焦急不安。他几次要给姐姐打电话了解情况，却又无奈地推开电话机，因为他无法向姐姐汇报姐夫的情况。

那天陶凯明把自己这步步升级的倒霉事告诉他时，这位小舅子把眼睛睁得大大的，"天哪，这太糟糕了，这事你抖落得清吗？""我……遇上这样的赖皮，我简直要支撑不住了。不管怎么说，我绝对没做对不起丹阳的事，你相信我吗？""当然，姐姐要是和我的想法完全一样就好了。你打算怎么办？""三十六计走为上，我要一走，他们在家不是白闹腾吗？""去哪？""找丹阳。""现在办出国手续价码太高，你手里有那么多钱吗？"凯明摇头，"所以才找你商量，现在也只有你能帮我了。"柳彤阳眨着眼睛想了一想："这样吧，姐姐的钱留在家里，你先拿些去用，到时就说是我结婚用了，没问题的，不知你要多少？""我不知道，这钱是岳父留下的，就算我借，到时还她就是。""你俩还说什么借不借的，不过有些事情你必须求得姐姐的宽容才行。""我听说直接去美国恐怕有困难，又不知去哪个国家好，这样转道会有许多阻碍，那就只有碰运气了，我只想离这里远远的。"彤阳点头说："你知道那个姜天宇吗？他是上届的插班生，和我的关系很好。他毕业后分到省外贸局卫

295

生院，我们一直都有联系的。他可以想办法让你加入外贸团体，或者旅游团体都行，只要是美国的周边国家就可以，我给你多带些钱，总会有办法去美国找到姐姐的。""这些天我不想回家，邱家人一定会去纠缠的。""那好办，住的地方我负责，你们新房那边我已经换上双保险锁，决不能让那个邱岚婷再踏进半步，你带把钥匙吧。最好先找个理由请假到天宇那里躲几天，抓紧时间复习一下英语，会有用处的。那小子实在，你们也会成为好朋友的。存折在这，用多少随你取。""好，有什么情况我随时通知你。"

按柳彤阳的主意，陶凯明偷偷地告别了母亲，实现自己的计划去了。

没几天工夫，姜天宇给彤阳传来了喜讯：有去加拿大援建队伍即将组建完毕，其中医生是必不可少的，在他的努力下，医护人员的表格中填上了陶凯明。

他们第一个目标是蒙特利尔，这个地方离美国的纽约不远，只要过了圣劳伦斯河乘火车大半天时间就到。

真是天赐良机，而且是全部公费，陶凯明当然不能错过。他本想回单位办个正当手续，以后回来也好正大光明地上班。又一想这样也许会给自己找麻烦的，他豁出工作不要了，也不能给自己寻找丹阳的路上设下障碍。

他给已当上副院长的方兴童写了一封信，说自己遇到了麻烦事，必须到国外把自己的爱人接回来，如能办理长假最好，否则，只有等着开除了。方副院长考虑陶凯明在事业上是个有前途的医生，所以给他办理了一年长假，逾期不回即除名。

陶凯明期盼着援外队伍的出发时间。

柳丹阳知道有人顶替了自己的名字，心下很是不满。根据对陶凯明的了解，他是为孝敬母亲。她相信她所爱的人不会有意识地亵渎自己。彤阳说婆婆已看不清眼前的人是谁了，这怎么办？凯明为什么不带老人家到大城市去诊治呢？

记得凯明曾说过家里要给他相亲，说的就是那个邱岚婷，看来他们的关系可不是一天两天了。

为了婆婆，也为了自己，她想回去弄个明白。首先她要尽最大努力把婆婆的眼睛治好，不行就到北京、国外手术，这件事刘东华已经答应帮忙的。奇怪的是，既然给了弟弟电话号码，彤阳为什么不来电话呢？他又为什么不把电话号给凯明呢？也许，家里真的出了什么大事，让弟弟无法打电话来……到底会是什么事呢？

一连串的问号在柳丹阳的脑海里打转，想来也怪自己，为什么不早些给家里打电话问清楚呢？

这段时间，柳丹阳与赵姨相处得极好，她坚决不许丹阳到外面打电话，并且经常问她为什么不和家里通话。丹阳也正是因为接不到家里电话，害怕家里出了什么事，才迟迟不敢给家里打电话，一直拖到现在她还在犹豫着。

丹阳想着婆婆的眼睛，算计着放寒假的时间，她决定事先不通知弟弟和凯明，尽快回家看个究竟。

果然不出陶家母子所料：邱岚婷一纸诉状把陶凯明告上了法庭："……陶凯明让我怀了孕，却不同意和我结婚，并扬言要灭掉我。就在那天晚上我们口角几句，他狠心地把我推下楼梯，摔得我遍体鳞伤，差一点儿流产，至今还病卧在床……"

一张传票气得林惠珠当时就昏倒在地，吓得送传票的赵月珍一时不知所措，她急忙给丈夫打电话，两人把病人送进市中心医院，陶启程来了，赵月珍不得不以实相告。

经过急救，林惠珠没有危险。护士给林惠珠挂上点滴瓶，她气如游丝……

在陶起程的心里，他认定了邱岚婷怀的就是凯明的孩子。自己的儿子不承认，那是他心里还想着柳丹阳。要是逼得岚婷把孩子做掉，他还舍不得呢，对于邱岚婷起诉的事，他心里想：这也难怪人家急眼，换了别人也受不了。自己要是不做主把岚婷接过来，弄不好非出人命不可，到那时儿子要不蹲笆篱子才怪。

陶启程这样想着，脸上露出一丝得意的微笑。问题是，这些天凯明不知哪儿去了，单位说他休了长假。问妻子也是摇头，看样子她准知道。

与邱家夫妇商量结果，决定趁林惠珠住院期间，把这件事处理完毕。只说凯明与岚婷旅行结婚，不慎在外面受了伤，并无大碍。至于凯明，只说到外地学习去了。尽管凯明不在家，陶启程也要做主把怀了自家孩子的儿媳接回家去。邱家夫妇告别陶启程，欢天喜地回家做准备去了。

陶家的左邻右舍无人以为怪，因为这段时间有不少人看见邱家女儿频繁来陶家，也不止一次看见两个年轻人出双入对的，结婚也是再正常不过了。

正在当班的柳彤阳见病人是姐夫的母亲，心急之下有些不知所措，经诊断并没有危险，他才放心了。

柳彤阳斟酌再三，还是拨通了姜天宇的电话："天宇，凯明什么时候走？""还没定下来，他们说上飞机之前才通知呢，马上就要把人员都集中在一起培训了。找他有事吗？凯明接电话，彤阳找你。"满面倦怠的陶凯明从里间走出来，他接过电话："彤阳是我。""姐夫，有件事不能不告诉你，请你冷静点儿，你母亲病重住院，你看怎么办？""这……这是怎么回事？""索性都跟你说了吧，那邱岚婷果然把你告上法庭，说你故意伤害，你母亲是受不了刺激晕倒的，你看怎么办？"陶凯明说了一句："妈，儿子对不起你……"已是泣不成声。"凯明，你先别难过，大娘暂时没有危险，我本不想说这事，也好让你安心走，只是，只是一旦……一旦有事我要后悔一辈子的，你自己权衡一下再做决定吧。""彤阳，这件事已在意料之中，可没想到母亲会这样。我现在是方寸大乱，你说我该怎么办？""我的意见是你照走不误，这里的一切有我，你母亲会成为我的母亲，权当我替姐姐尽孝了。""彤阳，母亲昏迷在医院里，我的腿再也走不动了，是我连累了她老人家，天大的事还是由我自己担着吧，我决定不走了，现在就往回赶。"

陶凯明放下电话，愁眉苦脸地向姜天宇说明了情况，天宇的眉头倒是舒展开来，"凯明，你真的决定不去了？"见陶凯明肯定地点点头，姜天宇笑了，"看来万事自有定数，凯明，这个出国名额本来是给我的，我是为了你们夫妻尽快团聚才让给你的，你现在不去了，只有我能顶上去，必须重新办理护照。你母亲有病也不必着急，尽快回去照看一下，出国的机会多得是，以后我还会帮你的。"凯明点头，"这些天给你添了不少麻烦，谢谢你，我所准备的一切物品都留给你吧，再见，我走了。"

陶凯明走出房门，姜天宇送到门外，两人各道珍重，握手告别，陶凯明奔向了火车站。

林惠珠还在昏迷着，直到晚上邱秉臣夫妇来时才慢慢清醒过来。已经倦急了的陶启程看了妻子一眼没有作声。林惠珠睁开眼睛看见邱家两口，她狠狠地瞪了他们一眼随即又闭上了。她想起赵月珍送传票的事，依然怒气未消地说道："陶启程，你非要把孩子逼个好歹的吗？"她说罢睁开眼睛瞪着丈夫。"你不让他回来，难道等着公安局通缉他吗？""儿子做坏事，责任在其父，正好你去替他蹲监狱吧。不然，把我送进去也行。"看来这陶家夫妇的意见难以统一，做母亲的是豁出去了。两人拌着嘴，陶凯明出现在病房门口，他就像对陌生人一样对邱家人不理不睬，径直奔到母亲的床前，"妈，你醒了，感觉怎么样？"林惠珠看见儿子，却闭上了眼睛，"孩子，你……""不该回来"这几个字她无法说出来，已是泪如泉涌。"妈，别难过，儿子不离开你了。""我的孩子……"

见到陶凯明回来，赵月珍对丈夫耳语："走，我们把陶大哥请到家里去。"邱秉臣点头，遂把陶启程拉到门外，"大哥，有凯明在这里照顾，我们回去商量一下吧。"陶启程憋着嘴不出声，半天才说："这小子回来反倒不好办了，他的犟脾气我可领教过的。我原打算趁他不在家把岚婷接过来，不管他怎么闹，等孩子一出生，他不喜欢才怪，那时不就烟消云散了吗？"邱秉臣故作恳切地说："大哥，法院的事岚婷自作主张，我们可不想闹到这个地步，还是商量一下让她撤诉吧。"这句话陶启程倒是爱听。"这事跟我商量什么？让你们女儿撤了诉就行。"赵月珍瞪了他一眼："你说得轻巧，要是那么容易撤诉，她不就撤了吗？这可要被告签字呢。她怀了凯明的孩子，你儿子又死不承认，逼得没办法才这样做的呀。"陶启程一愣，"这样说来，她摔下楼梯不是凯明推的了？"赵月珍自感说走了嘴，"谁说不是？岚婷说只要凯明回心转意，她会尽快撤诉，这事不就完了吗？"陶启程眉头紧皱，将头轻摇："我怎么突然觉得这件事另有蹊跷，凯明不是小孩子了，还是好好和他商量一下，他要是拒绝签字，你们这诉就撤不了了是吧？我觉得要有热闹看。"邱家夫妇听了这话，两对眼睛拧成了四个疙瘩："陶启程，事到如今，你怎么还有心开玩笑？""是呀，你明明答应好了的，怎么突然变卦？"显然，这夫妻俩见陶启程要改变主意而焦灼不安。陶启程的脸逐渐严肃起来："这几天我一直是站在你们一边的，这是因为我完全相信了你们，却只恨自己的儿子不争气。现在我却有一种异样的感觉，就是那种被人卖了还帮着数钱的感觉，我推测，凯明他不会让你们撤诉的，我看这被告要变成原告也说不定，就这样吧，朋友等我玩呢，再见。"眼看帮他们实施计划的人扬长而去，邱家夫妇双双愣在那里。

在回家的路上，邱秉臣训斥着妻子："看样子，说不定孩子不是凯明的。都是你把女儿惯的，回家问你的女儿孩子到底是谁的，这事弄不好要丢人的，恐怕这律师也做不成了。"他说罢径自快步走去。

妻子急步赶上，说："秉臣，这样的事岚婷会无中生有吗？你也是相信她的，男子大丈夫不想承担责任，反过来倒推个干净。"

夫妻俩回到家里，经赵月珍再三逼问，邱岚婷终于说了实话：孩子是同学展大鹏的，与他相处数载最终却被抛弃，自己舍不得这个初恋之果，所以想找个替罪羊。

事情闹到这份儿上，邱秉臣骂了女儿一通，觉得无法挽回这个面子，他咬咬牙说："好吧，只能将错就错……"

见丈夫眉头紧皱，赵月珍紧盯着他的脸问："你想怎么做？女儿的肚子可不等人。"邱秉臣阴毒地说："我要逼迫陶凯明就范，这就需要抓住他和女儿在一起的确凿证据……等着瞧吧。"

在医院里，母亲把邱家起诉的事告诉了凯明："妈，彤阳跟我说了，事情到了这地步，我哪还有心思出国？我想他们也不会收手，那邱秉臣在公安、法院等各个方面都有路子，妈，我自己惹的祸，就由自己承担吧。是儿子不孝，连累你老人家受苦了。""孩子，别这样说，是他们太过分啊！我还听说那邱秉臣与黑道也有关系，我们该有个思想准备才是。明儿，从表面看，那邱岚婷倒也顺眼，柳丹阳对不住你，还想等她吗？莫不如将就了那邱岚婷，这样会少去了许多是非。"陶凯明使劲地摇着脑袋，"妈，这怎么行？我宁可一辈子独身，也绝不会要那邱岚婷，她害得我还不够吗？"母亲听了点头说："明儿，我们已经和邱家彻底翻了脸，要想让他们撤诉，只有接纳她……"林惠珠不知说什么好了。"妈，这样的事百分之二百地不可能，就让我们相信法律吧。我想尽快治好你的眼睛，等你出院我们去北京，我后悔没早些带你去大医院，首都的三〇一可是我们国家一流水平的。"林惠珠若有所思地点点头，"现在把事情弄得乱糟糟的，哪有心思去看病？""妈，让他们折腾吧，看能把我怎么样？这回到北京去彻底检查，不行就去上海，反正我是请了长假的。咱们把眼睛治好，回来好认清他们的真面目。"儿子的话让母亲笑了，"这才是我的儿子，明儿，我现在没问题，咱们争取早点儿走，连你爸也不告诉，行吗？""好，妈医好眼睛，我要带你去看万里长城。""孩子，看你的样子挺轻松，妈也放心了。"

柳丹阳在纷乱的思绪中，又熬过了几个星期。半学期的课程已经结束，她终于可以做自己想做的事了。

与赵姨、东华商量，三人要一同回国探亲，这样照顾柳合也方便。他们要回家过一个像样的中国春节。

飞机差不多是在同等气温下降落在北京。下飞机后，刘东华的第一个任务就是到三〇一医院找同学。

这位专门研究眼科病的同窗好友周韩生，已经成了专家，多年来医好了不少疑难眼病，让多少失明的人重见光明。他前天接到东华的电话，说有位老人双眼失明，要到北京来治疗。经询问才知道老人在东北。东华的家在杭州，东北并无亲属，这是他早知道的，那就只好等见了面再问清楚。

当他见到来的是老少三辈的时候，错把丹阳母子当成了东华的妻儿。两人拥抱过后，他嬉笑着说："你小子真有本事，孩子都这么大了，却一直在瞒着我说没有，可恶的家伙。"他说着在东华的肩上凿了一拳。吓得刘东华急忙说明情况，并告诉他病人确实还在东北。

医院的床位比较紧张，周韩生先在挂号处介绍了自己的女友郑小玉，然后挂号等候床位，患者的名字当然是林惠珠。在填陪患名字的时候，柳丹阳毫不犹豫地写上了丈夫陶凯明，随后又填上了自己。她想的是，母亲手术，凯明当然要来，自己又怎能不来照顾婆婆呢？

一切安排就绪，周韩生又和丹阳相互留了电话。尽管柳丹阳要自带孩子回家，赵姨却是一百个不放心，丹阳只好依她。下午，没得到丹阳允许同行的刘东华，只好把这老少三人送上特快列车。他想着小柳合一张口就能吐出"爸爸"的字音，心里就热乎乎的，也正在热烈地期盼着那位陶先生能与丹阳分手。

眼看着列车就要开了，他匆忙说了一声"再见"，便快步来到最后一节车厢，两步跨上，车已启动。他不想让列车单单带走这位莫名其妙又让他放不下的女人，他也要让火车带走自己。

柳丹阳抱着柳合与赵姨一同出车站，她环视着久违了的火车站，想到自己离家近两年，这期间不知发生了多少事情，想着与凯明的情爱，不知他现在到底怎么样，他也能像自己思念他一样思念着自己吗？想到这里，丹阳的泪水从心底涌上来……她抓起柳合的小袖子抹去不断滚落下来的泪珠，与赵姨乘车来到自家门外，丹阳拿出钥匙，却怎么也打不开房门。无奈之下，她只好把孩子交给赵姨，自己到楼下去找电话。

　　昨天晚上，柳彤阳偷偷地把陶凯明母子送上北京的列车，回家之后，他毫不犹豫地拨通了纽约的电话，对方却传来了录音："电话的主人回中国探亲，请挂机。"话筒里传来忙音，柳彤阳悬着心放下电话，不知所措地在客厅里来回走动着……

　　柳彤阳今天上白班，他刚把众患者打发完毕，小护士在门外喊了一声："柳医生电话。"彤阳急忙来到办公室，拿起话筒就呆住了。"……姐，姐姐？你在哪里？什么什么？到家了？姐，你是不是在骗我？好好，我马上回去。"

　　柳彤阳放下电话，脱掉大褂，急忙来到院长办公室，跟方兴童说明了情况，方院长立刻瞪大了眼睛："陶凯明请了一年长假，说是去国外接爱人，后来他父亲来找过他，我就纳闷儿，陶凯明走他父亲竟然不知道，这不怪了吗？现在他爱人又回来，他们是不是走了两岔？"彤阳不置可否。院长又接着说："你姐姐远道而归，在家休息两天吧，有值班的就串一下。""谢谢院长。"

　　柳彤阳出了医院，快步如飞奔到无轨电车站……

　　在姐姐家楼下，柳彤阳把三蹬楼梯变成了一步，气喘吁吁来到五楼，冲上去就抱住柳丹阳，"姐姐……"一时间，千言万语都化作了泪水流个不停。在一边陪着流泪的赵姨哭着笑着，"行了，快开门进屋啊！"柳彤阳抹去泪水向赵姨问好，然后打开门，又接过赵姨怀中的孩子，"我的小外甥和姐夫一模一样。小柳合，你好吗？"然后在孩子的脸上使劲地亲了一口。

　　几个人进了屋，丹阳看见屋里的沙发被褥都用白色塑料布罩着，地板茶几桌椅也是擦过不久的，她从心里感激弟妹。

　　彤阳卷起塑料布，大家坐下来，姐弟间的话说不完道不尽。在柳彤阳的心里，最敏感的话题就是陶凯明，现在他把一切情况如实地告知姐姐，不管她怎么说，怎么想，只要姐姐还一心爱着姐夫就行。

一切问题都摆在了柳丹阳面前，这些令人心痛又气恼的事，让她无法接受。在柳丹阳的心里，她恨陶凯明不该让那个什么邱岚婷冒充自己的名字。但她又相信凯明绝不会做出那样的事，问题是，他把事情处理得太糟糕了，就这样生生地让人家赖上，还经了法院，邱家有路子，想抖落得清又谈何容易？即便是将来做亲子鉴定，邱家也有能力作假的。

　　柳丹阳的泪珠还在滚滚滴落，柳彤阳只好安慰地说："姐姐，事到如今，姐夫都要被他们折磨死了，快想办法救救他吧。""彤阳，陶凯明是自作自受，救得了吗？""姐，他是小柳合的父亲，我可相信他是清白的，你不能眼看着他被人整个好歹的。""问题是我怎么救他？""这……"

　　一直在一边哄孩子的赵姨气愤地说："这邱家也太缺德了，我看这事也没什么难的，只是时间问题，到时候双方人都在的时候，有法医或者执法人员监督下做亲子鉴定，他们还有作假的机会吗？"彤阳点头说："其实姐夫也这么说，可这还需要半年的时间，他要尽量拖延时间，所以带母亲到北京看眼睛去了。""啊！他走了？什么时候？"柳丹阳很惊讶。"姐，你们走两岔了，我昨天送走他母子俩，现在也该到北京了，他说去三〇一给母亲看眼病。""这倒巧了，我在北京已经办好婆婆的住院手续，快给周医生打电话。"说话间，电话铃响起来，彤阳抓起电话说："姐，北京的。"丹阳接过话筒，"喂，是周医生，你好你好，我正要打电话给你。是的，他们去了，多谢多谢。我明天就过去，没关系，照顾婆婆要紧，让你受累了，再见。"

　　原来，周医生的女友郑小玉挂号时，一个林惠珠的名字引起她的注意，接下去就是陶凯明，这让她更觉得奇怪：重名的不少，两人一起重名的可不多见。她立即给男友打电话。周韩生来到楼下见到陶凯明母子一问，果然是东北的陶家，随即与丹阳通了电话。

　　陶凯明得知丹阳回来的消息，真是悲喜交加，他顾不得在新朋友面前的难为情，早已热泪盈眶：柳丹阳啊！你，你还没有忘了我，可我，我又怎么见你呀……

　　不了解细情的周医生心中奇怪：大男人家怎么哭起来了？

　　今天有一位眼病患者康复出院，周韩生找不到刘东华，就先把陶家老人安排入院，明天开始做全面检查。

在火车上，刘东华几次来到柳丹阳乘坐的这节车厢门口偷看，就像生怕她逃走一样。下了火车，熙攘的人群却淹没了柳丹阳，他在站前徘徊了半天，觉得自己不该来。不管怎么说，今天是返不回去了，那就要先解决吃住问题。

他顺着站前街向前走着，在前面的拐弯处，一辆高级轿车并没有减速，一个大约十七八岁的姑娘在斑马线上被车撞倒，行路的人们都把目光集中在受伤的姑娘身上，待有人醒过腔儿来去看车号，那车早已无影无踪，顿时，骂娘声不绝于耳，人们围着伤者说三道四……大家面面相觑，前面的人向后面躲去。

一向以治病救命为天职的刘东华也成为目击者。他看看大家的表情，又见不远处的一座大楼前挂着铁路医院的牌子，决定上前救助伤者。

此时，只见受伤的姑娘慢慢爬起，咬紧牙关摸着自己的左小腿，并环视一周，口中嚷道："你们看耍猴哪，都给我滚开！"刘东华见她一张俊俏的脸上带着冷峻，又时而痛苦得紧咬下唇，眉头也拧成了疙瘩，左边面颊上有一块青紫处，左臂肘伤处已经渗出血来。他上前说："姑娘，不要这样说，大家都想帮你，只是……我送你上医院吧。"姑娘抬头看看这位潇洒的年轻人，将头轻摇，"谢谢，我能行。"她说着双手拄地想站起来，却因腿部伤势较重而又摔在地上。"我是医生，看来你的腿骨有问题，必须马上去医院。"刘东华不容分说扶起女孩儿。面对这位陌生人的严厉目光，女孩儿只好让他半搀半架着，自己蹦着一条右腿向医院走去。

这女孩儿正是白兰，她初中毕业后就决心出国，所以把一切精力都放在外语上，在姐姐柳丹阳的帮助下，更由于自己的不懈努力，英语水平已经达到了四级水平。她和母亲商量，自己要努力达到六级水平，然后就要到国外见识一下。

目标既定，又得到母亲的全力支持，她也更加刻苦。一位老师介绍她到市里英语水平最高的佟焕然先生那里学习，这位老师归国不久，家住在离火车站不远的地方。今天，她从佟家出来，却遇到了这样的倒霉事。

经医院检查，白兰的左小腿骨折，必须打上石膏住院治疗。挂号付款，办理住院手续，这一切刘东华都义不容辞。

刘东华介绍了自己的情况，这使白兰产生了浓厚的兴趣，白兰的英语水平也让刘东华吃惊，两人干脆用英语对起话来。面对这样的好老师，白兰当然欣慰无比，双方各有相见恨晚之感。

把自己说成无依无靠的白兰，让东华做了一个出人意料的决定：他要把她带走。如果刘东华说的是真话，白兰更是求之不得。

面对眼前的情况，刘东华只好打电话告诉周韩生，他说他让一个叫白兰的女孩儿迷住了，暂时不能回北京，当朋友说陶家母子已来京、柳丹阳也将马上返回时，刘东华高兴地说："太好了，韩生，一切都交给你了，祝我快乐吧。"又再三嘱咐朋友一定照顾好陶家人。

第二十一章　凯明疑云

柳丹阳在家住了一个晚上就匆匆起程了，要见的人见不到，要送东西的人也无暇面交，只好托弟弟、弟妹代转了。

不管怎么说，姐姐总算是回来了，柳彤阳兴奋之余，不免要仔细观察姐姐的神色：她嘴上说不管姐夫，却对他还是一往情深，柳彤阳放心了。

二十个小时的火车终于到达了终点站北京，现在，柳丹阳的心情非常复杂，与丈夫分别近两年的时间，在期盼与思念之中，对他所处理的一些事情又不无埋怨之意，弟弟长时间不打电话的原因终于找到了。哼！陶凯明，看你见到我说什么？柳丹阳想着，心中对即将要见面的丈夫唤起了无限激动之情。

陶凯明把母亲安排好，他怀着忐忑不安的心情与周韩生去接站。

现在，他的心情实在是压抑得很，长时间不见的妻子，他无时无刻不在想念她。马上就要见面了，他却以照顾母亲为借口不肯来接站。要不是周韩生拉他，他真的会躲在医院里不来呢。此时，他耳边响起了母亲的话："明儿，看来你媳妇没有忘记我们，她能把我这个瞎眼婆婆安排得这样好，还不是因为你吗？所以见了面不能摆丈夫的架子，即使她不原谅你也是常情。你的事情真的是一团糟，有什么办法？去吧，快去把我的儿媳接来，她可是我的救命恩人，去吧。"凯明含泪告别母亲。

昨天晚上，陶凯明把一切都告诉了这位新朋友，并得到了他的同情和支持，还承诺待邱岚婷生产后需要做亲子鉴定时，他可以帮忙找法院的法医张家成做监督，那是他的好朋友，到时陶凯明会洗清冤情的。

周韩生也想和陶凯明开一个玩笑，因为到目前为止，他还不知道自己早已做了父亲了。他要看一看陶凯明见到妻子抱着孩子时的神态——吃惊，迷惑，失望……或许还有绝望？一向喜欢文学创作又爱开玩笑的周韩生想着要把这最精彩的镜头摄入自己的相机，然后再附加一篇文章:《见到儿子的惊诧》,《北京晚报》的头版头条是没问题的。

周韩生停好车，两人一起来到站前的出站口旁，陶凯明的一双眼睛在陆续走出来的人群中搜索着，可惜，他的目光无法锁定任何一个年轻的女人。

走出栅口的柳丹阳，一对杏眼早已盯住了自己的丈夫，泪水也夺眶而出:他面容憔悴，眼窝深陷，穿的那套原本是很合体的结婚西服，显得松松垮垮……他的体重至少瘦去二十斤。丹阳心疼之下，止不住的泪水已经成串地滚落下来，该死的邱岚婷，看我怎么收拾你。

在陶凯明的心里，妻子柳丹阳不会有什么变化，一定还是那清瘦的样子。当周韩生迎上去说"柳丹阳，你回来得好快"时，陶凯明就像被钉子钉住一样，连眼珠也定了仁儿:面前的柳丹阳比原来胖了不少，略施脂粉的脸上显得白净细嫩，问题是，她怎么抱着孩子？能是谁的孩子呢？一定是替别人抱着的。陶凯明的大脑给一双眼睛下了死令，那两颗眼球终于转动了一下:柳丹阳的周围没有孩子的母亲，她身边只有一位五十多岁的、拎着提包的女人。

周韩生接过赵姨手中的提包，回过头来嚷道:"陶凯明，你还愣着干什么？快来抱你的儿子啊？""什么？我的儿子？"大吃一惊的陶凯明终于跑步冲上来,"丹阳，你快告诉我，这是不是真的？"丹阳带泪苦笑不语。陶凯明的眼睛是越瞪越大，眉头越拧越紧，连嘴巴也张得合不拢。

心中高兴而又夹杂着极度苦涩的柳丹阳，一双眼睛一直盯着丈夫的脸，泪水继续滚落……她指着怀中的孩子对丈夫说:"凯明，这是陶柳合，还会是别人的儿子吗？""陶——柳——合？啊！我起的名字！"陶凯明压住心中的激动：按他们去年在一起的时间，孩子该是十个月了，会是真的吗？他那怀疑、迷惑、埋怨、委屈之情油然而生，彤阳曾经拐弯抹角地让我起名，"原来你们姐弟俩合起来骗我，这么大的事竟然瞒我到现在，为什么？丹阳，为什么？我……"陶凯明把满腹委屈都化作泪水，紧盯着正在流泪的妻子，这四行眼泪如竞赛般流个不停。

在一边看呆了的周韩生，早已忘掉了挎包里的照相机，他被赵姨拉了一把，二人向车前走去。

这边夫妻俩的泪水还在流，柳丹阳掏出背包里的尿布，在丈夫脸上胡乱抹了两下，"行了，男子大丈夫，没出息，还不快抱你的儿子。柳合，叫爸爸。"陶凯明张开两臂，小柳合竟然也张着小手奔过来，口中真的发出了"爸爸"的声音。陶凯明紧紧地抱住儿子，那控制不住的泪水又流下来，"丹阳，这是真的吗？我怎么像做梦一样。""你要是怀疑，我现在就抱着孩子走，永远不再回来，就是不允许你侮辱我的人格去做什么亲子鉴定。""丹阳，我是不敢相信自己有儿子了，辛苦你了，我在家却把事情弄得一团糟，实在对不住你。"柳丹阳叹了一口气说："先看好母亲的病再说吧，他们在车上等着呢。"两人来到车前，周韩生把他们让到车里，自己坐到驾驶位置，小汽车出了停车场，风驰电掣般向三〇一医院驶去。

林惠珠也在望眼欲穿，她盼望很久的儿媳妇终于回来了，只可惜自己的眼睛看不见。她坐在病床上，仔细听着门外的动静。

一阵脚步声由远而近，很快来到门前："妈，是丹阳回来了，她给你……"后边"带个孙子回来"的话没等说出口，就被丹阳摆手制止。她快步来到婆婆的床前抓住了她的手，"妈——"就这一声叫，再也说不出什么话来，婆媳俩相抱而哭……林惠珠伸出瘦弱的手，在丹阳的脸上摸着，"丹阳，这才是我的丹阳，孩子，妈看不见你了，怎么就看不见了呢？""妈，是我让你着急上火了，对不起。这里的医院会让你重见光明的。妈，还有一件让你更高兴的事，你有孙子了，已经十个月了。""孙子？我的？"丹阳点头，"妈，是你的孙子。""真的？在哪儿？""我抱给你。"她从赵姨怀中接过柳合放到婆婆怀中，"妈，你摸摸。可胖呢。"林惠珠惊讶之下，颤着手向孩子的开裤裆下摸，她兴奋地大声说："孙子！是孙子！"又在孩子身上来回摸着，"孙子？这是我的孙子吗？你们……"她激动地拉过儿媳，"我谢谢你。"她想起儿子登记那天与丹阳同住的事。

久别重逢的夫妻俩，要说的话总有几车几船吧，可是丹阳对丈夫却有一种莫名其妙的感觉……

经过医院的仔细检查，林惠珠得的是脑垂体肿瘤，为良性。肿瘤虽然不大却直接压迫视神经而导致双目失明，只要手术切除肿瘤，眼睛很快就会复明。

治疗方案已定，一切准备就绪，手术时间定于第二天上午九点，周韩生也安排好了陶家。

为安定婆婆的情绪，丹阳寸步不离婆婆身边，端水喂饭百般照顾，见陶凯明却是郁郁不欢，强装笑脸。

其实，陶凯明心中想的却是丹阳想不到的：我有孩子了？到底是不是我的孩子？就那一个晚上，有那么巧吗？看这孩子的长相，脸是圆圆的，耳垂很大，而自己的脸却是长方的，那一双眼睛倒是有一点儿像……仅凭这一点，就能完全断定是自己的孩子吗？再听她的话，就像心里有鬼，不然为什么不让做鉴定呢？唉，烦死人了，怕只怕丹阳也像那个该死的邱岚婷一样，从外面弄来一块臭肉强行往自己身上乱贴，我的天哪！这，这可怎么办？我是怎么了？为什么倒霉的事接连不断地都压在我的身上？真是一波未平，一波又起，老天对我步步紧逼，分明是要我的命啊！

带着这种想法的陶凯明，心情还能敞亮得起来吗？

林惠珠趁儿媳买东西的机会，把儿子拉到跟前小声问："你们登记那天晚上是住一起的吗？"凯明点头，"就那一晚，会吗？""臭小子，一晚上还不够吗？你个混蛋，就算一次也足够了，可惜妈看不到孩子的长相。"

林惠珠的手术很成功，也很巧妙，表面上丝毫不见手术的任何痕迹，医生说是从鼻腔内开的刀，所以只见她的鼻梁有些红肿却不见刀痕，而且一个星期即可出院。

由于对物体长时间没有影像，护士把林惠珠的病房换上深色窗帘，暂时不让病人接触较强的阳光。

两天过去了，林惠珠的眼睛已经对物体产生感觉，而且恢复很快，第三天就有了模糊的影像，五天后基本看到物体，只待回家静养了。

　　大家的心安定下来之后，周韩生才想起刘东华来电话的事，他把情况一说，倒让柳丹阳吃了一惊："什么什么？白兰？我的天，这太巧了。"柳丹阳介绍自己在国外得到东华的帮助时，陶凯明只是点头不语，心中更加疑虑重重……

　　一个星期过后，林惠珠的眼睛复明，她抱着孙子对儿子说："小东西跟你小时一模一样。"

　　柳丹阳亲自把赵姨送上了归乡探亲的火车后，又给婆婆办理了出院手续，柳丹阳拨通弟弟的电话，一家四口也在当晚乘上了开往家乡的快速列车。

　　刘东华一直在医院里照顾白兰，美丽大方的小白兰，就像一块强力的磁铁般吸引着他，他离不开她了。

　　通过两天的了解，白兰把自己的真实情况说给了刘东华。知道白兰原来是柳丹阳同父异母的妹妹，这更让他兴奋不已。

　　当白兰知道刘东华是丹阳的好朋友时，兴奋得搂住他的脖子一连亲了好几下，"姐姐两年没消息，连她的弟弟也不清楚是怎么回事，这回好了，太好了。"刘东华奇怪地问："她的弟弟不就是你的哥哥吗？"白兰笑着摇头，"我们家的情况很复杂，以后有机会再慢慢告诉你好吗？"白兰说着，扳过东华的额头轻轻一吻。在刘东华面前，一向任性的小白兰温顺得像只小羔羊。

　　白兰给母亲拨了电话，三天没见女儿的白雪梅，风风火火地来到医院。奇怪的是，白兰怎么找到这样一个高级护理人员？小伙子无一处不可心，女儿要是……白雪梅笑了。白兰介绍了情况，背后对她说："妈，想出国吗？这回可是老天送来的好机会。怎么样？女儿的本事不小吧？""只顾讨好人家，就没想着妈怎么惦记你。"白雪梅嗔怪地说。

　　一星期后的一个晚上，刘东华又往北京拨通电话，传回的消息让他兴奋不已：柳丹阳的婆婆已经重见光明，他们刚刚乘上回家的火车。

　　刘东华也向韩生汇报，说自己的事大有进展，这几天他很快乐，周韩生祝愿他幸福。

白兰得到姐姐回来的消息，高兴得非让东华抱着她在地上转了两圈，两人盼望着第二天接站的时间。

在站台上，柳丹阳见到了腿上打着石膏的白兰，她是刘东华背来的。姐妹俩久未见面，要说的话太多，可她们却是相抱无语，双泪交流。

柳丹阳向凯明、彤阳介绍了东华，东华与二人分别握手。凯明心中说：这个风流倜傥的家伙，说不定……哼，算你小子有本事。

面对十分热情的刘东华，陶凯明就是热情不起来。白兰眨着眼睛说："姐夫，我感觉你像换了个人，我姐回来你不高兴？还是对刘大哥有意见，怎么蔫头巴脑不吱声？再不就是小妹得罪了你，说说吧，到底怎么回事？"她俨然一个法官在审问。陶凯明苦笑了一下，"你这张贫嘴……"林惠珠替儿子解释："明儿的心中有事，姑娘就别挑他了。"丹阳让弟弟叫两辆三轮车，并邀东华白兰一起回家。一向爱凑热闹的白兰乐得直拍手，"太好了，很久没这么高兴了，刘大哥，快抱我上车。"林惠珠听了扭过头去：现在的年轻人真是……

在凯旋酒店的豪华包房里，一顿丰盛的美酒佳肴过后，刘东华带白兰回医院去了。

陶家四口人回到家，丹阳哄睡孩子，遂说起在国外因受伤没能随团回国，以后在那边到处找工作以及刘东华全力帮助的事，婆婆的眼泪也流下来了。陶凯明却不以为意地说："这算什么，后来不是有人把你照顾得很好吗？""你什么意思？妈，你明白他说话的弦外之音吗？""丹阳，妈头脑简单，听不出什么弦外弦内的音调来。你不在的日子里，他可是要疯了，那个邱岚婷再来这么一搅和，他真的支持不住了，你看他瘦成什么样了？孩子，你就可怜可怜他，不要与他一般见识了，啊。"柳丹阳抹搭了丈夫一眼，"妈，我听你的，可是你了解他现在的心思吗？""丹阳，自己的儿子当然了解，他是在担心邱岚婷那边的事，也觉得对不起你，所以心里烦着呢。"柳丹阳轻轻摇头，眉间拧成了疙瘩……

柳丹阳决定让婆婆在这里休息几天，等眼睛恢复差不多再回家。

这天晚上，陶凯明辗转反侧，没有碰妻子一下。

第二十二章 落入陷阱

邱秉臣不想撤诉，是因为陶凯明没有答应与岚婷的婚事，而且人也不知去向。后来得知他带着母亲走了，一家三口无计可施，他们断定陶启程知道妻儿的消息，所以邱秉臣再次将传票送到陶家。而陶启程却一改往日的热情，他堵着门口说："就算你们的丫头嫁不出去，也不能这样强行推销哇，现在是儿大不由爹的时代，看来那娘儿俩真是怕了你们了，不然怎会逃得踪影不见，连我也不知道他们的下落。你们的门子硬，可以下通缉令，这么大的案子，不动用全国的警察去抓捕怎么行？去吧去吧，那边三缺一还等着我呢。"他说着出门上锁扬长而去，把个昔日的好友生生撇在楼梯口。

这一顿西北风掺沙子连讽刺带打击的话，让邱秉臣无言以对，他拍拍脑门儿，下楼去了。

对女儿的事，邱秉臣先是不知情，后来由生气转为同情，继而又全力支持，明知道女儿的事与凯明无关，他却要置真相于不顾，非要把自己的意愿强加于人，岂非咄咄怪事！

陶启程想的是，看来儿子没有错，也绝非是怕邱家，那为什么要跑呢？对了，是给他妈看眼睛去了，这样拖着时间，到时做了亲子鉴定真相大白，看他邱家说什么？

昨晚又是通宵，直到早上八点才回到家里睡大觉，连妻子儿子进来他都毫不知晓。陶凯明来到床前晃动他的胳膊，直喊爸爸的时候他才醒来："爸爸，你快起来，起来看看妈妈的眼睛。"儿子把老子强拉起来，陶启程揉揉双眼：面前的妻子双眸明亮，面带红光，正看着自己微笑。"哈哈，果然不出我之所料，真是治好了眼睛，祝贺林惠珠重见光明。走吧，到楼下吃顿饭庆祝一下。"

原来母子俩约好谁也不提柳丹阳带孩子回来的事。

邱岚婷鬼点子真多，前些天她假装咳嗽，现在又找了个肺结核朋友替自己拍了片子。

片子拿到院长那里，他怕传染给别人，所以特批了半年长假，这回邱岚婷可以在家休养保胎了。

对丈夫的冷漠，柳丹阳只在心中暗气。她万万没想到陶凯明对自己如此不信任，她有些后悔不该回来。无奈之下，她准备和丈夫做一次长谈，然后就去做亲子鉴定……如果陶凯明执意要做的话。

奇怪的是，为什么自己对他却没有半点儿怀疑呢？那边的邱岚婷一口咬定孩子是他的，难道没有可能吗？不，他不是那样的人，柳丹阳立即否定了自己的想法，并对这种念头充满愧意。可他呢，他怎么这样对自己？

陶凯明的心中也为自己突然冒出个儿子感到兴奋，母亲说了，这柳合与自己小时候长得一模一样，可能是吧？可是她为什么不让做亲子鉴定呢？或许，因为自己的疑虑会再度惹恼了她，她会走的，还是小心点儿好。

妻子回来没有给他带来欢乐，却增添了一层烦恼。柳丹阳的忍耐力也到了限度：他一定是有其他女人，不然，分别这么久，他怎么对我如此冷漠？

晚上，丹阳买水果回来，却听到屋里丈夫对孩子说的话："柳合，你的小样真可爱，就不知你到底是不是我的儿子？"柳丹阳终于听到了这句话，她一步跨进来，怒不可遏地说："我告诉你陶凯明，这根本不是你的儿子，从此以后，我母子俩与你无关，这里也不是你的家，爱哪儿哪儿去，随你的便。"陶凯明看着妻子，显得有点儿可怜巴巴起来，他本不想让她听到这句话的。

自丹阳回来后，凯明是饭来张口衣来伸手，他已经对她产生了一定的依赖，他不想离开这个家。外面的乱事还没抖落清，这一句话又惹下了祸。面对妻子那严厉的目光，他一头扎在另一个房间里。

早上陶凯明醒来，屋子静悄悄的，他一骨碌爬起，见客厅的沙发都盖上塑料布。又来到他们共同的卧室，整整齐齐的床上也是如此——她真的走了。

陶凯明傻愣愣地站在那里，流下了疑惑中又带有痛惜的泪水，对妈妈怎么说？

半夜里，柳丹阳带着孩子敲开了弟弟的家门。姐姐的哭诉让彤阳夫妻不知所措。姐姐下决心回纽约，这让彤阳很不安，同时对姐夫的做法也很生气。他劝姐姐留下，奈何丹阳执意要走，并要他不许告诉陶凯明，他只好答应明天去航空售票处。

第二天，柳丹阳带孩子来到公证处说明情况，请那里的工作人员到医院，看着她母子俩留下血样化验，并请他们转交陶凯明。

这一晚上丹阳彻夜未眠，以往与凯明的深情厚爱，就像久旱的小河，差不多在空气中蒸发殆尽，她要想办法告别这不愉快的日子。

三天以后，柳丹阳母子真的飞走了。

送走姐姐后，彤阳还是给姐夫打了电话："姐姐带孩子走了，你高兴吧？""……""怎么，乐得话也没了？""彤阳，我乐在哪里？只有苦了。""这事怨姐姐吗？你先把那边的一摊子乱事搞清吧。作为朋友我相信你，姐姐也完全相信你，可你，你怎么能这样不相信姐姐呢？""彤阳，我都悔死了……""好了，我还有事。""彤阳别挂电话，北京三〇一医院有个眼科医生叫周韩生，他答应帮我洗清冤情的。记电话号码的小本子放在丹阳衣柜的抽屉里，要方便的话把它捎给我。""你有钥匙，自己不会去拿呀？"电话挂了，陶凯明无力地靠在墙上。

对于陶启程的态度，邱秉臣不以为怪，人家就该相信自己的儿子嘛。但——事情已经闹到这个地步，能就此罢手吗？不外乎一个亲子鉴定……问题是这个小兔崽子他死不认账怎么办？女儿的身子快四个月了，再不找个下茬儿就要丢人了。可偏偏她就看上了陶凯明而非他不嫁，真是要命。

怎么办？独生女呀，没法子。经过冥思苦想，他终于想出了一个办法来……

他早知同楼的刘成瑞家三口是爷爷奶奶和孙子的关系，并听刘钰说他是陶凯明的同学，现在想来，主意就要打在这小子身上。原来，这刘家老两口的儿子媳妇早就离婚，丢下这个孙子刘钰不管，一向心疼孙子的祖父祖母只好承担起对孙子的供养。刘钰刚上高中二年就辍学了，爷爷的劳保开的不多，这让他经常断了零花钱，又找不到合适的工作，去干几天临时工又累得不行，他逐渐变得游手好闲起来。

这一天，邱秉臣在街上碰到刘钰，与他亲切地攀谈起来。从小就失去父爱的刘钰，觉得这位邱叔叔搭在自己肩膀上的手臂异常温暖，似乎找回了父亲的感觉，此时的他真恨不能跪在地上叫声爹。

为了利用他，邱秉臣把他拉到不远的饭店，这一老一少开始推杯换盏。刘钰想的是：一个不相干的邻家叔叔，都对他这样好，自己的爸爸妈妈怎么……

现在，他对自己的父母更加恨之入骨，邱秉臣的话也更让刘钰感激涕零："孩子，我知道你的情况，爷爷的劳保不多，生活不太好，你更缺少的是零花钱，我这有钱你先拿点儿花着，日后我会帮你找份像样的工作。"望着邱秉臣放在面前大约十来张的十元大票，刘钰掉泪了，"邱叔叔，你为什么对我这样好？日后要有用我的地方，我定当赴汤蹈火……"

时隔不久，刘钰又被请到酒桌前，两张百元票子被这位叔叔揣进他的衣兜后，刘钰眨着眼睛问道："邱叔，你有什么用我的地方尽管开口，没有我做不到的事。"邱秉臣笑着说："其实也没什么大事，有件家务事想跟你商量，你与那陶凯明很熟是吧？他与我女儿谈恋爱并怀孕，却不想要她了，我那没志气的女儿却又非他不嫁，事情被她搞到了法院，那陶凯明恼羞成怒，更是死不承认，如今我们想撤诉都办不到，你说这事怎么办？"刘钰听了瞪大眼睛，"不会吧？那陶凯明在高中时就与柳丹阳相好，后来那女生不念了，不知怎么就做了成人大学的老师。等陶凯明医大毕业后，他们结婚了，你不知道？""啊！"邱秉臣张大了嘴巴闭不上，那一双眼睛也瞪得有生以来第一次这样大，"这怎么可能？儿子结婚父亲会不知道？你去参加婚礼了？"刘钰摇头说："那倒没有，有去送红包的同学跟我说的。我们那一批同学的年龄都在二十七八岁以上了，有几个像我这样没出息讨不到老婆的？每遇到同学，中心话题就是谁又结婚，谁有孩子了。我听说他们结婚后，那个柳丹阳出国了，可不知回来没有？""看来这是真的了？"刘钰点头说："所以，我认为那个陶凯明不会再与你的女儿谈什么恋爱，会不会是搞错了？"邱秉臣的面部肌肉抽动了几下，"这，不会不会，即使这样，我也要……"刘钰接过话："要他离婚？不太可能。大家都知道他与柳丹阳是铁杆恋人，怎会轻易分手？""这个陶凯明真是欺人太甚！"邱秉臣嘴上这样说，心中不禁又怪起女儿不该给自己找这麻烦。在一闪念间，女儿那副可怜相让他再次坚定了立场："刘钰，你说这件事该怎么办？""不知道，你要是有办法，我倒是可以帮你。""这就好，咱们这样……

这样……""只是我的工作不知怎么样了？""你好歹也是个高中生，总得找个差不多的差事。办完这件事，邱叔给你一千元报酬。""谢谢，工作的事不要让我等得太久。"聪明的刘钰也想拿对方一把，何况他的心思远不止于此……

刘钰早与岚婷相识，心中也在暗恋着她。自己的失学与岚婷上大学，使他们的距离拉得更远。邱秉臣的主动接近使他又对邱岚婷燃起希望之火，也给他造成对其亲近的机会，刘钰决定如此这般……

这天晚上邱岚婷按照父亲的计划住进一家中档旅馆的套间里屋，等待刘钰把陶凯明灌醉送到外间床上，所以她早把自动相机放在窗台暗角，对准这张双人床……

她怎知刘钰更有一番心思。他找到陶凯明，二人喝酒倒是真的，而躺在那张床上的却是他自己。

原来，陶凯明这些天一直困在痛苦的深渊里不能自拔。丹阳母子走了，他的心空旷得像寒冬那无边的荒野，连一根希望的绿草也没有。他想去上班，又怕邱岚婷的事吵到医院里丢人现眼。一个出生和一个没出生的两个孩子搅得他惶惶不可终日。他不怕邱岚婷的官司：你想撤诉？我还不答应呢。对此他已抱定战斗到底的决心。问题是这个陶柳合，不做亲子鉴定他是很难认定的。对呀，她怎么说走就走了？这其中必定有鬼。

见儿子回家来住，母亲很奇怪，经再三追问，凯明只好说："妈，她带孩子回美国了。""什么？""我怀疑柳合……"只见林惠珠瞪圆了双眼指着凯明的鼻子骂："好你个浑小子，那柳合分明跟你小时一样的，你怎能这样想？"林惠珠气急之下，抬手就是一耳光，"你不把那娘儿俩找回来，我跟你没完！""妈……"凯明捂着脸跑进书房。

他随便拿起一本书翻了几下又扔在桌上，坐下来又站起，然后又心烦意乱地走出书房，忽又想起一件事，便匆匆忙忙出门赶往第四医院。

在医院那位王医生和护士小刘面前，陶凯明说明了自己的处境。王医生吃惊地说："她怎么能这样？明明是说自己的高跟鞋挂到楼梯边上才摔倒的，这不是想置人于死地吗？"小刘也说："是呀，你当时说'孩子是谁的你找谁，干吗抓我做垫背？'你还骂她厚脸皮和不知羞耻的话。我记得她还说'让你跳进黄河洗不清'呢。"陶凯明痛苦地点头："她现在就咬定是我推摔的，还扬言说不和她结婚就要进监狱，诉状已经递到法院，所以我是来求你们作证的。""没问题。"王医生笑着说，"法庭需要随叫随到，小刘，我们现在就写个书面的东西，他应诉时要用的。""太感谢了，只怕那边……"王医生一声冷笑说："做人没有正义感怎么行？我们是法制社会，怕什么？到时我会出庭作证的。"

柳彤阳虽然生姐夫的气，对他的事还是很关心的。这天他来到姐姐的家，在抽屉里看见了那个电话本，还有两张个人证词，看了内容他笑了，姐夫想得很周到，有这样的证词，还怕打不赢官司吗？就看亲子鉴定了。

让凯明大感意外的是，数年不见的刘钰同学约他出去喝酒，凯明爽快地答应了。

在那家酒店，两人从初中唠到高中，由社会又唠到家庭，陶凯明对这位同学一直是抱以深切同情的。刘钰心怀鬼胎，他不敢让自己喝醉。倒是陶凯明借酒消愁，不管啤酒白酒，一股脑儿地往肚子里乱倒。酒钱是邱秉臣拿的，刘钰为了省钱，只要两个便菜，看看盘子见底，他只好又加一道凉菜。陶凯明带着十分醉意还是抢先结了账。这又让刘钰很后悔：早知他主动算账，自己就该要些好菜拉馋的。

刘钰半挽着凯明来到那间套房，见他连连作呕，遂拉他来到卫生间，凯明大吐一顿之后清醒多了，"你怎么住在这里？挺贵的。"刘钰也装起醉来："我女朋友很阔气的，她就住在这里的，怎么样？祝福我吧。"借着水的声音，刘钰这样说。"那我还在这里干什么？再见。"凯明摇晃着身子走出来，开门出去了。刘钰心花怒放地向里说道："凯明，你休息吧，还有好事等着你。"他说完使劲地关上门，自己悄悄奔到床边，侧身屈腿躺下，把脸半埋在被子里，轻轻打起鼾声……早已等不及的邱岚婷，一听到门声，立刻从里面出来扑到床上，借着微弱的光，见"凯明"斜卧在床上，她挨挨靠靠地贴过来，轻轻地搂住他的脖子，"凯明"依旧不动地昏睡，使得她的胆子大起来，她使劲地把他翻过来，情急之下，眼前的人分明就是陶凯明，她迅速解开他的衣扣、裤带——男人的一切都在朦胧中裸露出来……

一直在暗中配合的刘钰虽然心花怒放却不敢轻举妄动，这可是他第一次品尝女人的滋味啊！此时他真想跳起来把眼前的女人按翻在床，尽情地疯狂一

316

番。可是他必须忍住，他怕过早地被认出来，她一旦翻脸前功尽弃。

奈何，原始的本能战胜一切，就在邱岚婷急不可待地趴在他身上翻滚时，刘钰顺劲把她压在下面，她满意地闭上眼睛……

夜深了，几经折腾的两个人终于困乏地进入梦乡。

天刚蒙蒙亮，刘钰悄悄起身走了，邱岚婷还在大睡，直到十点母亲来看女儿时才叫醒她："起来，你的人呢？"

睡眼惺忪的邱岚婷忽地坐起来，"凯明，陶凯明，看我怎么整治你。"

她急忙收拾好自己，抓起相机就冲出去，赵月珍跟在后面喊："跑什么，等等我！"

洗出来的照片很模糊，根本看不清是谁，这让邱家人很懊恼。邱秉臣又找来刘钰，让他在原地按原办法再来一次，并点来了现金。

得了人又赚了钱的刘钰这回不敢造次，他又一次把毫无察觉的陶凯明灌醉，真的拖在了那张床上。

对女人毫无兴趣的陶凯明喝得不省人事，邱岚婷几次解他的裤带他都喊着："别，别碰我。"翻身趴下继续睡。邱岚婷几经努力都没有成功，她泄气了。

让邱岚婷奇怪的是，这个凯明和那天的人简直是判若两人：眼前的人单瘦，而那天的人却是丰满得多，为什么？邱岚婷的双手在陶凯明的后背仔细揉摸品味着，忽然瞪大眼睛停住双手：是他？该死的家伙……

眼前的人是陶凯明，她在明亮的灯光下打量着他那张侧睡的脸，有些天没见，他可瘦多了。她有些怜悯地靠着他躺下，一只手搭在他的后腰上蒙眬睡去。

半夜里，走廊传来杂乱的脚步声，邱岚婷急忙拉过被子盖住……

随着钥匙开门的声音，两个警察出现在门口，邱岚婷急忙把脸贴在陶凯明的脸上，但见蓝光闪过，一个警察高喊："起来起来！出示证件！"被惊醒的陶凯明猛然坐起，看见自己与邱岚婷在一个床上，登时吓出一身冷汗，"怎么回事？"警察笑了："你问谁呢？证件。""没带，我，我怎么睡在这里？"另一个警察嚷道："带走！"

在派出所里，陶凯明有口难辩。他回忆着与刘钰喝酒的事，要求警察找他来作证，两个警察对视一笑。

刘钰真的站在他面前，"这么久不见，你怎么会在这里？摊什么事了？"陶凯明沉痛地点点头，"我明白了，你是专门来作假证陷害我的。""啪！"一记响亮的耳光让刘钰猝不及防，他摸着自己的左脸，"你，你怎么打人？""打你？有朝一日我杀了你，他们给你多少好处？让你如此丧尽天良？"刘钰捂着脸后退两步，口中嚷道："邱秉臣！挨打也要给钱的。"一个警察骂道："胡说什么？滚出去！""不打自招哇，刘钰，你为什么要害我？还有你们，身为警察怎么能……天哪！哈哈……"

一阵狂笑之后，陶凯明生生地晕倒在那里。

第二十三章　错认丹阳

邱岚婷早被父母领回家里，她想的是，就凭那张他们搂在一起的照片，他肯定招架不住，姓柳的远在国外，他也熬得差不多了。只恨那个刘钰……还别说，他那劲头好大啊，真让人有一种特殊的感受。要把他吵嚷出去对自己也不好，以后一旦有寂寞时，说不定还要用他，那家伙一定会招之即来，来之能战……想到这里，邱岚婷的酒窝一深，浑身发热，既打消了告诉父母的想法，又想立刻见到那个凶猛的家伙。

晚上，爷爷奶奶去江边散步，刘钰自己躺在床上想着那天的美事，突然听到敲门声："刘钰在家吗？"女人，是那个女人！他一跃下床又停住脚步，不好，她是找我算账的。

"咚咚"，轻轻的敲门声还在响，他只好开了门，一张怒中又带冷笑的脸闪进来："你赚个人财两得，好大胆子！"她说着随手关上门并两手掐腰。刘钰后退两步，被爷爷的小板凳绊了一下，刚好摔在床上，他索性躺倒不起，"我骗了你，任凭你怎么惩罚，扒光屁股打一顿也行，来吧，我自己动手。"

邱岚婷听得面色绯红，她拾起地下的小板凳高举着，咬着下嘴唇，面带愠怒地向刘钰砸去。

刘钰起身接住板凳就势一拉，两人倒在一起，凳子被扔在地下。两对眼睛四道火光猛烈地撞击着，一男一女又慌乱地混战在一起……

巫山云开雨过。门开处，刘家老夫妇出现在面前，二人急忙收拾自己。刘钰辩解："爷爷，是她自己找上门来的，我无法拒绝。""这……你们，唉，钰儿，这样你们就结婚吧。""可是她，她不会答应的。"此时的邱岚婷只想夺门而走，却被认出她的奶奶拦住："站住，姓邱的丫头，这么走不行，爷爷的话必须给答复。"岚婷理直气壮地说："就你们这个家，想得倒美，让开！"爷爷听了也退一步挡在门口："好哇，这样的家谁叫你送上门来的？还是大学生呢，怎么如此下贱？小钰，去把她的父母找来。"刘钰却急着说："爷爷奶奶，求你们放她走吧，咱家无力养她。"刘钰过来拉开两位老人，岚婷趁机逃出门去。

老夫妇二人生气地坐下来，"小钰呀，你怎么把她招上了手？"孙子瞪了爷爷一眼，"我多大了？家里穷得找不着老婆，乐得来个临时过瘾的。""你，真是孬种一个。""你们不孬，拿出钱来给我成家呀？管不好自己的儿子，又怎能管好孙子？他们要是在一起养我，我会辍学吗？你也早就抱重孙子了。"奶奶低泣，"钰儿，是我没有管好你爸这个缺德的东西，他只顾自己享受，老婆换了一个又一个，却不顾自己的孩子，唉，可怜的孙儿……"刘钰叹气说："奶奶别难过，是我不好，让我走吧，我能找到吃香喝辣的地方……"他想起做临时工时，那个美丽的富婆寡妇曾经搂住他的腰不肯撒开，当时被他拒绝了，干脆，到她那里享福去。

陶凯明醒来以后，生生地变成了另一个人。他被送回家来，不言不语地呆坐在那里。一个警察说："他跟女人在外面过夜，被抓了现行。"林惠珠大喊一声："胡说！警察也来诬赖好人。明儿你怎么了？说话呀，凯明……"母亲抱着儿子大哭起来。见警察要走，林惠珠上前拦住："把我儿子弄成这样子，你们想走？""我们一没骂二没打，他自己突然大笑不止，与我们何干？"警察夺路走了。母亲哭着把凯明扶在床上，看着他流泪。

陶启程回来见儿子这副模样，认为这事一定与邱家有关，气急之下，跟妻子说了自己的想法就出门去了。

林惠珠认为，凯明怀疑柳合不是陶家人固然不对，可你柳丹阳也不能说走就走，对我这婆婆也不辞而别。要能在家帮丈夫一把，也许儿子不会这样的。她这样想着，心中由怨生恨，转而又想起丹阳的好来：救过自己的命，还有这眼睛……不管怎么说，媳妇现在的做法总有些说不过去。丈夫要邱家把岚婷送过来照顾凯明，重要的是待生产后好做亲子鉴定，一旦是陶家的种也就顺理成章了。凯明能在外面与别的女人（陶家不知是岚婷）过夜，说不定岚婷的孩子也……她对儿子有些怀疑了。

陶启程压住火气对邱家说明情况，邱岚婷不信：那么有城府的人，怎么会？她答应到陶家照顾凯明，以观其真伪。

邱岚婷被父母送到陶家，陶凯明迎上来傻笑："丹阳，你是好人，大好人，哈哈哈哈。"他的样子让岚婷有点儿害怕。父母把女儿拉到一边小声说："你心中装着陶家的财产，就什么都不怕了，以后的事你爸会安排的。"父亲点头，"你放心住下，这是你的家了。"

父母走后，邱岚婷心中忐忑不安起来：一辈子守个疯子过日子怎么行？就算这肚子有了着落，整天看着那呆傻样也受不了。法院的诉状怎么办？想撤诉没有被告签字不行。看来自己这步棋走错了，怎样才能混过这几个月呢？唉，只有好好表现自己，她下厨做饭了。

见儿子还在傻笑，母亲哭着抱住他说："明儿，她把你害成这样，怎么还笑？""她是好人，好人。"凯明重复着这句话。

姐姐又走了，柳彤阳恨姐夫也觉得姐姐有些过分，爱得山崩地裂的两个人，说散就散，他们之间好像真的完了。

日久没见凯明，彤阳却又惦记他。今天下夜班，他把电话打到陶家。陶母拿起话筒："谁？柳彤阳？彤阳啊，你快来吧，凯明他，他完了……""怎么了？我马上去。"

柳彤阳十万火急地来到陶家，面对姐夫的样子，他痛苦地抱住他："姐夫！陶凯明，你这是怎么了？怎么会这样？"他哭了。

看姐夫的情况，彤阳觉得问题不大，凭自己医治岳母及陆续治好的几个精神病患者的经验来看，姐夫是一股急火引起脑神经错乱，只要慢慢调理就会好起来的。

"佟阳（陶启程认为彤阳叫佟阳），你熟悉医学界的高手，只要能治好儿子的病，我拿命换都行。"柳彤阳擦去泪水，"陶叔叔，没那么严重，我有假期，让他到我那里住几天，先用药调理一下，放心，我会尽力的。"林惠珠擦着泪水，"彤阳，我该怎么谢你？"陶启程也说："是呀佟阳，我们会重谢你的。""不用，我们是……朋友"彤阳心中却说：我是为姐姐。

柳彤阳拉着姐夫回到姐姐的家里，问他一些有关问题，他什么也回答不出。

这天林惠珠来了，她进来就抱住凯明哭起来："明儿，我的孩子，怎么办啊？"彤阳安慰着："婶婶别急，我每天都给他服药，一定能医好姐夫的病。"

林惠珠拿来一份公证处送来的鉴定表，上面盖着红印章，凯明接过来大笑不止，"她是好人，好人。"母亲擦着泪水说："你呀，凭什么不相信丹阳？"彤阳接过单子看着，说："陶凯明，你看见没有？姐姐是让你逼走的。给你，拿去鉴定啊！"他把单子撕成几块又团成团扔在凯明的脸上。林惠珠泪流不止，"彤阳，凯明完了，你就别……唉，这个不争气的东西。"她说着捡起地下的纸团平整开来："留着吧，这是凯明的教训。"她把纸片放在茶几下的铁盒里。"对，等他好时，看他说什么。""彤阳，你受累了。""他是我姐夫，应该的。"彤阳送林惠珠出门，她看看门锁，"换了就好。"然后下楼去了。

几天之后，邱家夫妇来看女儿，还带来不少好吃的。陶家两口子应付两句即进屋不出。岚婷委屈地说："爸妈，那陶凯明被人领走一直没回来，说是去看病的。"岚婷把父母领进凯明的房间，父亲小声说："随他去，反正你要在陶家坚持下去，受点儿委屈算什么？岚婷，陶家财产丰厚，将来那份家业还有别人的吗？知道你这聪明孩子不会犯傻。""对，只要坚持下去，陶家的一切就都是你的了，你爸说那厂子能值个千八百万的，这是机会。""那姓柳的回来怎么办？""她不是走两年了吗？陶启程也容不下她，人家是另寻新欢不回来了。你安心住着，凯明的病一好，看到孩子准乐。好了，你要哄得陶家人高兴才行，我们走了。"

二人出来到门口，邱秉臣大声说："大哥大嫂，我们要走，也不送送啊？"屋里陶启程说："自家人，还用客气吗？""不客气不客气，我们走了。"

在刘东华的精心照料下，白兰的伤已经拆掉石膏可以走路了，他们要去看柳丹阳，打电话又找不到，两人只好叫了三轮车来到姐姐家，开门的是彤阳，身后站着陶凯明。"彤阳哥哥你好，姐夫你好。姐姐呢？"柳彤阳把二人让到客厅坐下，白兰着急地问："姐夫，你怎么了？姐姐呢？"彤阳说："姐姐让姐夫气得回美国了，他自己也变成这个样子。"刘东华听了眉头紧皱，"这，是精神病？怎么会？"凯明大笑着："她是好人，好人。""刘先生，我姐真的回美国了，这张表格就是姐夫的罪证。"东华接过彤阳递过来的纸片，"看来他们之间出现了严重问题，我要劝丹阳尽快回来。我想带白兰跟我去老家过春节，她说要征求姐姐的意见。"白兰接着东华的话："姐夫犯了大错，甭指望姐姐回来，我非让姐姐再找一个好姐夫不可。"东华摇摇头说："别瞎说，你姐会回来的。"

在白雪梅的支持下，两天以后的早上，刘东华与白兰登上了开往北京的列车。

邱岚婷一直住在陶家，这期间陶凯明回家两次，还是呆傻的样子，尽管邱岚婷也感到厌恶，可她一想到陶家的财产将来能落到自己的名下，做梦都要笑出声来。

陶、邱两家的春节都在稀里糊涂中过去了。

陶家财产对邱家的吸引力太大了，在父母的支持下，邱岚婷没有离开陶家，陶凯明很少回家，也从未与邱岚婷住在一起，他依旧在柳彤阳的监护下继续治疗。

几个月的时间一晃就过去了，陶凯明的病明显见好，他在模糊的记忆中，把岚婷叫作丹阳，无奈的邱岚婷只好答应。

陶启程却大为惊奇！他把妻子拉到里间问："这是怎么回事？柳丹阳在哪里？"林惠珠深深叹了一口气，只好把凯明登记结婚、如今孙子已早过一周岁、丹阳带子回国找人治好她的眼病又被凯明气走的事以实相告，陶启程听了，面色多云转阴，继而又乌云密布，喘气也粗起来……随之，一张脸又慢慢地平和下来，沉吟半晌才闷声说道："林惠珠，你瞒得我好苦。看起来儿子真的学坏了，既然结了婚，怎么还随便在外面找女人？""哼！你也知道这是坏？你极力主张凯明娶岚婷，其实他早和丹阳结婚，只是不敢告诉你。那天凯明同学找他喝酒，明明是男同学，怎么就会弄出这样的事来？我看这其中……""你也怀疑这当中有圈套？""很难说，岚婷的孩子也绝不是陶家的。如果能找到那个叫刘钰的同学就好了。"陶启程点头，"凯明已明显见好，将来会弄明白的，只是那个孙子……"林惠珠"哼"了一声，狠狠地瞪了丈夫一眼。

柳彤阳把家中的一切告诉了姐姐，柳丹阳那悲泣不止的哭声传进了弟弟的耳朵："彤阳，活该我们的缘分尽了，可是小柳合怎么办？我不想让他缺爹少娘啊！""姐姐你别哭，姐夫虽然有错，可你们曾经爱得山崩地裂，终于成为合法夫妻，你真不该这样说走就走，姐夫变成这样，心疼的还是你。你要怕孩子变成单亲，就快回来，想办法帮姐夫打赢官司，他的病准好。""彤阳，我与校方签订了三年的合同，要回去需等到暑假。""姐姐，那可太久了，你不怕把姐夫折腾个好歹的吗？""彤阳，无论如何也要等到放假了，这里的违约金太高，我们赔不起的，你就费心照顾他吧。该死的邱岚婷，你等着……"

这天晚上，邱岚婷很亲近地坐在"婆婆"跟前，"妈，多谢你们接纳了我，其实凯明对我挺好的，他没病时我们常在一起的，你看这照片。"林惠珠接过看了：儿子和岚婷的脸是贴在一起的，这到底怎么回事呢？

她把这事说给丈夫，陶启程让她如此这般……

邱岚婷被两家的四个老人送进医院，晚上生了个女孩儿，表面上是喜事，可大家在言语上却很不协调。赵月珍说："生了女儿是好事，知道疼父母。"林惠珠说："你倒是生了女儿，却让你操不过来的心，再说，这还不知是谁家的种呢！"邱秉臣说："事到如今，好亲家做了，大家就不要再说那些顶牛的话了。"陶启程的话更噎人："顶牛？说不定啊，会让女儿把你顶进那不是人待的地方。走吧，大家都在这里没用的。"邱秉臣听了不由一愣，待他醒过腔儿来，陶氏夫妇已经走出门外。

为了不引起邱家人的怀疑，林惠珠付了一个月的住院费，还隔三岔五到医院送吃的，那陶启程还故意说这个半点儿不像儿子的小婴儿跟凯明小时差不多。

林惠珠找到那张照片做了放大处理，很明显，凯明是昏睡着的，时间是晚上。而照片上的日期和刘钰第二次找凯明喝酒的日子是同一天。

林惠珠把那照片送回原处，与丈夫商量结果，决定反诉。

第二十四章　亲子鉴定

一个月下来，邱岚婷养得又白又胖，她完全放心了。只是那半精不傻的陶凯明，一次也没来看她。

邱岚婷出院了，她给这个胖女儿起名叫陶展翎，可见她心中装的还是展大鹏。

按这里的风俗，女儿满月要住到娘家去，赵月珍把她接回家了。

邱家人见陶家彻底认下了这个媳妇，心中喜不自胜，只要把法院的诉状撤了就完事大吉。于是邱秉臣又打了一份报告，说被告神志不清无法签字，邱家人不计前嫌，申请撤诉云云。可是主管这个案件的人说需要被告的父母代签，总得有个陶家主事人同意才行，邱秉臣二话没说，他拿了报告单直奔陶家，心情却逐渐暗淡下来——人家要不签怎么办？他想到这里，脚步慢下来。

陶启程把儿子接回来，彤阳正在调药，忽听有人敲门。林惠珠开门见是邱秉臣，她话也没说就嗔着脸转过身来。陶启程却笑着迎上来，"快来快来，让我们庆祝一下。""孩子满月了，是该庆祝一下。""我是说终于可以做亲子鉴定了。你们把我儿子弄成这样，总该有个水落石出吧。要是陶家的孩子，凯明疯了他活该，否则的话，邱秉臣，看我怎么收拾你！"听了这话，邱秉臣的脸即刻冷下来，"我们好亲家做了，你还……""是不是亲家要让科学来验证，对吗？""开玩笑，我可是带了好消息来，法院同意撤诉，我找你签字来了。""拿来我签。"陶启程接过撤诉书看了看，毫不犹豫地写上"同意"两个字，邱秉臣喜出望外地伸手来接，却见陶启程又在同意二字上狠狠地打了一个大叉，随即把一张纸扔在邱秉臣脸上，使他脸色突变。"你……"他捡起飘落在地的撤诉书，气冲冲地出门而去。陶凯明嚷起来："快接丹阳回来，她是好人，好人！"他说着拉起彤阳就往外走。"陶凯明，你还没吃药，哪儿都不能去。"彤阳说话的高声让凯明站住不动，他顺从地喝了药，抹抹嘴巴又吵："去接丹阳，好人。"

凯明闹了半天，还是药物起了作用，他躺在床上慢慢睡去。

彤阳把医院的两份证明的复印件拿出来，陶启程看了难过地说："是我冤枉儿子了，对不起，孩子，我要替你讨回公道。"当夜，陶启程写了起诉状，第二天就直接送到中级人民法院。

柳彤阳往北京打了电话，周韩生又把电话打给陶家当地中级人民法院的张家成。

张家成了解了一些情况之后，原告邱岚婷成了被告。她首先要做亲子鉴定。陶家夫妇和彤阳好说歹说算是把陶凯明带到医院，眼见那么长的针就要扎进自己的胳膊，他突然抽出手臂拉起邱岚婷就跑，口中喊着："丹阳是好人，快跑。"此时那个小不点儿多亏是姥姥抱着，否则非摔着不可。邱家人在忐忑不安中稍微松了一口气。

根据法庭调查、证人陈述及本人承认，判定邱岚婷的伤是自身所为，并以诬陷罪判定六个月监禁，念其哺乳婴儿，可监外执行。至于她的女儿是否属于陶家，只好等待三人同做亲子鉴定方知，邱岚婷权作陶家人暂住。

一场官司就这样暂时画了句号。

陶凯明洗清了故意伤害罪，自己却把害他的人当成了心爱的丹阳，尽管父母与彤阳在背后全力开导，他每天还是喊着："丹阳不能走，她是好人，好人。"无奈的陶家夫妇只好又让邱岚婷住下来，彤阳又把姐夫带走，努力帮他回忆过去的事情。可是，这不争气的陶凯明，只叫岚婷为丹阳，因为他把从前的一切忘得一干二净。

最不能容忍的是陶启程，自己的孙子流落在外，却弄个野孩子养在家里，这算是什么事？他坚决不许孩子的户口落在陶家，说要等到亲子鉴定确认后方可落户。他急于带儿子去做鉴定，可是大家尝试几次都失败了。

柳彤阳对姐夫彻底失望了，也替姐姐彻底失望了。柳丹阳的心也真的冷透了，可她却从心底不愿意让孩子失去父亲，单亲的孩子多难啊！可恨的邱岚婷，凭什么充当了自己？这实在令人不能容忍。弟弟说了，是凯明这样叫人家的，怪不得岚婷。仔细想来，凯明是因为没有忘记自己才这样叫的，如果自己出现在他面前又会怎样呢？弟弟建议她暂时不要回来，等姐夫的病好了，自然就能恢复记忆，可是这要等多久啊？

陶凯明的病逐渐好转，令彤阳痛心的是，姐夫把岚婷与女儿展翎完全当成了丹阳母子，把这个小女孩儿一口一个柳合地叫着，他的大脑神经依旧是杂乱无章……

陶凯明上班了，因他的头脑中已是一片空白，什么病服什么药，曾经是个优秀医生的他已经一无所知，医院只好安排他做了勤杂工，邱岚婷也休完产假后上班了，孩子带进了托儿所，邱秉臣还托人给女儿弄了一张"结婚证"。

就这样，在凯明的无知与迷惑中，在丹阳的绝望又带几分期盼中，在陶启程的悔恨与无奈中，在邱岚婷的欢喜并得意中，在邱家夫妇的庆幸与欣慰中，在柳彤阳和妻子的焦虑中，无情的光阴一晃就过去了三年。

这期间，陶启程虽然惦记孙子却只好忍着，没事就算计孩子几岁，是胖是瘦，长多高了。老伴儿的话让他无言以对："我想孙子跟谁说，这不多亏你吗？"

陶启程彻底后悔了，他几次动员老伴儿给丹阳打电话，林惠珠总是不肯，"放在家里这多余的娘儿俩，让她回来怎么办？早知今日又何必当初？"

陶启程想见孙子心切，且已经完全接纳了柳丹阳。这天他在街上遇到彤阳，对他说了自己的想法，柳彤阳笑了，"陶叔，你知道我是柳丹阳的弟弟柳彤阳吗？""什么？柳丹阳的弟弟？"彤阳把自己的出身、姐姐失学供他读书的事都讲给陶启程，只见他沉默许久，说："彤阳啊，是陶叔错了，想不到你姐是这样高风亮节的人，是我对不起她，也对不起我的儿子，还有孙子……不行，我要请你姐姐回来，走，我们打电话去。"

身在国外的柳丹阳心里一直挂记着凯明，已经与白兰结婚的刘东华，总是劝说丹阳回国搭救丈夫。

小柳合已经成了英语通，却经常用汉语喊叫着："妈妈，我要爸爸，人家小朋友都有爸爸，就我没有……"就为这，孩子经常哭闹不止，丹阳也只有偷偷流泪。

这天晚上，柳合又哭着要爸爸，赵姨和东华也都劝她回国一趟。正说间，电话铃声响了，丹阳抹了两下泪水，一把抓起话筒。"彤阳？""姐姐……"姐弟俩久未通话，自然各自悲伤："姐，姐夫的病好了，只是忘记了过去的很多事，你回来看看他吧，姐姐，陶叔叔和你说话。""什么？"陶启程急忙接过话筒，"丹阳，我是陶启程，我……""你，你……""柳丹阳，让我说声对不起，你回来吧。""我与陶家还有关系吗？""有有，你与凯明是合法夫妻，怎说没关系？""你不觉得对我接纳得太晚了吗？""我知道从前对不住你，为了凯明，为了小柳合，也为了你婆婆，快回来吧。你要回来，凯明的记忆准能恢复，丹阳，回来吧，回来救救我的儿子，我求你了……"柳丹阳听得出，这个曾经与自己完全对立的老公公，从遥远的中国东北送来了哭泣之声。

柳彤阳又接过电话低泣着说："姐姐，回来吧，姐姐回来一切都会好。"

柳丹阳终于回来了。在弟弟的陪同下，她带着孩子直奔陶家，见到婆婆马上双膝跪倒，婆媳抱头痛哭。彤阳牵着外甥的手走上前，"柳合，快叫奶奶。""奶奶！"孩子扑上前，被奶奶紧紧抱在怀中……

陶凯明从里间出来，愣愣地看着柳丹阳，继而大喊起来："邱岚婷，你害得我好苦，给我滚！"丹阳扶婆婆坐下，林惠珠紧抱着孩子，"明儿，她才是柳丹阳啊！""不是，她是邱岚婷，就是她差点儿要了我的命，滚！"柳丹阳怒不可遏地瞪起双眼，"陶凯明，你叫我什么？""你就是邱岚婷，是你把我害成这个样子的。"再也忍不住的柳丹阳照准丈夫的脸就是左右开弓，"啪啪"两声脆响，陶凯明应声倒地。丹阳也就势跪下来，"凯明，我们完了……"她趴在丈夫的身上大哭起来。"明儿，我的孩子啊！"林惠珠丢下孙子扑过来，"明儿，你醒醒，醒醒啊，丹阳，你不该打他，我那苦命的孩子……"

门开处，陶启程走进来，他问明情况遂说道："打得好，谁叫他好赖人都不分。"彤阳蹲下来把完脉，脉搏均匀而有力，"不要紧，扶他上床，待会儿就好。"

安排凯明躺下后，丹阳把柳合拉到公公面前，"孩子，叫爷爷，是亲爷爷。"柳合歪着脑袋问："邻居的爷爷要我叫他亲爷爷，可妈说不是，这回真的是亲爷爷吗？"丹阳点头，"是的，是真的，叫吧。""太好了，我找到亲爷爷喽，亲爷爷！"孩子扑到爷爷怀中。陶启程把孙子紧紧抱在怀中，从不流泪的他这回是痛泪横流，欲言无词，"丹阳，我……"

是呀，四岁的孙子才见第一面，这固执二字夺去了他多少天伦之乐。

一家人正说话，邱岚婷带着两岁半的女儿回来了，一进门她就觉得气氛不对，"看来你就是柳丹阳了？""是呀，这回真的柳丹阳回来，假的就必然要原形毕露。""哼，谁稀罕你的名字，是我丈夫喜欢这样叫，就随他叫好了。我们在一起生活这么久，快乐而平静，不知从哪儿冒出个第三者来。""是凯明喜欢这样叫，还是他在神志不清的情况下依然忘不了柳丹阳，你这么聪明的人连这一点都不懂吗？""你……"邱岚婷无言以对，她只好来到里间喊了一声："陶凯明，你给我起来，这到底是怎么回事？"她上前抓住他的胳臂使劲地搡了几下。只见陶凯明忽地坐起来瞪大眼睛盯着她，"好个邱岚婷，你害得我好苦，滚开！丹阳，你在哪儿？我刚才明明看见你，难道是做梦？"陶启程来到他面前含泪说道："孩子，不是做梦，丹阳真的回来了！"他拉着儿子来到客厅。

　　此时的柳丹阳正与婆婆哭成一团："妈，他好了，好了……""是啊，是啊！我儿子什么都记起来了。"小柳合吓得直喊"爷爷"，陶启程急忙把孙子揽在怀中。

　　林惠珠又哭又笑地拉起丹阳，"凯明你看，她是谁？"陶凯明瞪大眼睛盯住整整三年未见的妻子，大喊一声："柳丹阳！"然后双膝跪地痛哭不止。柳丹阳从公公怀里拉过孩子送到丈夫面前，"凯明别哭，快看看你的儿子吧。柳合，这就是你爸爸。""爸爸，我终于有爸爸了。爸爸！"儿子扑向父亲哭起来。"柳合，我的儿子，是爸爸不好……"

　　邱岚婷已经气急败坏，"陶凯明，你想怎么样？""邱岚婷，你自己的心病自己知道，干了那么多坏事，结果是明摆着的，你能经得起 DNA 鉴定吗？这孩子到底是谁的只有你自己清楚。"邱岚婷只好把矛头指向柳丹阳："不要脸的第三者，我跟你没完！"丹阳也厉声说道："邱岚婷，你真不知道这世上还有羞耻二字，自己在外面打来了野味，死皮赖脸地往我丈夫身上贴，到底哪个不要脸？我与凯明是合法的原配夫妻，不是第三者，可惜的是你做第三者也不够资格。凯明被你害得是非颠倒，失去记忆，可他始终认为柳丹阳是好人，骂邱岚婷是坏蛋，你说为什么？""怎么说也是我和凯明在一起过了这好几年，你想做第三者插进来，妄想！""邱岚婷，我是不是第三者，陶凯明最清楚，我们有合法的结婚登记证，你有吗？今天我就跟你较量一把，敢去给我们的孩子做亲子鉴定吗？"邱岚婷变色，"有什么不敢？"显然，她的底气不足。

柳丹阳又冷笑着，"你对凯明到底做了些什么自己最清楚，让他好好一个人变得神经错乱又失去记忆？你这是真正地爱他吗？你说他故意推你摔下楼梯，分明想置他于死地。现在他什么都明白了，你要是个知趣的，就趁早打算好自己的主意，最好哀求我放你一马，免得事情闹大不好收场，我可是软心肠的人。"

一直跟在妈妈身前身后的陶展翎，目睹这屋里发生的一切，似乎明白了些什么，她扯着妈妈的手哭着说："妈妈，这是怎么了？是爸爸不要我们了吗？""问你爸爸去。"岚婷甩开女儿的手说。小展翎有些害怕地来到陶凯明面前，"爸爸，有了哥哥，你就不要柳合了吗？"陶凯明拉着这个叫了他三年爸爸又被他一直当作柳合的女孩儿痛苦地说："孩子，这个男孩儿的名字叫柳合，是我糊涂才把你叫成他的名字。孩子，我不是你爸爸，要找你爸爸该去问你妈，好吗？""爸爸，你是说真的不要我和妈妈了对吗？爸爸……"她趴在"爸爸"的身上大哭起来，屋里人无不惨然。

面对小展翎的样子，柳丹阳擦着泪水说："邱岚婷，看在孩子的分儿上，我暂时不想对你做什么，你也该好好反省一下自己从前的所作所为，只要陶凯明容得下你，我立马回纽约。柳合，我们走吧。""妈妈，爷爷，奶奶，还有爸爸，都在这里，为什么要走？"柳合瞪大眼睛问。陶启程抱起孙子，"柳合，爷爷和奶奶都舍不得你，留下来住几天好吗？""这要问妈妈才行。"孩子看着母亲的脸。"你愿意就留下吧，妈妈走了。"

这半天只有柳彤阳一言没发，他恨姐夫，更恨邱岚婷，现在又恨姐姐心太软，说好要替姐夫报仇的，却又说出回纽约的话，那就只好看姐夫的了。

柳丹阳走向门口，陶凯明随后跟来。"爸爸！你不要走，别走啊！呜呜……"小展翎张着小手扑过来，使劲地抱住"爸爸"的腿哭起来

柳丹阳凄凉地说："陶凯明，你还是和邱岚婷过下去吧，别指望我接纳你。不知那张鉴定表你收到没有？能想起来那年我就因为你怀疑柳合才不辞而别的吗？说起来这个恶果都是你自己造成的，我本来不想走……"柳丹阳说着，眼泪又含在眼圈里。"丹阳，千错万错都是我的错，是我对不住你，看在小柳合的分儿上，你就原谅我行吗？"丹阳摇头，"看这小姑娘多可怜，让我怎么办啊？""丹阳，我要捋顺一下恢复的记忆，按自己的意愿纠正过去的错误，难

道还能和我的仇人继续生活在一起吗？""随你吧，彤阳，我们走。"

目送姐弟俩下楼，陶凯明回身坐下来，面色阴沉地对邱岚婷说："事到如今，你还想在陶家待下去吗？赶紧回去与你父母商量一下，如何应诉吧。""凯明，你就这样狠心对待我们母女俩吗？""想想你的歹毒，我这算什么？还有你的父亲，趁我神志不清，竟然给你弄了张假结婚证，真是知法犯法。你回去吧，带上你的女儿，我再也不想见到你。"

一直坐在爷爷怀里的小柳合，歪着脑袋看着这些大人们，只见他忽地站起来到爸爸面前，"爸爸，你为什么不要小妹妹了？她也是叫你爸爸的呀。""孩子，你还太小，以后会明白的。""你现在就告诉我。"柳合有点儿理直气壮。陶凯明摸了一下儿子的头，"儿子，小妹有自己的爸爸，她妈妈要带她去找的。""那她怎么叫你爸爸？""这……跟你说不清楚，别问了。"柳合噘着嘴回到爷爷的怀里。

邱岚婷坐在那里低声哭泣，小展翎站在一边哭。陶凯明心里也不好受。

陶启程抽完一支烟，使劲把烟头掐死在烟灰盒里，面带怒气地说："邱岚婷，我听信了你们的谎言，差点儿害死我的儿子，现在该到真相大白的时候了。你爸能弄假结婚证，最好让他再弄张假的亲子鉴定来，好再给他这个知法犯法的人加上一条罪证。"

邱岚婷低泣着回里间收拾自己的东西，她心里开始怨恨起父亲来……无奈之下，只好带着女儿回家了。

第二十五章　悔之莫及

陶凯明捧起了医书，四年大学的理论与实践，又如海潮般在他脑海中开始涌动，重做医生的意愿也越发强烈起来。他现在想的不是对邱岚婷报仇雪恨，而是想尽快通过考试重返医疗战线为病人解除痛苦。

那天小展翎走时的哭声让他久久不能忘怀。"爸爸！我不走，我不走……"孩子抱住"爸爸"的腿，另一只手被妈妈拉扯着，"爸爸！柳合很乖的，你为什么不要柳合了？爷爷——奶奶——爸爸——"眼见得自己的父母都流下了辛酸的泪水，凯明自己也忍不住低泣起来。

孩子的哭声让凯明撕心裂肺，他恨不得把小展翎留下来。

随着小展翎那凄厉的哭声渐渐远去，陶凯明忍不住趴在桌上抽泣起来。

柳合来到爸爸面前，"爸爸，小妹妹走了你很难过对吗？那我替你追回来。"孩子冲向门口，又被凯明抓回来紧紧抱在怀里……

凯明把自己的想法告诉父母："爸爸妈妈，这几年我们家发生了不少事情，让儿子成了一具行尸走肉，现在我全好了，从前的事历历在目，包括那刘钰找我喝酒的事全都记起来了。邱家买通了刘钰，趁我喝多了把我骗到邱岚婷的床上，警察来时我才明白过来是自己钻了他们的圈套。事情过去了，这几天我想了很多，一想到小展翎这心里就不好受，也常想起'冤仇可解不可结'这句话，所以我不想起诉邱家人了。我要全力以赴找回荒废的三年时光，回到医生的行列。爸，你说呢？"

陶启程轻轻叹了口气，"孩子，我也在想，与邱家多年的关系，谁想会弄成这样？这事都是因我而起，爸爸要是早接纳了柳丹阳，让你们早些结婚，就不会发生以后的这些是是非非。是爸爸对不起你和丹阳，你妈看病的钱一直没还她，向她说声对不起吧。你不起诉邱家的想法和我不谋而合，冤冤相报何时了？还是学好你的医道吧。""好，爸爸，我们这也是英雄所见略同吧。"父子俩都笑了。

邱岚婷说了陶家要起诉的事，父亲双眉紧皱，母亲惊慌失措："这……这可怎么办？都怨那该死的柳丹阳，好端端的她回来干什么？"

"妈，他们有个儿子叫陶柳合。怪不得他叫我丹阳、叫展翎为柳合呢，原来他一直没有忘记那娘儿俩。"

"如今该怎么办？"赵月珍瞪大眼睛问。

"怎么办，还不是亏得你这个好女儿，岚婷啊，都怪我一味地疼你惯你，懂法又犯法，才落得今天的下场。那年你无中生有告陶凯明的故意伤害罪，结果六个月的监禁进了自己的档案袋。还有那个结婚证……唉，要在那时离开陶家也就没有今天的麻烦事了。"

"秉臣，你还说这些有什么用？快想眼前的辙吧。"

邱秉臣沉闷地说："我要去自首，这些罪过也够判两年了。""不行不行，你走了我们三口人怎么办？"妻子着急地说。

邱秉臣看着妻子的脸，"还有一个办法，你们愿意吗？"

"只要不判你的罪，有什么不愿意的？快说。"

"去陶家负荆请罪，求得他们的原谅，只要陶凯明不起诉就没事了。"

母女俩瞪圆了四只眼睛，然后又各自拧紧眉头表示默许。

电话打到陶家，林惠珠听了邱家人的意思，她一想到儿子过了这几年不人不鬼的日子就恨得牙根直咬："哼！没那么便宜。"她气愤地挂了电话。

晚上，电话又来了，妻子把话筒递给了丈夫，"邱秉臣，你早知今日何必当初？现在知道悔之莫及了？告诉你，就连我也是悔之莫及啊。我不要你负什么荆请什么罪，有时间我还抱着孙子享受天伦之乐呢。"对方无语。

邱岚婷费尽周折终于找到了展家的地址，她带着孩子到省院把展大鹏告上法庭。

展家接到传票慌了神。经过亲子鉴定，判定邱岚婷所告事实，把已经当上卫生局副局长、正准备结婚的展大鹏搞得人仰马翻……

第二十六章　圆满结局

柳丹阳不想再走了，她趁儿子不在跟前联系了几家大学，刚好师范学院英语系缺少高级教师，她轻而易举地被聘用了。

陶凯明经过努力，很顺利地通过考试这一关，重新当起医生，只是丹阳却不肯原谅他。

彤阳给他出了主意："姐姐不是经常去接孩子吗？今晚我请你们三口吃饭，买通柳合让你送到家，他的哭声准管用，这样你就可以进屋了，往下的事还用我教？那张大床两边都有床头柜（跪）的……"

这天晚上柳彤阳来到陶家，以给外甥买好吃的为借口，把小柳合领到外面，告诉他如此这般……

柳合嘟着嘴巴说："我早就想让爸爸回家的，只是妈妈不肯。要是我们三口人住在一起，我就天天能看到爸爸妈妈了，那该多好啊。"

柳彤阳抱着外甥亲着他的脸说："是呀，那你就要学乖点儿，照着舅舅的话去做，使劲地去闹你妈妈，这样你们三口就会住在一起了。你要是真的能把爸爸哭回家，舅舅给你买会跑的电动小汽车，好吗？"

柳合点着头："好，我一定行，拉钩。"

柳彤阳笑着说："好，我们一言为定。"甥舅二人拉钩，彤阳带着孩子买了一包果品点心，才送他回陶家去了。

柳丹阳正在收拾下班，接到了弟弟的电话："姐姐，我本来是想在今晚上请你吃饭的，可是，羽飞说她的肚子不舒服，我只好带她到医院来了。"

柳丹阳高兴地说："弟妹要生了，大喜呀。姐姐马上就过去。"

那边的彤阳说："姐姐先别来，羽飞现在没事似的，你就是来了也帮不上忙。医生检查说至少要等到明天上午能生呢。你就先去接孩子吧。"

"那好，我明天一早就去。"

柳丹阳高兴地放下电话，想到有一个星期没见到儿子了，真挺想的。她挎起小背包，匆匆向陶家赶去。

陶启程和妻子正在逗这孙子玩，柳丹阳敲门进来，"爸妈，你们好。"

"好好，你也好。"

陶启程也很客气地说："丹阳快坐吧。"

小柳合早已经扑进妈妈的怀里："妈妈，爸爸在里屋躺着看书呢。"

丹阳不理儿子的话，"走吧，妈妈还有事呢。爸妈再见。"柳合也说："爷爷奶奶再见。"

柳丹阳带着儿子转身要走，陶凯明从里间出来，"柳合，你怎么不跟爸爸再见啊？"

柳丹阳撩了一眼丈夫，"柳合，咱们走吧。"

柳合眨着眼睛说："妈妈，我要爸爸送我。"

见母亲不作声，柳合回身扯住爸爸的手说："爸爸，今天送我行吗？"

陶凯明："好吧，爸爸送你。"他说着抱起儿子先下楼了。

林惠珠看了一眼儿媳妇，起身送到门口，"丹阳……唉，走吧。"柳丹阳完全明白婆婆心里在想什么。

柳丹阳跟下楼来，从凯明怀里拉下儿子，"柳合，我们走吧。"

儿子哭了，"妈妈，我要让爸爸送我到家嘛。"

丹阳扯着儿子就走，柳合哭起来，"妈妈，我就要爸爸送我到家。"聪明的小柳合挣脱了妈妈的手，回到爸爸跟前，"爸爸，我就要你送我嘛，送我嘛。"他扯着爸爸的手扭动着身子，哭着撒起娇来。

丈夫看着妻子，希望她能答应。柳丹阳不语地朝前走去。

妻子的无声就是默许，陶凯明又背起儿子，跟在后面，一路上两人谁也不说话。

到了家门口，柳丹阳拿出钥匙开了门，陶凯明先进屋换了拖鞋，他把柳合放在地上，站在那里直直地看着柳丹阳。

柳丹阳抹搭了他一眼，"还愣着干什么？走啊。"

此时的小柳合抱着妈妈的腿大哭起来："妈妈，别让爸爸走啊，我要爸爸搂着睡觉。"见妈妈不点头，柳合又回身抱住爸爸，"爸爸，柳合不让你走，你不能走啊。"

见儿子哭得可怜，柳丹阳无奈地对丈夫说："你到那个房间把他哄睡了，然后痛快走。"

陶凯明抱起儿子来到里间，给儿子脱了衣服又盖上被子，轻轻地拍着，心中想的是那一次丹阳回来时，要不是自己对她的猜疑，又何苦弄得这三年时间不人不鬼的日子？他想到这里，两行痛悔的泪水无声地滚落下来。彤阳那"床头柜（跪）"的话又响在耳边。

柳合很快就睡着了。

陶凯明轻轻起身，踮着脚来到另一间卧室门外，里面传来妻子的声音："你还不走，站在那里干什么？"

　　凯明听了，索性就推开房门，扑通一下跪在妻子的床前，"我的丹阳，就原谅你的凯明吧，千错万错都是我的错，是凯明对不住对你，对不住你啊，我恨死我自己了。"他说着已是痛泪交流，两只不断流泪的眼睛却是可怜巴巴地看着妻子的脸。

　　此时的柳丹阳也低泣起来："陶凯明，你早知今日，何必当初？还记得我们登记的那天晚上吗？我就是那个晚上怀上你儿子的。我出国以后，当月的麻烦事就没有来，你知道我当时多高兴啊。可是我的生活却没有着落。你能想象得出我在国外过的是什么日子吗？怀孕七八个月还在给人家打工啊……"丹阳说着忍不住放声哭起来。

　　陶凯明用膝盖走了几步，"我的丹阳啊，千错万错都是我的错，是我让你受苦了，看在我们儿子的分儿上，你就原谅他爹吧。丹阳，你要是再不原谅我，我就在这里长跪不起了。"他说着趴在丹阳的身上依旧哭个不止。

　　柳丹阳推开丈夫，"就是怕我们的儿子缺爹少娘，我才没想和你离婚的。"她说着使劲地捶了丈夫两拳，凯明就势又抱住妻子，两人抱头痛哭起来……

　　第二天早上，柳合刚一睡醒就跑过来，他从妈妈身上爬到爸爸身上，并且叨念着："妈妈好，爸爸好，咱们三人在一起最好。"

　　"你昨晚怎么哭个没完？"妈妈问。

　　"舅舅说我要哭好了给我买电动汽车。"

　　柳丹阳瞪了丈夫一眼，知道这是弟弟和凯明的"同谋"，心里也感激弟弟的良苦用心。柳合又对爸爸说："爸爸，妈妈很厉害，连美国人她都不怕，你可不要再得罪她。"凯明瞥了妻子一眼，在儿子脸上使劲地亲了一口。

　　丹阳起来收拾了早饭，她来到卧室门口说道："两个懒虫，快起来吃饭，我们要到中心医院去，那里还有一桩喜事呢。"